红楼梦俗文艺作品集成

说唱集（二）

朱恒夫　刘衍青　编订

上海大学出版社
·上海·

2019年度国家社会科学基金项目
"《红楼梦》说唱文献的整理与研究"(19BZW088)阶段性成果

序言

詹　丹

《红楼梦》所具的百科全书性,单从其与戏曲结缘论,也洋洋大观。

虽然这种结缘让有些学者产生冲动,很愿意相信《红楼梦》作者是一位戏曲家,也费心费力做了研究,所得出的结论,堪称另一种"荒唐言"。但产生这种冲动的原因,是可以理解的。因为隐含在《红楼梦》小说中,作为情节发展和人物性格塑造一部分的元明清戏曲作品,姑且称之为小说文本外的"副文本",随处可见。据徐扶明等学者统计,《红楼梦》共有40来个章回涉及了当时流行的37种剧目,据此,有人夸张地称《红楼梦》中藏着一部元明清经典戏曲史,也并不令人惊讶。

研究元明清戏曲与《红楼梦》文本的关系,努力挖掘涉及的剧目是怎样滋养着《红楼梦》的创作成就,当然是一种重要的研究路径,而且确实取得了令人瞩目的成绩,丰富了我们对《红楼梦》同时也是对那些戏曲作品乃至当时社会文化的认识。当然这仅仅是一方面。

另一方面,《红楼梦》作为一部传统社会的小说巨著,也构成文化创作的丰富源泉,不断激发后人的创作灵感,延伸出大量戏曲改编作品。而且,不受传统戏曲种类局限,辐射到其他各种类别,在近两百年的历史长河中,持续不断,滚滚而来。

虽然本人的研究兴趣在《红楼梦》小说本身,但偶尔对改编的戏曲乃至影视作品也稍有涉猎,这里略谈几句感想。

其实,小说问世没多久,就有了仲振奎改编的共32出的《红楼梦传奇》。由于需要将《红楼梦》小说的基本内容在32出戏中全部演完,就不得不对小说的许多线索进行归并。比如将原本分处于第一回和第五回的木石前盟的神话传说和太虚幻境的情节进行归并。再比如在情节设计中,交代林黛玉的父母在黛玉进贾府前都已去世,这样林黛玉进贾府后不会再有牵挂,也避免再去探望病重的父亲及奔丧之类横生的枝蔓。又比如戏曲中林黛玉和薛宝钗是一起进贾府的,而在小说中,林黛玉和薛宝钗分别在第三回和第四回进贾府。在读小说的时候,读者可能感到奇怪:为什么对林黛玉进贾府有详细的描写,而对薛宝钗进贾府的情况则几乎没有描述,宝玉和宝钗正式见面的场合又在哪里?戏曲改编大概考虑到读者的心理疑惑,于是就安排了两人恰巧凑在一起进贾府,同时也改去了小说第三回中贾政未见林黛玉的情节,而让这两人见到了家中每一位长辈,等等。虽然从整体看,戏曲对小说文本的改造比较多,但出于演出制约和现场效果的特殊需要等,不得不对纷繁复杂的小说情节线索加以重新梳理,使得小说文本一些细腻之处就不可避免地被抹除,原本较能够凸显人物性格差异的精微之处,也不再彰显。

如何看待戏曲改编和小说文本的差异,是一个饶有趣味的接受学问题,这里举两例来谈。

其一,《红楼梦》小说改编而成戏曲的,影响最大、最深入人心的是越剧《红楼梦》。而越剧《红楼梦》改编之所以成功,一般认为,重要原因之一,是改编者在改编过程中做了一个大胆选择:将《红楼梦》小说中家族衰败的主线基本删除,只抓住了宝黛爱情这条线索。当《红楼梦》被改编成一部凸显爱情主题的作品时,尽管在越剧最后部分也有抄家的情节设计,但主要也是为了烘托宝黛爱情的悲剧性。此外,越剧《红楼梦》对小说一些重要情节的处理变动也很有意思。比如,它将黛玉葬花的情节放在了宝玉挨打之后,而在小说中,黛玉葬花在第二十七回,宝玉挨打在第三十三回,当中还间隔了六七回。这一改动让北大教授、曾经也是红楼梦学会会长的吴组缃非常不满。他认为,小说中,宝玉挨打后,林黛玉前来探望,宝玉让晴雯给林黛玉送去两条旧手帕,林黛玉在其上作《题帕三绝句》,通过这些情节的处理,表明两人此时已彻底理解了对方的心意,不可能再有大误会发生。而越剧在这之后,还把小说之前的一段情节挪过来,即林黛玉误以为贾宝玉吩咐怡红院里的丫鬟不给自己开门,然后心生哀怨,在悲悲戚戚中葬花,这样的变动设计是不合理的,也没有理解宝玉挨打后的一系列事件所蕴含的宝黛已经有了默契的深意。但现在回过头来思考这个问题,我觉得还可以有另一种思路。为什么越剧《红楼梦》要进行这样的情节改动?在我看来,情感的高潮与情节的高潮未必相等。在越剧《红楼梦》中,情感是其表现的主要内容,黛玉葬花则是其高潮,不同于宝玉挨打这一情节的高潮。如果黛玉葬花这一幕出现过早,是不符合越剧《红楼梦》高潮设计的整体布局的。

其二,鲁迅曾为厦大学生改编的《红楼梦》话剧写过一篇小序,这就是著名的《〈绛洞花主〉小引》。其中有一段话,十分经典,即"单是命意,就因读者的眼光而有种种:经学家看见《易》,道学家看见淫,才子看见缠绵,革命家看见排满,流言家看见宫闱秘事"。这虽然是从读者反应角度对《红楼梦》主题的经典概括,其梳理也相当精准。但让人感到疑惑的是,何以在这篇短小的"小引"中,鲁迅会强调这个问题?其实,如果我们阅读了《绛洞花主》剧本,就可以意识到,这出话剧对《红楼梦》作出了很大的改动。它甚至安排了"反抗"这样一出戏,让宁国府的焦大和进租的乌进孝等分享反抗的经验,并设计黑山村、白云屯等村民联合起来,要求贾府减轻租税,显示了一个来自底层的人对上层社会的对抗。而这种对抗性,在小说本文中,是很难发现的。即使鲁迅本人不会这样理解小说(就像他在其他场合论及焦大一样),但话剧的改编,把《红楼梦》定位为社会问题剧,鲁迅还是从读者接受的角度,给出了同情式理解。所以"小引"引入种种不同的眼光,其实,也是给话剧的大胆改编提供了合法依据。这在一定程度上启发我们,所谓改编,其实都是后人站在自身立场,对原作的一次再理解和再创作,从而形成持续不断地与原作的对话。从这一思路看,拘泥于作品本身的改编,改编者宣称的所谓忠实于原作,就可能是迂腐的,也是不现实的。

令人感叹的是,《红楼梦》作为白话小说,在当初正统文人眼里应该就是俗的,但时过境迁,它也有了雅的地位,而使得改编的其他类别的文艺作品,成为一种俗。这种雅和俗的微妙分离、变迁和对峙,也是值得讨论的耐人寻味的现象。

朱恒夫老师是我十分钦佩的国内研究戏曲的名家,不但善于发现新问题并加以解决,也勤于收集整理原始资料。之前,他已经主编并出版了数十卷的《中国傩戏剧本集成》,令人叹为观止,如今他和他的高足刘衍青教授搜罗广泛的《红楼梦俗文艺作品集成》也即将面世,知道我是《红楼梦》爱好者,就嘱我写序。以前翻阅顾炎武《日知录》,说"人之患在好为人序",使我对写序一事,颇有忌惮,但朱老师所托之事,又不便拒绝,只能硬着头皮,略写几句感想,反正"人之患在好为人师"方面,我几十年教师当下来,已脱不了干系,再加一"患",有虱多不痒的心理准备。只是一路写来,定有不当处,还请朱老师指正,借此也表达我对朱老师勤勉工作的敬意。

  是为序。

2019 年 3 月 15 日

前言

朱恒夫　刘衍青

《红楼梦》自问世之后，不断地衍变，至今天，已经形成了一个形式多样、品种丰富的"红楼梦"文艺作品群。我们可以将它们分成五类，即曹雪芹创作的小说《红楼梦》，根据原典改编、续编的小说、戏剧、曲艺和影视剧。因而研究"红楼梦"的"红学"范围也相应地扩大，亦将它们纳入研究的范围。所以，"红楼梦"不仅仅指原典小说，还包括用多种文艺形式改编的作品，"红学"也不只是研究曹雪芹所创作的《红楼梦》的学问。

客观地说，《红楼梦》的人物与故事能达到几乎是"家喻户晓，人人皆知"的程度，主要得力于由原典改编的作品，尤其是戏曲、说唱和影视剧，所谓"俗文艺"是也。因为，接受原典的思想和艺术，须具备识字较多和文化修养较高这两个条件，否则，即使了解了故事情节的大概，也是囫囵吞枣、似懂非懂的，甚至阅读的兴趣会越来越小，直至束之高阁。而俗文艺的戏曲、说唱和影视剧就不同了，它们将原典《红楼梦》中的故事内容，通过悦耳的音乐、动人的表演、怡人的景象等，让人们直观理解并得到美的享受。与原典相比，更为不同的是，俗文艺的改编者所呈现的作品，往往选取小说中最动人的故事情节、最为人们关注的人物并对原典的内容进行通俗化处理，接受者用不着费心思考，就能明了作品的思想内涵和人物性格。

因原典用精湛高超的艺术手法逼真地描写了复杂的社会生活，表现了能引发许多人共鸣的人生观，故而甫一问世，就受到了读者的欢迎，尤其到了乾隆五十六年（1791），程伟元、高鹗刊行了一百二十回本后，《红楼梦》迅速传播，到了士人争相阅读的地步。为了让更多的人接受，一些文人与艺人将其改编成戏曲或说唱作品。据现存资料看，程高本问世的第二年，仲振奎就写出了第一出红楼戏,名曰《葬花》。说唱可能略晚于戏曲,据范锴《汉口丛谈(卷五)》记载,1808年,汉口的民间艺人开始说唱《黛玉葬花》。随着文明戏的出现,1913年,春柳社等话剧社团开始改编并演出《红楼梦》。最早的电影《红楼梦》问世于1927年,为上海复旦影片公司和孔雀影片公司分别摄制的《红楼梦》无声片;1944年,中华电影联合有限股份公司摄制了第一部《红楼梦》有声片,由卜万苍执导,周璇饰演林黛玉,袁美云饰演贾宝玉。因电视剧这一文艺样式晚出,故而电视剧《红楼梦》直到1987年才出现。但由于电视剧的传播方式不同于戏曲、说唱和电影,它真正达到了让《红楼梦》的故事与人物家喻户晓、人人皆知的普及程度。

将原典小说改编成俗文艺作品的人,除了文人外,还有艺人。文人改编者,其动机多是因为由衷地热爱原典小说,欲让更多的人分享其精彩的故事、发人深思的思想和栩栩如生的人物形象,如仲振奎读了《红楼梦》后,"哀宝玉之痴心,伤黛玉、晴雯之薄命,恶宝钗、袭人之阴险,而喜其书之缠绵悱恻,有手挥目送之妙也",于是他用40天的时间,编成传奇。万荣恩作《潇湘怨传奇》也是出于这样的心地,在购得《红楼梦》后,"披卷览之,喜其起止顿挫,节奏天成,末节再三,流连太息者久焉。因不揣愚陋,谱作传奇"。艺人改编者,则多是受艺术市场引导,样式以说唱为主。他们在改编时,很少像文人那样借他人之酒杯以浇自己心中之块垒,而是力求吻合大多数接受者审美之趣味。

如果说原典《红楼梦》是定型的、不变的话,那么,俗文艺红楼梦则不仅运用新出现的文艺样式,如话剧、电影、电视、歌剧、舞剧、音乐剧,等等,就每一种样式的内容来说,也在不断地变化。仅以戏曲为例,从时间上来说,自1792年仲振奎的传奇《葬花》诞生始,清代相继创编了20部红楼梦传奇、杂剧,今存的就有仲振奎《红楼梦传奇》、孔昭虔《葬花》、万荣恩《潇湘怨传奇》、吴镐《红楼梦散套》、吴兰徵《绛蘅秋》、石韫玉《红楼梦传奇》、朱凤森《红楼梦传奇》、许鸿磐《三钗梦北曲》、陈钟麟《红楼梦传奇》、周宜《红楼佳话》、褚龙祥《红楼梦填词》,等等。民国年间,京剧名角纷纷与文人合作编创新戏,齐如山与梅兰芳,欧阳予倩与杨尘因、张冥飞、冯叔鸾、陈墨香与荀慧生等,刘豁公与金碧艳等,编创了大量的京剧红楼戏。除京剧外,各地方剧种中的名旦也纷纷编演红楼戏,经过长时间的舞台实践,有许多剧目成了粤剧、闽剧、秦腔、越剧、评剧等剧种的骨子戏。新中国成立后,戏曲红楼梦的编演掀起了一波又一波的高潮,仅越剧就有弘英《红楼梦》(1953年)、夏昉《红楼梦》(1953年)、包玉珏《红楼梦》(1954年)、洪隆《红楼梦》(1956

年)、王绍舜《晴雯之死》(1954年)、冯允庄《宝玉与黛玉》(1955年)、张智等《晴雯》(1956年)、徐进《红楼梦》(1958年)、胡小孩《大观园》(1983)、吴兆芬《晴雯别宝玉》《宝玉夜祭》《元春省亲》《白雪红梅》《晴雯补裘》(20世纪80—90年代)等等。除了徐进的越剧《红楼梦》影响较大之外,受观众欢迎的还有吴白匋等改编的锡剧《红楼梦》,徐玉诺、许寄秋等改编的河南曲剧《红楼梦》,王昆仑等改编的昆剧《晴雯》,赵循伯改编的川剧高腔《晴雯传》,徐棻改编的川剧高腔《王熙凤》,陈西汀改编的京剧《尤三姐》,等等。其他剧种如粤剧、评剧、潮剧、湘剧、吉剧、龙江剧、黄梅戏、秦腔等,亦编演了许多红楼戏。

总之,两百多年来,俗文艺红楼梦作品因不断地涌现,已经形成了一个改编、衍变原典小说内容的品种较多、数量庞大的作品群。

对于这些俗文艺红楼梦作品,学人从它们出现时就关注着。早期的红楼梦戏曲研究,多是作者的亲友以对剧本的题词、序、跋等形式介绍其创作的背景、动机,并对作品进行评论,如许兆桂对吴兰徵《绛蘅秋》评曰:"观其寓意写生,笔力之所到,直有牢笼百态之度,卓越一世之规。虽游戏之作,亦必有一种幽娴澹远之致,溢乎行间,不少留脂粉香奁气。"民国时期,学人对红楼梦俗文艺作品,开始以专文的形式发表研究成果,如含凉的《红楼梦与旗人》、哀梨的《红楼梦戏》、赵景深的《大鼓研究》、李家瑞的《北平俗曲略》、方君逸研究话剧的论文《关于〈红楼梦〉的改编——〈红楼梦〉剧本序》等。新中国成立后,因政治的与文艺的原因,"红楼梦"受到了前所未有的关注,"红学"自20世纪50年代到20世纪末,不断掀起热潮,学人除了对原典做深入探讨之外,还对红楼梦俗文艺作品进行全面的研究,其成果之一就是汇编俗文艺作品或包括俗文艺作品在内的资料集,如一粟编的《红楼梦资料汇编》(全二册,中华书局1964年版),阿英编的《红楼梦戏曲集》(上、下册,中华书局1978年版),胡文彬编的《红楼梦子弟书》(春风文艺出版社1983年版)、《红楼梦说唱集》(春风文艺出版社1985年版),天津市曲艺团编的《红楼梦曲艺集》(春风文艺出版社1985年版),台湾"中央研究院"历史语言研究所俗文学丛刊编辑小组编的《福州评话红楼梦》(上、下集,新文丰出版股份有限公司2001年版),刘操南编的《红楼梦弹词开篇集》(学苑出版社2003年版),等等。

然而迄今为止,学界还没有将大部分在历史上产生过一定影响的红楼梦俗文艺作品结集汇编,这无疑是一个缺憾。因为俗文艺作品能够为现在及未来对原典小说《红楼梦》的改编提供经验与教训,能够由它们了解到不同时期的人们对《红楼梦》的审美趣味,能够由它们探讨《红楼梦》的传播范围和深度,也能够由它们而了解到"红学"理论对红楼梦俗文艺作品的影响程度,从而对"红学"发展史有全面而较为正确的认识。

鉴于这样的认识,我们便做了这项工作。之所以称之为"集成",是因为一定还有遗漏的作品。本集成中,我们仅收录了俗文艺红楼梦的戏曲、说唱与话剧的剧本,而没有收录也属于俗文艺的电影与电视剧的剧本,之所以这样,主要出于这两种文艺样式剧本在其艺术形态中所占的成分不大的考虑。

本集成比起同类的书籍,有两个特点:一是作品较全。民国之前的传奇、杂剧剧本和民国以来的话剧剧本基本上搜集齐全,晚清以来诸剧种的红楼戏剧目和诸曲种的红楼说唱曲目,搜集并刊载了杂剧、传奇、京剧、桂剧、粤剧、秦腔、评剧、越剧、川剧、潮剧、吉剧、龙江剧、曲剧、锡剧、黄梅戏等十多个剧种和子弟书、弹词、广东木鱼书、南音、福州评话、弹词开篇、滩簧、高邮锣鼓书、梅花大鼓、西河大鼓、东北大鼓、京韵大鼓、南阳大调曲子、河南坠子、岔曲、单弦、兰州鼓子、马头调、岭儿调、扬州清曲、四川清音、四川竹琴、长沙弹词、粤曲、山东琴书、相声等二十多个曲种的剧本。当然,由于中国的剧种、曲种实在太多,每个剧种和曲种又有很多的班社,想搞清楚在两个多世纪的时间内有哪些剧种、曲种和有哪些班社编演过红楼戏和红楼曲目,是十分困难的,所以我们也只能说已经尽了自己最大的努力,不敢称"完美",如果以后发现新的俗文艺作品,再作补遗。二是忠实于原著。为了反映作品原貌,我们尽可能采用最早的版本,如仲振奎的传奇《红楼梦》,用的是嘉庆四年(1799)绿云红雨山房刊本;南音《红楼梦》,则用的是清末广州市太平新街以文堂机器版刻印本。

原典小说《红楼梦》是中国文学的代表作,是中国古典小说的巅峰之作,在艺术审美、历史认知和人生启迪的作用上,古今的任何文艺作品都难以望其项背。文艺创作界为了传承这一宝贵的文化遗产,也为了让当代的人更容易接受它,会持续地对它进行改编;学术界尤其是"红学"界为了挖掘原典和俗文艺作品所蕴含的思想与艺术价值,也会持续地对它进行研究。因此,我们所编的这部集成,无论是对文艺创作,还是对学术研究,应该说都能发挥点积极的作用。

编 校 说 明

本集成的编校整理,遵循如下原则:

一、收录红楼梦俗文艺作品中的戏曲、说唱、话剧剧本,共分为八个分册:"戏曲集"四册、"说唱集"二册、"话剧集"二册。

二、对于收录的剧本,尽可能采用最早的版本,并标注每部剧本的出处。

三、为了尽可能地展现剧本原貌,除必要的文字订讹外,原则上不逐一考订原剧本的疏误。

四、对未加标点的抄本,按现行标点符号使用规范进行标点;难以辨认的字,用□代替。

弹 词 开 篇

红楼梦(一) ………………………………………… 3
红楼梦(二) ………………………………………… 4
红楼梦(三) ………………………………………… 5
红楼梦(四) ………………………………………… 6
红楼梦曲(上) ……………………………………… 8
红楼梦曲(下) ……………………………………… 9
情天宝鉴 …………………………………………… 10
红楼觉悟 …………………………………………… 11
捣乱红楼梦 ………………………………………… 12
红楼梦(十二篇) …………………………………… 13
荣宁府 ……………………………………………… 22
史太君 ……………………………………………… 23
金陵十二钗(一) …………………………………… 24
金钗十二钗(二) …………………………………… 25
金陵十二钗(三) …………………………………… 26
金陵十二钗(四) …………………………………… 27
宝玉(一) …………………………………………… 28

宝玉(二)	29
贾宝玉	30
宝玉(一)	31
宝玉(二)	32
宝玉上学	33
宝玉中魔	34
宝玉夜叹	35
宝玉夜探潇湘馆	36
新宝玉夜探	38
新宝玉探病	39
神瑛砸玉	40
宝玉哭晴雯	41
宝玉祭晴雯	42
贾宝玉私吊	43
宝玉哭灵	44
宝玉哭黛玉	46
宝哥哥哭林妹妹	47
宝玉哭情	49
贾宝玉梦醒	50
宝玉出亡	51
宝玉出家(一)	52
宝玉出家(二)	53
林黛玉(一)	54
林黛玉(二)	55
林黛玉(三)	56
林黛玉(四)	57
林黛玉(五)	58
林黛玉(六)	59
林黛玉(七)	60

目 录

林黛玉(八)	61
林黛玉(九)	62
林黛玉(十)	63
林黛玉(十一)	64
潇湘妃子	65
黛玉投亲	66
林黛玉初见贾宝玉	67
黛玉春游	69
黛玉调鹦鹉	70
黛玉伤春	71
潇湘闺怨	72
绛珠叹(一)	73
绛珠叹(二)	74
潇湘怨	75
黛玉思亲	76
潇湘馆春困	77
黛玉吊花	78
黛玉哭花	79
黛玉葬花(一)	81
黛玉葬花(二)	82
黛玉葬花(三)	83
黛玉葬花(四)	84
黛玉葬花(五)	85
黛玉葬花(六)	86
黛玉葬花(七)	87
黛玉葬花(八)	88
黛玉葬花(九)	89
黛玉葬花(十)	90
潇湘恨	91

黛玉探宝玉	93
黛玉探访怡红院	94
黛玉夜探怡红院（一）	95
黛玉夜探怡红院（二）	96
潇湘夜雨	97
黛玉悲秋（一）	98
黛玉悲秋（二）	100
黛玉悲秋（三）	101
新黛玉悲秋（一）	102
新黛玉悲秋（二）	103
潇湘宴	104
潇湘惊梦（一）	105
潇湘惊梦（二）	106
潇湘红泪	107
黛玉病因潇湘馆	109
劝黛玉	110
潇湘问病	111
潇湘断琴	112
黛玉绝食潇湘馆	114
颦卿绝粒	115
黛玉焚稿（一）	116
黛玉焚稿（二）	117
黛玉焚稿（三）	118
新黛玉焚稿	120
黛玉离魂	121
黛玉归天	122
苦绛珠魂归离恨天	123
永别潇湘	124
黛玉返魂	125
薛宝钗（一）	126

薛宝钗（二）	127
薛宝钗（三）	128
蘅芜君	129
宝钗梦兆绛云轩	130
宝钗扑蝶（一）	131
宝钗扑蝶（二）	132
扑蝶	133
元春	134
元妃省亲	135
贾元春归省	136
探春	137
探春约结海棠社	138
史湘云（一）	139
史湘云（二）	140
史湘云（三）	141
史湘云醉酒	142
史湘云眠石	143
湘云眠石	144
史湘云醉眠芍药裀	145
妙玉修行	146
妙玉（一）	147
妙玉（二）	148
栊翠庵品茗	149
迎春	150
惜春	151
惜春画图	152
王熙凤	153
王熙凤毒设相思局（一）	154
王熙凤毒设相思局（二）	156
王熙凤泼醋	157

王熙凤月夜惊魂	158
巧姐	159
李纨	160
秦可卿(一)	161
秦可卿(二)	162
香菱(一)	163
香菱(二)	164
香菱学诗	165
香菱解裙	166
宝琴雪立(一)	167
宝琴雪立(二)	168
宝琴探梅	169
李纹	170
李绮	171
红楼二尤	172
尤二吞金(一)	174
尤二吞金(二)	175
尤三姐(一)	176
尤三姐(二)	177
尤三伏剑	178
尤三自刎	179
平儿理妆	180
鸳鸯女	181
鸳鸯	182
鸳鸯剪发(一)	183
鸳鸯剪发(二)	184
紫鹃	185
紫鹃浣帕	186
紫鹃夜叹	187
紫鹃劝病	188

紫鹃谎骗宝二爷	190
紫鹃试玉	191
紫鹃情辞试宝玉	192
紫鹃哭灵	193
紫鹃相泣(杜鹃枝上月三更)	194
晴雯	196
晴雯撕扇(一)	197
晴雯撕扇(二)	198
晴雯补裘(一)	199
晴雯补裘(二)	200
晴雯补裘(三)	202
晴雯补裘(四)	203
晴雯补裘(五)	204
晴雯逐出怡红院	205
晴雯被逐	206
花袭人	207
袭人	208
袭人出嫁	209
莺儿巧结梅花络	210
麝月	211
碧痕水嬉	212
金钏投井	213
玉钏尝羹	214
小红	215
小红遗帕	216
四可儿(一)——抱琴	217
四可儿(二)——司棋	218
四可儿(三)——侍书	219
四可儿(四)——入画	220
司棋泄春	221

焦大揭奸 …………………………………… 222
焦大骂府 …………………………………… 223
茗烟闹学 …………………………………… 224
刘姥姥一进荣国府(一) …………………… 225
刘姥姥一进荣国府(二) …………………… 227
刘姥姥二进荣国府 ………………………… 229
贾瑞病照风月鉴 …………………………… 230
智能偷情 …………………………………… 231
蒋玉菡赠巾 ………………………………… 232
张道士送符 ………………………………… 233
龄官画蔷 …………………………………… 234
听秋榭四美钓游鱼 ………………………… 235
贾兰射鹿 …………………………………… 236
薛蟠遭打 …………………………………… 237
柳湘莲负盟 ………………………………… 238
宝蟾送酒 …………………………………… 239

鼓　　词　（一）

晴雯补裘 …………………………………… 243
薛宝钗扑蝶 ………………………………… 246
双玉听琴 …………………………………… 248
黛玉葬花 …………………………………… 252
黛玉焚稿 …………………………………… 254
晴雯撕扇 …………………………………… 257
晴雯补裘 …………………………………… 260
晴雯受辱 …………………………………… 263
晴雯离院 …………………………………… 266
宝玉探雯 …………………………………… 269

宝玉哭雯	272
乱判葫芦案	274
焦大骂泼	278
凤姐弄权	280
元春省亲	283
黛玉葬花	286
二进荣国府	288
惜春作画	292
秋窗风雨夕	295
贾赦夺扇	298
鸳鸯剑	301
鸳鸯抗婚	305
祭晴雯	307
双玉听琴	310
傻大姐泄机	312
宝玉娶亲	314
探春理家	317

鼓　词（二）

宝黛初会	323
元妃省亲	327
宝黛游园	331
刘姥姥赴宴	334
探宝玉	338
黛玉抒怀	342
鸳鸯抗婚	347
晴雯补裘	351
探春理家	355

紫鹃试玉	359
尤三姐	363
凤姐施计	366
探晴雯	370
黛玉焚稿	374
宝玉闹婚	378

南阳大调曲子

双玉听琴	385
黛玉叹月	387
冷月诗魂	389
黛玉葬花	391
葬花之词	393
黛玉悲秋	395
黛玉怨秋	397
黛玉赏雪	398
潇湘遗恨	400
潇湘夜雨	402
潇湘夜筵	404
凤姐谋婚	407
移花接木	409
冲喜之计	411
露泪前缘	412
黛玉悲春	414
黛探怡红	416
凤姐探玉	418
黛玉自叹	420
黛玉焚诗	422

黛玉焚稿	424
借用紫鹃	426
巧计娶钗	428
黛玉仙逝	430
潇湘哭黛	432
宝玉哭黛	434
闺中训夫	437
圣僧证缘	439
返本归真	441
公子余情	443
宝玉出家	445
鸳鸯宝剑	447
探望晴雯	449
祭奠晴雯	452
痛哭晴雯	455

河南坠子

| 宝玉出家 | 459 |

山东琴书

黛玉悲秋	463
宝玉探病	466
贾宝玉哭灵	469

扬州清曲

| 黛玉自叹 | 475 |

贾宝玉哭灵祭奠 …………………………………………………… 478

岔　　曲

太幻虚境 …………………………………………………………… 485
嗑指换袄 …………………………………………………………… 486
潇湘馆 ……………………………………………………………… 487
宝玉探病 …………………………………………………………… 488
黛玉焚稿 …………………………………………………………… 489

单　　弦

黛玉葬花 …………………………………………………………… 493
黛玉焚稿 …………………………………………………………… 499
鸳鸯 ………………………………………………………………… 507
司棋 ………………………………………………………………… 512
尤三姐 ……………………………………………………………… 518
怒打宝玉 …………………………………………………………… 523
抄检大观园 ………………………………………………………… 526

时　　调

红楼梦（一） ……………………………………………………… 533
红楼梦（二） ……………………………………………………… 534
潇湘馆 ……………………………………………………………… 535
午眠乍醒 …………………………………………………………… 536
悲秋 ………………………………………………………………… 539
双玉听琴 …………………………………………………………… 541
补雀裘 ……………………………………………………………… 543

哭玉 …………………………………………………………… 544

高邮锣鼓书

黛玉自叹 ………………………………………………………… 547

兰州鼓子

宝钗扑蝶 ………………………………………………………… 551

四川清音

宝玉探病 ………………………………………………………… 555
悲秋 ……………………………………………………………… 558
黛玉葬花 ………………………………………………………… 559

四川竹琴

黛玉焚稿 ………………………………………………………… 563

长沙弹词

悼潇湘 …………………………………………………………… 567

粤曲

祭潇湘 …………………………………………………………… 575
宝玉哭灵 ………………………………………………………… 577
玉钏进羹 ………………………………………………………… 579

情僧偷到潇湘馆 ·· 582
黛玉葬花 ·· 583
黛玉焚稿 ·· 584
宝玉哭晴雯 ·· 585
忆晴雯 ·· 586
柳湘莲与贾宝玉 ·· 587
晴雯补裘 ·· 589

相　　声

红楼百科 ·· 593

弹词开篇

选自刘操南编著《红楼梦弹词开篇集》(学苑出版社2003年版)。

红楼梦(一)

金钗十二斗娉婷,都是红楼梦里人。
一自元妃归省后,大观园花满上林春。
椒房有幸邀君宠,好一位福寿双全史太君;
消受儿孙无限福,舞彩衣日日乐天伦。
最喜孙儿贾宝玉,吩咐丫鬟花袭人,当心侍奉小东君。
梨花面对芙蓉貌,藕丝衫衬石榴裙。
潇湘子,蘅芜君;蕉下客,槛外人,
都是袅袅婷婷姊妹们。
枕霞旧友新题号,公子怡红别有称。
有时节,斗百草;
有时节,放风筝;理瑶琴,弄金樽;
有时节海棠诗社共论文。
秦代阿房何足道,石家金谷也不须云。
可惜老祖宗物故家萧索,冷落如花姊妹们。
情痴宝玉逃禅去,随了渺渺茫茫两道人,
顿将慧剑斩红尘。
病虽有病原非病,情到无情却有情。
红楼有景无非幻,一梦荣华八十春,
争奈痴女痴儿唤不醒。

(马如飞《南词小引初集卷下》)

红楼梦(二)

春云入梦最多情,警幻仙姑尘世临;
金陵(钗)十二同相叙,大观园里斗娉婷。
怡红院,稻香村,省亲别墅造来精。
妙玉修行庵里住,飘然仙境赛蓬瀛,何故还称槛外人?
沁芳闸畔流清水,葬花仙子(潇湘妃子)往来频。
犹恐名花遭践踏,黛玉多情把花冢寻。
巧遇怡红佳公子,呆呆执卷暗沉吟,《会真记》细玩动春心。
妃子见时难隐避,取来观看半含嗔。
假意欲行来告禀,公子殷勤陪小心。
他二人留情意无限,从此相思各有因,只怕彼此胸怀称不得心。

(马如飞《南词小引初集卷下》)

红楼梦(三)

一支顽石早通灵,不觉红楼入梦魂。
(况且是)富贵人家倜傥子,(最容易)依依儿女种情根。
(试看他)大观园里怡红院,(平日间)不避嫌疑习惯形。
(都为着)史老太君纵容久,(并且是)侍儿无有不轻盈。
(想将来)朝暮不离诸姊妹,既开情窦岂无心。
(为什么)吟诗作赋居书室,(要学那)悟道参禅迎佛门。
斗草拈花消白昼,围棋按曲度黄昏。
(有时节)猜诗谜,(有时节)赌金樽,
(有时节)临画稿,(有时节)理瑶琴,
(有时节)海棠诗社共论文。
(因此上)枕霞旧友新题号,公子怡红别有称。
蕉下客,槛外人,潇湘子,蘅芜君,(都是那)袅袅婷婷姊妹的名。
秦代阿房何足道,石家金谷不须云。
(真个是)桃花面对梨花貌,(妙不过)藕丝衫映柳丝裙。
(岂知晓)自从倩女离魂后,(一个是)如醉如痴觉悟心。
(论不定)病虽是病原非病,(唯有那)情到无情最有情。
(继而来)中秋闹公子逃禅去,与渺渺茫茫一起行。
顿时慧剑斩红尘。
(殊不知)红楼有境无非梦,(也不过)一枕荣华十几春。
(无奈何)痴女痴儿唤不醒。

红楼梦(四)

……仲蔚道:"这儿著我也有《红楼梦开篇》一支,我来唱给你们听。"遂命了丫头斟了半杯茶,喝了便唱道:

飒飒琅玕竹韵凉,苦颦儿抱病卧潇湘。

想起我伶仃命比桃花薄,七岁的孤雏没了娘。

老父可怜相继死,弄得我飘零无主寄他乡。

说什么怡红公子多情种,我病到临危也不来张一张。

悔从前枉把真心来托你,岂知是行云流水太无良。

鸳枕拥,软郎当,只落得一缕柔魂九曲肠。

渐觉年来珠泪竭,瘦腰肢憔悴菊花黄。

问何时再把花来葬,博得风雨瑶闺怨恨长。

今朝是病入膏肓无救药,也不愿还生重觅返魂香。

情欲结,遇乖张,怜我怜卿只自伤。

我是永谢尘缘拚一死,留这个身躯干净去见爹娘。

众大家鼻酸起来,仲蔚又唱道:

姑娘想到伤心处,一阵昏迷手足僵。

急得紫鹃呼小姐,悠悠半刻始回阳。

啊呀紫鹃呀,你是相从长久的知心婢,晓得我美玉无瑕好女郎。

一向来爱惜声名只为争口气,到如今平生心事付茫茫。

我死后桐棺须要回南去,傍着双亲我愿已偿。

……仲蔚停了一停,又唱道:

我爱的三尺瑶琴同书册子,

紫鹃呀,你须替奴家好好的紧收藏。

你今朝见了我姑娘面,只好再世相逢做姊妹行。

……仲蔚又唱道：

花烛夜，入洞房。外边是新歌一曲凤求凰。

颦儿是一声惨叫归天府，玉碎香消归大荒。

从此潇湘春寂寂，空留鹦鹉唤姑娘，唤醒红楼梦一场。

（邹　弢）

红楼梦曲(上)

正月梅开一剪零,椒花献颂祝元春。开筵荣府谁堪赛,银烛秋光冷画屏。
上元夜,赏花灯,普天乐庆共升平。鸳鸯巧制牙牌令,惹得诗人说到今。
沉醉东风二月长,迎春轩内百花芳。深院佳人闲斗草,涂抹新妆上海棠。
盈头翠,满手春,帝台春色本无双。万紫千红堪入画,骚人搁笔费评章。
武陵三月小桃红,探春何处钓萍踪。丽日融融芳草碧,杖藜扶我过桥东。
莺穿燕,蝶伴蜂,玉交枝上影玲珑。花气袭人知昼暖,吹面不寒杨柳风。
四月花残愁倚栏,惜春归去几时还。落红满地无人扫,糁径杨花铺白毡。
风拂拂,日娟娟,长昼如年鹧鸪天。独坐抱琴歌一曲,偷得浮生半日闲。
五月榴开散余霞,熙凤来仪彩云遮。天生丽质人难及,梅子留酸溅齿牙。
才压众,貌堪夸,一枝春占十分华。玉剑锵锵鸣素腕,芭蕉分绿上窗纱。
六月恹恹懒画眉,冰纨拂面手中携。阴浓绿树蝉声噪,山色空濛雨亦奇。
新浴罢,晚风微,珠帘卷处夕阳西。临沼香菱花放遍,一泓清可沁诗脾。

(金　纯)

红楼梦曲(下)

七月金风上小楼,轻颦眉黛玉颜愁。遥望家乡何处是,白云红叶两悠悠。
潇湘馆,泪暗偷,伤春怨绪怅牵牛。紫鹃啼破三更月,南去北来休更休。
桂子飘香八月天,湘云带月出东山。隔邻一片砧催急,银汉无声转玉盘。
天宇洁,露华寒,百尺楼头人倚栏。庭院秋桐看渐落,初闻征雁已无蝉。
九月篱边菊花新,淡妆凝妙玉为神。不共海棠争巧笑,竹篱茅舍自甘心。
孤高癖,少知音,危坐闲参金字经。更有司棋为伴侣,不受尘埃半点侵。
小春十月摘红英,宝琴丰韵世无伦。雪与玉容相掩映,与梅并作十分春。
诗作伴,锦为心,人在瑶台第一层。琥珀杯倾玫瑰露,南山当户转分明。
子月天寒风入松,岫烟笼照雪花风。佳人暖阁烧鹿脯,竹炉汤沸火初红。
争吟句,韵语工,倾杯乐事赏心胸。晴雯万里烟霞照,才有梅花更不同。
丑月雪压一枝花,宝钗巧向鬓边斜。梅与佳人争雅淡,雪里吟香弄粉些。
绿萼静,玉面佳,带人娇态实堪夸。更有彩云疏疏影,深深笼水浅笼沙。
闰月无聊醉花阴,怀藏宝玉四时春。多少豪华纨绔子,唯有葵花向日倾。
千日红,万年青,锁窗寒竹结为邻。玉函未起吴钩剑,寻的桃源好避秦。

(金　纯)

情 天 宝 鉴

情天宝鉴本无情,假托太虚幻境生。
色即是空空即色,十二金钗列画屏。
(他是)假造女娲一片石,饮风吹露竟通灵。
(又说是)无端想入非非境,顽石生来却有情。
世间最贱春来草,(偏说他)人间第一有情人。
若有情,若无情,编入红楼便不情。
(便看他)荣宁两府裙钗女,(有那个)美满良缘眷属成。
林黛玉,史湘云,薛宝钗,贾元春,非夭即寡了残生。
千伶百俐王熙凤,(到后来)聪明反自误聪明。
有了好书不善读,把醒世文章当著真。
失足情场真可惜,缚茧春蚕脱不了身。
害人总怪曹雪芹,现在世情还是看贾雨村。

红楼觉悟

一枚顽石大荒山，锻炼风霜自不凡。反闻说天倾西北角，女娲炼石补天亏。
再说炼成余片石，存个劫数几千番。已经渺渺真人遇，又把茫茫大士回。
生长名门佳子弟，临盆宝玉口中含。史老太君偏着爱，嫌疑从不逊钗环。
生平笑说人间子，禄蠹情虫信口谈。园亭有意灯谜制，闺阁无聊禅礼参。
况且自叹真堪笑，一点胭脂可解愁。归省元妃为月老，当时金玉结连环。
惹得潇湘妃子无穷恨，入骨相思病不堪。玉碎香消归地府，人间难觅返魂丹。
（他强遵）二老堂前命，一赴乡场竟不还。竟将桂子月中播，分离父子毗陵道。
急水流中挂片帆，纳头四拜匆匆去。到处找寻踪迹难，半疑觉悟半疑憨。

捣乱红楼梦

红楼一梦太荒唐,金玉良缘说尽谎。
史太君是,分得娘家遗产富;王夫人是,欲谋财产诉公堂。
糊涂贾政贪赃败,包勇恃强去劫法场。
宝玉负情抛黛玉,晴雯扶正当妻房。
薛宝钗是,不甘寂寞排新戏,贾赦登台唱弋腔。
妙玉寻师逢达赖,憨大姐考中了状元郎。
宝琴代父从军去,尤二姐闻说嫁贾蔷。
王熙凤被绑要千金赎,春燕归家葬老娘。
林如海独开交易所,贾芹集款办银行。
史湘云戒酒皈依佛,刘姥姥推翻北静王。
翠墨离婚重入校,贾元春抱主坐龙床。
我是开篇编就烦人唱。
捣乱得,满纸胡言也不防,瞎三话四嚼咀忙。

红 楼 梦

一　甄士隐梦幻识通灵　贾雨村风尘怀闺秀

大荒山下石通灵,(随了那)渺渺茫茫到俗尘。

反本归原灵未灭,把身前身后事记明,(被)空空抄去作奇文。

姑苏城外葫芦庙,隔壁邻居却姓甄,人称士隐老乡绅。

膝前无子单生女,名唤英莲爱似珍,年方三岁性聪明。

(那一天)炎炎烈日抛书睡,(梦见那)僧道双双话夙因,(说道)风流孽债降红尘。

灵河岸上绛珠草,深感神瑛灌溉恩,(要)报恩还泪抱痴心。

(听)霹雳一声惊幻梦,门前抱女见疯僧。

(与一个)跛足道人走近身,(见)英莲大哭放悲声。

(士隐是)回至书房来①好友,(就是)寄迹庙中(的)贾雨村。(他)卖文鬻字作营生。

(他们)双双啜言谈笑,窗外何来咳嗽声。

(见一个)折花婢子态娉婷,一笑回眸各有情。

(士隐是)邀雨村同赏中秋节,席间仗义赠花银。

(雨村是)到来朝急急赶功名。

适逢灯月元宵夜,(士隐是)失去英莲何处寻。

到落花时节火神临,烧去房廊投岳丈。

两三年顿悟出家心,随着疯癫跛道人。

封氏夫人肠欲断,夜半敲门一片声,(却原来)丫鬟姣杏福星临。

---

① 此处疑脱漏一"会"字。

二　贾夫人仙逝扬州城　冷子兴演说荣宁府

丫鬟姣杏嫁才郎,(做)知县夫人面有光。
虽则雨村人俊杰,(然而)恃才贪酷把民伤。
未到一年被革职,自同眷属返家乡。
(只为)闲居寂寞无情绪,(偏爱那)山水清幽整客囊,
(好似)野鹤闲云走四方。
(有一个)巡监御史林如海,新任扬州风月邦。
贾氏夫人贤德备,只因无子纳偏房。
命中唯有如花女,十岁(的)姣娃(有)俏面庞。
黛玉聪明身体弱,夫妻珍爱岂寻常。
(要请)先生训教读文章。
(恰巧那)罢职雨村才调好,闲游胜迹到维扬。
果然旧友热心肠,荐到林家为教席。
一载有余未久长,可怜黛玉丧亲娘。
(雨村是)独坐无聊郊外步,村肆中沽酒两三觞,故知巧遇在他乡。
(那冷子兴)说起京都荣宁事,(有一个)年方十二(的)小公郎,
(临盆时)口吐通灵玉一方。
(那)赦政二公(的)贤妹妹,(嫁与那)新来盐政探花郎。
(方知晓)林公贾氏东床客,(怪不道)黛玉姑娘又大方。
酒逢知己千杯少,倦鸟知还噪夕阳。
(从此要)复官旧职进京邦。

三　托内兄如海荐西宾　接外孙贾母惜孤女

雨村辞馆见林公,书荐西宾托内兄。
只因黛玉无依傍,(到)外祖母家中(去)过几冬。
却与雨村同道去,直抵京都贾府中。(雨村是)居然选得应天府。
(黛玉是)叩见内堂老祖宗,拜过邢王双舅母,(与)迎探惜春姊妹逢。
又见寡居珠大嫂,主宾无不面春风。
姗姗步出王熙凤,姑嫂相呼情更浓。

忽闻婢子殷勤报,猛见年轻一表兄。

依稀似女原非女,仿佛怒容带笑容,不觉怦怦鹿撞胸。

似曾相识春风面,(莫非是)前生同在广寒宫。

(宝玉是)爱煞林家贤妹妹,风流一段画难工。

若非群玉山头见,会向瑶台月下逢。不知何处识芳容。

(只为他)眉尖稍带三分蹙,(送他个)表字颦颦(与)众不同。

听说临盆无宝玉,一声大哭响喉咙。

胸前摔出通灵玉,(你)枉号通灵灵未通。

有眼无珠人不识,谁人还道(你)玉玲珑,

(我那要你这)没用的东西(来)挂在胸。

吓得众人争拾取,(把)好言哄骗气消溶。

(从此是)碧纱橱内佳人住,橱外床中公子容,两小无猜偏意浓。

四 薄命女偏逢薄命郎 葫芦僧判断葫芦案

倚财仗势太荒唐,赫赫声名薛霸王。

(只为与)冯家争买青衣婢,竟把冯渊性命伤。

原告人称冯氏仆,(告到了)应天府里尽惊慌。

(雨村是)为怕薛家财势大,一时无计意彷徨。

(有一个)门子年轻见识长,同来密室细商量。

怪道此人能面熟,(却原来是)葫芦庙内(的)小光郎,还俗来京(把)门子当。

(说道老爷呀)是非只为英莲起,(被人家)拐骗离家走异乡。

到金陵卖(与)冯公子,金屋藏娇第二房,且停三日进门墙。

那晓拐儿无道理,爱花银又卖(与)薛家郎。

奉敬老拳身受伤,立时逃避往他方。

留下英莲冯氏夺,恼怒薛家呆霸王,命家人打死冯公子,

夺取英莲进帝邦,投奔贾府嫡姨娘。

雨村无奈糊涂断,命薛家多出花银(把)罪抵偿,风波息却太平洋。

(那)薛蟠自幼丧亲父,唯有堂前一老娘。

有妹宝钗差一岁,年交十二貌非常,达礼知书品大方。

(他们)离乡来至京都地,(把)人命官司当儿戏腔。

探望姨娘荣宁府内,(从此在)梨香院里话家常,小姊妹相陪有几双。

五　贾宝玉神游太虚境　警幻仙曲奏红楼梦

宝钗豁达得人心,黛玉孤高不近情。
(幸亏那)年老太君怜弱女,情痴宝玉爱颦卿。
如胶还如漆,同坐又同行,远胜寻常姊妹们。
(林姑娘是)生性本来唯好哭,
(倘有)半语片言未称心,(就要)房中独自暗吞声。
(宝玉是)常悔自家言冒撞,下回嘱咐自留神。
(须要去)请罪负荆方太平。
为赏梅花宁府去,两家眷属一家人,(在)会芳园里赌金樽。
宝玉倦游偏欲睡,侄媳芳名秦可卿。
起身领导陪殷勤。
只因叔叔年还小,就在侄儿床上盹。
作伴人中(有)花袭人。
(宝玉是)梦里不知身是梦,犹随秦氏渺茫行。
(忽与那)警幻仙姑到太虚境,(在)薄命司中略散心。
(看到那)金陵十二钗图画,昏闷葫芦妙莫明。
(饮到那)万艳同杯酒一盏,(听到那)红楼梦十二曲词深。
茫无头绪难窥秘,但觉凄凉哀怨声,声声醉魄又销魂。
(那)幻仙有妹名兼美,表字可卿貌不群。
配将宝玉为夫妇,(好待他)一试巫山云雨情。
恍惚迷离同散步,被夜叉拖下大迷津。
(吓得他)救命声声叫可卿。
外房秦氏亲听得,(怎么)叔叔梦中唤小名,一回纳闷一回惊。

六　贾宝玉初试云雨情　刘姥姥一进大观园

梦醒巫山路已迷,何来一片液淋漓。
(袭人是)忙与东君系裤带,(觉得)冷冰冰直透指头皮。
(他)本比东君大两岁,人事近来已渐知,(所以)红庞儿未敢把言提。

直待夜深人静后,请东君快快换中衣。
(那)含羞宝玉忙央告,望卿卿莫说别人知。
(袭人是)带笑含羞言动问,(你毕竟是从)那儿流出这脏东西。
(宝玉是)把梦中好事从头说,(说到那)云雨之情话更低,
不禁心头情欲动,一手伸来牵住衣。
满口里,好姐姐,莫害羞,休生气,来试一试这梦中真假破吾疑。
(羞得她)仰倒娇躯掩面笑,桃花红上美人颐,真个销魂又魄离。
(他们)同领巫山云雨味,(好似)西厢月下赴佳期,从此双双着了迷。
(且说那)识透人情的刘姥姥,(只为)凋年急累少寒衣,
她女婿狗儿王氏族,(故而想起那)同宗合族(的)上天梯。
与外孙儿两个投荣府,(那)熙凤殷勤款待宜。
(刘姥姥是)欲语不言难启口,聪明熙凤已先知,
留茶饭,看珍奇,说长道短话投机。
临行又把花银赠,归去西山日已低。
(喜得他)一家合掌念阿弥。

七　送宫花贾琏戏熙凤　赴家宴宝玉会秦钟

梨香院里薛姨妈,姊妹谈心笑语哗。
(那)年轻主婢描花样,周瑞大娘(来)见宝钗。
问起冷香丸一粒,(他说道有个)癞头和尚到我家,
(把这)海上良方传与咱。
而今发病无妨碍,幸有灵丸可压邪。
此方配合非常易,数载工夫敢自夸。(要)人工天意两无差。
(周大娘是)闲坐片时忙告别,(薛姨妈是)命香菱小婢取宫花。
(说道)拜托大娘都带去,(带与那)黛玉三春和凤姐。
(哪晓凤姐是)白昼宣淫兴正赊。
风月何愁鹦鹉语,桃源不为白云遮。
只有房中狂笑说,未闻门外敢喧哗。
阳台梦醒停云雨,(命)平儿出外(去)接宫花。
到来朝东府摆家宴,(请熙凤二奶奶,宝玉公子爷)公然叔嫂共香车。

得见鲸卿秦氏弟,羞羞怯怯似娇娃。
却与二爷年仿佛,俊俏风流色色佳。
(那)凤姑娘喜极放心花,(宝玉是)自顾不如心纳闷。
惭愧枉生富贵家,(只落得)枯株朽木裹罗纱。
一心为爱风流种,同窗妙计已安排。
归来告禀太君晓,要把秦钟接到家。
一同上学乐无涯。

八　贾宝玉奇缘识金锁　薛宝钗巧合认通灵

连朝不见宝姑娘,想起姑娘病在床。
宝玉多情亲问候,掀帘步入宝钗房。
(见他)恹恹病态娇还弱,更觉苗条自在腔。
(问一声称)姐姐玉躯痊愈否,今朝特地问安康。
(宝钗是)炕上抬身赔笑语,(说道)风寒微病谅无妨,多谢你提心挂肚肠。
(猛见他)胸前挂着通灵玉,夺目迷睛(的)五彩光。
(念到那)"莫失""莫忘"言两句,莺儿小婢叫姑娘,(与你)黄金锁上语成双。
宝玉闻言争取看,(看到那)"不离""不弃"意茫茫。忽见林姑步进房。
(她)开口便称(我)来不巧,不知醋意满胸膛。
三人借酒消寒气,(宝钗是)劝二爷冷酒不能尝。
宝玉点头言允诺,颦卿含笑在从旁。
(恰巧那)雪雁丫头把手炉送,(说道是)紫鹃叫我来送姑娘。
(黛玉是)借题儿正好做文章。
(说道丫头呀,怎么你)将他说话牢心记,把奴言词过耳忘。
说得二爷无话答,微微一笑举霞觞。
(宝钗是)明知黛玉心中意。
(然而她)平日行为是惯常,(只得)假作无闻好主张。
归来公子朦胧醉,(到来朝是)秦钟特地到门墙。
(要)选定良辰上学堂。

九　训劣子李贵承训斥　嗔顽童茗烟闹书房

己酉冬残又一年,时交庚戌艳阳天。
择期上学添豪兴,到家塾之中读圣贤。
(那)宝玉临期晨早起,(袭人是)已将笔墨整完全,呆呆纳闷坐床沿。
(宝玉是)近前笑语低声问:(你)何故心烦口不言?
(莫不是)怪我今朝上学去,(害得你)窗前寂寞少人怜?
袭人含笑称公子,(你)小看奴丫头不值钱。
(奴但愿你)一意专心(在)书本上,休将婢子记胸前。
到晚来放学归宜早,莫与旁人胡乱言。
(须要)想着奴家中久挂牵。
功课不须多,身体要安全。(只要)随口低声读几篇。
(宝玉是)先辞祖母后辞父,惹得政公心火煎,(把他)一番训斥削容颜。
又将李贵连声骂,(你们)跟他懒学赛神仙,(倘然)再要贪游打铁鞭。
宝玉殷勤辞黛玉,(林姑娘)是口角春风笑语添。
(说道哥哥呀,你何不去)辞别你知心宝姐前。
宝玉秦钟家塾去,塾中子弟一线牵,最相亲玉爱与香怜。
(恰巧那)先生有事回家去,(命)贾瑞孙儿代几天。
其时黄菊放篱边。
只为金荣言不逊,恼怒书僮唤茗烟,一场乱打各争先。
(那)金荣无那权赔罪,散学归家两泪涟,(惊动)他姑娘怒气上眉尖。

十　金寡妇贪利权受辱　张太医论病细穷源

璜大娘娘母姓金,(听)侄儿说话气难平。
(想他)秦家虽是(奴)大家戚,(奴)金氏岂非贾氏亲?
一般亲戚无高下,(为什么)不重金家只重秦。
势利人生势利心。立刻坐车(到)东府内,要扯秦氏(把)理来评。
相逢尤氏寒暄毕,闻到缘何少可卿?
(那)尤氏闻言愁闷绝,(说她是)两三个月未通经。
大夫诊脉称无喜,(只是)病态恹恹心不宁。

(我教她)静养房中莫见人。(那晓她)胞弟秦钟孩子气,不管他人病不病。
(把)昨朝闹学一番情,被人欺辱怨难伸,哭诉他床头姐姐听。
气坏我聪明贤媳妇,雪上加霜四五分。
(只得我)做婆婆(去)劝解(她)三两三声。
(我)而今正在心焦急,(只为)缺少名医药不灵,怎能救得病中人。
(恰巧你)婶子光临来问病,未知可有好医生?
(那璜嫂子)一腔怒气消磨尽,哪敢重提昨日情,起身告别反殷勤。
(那)张太医友士精医学,并不悬壶受聘金。
诊得可卿左右脉,(明知是)过贪色欲致虚神。
(说道这)水亏火旺治非易,(须要)益气养荣方太平。
(那贾蓉是)烹茶煎药倍当心。

十一 庆寿辰宁府排家宴 见熙凤贾瑞起淫心

黄花满地过重阳,贾敬生辰贺寿忙。
西府人来东府内,会芳园里会群芳。
只因秦氏缠绵病,熙凤姑娘宝玉郎,双双步入可卿房。
(熙凤是)坐下床沿殷勤问,(说道你)可怜瘦却了旧时庞。
可卿伸手拉熙凤,强笑声中叫婶娘:
(奴)自怜没福世无双,(受不起)合家尊长人人爱;
(受不起)得宠夫君事事商,(可怜奴)虽有孝心无处用。
病入膏肓不久长,看来难食过年粮。
(那)宝二爷正在呆呆想,(想我)曾在此间入梦乡,(到)太虚幻境恋声色。
(猛听得)可卿说出话悲伤,(好似)万箭攒心泪两行。
(熙凤是)劝得二爷先去后,低声儿执手话衷肠。
话别一番进会芳,信步园林观景致。
(猛见那)假山石后少年郎,一声嫂子请安康。
(吓得那)凤姐倒退凝眸看,却原来贾瑞字天祥。
暗骂这畜生心不良,(贾瑞是)见色思淫含笑语。
(说道)有缘人巧遇莫惊慌,(熙凤是)闻言已识其中意。
假作温存自在腔,传情送意露轻狂。

席散告辞归府第,(一霎时)西风吹送腊梅黄。
(贾琏是)送林姑娘探父上维扬。

十二　王熙凤毒设相思局　贾天祥正照风月鉴

贾琏辇卿出帝州,熙凤无聊独倚楼。
(正想那)芙蓉俊秀蔷薇俏,(忽来了)痴心贾瑞话轻浮。
(为什么)二哥哥还未回家转,(莫非他)另有情丝把脚勾。
熙凤含情呼叔叔,男儿个个爱温柔,见鲜花哪有不私偷。
(害得奴)终朝独坐闷无限,少一个人来解解愁。
说得天祥酥了骨,(把)云情雨意暗中求。
(熙凤是)权将人约黄昏后,(你到)西穿堂口会风流。
(哪晓)毒计原来先设就,竟把天祥锁里头。
(可怜他)到天明熬冻归家去,(被)祖父代儒(将)家法抽。
(还)想不到凤姐使毒谋,二次仍求熙凤约。
黑暗中抱住意相投,扯去裤儿想猛力抽。
(为什么只有我)晴川历历汉阳树,(没有她)芳草萋萋鹦鹉洲。
贾蔷门外高声问,炕上贾蓉笑不休。
(说道)快捉奸夫瑞大叔,(他把我)侄儿抱了当妍头。
吓得天祥魂魄散,十分恼恨十分羞,跪倒尘埃苦苦求。
(逼写了)借票两张银百两,(又被那)净桶中尿粪泼当头。
从此回家身得病,阳台每向梦中游。
(忽来个)跛足道人(送)风月鉴,(说道)一照相思病便瘳。
(见那)镜里凤姐招手笑,(不觉得)游魂出窍闭双眸,合家痛哭泪难收。

(黄异庵)

荣　宁　府

名花解语玉楼春,贾府荣宁阀阅尊。
宝玉林姑情万种,(端只为)一丛仙草葩清芬。
(妙不过)老天吉语珠胎赐,千万祥光顽石生。
公正官居推政老,寿添五福太君欣。
(听说到)九天丹凤衔恩诏,(荣府是)端正元妃省视亲。
(真个是)天子万年金吾启,上林放出一枝春。
(宝玉是)万年绿润的潇湘馆,(远胜那)一品紫光柱石臣。
(故而有时是)分韵拈诗联雅叙,(有时是)飞霞醉月暗沉吟。
(可敬的)李宫裁课读书文荣,种德余时教子勤。
田家风味的稻香村。
讵知好事难如意,(颦卿是)绝粒焚诗谢贾生。
(到后来)月中折桂酬亲老,连步瀛洲焉有心。(愿与那)大光山松柏老同春。

史 太 君

金钗十二斗娉婷,都是红楼梦里人。
一自元妃归省后,大观园花满上林春。
金屋藏娇诸姊妹,大家倾国又倾城。
椒房占尽人间福,(好一个)福寿双全史太君。
消闲儿孙无限福,舞斑衣日日乐天伦。
最爱孙儿贾宝玉,风吹雨打最关心。
吩咐青衣诸婢子,殷勤侍奉小东君。
天庭不避嫌疑惯,儿女年轻总有情。
风月主人艳丽婢,岂堪日夕不离群;
况兼嗜好人间少,一口胭脂一点痕,郎君无有不关心。
中表亲情儿女态,眉头眼角暗留神。
时时调笑在内闺门。
可怜种种相思癖,无日无时入骨深。
无由断结风流亲,法重情轻太史君,造孽应推第一名。

金陵十二钗(一)

金钗十二有妍姿,如玉容颜总入时。
第一元春宫苑去,伴君龙殿作金枝;
一步登天夸姊妹,金钗首领上丹墀。
第二须推熙凤姐,风骚泼辣会相持;
掌握宁荣财政事,瞒天谎地慧灵施。
骗得祖宗婆媳信,任其手腕去营之。
熙凤从兹真大胆,开场聚赌博头资。
谁知事大风声播,惊动朝中兵马司。
铁索郎当(要把那)窝家捉,(骇得那)凤姐无力手腕施。
闹得家翻并宅乱,祖宗知晓发悲慈;收留暂把身边住,从此炎威不发痴。
第三者,有奇姿,终日泪痕如落珠。
谈起此人人尽晓,林(犟)卿三字早名驰。
平生最好凭空泣,如怨如伤酸泪滋。
识得怡红公子性,嘘寒问暖夏冬时。
无猜两小青梅戏,竹马常将一体骑。
人长大,分别离,两院分开如远思。
一朝不见三秋隔,相印堪期梁案眉。
哪晓东风吹不住,潇湘夜雨病难支,(只落得)离恨天中归去迟。

(倪高风)

金钗十二钗（二）

提起金陵诸美娘，（她都是）容颜个个好光芒。
（第四是）宝钗薛氏称娇丽，金玉姻缘结果良。
用尽千方并百计，居然如愿可相偿。
潇湘妃子归仙去，兜率天中秋夜长。
从此一心思念甚，怡红公子（把）绣囊藏。
香已碎，玉隐光，惹得怡红逃出慌。
应试不归披发去，为僧祸首（是）宝钗娘。
（她是那）阴谋算计（把）颦卿逐，气郁中肠（就）一命亡。
（可怜她）血溅罗帏（欲）见佳公子，（哪知道）怡红此际（正）拜家堂。
红花烛，点辉煌，丝管嗷嘈闹一场。
哪识潇湘孤苦女，魂归离恨恨绵长。
（他那是）一心只想（把）鸳盟谱，（薛宝钗）算计阴谋拆鸾与凰。
因果循环诚不爽，（贾宝玉）居然懊悔（去）把僧当。
红尘客，隐沧桑，遽教薛氏守空房。
未免忘情真冷落，原来报复有奇方，到底空成梦一场。

（倪高风）

金陵十二钗(三)

金钗十二有奇情,演出风流怪象生。
(第五人)卧榻怡红警幻梦,秋风吹拂体清清。
(只怪他)梦中警幻迷尘路,小辈同枝秦可卿。
混浊不分鲢与鲤,堪寻绮梦说同盟。
冰雪姿,体轻盈,绣出鸳鸯两字成。
小叔无端和侄媳,居然演出好交情。
(真个是)大家庭里奇形状,说与旁人人不听。
不洁闺门成秽事,真教叔侄不分清。
(所以那)朱子家庭真训育,端严内外要分明。
髫龄男女宜分座,授受相亲别礼文。
(故此是)男女若能依此做,自然家有好声名。
只须自己(去)当心意,切忌能言(把)骨格轻。
记取三从兼四德,必须照礼去遵行。
若能男女皆知晓,何愁道德不平均。
(平日间)家庭教育须严厉,方免桑间濮上情。
光明路,坦途行,只在吾人上轨程。
看到可卿年不永,无端瘵疾竟伤生,短命离魂却可惊。

(倪高风)

金陵十二钗(四)

提起金陵第六人,李纨寡鹄不须云。
奈因十二金钗数,且把闲文谱一巡。
(只因她)寡妇多年甘淡泊,不堪蜚语说其因。
清标品格孤芳秀,梅苑扬芬遍锦茵。
(可怜她)自守空帏成绮梦,春风秋月泪挥尘。
皆缘花月常零落,(惹得她)心意如波起伏频。
古井不堪波再起,(所以是)铅华抛却只眉颦。
闺门长日来关闭,不许渔郎去问津。
(故此是)十二金钗闺阁里,李纨的确是玉冰清。
虽然早岁成为寡,已淡欢情不识春。
不似风狂诸姊妹,花前月下(去)斗鲜新。
(真个是)荣宁两府繁华地,(幸得那)一正闺门(有)李氏身。
(贾宝玉)蜂狂流浪无规矩,(只落得)烦恼徒增走出门。
祝发为僧归已晚,佛前懊悔祷晨昏。
木鱼清磬(忏)当初孽,消释冤愆总可能。李纨也(把)那夜香焚。

(倪高风)

宝 玉(一)

漫云渺渺与茫茫,红楼一枕梦黄粱;
侯门产下佳公子,口吐通灵五色光。
性古怪,话荒唐,喜吟诗赋厌文章。
(最喜的)裙钗队里调脂粉,(说道)山川秀气出红妆;(臭男儿)怎及得女儿香。
赌酒评花诸姊妹,知心唯有一潇湘。
泪珠红掩透鲛绡上,无限恩情帕两方,变作飞灰不敢忘。
(奈)红丝已系他人足,(害)卿卿染病入膏肓。
合卺怡红闻说芳卿死,蓬莱难觅返魂香。
询紫鹃妙悉根由细,绝命还呼薄幸郎。
报劬劳独把鳌头占,辞家一笑赴乡场,尘寰跳出礼空王。

(马如飞)

宝　玉(二)

女娲炼石补天亏,(剩下了)顽钝无能石一枚;
受尽风霜寒暑劫,(在)大荒山脚下吐光辉。
茫茫大士迷途引,(被)渺渺真人携带回。
顽石通灵投母腹,降生贾府贵门楣。
取乳名宝玉非无意,(只为)临盆衔玉出胎来。
史太君爱惜如珍宝,常愁雨打被风吹,行止常教女婢随。
(来了个)绝色佳人林黛玉,十二金钗(把他)上首推。
两小无猜偏有意,厮磨耳鬓日相随。
拈花斗草寻欢笑,弄粉调脂傍翠眉,(就是)绣阁参禅亦奉陪。
(好一位)风流倜傥(的)佳公子,说着攻书便皱眉,
(奈如何)家教森严将功课追。
袭人麝月频相劝,步金鳌好平地起春雷,(博一个)荣宗耀祖振门楣。
(却被他)小睹许多天下士,(说道)落拓情种端不为。
(我)自从梦入红楼里,把富贵功名志气灰。
唯有林姑知我意,愿甘情死作飞灰,
(胜比)鳌头独占步春闱。
享过几年公子福,报劬劳无奈入秋闱,
水向东流去不归。

(马如飞)

贾 宝 玉

绛花洞主自家称,宝玉痴郎最钟情。
身在温柔乡里住,柔肠渗透女儿心。
梦中观演红楼曲,梦醒还呼秦可卿。
(方晓得)金钗十二出金陵。
喜同窗,爱优伶,(险些儿)祸起萧墙冤孽根,虽然意外亦情深。
日间陪伴潇湘子,夜荐衾裯花袭人。
芍药花丛眠得稳,木香棚下拾麒麟。
老祖宗园里排佳宴,联句飞觞芦雪亭。
(有时节)观棋局,(有时节)闻操琴。
(有时节)看西厢,(有时节)画丹青。
(有时节)学参禅,(有时节)放风筝。
(有时节)赌金樽,(有时节)荐花神。
(有时节)剿袭南华庄子文,(有时节)海棠诗社共论文,
(有时节)迎风踏雪把梅寻。
晚听钟鸣栊翠庵,晨鸡报晓稻香村。
一枕荣华二十春。

(朱寄庵)

宝 玉(一)

云雨入梦引痴情,警幻仙姑宿缘姻。
金钗十二同相并,大观园内众娉婷。
省亲别墅赛蓬瀛:蘅芜院,稻香村,枕霞阁,沁芳亭。
栊翠庵中藏妙玉,高雅人称槛外人。
曲栏深处潇湘馆,几竿翠竹映凄清。
终日里几个姊妹们,穿花拂柳往来行。
(多只为)落红经雨飘狼藉,惜花黛玉为收寻。
贾宝玉,最多情,昼长独自暗沉吟。
《会真记》把玩动春心,忽见鬟儿难隐避,秋波斜视半含嗔。
(她转)娇躯欲向堂前诉,(一个)公子殷勤陪小心。
堪怜倾国倾城貌,消受多灾多病身。
从此相思各有因。

(袁凤举 藏)

宝 玉(二)

一枚顽石大荒山,断素风霜事不凡。
闻说天倾西北角,轮回劫数几千番。
茫茫大士弥陀国,渺渺真人带了还。
顽石通灵投母腹,降生贾府大门栏。
取名宝玉非无意,临盆口中玉内含。
史老太君偏溺爱,嫌疑从不避钗环。
生平小觑人间子,落脱寻常信口谈。
儿女亲情中表谊,世世而今两情关。
园亭有意灯谜注,闺阁无聊将禅理谈。
幼时嗜好真堪笑,一点胭脂可解馋。
归省元妃为月老,当时金玉结连环。
(惹得)潇湘妃子无穷恨,入骨相思病不堪。
玉碎香消晦地下,人间要得还魂丹。
(一个儿)强遵二老堂前命,一赴乡场去不还。
幸得桂子月中攀,分离父子毗陵道。
急水流中挂片帆,岸头四拜匆匆去。
到处招寻踪迹难,而且半疑痴觉半疑憨。

(袁凤举 藏)

宝 玉 上 学

年少哥儿性格狂,文章自命气难降。
野心收束知无法,(便叫他)收拾书包上学堂。
(他是)侵晓起身梳洗罢,(唤了那)焙茗跟着步街坊。
(忽听得)高低"天地玄黄"喊,(众学生是)板凳横斜坐两旁。
贫贱学生群叹羡,(宝玉是)风流体态气轩昂。
鸡群鹤立差堪比,(绝似那)老鸦窠中出凤凰。
累得神瑛连叫苦,一阵阵,恶心臭味最难当。
(霎时间)贾代儒便把书来教,解释经书第一章。
(宝玉是)聪明天生能自悟,寻章摘句费商量。
(读到那)夕阳西坠归家去,(颦儿是)望眼欲穿暗里慌。
一见神瑛心始放,大家欢乐叙家常。
无事忙今宵欠主张。

宝玉中魔

红楼忽地起风波,急煞神瑛竟中魔。
(他们是)嫡庶暗中成水火,(赵姨娘是)久思设计害宝哥哥。
刚逢各寺来收愿,(勾结了)贪小狼心的马道婆。
八字生辰偷去压,搬来五鬼镇妖符。
(到那日)神瑛叔嫂成癫症,(一味的)执棒持刀胆气粗。
吓得满园成鼎沸,(史太君是)急来只会念弥陀。
可怜贾政心无主,许愿求神乱若麻。
(又命那)速请太医来诊治,(开了剂)清痰理气定心窠。
谁知病势反成重,(宝玉是)满口胡言乱嚼咀。
任尔百般施救治,(可怜他)两人神志越糊涂。
(苦只苦)潇湘妃子心如割,(只好)忍气吞声饮泪过。
(到后来)僧道踵门施法求,顿时恶鬼尽消磨。
(可怜他)心计徒工也没奈何。

宝 玉 夜 叹

怡红院里尽安眠,只有二爷似醉颠。
轻唤袭人来问讯,紫鹃何故不欢颜?
总须托你同他讲,(还请他)亲到此间听我言。
(袭人道)若非奶奶亲宣召,哪肯无端到这边。
(宝玉道)姐姐可将我心迹表,再三解释去说连篇。
胸中难舍林姑念,决不欺心意不坚。
(恨只恨)金玉姻缘吾不愿,为何家长尽心偏。
(怨只怨)强将妹妹加磨折,倩女离魂是太可怜。
(悲只悲)弥留时节还瞒隐,(不许吾)诀别潇湘在病榻前。
(哀只哀)倘使吾们相见面,他不能怨骂到黄泉。
(所以)紫鹃姐姐心头恨,(不知吾)情种天生爱不迁。
(思只思)祭文哭读亲来祭,(但是)意乱心烦怨恨填,安能握笔做完篇。
(奇只奇)病类疯癫还自笑,(他为何)不来探望不心牵。
(喜只喜)临终音乐在穹天奏,(或者他)抛却红尘去做仙。
(总要把)紫鹃请到怡红院,说透衷怀共释嫌。
袭人暗笑太情颠。

宝玉夜探潇湘馆

隆冬寒露结成冰,月色迷濛欲断魂。
一阵阵的朔风透入骨,(乌洞洞的)大观园里冷清清。
(宝玉是)一路在花街走,夜阑人静不闻声。
(他是)一盏灯,一个人,黑影憧憧向前行。
孤单单独自(到)潇湘馆,(去看那)林妹妹病体可减轻。
轻敲铜环滴搭响,紫鹃小婢忙开门。
(说道,宝二爷呀)你深宵寒冷宜当心。
(说道)多谢妹妹心关切,(我道)没齿难忘感大恩。
(妹妹呀,我是)放心不下(你)林姑娘,特地前来问安宁。
行来已到病榻右,(只见他)气息奄奄不出声。
(一个儿)叫林妹妹,(一个儿)把表兄称。
(他是)杏眼微开双泪淋,(说道:哥哥呀,你家)二嫂嫂待我不该应。
(他)言语荒唐(把)是非生。
老祖宗虽然心爱我,(奈何她)耳聋眼花不灵敏。
(奴)此身的病体不可好,(可怜吾)不能前去请安宁。
(哥哥呀)我与你前世的孽债今世了,请不必再看(我这)薄命人。
(妹妹呀)你一生就是多烦恼,何必自己太看轻。
(想你有)什么心事尽管说,我与你两人合一心。
(我劝你)一日三餐多饮食,(我劝你)衣衫宜添要留神。
(我劝你)养身先养心,何苦自己(把)烦恼寻。
(我劝你)姊妹言语不可听,他们是似假又似真。
(我劝你)早早安睡莫夜深,病中不宜磨黄昏。
(我劝你)一切心事多丢开,(再不可)想起扬州的旧门庭。

(那)黛玉暗暗把头点,哥哥(的)言语(我)记在心。

心暗转,更伤心,冤家为我最留神。

泪珠儿滚滚流不住,涓涓湿透了香罗巾,此身未必太飘零。

(沈蔚人)

新宝玉夜探

隆冬寒露结成冰,月色迷濛掩浮云。
一阵阵朔风透入骨,(乌洞洞)大观园里冷清清。
贾宝玉一路花间绕,脚步轻移缓缓行。
孤单单独自到潇湘馆,(去看那)林妹妹病体可减轻。
轻敲铜环滴搭响,紫鹃小婢忙开门。
行来已到病榻右,(见颦卿)气息奄奄不出声。
一个叫林妹妹,一个把表兄称。
(她是)杏眼未开双泪淋,(说道:哥哥呀)篱下寄人我难安身。
老祖宗虽然心爱我,(奈何我)举世茫茫非至亲。
(想我)此身病体难望好,(再不能)自由自在重做人。
(我与你)同病相怜遭磨折,富贵儿女可怜生。
(妹妹呀)你一生未必无指望,何必自己太看轻。
总有一朝随心意,(我与你)天南地北任游行。
(我与你)男勤女俭过光阴,(我与你)快活逍遥度晨昏。
我劝你,莫愁闷,病中人最不宜费精神。
那黛玉闻言把头点,哥哥言语我记在心。
泪珠儿滚滚流不住,高墙深户葬青春,尽是红楼梦里人。

(周　行)

新宝玉探病

怡红公子与颦卿,两小无猜各有情。
不料天公尝嫉妒,使佳人抱病困愁城。
娇躯卧在潇湘馆,小婢偏将药茗烹。
叹息知心人缺少,心中感触泪盈盈。
忽闻鹦鹉声声唤,说有客敲门呼鹃婢名。
急命丫鬟房外去,问何人到此要听清。
那丫鬟奉命将门启,(见是)宝玉前来便感触生。
(因为他)黉夜而来是难得事,(足见他)多情多义自天成。
急忙接过灯笼后,便引导进门脚步轻。
走到床前来禀告,说宝二爷今晚一人行。
亲身到此来探病,奴一片诚心代主迎。
他已到床前来足你,你有何曲直好请他评。
黛玉听,百感并,宛如久雨见天晴。
有千言万语从何说,勉强轻轻呼表兄。
说二嫂欺人真太过,(我多愁多病要)气得命牺牲。
那老祖宗待我虽然厚,我有病终难鸣不平。
你莫望奴身能勿药,(只怕要)来生再会结山盟。
宝玉听,心内惊,劝他莫与姓王争。
将躯保重求无恙,(把万事抛开)希望命运亨。
劝罢一番方告别。
区区难作不平鸣,(只好)做此开篇唱几声。

神瑛砸玉

天生情种忒多情,误种情苗要烦恼生。
(他们是)两小无猜常怄气,一时难表爱情深。
(黛玉是)每因妒忌猜疑起,终日无言泪湿巾。
(宝玉是)有口难分心似碎,(恨不能)剖开心腹赠颦卿。
(最可痛)良缘讳说金和玉,(那)刺耳的传闻要认真。
闹得神瑛无主见,见颦卿不敢献殷勤。
(恐怕是)误解情怀反见嗔。
心切切,意殷殷,诉卿卿,苦衷彼此说分明。
谁知黛玉偏多怨,(倒说是)人之相知贵在心,(只凭着)巧语花言我不听。
宝玉闻言肠寸断,解将玉坠砸中庭。
此时闹得纷无主,(紫鹃是)便把缘由报袭人。
(此刻是)流泪眼观流泪眼,馆中鸦雀竟寂无声。
(直待到)史太君前来好解纷。

宝玉哭晴雯

大观园里婢中魁,玉碎香消地下埋。
多情公子号啕哭,满腹牢骚万念灰。
无知小婢雌黄语,(说道她)仙子芙蓉浊世顽。
人声寂,泪珠潸,痛哭花堆稍解哀。
(哭道你)游戏人间年二八,九天玉女下凡来。
(哭道你)娴静端庄兼淑慎,宜嗔宜笑开我怀。
(哭道你)聪明绝世心机巧,剔透灵犀是大才。
(哭道你)心肠刚直男儿态,活泼天真宛似孩。
(晴雯呀)四大美人谁及你,古今女子可推魁。
(晴雯呀)晨夕相依无几载,何修浊玉有女仙陪。
(晴雯呀)有时诵读严冬日,(只有你)伴我终宵不怕寒。
(晴雯呀)带病缝裘情意重,一丝一缕费心裁。
(晴雯呀)王家老妪真该杀,搬弄是非敢进谗。
(晴雯呀)夫人听信蜚言语,煮鹤焚琴逼你回。
我旁观默默不应该,(好一比)逼死杨妃在马嵬。
(晴雯呀)你哀求无救悲伤出,(说什么)美丽容颜种祸胎。
(晴雯呀)你含冤魂返仙班列,(依旧做)快乐花神璞玉归。
(晴雯呀)园内凄凉人不觉,(唯有吾)怡红院主独知哀。
哭罢便来烧纸帛,阴风惨瑟夜将阑。
毛骨悚然悄悄回。

(李太炎)

宝玉祭晴雯

良辰美景佳节临,芙蓉满园倍伤神。
千古红颜皆薄命,可怜一命竟离魂。
小婢凄凉根情说,(浊玉是)泪珠涔涔湿衣襟。
(今晚是)敬具蘋蘩冰鲛縠,心香一瓣寄与芙蓉神。
(姐姐呀)你在白帝宫中灵未泯,陟降花前莫却情。
(姐姐是)自临人世年十六,相与只有五年零。
生前丽质冰清洁,花惭月羞貌倾城。
(可怜呀)天生聪明遭物忌,鸠鸩恶高古来云。
自蓄辛酸怜夭折,芳踪嗣后何处寻。
(又听得)蕙棺被燹伤心痛,今生难遂共穴情。
(曾记得)眉黛烟青犹我画,(到今朝)指环玉冷倩谁温。
鼎炉余药今尚存,襟泪余痕渍尚新。
(而今是)孤衾有梦同谁诉。(又觉得)空室无人影亦零。
(此刻是)露阶月暗芳魂渺,(只听得)匝地悲声蟋蟀鸣。
(却不料)海棠枯萎非吉兆,(迄今是)帘前鹦鹉犹呼卿。
黄土垄中卿命薄,茜纱窗下极多情。
死别生离原前定,红颜福慧见几人。
(且待我)空门参禅撇红尘。

贾宝玉私吊

宝玉情深痛美娟,醇醪狂饮解悲酸。
忽来私吊潇湘馆,推入腰门进大观。
慧婢袭人忙阻止,(说道)园中阴气正弥漫。
宝玉不听前进内,(那)袭人只得后跟随。
断梗荒榛荆棘满,凋零花木谢名园。
(唯有那)斑纹劲秀的湘妃竹,(然而)枝叶扶疏不耐观。
亭台楼阁凄凉彻,物是人非尽不欢。
笛咽山阳怀旧事,馆门已到倚墙垣。
(袭人道)太太堂前亲等你,二爷何必久盘桓。
苍茫落日时光晚,此地多邪快出园。
(宝玉道)馆内还留人几许,(为什么)娇声啼哭太含酸。
(袭人道)林姑在世多悲泣,(你)自起猜疑断不然。
年高婆子踉跄出,(口中道)珍重身躯不可观。
(因为)黛玉姑娘仙逝后,(此间是)神号鬼哭总多冤。
(那宝玉)又悲又怕心难忍,泪洒珍珠少线穿。
(林妹妹)吾今害你归泉下,薄幸千秋孰肯原。
(但是你)幽魂到底应明白,姻事全凭父母权。
(我情愿)表白立刻剖心肝。

(李太炎)

宝 玉 哭 灵

烟飘飘飘飘满炉香,暗淡淡淡淡煜素烛光。
白漾漾灵帐高挂起,火熊熊锭帛化几张。
巅巍巍木主中间坐,静悄悄主婢立两旁。
灰蓬蓬蓬灰干点心,冷冰冰冰冷一盏汤。
黑黝黝三尺桐棺木,光闪闪七灯色昏黄。
苦哀哀哀苦紫鹃女,泪盈盈盈泪滴两行。
步沙沙来了多情子,思郁郁忧思愁满腔。
一步步步入灵堂内,声泣泣泣声裂肝肠。
轻微微呼唤林妹妹,请听听从头说端详。
情绵绵共读《西厢记》,意浓浓联诗在海棠。
气冲冲园内葬花去,急忙忙前来劝悲伤。
病恹恹娇躯熬不住,倦迷迷横倒小牙床。
夜深深探病潇湘馆,风扇扇伴炉煎药汤。
情属属终想鸾俦结,缘薄薄竟成梦一场。
喜洋洋堂前花烛拜,细看看岂知代桃僵。
昏沉沉沉昏站不稳,神悠悠悠神魂飘荡。
怨恨恨恨煞二嫂嫂,泼辣辣辣手毒心肠。
恶狠狠人心不古道,虚伪伪哄我做新郎。
休怨怨怨我情太薄,难酬酬酬卿命延长。
渺茫茫已归黄泉路,哭声声何来返魂香。
发剃剃愿入空门去,远离离撇下旧家乡。
一阵阵静听敲木鱼,再修修来生作鸳鸯。

心酸酸如何想得尽,愿卿卿灵魂到天堂。
心悔悔禅门度时光。

(沈蔚人)

宝玉哭黛玉

多情却是总痴情,薄命红颜自古云。
堪叹倩女离魂后,潇湘到处不生春。
怡红公子情难尽,哭吊灵前表寸心。
(但见那)草木凋零声寂寂,凄凉满目影沉沉。
鹦鹉不知心绪事,喃喃诗诵葬花声。
见鞍自必当思马,睹物焉能不想人。
(妹妹呀,你)绝世才容今已渺,空留遗物面前存。
只望与你常相伴,(谁知那)万事由天不由人。
可怜(你)自小多磨折,可怜(你)抱恨赴幽冥。
(想当初)青梅竹马同游戏,(到今日)耳鬓厮磨再不能。
(想当初,你)一颦一笑无限好,(到今日)欲见音容再不能。
我今灵前频默诉,你在九泉可知闻?
悲切切,泪纷纷,如痴如醉欲断魂。
(这真是)富贵荣华如春梦,人生聚合等秋云。
(倒不如)跳出烦恼地,从此割断(这)不了情,做个逍遥世外人。

(听雨轩主)

宝哥哥哭林妹妹

绛珠薄福命已捐,(正值那)公子怡红结团圆。
(他)渺渺香魂归何处,人间了却一段缘。
(宝哥是)虽然病势今已减,(知道那)妹妹归天倍心酸。
茶饭不思痴难解,(定要那)潇湘一哭我愿完。
(大夫道)心病还须心药治,让他灵犀去看观。
(那宝哥)身坐竹椅人抬出,(贾母是)与夫人缓行在后随。
须臾已到潇湘馆,引进开门婢紫鹃。
一种凄凉悲哀景,令人儿个个热泪悬。
(只见那)遗像果然描得好,(但是你)灵犀一点不能传。
三尺桐棺藏黛玉,香烟缕缕雾漫漫。
贾母夫人悲声放,婉言劝解有李纨。
物是人非宝哥哭,尖刀万把在心里攒。
(妹妹呀)两小无猜多和睦,浓情蜜意知己欢。
(妹妹呀)我们只望成眷属,金玉安能算良缘。
(妹妹呀)你容颜绝代双眉蹙,仙子凌波降大观。
(妹妹呀)你联句吟诗多风雅,谈天说地经义援。
(妹妹呀)佳日春秋园中戏,月光皎洁泛一船。
(妹妹呀)我不幸病魔来缠扰,(你)终宵忧急心不安。
(妹妹呀)你弱不禁风身有病,梨花带雨泪涓涓。所以药石最有缘。
(妹妹呀)你易箦未曾亲来别,不情不义如这般。
(妹妹呀)你无端焚去香罗帕,诗稿为何一炬完。
(贾母道)从古美人天嫉忌,(你)咽喉哭破也徒然。

（宝哥是）活来死去频昏绝,强逼回房哭泣喧。
（他）决心他日去参禅。

（李太炎）

宝 玉 哭 情

多情却是总痴情,(我是)枉是多情太无情。
(今日里)哭吊灵前情难尽,(好叫我)前情回溯痛泪淋。
(妹妹呀,你今是)空留遗物情何在,(可知我)触景生情倍酸辛。
(想当初)两小无猜情无限,心心相印尽输诚。
(想当初)妹妹哥哥情爱好,卿卿我我甚多情。
(想当初)花前月下多情感,作赋吟诗情致深。
(想当初)你见我含情脉脉娇嗔样,(我见卿)欲诉情肠不敢云。
(我只道)天荒地老情不减,(我只道)有情终能眷属成。
(可恨那)造物无情将人弄,害煞卿卿太无情。
(早知道)卿卿暗里情深重,(我可以)早把情意细诉明。
(到如今)玉殒香消情难续,(却叫我)伤心倍触旧时情。
多情多义(的)如花女,(偏遇我)无情无意薄幸人。害卿殉情一命倾。
(可怜你)多愁多病为情死,(可怜你)临危殉情(将)诗稿焚。
(可怜你)默默痴情难如愿,(可怜你)多情偏是命不辰。
(妹妹呀)我劝你九泉莫坠伤心泪,(我是)决不负卿一片情。
(倒不如)跳出情关空门入,(从此后)情丝割断撒红尘,聊补今生未了情。

贾宝玉梦醒

一从梦内返池瑶,香汗淋漓魂魄消。
阳台乍醒眉双湿,即将侍婢袭人招。
火速前来侍奉好,岂知污物湿鲛绡。
忙动问,细根苗,因何下部甚蹊跷。
宝玉贪欢携玉手,同归房内梦情苗。
说可卿足见天仙女,人间哪有这风骚。
袭人笑倒牙床侧,脸涨通红头乱摇。
(公子呀)将温香情事轻轻说,遍体如焚欲火烧。
仰求侍婢同衾枕,先受云情试一遭。
怡红竞采莲花蒂,织女牛郎渡鹊桥。
半推半就成连理,才子佳人鸾凤交。
相亲相爱合声高。

宝 玉 出 亡

怡红公子与颦卿,两小无猜各有情。
彼此相亲相近久,欲成眷属慰生平。
哪知变化从中起,李代桃僵计划精。
暗把蘅芜君作配,(想和)怡红公子作凤鸾鸣。
一朝交拜完花烛,顿使怡红心内惊。
他不肯忘情林黛玉,可惜被人播弄未能成。
不甘与薛氏和琴瑟,亲向潇湘馆里行。
向紫鹃盘问根由前后事,方知妃子命已倾。
他顿时态度和前异,似醉如痴不欲生。
从此心知情是幻,将红尘看破一身轻。
飘然远去无消息,不复归家见双亲,如神龙藏尾寂无声。

宝玉出家(一)

料理坟墓到金陵,一帆孤舟破浪行。
万里景色无限好,水天一望启胸襟。
(这边厢)二三村落无俗态,(那一处)林壑可餐诗意深。
涓涓的波浪冲船舷,阵阵的清风送归程。
(想)家书中字句太奇突,(何似宝玉他)好端端未见转门庭。
心灰灰,意深深,(真是)家门不幸古来云。
(那一日)冒雨来到毗陵驿,(无奈何)风雪交迫不能行。
(贾政是)无意推窗望闲处,(忽然见)江岸踱来一贫僧。
(他是)光头赤足衣衫破,迎风鹄立不胜冷。
面目之间如相识,九曲回肠记不清。
遥向船中连叩首,合掌躬身打问讯。
(猛想起)失踪未转的宝玉即是他,何故削发入空门。
(儿呀)老祖宗心爱并非假,不别而行太不忍。
十九年恩养无以报,(想)如此的结局岂不更伤心。
为父今日回家去,快来同舟一路行。
(宝玉是)不言语,不多声,如欢乐,如伤神,连叹息,两泪淋。
无言对答老年人。
(忽而)来了僧道二人把宝玉拖,一刹时不见了人和影。
慌忙追赶已不及,父子终然不相亲。
雪上空留茫履影。

宝玉出家（二）

尘寰几度易沧桑，谱到红楼大可伤。
（且看那）十二金钗都幻梦，大观园转瞬已荒凉。
（可晓得）多情自古空余恨，好梦由来易散场。
（宝玉是）回首前尘成幻想，坠欢重拾异寻常。
（恨只恨）缘联金玉将红颜误，（痛只痛）泪渍终身尚未偿。
我是害死潇湘常抱恨，（当时的）盟山誓海总难忘。
（想到那）浮云富贵能参透，（想到那）敝屣功名竟没主张。
试罢秋闱人不见，（他是）真诠已悟换出家装。
入山削发禅机彻，撇却红尘去渺茫。
累得合家心绪乱，求神问卜去瞎商量。
（独有那）宝钗料得多凶讯，暗里伤心几哭断肠。
提起袭人真可叹，（她是）假悲伤到底会装腔。
（她是）薄命终须嫁蒋郎。

林黛玉(一)

碧天如洗月如钩,钩起胸中万斛愁;
千个琅玕千个影,潇湘风雨竹飕飕。
一灯孤影人枯坐,无数闲情不自由。
可怜寄迹荣宁府,不见椿庭已几秋。
梦魂中每每到扬州,(怎能够)博得一封钦诏旨。
舞斑衣聊把孝心酬,不敢人前题一字。
胸中心事泪中流,不梳不洗寻常惯。
且喜潇湘曲径幽,往来只有众姣羞。
屈指有谁知我意,宝哥哥意气最相投。
奈他不改顽皮性,(打得)肉绽皮开尚未休,父子浑如风马牛。
每向床前通问好,岂知未语泪先流。
(忌最忌)多才多艺宝丫头,(只恐)姓名未注鸳鸯谱,
(总要)月下老人修一修,不是姻缘不肯休。

(马如飞)

林黛玉（二）

俏佳人生长在扬州,不爱欢娱只爱愁；
(她是)绛珠河畔灵芝草,痴心还泪下凡游。
怡红公子多情种,一见倾心两意投。
耳鬓厮磨无顾忌,未开情窦已绸缪,妹妹哥哥叫不休。
怪无端来了蘅芜主,赛杨妃体态最风流。
通灵玉配黄金锁,巧合奇缘意便留。
(做出那)举止大方身俭朴,语言吞吐性温柔。
(为什么)鸳鸯坐在床前绣,(因甚的)麝串笼时却害羞。
(为什么)冷香丸小婢风骚语,(因甚的)牙牌令将人破绽搜。
(为什么)近来行动多偏执,(因甚的)姨母跟前礼数周。
笑莺儿巧结梅花络,(要)笼络得郎心(把)别个丢。
(自古道)姨表不如姑表近,(这)祸根苗总是凤丫头。
我为你,泪暗流；我为你,别时牵挂见时羞；
指望终身咏好逑,(纵有那)香闺姊妹联诗社。
(那怕)海棠春吟(到)菊花秋,怎解得(我)心中无限愁。
蓦然间片语机关漏,始识得他们暗地谋,细思量真个没来由。
(一个是)参天拜祖称和合,(一个是)潇湘风雨竹飕飕；
把新诗旧帕都焚去,断去如花命不由留,女儿身幻梦醒红楼。

(马如飞)

林黛玉(三)

潇湘妃子貌娉婷,独靠栏杆愁满心;
远别家乡千里外,迢迢京国远投亲。
(在)母舅家中来寄迹,(外祖母)款待浑如掌上珍;
合家姊妹都和好,(与)宝哥哥两下最关心。
耳鬓厮磨同戏谑,吟梅咏菊共论文。
(只为)腼颜难把衷肠诉,曾将心事试痴心。
心切切,泪盈盈,常将罗帕拭啼痕。
(见)窗前鹦鹉喃喃语,葬花诗朗诵一声声。
巧鸟性灵(解得出我)相思意,(只怕我)情痴反不及你聪明。
频频娇喘声声嗽,紫鹃小婢劝殷勤。
(说)休烦恼,莫伤心,曾将哑谜试东君。
(宝二爷是)情坚誓欲同生死,此段姻缘一定成。
(到后来)谗言哄得夫人信,李代桃僵另对亲,稳稳(的)鸾凤拆了群。
病中消息无人晓,焚帕烧诗欲断魂,潇湘馆里惨难禁。

(马如飞)

林黛玉(四)

苦雨酸风铁马喧,好花枝冷落大观园;
潇湘馆里无声息,抱病佳人双泪悬。
娇躯常拥香罗被,憔悴芳容病未痊。
心切切,泪悬悬;声寂寂,夜漫漫;(猛听得)隔墙儿锣鼓一声喧。
相逢婢子在沁芳闸,为甚伤心到这般?(哪晓得)婢子无知直说穿。
宝姑娘今夜完花烛,少夫少妇结团圞,单把潇湘妃子瞒。
闻一语,肠一断,一阵阵伤心一阵阵的酸,
宛比有几万把的尖刀在那心肺上钻。
脚步踉跄神恍惚,不道走熟的花园同陌路般。
(幸亏)知意知心婢紫鹃,相扶同返潇湘馆。
(把)旧帕新诗一炬完,(说道)闺阁文章未可传。
而今病倒床衾里,素来药石最无缘。
心病何能占勿药,凄凄风雨赴黄泉,难了人间未了缘。

(马如飞)

林黛玉（五）

缥缈乡关惨淡云,绛珠仙子返园林;
她是灵河石畔灵芝草,深感神瑛侍者恩。
一片痴心酬夙愿,报恩特地下凡尘。
哪晓赤绳另绾他人足,已负前生万种情,
何况乎别鹄离鸾两地分。
因此上生离离病倒潇湘馆,举目皆如仇敌形,
有谁向奴床前来问一声。
痴魂无定随风去,遇着了南海慈航观世音。
说道草木尚然知报德,道是无情却有心,返魂香菩萨早调停。
游魂仍返荣宁府,虚飘飘转眼入园林。
老祖宗物故家零落,当年姊妹半凋零。
宝玉不知何处去,怡红院里草青青。
行来咫尺潇湘馆,昔日琅玕还带泪痕,竹影萧疏不见人。
值日功曹遵法旨,黄金力士驾祥云。
叱咤一声魂入壳,拍灵床哭出断肠声,两府荣宁尽吃惊。
公然劈破棺材盖,报说林姑已再生,重了人间未了姻。

（马如飞）

林黛玉(六)

潇湘馆里有愁人,风雨萧萧洗俗尘;
多情默默无言语,钩起心头事一巡。
(但只见)悄影稀声秋夜静,一灯如豆蹙眉颦。
才比班姬能咏絮,多愁善病可怜身。
(每每是)春花秋月深深恨,遇事无端泪下频;
秋风最是伤人意,吹到人前愁黯神。
(只见她)闷郁常将珠泪落,不时含怒气生嗔。
(难怪她)形单影只孤鸿宿,月下窗前泣北辰;
闲情常惹风波起,公子怡红不近仁。
(他那是)众家姊妹人人好,见一个来皆可亲。
(所以是)潇湘妃子愁心甚,终日埋头哭不停;
不堪处境思亲父,梦断扬州忆故陵。
阿母稚龄哀见背,飘蓬断梗别天伦。
(当初是)乍见哥哥亲热爱,(那时间)芳心一点已归秦。
谁知半道浓情淡,(来了个)情敌宝钗许问津。
可怜平地风波起,幽雅潇湘锦色茵。
(只见那)怡红公子稀痕迹,意淡情疏唯喜新。
相知薛府如甜蜜,寒色清宵悃愫中。
(只有那)斑斑血泪潇湘竹,空向人前诉丽春。
(所以是)云浮空际檐前铁,怨语凄声愁更生。
(林姑娘)手托香腮思黯黯,魂销月影照无垠。
(可怜她)慧兰弱质兼多病,更惹愁烦勇气沦,芳踪玉骨付荒坟。

(倪高风)

林黛玉(七)

薄命红颜自古然,林姑娘卧病(在)大观园。
(她是个)才貌双全奇女子,(只为那)椿萱不幸早归泉。
无依靠,苦颠连,(没奈何)舅氏门庭度岁年。
(虽则她)玉食锦衣人羡慕,(然而她)痴情私意独缠绵。
怡红公子常相叙,天性风流貌复妍。
(好一似)蝴蝶穿花花正满,(恨只恨)若离若即两难言。
(有时节)把琴弹,(有时节)觅句联,斗角勾心各一边。
满地池荷开并蒂,百年成就此良缘。
(谁知那)以钗易黛风波起,鼓乐声喧惊客眠。
药炉了不尽相思债,鹧鸪啼不完离恨篇,(只落得)口吐鲜红病更添。
到此分明同梦幻,不堪回首说当年。
检诗焚稿终何益,扶枕槌胸泪涌泉,伤心人返魂大罗天。

(陈姜映清)

林黛玉(八)

阆苑云飞碧水流,重重珠户绕红楼。
中藏怨女添愁闷,嗟叹韶华不自由。
九十春光如弹指,惜花儿无叶把花留。
叹人生虚度浑如梦,妙玉青年苦志修。
潇湘馆,曲径幽,往来只有众姣秀。
不梳不洗寻常惯,寂寞黄昏泪欲流。
倚遍栏杆难遣闷,看上弦月色宛似钩,勾起我心中万斛愁。
阔别椿庭千里外,梦魂儿常绕故扬州。
博得君恩钦召旨,舞斑衣聊把孝心酬。
重思想,转双眸,宝玉身躯康健否。
你顽皮难按严亲怒,(打得他)肉绽皮开尚不休,我背人眼内偷流泪。
父子情同风马牛,我咬银牙挥碎玉簪头。
人情冷淡方知暖,我尽我心听自由。何必吹毛将疵点求。

林黛玉（九）

大观园景十分幽，疑是蓬莱小瀛洲。
莫羡草堂开绿野，分明佳境让红楼。
中藏绝代如花女，人说如花花尚羞。
（看那）潇湘馆外琅玕竹，着雨经风尽似秋。
（可叹的）父偏远官娘偏死，（故所以）倚遍雕栏恨不休。
（且喜得）园林畅，曲径幽，往来只有众丫头，（纵使）懒于梳洗寻常惯。
（怕只怕）黄昏时星月宛如钩，（不免乎）胸中勾起万丈愁。
不幸慈亲先弃世，（以至于）伶仃孤女在外家留。
（还只得）老祖宗爱惜如儿女，而且姊妹情深意气投。
（无奈何）远隔椿庭千里外，（空使奴）梦魂常绕过扬州。
（怎能够）巴得一封钦诏旨，（便可）舞斑衣聊把孝心酬。
（但不知）几时遂奴平生愿，（奴就在）莲座焚香日夜修。
最怜一段关心事，两字终身不自由。
儿女痴情中表谊，厮磨耳鬓暗绸缪。
木鱼不识曾敲破，恩爱河边修未修。
此情羞向人前说，（只有）弄月吟风空泪流。自家痴念与自家谋。

（袁凤举　藏）

林黛玉(十)

潇湘妃子不胜忧,万种相思一种羞。
逢人未便殷勤问,宝玉身躯(可)痊愈否?
应将儿女嫌疑避,不觉忘形不自由。
咫尺两边如万里,暌违一日似三秋。
祸根只为香罗带,闻说梨园年少优。多情偏要卖风流。
椿庭不顾儿娇怯,(打得他)肉绽皮开尚未休。父子浑是风马牛。
(如是)几度怡红书院问,关情探望向床头。
未曾开口先抛泪,(见)两臂伤痕两面浮。
(未免)私心关痛痒,只将菩萨暗中求。
相看不敢多言语,隐隐悲伤暗暗愁。
难以抚摩轻牵手,(又怕)多疑多虑众丫头。
虽然久后成佳偶,又未曾经月老谋。
空怀惜玉怜香意,濮上桑间岂效尤,相亲相近不相侔。

(袁凤苹　藏)

林黛玉(十一)

潇湘妃子美无双,(听得)鹦鹉吟诗欲断肠。
金风吹落秋桐叶,瘦怯娇躯觉晚凉。
停绣线,掩纱窗,兰房沐罢理残妆。
淡施螺黛春山绿,薄染胭脂兰麝香。
缕玉斜梳云鬓腻,褪红衫露雪肌芳。
瑶阶小立浑无语,团扇轻摇对夕阳。
金乌渐渐西山没,月上花梢映银墙。
转侧自怜娇影好,低吟雪雁点银缸。
紫鹃婢,问姑娘,因何常叹泪双行。
心事满怀人不晓,为谁消瘦减容光。
无可奈何更漏永,罗衣宽卸上牙床,(听得)雨打芭蕉湿海棠。

(袁凤举 藏)

潇 湘 妃 子

潇湘妃子貌倾城,(他本是)一枝仙草降红尘,
幼年曾把诗书读,(好一位)绝世聪明女学生。
命中多病遭磨折,(好一朵)鲜花把雨淋。
(他是)遵严命,上帝京,(巧遇却)怡红公子最多情。
柔情蜜意无人识,一幅鲛绡赠与卿,
百年缘订鸳鸯偶,两地相思(还)未露形。
谁知天不从人愿,(说什么)金玉良缘别订婚。
颦卿从此心肠懒,(只向那)鹦鹉前头叹几声。
把奴奴千点相思泪,报答你三年灌露恩,大观园哭死病成形。

黛 玉 投 亲

绛仙孤苦叹飘摇,惹恨身世命里招。
小小芳龄萱堂故,含愁终日珠泪抛。
(幸晓得)外祖母怜惜窈窕女,一夜夜朝朝暗心焦。
眼盼盼千里来迎接,(好教她)兰闺有伴免寂寥。
(所以她)玉箫吹出阳关曲,清波滚滚送舟桡。
远州投亲来舅府,(只觉她)富丽华贵赛琼瑶。
(只见那)翠阁红楼多佳丽,水晶帘内隐红绡。
(她是)金莲窄窄忙走进,万福深深拜年高。
还有迎春诸姊妹,莺莺燕燕众多姣。
正在盈盈频动问,(来了那)风流公子自逍遥。
(只见他)金冠绣服人如玉,面若莲花分外娇。
胸悬丽玉无价宝,品貌无双意气骄。
(奇不过)他的形容巧笑何处见,此事却要费推敲。
(那宝玉)凝神细看婷婷女,(只见她)绝世容华实难描。
宜嗔宜喜芙蓉面,非烟非雾眉两条。
眼秋水,口樱桃,西施风韵小蛮腰。
(他是)频频看罢微微笑,(说道)妹妹的芳姿我曾瞧。
好似那久隔山山今又见,只恨我不巧心记记不牢。
(正是)蓬莱昔日曾相会,(所以)一见如故两意交,心心相印种情苗。

林黛玉初见贾宝玉

说起林家如海公,他所生一女极玲珑。
尘寰超绝天仙貌,刺绣传神好女红,天资敏慧赋诗工。
林夫人不幸离尘世,就寄养女儿到贾府中。
一叶扁舟离故土,(林公是)连声珍重泪盈瞳。
到了京都船靠岸,(坐了那)四人绣轿有威风。
(街上是)熙来攘往人烟密,热闹繁华气象雄。
(不多时)轿停婆子来扶出,画栋朱楼布置工。
与吾家清寒景况(竟)不相同。
丫鬟伶俐忙招待,(引见那)白发满头(的)老祖宗。
(贾母是)拖她怀里心肝叫,(真是个)弱不胜衣窈窕容。
舅母跟前忙拜见,(再与那)姑娘表嫂话匆匆。
(外孙呀)你身躯何故对娇小,(想起了)没福的女儿老泪冲。
(小婢说)宝玉二爷今已到,(走进了)少年公子是怡红。
(看他是)唇若涂朱眉似画,深情缕缕有双瞳。
鼻如悬胆银盆脸,饱满天庭地阁隆。
满身服装都华丽,美玉琼瑶挂在胸。
宝玉心中奇怪甚,(认识那)此人的举止好颜容。
(宝玉是)看林姑娘一种娇痴态,(好像那)带病西施不耐风。
脉脉含情双目转,眉梢柳黛似烟笼。
如此美人人间少,(最妙那)赖上双涡点缀红。
(宝玉说)妹妹与我真面善,好如久别又重逢。

(贾母道)你们三生石上先成约,妹妹哥哥(故)情意浓。
(谁知道)良缘难缔怨苍穹。

(李太炎)

黛玉春游

黛玉姑娘最多情,今日装束去探春。
(她是)紫鹃衫,翠缕裙,斜插熙凤称可卿。
带领着李纨李绮婢,移步下舟如香菱。
解缆荡漾湖中去,(那)鸳鸯戏水(在)绿波心。
(想去年是)雪雁飞入荻花里,(不多时)杨柳湘莲又迎春。
(可惜)蟠桃小红尚未熟,(但闻得)莺儿枝头叫声声。
夕阳西沉如琥珀,轻风吹来花袭人。
(他)停舟上岸(到)绣橘庵,(去访那)妙玉师太谈古今。
(过了)板儿桥,彩云径,(远闻得)一声静钟涤人心。
(他)纤手轻敲戒环响,刘姥姥应声来开门。
请至宝玉轩内坐,(送上)松枝焙茗(的)茶一樽。
炉中岫烟烟蕙香,桌上宝琴琴无声。
远迎(的)山水如入画,(那)小鹊归巢似集云。
斜谈片刻归家去,(但见那)麝月透光向上升,欸乃一声水镶云。

(沈蔚人)

黛玉调鹦鹉

年来心事似春潮,心上才抛又眼梢。
寄迹荣宁依外氏,飘零身世等蓬蒿。
心自切,泪自飘,病有根芽泪有苗。
瘦骨支离常依枕,春花秋月等闲消。
且喜园中诸姊妹,兰心蕙质品全超。
不栉尽堪称进士,猜谜赌韵解无聊。
(有时节)品玉箫,(有时节)理丝绦,(有时节)赏花玩月竟通宵。
即景时常画雅集,联吟好把句推敲。
兰桂吟寂常相伴,更有潇湘远俗嚣。
千个竹,韵潇潇,茜纱窗外种芭蕉。
苔痕一碧如图画,枕簟生凉翠竹摇。
满座阴阴消俗虑,湘帘高卷俟燕归巢。
(那)黛玉无聊凭曲栏,(忽听得)金笼鹦鹉弄喉娇。
却把哭花诗句诵,(说什么)今日葬花人自笑,他年葬侬费推敲。
低吟一似姑娘调,解事聪明此羽毛。
(记得)唐家宫里绿衣使,太真爱护异常牢。
喃喃惯诵多心卷,有此露禽亦自豪。
(想自己)心爱诗词原不少,清才绝世岂虚邀。
(少不得)一一拿来把鹦鹉调。

黛玉伤春

春风吹水绿参差,春到人间草木知。
春色满园关不住,春花春草斗芳姿。
应当及时行乐游春景,底事伤春独自悲。
因为想起春容容易变,青春转眼即过时。
一朝漏泄春光后,不免要惹起春愁暗皱眉。
就是未过春天(也)多感触,(见那)春风似箭(向)树头吹。
宛如裁制春衣服,(使)锦绣春花离了枝。
(又见)天上春云多变化,令人不免动春思。
(想)人情真比春云薄,不及春云聚散宜。
(复见)春雨时常来下降,春池水暖鸭先知。
(那)潇湘妃子伤春后,做一篇,送别春天(的)绝妙词。
不知春去已多时。

潇 湘 闺 怨

身世飘零乐趣无,(林姑娘在)茜纱窗下自吟哦。
(那)莺儿奉了宝钗命,来送佳珍向内呼。
紫鹃闻听忙迎接,请进潇湘笑语和。
莺儿道:微物区区心意表,南方土产送林姑。
不多时,送出莺儿回内室,(便看见)姑娘呆坐锁双蛾。
都因为,见物伤心思故土,(而今吾)不住江都住帝都。
薄命红颜天下酷,椿萱早谢痛如何。
叔伯至亲齐下世,同胞手足竟全无。
(我只能)依靠舅家来度日,(此种的)每天生活(像)受灾磨。
哪有人,专到京都探望我,(带一些)维扬产物给奴奴。
想到心伤肠断处,(恨不能)此生顷刻就呜呼。
那伶俐紫鹃忙解劝,口中宛转若悬河。
说道:姑娘呀,你身躯平日多娇弱,服药以来效力多。
究不宜,忧愁抑郁闷心窝。
姑娘呀,莺儿送的南方物,(你应当)感激深情谢薛姑。
姑娘呀,老爷太太均怜你,刻刻关心请大夫。
你千金贵体须珍重,(切不可)过度忧伤引病魔。
姑娘呀,你开豁胸臆为第一,将来后福必然多。
林姑娘是,不信良言心戚戚,
(幸有那)宝二爷亲到劝娇娥,(他便)回嗔作喜笑呵呵。

绛珠叹（一）

飒飒琅玕竹韵凉,(苦)颦卿抱病卧潇湘。
(想)奴家命比桃花薄,九岁(的)孤雏没了娘。
老父可怜相继死,(害得奴)漂零无主寄他乡。
(说什么)怡红公子多情种,(哪晓得)也是无情薄幸郎。
(傻大姐)亲口说姻亲对,金玉良缘谁主张。
木石姻缘成画饼,徒劳流下泪千行。
为他人做嫁衣裳。
悔从前枉把真心托,(岂知你)行云流水太无良。
鸳枕畔,叹郎珰,一缕痴情(绕我)九曲肠。
渐觉年来珠泪尽,瘦庞儿更比菊花黄。
(问)何时再把残花葬,(博得)风雨秋闱怨恨长。
病入膏肓无药救,(也不愿)偷生人世受凄凉,世间不望返魂香。

绛珠叹(二)

怜我怜卿只自伤,颦儿抱病入膏肓。
身躯到死仍干净,小姑居处本无郎。
从来好事彼苍妒,呕尽心肝哭断肠。
情郁结,遂乖张,可怜生小少爹娘。
虽有紫鹃常相伴,然而伤心人对倍凄凉。
紫鹃呀,你相从奴的知心婢,晓得奴,洁白无瑕玉一方。
向来总把声名惜,到如今,半生心事付汪洋。
奴死后,桐棺须要回南去,葬在奴双亲墓穴旁。
(把奴)三尺蕉桐先毁去,断肠诗句莫收藏。
正在叮咛身后事,(猛听得)隔墙乐奏凤求凰。
(好似)霜天孤雁鸣凄惨,一霎香魂落大荒。
从此潇湘春寂寂,空留鹦鹉叫姑娘,琅玕无语对斜阳。

潇　湘　怨

潇湘夜静百花香,欲说怡红苦恨长。
黛玉独坐潇湘馆,痴心妄想会玉郎。
紫鹃婢,禀小姐,(说道)宝二爷已经结成双。
他与宝钗成红烛,故而绝迹是潇湘。
黛玉闻语添愁闷,一阵伤心泪两行。
(见那)一轮明月照花墙,懒洋洋慢把衣儿卸,切齿咬牙恨玉郎。
宝钗怎样花月貌,何故将奴撇半傍。
衾儿冷,枕儿凉,难却相思梦一场。宝哥哥也是薄情郎。
(劝人家)切莫把少年爱,少年都是狼心肠。
(倒不如)嫁一个农夫子,早欢暮乐度时光,织女星相对小牛郎。

(赵梦龙)

黛玉思亲

红楼一角曲径藏,中有金钗十二行。
潇湘馆里林黛玉,一念思亲泪满眶。
伤心哭倒床衾里,好比带雨梨花秋海棠。
无聊忽觉神思倦,片刻已到黑甜乡。
幸有聪明紫鹃婢,轻轻带上雨纱窗。
醒来还见窗前月,月移花影上花墙。
想我红颜真薄命,小小孤雏没了娘。
可怜我,无依无靠少姊妹,零丁孤苦往他乡。
寄身虽在荣国府,究竟是仰人鼻息不风光。
外祖母体念我亲骨肉,舅父母毕竟不如娘。
园中姊妹多和好,亏得我,委曲求全度时光。
宝哥哥虽然常亲近,怕的是,人言可畏却难当。
低首想,心更伤,泪珠儿湿透了绮罗裳。
奴用尽心机恨多病,未知归宿在哪方。
今人儿,越思越想越心伤。

潇湘馆春困

日丽风和百花新,嫣红姹紫满园春。
潇湘馆内花如锦,(但听得)鹦鹉娇呼闲院门。
(那时间)长日如年春寂寂,病神瑛扶杖(去)访知心。
走完甬道无人见,(但见那)倦鹤婆娑正刷翎。
穿过曲廊回首望,(两旁边)新篁摇曳作龙吟。
碧纱窗槅浓阴护,正凝神,(又见她)懒腰伸罢支颐坐,呵欠连连打不定。
(她是)双锁愁眉似春病。(她是)娇躯怯弱欲横阵。
(她是)花容憔悴正恹恹病。(她是)半带娇嗔半带颦。
(此刻是)绣帐半垂身伏枕,好花枝瘦得可怜生。
(宝玉是)推门步入潇湘馆,吓得颦儿吃一惊。
娇唤紫鹃来服侍,起身含笑表欢迎。
累得神瑛慰藉频。

黛玉吊花

叶缺花残忆昔年,落英遍地实堪怜。
无人肯把香坟筑,(只得)自荷鸦锄到树边。
收拾残花埋葬后,伤心痛哭恨难填。
彼时触目惊魂极,(所以)泪出如珠(似)滴水泉。
(想自己是)弱质临风又不禁,多愁多病复多眠。
一朝药石无灵效,(不免如)园内残花(把)性命捐。
昔日心中如此想,今朝病剧(又)想从前。
(所以)向它凭吊心头痛,(只怕)自己将来入墓田。
没有人来将我吊,(和)花坟一样没人怜。
(我)魂灵儿难见情人面,(他可肯)泪血染成红杜鹃。
倘若移情忘旧识,(我只愿)来生再作并蒂莲。
佳人吊罢心悲切,涕泪沾衣万念牵。
(这正是)良辰美景奈何天。

(赵仲熊)

黛玉哭花

暮春时节暖春风,处处园林尽沾红。
青草池塘春寂寂,陌上烟柳雾浓浓。
浅白深绿开次第,万紫千红映碧空。
彩蝶双双舞花间,紫燕对对穿帘栊。
春色满园关不住,忽遭妒忌恨天公。
晚来风雨摧残急,百日芳菲一夜空。
潇湘馆,影幢幢,云凝雾滴侵晓风。
薄命佳人林黛玉,无日不愁眼常红。
远离关山千里月,孤影飘零寄斯中。
半日毕竟情为累,两地相思恨怡红。
日如三日肠九曲,命比鸿毛遇春风。
年年病待四更尽,夜夜愁罢五更终。
东方泛白微觉倦,梦回已见夕阳红。
(忽听得)小鸟呼晴声细细,坐起娇躯眼忪忪。
下牙床,穿绣弓,头脑沉沉似醉翁。
莲步姗姗轻移动,疑入妆台理飞蓬。
(你看她)顾镜自怜红颜瘦,玉容惨淡非昔同。
晨妆梳罢盥洗毕,略进点膳饥肠充。
忆及昨夜东风急,未识园中可遭凶。
荷花锄步出潇湘馆,关心急急到园中。
兜抄回廊九曲径,绕遍栏杆十二红。
步轻轻,气冲冲,袅娜娜依稀柳轻风。
步花街力怯喘吁吁,到园林遍体汗濛濛。

(但见那)满园景色多变幻,触目凄凉愁添衷。

(但见那)花叶飘零皆飞残,落英缤纷乱横纵。

(但见那)狼藉屑屑铺如褥,胭脂点点满地红。

(但见那)连天草色飞下天,漫地花絮任西东。

(但见那)嫩叶娇蕊枝无余,黛红翠绿(在)污泥中。

(但见那)碎玉堆砌蓬莱岛,残珠抛叠兜率宫。

(正所谓)阻去红尘三千里,隔断巫山十二峰。

(可怜那)惜花人见添惆怅,翻来翠袖掩玉容。

愁无奈,蹙眉峰,无言默默怨东风。

恨煞风姨情太薄,狂暴逞威过觉凶。

三春花讯自斯了,一代香草从此空。

(那妃子是)多情堪称花知己,花魂有幸感姣容。

(只见她)轻将残花收拾起,慢把花锄筑花冢。

一抔黄土埋花骨,三尺青冢葬残花。

仰天长叹暗祝告,临风哭泣泪盈胸。

(花儿呀,奴只道)古来薄命唯奴最,(谁知晓)花命器薄更胜侬。

既然花命难长久,春来何必放艳红。

(曾记得)前日来此探望你,(正见你)巅巍巍含笑迎春风。

(可怜你)存世不久无多日,(可怜你)霎眼光阴寿已终。

(可怜你,受尽)风吹雨打无数劫,(可怜你)昙花一现泡幻中。

(可怜你)香魂渺渺今何在?艳魂茫茫影无踪。

想奴与你同命苦,(因何你)丢撒奴奴去匆匆。

(然而你,今日)花骨虽死有侬葬,(到将来)未知谁来葬阿侬。

(那)妃子触动(了)伤心事,哭声泣泣泪转红。

(正是)断肠人哭断肠草,凄凉声吊凄凉冢。人比花命一样同。

(汪伯英)

黛玉葬花(一)

潇湘妃子貌仙姬,惜玉怜香亘古稀。
开到荼蘼花事了,相逢犹待隔年期。
九十日韶华容易过,大观园里减芳菲。
蝴蝶花间蝴蝶老,杜鹃枝上杜鹃啼。
梅子心酸终是苦,海棠无力带丝飞。
见落红满地无人惜,待我收拾残英上翠堤。
将它埋葬成花冢,免得花儿染了泥。
我想他年葬我人何在?我葬残花人笑痴。
花开花谢年年有,(只怕)花落人亡两不知。
两泪滴成诗一首,鹦鹉架上亦能啼。
怡红公子关心切,同病相怜泪湿衣。
(但愿将)月月红留十姊妹,长春四季不分离,多愁多病又多疑。

(马如飞)

黛玉葬花(二)

三月桃花乐景浓,潇湘妃子泪染红。
为怜艳首飘狼藉,轻移莲步出房栊。
香肩挑起花锄柄,手执沙囊觅残红。
满面春风吹寂寞,唯闻燕语骂东风。
行来已至埋香冢,一堆黄土白云风。
(花儿呀)明姣鲜艳能几日?恨风儿吹得影无踪。
伤心多为飘零客,花落人亡尽是空。
侬今葬花人共在,(未知)他日谁人葬阿侬?
一朝春尽红颜老,红颜薄命与花同。
颦卿正在消魂处,(见)贾宝玉徐步出花丛。
(正是)人间亦有痴与我,上前觌面又相逢,一声长叹各西东。

黛玉葬花（三）

各园春色尽休藏，万紫千红斗艳妆。
风光美，美风光，蝶舞蜂飞乐意扬。
（那晓得）一刻千金容易度，留春无策怨东皇。
林黛玉，愁恨长，静悄悄，悄坐象牙床；
病绵绵，绵病增瘦骨；泪垂垂，垂泪满腮傍。
（但听得）雨淋淋，淋雨纱窗湿；风袭袭，袭入绣罗帐；想奴奴，奴命如花薄；
（谁把那）花幡护，护护免残伤。（想明朝）红褪褪，褪成胭脂色；
落纷纷，纷落在泥冈；夜深深，深夜难安寐；
眼般般，般望晓鸡唱；步忙忙，忙步园中去；
（不管那）露微微，微露染罗裳。睹花枝，枝枝都凋落；
（再不能）香馥馥，馥郁上林芳。
残花瓣，瓣瓣埋香土；情黯黯，黯然独悲伤。
想他年何人把奴葬。

黛玉葬花（四）

雨丝风片饯残春，花谢花飞总断魂。
千古红颜多薄命，与花相比更伤心。
（今朝是）满园红紫消磨尽，（那黛玉是）惆怅芳菲泪湿巾。
题罢葬花行一曲，几番呜咽几番吟。
（她是）青灯照壁人初睡，（她是）冷雨敲窗被未温。
（她是）九曲回肠愁欲断，（她是）杜鹃啼血梦惊醒。
（最可惜）绿章未向东皇乞，（总觉得）辜负芳春一片情。
满目凄凉何处诉，倩谁鲛帕拭啼痕。
（黛玉是）寒帏侵晓向园中看，（只见那）狼藉胭脂点绿茵。
想罢一番忙检点，（携着那）丝囊鸾带向短墙阴。
（可怜她）芳魂弱质随流水，漂泊天涯（向）何处寻。
（因此把）满径落花齐扫集，一抔黄土慰花灵。
（恨只恨）彩幡空飐风如剪，（痛只痛）铃索无声鸟不惊。
剩粉残脂收拾尽，荷锄人归去近黄昏。
（一任他）绿叶成荫锁院门。

黛玉葬花(五)

风吹雨打上林春,花开花落易断魂。
(她是)自叹红颜多薄命,见花零落更伤心。
(今朝是)饯春不忍东皇别,感触无端泪湿巾。
(黛玉是)题罢葬花行一曲,几番呜咽几番吟。
(恨只恨)绿章未把春阴乞,(总觉得)辜负群芳一片情。
(但见那)红紫纷纷铺满地,(但见那)莺愁蝶懒寂无声。
(黛玉是)披衣侵晓把珠帘卷,(只觉得)满目凄凉吃一惊。
惆怅芳菲何处诉,倩谁鲛帕拭啼痕。
(可怜她)芳魂一缕随流水,漂泊天涯似转萍。
想罢一番悲欲绝,(携了那)丝囊鸾带步墙阴。
(恨只恨)彩幡空飐风如剪,(痛只痛)铃索无声护不禁。
(因此把)满径落花齐扫集,(锄了那)一抔黄土慰花灵。
(最可惜)残脂剩粉消磨尽,(一任他)绿叶成荫掩院门,荷锄人归去近黄昏。

黛玉葬花(六)

大观园一时花木新,一转眼韶华数十春。
几阵妒花风雨恶,怡红快绿尽飘零。
(一刹那)落红满园春光去,春雨霏霏影沉沉。
无奈伤春新病起,潇湘妃子暗销魂。
一度春风花结子,人间容易悟一醒。
抽条报叶花前世,种核生苗花后身。
世间辜负花时节,花落春归恨转生。
我亦与花同一病,(所以是)一回风雨一回惊。
殷勤收拾残花片,不使芬芳践作尘。
花若有知应解语,自然含笑谢多情。
新绿一抔花葬好,瓣香絮酒奠花神。
色即是空空即色,卿须怜我我怜卿。
儿女偏多情种子,爱花不负惜花人。
(哪晓得)怡红公子偷眼看,得意点头赞一声。
一年一度宜珍重,从此残花亦有坟。
(我和你)来年祭扫过清明。

黛玉葬花(七)

潇湘馆内一红妆,多病多愁心自伤。
(她)爱惜枝头花美丽,春天早起制幡忙。
(命)丫鬟插在丫枝上,系了金铃(将)鸟雀防。
不料天公偏作对,时常雨大与风狂。
(将)千红万紫摧残尽,(弄得)有树无花不复香。
好似佳人遭不幸,红颜薄命寿难长。
(那)潇湘妃子多情极,(她)触景生悲欲断肠。
(想起)自己娇躯花朵似,偏多疾病(如遭)雨风殃。
(她)顿生同病相怜念,(所以)肩荷鸦锄到树旁。
亲筑佳城(将)花瓣葬,(在)坟前吊祭泪汪汪。
伤心痛哭沾衣湿,无术回天恨异常。
(因为)天下难寻不死药,人间没有返魂香。
今朝我把残春葬,(未晓)异日何人将我藏。
想到此间心又痛,(在)冢前拜别返潇湘。
她年焚稿香魂散,(如)花落飘然归大荒。佳人虽死姓名扬。

(赵仲熊)

黛玉葬花(八)

说到颦儿心太呆,情丝万缕系胸怀。
(想起了)舅父晨呼宝哥去,时迫黄昏才得回。
(所以她)芳心忧虑频探视,(岂料那)双扉紧闭(竟)叫不开。
(姑娘是)气愤填胸心怨恨,凄凉愁苦哭哀哀。
(到明朝)节交芒种把花神送,原来花事本阑珊。
(姊妹们)个个均拿新装着,燕妒莺惭各骋怀。
(唯有她)一腔愤怨无发泄,(引起了)万斛愁思苦更酸。
(因为她)感花伤己叹命薄,(就把那)落花残叶去掩埋。
(再哭道)爱花的只知把花看,花谢缤纷有孰哀。
狂风暴雨相戕贼,灿烂鲜妍赏几回。
(昨宵是)听得那一曲悲歌慷慨极,鸟魂花魂留实难。
(葬花的)手执花锄心伤感,泪珠儿洒得血斑斑。
(我今朝)来葬落花收艳骨,别人笑我太痴呆。
(奴希望)身生两翼随花去,飞到天涯我亦欢。
(现在是)黄土一抔将花掩,不染污泥仍洁还。
(然而是)今日我把花来葬,他年我死叫谁埋。
驹光迟速红颜老,花谢人亡两不关。
(姑娘是)心如刀割肝肠断,耳目昏花跌山埃。
怀中的残花抛满地,良久方才把目开。
(忽听得)那边有人放声哭,(一看是)狠心的宝哥倚山湾。
(他二人)各自下山谈衷曲,宝玉殷勤把礼赔。前嫌尽释进午餐。

(李太炎)

黛玉葬花(九)

万花零落不成红,大观园黛玉锁眉峰。
(曾记得)烂熳枝头开似锦,不(多)时节(竟)去无踪。
你看香销尽,玉殒空,(分明是)历劫尘凡返上穹。
虽则花是花,侬是侬,(多只怕)红颜易老与花同。
潇湘无限伤春感,(自)去扶锄划黄土松。
把那片片落花收拾起,筑成香冢泪痕融。
(可怜她)莺歌蝶舞今安在,满地残红昨夜风。
(可怜她)开落一身难自主,千红万紫转头空。
(可怜她)倾国倾城无双貌,辜负高天雨露浓。
(可怜她)绿透蘼芜词客病,六朝春恨挂心胸。
(可怜她)王孙公子垂青眼,懒数胭脂驻玉骢。
(可怜她)魂魄不知何处去,余香犹傍曲栏东。
(可怜她)月华如水明长夜,花已摧残月尚笼。
(可怜她)人爱看花花已尽,相思难睹旧时容。
(那)怡红公子钟情客,(见佳人)半是愁中半病中。
忙向前来将语劝,(说道:妹妹呀)你何须愁闷这般浓。
花开花谢年年事,尘世繁华变幻工。
(吾劝你)保重娇躯为第一,加餐健饭对东风,抛却愁肠改笑容。

(陈姜映清)

黛玉葬花(十)

月缺花残忆昔年,落英遍地实犹怜。
无人肯把香坟筑,(只得)自荷鸦锄到树边。
收拾残花埋葬后,伤心痛哭恨难填。
彼时触目惊魂极,(所以)泪出如珠(似)滴水泉。
(想自己是)弱质临风又不禁,多愁多病复多眠。
一朝药石无灵效,(不免如)园内残花(把)性命捐。
昔日心中如此想,今日病剧(又)想从前。
(所以)向她凭吊心头痛,(只怕)将来自己入墓田。
没有人来将我吊,(和)花坟一样没人怜。
(我)魂灵儿难见情人面,(他可肯)泪血染成红杜鹃。
倘若移情忘旧识,(我只愿)来生再作并头莲。
佳人吊罢心悲切,涕泪沾衣万念牵,(这正是)今人儿徒唤奈何天。

潇 湘 恨

孟夏园林草木长,楼台倒影入池塘。
林黛玉病倒潇湘馆,一病恹恹不起床。
神魂颠倒情思倦,彻夜无眠恨漏长。
(有时节)肠内如焚浑身热,(有时节)冷汗沾衾又怕凉。
(害得)弱体柳腰无一把,(病得)桃腮杏靥又焦黄。
嗽声不断莺声哑,娇喘难停粉口张。
樱口绽裂成白纸,泪珠流尽目无光。
孽病何堪连日害,身躯怎禁不感伤。
(自知道)弱体娇躯耽不住,活在人间不久长。
自古红颜多薄命,(谁似我)伶仃孤苦更堪伤。
才离襁褓遭不幸,椿萱见背弃高堂。
既无兄弟和姊妹,(只剩)一个孤魂受凄凉。
(可怜我)未出闺门一弱女,(奔走了)多少天涯道路长。
(到京中)舅舅舅娘留下榻,(常念道)受恩深处待时光。
(虽然是)骨肉至亲身有靠,(究竟是)寄人檐下气难扬。
外祖母虽然疼爱我,细微曲折怎周详。
(况她)精神短少儿孙众,(哪里敢)恃宠撒娇(像)自己娘。
舅舅舅娘不管事,宾客相待也平常。
园中姊妹虽相好,人多嘴杂惹饥荒。
(终日里)随班唱喏胡厮混,(还不知)落叶归根在哪方。
(这叫做)在人檐下随人便,(只落得)自己酸甜自己尝。
(幸有那)表哥宝玉常走近,(他合我)从小同居在一房。
耳鬓厮磨无猜忌,影形相随终一双。

(虽是他)性情偏僻心不定,(那些)软晤温柔尽在行。
(我合他也曾)论今借古衷肠露,(他也曾)参悟禅机哑谜藏。
天下易求无价宝,人间难觅有情郎。
(谁想他)魔病迷心失本性,事到临头没主张。
(听那)傻大姐一番惊心话,(分明是)一团火热化冰凉。
(可怜我)几载幽情成逝水,一场痴梦赴黄粱。
宝钗宝玉完花烛,(我)薄命女儿撇半旁。
鸳鸯夜入销金帐,(我如今)鸿雁秋风冷夕阳。
(他如今)鱼水和同连理木,(我如今)泪湿鲛绡珠万行。
(他如今)穿花蝴蝶因风舞,(我如今)霜寒露冷夜漏长。
(难为他)自负贤良夸美德,(好可笑)假惺惺拆散好鸾凰。
(我)想到不堪回首处,命不由人(逞)什么强。(到)玉碎香消始得忘。

黛玉探宝玉

红楼梦断晓啼莺,薄薄绣帏峭寒生。
开到荼蘼花事了,枝上杜宇唤声声。
潇湘馆外千竿竹,风风雨雨倍凄清。
(那)潇湘妃子临窗坐,镇日价情思睡昏昏。
(今日里)独坐写得簪花格,(猛听得)宝二爷被责在外厅。
(说什么)四肢动弹都不得,几乎成了半残身。
闻斯语,欲断魂,(想)母舅何故发雷霆。
(莫不是)今日祸因萧墙起,(莫不是)怪他少年不成人。
(莫不是)为他不肯诗书读,(莫不是)有人离间他父子情。
严父教子从古说,然而母舅太狠心,为甚打得他这般形。
忙搁笔,站起身,且向怡红院里行。
(只见他)宝玉蒙眬正睡去,(犹听得)梦中呼痛唤频频。
睹此景,见此情,怎不教人痛伤心。
泪珠儿湿透了绣罗巾,一行一步一伤心。
(想他是)从来瘦怯娇公子,(怎禁得)老父家法不容情。
浑身疼痛周身灼,何来仙丹早回春。
(急得他)手足无措唯有哭,(只见那)宝玉沉沉梦已醒。
(说道:妹妹呀)今日不幸遭父责,何劳妹妹意殷勤。
(我是)感卿意,见卿情,疼痛已好二三分。
(黛玉是)凄凄切切无限意,呜呜咽咽不成声。
(只说道)二哥哥愿你从今以后心肠改,也可使人家放了心。
两人话到情密处,小丫头忽报凤姐临。
黛玉回身忙欲去,(怎奈)宝哥哥牵衣不放行。
(她是)双睛红肿怕人讥,出了后院门,独立花间哭出了声。

黛玉探访怡红院

宝玉年轻做事差,(被父亲)无情毒棍满身加。
难熬痛苦人昏厥,血迹斑斑映薄纱。
(后来)抬到房中床上放,鳞伤遍体怨爷爷。
(黛玉是)痛痒相关心着急,泪珠儿不断意如麻。
情深意重到怡红院,暮色沉沉日影斜。
(只见)宝哥哥侧卧蒙衾睡,纤手轻推便唤他。
(宝玉是)恍惚神思惊恶梦,(听见)凄凉悲惨一声哗。
猛醒回身侧目看,(就是那)多情黛玉正摩挲。
双瞳哭得胡桃样,罗帕鲛绡把脸上揩。
他还恐华胥虚幻境,凝神细看果一无差。
强起支撑仍倚枕,温存安慰感无涯。
(说道:妹妹呀)酷日当空虽已没,熏蒸暑气未全□。
(我今朝)责打未伤无痛苦,装腔作势骗爸爸。
(你)倘然中暑心何忍,何必亲来探望我。
(黛玉是)喉中气塞吞声泣,(勉强道)改过从今莫狎邪。
痴呆宝玉长吁叹,(说道)妹妹此言并不佳。
(因为我)甘心一世谈风月,做鬼依然只爱花。
林姑娘心内要恨冤家。

(李太炎)

黛玉夜探怡红院（一）

银汉无声转玉盘,孤灯照影夜漫漫。
林黛玉,恨绵绵,卧听滴漏不成眠。
只因宝玉调脂粉,结交琪官惹祸端。
椿庭不顾儿娇怯,(打得他)体无完肤未忍观。
(奴是)痛痒相关心切切,隐隐悲伤泪不干。
逢人未便殷勤问,(因为奴)两目红如桃一般。
(所以是)步月来访怡红院,(问)哥哥今日可稍安。
(公子是)两股伤痕难支持,咬牙忍痛苦周旋。
(说什么)烈日虽沉余暑在,多劳妹妹把我探。
我虽受责无痛苦,妹妹切莫抱悲观。
闻此语,心更酸,知他勉强把奴宽。
(所谓)惺惺自古惜惺惺,不禁伤怀泪暗悬。
胸中虽有关心话,只为嫌疑启齿难。
沉吟半晌芳唇动,(劝哥哥)从今切莫再寻欢。
用心窗下勤攻读,姓字何愁榜不刊。
舅父是望子成名心意切,今番痛责非无端。
(莫教奴)寝食关怀俱不安。

(双十轩主人)

黛玉夜探怡红院(二)

一片清辉照画栏,凉风阵阵夜漫漫。
潇湘妃子多愁种,别有衷怀不忍言。
只因宝玉调脂粉,结交琪官惹祸端。
椿庭不顾儿娇怯,(打得他)体无完肤未忍观。
(奴是)攸关痛痒心切切,隐隐悲伤泪不干。
逢人未便殷勤问,(因奴是)两目红如桃一般。
(故所以)步月来访怡红院,问哥哥今日可稍安。
(公子是)两股伤痕难支持,咬牙忍痛苦周旋。
(说什么)烈日虽沉余暑在,多劳妹妹把我探。
我虽受责无痛苦,妹妹切莫抱悲观。
闻此语,心更酸,知他勉强将奴宽。
(所谓)惺惺自古惜惺惺,不禁伤怀泪暗弹。
胸中似有无限语,只为嫌疑启齿难。
沉吟半晌芳唇动,(劝哥哥)从今切莫再寻欢。
用心窗下苦攻读,一领青衿取不难。
(舅父是)望子成名心意切,今番痛责非无端。
(却教奴)寝食关怀俱不安。

潇湘夜雨

云烟烟,烟云笼帘房,月濛濛,濛月色昏黄。
阴霾霾,一座潇湘馆。寒凄凄,几扇碧纱窗。
呼啸啸,千个琅玕竹,草青青,数枝瘦海棠。
病恹恹,一位多愁女,冷清清,两个小梅香。
(只见她)薄嚣嚣,嚣薄罗衫薄,黄瘦瘦,瘦黄花容黄。
眼松松,松眼愁添怀,眉蹙蹙,蹙眉恨满腔。
静悄悄,静坐湘妃榻,软绵绵,软靠象牙床。
暗淡淡,一盏残烛泪,冷冰冰,半杯煎药汤。
(可怜她)气喘喘,心荡荡,嗽声声,泪汪汪,血斑斑,湿透了薄罗裳。
情切切,切情情忐忑,叹连连,连叹叹凄凉。
(可怜她)生离离,离别故土后,孤栖栖,栖迹寄他方。
路迢迢,云程千里隔,白茫茫,总望不到旧家乡。
虚飘飘,只怕倒是黄泉近,(倒不如)请求求,早些去赴无常。
(你看她)神惚惚,万念皆空虚,影单单,诸事尽沧桑。
(只见那)夜沉沉,夜色多惨淡,声寂寂,声息愁更长。
(只听得)风飒飒,飒风风凄凄,雨霏霏,霏雨雨猛猛。
滴淋淋,铜壶漏不尽,嗒泠泠,铁马响叮当。
笃咙咙,风紧帘钩动,屑沥沥,雨点打寒窗。
叮当当,钟声敲一下,卜冬冬,谯楼打五更。
(那妃子是)冷飕飕,冷风禁不起,夜漫漫,夜雨愁断肠。
(从此后)病汪汪,病魔入膏肓。

黛玉悲秋(一)

愁花愁草潦愁天,凄风凄雨打窗帘。
千个琅玕风飕飕,一园芳草雨绵绵。
潇湘馆里深寂寂,葬花妃子病恹恹。
(想她是)多愁多病更多恨,可泣可歌复可怜。
花容更比梅花瘦,娇喘细如一缕烟。
善病西子风不禁,多愁息妫默无言。
(终日了)粉渍脂痕和泪洗,药炉茶灶带愁煎。
(只见那)案头药方盈尺厚,妆台菱花光无艳。
(你看她)坐废梳妆倦废睡,愁里心事梦里牵。
云鬓半偏怕整理,珠泪双抛涌如泉。
敲残红豆朝慵起,调尽青灯夜懒眠。
梅花纸帐难成梦,藕丝绣被半撇边。
秋深尚裹蝉衣衫,新泪犹挂碧翠帘。
紫鹃拭泪侍茶匣,雪雁心伤待药烟。
(但听她)声声嗽,叹连连,抚膺一哭泪潜潜。
(说道:紫鹃呀)人说秋天风光好,(为什么)奴见秋景愁更添。
(你看那)秋月濛濛寒似水,秋风飒飒冷如箭。
秋光倏倏游子泪,秋雨沥沥动秋念。
秋虫唧唧魂欲断,秋雁呱呱梦乱颠。
秋山寂寂路人醉,秋涛滚滚催客旋。
几许秋景多是恼,(故而奴)提起秋字不忍言。
(可怜奴)远离家乡千里外,飘零踪迹在此间。
翘首故土望不到,伶仃孤苦像孤雁。

重返家园成画饼,(恐怕是)再睹旧地变虚言。
(谅想是)一抔黄土在戍地,几枝枯骨(要)葬客边。
(况且奴)椿萱既已经秋萎,海棠何必映日鲜。
(到如今)愁到五更夜似岁,病至九秋月如年。
一日三秋思宛转,五风十浪路几千。
回肠九曲心悄然,阳关三叠恨未宣。
(只怕那)药店飞龙难疗疾,(也不过)白驹空驶度残年。
(故而奴)将死何必开镜匣,蓬飞誓不上冰钿。
(奴是)常把韶光愁里过,每将恨绪付冰弦。
(奴是)薄幸郎当作了多情子,(谁知道)兜率宫即是那离恨天。
(至今日)好事依稀成幻梦,人情冷暖尽桑田。
软语温言都是假,天长地久复何言。
(这都是)孽鏊甘随甘烦恼,僵蚕自缚自作茧。
(岂不是)抚丧悲哀追何极,赍志悔悟已重泉。
(可怜奴)病入膏肓无人问,卧倒床衾(有)那个怜。
(可怜奴)雨淋荷盖偷弹泪,露滴莲房苦心田。
(可怜奴)不见人影临床慰,只有病魔到枕边。
(可怜奴)毫无兴趣吟诗句,有何心绪去弄琴弦。
(可怜奴)砚池久涸生蠹鱼,葬花诗不忍读完篇。
(最怕听)枝上杜鹃惊好梦,窗前鹦鹉学奴言。
(最怕听)风惊铁马清如语,雨洒寒窗薄似烟。那林姑娘不胜悲秋叹,
(可怜她)一滴血泪一声言。
(想那)聪明何故多薄命,文章为甚忌红颜。
(好叫我)书空咄咄要问苍天。

黛玉悲秋（二）

潇湘妃子病秋风，欲卷珠帘秋露浓。
竹映琅玕秋草碧，一天秋雨滴梧桐。
（想起那）椿萱二老经秋萎，秋日怀思恨未穷。
（我是）自比孤单秋雁影，漂亮身世风秋虫。
（一自那）今秋身入荣宁府，幸遇秋娘舅母逢。
一日三秋心自郁，秋蝉衣薄不禁风。
（但是我）寄人篱下惊秋草，秋景依稀迥不同。
（到如今）望断秋山乡讯杳，音书盼不到秋鸿。
（只见那）残星几点秋宵冷，秋月微弯半似弓。
秋色频添愁旅况，阶前唧唧响秋蛩。
（曾听得）伊人秋水佳公子，秋讯传来韵事空。
蛩语鸣秋惊入耳，（正不防）经秋空穴自来风。
林姑娘不住秋声叹，泪湿秋罗滴满胸。
（所以是）几度秋光秋里过，菱花对镜减秋容。
秋闺寂寞无人伴，不理秋云首自蓬。
（但见那）人比东篱秋菊瘦，秋波微倦睡朦胧。
（这时节）寒光夜入秋帏冷，（禁不住）秋病缠绵口吐红。
忙煞紫鹃秋女婢，（幸亏她）秋心一点甚玲珑。
（故而）药炉茶灶秋灯伴，秋夕愁思一梦中。
（但不过）好事已成秋蝶梦，宫纨团扇弃秋风。
（从今后）吟秋不敢题诗句，（早把那）秋字文章一炬空。
一曲悲秋空自叹，（莫非在）千秋地下九原逢，欲将心事叩苍穹。

黛玉悲秋(三)

梧桐叶落立秋天,(黛玉是)触景生悲百感牵。
镜里自怜消瘦极,多愁多病复多眠。
宛如夏季(的)花和卉,到了秋天色不妍。
(又想那)秋月凄凉如水洁,令人一见动心弦。
(比那)广寒宫内(的)嫦娥女,(不及她能)逃出情关了俗缘。
(遇着那)秋雨连宵天不霁,芳心抑郁恨难填。
(怨那)雨师不顾秋花损,(只好)日夜伤心泣凤仙。
更有秋风金铁似,摧残花木有谁怜。
宛如执法(的)秋官似,(枉煞那)无罪佳人心太偏。
(见那)秋雁孤飞高又远,鸣声悲切在天边。
只因听得弓弦响,(所以)飞入云中(免)性命捐。
(又见那)秋燕纷纷归去急,呢喃话别不流连。
(复听那)秋虫唧唧鸣声众,(如)秋雨潇潇遍大千。
(更见那)秋露如珠容易灭,(和)水中泡影一般然。
(想)人生一世(亦)似朝露,转眼成空如暮烟。
(她)睹物伤怀心痛切,(忍不住)眼垂玉箸泪双悬,赛过春天泣杜鹃。

新黛玉悲秋(一)

风轻云淡正新秋,气爽天高景色幽。
唧唧虫鸣如叹息,萧萧桐叶落纷稠。
潘岳感怀华发见,欧阳作赋恨心头。
明月团圆光照耀,孤灯暗淡影无俦。
从来才子多忧郁,(况且)佳人更易惹悲愁。
(那林姑)触景生情惆怅极,(想起了)江南美丽(竟)不能求。
(奴家是)广陵山水称名胜,晨夕欢愉最自由。
婢仆如云勤服侍,六朝古迹任优游。
(况且是)单传一脉双亲宠,书室闺房处处优。
(可叹是)薄命奴奴真没福,萱堂弃世不长留。
(到今朝)寄人篱下多孤苦,(是否因)作恶前生行未修。
(虽蒙他)老祖宗舅母多怜爱,(但是奴)十二个时辰总带忧。
婆子丫鬟均可恶,桑槐指骂(我)恨悠悠。
终日凄凄并切切,泪珠洗面哽咽喉。
无情药石为良伴,痼疾在身心日忧。
添香炉内身斜倚,(忽听得)窗外凄风刮不休。
檐前铁马叮当响,刚解荷包就合眸。
(因为是)内藏宝玉香罗帕,睹物情伤泪直流。
林姑娘想到伤心处,谱在琴弦泄我愁。
(可恨那)冷淡秋容兼萧杀,瑶琴一曲应悲秋,骤断君弦(知)愿不酬。

(李太炎)

新黛玉悲秋(二)

秋风秋雨最恼人,秋到人间心感惊。
(你看那)一片秋光都萧瑟,两园树木已凋零。
(奴是)未经秋风身先倦,既聆秋声便销魂。
(喜只喜)今宵一轮团圞月,(悲则悲)对月偏偏暗伤神。
(你看那)阴惨惨一座潇湘馆,冷清清几扇朱漆门。
(奴本是)弱不禁风林黛玉,(更且是)多病多愁的女儿身。
(奴是)口声声只把宝玉怨,(恨他是)空言欺骗不该应。
(想你们)小夫小妇成花烛,(何必是)瞒了奴奴私自行。
宝哥哥(可恨你)口是心非多做作,(说什么)只爱林姑一个人。
(说什么)在天愿学比翼鸟,(说什么)在地愿成连理根。
(到而今)你与宝钗成夫妇,(竟把奴)往日交情一笔倾。
(宝哥呀)奴是漂泊无依一弱女,(但愿得)与君两下便联姻。
(哪知你)甘心忍把奴奴弃,令人儿好不痛伤心。
宝哥呀,(奴看你)风流体态又文雅,说你无情确有情。
(莫不是)红丝早系宝钗足,
(莫不是)奴与你三生石上本无名,月老故意做难人。
(可怜奴)一寸回肠一寸断,(可怜奴)抱恙不能便脱身。
(幸亏是)聪明伶俐紫鹃婢,她常向奴奴劝声声。
(说道)宝二爷既然无情义,(小姐呀)奴劝你保重身躯最要紧。
主婢双双说到此,(只听见)一阵东风沥沥声,凄凄风雨欲断魂。

(赵梦龙)

潇 湘 宴

黛玉不减旧丰姿,渐渐精神复旧时。
金篦不加松鬓发,罗衫宽褪瘦腰肢。
(那)宝哥哥信步潇湘馆,(便)宛转声音劝慰之。
(不知)"孟光几时接的梁鸿案",(与)宝姑娘修好旧恨除,暂借西厢一句词。
际此画屏秋色好,药炉烟里斗新诗。
(你看)浅纱窗竹影天然画,银烛秋光绝妙辞。
(倘然)牙床独卧仍如旧,(怕不被)嫦娥窥见笑人痴。
三春姊妹嫣然笑,(说道)行乐人生须及时。
(命)紫鹃立刻排小宴,众姊妹端坐莫谦辞。
木樨香送金樽满,咏菊挥毫不费思。
(那)宝哥哥受尽金樽罚,不读文章得句迟。
俏宠儿白面泛胭脂,倚栏杆试望天边月。
缺陷全无大好时,寒露濛濛湿花枝。

潇湘惊梦（一）

大观园里众婵娟，玉笑珠香分外妍。
(有一位)弱不禁风(的)林黛玉，多愁善病实堪怜。
孤高自赏风姿绝，诗赋文章细细研。
(只与那)怡红公子心心印，青梅竹马两情绵。
花前月下相联句，只羡鸳鸯不羡仙。
(有一天)姑娘正在房中坐，触景生情愁万千。
(想起了)自身衰弱形消瘦，(况且是)人老珠黄(要)不值钱。
神思恍惚心头乱，娇躯斜倚卧床眠。
垂环小婢来报喜，雨村老爷在堂前。
邢王夫人均已到，凤姐宝钗笑连连。
(都说道)你父亲将你来许字，(配与你)继母的亲戚作续弦。
大媒就在堂前等，(所以是)特来贺喜送锦旋。
姑娘听，泪如泉，心弦急似滚油煎。
无法可想求贾母，愿为奴婢不愿旋。
(贾母道)女大当嫁从古说，此地终非住百年。
(姑娘是)闻得此言心大怒，(看见那)宝哥哥含笑在面前。
(说道)林妹妹今朝来喜讯，(以后是)劳燕分飞各一天。
(姑娘是)立刻把他衣襟执，(骂一声)薄情郎君太不知怜。
(宝玉说)我与你早有婚约订，(情愿你)住在我家两情牵。
林妹妹不信我的话，(就叫你)看我心肝偏不偏。
尖刀就向胸前划，鲜红热血滴涓涓。
(姑娘是)魂飞魄散元神夺，(忽听得)紫鹃小婢唤床边。
(原来是)黄粱一梦恨难填。

(李太炎)

潇湘惊梦(二)

竹影深深隐回廊,兰闺独坐病潇湘。
想起(那)日间多少事,(不由得)千愁万绪费商量。
辗转缠绵心不定,声声叹息泪汪汪。
无情无绪和衣睡,(只见那)姊妹殷勤走进房。
(说什么)你今于归回南去,(我们是)一来贺喜二送行。
闻言语,心内慌,又惊又急又凄凉。
(那娘舅是)冷眼旁观全不管,(我是)举目无亲(向)谁商量。
外祖母怜惜也是假,事到临头不主张。
无依无靠浑无主,寄人篱下实堪伤。
越思越想神恍惚,(忽见那)怡红公子立身旁,(笑说道)妹妹不久做新娘。
听此言,更断肠,宝哥哥何事昧天良。
(妹妹呀)并非(我)宝玉无情辈,(将)昔日之情一旦忘。
我与你原订丝萝约,久留不去(倒)也无妨。
你若疑此非真语,何妨一睹我心肠。
尖刀便向胸前刺,鲜血淋漓染衣裳,顷刻一命赴无常。
(她)一见顿觉魂飞散,失声恸哭更悲伤。
是她正在惊骇际,忽听紫鹃叫姑娘,醒来原是梦一场。

潇 湘 红 泪

梦断红楼一缕魂,花枝冷落大观春。
只为椿萱见背早,迢迢千里远投亲。
(可怜她是)孤零零寄迹荣宁府,有谁爱惜有谁怜。
(只落得)冷凄凄一座潇湘馆,病恹恹药里度残生。
(恨则恨)窗前几个琅玕竹,风雨潇潇欲断魂。
鹦儿不管人憔悴,喃喃犹自呼千金。
(虽然)老祖宗爱护如珍宝,(可惜她)风烛残年不久存。
园中姊妹悲零落,茕茕疏冷孰关情。
(幸有那)知心知意青衣婢,紫鹃妹妹最多情。
宝哥哥生小多相爱,心心相印惺惺惺。
(可恨他)性情荒唐多变态,花前蜜语又疑真。
(故而她)含羞脉脉无言语,两字婚姻尚未成。
怪无端来了蘅芜主,多才多艺又娉婷。
(说什么)通灵玉配黄金锁,凤姑娘俏语岂无因。
(因此她)恹恹病倒潇湘馆,药石无灵三四春。
终朝懒拥香罗被,娇喘常带血猩猩。
(见那)新诗旧帕添伤感,点点斑斑是泪痕。
(最难堪)三更风雨飕飕竹,梦断扬州泪满衾。
见物思乡悲故土,梦魂中哭出了断肠声。
妃子正在伤心处,(猛听得)雪雁小婢话无心。
(说道宝二爷是)红丝已系他人足,抛却了潇湘薄命人。
黛玉听,暗呻吟,(禁不住)一阵心酸两泪淋。
(从此把)往日恩情如流水,红楼一梦赴幽冥。

（正是）香魂渺渺随风散,愁绪三更入梦频。
镜花水月两无情。

（叶伯龙）

黛玉病因潇湘馆

满园风雨近黄昏,瑷瑷云雾夜色沉。
空卷珠帘声寂寂,孤檠独对闷昏昏。
药炉茶灶相依命,红楼抱病美钗裙。
(黛玉是)多病多愁身怯弱,(怎禁那)无端蜚语起风尘。
百转愁肠难解脱,病魔缠绕风寒侵。
(她是)芳心忐忑难安睡,肝火频频颊透云。
一点猩红樱口吐,两行血泪染罗巾。
涔涔香汗浸肌表,咳唾生痰露血筋。
小鹿心头如烈火,肢酸足软苦呻吟。
奄奄叹息形容瘦,忽地娇喘气分升。
(吓坏了)伶俐紫鹃心意乱,(急忙忙)相延国手诊原因。
问切望闻还仔细,佐使用意乱君臣。
(她是)重要濂珠交肾水,引血当归入肺经。
沙参石斛清金藏,杏仁贝母消痰轻。
三七猩降能止血,燕根百合润清阴。
黄芪固表兼止汗,白术和中功效分。
秫米丹参宁心志,何妨药引用茅根。
心病未将心药治,空驱草木欠回春。
支离病骨苦残生。

劝 黛 玉

寒冬午夜月光明,景物凄凉动客情。
潇湘妃子多情种,更兼多愁多病身。
(她是)痴心还泪凡尘下,自思自怨泪沾襟。
悲切切,恨声声,自嗟身世等浮萍。
常恨他人有照拂,唯奴举目更无亲。
(虽则是)怡红公子常安慰,(怎奈是)性情孤僻难称心。
那天(他)得便来探病,体贴殷勤肺腑倾。
(他说)林妹妹身躯何瘦弱,(因甚的)常含珠泪卧床衾。恨煞大夫药不灵。
(我劝你)事事应从宽处想,姊妹戏言莫认真。
(我劝你)少吟诗词多养息,少赶棋儿多抚琴。
(我劝你)花开花谢由他去,莺鸣燕语莫关心。
词意真挚言难尽,满望同咏白头吟。无奈苍天太不情。

(双十轩主人)

潇 湘 问 病

苍茫暮色渐黄昏,飒飒微风细雨泠。
暗淡潇湘声寂寂,凄凉瘦竹影沉沉。
怡红公子多情种,想起了多愁多病人。
箬笠蓑衣穿戴好,持灯急急走园林。
行来已到潇湘馆,丫头远报二爷临。
只见他,今朝打扮非往昔,宝哥哥,何事效学渔翁形。
公子闻言忙相问:妹妹身体可安宁?
药可吃,饭可增,近日不可把诗吟。
我是终朝心难放,故而冒雨探分明。
妹妹若爱此装束,缓日即当送一身。
颦卿回言何需此,渔翁渔婆不该云。
桃花面泛羞难掩,默默低头不作声。
一个是,无意言语偏说错;一个是,未开情窦岂知情。
红楼一梦多变幻,聊表那,问病潇湘一段姻。
恨月老不牵情丝线,故使医药总无灵,徒负双双一片心。

潇 湘 断 琴

寂寂黄昏烛影红,袅袅炉烟透帘栊。
林姑娘病卧潇湘馆,终朝常拥衾裯中。
情魔侵入相思里,(可怜她)药石无缘病未松。
瘦骨嶙峋肢无力,娇喘吁吁气上涌。
翠袖掩拭痴情泪,芙蓉翻透海棠红。
斜倚绣枕感寂寞,呆看银釭愁满容。
默念身世常叹息,自悲薄命可怜虫。
满腔心事与谁诉,毕生幸福付春风。
回肠九转两行泪,相思尽在不言中。
林姑正在悲无聊,(忽见那)紫鹃小婢进房中。
(姑娘呀,你)何故又在寻烦恼,春山紧锁两眉峰。
(想你)病躯娇弱休自苦,玉体违安快珍重。
万种情绪须抛却,莫把烦恨记心胸。
趁此清夜情无奈,(倒不如)瑶琴一曲解愁哀。
林姑闻言频点首,便命婢子取焦桐。
轻轻跨下香妃榻,慢慢穿上小鞋弓。
沐手焚香虔祷告,暗将心事诉苍穹。
如能了奴相思愿,不妨寄语曲音中。
理琴弦,按商宫,拨动弦索响叮咚。
先谱一阕《西江月》,后弹一曲《风入松》。
勾弦起如芭蕉雨,剔弦落似送潮风。
拨弦放时枝叶落,撮弦响号碧梧桐。
轮弦高送松涛滚,冷弦沉去水流东。

（弹得那）琴声和鸣精神爽，（弹得那）曲韵悠扬畅心胸。
（弹得那）弦音荡荡忘千恨，（弹得那）鹤烟薰薰万念空。
喜洋洋，乐融融，霎时曲声转了风。
音韵寄入湘妃怨，顷刻幽怨哀声浓。
银筝泻去长江水，冷落长门夕阳红。
大珠小珠抛玉盘，如泣如怨诉愁衷。
频添银河三尺浪，敲残远寺一声钟。
凄凉音寄凄凉调，断肠人诉断肠衷。
新恨不为归燕去，旧愁竟染杜鹃红。
离合悲欢多是泪，人情冷暖尽皆空。
妃子弹到伤心处，忽然断弦一声咚。
咬银牙，碎焦桐，泣泣娇声噎喉咙。
抚膺痛哭仰天叹，喘吁吁吐出藕丝红。
自知姻缘成绝望，如隔蓬莱亿万里，一代佳人从此空。

黛玉绝食潇湘馆

林姑娘愤怨泪双悬,(听见那)雪雁低声语紫鹃。
(说什么)宝二爷亲事新文定,只把潇湘馆里瞒。
(配的是)黄堂太守亲生女,玉貌花容一美娟。
家私富足妆奁厚,小婢侍书说一般。
(林姑娘)正值满腔心事重,(加上了)一番言语更心酸。
如在汪洋千万顷,珍珠热泪线难穿。
旧恨新愁兼涌上,自怜早岁失椿萱。
日前噩梦今朝应,一段良缘断送完。
(真所谓)棒打鸳鸯天作梗,恍成画饼说徒然。
(说道紫鹃呀)他日与你难见面,(只好将)奴奴字迹细看观。
(自愿把)身躯朝夕来戕贼,想曾几何时性命捐。
(她从此)饮食无心茶饭减,杯弓蛇影尽疑团。
(宝哥哥)有时问讯来安慰,(林姑娘是)痛苦心头万箭攒。
年龄彼此齐长大,(岂能够)不避嫌疑诉病源。
宝哥哥欲把真情吐,(又恐怕)妹妹生嗔就不说穿。
(半月后)粒米不能来入口,夫人贾母各心忧。
拒绝众人良药弃,但求速死一生完。
(侍书道)二爷亲事今休罢,(太太说)佳偶天成在大观园。
闻一语,心一宽,病魔减退意稍安。
可笑林姑多误会,痴心入骨用情专。
幸得侍书说转欢。

(李太炎)

颦卿绝粒

纱窗日落近黄昏,半卷香帘半掩门。
工愁颦卿添惆怅,双蛾深锁意不宁。
(想宝哥哥)近来举动非往昔,语言吞吐为何因,反复思量难猜透。
(忽听得)紫鹃雪雁语低声,(说什么)二爷今已聘佳人。
聆私语,暗伤神,非醋非酸一阵生,有影有形出岫云。
无限悲痛肠欲断,回忆梦景竟如真。
(今日里)痴心一片成画饼,何必人间寄此身。
倒不如早赴黄泉路,(免得那)日后目睹意外情。
万念皆灰唯求死,寒暖饮食不在心。
(从此后)顾影自怜情默默,伤心无语泪纷纷。
腰肢瘦捐浑无力,憔悴容颜病魔侵。
一息奄奄成不起,医药良方总无灵。
正是绝粒难挽救,幸亏来了救命星。
原是婢子一席话,(方知那)蛇影杯弓事不真,病体顿觉减几分。
(这真是)心病终须心药治,解铃还须系铃人。潇湘妃子始回春。

黛玉焚稿(一)

风雨连宵铁马喧,上林花冷落(在)大观园。
潇湘妃子恹恹病,病入膏肓难以痊。
(奴是)怕看花街对舞双蝴蝶,(又怕听)风雨三更泣杜鹃。
娇躯紧拥香罗被,(猛听得)笙箫抑扬细乐喧。
(却是)宝钗宝玉完花烛,竟把奴潇湘黛玉瞒。
愁肠满腹无处诉,(来了那)催命无常婢紫鹃。
(说道)宝二爷今晚结良缘。
(奴是)闻言语,心痛酸,心切切,意悬悬。
泪落如珠少线穿,一阵阵伤心一阵阵酸。
(好比那)万把钢刀(在奴)心上攒。
(把)旧时诗稿都焚化,(说道)闺阁文章不可传。
笙箫好比勾魂票,此婢如同恶判官。
红楼有梦无非幻,一梦原来十载宽,看破人间儿女欢。

黛玉焚稿(二)

香烬熏炉玉漏沉,潇湘院主感秋深;
红颜辜负倾城貌,寿命何堪善病身。
弹指七弦无好处,高山流水孰知音?
怡红公子多情种,耳鬓厮磨日夕临。
有时节,访明月;有时节,把诗吟,墨痕常逐泪痕新。
(谁知那)不多时日心肠变,甜蜜交情减几分。
虑后思前多少事,回廊绕遍觉衣轻。
菱花镜里姿容瘦,难得相逢笑语亲。
四壁虫鸣人叹息,如麻心绪只纷纭。
搀扶婢子前边去,(猛听得)一片惊心鼓乐声。
闻底细,香汗淋。浑身打战沐寒冰。
自嗟命薄前生定,祸水移来长孽根。
(万不道)预料居然成事实,(分明要)夺侬情爱作仇人。
匆匆步入闺房内,难免腮边珠泪盈。
(我)千不该,万不应,离乡依傍舅家门。
而今回首都成梦,悟彻烟云了此生。
(细思量)文稿堆存无着落,痛心检点箧中倾,干净还教付丙丁。

(陈姜映清)

黛玉焚稿(三)

(旦唱)满腔心事与谁论,奴苦命伶仃客地人。
药石无灵难起病,多情毕竟丧残生。
痴呆假作非侬愿,云岫无心出谷行。
锦上添花多少辈,雪中送炭有谁人。
衔石精卫空自怨,茫茫恨海怨未伸。
(旦白)奴家林黛玉,自从那日在沁芳桥边,闻得憨丫头一番言语之后,害得奴愁上心来,旧病复发,虽然请了王太医服药调治,仍然日重一日,思想起来,奴的薄命,恐怕不久于人世了。
(旦唱)真是苟延生命唯悲切,(不如那)早赴黄泉乐此身。
(贴旦唱)侍奉兰房心怯怯,料量汤药闷沉沉。
(贴旦白)想奴紫鹃,自从见了姑娘病倒潇湘,心中万分悲伤。今日听他自叹,不免相劝一番,姑娘呀——
(贴旦唱)奴劝你,瞻望前程心快乐,达观万事让三分。
奴劝你,无知言语休听信,宝二爷是,思念姑娘病染身。
奴劝你,父母劬劳恩未报,移情作孝胜三分。
奴劝你,姻缘本是前生定,好事多磨未足论。
奴劝你,蛩语无端休误会,传声空谷不成文。
奴劝你,金刚一卷虔诚诵,古佛青灯了此生。
(旦白)紫鹃妹妹呀,你劝奴的话果然不差,但是奴不能丢却呀!
(旦唱)想你是,剔透玲珑心一点,从来体贴意味深。
泪掬伤心同客思,知心唯有你俏佳人。
(虽然你)侯门深入为婢女,奴向来,胜似同胞姊妹们。
(奴今朝)玉碎香消难抛你,临终托付要留神。

(贴旦唱)姑娘你此言哪里话来,想我多蒙你十分看重,感恩匪浅。

但愿吉人自有天相,早日康复,我也何等快乐。

何故说此不利之言。

(贴旦唱)还望你,悉心调养沉疴起,酌酒谈诗共论文。

(旦白)紫鹃妹,你说起谈诗,想起奴的诗稿在哪里?快快扶我起来吧!

(旦唱)扶起娇躯心惕惕,浑身疼痛苦呻吟。

频频催促诗稿取,触景生情恨深深。

两眼直瞪且咳嗽,猩红血吐力难胜。

旧字白绫还检出,有心撕绢奴微嗔。

火盆端上芳心决,诗稿何妨火来焚。

(旦白)火儿你真无情呀!

(旦唱)可叹你,干柴烈火难团结,火煎心血痛伤神。

可叹你,银花火树多虚幻,水耨火耕稻不生。

可叹你,火石火星弹指过,火轮火转度人生。

可叹你,火焰勾起愁千斛,水火无情种祸根。

可叹你,引火归元谁是福,何妨火遁未留痕。

黛玉是,想到伤心玉体倒,奄奄鼻息冷如冰。别离世俗隔红尘。

新黛玉焚稿

本是多愁多病身,那堪一榻久横陈。
花容消瘦今非昔,扑鼻常将药味闻。
纵有卢医扁鹊术,也难着手妙回春。
(她)自知病入膏肓穴,不久(要)归山作古人。
(恨只恨)芝玉未曾成好合,(偏闻那)怡红公子(配入)蘅芜君。
顿时气得心肠乱,(便将那)诗赋文章一炬焚。
(因为)留在人间无所用,不如及早化灰尘。
将她预作殉身物,(死后好)同着刍灵葬入坟。
(她)到此方知情是幻,(所以)实行解脱去归真。
(可惜有)琳琅遗在红楼内,(是)绝妙(的)词和锦绣文。
留在世间人共赏,(不如)同归于尽化烟云。
(她)香魂虽返荒山去,遗稿犹余数首存。
(如)大海风潮经过后,(有)余波吹皱泛青萍。
佳人仙去无消息,(偏有那)无病而呻效笑颦。更名改姓(的)女钗裙。

(赵仲熊)

黛 玉 离 魂

怜我怜卿诸事伤,颦卿染病入膏肓。
身躯到死仍清白,小姑居处本无郎。
从来好事遭天妒,呕尽心肝哭断肠。
她是情郁结,语乖张,可怜自小丧爹娘。
虽有紫鹃长相伴,然而伤心人相对倍凄凉。
紫鹃呀,你是相从奴的知心婢,晓得我,美玉无瑕好女郎。
紫鹃呀,我死后棺材须要回南去,要葬在双亲坟墓旁。
紫鹃呀,你把奴三尺焦桐先毁去,断肠诗句莫收藏。
紫鹃呀,今朝见了你姑娘面,再世相逢作姊妹行。
她正在叮嘱身后的事,猛听得,隔墙儿乐奏凤求凰。
颦卿是一声惨叫归泉下,玉碎香消赴大荒。
从此潇湘春寂寂,空余鹦鹉叫姑娘,唤醒红楼梦一场。

黛 玉 归 天

喧天乐鼓闹如潮,大观园里众声嚣。
(原来是)宝哥哥今夜成花烛,(婢仆们)川流不息各争跑。
(哪知道)潇湘馆中(的)林妹妹,病入膏肓骨立消。
(只有那)紫鹃雪雁忠心侍,探望无人倍寂寥。
(姑娘是)肝火上升双颊赤,浑身痛苦实难描。
气若游丝真微细,奄奄一息命难逃。
(紫鹃是)急得四肢均发软,心弦宛如烈火烧。
(想起了)李纨平日(的)为人好,(命小婢)稻香村里去相邀。
(李纨是)闻得此言抽身起,同来探望倍心焦。
(看见她)牙关紧闭难开口,二目微张唇微摇。
神志不清昏晕久,紫鹃李纨哭悲号。
(到了那)落日西沉明月照,一灯如豆竹风摇。
(姑娘是)病势稍回张目看,茶汤能饮把手招。
(说道:紫鹃呀)我与你情如手足称知己,有件要事要偏劳。
(就是我)身同白璧无瑕点,(叫他们)送吾回家走一遭。
说到此间呼吸促,双拳紧握极坚牢。
目中的瞳神光已散,手足如冰冷汗浇。
(紫鹃是)热泪已经流不住,心如刀割哭嚎啕。
李纨探春均又到,(听得她)连连用劲把宝玉号。
(可怜她)一说"你好"归天去,顷刻玉殒和香消。
(仍还到)离恨天里作仙曹。

(李太炎)

苦绛珠魂归离恨天

阴寒恻恻夜迢迢,一缕愁魂入梦遥。
锦绣场中罗刹地,梧桐湿雨也萧萧。
离离丛竹遮窗绿,炉火微熏药半焦。
到此人生肠欲断,斑斑泪血泣秋蕉。
林黛玉,一生心血为谁费,万种柔情一旦消。
回想那,春花秋月怡情日,形影追随粉黛娇。
两意缠绵难解约,如花美丽对清宵。
绵绵静目香生玉,一脉幽情蜜似胶。
也曾是,热泪偷弹知几许,无端啼笑泪红绡。
芳心无那为君剖,幽恨还将泪眼绕。
沉沉帘影秋容瘦,默默花香度寂寥。
谁知是,无端一夜罡风起,吹散鸳鸯各自飘。
不堪是,远处高堂自鼓乐,寒风入户烛光烧。
恨绵绵一息如丝转,泪眼枯时债亦销。
黛玉是,因愁转恨肝肠碎,故将那,锦绣诗文一炬烧。
碧海长天终寂寂,幽幽绝代空移恨。
刻骨相思一旦抛,千年何处把魂招。

永 别 潇 湘

飒飒琅玕竹影凉,颦卿抱病在潇湘。
(想)奴家命比桃花薄,九岁孤雏没了娘。
椿庭相继赴无常,(害得奴)飘零无主寄他乡。
(说什么)怡红公子多情种,(因甚的)病到临危不来张。
(悔从前)徒把真心来托付,(岂知他)行云流水太无良。
鸳枕畔,病郎当,(只落得)一缕痴情九回肠。
渐觉年来珠泪尽,瘦庞儿憔悴菊花黄。
(问)何时再把花来葬,(博得那)风雨愁城怨恨长。
(而今是)病入膏肓无药救,(也不愿)求生再觅返魂汤。
忧情结,遇乖张,怜惜卿卿只是伤。
姑娘说到伤心处,一阵昏迷手足僵。
紫鹃急得频呼唤,(她)悠悠半刻始还阳。
侍奉半生(奴)多感激,(想)奴奴早晚赴无常。
(你把我)瑶琴书册好收藏。奴是痴情女,他是薄幸郎。
一腔心事付茫茫,(奴死后)清白身躯返故乡。
(那一边)花烛夜,入洞房,声声奏出凤求凰。
(她)一声惨叫归地府,玉殒香消赴大荒。
从此潇湘春寂寂,空留鹦鹉叫姑娘。唤醒红楼梦一场。

(邹翰飞)

黛 玉 返 魂

缥缈尘寰惨淡云,绛珠仙子返园林。
(她是)灵河岸上的灵芝草,深感神瑛侍者恩,时时灌溉十分勤。
一片痴心来酬夙愿,报深情天地降凡尘。
(哪晓)赤丝另绾他人足,已负前生万种情。
(何况乎)别鹄离鸾两地分,
(因此上)生离离病倒潇湘馆,举目皆如仇敌形。
(有谁人)向奴床前来问一声。
痴魂无定随风去,(遇着了)南海慈航观世音。
(说道)草木尚然知报德,妙年夭折岂该应。
阎罗天子同商读,再造之恩许再生。
返魂香菩萨替调停。
人间遂我痴心愿,命值日功曹相送行。
游魂重入荣宁府,今昔兴衰感不胜。
周围涉历旧园亭,老祖宗物故家零落。
尽属萧条气象生,旧时姊妹半凋零。
宝玉不知何处去,怡红院里草青青。
蛛丝虫网潇湘馆,昔日琅玕带泪痕。竹影萧疏不见人。
值日功曹遵法旨,黄巾力士驾祥云。
叱咤一声魂入壳,拍灵床哭出断肠声,两府荣宁尽吃惊。
公然劈破灵棺盖,报说林姑已再生,重了人间未了姻。

薛宝钗(一)

红楼拟作小蓬莱,中贮金陵十二钗;
奢华莫比荣宁府,香草斜阳满院栽。
金屋藏娇诸姊妹,有一个伶俐端庄薛宝钗。
(在)金陵阀阅尤称富,遭家不造遇同怀。
(只为)呆霸王情性果然呆,京都寄迹荣宁府。
适逢元春妃子省亲归,金玉良缘秦晋谐。
红袖添香勤伴读,常将绣阁当书斋。
路途中迷失吹箫客,一赴秋闱竟不归。
全不想红颜少妇闺中泣,全不想白发双亲堂上衰。
鸾镜朝朝怨粉影,鸳枕夜夜泣成灰。
(曾记得)昼长偶步(到)怡红院,(宝玉是)午睡沉酣梦未回。
拈针蒂慢把鸳鸯绣,坐床沿权代袭人陪,(又谁知)促狭颦儿(在)窗外窥。
林丫头生性多疑忌,(说什么)花前月下已赋《摽梅》。
两载夫妻成画饼,(反不如)潇湘短命赴泉台。
姑娘想到伤心处,莺儿少婢送茶来,
(说道)珍重玉躯为第一,冷香丸才服莫伤悲。
(宝二爷)乡场试毕偏多兴,爱游山水不归来。
(还)未脱三分孩子气,古云倦鸟必飞归。
那时夫唱妇相随。

(马如飞)

薛宝钗(二)

红楼梦里太奢华,十二金钗谁不夸;
不施红粉天生艳,雅淡浓妆美似花。
栏干曲曲潇湘竹,情敌还让此女娃。
(女娃是)南朝金粉无边美,阀阅金陵是世家,
家财万贯非常富,豪贵奢华竟不差。
(只因那)霸王醉酒沿街闯,打死无名一傻瓜。
(谁知道)人怕出名猪怕胖,(不由他)垂涎当道眼红沙。
于是出签来拿办,(吓得那)公子呆呆紧咬牙。
金银搬出无其数,塞断城门好脱瑕。
谁知惹动真公事,上宪闻知震怒加。
立时锁解须相抵,一命原来一命赊。
于是阖家逃出去,进京相访贾公爷。
(因为那)门前大树浓荫妙,恶雨狂风俱好遮。
(所以是)阖居一府朝相见,每夕尚须好结巴。
(因此是)得识怡红公子貌,翩翩果是面容嘉。
从此芳心常注意,灵犀一点在君家。
(所以是)公子怡红贻爱厚,蘅芜院里种情芽。
(只可惜)风吹雨打潇湘馆,冷落多娇掩碧纱。
(可怜那)魂归离恨天中去,公子成婚六礼奢。
(薛宝钗)打开情敌专房宠,梁案齐眉月色斜。
春花秋月年年好,绿树青青噪乱鸦。
搔首弄姿生百媚,怡红公子乐无涯。
金玉良缘成就好,媒人月老自堪今,享尽人间富贵华。

(倪高风)

薛宝钗(三)

红楼拟作小蓬莱,一种情痴十二钗。
幽闺莫妙蘅芜院,香草庭前满地栽。
(好一位)伶俐端庄薛宝钗。
金陵阀阅陶朱富,家遭不幸遇同怀。
故而寄迹荣宁府,金玉红丝结鸾怀。
(还记那)昼长偶步入怡红院,(见宝玉是)午睡甜甘梦未回。
静无聊偶尔拈针黹,绣鸳鸯权作袭人陪。
(哪晓)促狭颦儿(在)窗外窥,
林丫头生性多疑忌,(她道奴)花前有意赋《摽梅》。
秦楼迷失吹箫客,一赴乡场今不回。
红颜少妇闺中泣,白发慈亲堂上哀。
二载夫妻成画饼,(反不如)早早短命赴泉台。
宝姑娘正在心烦闷,莺儿婢子送茶来。
(说道姑娘)保重玉躯为第一,冷香丸才服莫伤悲。
宝二爷指日回乡井,孝廉公作了迷路小婴孩。好夫妻包管两相谐。

蘅芜君

红楼拟作小蓬莱,中贮金陵十二钗。
深闺姐妹齐争艳,(有一位)伶俐端庄蘅芜君。
在金陵阀阅陶朱富,家遭不幸遇同怀。
(故而)寄迹荣宁两府第,金玉良缘秦晋谐。
(哪晓得)路途中迷失吹箫客,一赴乡场去不回。
(记得)那朝偶步怡红院,(见宝玉)午睡沉沉他梦未还。
(在)窗前偶亦拈针黹,绣鸳鸯,权为袭人陪。
(岂知那)促狭颦卿窗外窥,
林姑娘生性多疑忌,(她道奴)花前有意赋《摽梅》。
(想奴是)二载夫妻成画饼,(倒不如)潇湘一命赴泉台。
蘅姑娘正在心悲苦,(见)莺儿婢子送茶来。
(说道:姑娘呀,你)冷香丸才服莫伤悲。
宝二爷指日回乡转,(哪有)孝廉公迷路(作)小婴孩。
(你们)好夫妻有日两和谐。

宝钗梦兆绛云轩

匝地桐阴夏日长,薰风吹透碧纱窗。
(此刻是)绛云轩内无消息,歇午的神瑛正卧绣床。
花婢袭人勤服侍,拈针擘线绣鸳鸯。
(恰遇着)宝钗步入怡红院,(但见那)小婢垂头入睡乡。
鸦雀无声人不见,纱棂篆袅一丝香。
宝钗心细多乖觉,鹭伏蛇行向内室张。
(但见那)秘密画图描不尽,(袭人是)床沿伴坐把扇招凉。
神瑛合眼卧纱橱内,(绝似那)春睡方酣的娇海棠。
情不自禁移步入,袭人一见倦眉扬。
起身携手坐床沿,(且把那)初绣的抹胸细品量。
狡猾袭人施诈术,(她说)请宝姑娘,暂时沉李代桃僵。
抽身溜出怡红院,(一任他)梦入柔乡也不防。
半晌袭人重入室,宝钗是低头态度竟异寻常,疑案红楼欠主张。

宝钗扑蝶(一)

淡云微雨酿春阴,抛却闲愁上滴翠亭。

满目芳菲啼鸟歇,(忽见那)一双蝴蝶逐香尘。

翩翩绝似花团锦,高下浑如鸟入林。

(他是)风定偶然梢燕子,水嬉时欲学蜻蜓。

(那宝钗是)手携纨扇轻轻拍,(但见她)翠袖微揎香汗淋。

穿过画廊廊九曲,分花拂柳越留神。

(正在那)欲擒忽纵嗟无及,(忽听得)絮语喁喁隔水闻。

(那宝钗是)机警向来能诈变,沁芳桥行过却逡巡。

高声故把颦儿叫,(她是)移祸江东怕杀身。

蓦地忽闻窗槅启,(她便)扬声莫向水边沉。

小红一听非常忌,(从此后)日向潇湘种祸根,亏她致费一番心。

(燕　子)

宝钗扑蝶(二)

残花飞落满尘埃,徐徐清风扑面吹。
是日正交芒种节,饯别花神礼安排。
姹紫嫣红添美景,大观园里胜蓬莱。
香闺姊妹增兴趣,妆成燕妒与莺惭。
鬓影钗光齐争艳,娇音俏语乐满怀。
单单不见病妃子,宝钗说道我去催。
一路行来潇湘近,(只见那)怡红公子已先来。
立定娇躯心暗忖,(想他们)兄妹自小在一堆。
我今何必身入内,免得他们动疑猜。
仔细思量忙回步,(忽见那)一双蝴蝶舞徘徊。
伸玉腕,把扇挥,暖逐东风扑几回。
莲步轻移穿芳径,粉痕斜溜湿香腮。
追随将及莲池畔,猛听亭内话喃喃。
正是凝神聆私语,不妨忽地绮窗开。
一时无法来隐避,幸喜聪明别具才。
情急智生施妙计,假作痴呆顽弄乖。
妙言笑把颦儿追。
金蟾脱壳虽然好,移祸他人不应该。
(这真是)聪明反被聪明误,往日空自费心栽。
到头白首总难谐。

扑　　蝶

李谢桃残三月终,一春花事叹飘蓬。
大观园也把春来饯,剪翠裁红点缀工。
满园里,绿丝绣带临风舞,(更显得)十分精彩万分浓。
香闺姊妹晨妆竟,(都往那)滴翠亭边驻玉踪。
(宝姑娘是)莺惭燕妒娇痴甚,赛杨妃态度最从容。
偶然行过潇湘馆,见一双玉蝶正凌空。
迎风上下翩跹舞,飞过西来又到东。
怀中取出泥金扇,要追取唐宫扑蝶踪。
舒皓腕,露玉葱,往来追逐百花丛。
美人娇喘浑无主,一身香汗透酥胸,腰肢无力鬓蓬松。

元　春

天香烛影牡丹红,宠冠朝阳第一宫;
双亲归省天恩厚,奉诏颁临出九重。
省亲墅,结构工,云林巧石妙玲珑。
五步一楼十步阁,(还有)潇湘蘅芜与怡红。
炉香袅,烛影红,时闻仙鹤唳长空。
(直待到)夕阳西坠冰轮现,纷纷内侍降鸾封,(说)娘娘起跸出大明宫。
两府荣宁齐跪接,内堂迎驾老皇封。
(娘娘是)含悲亲执夫人手,玉腕低扶老祖宗。
(我只道)长门一入难相见,赖天恩骨肉又重逢。
(见)园林对额多文雅,(知)宝玉年轻学问宏。
栊翠庵中虔拜佛,妙尼击鼓又鸣钟。
更楼促,话匆匆,欲别家庭泪满胸,
硬头皮别了回宫去,老皇封哭倒内堂中。
回宫就把恩纶降,(教)能诗姊妹住园中,(休负了)年年柳绿与桃红。

(马如飞)

元 妃 省 亲

一声金钟御香飘,宫扇双擎雉尾交。
今夕元妃亲归省,(说不尽)两府荣宁喜气绕。
人寂寞,影悄悄,红灯影里月儿高。
浮云散尽元宵夜,知趣的嫦娥分外姣。
门前家族分班跪,太君接驾领姣朝。
娘娘此刻忙传旨,说恩免合家朝,(把)向日里天伦礼数抄。
升宝座,奏笙箫,(喜的是)一班女乐尽垂髫。
琼筵开处风光盛,庖凤烹龙逆御肴。
娘娘亲赋游园句,命三春林薛更挥毫。
亲口御言呼胞弟,(说)多年宫禁忆同胞。
(今宵是)亲试文才夺锦标。
红香绿蜡成佳句,燕子鹅儿句更超。
诗成进览元妃喜,暗中钗黛弄蹊跷。
君恩可惜时光疾,催促回鸾玉箸抛,何时重过沁芳桥。

贾元春归省

椒房天宠贾元春,宝册新封许省亲。
飞下纶音颁大典,改营别墅费万千金。
(但见那)巍峨正殿凌霄汉,金碧辉煌矗翠甍。
画栋雕楼夸富丽,亭台楼阁密如林。
铺子不亚天潢贵,刻日兴工建筑勤。
贾政拜恩天眷重,元妃归省择良辰。
(待到那)御炉香动天街静,簇拥鸾舆缓缓行。
(忽见那)内侍飞骑先报讯,悠扬仙乐走和鸣。
红灯百道明如昼,护卫的宫娥羽葆擎。
荣国府前春似海,(贾母是)领班俯伏表欢迎。
元妃传谕见家庭礼,握手无言泪湿巾。
升座传呼排夜宴,纷陈海味与山珍。
霓裳仙曲当筵演,内帑宫钱赐万金。
当殿吟诗天欲曙,(元妃是)起身辞别不留停。
归省来年再降临。

探　　春

贾政偏房赵氏刁,女孩儿才貌十分高。
探春秋爽斋中住,祭荐花神夏令交。
元春归省吟新句,十幅花笺亲手抄。
删除弊政能兴利,凤姐相帮家务操。
赵国基身死求恩典,四十两花银一笔消。
赵姨妈大怒犹嫌女,至戚如何入奴婢淘。
林之孝妻心蓄阴,欺他淑女献勤劳。
白海棠吟诗社立,自题蕉下客逍遥。
贾母八旬开大庆,郎君妃子献蟠桃。
词填柳絮成佳句,北静王妃手腕牢。
到后来任联姻眷,周家公子赴桃夭。
梦中眷属路迢迢。

（马如飞）

探春约结海棠社

秋阴恻恻闭朱门,风雅宜入算探春。
(他是)一见海棠思结社,自翻黄历拣良辰。
满园姊妹都惊讶,无事忙闻之喜不胜。
顷刻拟成诗社例,更呼群婢约芳邻。
一时裙屐集怡红院,(霎时间)妙语如珠议论纷。
别篆自题争执久,且抛余事作诗人。
秋海棠种贵花开白,即把此花作社名。
拟定社章群入座,大家搜索苦沉吟。
蘅芜君妙句群称赏,幽怨的潇湘冠绝伦。
独有怡红甘下第,(他是)存心不与女儿争。
海棠含笑开愈媚,玉立亭亭种玉盆。
(从此后)院门寂寂够销魂。

史湘云(一)

枕霞旧友史湘云,早失怙恃抱恨深。
绣凤描龙针黹巧,吟诗作赋性聪明。
祖姑母,史太君,大观园接去会诸亲。
薛蘅芜联床话肺腑,林潇湘倚榻订知心。
偶伸玉臂娇躯露,宝玉痴郎已动情。
老祖宗园里排家宴,联句飞觞芦雪亭。
芍药花丛眠得稳,几乎做出牡丹亭。
观灯同赏元宵月,踏雪还陪薛宝琴。
不识人家典当票,富娇娃哪晓济寒贫。
联姻命犯孤鸾宿,节操冰霜松柏贞。
甘心削发入空门。

史湘云(二)

脱略长情与短情,风流倜傥史湘云。
可怜襁褓椿萱逝,婶娘爱望比亲生。
体贴全凭针黹近,贾母深怜女侄孙。
何物堪贮诸女伴,绛纹戒指表微心。
哥哥分外相投契,一弯藕雪露香衾。
(多谢他)轻覆还嫌不老成。
同梳洗,结辫缨,弄得胭脂便动嗔。
(不提防)有人背地怨声声,颦卿专为妒麒麟。
海棠结社因迟到,两首新诗顷刻成。更愿骚坛做主人。
最是宝钗宽厚甚,(感激她)十分体贴十分真,哪识蘅芜笼络深。
菊事懒散梅吐萼,红袖消寒芦雪亭。
饱餐鹿脯越精神,聪明绝顶行觞政。
沉醉酣眠芍药裀,喃喃呓语趣横生。
郎才女貌年相仿,怪底玻璃胞十分。
(巧与)太君先后弃红尘,受恩深重难望报。
凄雨寒风了一生,有谁怜新寡卓文君。

史湘云(三)

女中豪杰史湘云,(她是)春醉曾睡芍药裀。
襁褓爹娘相继逝,唯依婶母度光阴。
幸亏祖姑母史太君,爱如宝,惜如珍,好比一颗明珠在掌上擎。
与宝二爷两小无猜同起卧,互相梳洗整衣巾。
(她是)胸怀豁达言词爽,笑入园中姐妹群。
(拾锦麟)蠢婢将阴阳问,柳絮填词立意新。
饮了那美酒千杯花底卧,落红万点梦中惊。
(你看)云鬟雾鬓唯香枕,好似沉醉酣睡的杨太真。
孤裘貂领宫小错,认了踏雪的胡儿马足轻。
(哪晓得)女子多才非是福,不能够永偕伉俪白头吟。
鸳帏独守青年节,形单影只过此生。
寒暑抱孤衾。

(王闻喜　藏)

史湘云醉酒

大观园里闹盈盈,东阁筵开甚事情?
(只因那)贾母太君高兴发,楼中设酒请众佳人。
高烧红烛明如昼,左右风灯对短檠。
(但只见)莺莺燕燕交相至,槛外花香笑靥迎。
芙蓉帘幕潇湘暖,公子怡红雅意生。
(他是)一年四季疯狂态,姊妹唯从命令听。
此日筵开多乐趣,猜拳行令又诗盟。
(于是那)群索枯肠思妙句,(独有那)湘云憨态发讥评。
不服怡红公子令,情酣饮酒腹雷鸣。
谁知杯酒非常力,醉倒娇娇一美卿。
怡红公子忙相挽,(她那是)强作支持媚眼睛。
(说道是)奴家无碍君无虑,杯酒何妨力不胜。
只见怡红归旧座,(于是她)悄然离席入花屏。
芳草绿茵明似锦,花枝啼彻有黄莺。
(真个是)一径香洗胸襟朗,走入花中避俗人。
(湘云是)两眼蒙眬人意倦,娇躯卧倒落花轻。
(真个是)还应美女芳菲赏,不是男儿可享成。
醉眼惺忪多媚态,朝霞秀色足倾城。
华胥一梦酣甜处,来了相知着意人。
此人不是无名辈,即是怡红公子身。
不见玉人何处去,心疑却是为何因?
所以悄悄来查访,谁知石上有光莹。
花香馥郁相争艳,醉卧湘云一美贞,玲珑娇小悄无声。

(倪高风)

史湘云眠石

玳筵开列画堂东,褥设芙蓉映眼红。
芍药栏中诸姊妹,红香圃里捧金钟。
莺声燕语充盈室,玉笑珠香逸兴浓。
日丽风和多美景,花香鸟语旷览胸。
(有的是)猜拳共赌刘伶量,(有的是)射覆深藏诗句中。
雅集不拘形和迹,虑心各自斗机锋。
(偏遇那)湘云好事多饶舌,受罚金樽不放松。
(直吃得)肢体娇慵秋水涩,红云飞上玉芙蓉。
因思逃席图凉爽,潜步轻离热闹丛。
拂柳分花穿曲径,(来到了)山坡石凳驻芳踪。
丈颐小憩花间坐,芍药扶疏丽日笼。
满地落英如锦褥,沁人花气暗相冲。
(自古道)暖风吹得游人醉,况在微酣半醉中。
(早不觉)神思倦倦眼蒙蒙,取得鲛帕裹残红。
一枕沉酣浑不觉,霎时香梦竟迷蒙。
星眼闭,发微松,吹气浑如兰麝同。
散辞红香铺遍体,(直引得)蜂飞蝶舞闹烘烘。
柔肌弱骨谁能及,妙态宜人画不工。
如此丰姿如此境,人间哪得几回逢。
(好一幅)美人春睡映当风。

湘 云 眠 石

大观四月醉花天,芍药花栏处处鲜。
序属清和花尚好,宝哥哥生日设花筵。
红香花圃琼筵敞,花下人来兴盎然。
击鼓催花行酒令,借花献佛把诗联。
一位佳人,宴罢蒙眬把花径觅,飘飘步履似花仙。
花知人意频添媚,沉醉花间倚石眠。
花似有情怜醉态,残花护体软如绵。
不知纨扇坠花底,花径人来拾翠钿。
花颜好,醉态颠,人醉花开两并妍。
花对醉人须减色,人因花好更增嫣。
弄花蜂蝶休疑误,一搦腰肢花亦怜。
花里鸟啼惊梦破,群芳姊妹到花前。
桃花面泛羞难掩,聊整花容挽手旋,红楼花月永鲜妍。

史湘云醉眠芍药裀

风流豪爽史湘云,家宴鲸吞百盏倾。
烂醉如泥逃席去,一时急坏了众千金。
铁鞋踏破无觅处,(谁知她)醉卧红香芍药裀。
花瓣乱飞红雨赋,绕身蜂蝶敢相侵。
(她是)双眸稍闭斜欹枕,酒令喃喃说不停。
半褪醉胸憨态露,酒香扑鼻弱难禁。
湘裙委地沾狼藉,纨扇抛残倦态呈。
满口胡言听莫辨,乱挥玉臂发娇嗔。
七分酒醉三分倦,(任凭她)惜玉怜香竟唤不醒。
急煞满园诸姊妹,(宝哥哥是)怕人调笑暗担心。
一时酒醒伴羞坐,自整云鬓自拂襟。
(惊动了)护花铃索响冬丁。

妙 玉 修 行

聪明狡黠妙姑娘,(她的那)身世飘零客异乡。
五蕴皆空参水月,木鱼钟磬好修行。
(想起那)怡红公子真情种,(他是个)粉妆玉琢美君郎。
(姊妹们)多情多义为良伴,相亲相伴列成行。
眼前联爱双花艳,蘅芜馆主与潇湘。
宝哥哥短,林妹妹长,(他们是)耳鬓厮磨笑夕阳。
(我非不欲)终身属意佳公子,(我非不乐)并蒂花开结凤凰。
(我非不思)红裙色比袈裟美,(我非不知)方丈珍馐淡更凉。
勤叩拜,莫参商,四时供奉佛前幢。
一卷经,一炷香,晨钟暮鼓礼梵王。
(有时节)大观园内承招赏,(也不过)月露风云话短长。
(然而我)一念托开生死路,双趺跳出是非场,免入漩涡(遭)孽海殃。
羞看蝴蝶花间舞,耻逐鸳鸯水面行。
富贵黄粱原是梦,不将脂粉效时装。
(到后来)馒头庵不幸遭强盗,从此佳人色相亡,千秋遗恨说荒唐。

(陈姜映清)

妙 玉(一)

槛外之人俗念无,禅门清净念弥陀。
出身本是姑苏籍,飞锡云游到帝都。
大观园里招留住,栊翠庵中佛号呼。
女冠陈妙巾常带,带发修行云帚拖。
敲棋时节春心动,听操瑶琴秋气疏。
能辨丹青非俗眼,诗词用过苦工磨。
茶经熟读香茗送,钗黛情较宝玉多。
宜真宜假芳心感,难画难描笑语和。
自古红颜多薄命,红楼梦里惹情魔,收成结果恨模糊。

(马如飞)

妙 玉(二)

一缕清香佛[龛],妙姑栖息在大观园。
(她)幼时多病遭折磨,(所以)送入空门做女冠。
(岂但是)文理精通经典熟,(出落的)花枝袅袅月娟娟。
欲参贝叶遗文旨,每逢佳处辄盘桓。(好比)天女维摩总解禅。
最是天生奇癖性,(为什么)一见神瑛胜旧欢。
(不觉的)常斟绿玉茶香送,(不觉的)私赠红梅(把)春信传。
(不觉的)降格自甘低首视,(不觉的)听琴不避并肩忝。
(不觉的)围棋脸泛桃花色,(不觉的)入定心同荆棘缠。
(以致)走邪魔颠倒一蒲团。
(只怕)灵犀一点怡红院,(恨不能)彩凤双飞栊翠庵。
(自古道)色即是空空即色,风波平地起无端。
(本来)师父临终遗嘱在,(说)他年结果在长安。
(犹恐)孽海狂澜(还是)夙世冤。

栊翠庵品茗

报道红梅乍吐芳,雪花乱扑正颠狂。
栊翠庵雪拥如图画,拒绝探梅裙屐忙。
妙玉天生孤僻性,(她是)许多佳茗向甓中藏。
佛婆来报诸宾至,(但见那)史太君欣然到上方。
参罢观音分宾主坐,(宝玉是)开言先索茗来尝。
(霎时间)红炉瓦罐把天泉煮,蟹眼纷翻变沸汤。
玉斝亲擎奉贾母,瓷杯端到列众人旁。
(刘姥姥是)鲸吞牛饮焉知味,逗得众人笑断肠。
黛玉有心窥妙玉,(但见她)清修毕竟异寻常。
众人领略杯中味,佳茗原来有异香。
妙玉更将泉水送,(她说道)梅心浮云隔年粮。
茗称雀舌非为贵,茗比旗枪十倍强。
大众听时咸赞叹,(宝玉是)更加纳罕暗思量。
槛外人孤高竟不防。

迎　春

大观园里贾迎春,赦老夫妻掌上珍。
搬到紫菱洲里住,司棋绣橘婢知心。
元妃不赐宫中物,赵氏环儿怨出声。
诗社出题限兼韵,小环随口说开门。
放风筝,荐花神,林潇湘贪睡懒抽身。
乳娘赌窃金累凤,当场被责亦非轻。
薪工革去银三月,宽宏本性不冤人。
司棋婢女忘廉耻,与表兄暗里去偷情。
被鸳鸯撞破鸳鸯梦,熙凤闻知家法惩。
奸夫捉双难定罪,潘又安逃遁杳无音。
到后来误嫁孙家去,中山狼夫婿太无情,红楼梦里误终身。

（马如飞）

惜　　春

宁府千金贾惜春,终鲜兄弟叹凋零。
父名贾敬登科甲,接读香书入翰林。
看破宦途非是福,出家学道去修行。
萱花早萎归西土,弱女孤单哪个亲。
(幸亏)贾政夫妻贤叔婶,收留膝下若亲生。
蓼风轩作藏娇处,感戴元妃莫大恩。
派出青衣勤侍奉,彩屏入画尽聪明。
猜诗谜,放风筝,节交芒种祭花神。
监督海棠新诗社,号称藕榭句誊清。
老祖宗园内摆飞宴,联句家舫芦雪景。
丫鬟箱内有男靴袜,玉版银锞辨不清。
看破红楼终是梦,大观园图画已描成,甘心修志入空门。

(马如飞)

惜 春 画 图

娇小玲珑贾惜春,画图识省笔传神。
大观园稿本无穷妙,(她是)刻意求工式式精。
开出横单添画笔,配全颜色要费千金。
购来宋绢磨光滑,费劲工夫要一月成。
(看她是)布置亭台精结构,胸藏丘壑好画园林。
(一任她)扶疏花木挥毫绘,(一任她)走兽飞禽点缀精。
(一任她)捣黛扬胶把山石画,(一任她)珠帘画栋写层层。
(一任她)先描底稿重渲染,(一任她)终日揣摩腕不停。
累得惜春常叫苦,(只好把)闺门深闭注全神。
(累得那)无事忙宝玉思题画,搜索枯肠正细细吟。
(忽听得)题就携蝗供大嚼,一时闺阁笑声盈。
(都说是)只有颦儿嚼舌根。

王 熙 凤

巾帼谁知凤姐娘,雌凰生性女鬼强。
逞威权独掌荣宁府,还有那知心知意的俏梅香。
繁华异景能消受,恨无端夫婿太轻狂。
送宫花乍醒阳台梦,笑声忽纵楚襄王。
春风都厌群芳俗,(最爱那)十月芙蓉四月蔷。
这一局相思全不误,痴心可笑贾天祥。
夜来东府传凶耗,逞才能善理可卿丧,仆人分外把心当。
送灵柩弄权(在)铁槛寺,(就是)叔嫂同车也不妨。
老尼巧弄如簧舌,(说什么)为爱未提把阴骘伤。
是月良辰逢设帨,釀金同进紫霞觞,忆胸怀蓦地向兰房。
听落帏唧唧人私语,怪家鸡竟作野鸳鸯。
风闻秘事把家童讯,始悉温柔别有乡,大观园陷入苦尤娘。
红楼有景无非幻,痴意痴情两不忘,返金陵去路茫茫。

(马如飞)

王熙凤毒设相思局(一)

聪明凤姐太刁毒,她在园中乐逍遥。
(忽来了)好色贪花(的)贾瑞君,迷花笑眼暗跟牢。
(他是)癞蛤蟆想吃天鹅肉,(那一种)轻狂举止实难描。
(凤姐是)心头痛恨将他骂,形同禽兽廉耻消。
(有一天)凤姐正坐闺房里,(那)瑞大爷请见把门推。
彼此相会分宾坐,(他二人)喁喁情话直销魂。
(约定了)今晚初更穿堂等,(喜得他)六神无主心旌摇。
(到晚上)喜气洋洋来赴约,暗中摸索倍心焦。
凛冽北风吹得紧,四边门户已关牢。
(到明晨)忍耐饥寒归家转,(被祖父)正颜厉色把他敲。
(过两天)思想凤姐仍求约,(又说道)你到空屋走一遭。
(贾瑞是)一到黄昏来荣府,(片刻间)正在猜疑见有人跑,
(他)就将那人忙抱住,搂在怀中欲火烧。
(忽然是)灯光一闪贾蔷到,(那人说)瑞大叔他要把我臊。
(原来是)此人乃是他堂侄,顽皮的贾蓉极奸刁。
(羞得他)满面通红无地入,回身欲想自偷跑。
(两人道)叔叔不应把二婶戏,太太命我特来邀。
(贾瑞是)魂不附身哀求告,连声谢罪头乱搔。
百两花银将他罚,一场出丑算勾销。
(拉他去)等在院外台阶下,(哪知道)木樨风味头顶浇。
又冷又臭浑身抖,还到家中哭号啕。
(可怜他)神魂颠倒(把)凤姐想,痰中带血竟成痨。

延医服药均无效,病中又将嫂子号。
(所以是)相思设局真险恶,风月鉴一照赴阴曹。
痴心浪子性命抛。

王熙凤毒设相思局(二)

梦到红楼说姓王,凤姐骨儿太轻狂。
(她是)风流放诞无人管。(一味的)爱色贪财设计忙。
(最可笑)贾瑞动心思染指,几番勾引想凤求凰。
谁知凤姐心肠毒,(便唤那)蓉蔷二侄共商量。
大家毒设相思局,(最可惜)公德全无欠主张。
贪色瑞哥心快活,(到晚来)偷偷摸摸进门墙。
潜身夹弄等门儿启,刮骨寒风怎抵挡。
(忽听得)楼上窗开心意喜,(初不料)倾盆溺汁臭难当。
(那贾瑞是)满身浇得淋漓湿,(正在那)设计奔跑心暗慌。
可恼贾蓉持炬出,当场扭住要送官场。
贾蔷走出来排解,(逼着他)欠债文书写一张。
从此瑞哥身染病,神思颠倒卧匡床。
(便把那)年少王孙顷刻亡。

王熙凤泼醋

白云苍狗幻沧桑,提到红楼事可伤。
十二金钗空色相,(凤姐儿)个中泼辣好称王。
(她是)重财好色精明透,家政操持有主张。
(有一日)史氏太君逢寿诞,铺排祝嘏异寻常。
贾琏放诞风流子,勾引闲花入洞房。
(熙凤是)偷得余闲归寝室,小丫头一见便惊慌。
(她是)聪明绝世多乖觉,唤住丫头要讯一桩。
探得口风冲入室,一时吓煞野鸳鸯。
满腔酸气无从泄,累得平儿吃耳光。
偏是贾琏难脱卸,弩张剑拔善装腔。
喧天沸地无收拾,(凤姐儿)奔到堂前跪一旁。
此刻太君忙劝慰,连呼不肖敢猖狂。
贾琏听得跟踪入,满口胡言说不妨。
太君听,拍胸膛,叫你老子来敲你怎敢当。
吓得贾琏无主见,哀求苦苦磕头忙,自认今番做薄幸郎。

王熙凤月夜惊魂

皎明月色树重重，淅淅西风掠半空。
落叶飘飘空卷地，寒鸦宿鸟避惊弓。
(熙凤是)华堂酒后酡颜醉，走向园中呼小红。
透骨寒风身战栗，薄衣露冷不胜风。
银鼠坎肩呼婢取，平儿体贴去匆匆。
(熙凤是)轻移莲步缓缓走，(猛觉得)身后庞然毛发蓬。
毛发悚然疑是鬼，(原来是)狗儿拱爪主人逢。
芳心忐忑难安定，秋爽斋前冷月朦。
九曲假山回绕过，是真是幻影憧憧。
谁家婢子园中到，樱口狂呼语不通。
(婢娘呀)路隔阴阳难见面，贵人多福作痴聋。
(熙凤是)俏眼偷观个依貌，佳人面熟有谁逢。
(婢娘呀)荣华误尽风流辈，富贵浮云到底穷。
回想当时宏愿立，万年基业一场空。
(熙凤是)凝神低首频思想，脑海何曾记影踪。
(婢娘呀)曾记生前疼爱我，如今永别各西东。
(熙凤是)迷离惝恍穷思索，(原来是)秦氏前生配贾蓉。
地下亡魂应瞑目，缘何月下显神通。
怒目低声轻口啐，不防石子跌姣容，累得浑身香汗蒙。

巧　　姐

天理昭彰报不忘,娘亲造孽女儿当。
取乳名巧姐天然巧,无奈双亲少主张。
荣国府中贤小姐,回思往事断肝肠。
多二家婆寻短见,为奴家出痘起灾殃。
克扣赵姨心太毒,无端设计害潇湘。
利己损人权弄大,家财万贯尽抄光。
平儿抱恨秋桐怨,苦煞温存尤二姐。
一世欺人欺自己,贾环小叔丧天良。
爸爸随着江南去,把奴家哄骗卖平康。
作伐幸亏刘姥姥,联姻大户嫁村庄,随入金钗十二行。

李　纨

稻香村里李宫裁,年少夫妇早拆开。
湘水浴妃无俗念,巫山神女阻阳台。
史太君另眼相看待,(只为她)玉洁冰清不染埃。
公份集资人代给,赏花踏月共徘徊。
大观园里繁华盛,小叔姑娘日往来。
白海棠诗推黛玉,菊花新社各争魁。
妯娌凤娘权柄大,将来墙倒众人推。
日间蘅芜潇湘馆,一到黄昏独自哀。
衾寒枕冷谁人伴,且喜兰儿小有才。
愿他直上青云路,手折宫花得意回。
陈情上表有光辉。

（马如飞）

秦可卿（一）

秦可卿，最风流，海棠春睡入温柔。
（她的）腰肢软似风吹柳，玉貌梨花鱼雁差。
与贾家暗里有瓜葛，（因此）侯门浅户结鸾俦。
（莫道他）出身细微小家女，（倒是）性格温和事事周。
侍奉翁姑全孝道，夫妻相敬两绸缪。
（就是）一门上下多和睦，（竟忘了）秦家微贱不封侯。
（妙不过）房中铺设如仙境，满壁琳琅香气幽。
（摆的）貂蝉照过的梳妆镜，（挂的）花蕊穿成的茉莉球。
（坐的）梅妃偷睡的杨妃榻，（铺的）织女嫁来的织锦绸。
（还有）红娘抱过的鸳鸯枕，碧玉频熏的兰麝篝。
想人间有此桃源洞，（宝二爷是）梦里呼卿情意投。
（可怜她）心细如针多算计，（染了）七情伤感病男瘳。
金钗十二她先断，（她是）梦里还将家计筹。
离音传遍荣宁府，得信的痴儿将心血呕，
要相逢再向太虚游。

秦可卿(二)

绝色花枝秦可卿,温柔性格世无伦。
(她是)出身贫苦秦家女,嫁入侯门似海洋深。
(喜只喜)夫婿金龟差可慰,(恨只恨)娇躯多病苦呻吟。
(但见她)知心结识王熙凤,格外的垂怜有史太君。
(她是)班列金钗为养媳,(累得她)花容憔悴可怜生。
(蓉哥儿)但知窃玉偷香去,不管金闺病染身。
(曾记得)锦帐春迷初入梦,太虚幻境逗神瑛。
至今疑案人难识,(反觉得)罪首应归花袭人。
不料芳魂容易碎,哪堪玉碎更珠沉。
王熙凤,梦中得晤惊残梦,云板传来合宅惊。
(最可痛)眷属神仙何草草,蓬莱归去是前因,(我是)做此开篇泪潸淋。

香　菱（一）

随溷名花逐水萍，红颜薄命美香菱。
（她本是）吴阊乡宦闺中秀，矜贵浑如掌上珍。
（端的是）粉妆玉琢态婷婷。（只为）看花灯失散元宵节，脱手明珠无处寻。
可恨奸人迷弱女，长成辗转鬻朱门。
无奈相随上帝京，（幸而）姨妈宝钗知护惜，（便是）园中姊妹（也）另垂青。
佳人酷爱吟诗句，侥幸东君逐礼行。潇湘先拜女先生。
诗中有画王摩诘，（再学那）沉郁苍凉杜少陵。
瘦饱陶朱寝馈深，咏月苦心三改作，
（妙不过）梦中得句更清新，欣然同作社中人。
佳名偶说夫妻蕙，毒杀小娃促狭形。抱羞惭背换石榴裙。
果然宝玉真知己，临行俏语重叮咛。莫被你哥哥识此情。
（奈何）金桂宝蟾争诽谤，（更有那）霸王弃旧太怜新。（怎的）黄莺作疗妒羹。
豆蔻离胎终殒命，（幸得）成仙老父未忘情，（只落得）杨枝滴水忏香魂。

163

香 菱(二)

从来薄命是红妆,美香菱年幼失高堂。
被呆人赚至他方去,买我身文又持强。
姣如出水莲花艳,怎奈郎君是霸王。
相随一路京都去,到家本遇宝姑娘。
紧伴大观园里住,他们赋诗与文章。
建菊会,斗芬芳,石榴裙子染泥浆。
幸巧怡红公子见,说有仿佛旧衣裳,取来更换也何妨。
无限恩情难出口,脸泛桃花若海棠。
更名有意肆荼毒,使尽机关还是强。
侯门从此多萧索,猛郎君做事有主张。
甄公归来红楼梦,临盆愿去赴仙乡。
太虚幻境路茫茫。

香 菱 学 诗

飘萍随絮憨香菱,生小堪怜命不辰。
卖入薛家为侍婢,好花枝可惜被蹂躏。
(她是)聪明天赋难埋没,风雅原来具慧根。
(那一日)跟着宝钗向园里住,谁知诗兴勃然生。
蘅芜院日日翻诗本,执卷吟哦启性灵。
(她是)崇拜潇湘来执贽,愿随绛帐侍先生。
(但见那)先生月字埋头咏,妙句居然见性真。
(有的是)低首苦吟如僧入定,(有的是)翻书检韵费精神。
(可怜她)抛却描鸾作咏絮人。
(她是)派别力追唐格调,(她是)诗中有画得画中情。
(她是)忘餐废寝哦诗句,一味憨来几认不清。
(最可恨)误嫁痴儿怨莫伸。

香 菱 解 裙

幻梦红楼事岂真,聪明第一算香菱。
(她是)命中犯定黄杨厄,弱絮随风始化萍。
(有一日)女伴踏青来斗草,无端泥污了石榴裙。
归家恐怕遭谴责,满腹踌躇泪欲淋。
心惨恻,步逡巡,深锁双蛾黛蹙颦。
恰遇怡红公子到,温辞软语劝殷勤。
顿时呼婢取新裙至,长短腰围恰称身。
此刻香菱心感激,转思无以报深情。
(她说)宝二爷真是多情种,体贴居然称我心。
不比薛蟠粗莽性,(一味的)摧花折柳付残春。
(忽见那)一群姊妹来嘲笑,(香菱是)低首无言面带嗔。
系罢湘裙刚举步,惊闻园内唤频频,(只得)莲步轻移掩院门。

宝琴雪立(一)

狂风怒吼吹连宵,千万雪蝶满天飘。
大观园变作银世界,一片白光双眸耀。
松针密密徐转动,竹竿疏疏随风摇。
茅檐滴漏珍珠坠,铁马叮当响九霄。
朱红窗格朱红楼,白玉栏杆白玉桥。
黄雀枝头声喳喳,黑犬飞奔乐逍遥。
腊月景色无限好,胜比王母西琼瑶。
冰天雪地行人少,暖阁向火寒冷消。
(有的是)围棋一局斗心角,(有的是)煮酒小饮烹羊羔。
风流潇湘薛宝琴,(她)踏雪寻诗谱新调。
(穿的是)孔雀裘,(戴的是)昭君套,莲步轻移游兴高。
(忽然见)猎犬追赶金鸡去,(踏成了)竹叶梅花的路一条。
遥望栊翠庵前梅花林,(更有那)一枝红梅出墙梢。
兴匆匆向前急急跑,轻将禅门三四敲。
妙玉听,问根苗,(原来是)薛姑娘来此梅花讨。
慌忙请至客堂坐,(敬献上)玉液琼浆茶一瓢。
顷刻间,一枝红梅来送出,(更有那)翠绿的瓶儿(乃是)嘉靖窑。
(宝琴是)十分感激忙称谢,(难为你)如此的厚赠何以报。
起身退出庵门去,(妙玉是)含笑送行喜眉梢。
(一个儿)回转深闺诗兴豪。

(沈蔚人)

宝琴雪立(二)

星移物换景凄凉,木叶萧萧下洞庭。
猎猎北风天际舞,鹅毛片片降轻尘。
大千世界琼瑶砌,万里乾坤白玉成。
银海摇光生四壁,琼楼玉宇果然真。
逸兴遄飞诸姊妹,(芦雪亭)开筵雅集并联吟。
薛家小妹多才藻,敏捷果生异众人。
咏罢新诗闲散坐,冲寒小步绕园林。
(但只见)青松翠柏多苍劲,雪里红梅倍有神。
折取一枝供玩赏,命丫鬟斜抱插胆瓶。
游目骋怀山坡立,欣赏园林筑水晶。
却不道贾母承舆遥观望,见那风前玉立影亭亭。
冰作骨,玉为魂,绝世风流第一人。
雪里凫裘光闪烁,身旁梅蕊吐清芳。
越显得,流波俊眼更娉婷。
千般绰约神光现,直欲乘风上碧云。
世界琉璃仙眷属,浑疑天上降飞琼,是应写照入丹青。

宝 琴 探 梅

绝代风华薛宝琴,红妆艳丽似画中人。
(今朝是)漫天风雪彤云压,冒雪冲寒到芦雪亭。
(大家是)煮酒围炉来赏雪,鹿脯争割笑声盈。
(只见那)玉龙乱舞飞鳞甲,险韵争题把诗句吟。
一阵冷香吹入鼻,栊翠庵香雪见精神。
(宝琴是)披裘欲把红梅索,吩咐丫鬟净胆瓶。
(她是)雪地冰天劳跋涉,(但见那)琉璃世界尽装银。
行过板桥泥滑滑,纵横雁齿屐痕深。
寺门亲叩无消息,(忽听得)剥啄声中启侧门。
折得红梅忙出外,(那妙玉是)殷勤相送更叮咛。
画图一幅天然妙,白雪红装艳艳尘。
凫靥相衬更鲜明。

李　　纹

瑞雪飘飘集众芳,琉璃世界白茫茫。
谁家绮阁围炉饮,何处红楼咏絮狂。
纹儿才起凭栏坐,(但只见)白雪红楼将柁翠藏。
(奴是)曾记昔贤诗一句,(果然要)骚人搁笔费评章。
(他是)身披鹤氅围貂领,莲步轻移绕曲廊。
玉琢粉妆(在)图画里,(好一似)玉门关外汉王嫱。
(只不过少了那)一曲琵琶落雁行。
(行到那)芦席筵前瞟俊目,(早来了)花团锦簇众红妆。
(他们是)拈笔墨,摆文房,联吟接景泛霞觞。
(妙不过)湘云贾勇才无敌,鏖战群芳翰墨场。
(宝二爷是)庵中乞得梅花献,(俏佳人是)赋到红梅字字香。
玉人儿个个尽称扬。
(他只为)椿庭物故家萧索,母女三人逛帝都。
暂寄稻香村里住,挑灯姊妹话连床。
(闲来是)夏吟菱荷冬绿梅,春社桃花秋海棠。
(不愧那)绝世(的)佳人立北方。

(王闻喜　藏)

李　绮

蓼椒花香秋景饶,沁芳闸下水滔滔。
李家姊妹无双艳,赛过江东大小乔。
花落池塘鱼游影,凭栏极目任逍遥。
绮儿先把鱼竿执,香饵频钩(向)水面抛。
(宝二爷)暗投石子冲波响,惊的鱼儿四散逃。
(说什么)各占旺相轮流钓,(那)玉人儿看想得金鳌。
(好一幅)艳集渔家难画描。
(为只为)李婶娘夫故无依靠,(因此上)奉母投亲泛画桡。
(与那)邢薛同帮荣国府,奔波千里不辞劳。
(在那)稻香村要安吟榻,姊妹二人将诗社邀。
(有时节)雪压梅梢联好句,(有时节)词填柳絮羡多娇。
(有时节)碧山红树将船儿放,(有时节)清簟疏篱棋子敲。
(你看她)落落大方多稳重,并无俗气也无娇。
(因此上)大观园内栖身久,十二金钗似故交。
(真个是)性格温和品格超。

(王闻喜　藏)

红 楼 二 尤

男女同栖本宿缘,红楼韵事列开篇。
有情人不得成眷属,衔石难填离恨天。
尤三姐,最可怜,心中思慕柳湘莲。
(她本是)风流倜傥多情女,性情刚烈貌鲜妍。
只因外面人诽议,淡泊长斋拜佛前。
贾二爷那日归家转,柳姓的亲事说成全。
鸳鸯剑,挂床边,希望早日结团圆。
不料风波平地起,(说什么)宁府肮脏起疑团,
柳家要把婚姻退,索还聘物实难堪。
三姐听言心憎恨,只悔荒唐错在先。
湘莲既是无情种,活在人间也枉然。
一股宝剑咽喉刺,香魂缥缈去为仙。
湘莲也随道人去,无知无觉似痴癫。
一段孽缘从此了,再说尤二并贾琏。
尤二本是忠厚辈,一心想把后嗣传。
母女二人同过活,持家勤俭本安然。
二奶奶就是王熙凤,卧榻岂容他人眠。
一日兴儿把话禀,以前隐事尽言穿。
凤丫头,顿骇然,鼻孔出气眼冒烟。
醋海兴波想削恨,嘴甜腹剑更花言。
假装贤惠把姐姐唤,同甘共苦要周全。
二姐原来心肠软,信以为真(就进)大观园。
可恨凤姐殷勤假,冷嘲热骂到耳边。

茶饭无人来侍奉,委屈难伸病又缠。
二爷踪影难寻觅,灯前倚枕泪涟涟。
长痛不如短痛好,夜半吞金赴黄泉。
姊妹皆遭非命死,无情无绪奈何天。
空留韵事永年年。

(双十轩主人)

尤二吞金(一)

尤家二姐性和善,娇小玲珑美婵娟。
鸳鸯盟订张公子,结成嫁娶儿女缘。
(只因)家道衰颓今非昔,难以合婚了未完。
(那一日)巧遇琏二多亲近,两情相投两意绻。
(宁国府)威名显赫谁不晓,(况且他)财势双全岂无权。
(倒不如)以身相许终身托,张姓改作贾姓伴。
(如今)贾珍贾蓉愿执柯,(他道)二叔情愿结团圞。
(一个是)半推半就佯不知,将计就计(把)富贵贪。
(一个是)花团锦簇新纳宠,郎才女貌叙乐欢。
(不料)旺儿回家露口舌,(王大娘)闻讯怒发又冲冠。
泼辣货素来心思毒,假意探夫恶计传。
口蜜腹剑难逆料,(二姐是)从此身入牢笼进大观。
(可怜)二姐早已怀六甲,岂可终日含泪咽痛酸。
(熙凤是)一计已售二计出,欲得大小一笔圈。
唤秋桐,计谋传,(急煞了)平儿她不能喧。
婢女仗势将二姐打,假言语竟把二爷瞒。
(二姐是)千盅苦水饮不尽,(悔不听)当初三妹好言劝。
患难夫妻终然好,富贵之妾未必欢。
(娘呀)女儿受苦难言语,(只望你)娘亲前来将我探。
(怕只怕)今世不得一见面,大娘的声势魂骇断。
此地好比森罗殿,那凶的秋桐赛过催命官。
(二爷呀)我今怨恨你是薄情郎,(看起来)季常的佳衔你可捐。
(自古道)一失足成千古恨,而今已及六月宽。
人生总有一日死,(她竟)万般怨恨意寻短,吞服耳环赴黄泉。

尤二吞金(二)

红楼一梦最伤心,纨绔哥儿半纵情。
(贾琏是)惧内有名思猎艳,(看中了)尤二姐娇艳费沉吟。
贾珍胆敢从旁助,(他是)色胆如天梦未醒。
服里竟将金屋筑,任他挥手掷千金。
哪知竟被河东晓,狮吼终宵闹不停。
假作殷勤骗尤二姐,居然纳作室中人。
正名定位谁能识,替月应当赋小星。
不表贾琏心快活,(尤二姐)六亲阻绝泪沾巾。
花容憔悴多磨折,抑郁难伸病已深。
笼为槛花愁欲死,红颜命薄夜吞金。
芳魂一缕归何处,三尺桐棺葬义坟。
(从此后)苦雨凄风闻鬼哭,多情急坏了小神瑛。
他年谁为表坚贞。

尤三姐(一)

纨绔琏儿美少年,丧中(把)二姐娶为偏。
(好一个)淤泥不染尤三姐,体态风流嫉恶严。
(真个是)颜如桃李三春艳,心比冰霜一例坚。
未必无心贾宝玉,(只为他)两姨中表太缠绵。
(故而)此心不向怡红院,(她)眼底何曾(有)珍与琏。
一朝兄弟来轻薄,顷刻梨花变怒颜。
(说)鸟雀妄想鸾凤配,柳絮因风莫乱颠。
(奴)终身只许着柳湘莲。
岂知好事多磨折,破碎良缘(竟)为一言,致桃花一命送黄泉。
美满姻缘成决裂,冤沉苦海恨难填。
好女儿薄命(要)问青天。

尤三姐(二)

贾府姻亲尤老娘,为人糊涂好商量。
二女倾城倾国色,一温柔性一刚强。
敬老飞升成大道,请她丧务去帮忙。
惹得二姨春心动,贾琏私娶作偏旁。
要想兄弟姐妹成连理,三姐闻言变面庞。
你们贾氏石狮身干净,其余遍体尽肮脏。
女儿生就英雄性,愿嫁除非(要)柳二郎。
宝二爷说于湘莲晓,把鸳鸯宝剑聘红妆。
蜚言不合佳人意,轻生自刎等寻常。
留得贞名梦里香。

尤 三 伏 剑

大观园庆寿起华筵,车水马龙不断连。
百戏杂陈倍热闹,(更有那)票串一曲画堂前。
(见一位)风流绝顶的佳公子,(乃是)年少英俊柳湘莲。
贺客称扬不绝口,(多道他)才貌双全冠人间。
尤家三姐更同意,深深打入他内心弦。
如此人品不多得,(但不知)可能相结并蒂莲。
(故而他)寻踪来到花园里,顾不得羞耻当面言。
(一个儿)原是多情子,儿女之情意绵绵。
月下私把终身约,(但愿)地久天长共百年。
话切切,意绵绵,定情权将鸳鸯剑。
夜阑人静分别去,音讯不传十余天。
(那一日)怒冲冲来了心上人,强令退婚在当面。
(三姐是)未犯闺门七出条,何故将奴弃墙边。
(柳郎呀)奴为你守身如玉非轻狂,(终日里)临窗埋头将女红拈。
终有疑问尽可说,何必心如铁石坚。
如今一旦将奴休,(传话柄)叫奴何颜去见人面。
(请息怒)细将原因说我知,奴甘心受责冤不迁。
(湘莲是)话到客中传来事,薛蟠的言语臭无颜。
三姐难辨真和假,不如郎前一死将名节全。
假意儿送还定情物,不料她一剑身亡赴黄泉。
湘莲自觉太莽撞,不及相救泪涟涟。
(三姐呀)女子烈性本难求,竟然一死表心田。
我今不要以报卿,抛却红尘不周旋,此恨绵绵不能填。

尤三自刎

红楼幻梦说荒唐,薄命红颜大可伤。
(尤三姐是)月貌花容心似铁,依人无奈度年光。
(遇着那)柳郎倜傥风流子,名叫湘莲性格狂。
(他们是)觌面有缘如旧识,赠将宝剑订鸳鸯。
(可算的)郎才女貌无双偶,托定终身永不妨。
(哪晓得)平地风波生顷刻,谗言入耳悔难当。
柳郎面索鸳鸯剑,(三姐儿)痛到心头欲断肠。
抽出青锋光闪电,无端自刎死当场。
桃花血溅衣裙满,惊得湘莲失主张。
(从此后)披发入山修道去,消除绮障答三娘。
金钗十二都妖冶,只有三娘性格刚。
一抔黄土葬横塘。

平 儿 理 妆

雌虎威性毕竟狂,平儿受屈理残妆。
(她是)满腔怨愤无从泄,(幸有那)刻意温存无事忙。
(平儿是)云髻蓬松羞对镜,愁眉双锁泪汪汪。
鸾篦梳发浑无力,一绺青丝委地长。
(但见她)堕马妆成钗绾凤,(但见她)薄施脂粉对纱窗。
(但见她)手拈柳炭把双蛾画,(但见她)一剪春兰插鬓旁。
(她是)理罢残妆将奁具理,旁边走上小梅香。
捧来漱口纹银碗,(更有那)洗脸瓷盆位置忙。
(宝二爷是)欲把手巾来代绞,平儿一见便惊慌。
急忙劈手来相阻,(谁知他)欲嗅残余粉水香。
调笑忽来诸姊妹,(都说道)贾琏真个是薄幸郎。
一番解劝风波静,(平儿是)委屈能熬始下汤。
(宝哥哥)生情触景又心伤。

鸳 鸯 女

大观园里一梅香,二八年华窈窕娘。
(她是)史老太君心腹婢,小名两字叫鸳鸯。
(只因她)从小生来模样好,(又是)温文端重好心肠。
(故而)贾赦老奴邪念起,(要她来)铺床叠被作偏房。
(邢夫人)亲向鸳鸯来劝说,劝鸳鸯早日结鸳鸯,莫负主人恩爱长。
(你从此)跳出龙门移上苑,青云直上有风光。
休嫌他,发苍苍,一树梨花压海棠。
须知道,老年郎,体贴温柔擅胜场。
鸳鸯温语花容变,暗恨夫人没主张。
哥嫂纷纷来劝说,(她是)骂声哥嫂太无良。
鸳鸯虽是贫家女,不慕荣华锦绣装。
(她是)青丝绞断明心迹,抵死不从意志强。
又有太君来做主,(方得)苟延残命免遭殃。
贾赦闻知心愤怒,(骂一声)鸳鸯贱婢太猖狂。
(想你是)笼中鸟,虎口[①]羊,(到头来)怎能跳出府门墙。
(故所以)待得太君身死后,(鸳鸯是)自知命比柳丝扬,从此恐难避虎狼。
(她是)性贞烈,不屈降,宁死一拼意悬梁。
(此是)红楼一页伤心史,谱上丝弦实可伤。
冤魂渺渺恨茫茫。

(陈灵犀)

---

① 原文为"中",据上下文改为"口"。

鸳　　鸯

芙蓉池畔小鸳鸯,(她是)不爱花枝却爱香。
(爱她)几点雀斑瓜子脸,天然风韵世无双。
史太君相倚为心腹,金玉盈箱一手藏。
(曾记得)贾琏私借金银器,(他是)权重才高独力当。
与麝月袭人交最密,怡红院内泄春光。
(你看她)胭脂轻染樱桃口,愿被痴儿舐玉靥。莫道无情情最长。
(就是)代选牙牌新口令,众佳人含笑饮琼浆。
(恨只恨)白头翁妄想迎桃叶,(害得她)海誓山盟不嫁郎。
(愿为)白鹤高飞孤影洁,(不作)双栖紫燕话雕梁。
(她只为)污言恶语难消受,割断柔情百转肠。
(见了)意中人唯有意彷徨。
(到了)史太君极乐归西土,把昔日行为顿改腔。
那可卿指引归虚幻,(她是)殉主捐躯自缢亡,千秋义烈永流芳。

鸳鸯剪发(一)

侍婢如云各逞强,端庄第一算鸳鸯。
(她是)忠心贾母无他念,(初不料)贾赦荒淫想纳妾房。
(邢夫人是)一世糊涂无见识,(竟与那)贤良媳妇去商量。
(凤姐儿是)劈头便把言回绝,(累得她)摸耳搔腮竟无主张。
忽地装成婆子样,(她是)恼羞成怒气难降。
欲拉凤姐冰人做,探听鸳鸯事弄僵。
(那鸳鸯是)闻言恍惚焦雷打,急泪横流湿透裳。
(便向那)贾母之前来哭诉,终身只愿侍高堂。
并州剪取出将青丝剪,手挽春云一绺长。
史太君,一见鸳鸯情可悯,(便用那)好言抚慰小梅香。
(一边是)怒传凤姐严辞责,(吓得那)夫人是不敢回言暗里慌。
(最可笑)花甲将周思染指,量珠到底愿难偿,(倒怪着)媳妇无才嘴太强。

鸳鸯剪发(二)

忠心侍婢算鸳鸯,体格苗条性善良。
服侍太君承色笑,不辞劳悴伴闺房。
(曾记得)琼筵监酒宣鸳鸯令,口齿玲珑有主张。
哪晓得,贾赦老馋思染指,邢夫人来与媳商量。
知情凤姐忙推却,惹气翁姑竟不防。
(便想那)脱壳金蝉佳计策,顺风转舵假帮忙。
不言凤姐心中恶,(邢夫人是)只道今番愿可偿。
卤莽匆匆同入内,便将此事禀高堂。
哪知贾母摇首笑,(便说道)垂老依然放诞狂。
忽见鸳鸯来下跪,蓦将发髻剪当堂;
放声恸哭求饶恕,自愿终身侍贾母旁。
好鸳鸯几欲断肝肠。

紫　　鹃

杜鹃枝上月光斜,窗外鹃啼血染沙。
小紫鹃义重心如铁,(她本是)贾母堂前垂发丫。
(只为)林姑爷抱病维扬郡,(她是)曾伴千金到县衙。
(所以)主婢情深似姊妹,咱怜你惜你怜咱。
冰肌玉骨聪明性,三五芳年月正华,常伴潇湘病馆娃。
(有时节)宛劝痴颦休怨泣,(有时节)浓煎汤药自嗟呀。
(有时节)闲听鹦鹉诵诗句,(有时节)独伴佳人数落花。
(有时节)试鼎焚香谈肺腑,(有时节)抱琴问字捧芽茶。
(你看她)试探莽玉痴情话,(这是她)一片忠心爱可嘉。
谁知红丝暗被他人剪,天台路杳白云遮。
(到后来)珠沉玉碎钗分股,红粉青黛葬白沙。
(她是)为感痴郎非薄幸,终身不愿抱琵琶。
与惜春常伴青灯佛,参透尘缘愿出家,青衣红袖换袈裟。

紫鹃浣帕

体贴多情慧紫鹃,担心金玉是良缘。
(她是)潇湘馆内勤伺候,只为颦儿感万端。
心切切,意悬悬,常将蜜语慰婵娟。
(有一日)多情黛玉悲春暮,感触芳菲泪未干。
累得紫鹃肠欲断,捡来绡帕觉心酸。
抽身汲水向银盆洗,趁着斜阳晒一竿。
步出花阴亲检点,(但见那)帕儿血染意难安。
(恨只恨)宝二爷呆性常常发,(不知他)眷属何时合凤鸾。
(我是)浣到鲛绡心便痛,(痛他是)病根深重总难瞒。
泪痕便染如桃花点,(顿觉得)千万把尖刀在心上攒。
忍泪劝他休洒泪,(只见他)泪珠双垂气频喘。
痴心婢子在痴想,(但愿他)彻骨相思一笔圈,无边风月永团圆。

紫鹃夜叹

月黑沉沉夜漫漫,风惊铁马隔帘喧。
静悄悄西厢无声息,(有一位)多情多义的婢紫鹃,
(她是)独坐窗前愁不寐,孤灯挑尽未曾安。
(想起那)姑娘临终情一节,令人儿怎不暗心酸。
(一个儿)画堂鼓乐多热闹,(一个儿)病榻呻吟未忍观。
(一个儿)参拜天地成眷属,(一个儿)玉殒香消一命捐。
(一个儿)洞房花烛开并蒂,(一个儿)潇湘风雨泣杜鹃。
(一个儿)夫唱妇随如胶漆,(一个儿)含冤受屈在九泉。
一个儿乐,一个儿酸;一个儿悲命薄,一个儿喜团圆。
一个儿伤心,一个儿欢。
(说什么)怡红公子多情种,(却原来)往日也是假周旋。
(可恨他)不念旧时诗帕意,只恋新婚金玉缘。
姑娘呀,
(可叹你)一生全被痴情误,(今日里)死在黄泉心不甘。
(可叹你)玲珑慧质归何处,(变作那)黄土垄中美婵娟。
人生细想有何趣,(只要那)咽喉气断万事完。
(看他们)夫妻乐,儿女欢,享荣华,弄私权,(也不过)镜花水月同一般。
迅速光阴容易逝,难逃无情七尺棺。
(这真是)昙花泡影终何用,好梦醒时也枉然。
(何必要)钩心斗角不容宽。

紫鹃劝病

昨宵一夜雨濛濛,潇潇竹影斗春风。
大观园中声寂寂,潇湘馆里雾重重。
画帘低垂静悄然,绿窗紧掩避晓风。
中贮薄命花一朵,(可怜她)零丁孤苦如孤鸿。
(她本是)绛珠河畔灵芝草,(缘因)报恩还泪(到)尘寰中。
性情幽娴怕烦闹,终日静坐不思动。
梨花弱质难遭雨,海棠娇艳不禁风。
情切切,泪浓浓,镇年常在病恨中。
醒时难了相思苦,忘愁无非睡蒙眬。
夜来听尽三更雨,耐寒待至五漏终。
(直至那)金鸡高唱方稳眠,(又被那)杜宇一声醒残梦。
(只见)朝霞吞尽万里白,扶桑吐出一轮红。
微翻娇躯瘦怯怯,拟拭倦眸眼松松。
(她是)轻呼雪雁温汤药,(已见那)紫鹃送茶进房中。
(那林姑是)鹦鹉效泣频皱眉,(又听得)鹧鸪呼晴略展胸。
意绵绵,懒慵慵,娇嗽咳咳气涌涌。
旁边急坏了紫鹃婢,慌忙上去呼娇容。
(姑娘呀,想你)新病初愈须调养,久病近来略见松。
(你好比)弱质海棠难经雨,(那比得)耐寒腊梅度残冬。
如此虚萎当自爱,怎能迎窗斗寒风。
(姑娘呀)谚云自病自得知,岂可不惜不珍重。
(想)婢子虽是低贱辈,多蒙你往日钟爱侬。
宛如堂前亲姊妹,依稀闺中女弟兄。

既称知己当言实,宜将喜信报娇容。
(想小婢)昨日偶到内堂去,巧与鸳鸯姐姐逢。
(她)无意间漏露知心话,(她)问及你姑娘病可松。
(她说道:只因)宝二爷卧倒怡红院,近日病势略觉凶。
老祖宗忧虑孙儿病,要与公子喜星冲。
问二爷说出真心话,(说道)除却你妹妹愿守空。
(姑娘呀,想)如此这般的天大喜,(恐怕那)万两黄金(也)买不动。
林姑听,畅愁衷,(刹那间)梨花泛透海棠红。
一病相思从此了,(谁知到后来)桃将李代霎变风。
(可怜她)春梦愿归一场空。

(汪伯英)

紫鹃谎骗宝二爷

多情宝玉意无聊,探望林姑把闷来消。
来到潇湘真寂寞,(那紫鹃)廊前独坐态多娇。
忙忙叩问林姑病,(紫鹃道)咳嗽稍痊莫记牢。
(宝玉是)双手向她胸口抹,(说道)衣衫单薄病魔招。
(紫鹃是)咬牙切齿心头恨,(骂一声)莫再胡行在吾曹,人言可畏要说轻佻。
姑娘见你恐将身避,话罢一番往内室跑。
今朝公子遭奚落,心内如同冷水浇。
一出馆门魂魄夺,(坐在那)假山石上泪珠抛。
痴情一片书呆子,思虑纵横如怒潮,午餐不进愤难消。
(雪雁被)二爷赶逐心奇怪,来请紫鹃走一遭。
行到石边开口说,(为什么)二爷呆坐放声号。
(说道)你们与我都疏远,百转回肠意若焦。
(紫鹃道)姑娘明岁回乡里,(与吾们)两地睽违道路迢。
(宝玉道)姐姐为何多谎话,(妹妹的)家中亲属实寥寥。
(紫鹃说)贾府虽然门第大,(但是这)林家世代也清高。
异日姑娘须出阁,(到明年)她家一定派人邀。
(你)妹妹与奴亲口讲,(他与你)历年表记总徒劳。
(那宝玉)好似青天来霹雳,穿心万箭急难熬,回转怡红大病遭。

(李太炎)

紫鹃试玉

娇憨烂熳见天真,(紫鹃是)一向担愁只为颦。
(听得了)金玉良缘心便妒,暗中垂泪怨神瑛。
(有一日)潇湘春倦正寻幽梦,(她是)偷得余闲去步竹阴。
趁着斜阳把鲛帕晾,(见了那)泪痕狼藉觉酸心。
谁知宝玉匆匆入,(紫鹃是)花径相逢要试探情。
(她说)扬州昨夜有鱼书至,(我们是)选择衣服要动身。
(可晓得)盛会不常终有散,莫谈絮果与兰因。
(可怜他)多情宝玉闻谣诼,(他是)不辨真虚竟心一惊。
颜色顿时成惨白,纷纷不断泪沾巾。
紫鹃一见心如割,(便把那)欲探真情说与听。
(宝玉是)忽笑忽啼常改态,话言颠倒说挂虚名。
(一时间)纷传消息到怡红院,急煞丫鬟花袭人,
(她是)含讥带讽(把)紫鹃嗔。

紫鹃情辞试宝玉

两小无猜情倍深,怡红公子与颦卿。
一个儿卧病潇湘馆,(那)宝玉常悬一片心。
自幼小,共长成,心心相印感知音。
(那)一天宝玉来探病,(适逢)午梦方酣未敢惊。
慧婢紫鹃调妙舌,两人说笑(在)沁芳亭。
她说姑娘年渐长,不能贾府过一生。
姑苏本是(她)家乡地,迟早终要返吴门。
(你两个)情意相投我素稔,奈何女大要许人。
情默默,味津津,惺惺难免惜惺惺。
(劝)二爷从此渐疏远,莫把情丝缚自身。
(这)本是紫鹃知心话,故向二爷试一试心,谁知宝玉信为真。
(只恐怕)心上人真的回家去,到那时岂不更伤心。
(所以他)万分焦灼恨难平。眼儿瞪,意儿沉,痰迷心窍不作声。
脚步踟蹰回院里,袭人难得欠调停。
急忙传递凶消息,顷刻惊动阖府人。
李嬷嬷,史太君,同声哭叫泪纷纷。
多情公子痴心甚,不许他人更姓林。
(哪知道)紫鹃饶舌起祸根。

(双十轩主人)

紫鹃哭灵

风雨潇湘欲断魂,花枝冷落叹凋零。
紫鹃小婢多情女,晨昏侍奉(那)林颦卿。
(她是)想起姑娘肠欲断,(禁不住)一阵伤心两泪盈。
(小姐呵,想你是)娇躯常带三分喘,恹恹药石竟无灵。
(虽然)宝二爷自小多相爱,(他是)水中明月镜中人。
(除却奴)殷勤小婢深关切,更有何人再关情。
(常言道)红颜自古遭天忌,昙花一现竟归阴。
(到而今)茜纱窗下何人在?(只落得)黄土垄中葬玉人。
(小姐呀,可怜你)香魂一缕随风散,愁绪三更入梦频。
药炉余香遗嗅在,葵花月冷被封尘。
窗前千个琅玕竹,几个斑斑带泪痕。
冷凄凄一座潇湘馆,寂寂香闺深闭门。
(听那)鹦哥不管人憔悴,喃喃唱出葬花声。
(小姐呀,你)泉台渺渺归何处?临终叮嘱奴两三声。
(到如今)人亡物在香魂渺,秋风秋雨愁煞人。
(奴是)漫漫长夜眠难稳,叠叠伤心到五更。
睹物思人肠欲断,梦魂中不见(你)女东君。
(奴是)孤零零寄迹荣宁府,(宛如)人去楼空巢已倾。
(看那)落花满地无人扫,埋香冢有谁去吊花魂。
紫鹃哭到伤心处,紧咬银牙叹几声,声声化作不平鸣。

紫鹃相泣(杜鹃枝上月三更)

弹到兴亡事可伤,红楼一枕梦黄粱。
自从黛玉归真去,(只落得)园内有花竟不香。
枝上杜鹃子夜月,悲悲切切泣潇湘。
(想)姑娘在日多情义,相待犹如姊妹行。
(我也曾)女红针黹伴绣阁,穿针压线制衣裳。
(我也曾)妆台为你开明镜,手把梳篦理晓妆。
(我也曾)磨墨添香共夜读,深宵伴你读文章。
(我也曾)探听莽情聆痴话,病榻支离侍药汤。
你参禅,我焚香;你操琴,我裉囊,形影相随侍侧傍。
生死不离双主婢,(到如今)人间天上两茫茫。
恨煞凤姑使毒计,好端端拆散两鸳鸯。
(一个儿)笙箫曲奏能求凤,(一个儿)绝命诗成欲断肠。
(一个儿)闹吵吵洞房花烛夜,(一个儿)冷清清血泪染潇湘。
(一个儿)安按兰麝销金被,(一个儿)独孤寒衾冷若霜。
(一个儿)镜里笑容双并首,(一个儿)灯前孤影独彷徨。
(一个儿)黄鹂枝上逢春晴,(一个儿)鸿雁孤栖入夕阳。
(一个儿)锦被窝中描不尽千种爱,(一个儿)鲛绡帐里说不了万凄凉。
(一个儿)笑盈盈睡在流苏帐,(一个儿)病恹恹哭倒象牙床。
(一个儿)喜孜孜,(一个儿)泪汪汪。
一个儿笑,一个儿伤。一个儿欢爱,一个儿彷徨。
(到如今)多情只有天边月,他照过林姑娘憔瘦庞。
多情唯有琅玕竹,报平安夜夜犹敲窗。
多情鹦鹉金钩挂,(他是)旧主恩深还未忘,喃喃架上惨凄腔。

紫鹃想到伤心处,蹙损愁眉泪两行。
(只哭得)蒙蒙斜月落黄昏。

(王梦鱼)

晴　雯

只为聪明误一生，怡红院里婢晴雯。
骄奢容易遭人忌，不顾同淘姊妹们。
出言吐语要伤人，纳凉撕破真金扇。
太把东西看得轻，道是无情却有情。
好胜之心人不让，雀金裘带病补能成。
前番差你到潇湘馆，一方旧帕送颦卿。
你怎晓我两人心上事，难将言语说分明。
祸根儿总为香囊起，无端撵抬出闺门。
莫怪她归家成了病，胸中有屈不能伸。
（而且）嫂子旁边吵不清，咬断自家长指甲。
未消寒热少精神，还把罗衫脱一层。
黄土垄中卿薄命，茜纱窗下我消魂。
幸哉死作芙蓉主，一瓣清香炉内焚。
红楼好梦你先醒。

（马如飞）

晴雯撕扇(一)

月掩清光花见羞,晴雯体态最风流。
她性同芳菊凌霜傲,(那些)桃李春风莫与俦。
一样情深钟宝玉,(真个)百炼钢成绕指柔。(然而)堪夸处女比花幽。
撕残扇子娇憨甚,一笑千金价莫酬。
诚恐东君愁闷绝,宵深独自拥兰篝,力尽神危补雀裘。
自古娥眉终见妒,更兼红舌易招忧,(有)袭人背地宛如仇。
(怎禁得)不遗余力谗言入,王夫人昏聩坠奸谋,立遣归家忍践踩。
宝玉多情亲问候,香消玉殒病难瘳。
(最可怜)守身如玉偏遭谤,误赚虚名命不留,悔从前并未侍衾裯。
(宛比那)一声《河满》肝肠裂,咬断春葱纪念留。珍重东君密密收。
(只落得)伤害芙蓉公子讳,丛残榛莽女郎邱。
怡红果是多情种,静候芳名叹未休,五儿错爱效绸缪。

晴雯撕扇(二)

晚凉庭院近黄昏,超手游廊未上灯。
竹榻银屏阶前摆,晴雯微倦正横陈。
(宝哥哥)归来欲把衣衫换,笑拍香肩当袭人。
晴雯听,发娇嗔,扭转纤腰便起身。
睡眼惺忪娇懒体,回眸含笑责神瑛。
手中夺下湘妃扇,撕得沙沙发异声。
折扇撕完无腕力,旁边走过小秋纹。
问他洗浴须提水,推说今宵力不胜。
更有碧痕来打趣,(一时间)唇枪舌剑费调停。
难为宝玉来排解,从此晴雯种祸根,(到后来)偶逢弱病出朱门。

晴雯补裘(一)

大观园中景万千,几多点缀色新鲜;
无数红梅撑铁骨,玲珑假石妙无边。
(霎时间)彤云吹散因风劲,(好似)飞絮空中遍野田。
雪意殊浓寒益甚,飘飘愈密絮轻牵。
片时迅速尘埃净,堆满楼台玉宇鲜。
仿佛琉璃银世界,瑶光一色染姿妍。
(于是那)大观园中诸姊妹,画帘静掩弄丝弦。
有时闲看佳人绣,笑指鸳鸯并蒂莲。
暖气和融春一室,何愁白雪积阶前。
此时只有怡红院,暖气春融淡不言。
怡红公子非常乐,(看那)红袖添香夹翠钿。
左右相宜皆粉黛,飘然潇洒赛神仙。
(只见那)怡红公子金貂绽,肩背之前落锦绵。
(那)晴雯侍婢人人晓,服侍殷勤年复年。
于是拈针金线补,忙将玉手出纤纤。
缝成旧日模形样,线线针针比旧全。
博得怡红公子赞,称扬佳妙复何言,甜情蜜意语相怜。

(倪高风)

晴雯补裘(二)

斑竹风摇月影移,俏晴雯生性是顽皮。
莲步轻移惊麝月,风凉透骨袭冰肌。
(所以她)卧病床衾寒热发,连连咳嗽不能支。
(宝二爷)吩咐快把医生请,(但是那)毫无经验一庸医,
重药开方来乱用,(只得是)另请高明妙术施。
依弗哪膏药脑门贴,西洋鼻烟嗅相宜。
(次日是)病体呻吟依不减,频频气急更神疲。
麝月在旁深深劝,你须耐心莫胡思。
药石非是仙丹比,(况且是)病来山倒去如丝。
(到晚间)气愤一番才安静,那宝二爷走进就皱眉,
(说道太太是)赐我金雀裘一件,(谁知道)后襟一片已分离。
(叫妈子)拿到外边找人补,绣匠不敢便推辞。
(然而是)明日上午偏要着,否则太太心不怡。
(晴雯是)一看此裘开口说,(让我来)拼命缝好不嫌迟。
(因为是)孔雀金线此间有,(能够使)太太看了不生疑。
头发一挽忙坐起,披好衣服双颊绯。
(只觉得)耳目昏花金星满,头轻脚重实难持。
咬紧牙关将夹里拆,细针密缕费心思,
并州快剪四边刮,重重缝纫在周围。
补罢数针稍休息,(宝玉是)斗篷拿来替他披。
(晴雯道)时光不早你先睡,(宝玉是)看她着急只能依。
(到了那)钟鸣四下方补毕,(麝月道)赝鼎乱真你手法奇。
宝玉一见开怀甚,(说道)一无破绽可能窥。

(晴雯是)力尽筋疲身倒下,吁吁冷汗透重衣。
(幸得那)回春妙手王太医。

(李太炎)

晴雯补裘(三)

殷勤出入大观园,侍女娉婷尽一般。
只有晴雯娇泣态,性情和好意缠绵。
深得怡红公子爱,一言一动惹人欢。
无如咳嗽成了病,药石无灵不自然。
憔悴不堪常不寐,病深却把主人瞒。
(她是)针线聪敏才具巧,孔雀裘衣绽不能穿,
(她是)一夜工夫补裁完。
从此琅珰成不起,红颜短命片时捐。
公子钟情肠欲断,对月临风暗心酸。
灯前偷制芙蓉诔,一度呻吟两泪悬。
黄土垄中卿薄命,茜纱窗下我无缘。
引出潇湘妃子泪,不言不语隔窗观。
香执一炷花一瓣,孤坟三尺奠杯盘。
多情人物多才子,云雨无情月不圆,长遗生死恨漫漫。

晴雯补裘(四)

红楼俏婢勇晴雯,针线从来不让人。
娇弱花枝风易妒,哪堪更为蝶相侵。
一朝抱病在怡红院,(忽见那)宝玉归来怒气生。
(都只为)珍贵金雀裘损坏,更从何处觅针神。
晴雯听,忽推衾,笑慰神瑛莫发嗔。
奋勇呼灯来照取,拈针擘线补泥金。
经纬界线分明后,倚枕凝神便动针,娇喘细细欲含颦。
几番补缀工夫细,熨贴浑如一片成。
无缝天衣差可比,胜他填海说冤禽。
神瑛一见心欢喜,(便说道)妙手缝衣独让卿。
絮语温存勤服侍,劝她切勿更劳神。
(可晓得)枉费偎香倚玉心。

晴雯补裘(五)

茜纱窗外月光微,独照晴雯冰雪肌,
面似芙蓉初出水,腰纤杨柳态依依。
聪明绝代多风雅,如此可儿人世稀。
(可惜她)口角锋芒心太躁,时时伤损众青衣。
(宝二爷)爱她胜似秋痕辈,一话千金将扇子撕。
病体难支身不顾,通宵织补雀金呢。
(无奈她)结下冤仇深似海,被人暗算弄蹊跷。
王夫人听信谗言语,大发雷霆究是非。
(道她)眉眼浑如林小姐,你病西施合住浣纱溪。
我从今撵出你怡红院,不准狐狸在此迷。
抱屈含冤扶病去,羞忿归家病不离。
多情公子款柴扉,悔不当初错主见,虚名误赚受人欺。
宛似一声《河满子》,春葱咬断酬情痴。
芳魂渺渺辞人世,来诏蓉仙赴玉池,先离苦津待湘妃。

晴雯逐出怡红院

司棋艳婢性轻佻,(与潘郎)赠芍采兰火热烧。
(傻大姐)拾得香囊给夫人看,风波浩荡起一朝。
(王夫人)初疑凤姐亲查问,(吓得她)跪下身躯涕泪抛。
凤姐辩清无过失,(便吩咐)丫鬟去把管家招。
(那)王家老妪真可恶,(她说道)小婢晴雯太风骚,
面貌果然能出众,莺声呖呖语尖刀。
双眸转,魂魄消,颦笑西施在终朝。
夫人的脑海往事触,(是否那)瘦削肩膀水蛇腰。
恍若林姑眉蹙额,轻狂满面最妖娆。
宝玉吾儿多英俊,(岂可被)妖精勾引把身体糟,
鹏飞壮志消磨尽,学业精神一概抛。
(命丫鬟)速到怡红院中去,招呼贱婢见我曹。
(晴雯是)娇躯不适人倦懒,气闷心头正无聊。
(婢子说)今朝太太有事邀。
不整芳容房内出,夫人一见怒咆哮。
(你)衣衫纷乱丝带垂,头发蓬松(算)捧心娇。
骚形怪状娼妇样,(宝玉的)近况你今说根苗。
(她)听得此言心诧异,(谅来是)被人暗算责难逃。
说道一切情形都隔膜,(因为奴)宝二爷内室不常跑,
麝月袭人勤服侍,他们时刻把心操。
(夫人道)你不亲宝玉我造化,(但是这)淫浪蹄子我不能饶。
(过几天)晴雯终被夫人逐,(不管她)寒热在身遍体焦。
(可怜她)蓬头垢面遭逐出,回首流连口中号,怡红一出抱屈夭。

(李太炎)

晴雯被逐

妩媚动人俏晴雯,怡红院内倍殷勤。
(只可恨)王善保家把谗言进,(倒说道)伶俐标致算晴雯。
(她是)小口樱桃对锐利,谅来仗势惯欺人。
(夫人听)信为真,思往事,怒填膺。
骂一声,婢子妖娆骨太轻。
(莫不是)逛园那日我曾见过,水蛇腰,削肩膀,双眸溜滑的俏眼睛。
(况且是)冶容诲淫从古说,难保宝玉被勾引。
想到其时生戚虑,立即饬婢传晴雯。
(晴雯是)身染微恙正发闷,被卧床第独拥衾。
闻传唤,胆战惊,只得揭被披衫强抽身。
夫人见,心恼恨,(见她)钗半斜,鬓半松,(说道)好一个西施病美人。
(我看你)举止轻佻非善辈,你素日的作事我尽闻。
待我禀告了太夫人,把你这妖精逐出门。
(可怜那)晴雯是,虽俱白练亦难分辩,满腔的怒忿泪沾襟。
(她是)资性聪慧内在晓,(料定)内中暗算必有人。
(她是)掩面痛哭往园内去,踉跄脚步路难行。
(想我)昔日多蒙宝玉爱,(哪知)补裘依旧枉费心。
气忿终日她是病日重,滴水粒米不能进。
蓬头垢面容消瘦,横被婆子拖出门。
悠悠沉疴黄泉近。

花　袭　人

轻薄桃花逐水流,美娇娘独坐锁眉头;
淡妆雅服容颜美,娇嗽轻轻万斛愁。
(奴在)侯门服侍佳公子,假装态度与绸缪。
袭人两字郎相赠,铺床叠被尽风流。
(曾记得)昼眠梦醒(把)可卿唤,津津湿透了裤凌绸,(嫩芽儿)玉液已先流。
(他)把梦中好事低低说,欲试巫山缓缓求。
情切切,意悠悠,丫头有幸点头筹。
林姑娘生性多疑忌,她为正室奴担忧。
(所以)谗言哄得夫人信,姨太太跟前把姻事求。
平分春色都和睦,(哪晓)赴考的痴郎(把)妻妾丢。
情无奈顾不得羞,优伶有福结鸾俦。
(见)郎君腰系香罗带,(是)宝玉当年表记留,
睹物思人双泪流,懊悔前番差主见。
(教奴)何颜再向府中投,站在人前满面羞。

(马如飞)

袭 人

轻薄桃花处处春,杨花水性假惺惺。
珍珠惯把殷勤献,侍奉皇封史太君。
(后来)刺凤描龙随绣女,深闺数载伴湘云。
(到了)碧纱幮内护灵玉,(只为)花气芬芳改袭人。
(她是)骨媚肌柔心狡猾,怡红院内独为尊。
(而且)假装稳重温和性,主母跟前善奉承。
(王夫人是)只道忠心能护主,顿加一两月规银,暗里要招她作小星。
(哪晓得)年未破瓜身先破,良宵偷试云雨情。
(而且)娇嗔嫉妒将东君压,(要他)誓断床头白玉簪。
(可恨那)暗箭伤人心叵测,(害得)夫人仙子返蓉城。
(就是那)绛珠仙草与通灵玉,(弄得)玉碎珠沉他方称心。
(分明)一对鸳鸯被浪打分。
(后来是)宝玉存亡犹未卜,(她是)甘心失节嫁优伶。
(可笑)糊涂主母无分晓,错把真心托月明。
看晴雯情重鸳鸯义,一样青衣千古钦,你黄泉知面见芳魂。

袭 人 出 嫁

金钗十二尽言情,佻挞轻狂要算袭人。
(她是)天性生成狐媚子,一生颠倒惑神瑛。
(待到那)人亡家破依然嫁,(初不料)美满姻缘属蒋伶。
(袭人是)含泪登车辞故主,心中半恨半担惊。
参天拜地成花烛,(见了那)贴体温柔早笑语盈。
(蒋玉函)特地开箱将情物检,(忽见那)猩红耀目的茜罗巾。
袭人一见便起疑心。
情切切,意殷殷,故作含羞问一声,
急得玉函无说法,(只好用)花言巧语慰卿卿。
袭人低首频揩泪,回忆怡红过去情。
此刻玉函忙跪倒,哀求告,语轻轻。
两人情动宽衣睡,(霎时间)恩爱如同海洋深。
(早把那)当时情谊抛九霄云。

莺儿巧结梅花络

红楼十二列金钗,娇小莺儿手段佳。

巧结梅花丝络子,花纹重叠更横斜。

(她是)花容艳丽圆如月,性格温柔更带乖。

刺凤描工鸾线绣,簪花咏絮韵能谐。

(曾记得)柳条编就花篮巧,斗草芳堤畅素怀。

常伴金闺多韵事,嬉春争绣踏春鞋。

痴情宝玉垂青眼,络子央她结一排。

(但见她)纤手轻佻丝网密,(但见她)银针重剔眼参差。

(但见她)配来颜色妍而丽,衬出玲珑玉不瑕。

式样入时新络子,替她装玉挂胸怀。

神瑛一见心欢乐,伏枕连连笑语哗。

(赞她是)编来络子是专家。

麝　月

寂寂怡红月照耀,窗前兰麝自生香。
俏丫头闲坐将牙婢卜,银烛高烧仔细详。
她与袭人情最厚,卜她病体几时康。
众青衣各处寻欢笑,她独守院中灯火光。
那公子多情怜寂寞,闻良言顿觉意彷徨。
启香奁亲扣牙梳执,代解青丝一绺长。
玉篦掠得光如漆,斜拈花钿在两鬓旁。
洗罢残脂妆扮黛,(挽一个)胖松松云髻懒梳妆。
(你看)镜中四目含情视,(就是)巧笔难描一对靥,
(哪晓得)帘外的晴雯笑断肠。
(宝二爷是)静悄悄卧入鲛绡帐,(俏丫头是)软洋洋倚住象牙床。
春宵一刻无限价,(果然)花中麝月最芬芳。
(多只为)含笑的芙蓉春不管,任他春色过邻墙。
艳阳天气蝶蜂忙。

碧 痕 水 嬉

水晶帘卷芰荷香,花影扶疏下夕阳。
年少碧痕亲汲水,怡红院内去浴兰汤。
宝玉是正嫌汗渍鲛绡湿,蕉扇挥来未觉凉。
雪藕冰桃难解渴,欲思甘露涤诗肠。
俏丫鬟催促宽衣带,两人是携手双双入洞房。
但见那,纽解芙蓉入金盆洗,拂拭丝巾兰麝芳。
欲效横陈嫌水浅,水嬉聊以戏鸳鸯。
一个是,温泉洗出凝脂滑;一个是,花露喷来遍体光。
一个是,俏倚酥胸扶不起;一个是,欲羞欲避一时慌。
有的说,龙须锦簟全倾水;有的说,绣榻斜倚尚带香。
有的说,公子游龙供夕戏;有的说,美人翘雀试新妆。
风流韵事纷传遍,竟把那,赐浴华清味细尝。
谁知到处已蜚扬。

(奚燕子)

金 钏 投 井

芰荷香里热如蒸,知了鸣蝉唤不停。
(王夫人是)倦唤金钏捶腿卧,哪知来了个小神瑛。
(金钏儿是)垂头微笑眸双闭,拒绝神瑛搅不成。
(宝玉是)悄把口脂偷吃去,两相调笑梦惊醒。
(王夫人是)兜头一掌将金钏责,吓得神瑛向外奔。
谁料夫人生大怒,顿将他驱逐出园门。
(金钏是)含冤莫白哀哀诉,怎奈夫人竟不听。
呼母领回先择偶,不能托故进荣宁。
金钏怨极来投井,报到夫人吃一惊。
(王夫人是)深悔当时心太急,竟把知心侍婢了残生。
后来贾政施家法,中了环儿报复心。
(都只为)金钏投井累神瑛。

玉钏尝羹

红楼艳情说荒唐,年少神瑛入骨狂。
害死金钏偷拭泪,犯他家法杖当堂。
(宝玉是)腿伤伏枕呻吟苦,累得全家尽感伤。
(他是)食指动时思美味,荷叶羹烧出用玉盘装。
玉钏儿掇上含羞立,禁得神瑛苦口央。
勉强吹汤心不忍,(宝玉是)要她先把味来尝。
玉钏背立低声说,(她说道)谁叫你风流惹祸殃。
低首呷羹尝异味,恼他不敢把声扬。
(她说是)孽由自作须安顿,到此如何尚未改腔。
宝玉闻言心暗喜,倘然打死也无妨。
抬头凑近把羹儿呷,细味荷羹满口香。
逗得玉钏微带恨,满怀抑郁断肝肠。
单怪神瑛欠主张。

小　红

桃花人面访前踪,公子风流坐玉骢。
薄暮归来游未倦,(但只见)园中一女绕花丛。
(我只道)谁家宅眷寻芳伴,(却原来)旧婢小红在柳下逢。
(她本来)派人怡红勤侍奉,(为只为)妒花颜姊不相容。
(因此她)愿随凤姐为心腹,调入兰房内室中。
(你看她)多风雅,甚玲珑,秋波活活映眉峰。
(妙不过)三分脸泛梨花白,一点樱桃有樊素风。怪道芳名唤小红。
公子痴情频顾盼,(哪晓得她)恨袭人归怨主人翁。
曲折兜抄穿小径,无情不语过墙东。
(与那兰儿)眉目传心事,暗地灵犀一点通。
一幅罗巾为表记,相思时刻挂心胸。
(你看她)送檀郎频到中门口,(恨只恨)未便人前诉曲衷。
(他是)主人得用掌银钥,(怪不得)择主的青衣喜气浓,良禽栖在碧梧桐。

(王闻喜　藏)

小 红 遗 帕

满园花瓣褪春风,遗帕相思记小红。
(她是)一见贾芸心有属,灵犀一点恋梦魂中。
鲛绡岂是无情物,(贾芸是)拾得牢牢记在胸。
(都只为)种树栽花常在此,蜂腰桥蓦地睹惊鸿。
蜂愁蝶怨浑无主,朝夕萦怀竟梦里逢。
幸有坠儿能解事,传消递息语喁喁。
(恨只恨)红丝未系心如沸,滴翠亭中漏口风。
忽被宝钗亲听得,(竟用那)金蝉脱壳计精工。
小红独怕颦儿晓,胆怯心虚怨不穷。
知趣坠儿忙劝慰,各提心事泪溶溶。
祸根一种终难拔,从此潇湘万事空。
(不知她)满腔心事几时通。

四可儿(一)——抱琴

诗题红叶泣西风,多少佳人怨入宫。
(你看)长门寂寞悲今古,往往红颜无始终。
(唯有那)贾府的青衣偏出众,随千金赴诏乐无穷。
(她本是)花娇月丽多风韵,聪慧绝伦志不同。
(况且是)女史才优新夺宠,(自然是)可儿也得近真龙。
(她)多年侍奉在宫闱内,终日逍遥(在)御苑中。
(好一个)抱琴不去眠阴绿,当殿频着舞袖红。
(她)从此宫妆除婢服,五更长听景阳钟。
(哪晓得)太后推念人间孝,懿旨煌煌降碧空。
(说道)妃子省亲旧府第,千秋旷典喜相逢。
(盼到了)元宵佳节排鸾驾,主婢双双出九重。
(他们是)先尽君臣行大礼,(奴是)后参主母谒东翁。
(这叫)敬其主,礼鞠躬,及其使,量宽洪,主陪奴宴貌谦恭。
(无奈是)皇家制限难留宿,(只好)一日之长尽孝衷,
(但见)翠华举处影憧憧。

(潘莲艇 藏)

四可儿(二)——司棋

紫菱洲上一司棋,抱病含羞恨泄机。
(她是)圆脸修眉高大体,天然富丽玉丰肌。
(可惜那)纵成骄傲轻浮性,举止猖狂作事非。
(为只为)懦弱(的)迎春无约束,(你看那)闹厨房打得碗如泥。
(而且)姑表通奸人不觉,园中来往赴佳期。
(唯那)鸳鸯步月亲窥见,(吓得那)野宿(的)鸳鸯没处飞。
(后来是)为拾香囊搜各处,(抄出了)情书表记众人知。
(才晓得)潘又安逃遁为青衣。
(她)同时撵出侯门去,羞忿归家病不离。
(到了)潘郎乔扮(将)她心试,(她是)不负前情愿嫁伊。
(多只为)乃母不从(她)寻短见,香消玉碎悔嫌迟。
(潘郎是)为感前盟(将)丧事了,慨然自刎赴阴司。
(虽则是)露水私情难到老,(倒是)双双义烈死同时。
(因此上)琵琶一曲入南词。

(潘莲艇　藏)

四可儿(三)——侍书

芭蕉窗外绿荫凉,飒飒金风荷叶黄。
秋爽斋中秋气爽,美侍书晓起入兰房。
(你看)琳琅满壁书盈架,(果然是)才子佳人(的)翰墨场。
(先将那)文房四宝安排好,桌上携过琴一张。
(多只为)昨宵待月帘前坐,(你看)炉内犹余未烬香。
(他是)理琴弦,上琴囊,(把那)瑶琴挂在画帘旁。
事事整齐清理毕,罗纬轻启唤姑娘,(你看)红日三竿(已)上碧窗。
佳人闻唤抽身起,捧过香奁整晓妆。
(随到那)议事厅前听议事,荣禧堂(上)去奉高堂。
(晚来是)主婢不分相对坐,闲敲棋子别银釭。
(忽听得)园中叩户声喧闹,(报道)各处抄搜侍女箱。
千金听说心头怒,(打得那)王善保家削面光。
(好一个)代千金大闹(的)聪明婢,舌剑唇枪(似)百炼钢。
(这叫)从来良将用兵锐,(到后来)双双航海嫁周郎,夫荣妻贵妾辉煌。

(潘莲艇 藏)

四可儿(四)——入画

薰风阵阵逗南窗,(俏丫头是)旋卷珠帘纳晚凉。
(但只见)四面藕花围水榭,栏杆十二绕银塘。
(奴不过)芙蓉花对芙蓉面,荷粉香凝粉脂光。
(似这般)花容月貌宜图画,(况且他)小姐(的)丹青独擅长。
若教写入屏风里,(就是)画中人(也)未必胜梅香。
(因此她)入画的芳名入画张。
(多只为)千金情性多孤僻,(所以她)侍奉之中心更当。
(有时节)伴佳人栊翠去寻禅侣,(有时节)望东君宁府(去)问安康。
(有时节)竹里烹茶看鹤避,(有时节)池边洗砚笑鱼忙。
(她是)多年伺候无差错,(哪晓得)蓦地搜抄起祸殃。
(为只为)傻丫头石上拾香囊,(她不过)情深手足藏银两,
(并非是)表记情书窃盗赃。
(那千金)太觉心固执,(不应该)反目无情逐出房。
(幸亏那)尤大娘,见识长,抱不平收录在身旁。
(不然是)含羞抱屈(的)如花婢,几与金钏一样亡,
(喜只喜)护花枝主母(有)护花方。

(潘莲艇 藏)

司 棋 泄 春

金钗十二太荒唐,梦到红楼事渺茫。
春色满园关不住,(有一个)司棋泄露绣香囊。
(她是)太湖石畔藏春洞,幽会匆匆暗自慌。
蓦地被人来撞见,顿时吓散野鸳鸯。
低头正把裙偷系,劈面逢人竟不防。
(傻大姐)拾得香囊都未解,(偏说是)妖精打架脱精光。
(只爱它)五纹丝绣真工致,(只爱它)裸体横陈赤一双。
(只爱它)式样玲珑花样俏,(她是)手中玩弄暗思量。
适逢凤姐来窥见,(急得她)夺取绣囊向袖底藏。
一路猜疑一路想,根由何处去问端详。
倘然不慎风声漏,闹出风波怎抵挡。
凤姐儿手段果然强。

焦 大 揭 奸

想起红楼事渺茫,荣宁做事太荒唐。
(焦大是)当年保主功劳人,养老终身愿可偿。
(看了那)幼主荒淫沾纨绔习,忠心悲愤不能忘。
(他是)时常直谏终无用,愤懑填胸气未降。
(有一日)借酒浇愁愁不释,醉醺醺满口说雌黄。
(到后来)言中带讽将阴谋揭,(恰逢着)凤姐乘轩(正)出画堂。
(听着了)叔嫂通奸难制揭,便唤着:童儿捆绑吊马棚旁。
谁知焦大狂呼主,知趣的童儿便打耳光。
满口胡言皆刺耳,(凤姐是)阴谋揭破不提防。
(唤童儿)更将马矢来搪口,(打得他)颈赤头红遍体伤。
(此刻是)宿酒未醒犹倔强,扛来吊在水牢旁,(偏说是)老仆虽忠太觉狂。

焦 大 骂 府

若问区区姓和名,(谁人)不知焦大有名声。
今朝喝了三杯酒,勾起牢骚满腹情。
(当年)两位太爷工战略,效忠异族立功勋。
(我焦大)也曾不避刀枪险,赤胆忠心救主人。
若非焦大拼微命,(主人是)早已沙场一命倾,怎能富贵耀门庭。
(到如今)贾府荣华享不尽,(唯有我)依然屈膝作家丁。
(我是)食不饱,衣不温,永世为奴受苦辛,何人更念旧时恩。
莫道爷们多显赫,衣冠楚楚作公卿,(都是)淫乱荒唐禽兽行。
(有的)偷鸡戏狗真无赖,(有的)惹草拈花闹不清。
(那贾敬)炼汞烧丹迷外道,
(那贾赦)昏庸无耻度光阴,
(那贾政)为博功名假正经。
珍大爷,(为了)秦可卿,灵前痛哭泪纷纷,翁媳如同夫妇情。
琏二爷,更荒淫,欺凌仆妇诱同衾。
(可怜)多姑娘与那鲍家嫂,横被摧残清白身。
(还有那)自命风流贾宝玉,金钗队里献殷勤。
如醉如痴娇养惯,依红偎翠葬青春。
(你看他)子弟一门都不肖,夕阳虽好近黄昏。
(焦大是)一时难遏心头火,骂尽红楼梦里人,教他个个显原形。

(陈灵犀)

茗烟闹学

贾氏门中小学堂，顽童日日闹饥荒。
(禁得那)秦钟宝玉多亲密，(好一比)老鸦窠中出凤凰。
合塾猜疑生妒忌，说他骨格太轻狂。
神瑛听着动无名火，急得秦钟暗里慌。
(忽见那)小使茗烟翻了脸，摩拳擦掌大帮忙。
无端激得风潮起，一砚飞来竟不防。
(此刻是)贾瑞欲拦无主见，(闹得来)鸦飞雀乱尽惊慌。
一时秩序难收拾，娇嫩的秦钟竟打伤。
书本恰如蝴蝶舞，(两人是)受惊哭得泪汪汪。
(有几个)拍桌捶凳随声和，(有几个)溜出书房躲一旁。
武剧演完来讲理，(只听得)七八张嘴乱商量。
一时鸟兽纷纷散，(且待那)贾代儒来把顽性降。
好儿童真个妙无双。

刘姥姥一进荣国府(一)

狗儿家微改业农,(却与)金陵王家连过宗。
那二小姐为人诚爽实,接物待人礼仪恭。
(如今是)已为荣府二太太,越发怜贫布施重。
眼观秋尽天气冷,寒衣未办怎过冬。
(那狗儿是)只为闲来寻气恼,(倒不如)刘姥姥妙计已在胸。
若与她走动还念旧,拔根汗毛与腰同。狗儿听,意便动。
(当日你)二姑太太曾会面,忙催姥姥去试风。
明日带了板儿去,见着了陪房便成功。
又教板儿话几句,乐得他,眉开眼笑喜融融。
诘朝来至荣府前,(但见那)车如水,马似龙,
胆怯只从角门溜,向众纳福带笑容。
话了半晌都不理,亏那苍头把讯通。
周瑞家的引领入,(只见那)耀眼争光如仙宫。
见了平儿花容貌,险把俏婢当闺中。
忽听柱上叮当响,凝神莫识自鸣钟。
姥姥蓦听一声唤,见了凤姐连打躬。
凤姐忙命搀扶起,(哄板儿)作揖打躬躲不从。
(但只见)周瑞家的来回道:奶奶代做主人翁。
那刘姥姥虽然心会意,不道未语脸先红。
继思今日来为何,少不得说了话未终。
凤姐忙向她摆手,侬已了然莫诉衷。
一会便命传饭来,好令他们将饥充。
未多片刻已食毕,舔唇咂嘴道情隆。

（凤姐是）忙取纹银二十两，且给孩儿过这冬。
改日无事尽来隆，（也显得）亲戚意思并非空。
（那刘姥姥）受了银子便告辞，千恩万谢乐无穷。

刘姥姥一进荣国府(二)

姥姥家世本清寒,晚景萧条度日难。
(因为他)亲儿早已归泉路,膝下无承菽水欢。
(只得是)依靠女儿同过活,(哪晓是)东床懒惰好偷闲。
(他再要)指桑骂槐寻气恼,(姥姥说)姑爷的行为太不该。
(我想起)荣国府上二小姐,济老怜贫好施财。
(况且你)先世与他家连亲谊,倘然借贷不辞推。
(到明朝)天将破晓忙梳洗,携领板儿进城来。
到了荣府墙门角,找寻周瑞随处钻。
(后来是)知道已向南边去,(她再往)后院去把他妻子看。
(好容易)寻到那周嫂子,坐滔滔拿话匣开。
(嫂子道)太太年老不管事,(都由那)凤姑娘独力费心裁。
(姥姥道)全仗嫂子行方便,拜烦引见要相陪。
谈谈说说将进膳,(她二人)同往贾琏住宅来。
行到厅前身立定,(嫂子是)先往通报忙转弯。
(找到了)平儿就将她来意说,(便同她)兜弯曲折把门推。
(丫鬟是)猩红门帘忙拉起,一阵阵香风鼻边钻。
室中物件多奇怪,(累得他)两目昏花不能开。
(因为是)光芒四射真耀眼,她东张西望像发呆。
口内频将弥陀念,坐在炕上极寒酸。
(忽然间)铛铛钟声敲得响,(吓得她)不知何物费疑猜。
正在胡思凤姐到,急急叩头跪尘埃。
(凤姐是)口称不敢扶她起,相对寒暄心不安。
(嫂子是)屡把眼光将她送,(无奈她)不善辞令便红腮。

（幸得那）伶俐凤姐早猜透，（说道你）先到外边去用餐。
（他们是）虎咽狼吞已吃毕，仍进内室又徘徊。
（凤姐说）我家已非当年比，虽是外强已中干，
稍有花银二十两，聊表微忱给你孩。
（姥姥是）感激连声称谢出，欢天喜地乐胸怀。
（她希望）改日再来走一回。

（李太炎）

刘姥姥二进荣国府

重来旧地乐融融,姥姥手携这小板童。
(贾母是)不嫌乡下穷亲戚,留她住宿在府中。
(到明晨)气清天朗阳光足,(同去逛)大观园里畅心胸。
沁芳亭上登高望,满园景物入双瞳。
(姥姥是)得意忘形宣佛号,(说道)吾身何幸到仙宫。
(行到那)满园翠竹的潇湘馆,鸟道羊肠一线通。
青苔满地泥泞滑,(那姥姥)朝天跌倒象栽葱。
翠晓堂前同坐席,(那凤姐)刁钻促狭心计工。
(给她是)四棱筷子笨重极,(姥姥说)好像铁器不玲珑。
引得众人都发笑,丫鬟侍候菜肴丰。
(凤姐是)偏拣一碗鸽蛋进,连连请用笑声洪。
(姥姥道)我的食量比耕牛大,(老母猪)一只才能把饥充。
(湘云是)狂笑口中茶喷桌,(看大家)哄堂吃吃面通红。
席罢请她河中戏,轻摇画舫送微风。
(游到了)缀锦阁里重开宴,姥姥开怀饮几盅。
(又到那)省亲别墅牌坊下,(姥姥说)玉皇宫殿竟拜匆匆。
她腹中油腻偏作怪,要在此间就出恭。
凤姐一笑忙摆手,(婆子是)引他上厕转回躬。
姥姥出来忘路径,穿过月洞进房中。
(看见那)彩画女郎(把)姑娘叫,镜中人影捉虚空。
(又见那)牙床清洁绣被叠,(她便道)在此休息乐无穷。
(哪晓得)身子贴枕鼾声发,怡红院里睡蒙蒙。
(这就是)少见多怪像发疯。

(李太炎)

贾瑞病照风月鉴

红楼一梦剧糊涂,贾瑞年轻竟着了魔。
(那一日)局设相思身受苦,至今病里尚把卿呼。
(他是)身躯只为娇且弱,痴想浑如扑火蛾。
幸遇仙人来援救,风月鉴留在好起沉疴。
教他反面时常看,(但见那)白骨骷髅在镜里过。
贾瑞吓得心胆碎,懒将衣袖去揩磨。
(有一日)翻来正面重观看,(忽然见)凤姐儿宽衣露雪肤。
招手唤他重叙旧,(贾瑞是)浑身顿觉骨头酥。
殷勤拜倒湘裙底,紧握柔荑向榻上拖。
彻骨相思顷刻了,哪知神志忽模糊。
(哪晓得)春风一度精神竭,病入膏肓竟莫奈何。
多少青年把歧路误,红尘撒手去见阎罗。
莫把忠言逆耳过。

智 能 偷 情

销魂种子小秦钟,生就风流俊俏容。
一见智能心便注,暗中勾引把奸通。
情默默,语喁喁,说不尽投机兴致浓。
只道瞒人人不晓,哪知早已泄春风。
(宝玉是)跟踪便把奸来捉,拖住衣襟不放松。
吓得智能心似碎,(秦钟是)哀求跪在地当中。
痴情宝玉生怜惜,悟到禅机色即空。
知趣智能忙躲避,秦钟急得面通红。
幸亏宝玉同情表,(劝他们)不要惊慌髻已松。
软语温存多体贴,泼天大事可弥缝。
(秦钟是)异常感激双垂泪,(宝玉是)生性顽皮笑拍胸。
(又见他)智能无语泪溶溶。

蒋玉菡赠巾

红楼梦里大观园,说起姻缘心要酸。
宝玉风流多外宠,就中结识了蒋琪官。
(那琪官是)天生妩媚销魂种,勾引神瑛把大众瞒。
(他是)芳字玉函名旦角,卖身王府上红毡。
惊鸿体态游龙技,宛转珠喉一串圆。
粉墨登场新乐府,歌台舞榭早大名传。
(有一日)冯将军宴客同台面,遇见神瑛跪请安。
避席藉谈衷款曲,赠罗巾猩色百花攒。
(他是)喁喁絮语倾心事,体贴温存媚百般。
说到钟情紧握手,惊心欲别感无端。
谁知忽地人喧扰,(却原来)吓散鸳鸯是薛蟠。
席散归来春漏泄,被袭人瞧见怕难安。
(到后来)种下情苗志也捐。

张道士送符

端阳五毒尽消磨,看热闹凌虚观里多。
两府子孙全莅至,张道士迎接笑呵呵。
许多车马观门驻,赶散游人一众呼。
(但见那)十二金钗群簇拥,就中还有个宝哥哥。
史太君扶杖来登殿,王熙凤从旁尽力扶。
拜佛焚香诸姊妹,(但听得)莺啼燕叱念弥陀。
享福人膜拜还祈福,供奉香花不在乎。
外面戏文刚上演,(张道士)彩盘高捧送灵符。
盘中玩物金银饰,点翠的麒麟用锦袱铺。
满口吉祥多谀语,神瑛听得欲赏家奴。
幸亏贾母能原谅,拣取麒麟便赏他。
(张道士)代表要求看宝玉,摘来便向众观摩。
看贾宝玉皆称赞,怎奈神瑛动了魔,誓言不愿再经过。

龄 官 画 蔷

红楼法曲再开场,别有良缘属贾蔷。
(有一日)赤日熏蒸争避暑,神瑛闲步到薇棚。
熏风拂面时刚午,觅得浓荫好躲藏。
树底鸣蝉声断续,池边荷叶正宿鸳鸯。
(忽见那)美人蹲地(将)金篦划,(看她是)泪眼愁眉欲断肠。
笔画算来刚十七分,分明蔷字在中央。
(宝哥哥是)猜来猜去终难解,(初不料)急雨催云便觉凉。
花里看人原了了,谁知低声便把龄官唤。
(可晓得)雨点淋漓已湿透裳。
龄官听,急彷徨,飞身误会当红妆,奔回极感伤。
拍曲无心愁倚榻,院门深闭坐梨香。
(但愿她)莫若相思好散场。

(燕 子)

听秋榭四美钓游鱼

秋闺无事可欢娱,长日如年倦读书。
四美相逢通款曲,便到那,听秋水榭去钓游鱼。
丫鬟听得把鱼竿备,香饵虫儿贮一盂。
四人是,走过沁芳桥一座,但见那萧萧芦荻满江濡。
又见那,白萍红蓼花争发,水国荒凉万籁虚。
接水鱼苗萍底集,探春是,钓丝收拾理徐徐。
岫烟先把鱼竿钓,忽见那,泼剌银鳞食饵驱。
三个小鱼在钓上跃,丫鬟争把笼来储。
次及李纹刚下钓,忽听得,扑冬水面散游鱼。
太湖石畔呵呵笑,跳出神瑛说乐有余。
独有探春心不服,她说宝哥哥做事太顽愚,诗礼传家要礼节拘。

贾 兰 射 鹿

大观园景胜蓬莱,山石崎岖势郁巍。
树木繁深藏野兽,(有时间)鸟啼猿啸觉难堪。
神瑛病后思排闷,扶杖游山有径回。
(忽见那)迎面飞奔来一鹿,后边追出贾兰来。
(他是)撩衣揎袖奔如箭,手挽雕弓像铁胎。
一见神瑛忙止步,鞠躬施礼说不应该。
(宝玉是)正颜厉色将兰儿训,戒杀方能惬我怀。
(可晓得)鹤鹿同春臻上寿,园中蓄养是圣恩宽。
(我劝你)立志读书图上进,(切不可)终朝游猎把娘瞒。
贾兰听着低头想,(宝叔叔)一片慈心现出来。
若论研经兼作赋,(我是)谊叨叔侄应追陪,从此收心心也甘。

薛蟠遭打

痴呆放诞薛蟠哥,烧饼常翻胆气粗。
(看见了)年少湘莲思染指,偷闲便想用功夫。
(有一日)相逢席上心旌动,酒醉乘间将袖子拖。
不料湘莲乖觉早,托辞逃席避风波。
薛蟠一见伊人去,(跟出去)跨马狂追出帝都。
追到落荒人影见,(他是)加鞭随后大声呼。
湘莲听得狂怒喊,勒住缰绳便问怎么。
此刻薛蟠心快乐,欲行非礼恳求他。
湘莲忽地心生计,(便骗他)赌咒神明跪柳坡。
背后挥拳施辣手,(打得他)狂呼救命念弥陀。
问他还敢施轻薄?薛蟠是苦苦哀求赦了吾。
打罢湘莲乘马来,薛蟠自认太糊涂。
(都说他)呆子虽伤不在乎。

柳湘莲负盟

风流倜傥柳湘莲,拳棒精通武艺全。
裘马五陵豪结纳,青楼诗酒尽流连。
(他是)东床坦腹难为配,漂泊江湖已十年。
貌比潘安才子建,(有时间)阳春白雪唱当筵。
(忽遇着)尤家三姐钟情甚,(贾珍是)月老红丝把两面牵。
(湘莲是)钿盒订盟无别物,(便将那)鸳鸯宝剑把婚联。
良缘美满三生定,(初不料)情海风波竟起眼前。
(湘莲是)耳软忽闻谣诼起,盟言金石竟不能坚,登门索取联婚剑。
(尤三姐是)寸断肝肠愤欲煎,拔出青萍亲刎颈,(霎时间)褪红衫子血花染。
(但见那)玉山倾倒情殊惨,(都说是)如此收场也可怜。
(湘莲是)误听青蝇深自悔,放声一恸泪涟涟。
红尘看破踪难驻,割断情丝永不牵,(便向那)三山五岳访神仙。

宝 蟾 送 酒

红楼一梦太荒唐,说到兴亡真可伤。
(只有那)薛氏二爷能守礼,夜深端坐在书房。
(忽听得)铜锣剥啄低声唤,呖呖珠喉似乍啭簧。
(二爷是)莲炬自携轻启户,未窥人面已闻香。
宝蟾蹑步挨身入,手托盘肴与酒觞。
走进案前勤劝酒,甜言蜜语露骚腔。
频将牙箸来检菜,送到唇边要味细尝。
吓得薛郎身倒退,但呼无故敢恃强。
宝蟾此刻心如沸,强逼为欢欠主张。
忽地转身佯发怒,不收盘盏倚门旁。
(薛二爷是)正襟执卷殷勤读,(宝蟾是)移步吹灯把书暗藏。
冰炭心肠矛盾意,坐怀不乱出少年郎。
放诞风流太觉狂。

鼓　词（一）

《晴雯补裘》《薛宝钗扑蝶》《双玉听琴》《黛玉葬花》《黛玉焚稿》选自沈阳市文学艺术工作者联会编《鼓词汇集（第四辑）》（1957年）；《晴雯撕扇》《晴雯补裘》《晴雯受辱》《晴雯离院》《宝玉探雯》《宝玉哭雯》选自沈彭年改写、中国曲艺研究会编《晴雯传》（通俗文艺出版社1955年版）；其余选自天津市曲艺团编《红楼梦曲艺集》（春风文艺出版社1985年版）。

晴雯补裘

贾宝玉进了怡红院,他带着笑低唤了一声袭人。
那麝月一笑掀帘迎出门外,说我的袭人姐姐她返家门。
不知道何事牵连住,一去三天直到今。
宝二爷面上红如火,想必为御冷冲寒饮几尊。
那宝玉一面点头房门进,问了声那晴雯姐姐她在哪方存。
麝月说日前寒重中宵起,她穿着浅绣红绸小紧身。
她本来躲在了门旁将我来吓,又谁知夜来风寒怎能禁?
进房一觉发寒冷,亏二爷慢起红罗把素手温。
到这时她促狭鬼儿真病了,这也是天公报应不由人。
宝玉笑言休打趣,这时候可曾服药卧重衾。
麝月说适才问胡大夫已然看过,待我到厢房里把药方儿寻。
宝玉接方看一遍,连骂庸医误煞人。
似这般枳实麻黄狼虎药,就教那村夫俗子也难禁。
水样的人儿花样的嫩,任情克伐是何心?
这一个药方忙收起,到明天另请名医问病根。
那宝玉一面言时搴绣幕,脱靴松带换衣襟。
那麝月接过来雀金裘一件,袖边领角细追寻。
说二爷必然坐近了松枝火,有一个小小的烧痕在后襟。
宝玉接衣忙看过,说此事今朝怎处分。
到明天上那徐南王府里,老太太吩咐仍穿这一身。
倘若见时应叹惜,必说我起坐无时欠小心。
倒不如赶紧的来修补,破工夫速为裁量织锦文。
这麝月摆手说难煞了我,这行子缀金接线最烦人。

我本来手拙心粗无能辈,讲能干房中只有一晴雯。
偏偏的捧心西子身得了病,她怎能打起精神织锦文。
那麝月言时声略大,小晴雯在后房秘密尽听闻。
说你且拿来叫我细看,我这病此刻居然减去几分。
宝玉听闻忙走进,来到了房中探病人。
小晴雯展娇躯斜倚靠枕,枕旁松散了一缕乌云。
有金钗和玉珥零星散乱,吐娇声深嘘喘不住的呻吟。
粉痕销脂痕褪双眉锁翠,一只手轻按着浅绣罗裙。
有梅香和药香氤氲一气,自鸣钟刚交过亥末之分。
有宝玉走上前低声慰问,忍不住伸素手把额角轻扪。
早饭前午梦后可曾出汗,千叮咛万珍重你莫受了风侵。
小晴雯带笑言双窝微现,谢二爷劳惦记为我分心。
适才间说甚么雀金裘破,那衣裳特娇贵价值千金。
我二爷无事忙过于大意,往后时起与坐格外留神。
老太太要知道定然不悦,说我们伺候你全不当心。
要知道你出门大家惦记,单等着回院后才放宽心。
到明天还要穿时间仓促,无奈何支病体我拈线搓金。
一面说一面起把乌云轻挽,提翠裘就灯下仔细沉吟。
宝玉说天又寒夜又深你身抱病,补裘事倒不如交与别人。
麝月说除了她哪一个能补?这件事倒叫我无可处分。
晴雯说你莫要大呼小唤,提翠裘倚枕畔把针线来寻。
颤颤巍巍伸出一双素手,展黛娥抬杏眼拈线搓金。
有宝玉早就替她把绣衣披上,一回手净玉碗又把茶斟。
小晴雯接茶杯只将口漱,说二爷休劳动我已更深。
忽听那花鼓敲鱼更三跃,到明天需早起还要出门。
任凭我今夜晚翠裘补好,管保你穿出去无缝无痕。
有宝玉带笑言我还不倦,趁今天闲无事正好谈心。
我此身亦不知几生修到,叫你们一个个这样倾心。
化了灰作了烟一朝归去,知多少红泪影洒向东君。
晴雯说这些事是奴的本分,候茶汤拈针黹敢不当心。

鼓词（一）

倘能得主人欢喜出望外，发雷霆遭嗔叱亦是天恩。
说倾心自有那好家闺女，纳玉台谐琴瑟好结良姻。
像俺这作梅香本是生成的薄命，迭衾裯侍巾栉敢望承恩。
我与你聚萍踪一场主仆，到后来谁知道怎样归根。
况且这怡红院许多姊妹，从头说还要让姐姐袭人。
到将来锦屏风娇妻美妾，能不能怀往事一念我晴雯。
有宝玉听此言回头弹泪，叫了声好姐姐你莫要伤心。
玩秋月赏春花大家同乐，愿天荒和地老永不分离。
一霎时小晴雯翠裘补好，果然是无痕迹妙手如神。
宝玉披衣低首看，不由得一声长叹泪沾襟。
说此裘往后宜珍重，亏你这带病的娇娘为主心。
晴雯一笑抛针线，禁不住细喘微微汗满身。
身子一斜将枕靠，双腮发热似红云。
说我这指头儿粗拙心思儿笨，描龙绣凤也不及人。
况且病中身手儿颤，腰肢软弱眼沉昏。
且请二爷你将就着用，若要嫌奴粗拙再找别人。
宝玉闻听忙赔笑，说暂时安睡莫劳神。
上前去把罗衣褪，四面重重按绣衾。
麝月外房闻一嗽，说二爷何故未安身。
俺晴雯姐姐身得了病，你让她补好金裘养养神。
晴雯一笑说二爷快走，你可知为你操心尚有人。
麝月外房轻一啐，你这病谁知道假共真。
陪伴二爷谈了一夜，到这时候神清气爽病无痕。
要知道说话做活能治病，又何必沿街去把大夫寻。
宝玉笑言休乱道，劝大家重入罗帏慰梦魂。
这一回晴雯带病把裘补，情重天然种病根。
到后来被逐出园门外，恨怨频加病更深。
宝玉出园来探望，她脱下一件红绸小紧身。
赠与二爷留纪念，咬下来一双指甲紧齐根。
风流债了全归去，那宝玉洒泪山边作祭文。
小晴雯一生化作芙蓉主，从此后才柄红蕖属女神。

薛宝钗扑蝶

二月春光似锦一般,桃花开遍大观园。
东风绿转瀛洲草,燕语莺歌很喜欢。
见一座亭儿名滴翠,鸳鸯作瓦石围栏。
掩映碧纱窗六扇,亭下边一池流水曲回环。
忽然一阵香风转,转过来明珰翠羽一位神仙。
她本是贾府之亲薛家的女,名叫宝钗性又贤。
只见她一缕乌云梳巧样,黑如墨染光又鲜。
头戴金钗雕彩凤,柳叶双眉细又弯。
一双杏眼如秋水,一笑脸上双窝圆。
身穿秋罗西湖色,周身镶的本是花栏杆。
罗裙八幅潇湘水,颜色猩红姣又鲜。
左手里拿着一块罗香帕,白似雪轻如烟拢在袖里拿在手中软如棉。
右手拿着一把湘妃扇,名人笔迹真可观。
在下边坠着一个香扇坠翡翠雕成圆,雕的是云中展翅飞丹凤。
月下偷桃戏白猿,在胸前挂着黄金锁。
锁上坠着锁金环,薛宝钗款动香裙山坡下。
一直来到亭子边,手扶栏杆把水看。
一对游鱼浪里翻,梧桐树上栖双鹤。
黄竹篱边犬睡眠,有一只狸花猫儿花下卧。
两眼如同一线穿,前腿伸直后腿拱,
照着山坡猛一蹿,惊起花间双蝴蝶。
你看它三起三落到人前,薛宝钗一见将身转,
打开了湘妃扇子来到花间,今一天要捕蝴蝶回家转。

回在香闺以里边,到明天见了众姊妹,也可以以诗筒再把新花样。
手拿着湘妃扇子轻轻地拂,那蝴蝶迎风一转它过了桥栏。
薛宝钗也把桥来过,那蝴蝶围着裙底衣袖边。
自古道美人身有花香味,轻似芙蓉淡如水仙。
那一个白的飞过水,这一个黄的飞上房檐。
水边有几棵乱芦苇,芦苇边有一只小舟船。
船上无有一人坐,有一根长又细轻又圆撑船的一根青竹竿。
蝴蝶就往竹竿头上落,就好似人到了平川它在山。
那一个黄蝴蝶更作怪,它是飞上房檐把身翻。
有一个花麻雀儿在瓦垄,爪又细嘴又尖上前要把蝴蝶餐。
蝴蝶一惊往下落,落至滴翠亭的花栏杆。
偏赶着狸花猫儿栏杆外头卧,它照着蝴蝶猛一蹿。
眼看入了猫的爪,薛宝钗一见不耐烦。
上前要把蝴蝶救,那蝴蝶不记恩来光记冤。
它怕宝钗将它害,扇底逃生飞上山。
薛宝钗香汗淋漓湿裙袖,累得她腿疼腰又疼。
赶巧了山坡有一个石头儿凳,低头坐下整云鬟。
骂了声蝴蝶促狭鬼,我看你比翼双飞到那边。
自古人心无怨道,都与我宝钗一样般。
我宝钗自从见了贾宝玉,我二人通灵金锁配姻缘。
想必是蝴蝶儿也有夫妻爱,扇底逃生一处儿玩。
捕着两个双双死,捕着一个形又单。
宝钗无心来捕蝶,她是整整衣服要回还。
正在滴翠亭前过,忽听里面有人言。
小红坠儿低声唤,许多言辞难细参。
宝钗假装听不见,回头来连把平儿叫几番。
只要你巧言混出园门外,你看她脸红遍了颜。
这就是蝴蝶没有捕到手,何处的鸳鸯来戏莲。

双玉听琴

嗟彼朱弦绿绮琴,数声高调少知音。
惊闻卧雪高人梦,弹入悲秋壮士心。
竟日岂无山水志,当年先有武城吟。
何劳彼此多珍爱,轸是羊脂徽是金。
落叶梧桐秋气深,西风潇洒到园林。
绿窗朱户增离绪,画栋雕栏也断魂。
这宝玉闲来闷坐怡红院,寂寞无聊对暮曛。
残声已入欧阳耳,感叹偏生宋玉心。
闷对袭人与麝月,愁看春燕和秋纹。
丫鬟识破悲秋意,漫对怡红公子云:
说何不暂向亭园闲散步,何须忧虑闷沉沉。
公子点头离绣户,丫鬟带笑启朱门。
这宝玉步出怡红花甬道,踽踽独自踏芳尘。
但只是落叶飘飘阶砌下,海棠憔悴粉墙阴。
芭蕉犹展微寻翠,菊蕊才开数朵金。
又只见疏篱半透栏杆远,衰草斜遮画阁新。
芳亭宽敞容花影,曲栏幽深接水津。
行步往观添清兴,来到了沁芳桥上更怡人。
只见那鸥鹭梦中荷叶冷,蝴蝶影里蓼花深。
鹤在松间刷健翅,鹿从洞里避游人。
栖鸟偷将波影照,游鱼争把落花吞。
遥望见绿叶迷离蘅燕院,白云环绕稻香村。
凹晶池馆晴烟锁,凸璧山庄落照新。

信步行来迎面望,已到了蓼风桥外小朱门。
暗思量多时不见惜春面,何妨顺步以相临。
这公子随弯转弯行芳径,过槛穿廊到绣门。
静悄悄低垂帘幕无人语,香沉沉冷坠金英有桂阴。
猛然闻一声小响穿窗牖,细细听半响方知棋子音。
自启绣帘轻举步,悄挨书案慢留神。
左边是蓼花轩里惜春妹,右边是栊翠庵中槛外人。
这一个玉肩斜倚凝神想,这一个纤手擎棋细思寻。
见妙玉头嵌翠巾簪列玉,腰笼丝绦穗垂金。
百开仙衣天蓝玉色,双道金沿元素花裙。
内衬着红衫露在傍开褉,外罩了滔牙镶金小背心。
真个是眉蹙春山含妩媚,眼凝秋水有精神。
浓堆云鬓青丝润,艳透桃腮柳色新。
又兼着绝世聪明颖慧女,赛着儿巧妙露芳心。
这公子痴痴看到忘情处,一笑双惊两玉人。
惜春说何时至此将人唬,小胆儿早应被你唬掉魂。
这公子见礼已毕忙含笑,早有那侍女重新设绣墩。
宝玉说妙姑轻易不游玩,何缘今日下凡尘。
见妙姑杏脸儿红红羞态儿媚,柳眉儿低翠眼皮儿沉。
暗悔失言多冒撞,忙赔笑脸又温存。
急说道心静则灵灵则慧,出家人远世俗人。
这妙玉一睁杏眼波微动,两瓣桃腮红更新。
惜春说下棋罢残局未了,妙玉说再下罢何苦劳神。
这妙玉整整衣襟重坐下,向宝玉细细莺声慢慢云。
你从何处来到此,语罢痴痴带笑频。
宝玉时间心始定,方知道适才之言未含嗔。
又思量或是讥讽怎样对,霎时间羞红满面口难云。
惜春说何处而来至无语,也值得这声害臊发起像是见生人。
这妙玉芳心一动香腮热,站起来锦绣阳中物外生。
说出庵已久当回转,这惜春知她脾气也不强亲。

众丫鬟分开了绣幕金钩挂,打起湘帘玉腕伸。
三人笑语离瑶砌,一行随送到她门。
妙玉说多时未走园亭路,曲曲弯弯记不真。
宝玉说我来指引也无甚,妙玉说有劳大步我随后跟。
向惜春说声慢在移莲步,与宝玉同行缓步度芳林。
衫袖儿翠沾白露冷,弓鞋儿红印绿苔痕。
行挨杨柳柔条儿颤,步送芙蓉艳影儿分。
二人指点依依景,一派声音渐渐闻。
宝玉说凄凄惨惨谁家怨,妙玉说冷冷清清何处音。
隐隐约约难寻觅,渺渺茫茫听不真。
莫不是栏内钟声报时刻,莫不是槛外行敲断续音。
莫不是铁马悠悠鸣画栋,莫不是草虫唧唧叫花阴。
说话间转了假山山脚下,太湖石一片平卧平草黄。
粉墙半露朱门掩,竹影千竿翠色新。
顺着声音频着耳,分开杨柳细留神。
清音恰在潇湘馆,呀原来是潇湘妃子理瑶琴。
有时间急如檐下芭蕉雨,有时间缓如天涯石岫云。
连挑时依稀花落地,重句际仿佛木摧林。
妙玉懒移逍遥步,公子迟留自在身。
妙玉说你我何妨石上坐,你看它细腻风光可爱人。
这宝玉轻向身边抽手帕,慢由石上掸掸尘。
又因为一曲琴中新雅调,坐下了三生石上旧知音。
这时节万籁无声人寂寂,越弹得数阕古调韵沉沉。
高向枝头惊鸟梦,低从篱下醒花魂。
慢将隐隐心中事,弹作凄凄弦上音。
半晌停弦歇玉腕,一声长叹有低吟。
低吟道风萧萧兮秋景深,美人千里兮独沉吟。
望故乡兮在何处,倚栏干兮泪沾襟。
宝玉听来双垂泪,妙姑站起两眉颦。
二人转去一声叹,数步行来两路分。

鼓词(一)

这一个走至怡红天已晚,那一个归来栊翠月黄昏。
虽有那秋声断续如琴韵,不管凄凉憔悴人。
花样翻新照原本,何时得会曹雪芹。
午闷窗前闲弄笔,串出红楼一段人。

黛 玉 葬 花

孟春和风庆上元,清明节以前暖又寒。
年年倒有花朝日,有情人无奈有情天。
都只为补天荒石转生宝玉,林黛玉是棵绛珠落在了人间。
林黛玉住在潇湘馆,得意丫鬟名叫紫鹃。
那位贾宝玉住在怡红院,他二人是吐不尽情丝丝里春蚕。
到了这一天宝玉来到了潇湘馆,低声悄语问声紫鹃。
宝玉说你家姑娘在与不在,紫鹃说出门去肩扛花锄手提花篮。
我的宝二爷无事请到房中坐,是我把她找回还。
那位贾宝玉说不必,待我亲身走一番。
那位贾宝玉出离了潇湘馆,花木亭台甚是可观。
但只是绿叶成荫花儿成阵,花不能常开月不能常圆。
早知道春光有尽情无尽,人过了青春无少年。
那位宝玉一行思想往前走,越过了沁芳桥来到了山边。
忽听得如怨如诉有人把诗念,宝玉他稳住了心神听了一番。
她念道花谢花飞飞满天,魂销香断有谁怜。
柔丝软絮飘香雪,落絮情沾哭笑连。
后念道今日葬花人笑痴,他日葬我知是谁?
一朝春尽红颜老,花落人亡两不甘。
那位贾宝玉恍恍惚惚听了几句,他要找吟诗的人儿在那边。
见黛玉斜倚花锄双垂袖,软切切香躯柳腰弯。
低垂粉颈眉头皱,怪凄凄声音鼻翅扇。
宝玉看罢多时发了愣,不敢退后不好近前。
无奈何叫声林妹妹,你独自葬花咏诗篇。

林黛玉抬头看见贾宝玉,真乃是五百年前风流孽冤。
扛花锄提花篮将要走,宝玉跟随在后边。
宝玉说今天我有一句话,我要说出妹妹别烦。
自幼儿姑父姑母双去世,抛下你这花枝般弱女受孤单。
妹妹是绝代花容孤又冷,潇湘馆凄凉太不堪。
自古红颜多薄命,忧闷闲愁为那般。
似你这病后愁容身体弱,无有知音甚可怜。
黛玉听了肝肠断,双双清泪湿透衣衫。
万种凄凉悲又惨,叫了声巧嘴的哥哥莫胡言。
你看那四外无人就是你我,我有句话问你你也别烦。
昨夜晚你与宝钗叙亲事,迎逢佳客便眼双观。
你那小玉梅香全喈意,也惊不动富贵公子到这边。
林黛玉说到此处微然怒,回过身把锄扳。
花锄抛山坡后,花篮滚滚坠下山。
宝玉带笑姑娘劝,葬花的功课未曾完。
哥哥我一心无二就是你,再找知音一个难。
二人正然叙心事,老贾母差派使女到这边。
太太问宝二爷和林姑娘往何方去,大家找遍大观园。
二人离了山坡后,方才话儿一字不谈。
到后来林黛玉病卧潇湘馆,王熙凤定下计连环。
宝钗冒充林黛玉,真乃是通灵金锁配姻缘。
林黛玉自焚诗稿私情断,贾宝玉看见花锄心痛酸。
到后来贾宝玉出家当和尚,一去荒山永不还。
这就是黛玉葬花一古段,他二人情义最重无有姻缘。

黛 玉 焚 稿

端阳佳节是良辰,瑶琴一曲谱南熏。
照眼的榴花红似火,艾叶青青挂在门。
汨罗江沉死屈平子,空留下一卷《离骚》与后人。
杜少陵他本是唐朝诗中圣,到晚来他也曾感怀寓意诗稿存。
这都是古今才子多不幸,况是那零丁孤苦女儿身。
表的是万国争传这部《石头记》,做书的人儿名叫曹雪芹。
他言说神瑛侍者临凡世,绛珠仙草随后跟。
那神瑛转生贾宝玉,绛珠草转生黛玉本姓林。
林黛玉他的父名叫林如海,中年丧偶命不辰。
他膝下无儿只一女,所生下黛玉姑娘一佳人。
林如海大不幸扬州捐馆舍,闪下了黛玉姑娘孑然一身。
贾老太太得一信,即差人把黛玉接到她的府门。
林黛玉自从到了荣国府,同宝玉一处儿玩耍一处儿谈心。
林黛玉性情高傲多强胜,倒惹得嫉才的凤姐暗杀人。
偏来个薛家的姑娘宝钗女,同黛玉一样的聪明美貌超群。
薛宝钗自从到了荣国府,这凤姐每日遇事暗留心。
王夫人不觉中了她的计,一心要"金玉巧合"配婚姻。
看定了三月初三日,黄道吉日是良辰。
有一个无知无识的傻大姐,把这桩事儿记在心。
这一天见了林黛玉,把此事一五一十说个真。
林黛玉自从听了这些话,她的病比从前更添了十二分。
黛玉的病体更连重,叫:"紫鹃姑娘有话对你云。
我并无有关心事,多因是年月逢灾恶煞临。

我的病日重一日哪里还望好,也只是听天由命过光阴。
活在世上无有趣味,倒不如眼不见来耳不闻。"
紫鹃说:"姑娘你说的哪里话,你莫要信口开河屈煞人,
老祖母何等疼爱你,看待你如同掌上珍。
一家姑嫂众姐妹,哪一个不为你张罗费尽心。
更有那二爷宝玉着急得很,每日里请安问好不离门。"
林黛玉闻听提起宝玉,由不得怒上心来把脸沉。
叫:"紫鹃你说的宝玉他是哪一个?从今后你是莫要再提这个人。"
紫鹃说:"姑娘你不必太任性,保重身体抵万金。
万事皆轻一身为重,姑娘哎!原是读书识字的人。"
黛玉说:"你休要再提书和字,这件东西最误人。
常言说读书就能生烦恼,识字原来是病根。
你的姑娘要不是读书与识字,我怎能一病恹恹到如今。
念了书就生出魔障,认了字儿便惹动情根。
悔当初不该从师学书卷,念的什么唐诗,论的什么汉文。
想幼时诸子百家曾读过,诗词歌赋也费尽苦心。
并不如一字不识庸庸女,她偏要凤冠霞帔做夫人。
看来还是不学的好,文章误我我误青春。
既不是玉堂金马登高第,又不能流水高山遇知音。
女孩儿家笔迹怎教男儿见,倒惹得别人起笑嗔。
倒不如将它销毁尽,把一篇刻骨镂心化作尘。"
一卷诗稿桌案放,叫紫鹃取在枕边存。
勉强扎挣将身坐起,细细翻开墨迹新。
一篇篇锦心绣口留香句,一字字怨柳愁花渍泪痕。
这是我一生心血结成字,对了这墨点乌丝痛断魂。
再不能柳絮填词夸俊逸,再不能海棠起社斗青春,
再不能凹晶馆内题明月,再不能栊翠庵中谱素琴,
再不能怡红院里行新令,再不能秋爽斋头论旧文。
再不能持螯把酒重阳赋,再不能自己吊古与攀今。
林黛玉看罢诗稿泪如雨,叫:"紫鹃你把罗帕取来临。"

想此帕乃是宝玉随身带,赠与我珍重题诗暗写心。

无穷的心事都在二十八个字,围着字点点斑斑俱是泪痕。

沧海桑田曾变化,身世何必认假真。

浮生真个如大梦,回思旧事是浮云。

今日要学秦皇帝,一任他香销火灭化灰尘。

叫:"紫鹃火炉之内多添炭,将诗帕诗篇一齐焚。"

紫鹃说道:"可惜得很。"黛玉说:"痴丫头怎能知道姑娘我的心。"

我把这聪明依旧还天地,烦恼回头认本真。

香奁佳句消除尽,不留下怨种愁根与后人。

这就是《黛玉焚稿》一故段,痴情女永断痴情根。

（霍树棠述）

晴雯撕扇

一轮明月照池塘,风送花香小院凉。
打点着宝玉归来乘凉赏月,海棠树下晴雯铺好小竹床。
花影儿摇摇心绪乱,小晴雯在心儿内细细思量:
十岁上卖到了荣国府,好不易度过了这六年的时光。
自从进了怡红院,多亏了宝玉待我一片好心肠。
我每每的心直口快惹些个闲气,多亏他遮风盖雨帮了多少忙。
六年来也没说过我一句重话,白日里他生气变脸不似平常。
我不过失手摔折小扇儿一把,这本是芝麻大的小事一场。
恨只恨花袭人把小话儿往上递,偏显着你是怡红院正房的大梁!
显着你比旁人懂得大体,掺合进来把好人儿装。
我上了火才和宝玉硬顶硬撞,才挤得我和宝玉把脸面闹僵。
也不知宝玉他忘了没忘?怕冷了他素日的热心肠。
正思想忽听得院外有动静,小晴雯悄悄地睡卧在竹床。
她眯缝着眼睛等了半晌,院门儿没动只有满地的月光。
袭人、麝月在房内又说又笑,小晴雯心中烦闷懒得进房:
我一个人清清静静自在得很,犯不上凑在一起惹饥荒。
架上的鹦哥偏着头儿睡,小鹿儿卧在那蔷薇架旁。
小晴雯把闲是闲非一边放,一阵蒙眬眼皮儿发涩入了睡乡。
只觉得有人拍了拍自己,说:"风寒露重莫要着凉。"
晴雯听声音是宝玉,假装沉睡不答腔。
宝玉把她轻轻又晃了一晃,说:"你这脾气越来越乖张!
白日里我说了句没要紧的话,你火苗三尺险些儿烧了房。"
晴雯闻听翻身坐起,揉了揉眼睛把眉毛一扬。

看了看宝玉又微微冷笑,小脸儿上挂了一层霜。
默默无言站起就走,宝玉上前扯衣裳。
晴雯说:"拉拉扯扯成个什么样? 这竹床可不是我坐的地方!
手脚又笨脾气又不好,坐在这儿委屈了这张床。"
宝玉说:"只能是床儿屈尊了你,就勉强坐一坐吧又何妨?"
晴雯说:"我们可实实的不配,这是龙车凤辇坐了就活不长!"
宝玉说:"你要不配哪个还配? 你要还不配就烧了这张床!
方才又是谁躺在这床上? 难道说她就不怕活不长?"
晴雯说:"你要不来我就可以躺。"宝玉说:"你胡搅歪缠太倔强。
你坐上一坐听我两句话,说错了只当春风过耳旁。
从今后话到舌边就留上半句,又何必一分也不让处处争强?
你说了就忘别人可记了账,有道是冷语伤人六月霜。
有些个心里话咱们可以讲,在众人面前就多加思量。"
听此言晴雯把头儿低了半晌,捉弄着衣襟慢慢把脸儿扬:
"这脾气秉性随着个人长,话到嘴边就没法提防。
我恨的是嘴甜心辣里外不一样,恨的是笑里藏刀面面光。
说话做事理直气才壮,管他们暗地里飞短流长!"
宝玉说:"你心胸直爽我怎能不知道? 我喜欢你光明正大性格儿强。
为了这安生日子能过得长远,才劝你把这炮筒子脾气藏一藏。
就耐着性儿学学你袭人姐的样,少生些个闲气岂不妥当?"
晴雯闻听微微冷笑:"你不要随便打比方!
花袭人是主子们的得意物儿,怡红院的擎天白玉柱架海紫金梁。
我命里孤独不招亲眷,可不配给人家把妹妹当!
这看风使舵一辈子也学不会,也不敢爬上高枝去攀凤凰。"
宝玉说:"轻着点声音防她听了去!"晴雯说:"这良心话听见又何妨?
我有了理连太太也敢顶撞,肚子里没病装的什么样!"
宝玉摇头长叹气:"你这脾气可真真像炮仗! 说了这半日全无用。"
晴雯说:"急什么? 日子比树叶儿长。"
宝玉说:"扯了半日舌干口燥。"晴雯说:"果子冰在水晶缸。"
宝玉说:"你拿来吧,辛苦一趟。"晴雯说:"这样的差使可不会当。

鼓词(一)

白日里摔了扇子我惹下大祸,这会儿别再打坏水晶缸!
摔了扇子险些儿被撵走,打了缸还不得拿命来抵偿?
我去叫她们来把你侍奉,我不愿意把这个差使当!"
一席话说得宝玉微微笑:"晴雯啊!把我说成了恶魔王!
这些个物件供人使用,无意中打了砸了也难防。
你要爱听水晶缸打碎那一声响,你用心的摔碎了也应当。
谁爱怎样就可以怎样,只不可借出气把它伤。
比如这扇子扇风为的是凉爽,你愿意撕着玩儿又何妨?"
晴雯说:"你不要把大话讲,真要是撕了你的扇子你准疼的慌。
我最爱听撕扇子嗤的一声响,借你的扇子算你帮个忙。"
宝玉连说:"好好好!你撕吧,我洗耳恭听在一旁。
这一把要不够屋里去抢,把袭人她们的也撕个光。
古人说:美人一笑千金难买,只求你收拾起烦恼的心肠。"
晴雯把扇儿拿在手,贾宝玉满脸笑容坐在竹床。
小晴雯打量他是诚心诚意,嗤的声把扇儿撕碎扔在一旁。
心上的烦恼一扫而尽,一天的云彩全散光。
说什么万里长江东流水,他二人的情义比江水长。

晴雯补裘

寒风阵阵漫天云,雪花飘飘天色阴沉。
只因为半夜里起来着了冷,受风寒,床头病倒了小晴雯。
几次的挣扎着想把床来下,却又是两腿发软头发晕。
麝月说:"你不如睡个安稳觉,为什么一定要强打精神?
宝玉临走留下的话,叫我们照顾病人要尽心。
你自己坐卧不安养不好,他回来一定要埋怨旁人。"
晴雯说:"我自作自受没的怨,你何必听说听道像个忠臣!
可恨这两条腿立也立不稳,这点儿病就害得我力不随心。
没用的大夫啊!把药方儿乱写,压根就没找到我的病根。"
麝月说:"有道是病来如山倒,病去如抽丝,可得有耐心。"
晴雯她无可奈何把急性儿忍,坐在床儿上操心劳神。
不时的和小丫头们说话生气,比起了平日更劳累几分。
半日里未把粥儿药儿用,不觉得熬到了天色黄昏。
"忽听得外间屋有人把麝月问,晴雯的病这半天见轻可见沉?
粥儿药儿都可曾用过?睡着了喘气儿匀不匀?"
麝月说:"你自己去看看吧,没见过这么样淘神的病人。
千说百劝她也躺不安稳,差一点磨破了我的嘴唇!"
贾宝玉绕过纱幮把内屋进,仔细打量病晴雯:
她围着被儿倚着靠枕,大大的眼睛少了精神。
脸儿发烧似把胭脂抹,鬓发儿蓬松散乌云。
摸了摸手儿似冰冷,身上又烧的像炭盆。
宝玉说:"为什么有病不静养?真叫我离开家里也不放心!"
晴雯说:"瞧你这婆婆妈妈的劲儿,这点儿小病哪就死了人!

我粥也吃了药也用过,这病只剩了二三分。
神啊鬼的都把我怕,大灾小病也怕我晴雯!
我要想今晚把它赶走,它不敢缠我到明天早晨。"
宝玉说:"你千万不要说硬话,乖乖地静养,省些个精神。
你袭人姐料理丧事回家去,怡红院支撑门户靠你一人。
你早一日病好是大家的好,你要听话就省了我的心。"
晴雯说:"好,好,好,你快去歇着吧!明天早上不还要出门?
呵!你这件孔雀毛的褂子真好看,到明天我也穿上一穿试试新。"
宝玉说:"你体裁苗条腰身儿细,穿上它一定更可身。"
一行说着把氅衣脱下,小晴雯二目凝神细看花纹:
"哟!后衿上怎么烧了个洞儿?你这人行动坐卧也太粗心!"
宝玉一见眉头儿皱,唉生叹气把脚顿:
"舅太爷家中今天暖寿,明天正日子是寿辰。
老太太再三吩咐过,明天拜寿要穿它出门。
烧了个洞儿怎的好?真真是火烧眉毛急死人!"
见宝玉急的这个样儿,难坏了床上的小晴雯:
自己若是好生生的还能出些力,偏偏的病势重力不从心。
麝月说:"赶紧包好拿出去,去把高手的裁缝寻。"
秋纹说:"叫他们连夜织补,大不过多花上几两银!"
孔雀裘火急马快地送了出去,不多时原包儿进了屋内。
婆子说:"问了多少女工裁缝匠,不认识这活计不敢动针。"
宝玉连说:"实在扫兴,老太太知道了一定把脸沉!"
小晴雯在屋中听了半日,心中起火翻了个身。
说:"拿来吧,叫我看一看,也看你有没有穿它的福分。"
移过来银灯晴雯细看,说:"成啊!这个活计还难不住人。
可以拿孔雀金线界一界,天不亮就可以界得密又匀。"
麝月说:"这界线的手艺只有你会。"晴雯说:"少不得我挣命拼一拼!"
宝玉说:"穿不穿的也不要紧,再不能劳累你这有病的人。"
晴雯说:"是非轻重我知道,不用你蝎蝎螯螯瞎操心!"
咬牙坐起身轻头重,眼前的金星乱纷纷。

拿一根金线比了一比,笑着说:"真能够以假乱真。"
用竹弓儿绷好,界出了地儿,看好了本来的图样花纹。
刚织上两针就心跳气喘,好多时还织不完金线一根。
腰儿酸了就倚倚靠枕,手腕儿软了又停一停针。
这宝玉问茶问水问寒又问暖,片刻也不离小晴雯:
"披上斗篷吧,还冷不冷?要不要把茶儿再温一温?"
晴雯说:"小祖宗你快去睡吧,熬出病来也带累旁人!"
晴雯她织上一阵又歇一阵,贾宝玉躺上一躺又看看晴雯:
发烧的脸儿渐渐把红云退尽,眼窝儿发青,眼珠儿没了神。
把心中疼爱的意思忍了又忍,劝阻的话儿不敢过嘴唇。
这晴雯拼到四更之后神危力尽,窗户纸发白才放下了针。
麝月说:"可真真织补得好。"秋纹说:"这样的手艺世上难寻!"
勇晴雯只说声不好,昏了过去!贾宝玉手托翠裘泪纷纷。
说什么桃花潭水深千尺,他二人的情义比海深!

晴雯受辱

一阵乌云把红日漫,风狂雨暴黑了天。
晴雯被迫离开了怡红院,女孩儿无故的受摧残!
只皆因傻大姐把香囊袋儿捡,掀起了风波,闹翻了大观园。
王夫人怒冲冲来把凤姐问,到了屋中,说:"平儿出去!把门关!"
王熙凤猜不透哪宗事情犯了案,双手捧茶赔着笑问安。
王夫人面色铁青了说了声:"你看!"香囊袋扔在了凤姐的面前:
"我指望你一心把家务照管,没想到你不能把千斤担子担!
傻丫头在园子里捡来这香囊袋,定有那丑事情出在大观园!
我统共就这一个宝玉,坏人们定叫他把这罪名担!
落一个丑名儿宣扬到外边去,宝玉的名节就败坏完!
我活在这世上还有什么脸面?"一言未尽声音颤,气抖成一团。
王熙凤闻听吃惊不小,心眼儿里七上八下打算盘:
"太太啊,我有几句短见的话。"夫人说:"打开窗户你快着谈!"
凤姐儿说:"姐妹们读书识字知大体,更何况祖宗留下的家规严。
无从得到这种下贱物,也绝不会把这个往身上拴。
宝兄弟虽然大了几岁,他还是人事不懂小孩子一般!
怕只怕大丫头们有的不安分,偷偷的二门外头去流连。
和小伙们打打闹闹天长地久,做出来丑事可不新鲜!
想办法逮住那作怪的正犯,太太您也就没了牵挂把心安。
就说是丢失了贵重的物件,今晚上我领人搜查大观园。
这件事要办得霹雷立闪,把丫头们的私东西查个周全。
哪一个藏着这种肮脏物,马上撵出大观园!"
王夫人点头说:"也只好如此,平儿啊!快把陪房的妈妈们传!"

不多时五个婆子全唤到,那王善保家的也来助拳。
她听说是要把丫头们来搜检,心里说:"这可谢谢头上的天!"
嘴里不住的把佛念,美的她好像要过年:
"死丫头们,平日把老娘看不在眼,这一回叫你们认识认识咱!"
她舒眉展眼把殷勤话儿献:"太太啊,这丫头们早就该管个严!
怡红院有个晴雯尤其讨厌,大模大样最难缠。
性格儿古怪脾气不好,伶牙俐齿说话尖酸。
得着埋儿就不能把人让,她拿着宝二爷当了靠山。
要不严严的管教终为后患,勾引坏了宝二爷就塌了天。
怎能叫这种人把宝玉陪伴,太太啊,宝二爷的前程可重如泰山!
我老婆子待要不讲这肺腑的话,怕辜负您重看我的一片心田。"
夫人说:"这袭人、麝月倒是常见,都是些老实忠厚的好丫鬟。
这晴雯究竟是哪一个?模样儿一时也想不到眼前。
哦!上一次陪老太太园子里逛,曾看见个面生的大丫鬟:
瘦条条懂得身裁俊俊的眉眼,那轻狂样儿我一看就烦!
那模样有几分像是黛玉,说话儿又急嗓音又尖。"
凤姐儿说:"太太说的倒也像,是不是的不敢断言。
这丫头里是数着晴雯长得好看,说话上有时也带些个尖酸。"
夫人说:"是大丫头为什么不常见?"婆子说:"这种人原比猴儿奸!"
夫人说:"一定是贼面胆虚不敢朝我的面!"婆子说:"传来了看一看又何难?"
夫人说:"叫晴雯快来!"一声令下,不多时拘来了小丫鬟。
晴雯进院就看出情形不妙,廊檐下婆子们排立像站班。
鸦雀无声静悄悄,人们的脸上气色寒。
小晴雯进屋深深拜,低着头儿立在一边。
猛听得一声:"是她没有错!"小晴雯心中发冷脊梁发寒。
王夫人脸一沉怒气发作,骂了声:"好一个做贼的丫鬟!
你轻狂样子做给谁看?故意的穿这些淡素的衣衫!
不施脂粉,显着你天生的俊俏,水汪汪的眼睛想惹谁可怜?
鬓角儿蓬松装成个病美人的样儿,轻飘飘的行动显着你身子骨儿单!
我的心耳神意时时都在怡红院,你干的好事别想把我瞒!"

鼓词(一)

小晴雯知道受了暗算,心头上起火默默无言。
夫人又问道:"宝玉今日可好些么?"好聪明的晴雯跪倒在夫人面前:
"我不常到宝玉的屋里去,他好啊,歹啊,我回不全。
老太太原叫我外屋里上夜,袭人、麝月侍奉在隔子里边。
宝玉的饮食起居是她们照管,这都是真情实话没有虚言。
我有时还要做老太太的针线,和宝玉回面总得半月十天。
要怪我对宝玉留心的少,从今后一定殷勤再不偷闲。"
王夫人冷笑说:"不敢劳动,你不惹宝玉,我们福大如天。
回明了老太太再把你撵,去吧!这狐媚样子我一看就烦!
你们吩咐下去严严的看管,不许她和宝玉把半句话儿来谈!
过两天一定要撵出怡红院,有她一日,我心里总不坦然!"
小晴雯怒火烧心往外走,满脸的泪珠儿擦也擦不干。
顾不得花径不平磕磕绊绊,一路哭进大观园。
晴雯受辱遭了灾难,这无依无靠的女儿实在可怜。
恨不得倒净了黄河的水,替晴雯洗清这不白之冤!

晴雯离院

漫大的黑云散不开,一腔子愤恨平不下来。
晴雯受辱回到怡红院,只哭的头儿不能抬。
在心中腾腾的烧起了一把火,不听话的眼泪流满腮。
这剩下怒气,少了悲哀。
一连数日和衣卧,把贾宝玉吓得发了呆。
有时节她咬牙切齿晕过去,忽然间从梦中又哭着醒过来。
宝玉他用尽心思把话问,小晴雯眼睛不睁口也不开。
贾宝玉影绰绰也知道个大概,根本原由还闹不明白:
晴雯原本无过错,为什么天外飞来这样的灾?
定有那冤家对头把她害,在太太跟前给她把赃栽。
宝玉他猜疑不定心中闷,把袭人叫到内间屋里来:
"晴雯到底犯了什么弥天大罪?这个哑谜要你帮我猜一猜!"
袭人说:"我是生来的心性儿笨,什么事也测不明白。"
宝玉说:"你随便猜猜不论好歹,帮着我把这疙瘩来解开。"
袭人说:"怕就是为她长得过于好,太太说过美人的心性容易歪。
像我们这粗粗笨笨的倒安分,容易管教也好安排。"
宝玉说:"你这个话儿说得可奇怪,美人的心性怎么就歪?
木兰从军传千载,昭君出塞坠山崖,
孟姜女寻夫惊天地,难道说她们的心性歪?"
花袭人带笑着说:"不能这样比!"宝玉说:"又有什么不应该?
晴雯的心性我知道,惊天地的事情做得出来!
可怜她沦为奴婢遭此难,叫人心里头排解不开。"
袭人说:"她又比我们能好多少?你信着口儿胡编排。

这些位古人哪能轻易来比,你这话说的又有些呆!"
宝玉说:"她既然不比你们好,为什么只有她遭这个灾?
秋纹、麝月你们四个是一样,为什么单找出晴雯一个的毛病来?
平日里说的些个玩笑话,哪一个传给太太,这样的会当差?
晴雯不过是心直口快,怎么就惹的人把她陷害,这两天已经是骨瘦如柴。
哭红了眼睛,流干了眼泪,不久的就一抔黄土把她埋!"
贾宝玉话到伤心眼流泪,花袭人默默无语头也不抬。
见宝玉不住的伤心又只好相劝,口儿难开也只好开:
"你为什么净说丧气的话?哪一个短得了大病小灾?
太太也不一定就赶晴雯走,何必就这样的不自在?
即便是出去几日也无妨碍,病好了先在她表哥家中待,
太太不过是一时的怒火,过些时你去求求老太太。
老太太说了话谁能违背?晴雯就可以接了回来。
这并非什么塌了天的事,你怎么就这样的想不开?"
宝玉闻听也觉得有理,破涕为笑止住悲哀。
痴公子听信了这一片话,花袭人放下了肚子里的鬼胎。
宝玉说:"咱们一同把晴雯劝,再不吃不喝小命无法捱。
你跟她把好话儿细细讲,我假装生气要把玉摔。
咱们耐耐的性儿把她哄,保管她吃粥用药十分乖。"
宝玉说得正高兴,小丫头报道说:"太太就来!"
宝玉闻听惊疑不定,袭人心里雪亮明白:
小晴雯今日大限到,我悄悄的看这戏一台。
只听得院中人声乱,五六个婆子在廊下排。
王夫人一脸怒色把房进,看见了宝玉眼皮也不抬。
宝玉刚说了句:"晴雯病势重。"夫人说:"她死活自己把日子择!"
喝令一声:"轰出去!"婆子们架起了晴雯的瘦形骸。
只见她:头发散乱把脸盖,面色发青又透着白,
眼泡红肿两眼闭,脚上只穿着一只鞋。
贾宝玉一见魂飞九天外,一肚子的言语也说不出来。

胸口里的眼泪汪洋如大海,疼得他好像把心摘。
眼前一别成千古,再相逢除非是梦里述情怀。
即便是万里长空做白纸,这天大的悲哀也写不开!

宝 玉 探 雯

日落西山鸟归巢,秋风阵阵树叶儿飘。
贾宝玉溜出了怡红院,急急的走过了沁芳桥。
遇见个婆子问明了道路,一边走一边不住地回头瞧。
行不远,见一个小院儿在角门儿外,
推了推轻轻地走进去,伸手把屋门上的帘儿撩。
见屋内一片昏黑把凉气儿冒,没有声音静悄悄。
猛听得抽抽噎噎有人哭泣,惨凄凄的声音叫人心焦。
见晴雯躺在一张破床上,搭盖着旧日里盖的被一条。
宝玉他低下头来轻呼唤:"晴雯哪,我是宝玉来把你瞧。"
轻轻呼唤两三遍,小晴雯勉强才把眼皮撩。
影绰绰看出来是贾宝玉,瞪圆了双眼细细瞧:
"宝玉啊!莫非这是在梦儿里?难道说还能真有这一遭?
梦见还不如梦不见好,梦醒时心上头像扎了一刀!"
宝玉连说:"这不是做梦!妹妹啊,都是我害的你受煎熬。"
晴雯说:"你给我把茶倒一碗,这半天连个人影也叫不着!"
宝玉在炉台上把壶儿找到,呵!肮脏的样子实在难瞧。
倒出来的茶水像是煎的药,宝玉他尝了一口把头摇。
晴雯说:"这里不比怡红院,递给我吧,心里头似火烧!"
她接过茶杯一饮而尽,宝玉他心中难过不忍地观瞧。
摸了摸被儿问:"冷不冷?"捏了捏褥子问:"薄呀不薄?
我问你心里,还有什么话?告诉我吧,今生今世永远记牢。"
晴雯说:"如今还能有什么话?只皆因旧恨新仇把心烧焦。
皆因我生就的脾气心直口快。一生一世也不会轻薄。

这些人为什么往死处里咬？插圈弄套给我造谣。
狐狸精的虚名叫我担上，非逼我一死不能饶！
他们的心肠为什么这么狠？肚子里都藏着杀人刀！
可怜我自幼儿无依无靠。活到这十六岁受尽煎熬。
我清白干净只有你知道，宝玉啊，谢谢你看我这一遭。
算咱们两个没白要好，哥哥的情义比山高。
我如今只有一句后悔的话。""妹妹你快说吧，我听着！"
晴雯说："早知今日，当初何必……"说到此，焦黄的脸儿被红云烧。
欲言又止把气憋住，说不上话来把眼睛闭牢。
宝玉上前拉住她的手，哎呀！怎么凉到了指头梢？
只好连声把晴雯叫："晴雯啊，晴雯。"一声低来一声高。
宝玉呼唤了多一会，小晴雯才缓过气来把宝玉瞧。
宝玉说："你要疼我，把病就养好，再一起去玩赏月夜花朝。
你陪我海棠树下去斗草，我陪你蔷薇架旁把花朵儿挑。
你陪我茜纱窗下把诗句儿写，我陪你斜倚熏笼把花样儿描。
只要你放宽心肠就能望好，病身儿要好好地将养着。
万不可想到那绝情处，那就算你待哥哥情义高！"
小晴雯勉强笑了一笑："你几时能把这呆气一齐抛？
我料着捱不过去三五日，只求你到坟前哭我几声瞧一瞧。"
她卷回手来咯吱吱把指甲咬，咬下来长长的指甲儿两条。
贾宝玉颤巍巍地接在手，和泪珠儿一起在手绢里面包。
晴雯把贴身的红袄儿又脱下，强挣扎喘成一团把宝玉招。
宝玉会意把袄儿换，轻轻地搀她起来扶着腰。
勉强把小袄儿穿在身上，小晴雯又仔细把宝玉瞧了一瞧：
"你这一来我死而无怨，快去吧，免得又把祸事招！"
贾宝玉恋恋不舍难移步，忽听得院外像有人把门敲。
强忍住悲痛往外走，走上一步又回过头儿瞧。
这才是寸步难行又非走不可，只觉得神魂儿飘飘摇摇。
贾宝玉扎挣着离了小院落，进园中，昏沉沉走过沁芳桥。

听不见风吹水面水声响,嘴儿里把晴雯的名字紧念叨。
满腔子的愤恨往上冒,好一似黄河涨晚潮!
到后来秋水以上把芙蓉祭吊,至今犹闻哭声高。

宝玉哭雯

秋风阵阵冷凄凄,晴雯、宝玉死别离。
贾宝玉才听说晴雯死,万箭攒心神志迷。
想着到灵前去哭祭,左等右盼也没有时机。
天过晌午正想走出去,花袭人又来把堵心的话儿提:
"老爷叫你快到前边去!"原来是贾政喊他去作诗。
心神不定地敷衍了半日,才放他一条生路回到园里。
走到了池水一旁芙蓉树下,眼望着芙蓉把泪滴。
猛记起小丫鬟早晨说的话,心想着这件事并不出奇:
小丫头说晴雯成仙把芙蓉花神做,千秋万世永享清福在瑶池。
是啊!这芙蓉花神也只有晴雯配,他想到此处意乱神迷。
眼望着芙蓉把晴雯悼念,心酸耳热长叹息:
"我既不能赶到灵前去哭祭,何不在芙蓉树下诉委屈?"
又一想:"这样的轻率也不可以!衣冠不整又没有祭词。
必定要写好了祭文备上祭礼,再恭恭敬敬的穿戴整齐。"
到黄昏后园中渐无人来去,贾宝玉写成一篇芙蓉词。
一字字都写的是心中的愤恨,一句句都哭的是晴雯的冤屈。
贾宝玉来到了芙蓉树下,携带着晴雯生前喜爱的吃食。
见芙蓉树在风儿里摇摇摆摆,贾宝玉悲从中来哭声凄:
"晴雯啊!你的魂魄在哪里?在这里哭你你知不知?
你短短地活了十六岁,受尽了折磨与委屈。
这十六年的光阴非容易,众人的舌剑唇枪把你逼。
众人的口舌比刀剑还锋利,杀人不见血珠儿滴!
可怜你孤苦伶仃一弱女,成年累月的里外受敌。

鼓词(一)

只因你容貌比着花月美,无故的惹得众人把你欺。
你本是玉洁冰清的真女子,没来由的丑名儿把你冤屈。
你我相处这五年八个月,脾胃相合言语投机。
我爱你冰雪聪明真伶俐,我爱你心直口快的硬脾气。
我们忘掉了主仆的名分作知己,地老天荒也不分离。
又谁知意外的风波平地起,害得你一病不起没了转机。
虽然是再不能听见你的言语,你的声音笑貌可永不把我离。
从今后不敢再把圆镜儿照,镜子里有我无你惨凄凄。
从今后再不敢把描金箱儿碰,箱子里有你生前穿过的衣。
冷了来想起你带病把翠裘补,孔雀裘从今以后再也不敢披。
热了来扇扇扇儿也想起你,想起那撕扇时的光景把泪滴。
怕只怕檐前的鹦鹉不解人意,不知它哪一时又把你的名字啼。
恨只恨我没能把救命的药儿觅,恨只恨我赶不到灵前去别离。
满腔子愤恨却由不得自己,我只能偷偷地生气暗暗地着急。
辜负你待我一片真情义,我不敢仗义直言救死局。
我又不能直上青云去找你,恨人间没有上天梯。
我愿你魂魄时时来相聚,我愿你永作花神在天上安居。
我愿你今日今时来餐一杯酒,我愿你把天上的芙蓉好好护持。"
宝玉哭得如酒醉,泪流满面喘吁吁。
只哭得归林倦鸟惊飞起,只哭得架上鹦鹉把头低。
只哭得枫叶飘飘红满地,只哭得衰柳摇摇哀别离。
只哭得老圃秋花减了颜色,只哭得池上的芙蓉折了花枝。
只哭得月亮藏在乌云里,只哭得星斗摇摇似把泪滴。
贾宝玉焚化了芙蓉诔,听信脚步儿自转移。
咬牙离开伤心地,辨不出南北与东西。
神智昏昏魂飞去。一步高来一步低。
贾宝玉祭晴雯也哭的是自己,旧日里,晴无天日黑漆漆。
多亏了曹雪芹先生写成《红楼梦》,写出了多少人的仇恨与冤屈。

乱判葫芦案

红楼梦动人的故事在民间流传,无非是儿女情长离合悲欢,令人心酸。
今天我上台来表演这段葫芦案,没有情没有爱只有恨和冤。
都只为金陵府出了个豪门恶少,外号叫"呆霸王"大名叫薛蟠。
大街上争抢民女欺压良善,令家奴蜂拥而上打死了冯渊。
冯家书童告到了金陵府,正赶上贾雨村上任当上知府官。
头一天上任就赶上这件人命案,贾知府坐大堂心里特别烦。
往下看三班衙役如狼似虎两边站,往上看金匾题书"明镜高悬"。
只见那冯家书童磕头如捣蒜,却不见那杀人的凶犯恶霸薛蟠。
常言说新官上任三把火,今天我要与民做主为民伸冤。
想到此手拈胡须瞪大双眼,啪啪啪手拍桌案神色威严;
"光天化日朗朗乾坤行凶做案,那薛蟠杀人罪魁真是狗胆包天。
似这等目无王法要从严惩办,谁不知杀人者偿命欠债的还钱。"
(夹白)"来人哪!""有!"
贾雨村一支令签拿在手,"快快快!给我追捕凶犯捉拿薛蟠!"
眼看这令签就要往下扔,忽然间跑过一人到近前。
"禀报大人,您要且慢且慢,小人我有话对您谈。"
贾雨村转身一看是个小衙役,似乎有机密要事向他谈。
见此人模样长得有点怪,脑袋瓜像个旱萝卜又红又圆。
鼻子眼虽小还不算难看,可就是挺大的耳朵长得太靠前。
谁见过耳朵长到脸蛋上,一说话还不住地直忽扇。
贾雨村见这副长相有点面善,可一时想不起何时何地哪一年。
暂且退堂他们来到后面,贾老爷怒气未息紧皱眉间:
"有什么事情你要快快讲,扰乱了老爷断案我决不容宽。"

鼓词(一)

这小衙役作揖请安嬉皮笑脸:"老爷您还记得葫芦庙苦读寒窗那些年,我就是葫芦庙里的葫芦僧,名叫葫芦旦,每日里侍候您柴米油盐。几年前还俗当差为了混碗饭,没想到您赴金陵来做官。"

贾雨村听此言是哈哈大笑:"这么说故人相见咱分外有缘。来来来不必拘礼快快请坐,坐下来咱们也好慢慢把话谈。"

(白)小衙役葫芦旦在老爷面前哪里敢坐,贾雨村说:"哎!你我也算是贫贱之交,此乃后堂,但坐不妨。"葫芦旦这才坐在老爷的身旁,他急忙压低了嗓子说:"老爷!您上任就没抄一张护官符吗?""护官符!?何谓护官符啊?"葫芦旦急忙从口袋里取出一张纸,贾雨村接过来一看,"啊!?"见上面端端正正写了四句话:

贾不假,白玉为堂金作马。阿房宫,三百里,住不下金陵一个史。

东海缺少白玉床,龙王请来金陵王。丰年好大雪,珍珠如土金如铁。

贾雨村从头到尾看了三遍,也解不出这四句民谣的含意。抬头便问葫芦旦:"此四句话所含何意?"葫芦旦嘻嘻一笑说:"这四句话事关紧要,和老爷您可有密切的关系。您看这第一句贾不假白玉为堂金作马,就是指京都荣国府贾家。这第二句阿房宫三百里,住不下金陵一个史,就是指尚书令史公之家。第三句东海缺少白玉床,龙王请来金陵王,就是那京都兵营节度使王老爷家。这第四句嘛……丰年好大雪,珍珠如土金如铁,就是那凶手薛蟠之家。这就是金陵四大家族,他们家家都有万贯资财,朝中为官显赫,四家皆联络有亲,可说一荣俱荣,一损俱损。一旦触犯了他们,不单官爵保不住,只怕连老爷您的性命也难保全哪!小人听说,老爷您从苏州护送您的学生林家小姐林黛玉,进京荣国府探亲,是那荣国府的老爷贾政一力成全,保荐您到金陵当了知府。那凶手薛蟠就是贾政的外甥,难道老爷您就没有个耳闻吗?"

贾雨村闻听此言先是一惊,眼珠子滴溜、滴溜连着转了三转。心中暗想:果然如此这案子可就……想到此他微微一笑,胸有成竹神色镇静:"我说葫芦旦哪!""是,老爷!""如今我乃朝廷命官,蒙皇上隆恩,正当殚心竭力图报之时,本该秉公断案,岂能徇私情而枉国法哉!"

"老爷依小人之见,这朝廷王法事小,人事关系事大。这金陵府衙历来是前门寸步难行,后门则畅通无阻啊!难道您读书万卷,岂不闻古人圣训;大丈夫相机而行,相时而动,趋炎附势趋吉避凶,唯利必是图者乃真君子哉,汝知之乎!?"这葫芦旦还真能拽。听此言贾雨村哈哈大笑:"那么依你之见呢?""您如此如此,这般这般,保您官运亨通步步高升啊!""好!葫芦旦哪。""是,老爷!""堂下之事命你速速办理,明日升堂老爷我要巧断此案!"

(唱)次日清晨刚亮天,金陵府大堂门前闹声喧。

"升堂了!喂……哦……"一阵呼喊,衙役三班狐假虎威站立堂前。

贾雨村撩袍端带把大堂上,乌纱帽翅颤颤悠悠悠悠颤颤一步三颠。

他端坐堂上慢睁双眼,大堂上鸦雀无声好不威严。

见原告冯家书童堂下跪,哭哭啼啼一个劲儿的直喊冤。

"啊!原告你莫要伤心不必哭喊,老爷我为你做主替你伸冤。"

"带被告!"带上来的被告是薛家总管,身穿孝衣跪在堂前。

"我问你凶手薛蟠逃往何处去?快快招来不要拖延。

如若不招八十大板叫你骨折筋断,拿你的狗命祭奠冯渊。"

"我招!我招!我家公子本想自己来投案,可是他……""他怎么样?!"

"可是他突然得病一命归天。""啊!薛蟠死了这不是真话。"

"小人所说俱是实言。""薛蟠得的是什么病?"

"头风、气鼓、外带伤寒。""人死可有地保作验证?"

"老爷请看这是地方验证单。""现在尸体在何处?"

"发丧入殓埋在后花园。""为何埋得这样快?"

"只因为公子临死有遗言。""薛蟠留下什么话?从实招来莫胡谈。"

"是、是、是,公子临死说了两句话,当时我侍奉公子在床前。

他言说打死冯渊我偿命,一病身亡也免得给官府找麻烦。

死后立刻就入殓,连夜埋在后花园。"

贾雨村明知瞎话却连连把头点,"这凶手已死嘛……"

这时候冯家书童一旁又喊冤。

"啊,原告冯家书童你可听见,凶手已死你不必再纠缠。

那死者冯渊家里也无亲无故,你们主仆相伴也有几年,

你小小年纪为主人告状,终日奔走实在可怜。

今日我为你伸冤秉公断案,判薛家赔偿人命多拿银子钱。

你收下银子回家去吧,回到家发丧出殡埋葬冯渊。

再不许你到府衙来捣乱,再不许你到处胡说去喊冤。

如若不听老爷我的良言劝,我叫你人财两空活命难。"

鼓词(一)

　　贾雨村软硬兼施是阴阳两面,小书童忍气吞声有苦难言。
　　也只可哭哭啼啼回家转,埋葬冯渊哭倒在坟前。
　　直哭得泪如泉涌力竭声哑,直哭得肝肠欲裂头晕目眩。
　　乡亲们人人皆掩泣,铁石之人也心酸。
此时节凶手薛蟠正在京都荣国府,每日里寻欢作乐猜拳行令酒醉大观园。
这就是《红楼梦》中一大冤案,贤雨村徇情枉法保薛蟠,发财又升官。

(夏之冰)

焦 大 骂 泼

宁国府里灯火明,凤姐宝玉会秦钟。
话儿投机恨天晚,秦钟告辞要起程。
这秦哥儿本是可卿弟,可卿丈夫是贾蓉。
贾蓉道:"派谁去把秦钟送?"丫鬟说:"已派了焦大护送转回程。"
闻听焦大去把人送,贾蓉心中暗吃惊:
莫非他此时没犯病? 莫非他愿把此事来担承?
想到此说道:"为什么偏要把他派?"话音未落传来了焦大的喊叫声,
凤姐听了把凤眼瞪:"你们真是软弱又无能!
纵得家人这个样,下人在主子跟前敢发疯。"
贾蓉道:"这焦大无人把他理,只因为他跟着太爷出征立过功。
沙场上救过太爷的命,自己挨饿偷来东西给太爷把饥充。
祖宗在时都另眼看待,现如今他还居功自傲耍骄横。"
凤姐道:"我何尝不知这焦大,你们用他理不通,
远远打发他到庄子去,也免得他天天撒酒疯。"
这时节外头传声:"车齐备。"那凤姐秦钟携手同行。
仆女丫鬟两旁立,众人亲送至大厅。
哪知焦大这时正趁酒兴,手指赖二骂不绝声,
他骂道:"你这王八羔子欺软怕硬,派下活来太不公平。
吃香的喝辣的没我焦大的份,倒霉的差事我焦大十成占九成。
黑更半夜把人送,又派我焦大理不通!
你不想焦大太爷抬起一条腿,过你头高出一尺还挂零。
焦大眼里能有你们这些狗杂种,王八羔子也敢把那管家充!"
他这里骂得正在兴头上,不想碰到那贾蓉。

贾蓉道:"捆起来,单等明日他酒醒,拿他问罪定不留情!"
焦大哪把贾蓉放眼里,反而大叫骂贾蓉:
"你别在焦大面前乱耍主子性,回去问问你的老祖宗!
你爷爷你爹都不敢跟我来耍横,大气也不敢哼一声!
我和你的祖宗把这家业挣,到如今恩将仇报反把主子充!
不说别的倒可以,说别的,莫怪焦大我无情!
白刀了进去红刀子出,杀你这个狗畜生。"
王熙凤听罢这些话,嘿嘿冷笑凤眼睁,
轻声就把贾蓉唤,咬牙切齿出了声:
"快快打发这狗东西走,留在家里是灾星。"
贾蓉赶忙答应"是!"命众人把焦大捆绑地当中,
拖住要往马圈走,倒惹得焦大胡嚷乱叫放高声:
"都说荣宁二府好,谁知道生下这多狗畜生!
偷鸡摸狗少人性,男盗女娼常私通!
荣宁二府人不少,只有那门前的石头狮子最干净。"
一席话惹恼王熙凤,一席话气坏那贾蓉,
命人往焦大嘴里填马粪,可怜焦大再也难出声。
圆睁二目把贾蓉瞪,惊呆了宝玉和秦钟。
这就是焦大痛骂荣宁二府,揭露了贾府的肮脏、骇人的丑行。

(高玉琮)

凤 姐 弄 权

可卿芳魂归苍穹,贾府众人来送灵,
幢幡宝盖遮棺椁,法鼓金铙响连声。
留神看,队伍中闪出一顶青鸾轿,上坐一人与众不同。
只见她:头上有金丝八宝将发髻挽,绾着钗凤落梧桐;
项上戴赤金盘螭圈儿一个,环佩叮当耀眼明。
身上穿百蝶穿花的素缎子袄,外罩刻丝褂儿颜色石青,
翡翠裙儿把金莲儿盖,微露着绣鞋一点点的红。
脸上看:两弯柳叶儿眉梢儿吊,丹凤眼儿亮晶晶。
粉面朱唇牙如玉,倩影儿苗条又轻盈。
她就是贾府的二奶奶王熙凤,
怎么看,她怎么精,就是在她的眼角里,透着那么一点凶。
一霎时,送灵的队伍来到铁槛寺,寺里的众僧在路边迎。
众僧一见灵车到,忙把灵柩引到寺中,
寺中停放好可卿女,忙坏了众位念佛的僧。
有八个僧儿把香儿点,八个僧儿来守灵,
八个僧儿捧黄裱,八个僧儿伴着青灯,
八个僧儿敲起了磬,八个僧儿吹响了笙,
八个僧儿摇法鼓,八个僧儿撞铜钟。
还有高僧整八个,一个个端坐莲台中,
双掌合十闭着眼,嘟嚷嚷念着超度亡灵的《金刚经》。
那位王熙凤,下轿儿进了铁槛寺,她跑前跑后紧应承。
嗬!来送灵的女客真不少,稍做歇息到后厅。
凤姐她,一会儿让茶给诰命,一会儿又为夫人们来赔情。

鼓词(一)

经念完,客送罢,凤姐才把气儿松:
"来人哪,我要到水月庵中去歇息,赶快预备轿儿一乘。"
这水月庵,距离铁槛寺一箭地,庵中的老尼早在庵门阶下迎。
把凤姐让到净室内,阿弥陀佛念了几声。
转身儿她又把奶奶叫:"奶奶,我有一事要禀明。"
凤姐忙问:"什么事?"老尼说:"奶奶听我细说清:
老尼我自幼出家在善才寺,那里有位施主叫张冲。
张施主有位惹祸的女,名叫金哥美花容。
那一天,金哥寺内去把香进,遇上了长安府爷的舅子李金龙。
李少爷看上了金哥女,聘金送张府,他立要把亲成。
哪知道,金哥的亲事早说定,男家是守备的儿子叫刘平。
李公子依仗着权和势,不娶金哥他不答应。
张施主万般无奈收了聘礼,可又闯来守备之子小刘平,
来到张家一通闹,要与李某把金哥争。
就这样,刘平告了张施主,说什么,一女两嫁万不容。
因此上,张施主托情老尼我,求您周旋给说情,
只求一书给节度使,说服刘家,这桩亲事算告终。"
这位王熙凤,听罢此事心儿一动:嗯,这笔外财手不能松,
要上手可得要欲擒故纵。想到此,她小脸一绷收了笑容:
"老师父,这事说来也不算大,可我不愿管这闲事情。"
老尼一听把眉头皱:"奶奶,有句话儿我还没说清,
张施主已知我托情到贾府,您不允,他会说贾府太无能!"
凤姐说:"贾府确有无能的汉。"老尼说:"奶奶您办事最精明,
偌大的贾府您调动,举家上下您一手撑,
张施主已把谢礼准备好,才让我,到奶奶面前讨点风。"
凤姐她,撇下金钩把鱼钓,见鱼上钩又把线绷:
"家大业大何惜钱多少,我不愿因小失大坏了名声!"
老尼一见她还不允,扑通通将身跪在净室中:
"奶奶呀,您不看僧面看佛面,说什么,这件事情得答应。"
王凤姐,急忙上前把老尼搀起:"老师父,这事让我好脸红,

281

看您的面儿,我只好应允,说好了,空手套白狼那可不行,
只要是张施主拿出白银三千两,我替他,刘家面前把理争!"
老尼一听心欢喜:"谢谢奶奶,我替张家领了情,
马上我到张家去,明天把三千两银子送到府中。"
这王熙凤,接了白银三千两,差人送信到长安城。
那节度使,暗中说服了刘守备,把金哥断给李金龙。
金哥女,一气之下上了吊,小刘平,也跳井自杀丧了生。
这就是"凤辣子"贪财把权弄,
直害得金哥自缢,刘平跳井,张施主后悔莫及,人财两空。

（宋　勇）

元春省亲

百鸟诸禽凤为魁,食金宿玉不能飞。
繁盛的贾府如油烹火,还仗着元春入宫闱。
那元春才选凤藻加封号,贾府的人阖族上下展双眉。
更喜那皇太后降谕旨圣上开恩典,这才引出来:
元春省亲在"大观园"位受,皇封的贾贵妃要离宫把家回。
那贾政自从闻得了省亲的事,全不惜挥金如土筹办一回。
迎贵人专门修了一座省亲别墅,称得起富丽堂皇焕彩生辉。
那真是楼台殿阁黄金垒,轩馆斋堂白银堆。
方厦园亭宝石砌,游廊画栋玉珠围。
更有那怪石奇洞假山真水,清泉儿泻下如瀑布飞。
小溪穿桥石子铺路,粉墙儿环护,绿柳周垂。
这一处芭蕉海棠红绿配,那一处拱桥芳亭两相随。
这一处蘅芷飘香闻欲醉,那一处嫩竹滴翠视忘回。
这一处琳宫桂殿雕窗锦,那一处青禽茅舍挂柴扉。
我一言表不尽那园中的景,果真是:金银焕彩珠玉生辉。
这一天正月十五乃元春省亲日,早有人打扫街道,挡上了幕帷。
大观园内帐刺蟠龙帘绣金凤,一处处玉动珠摇翠舞红飞。
一霎时太监高呼说:"贵妃驾到!"紧跟着旗锣伞扇对对双双的过了一回。
方见到一顶八人抬的金顶鹅黄凤銮轿,里面坐的本是贾贵妃。
那贾赦带着全家的子弟迎到西街外,这贾母领着阖族的女眷跪在府门的周围。
颤悠悠,元妃来到园中正殿升座受礼,阖族的人等排班上殿挽贵妃。
元妃降谕说声"免",众人退下各自回。
这位贵人入侧室更衣脱去凤冠霞帔。

这才坐上了省亲的车驾轻轻地把手挥,就往贾母的房里推。
那元春一见贾母就要行家礼,贾母等人急忙跪倒拦住了贵妃。
元春她一手拉母亲一手拉住祖母,娘儿三个言未出口泪珠儿先垂。
一肚子的话儿不知从何说起,那元春强忍泪硬把笑纹往脸上堆。
说:"想当初,既把我送到那不得见人的去处,眨眼间多年未曾把家归。
好容易今日才得以相见,娘几个却不说不笑倒把泪垂。
少时我便离了去呀,指不定何日再能回。"
话还未尽就说不下去啦,邢夫人忙上前劝解就叫了一声"贵妃!"
说:"不必伤心,快请归座吧!您看一看众姐妹都在这四周围。"
忙呼唤众姐妹上前一一相见,那元春更是一句话儿一串泪,见一个来哭一回。
暗思忖,我在深宫内院终日把亲人想,
却怎知这思念苦难为,可是相逢更添了伤悲。
这时节那贾政侍立在帘儿外,躬身低头双手垂,
问安须行君臣礼,元春紧紧地皱双眉。
因说道:"这骨肉分离终无意趣,何如那田舍之家,天伦之乐却得遂。"
那贾政闻听此话眼含泪,可一开口那言谈话语还透着恭维。
说:"臣不才,寒门草舍人也贱,岂料到,天降吉祥有凤鸾飞。
这乃是远祖的功德,圣上的恩典,报皇恩,臣愿肝脑涂地淌骨髓。
愿我君万寿千秋乃天下同幸。望贵人勤慎恭肃把君陪。
我夫妇的残年贵妃勿念,也免得终日里忧烦哪玉体吃亏。"
又启道:"园中的额匾乃宝玉所拟。"元春闻听又喜上双眉,
因笑道:"宝玉的才学果有长进啦,却为何不来让我见一回?"
贾母道:"无职外男,不敢擅入。"一句话元春的心中又勾起了伤悲。
暗想到:"我母年迈添了宝玉,我入宫前,我们同侍奉祖母哇每每相随。
曾记得宝玉那年才三四岁,我教他读书识字把古人追。
我们长姐幼弟有如母子,我对他自幼怜爱体贴入微。
现如今垂帘相隔不得见面,是何人订下了这些戒律清规。"
忙传旨引宝玉上前来相见,贾宝玉国礼参拜见贵妃,
那元春将宝玉双手一揽,这宝玉紧靠着元春往怀里偎,
元春她抚头挽颈摸着宝玉,说:"比先前长了许多更像个须眉。"

鼓词(一)

言还未尽一阵酸痛,不由得她咳声叹气泪双垂。
在一旁尤氏凤姐忙启奏,说:"迎宴齐备恭请贵妃。"
元春起身收住了泪,命宝玉头前带路众人相随。
登楼步阁游山玩水,把园中的诸景都观赏一回。
来至在正殿大开盛宴,凤姐人等捧羹托馔把盏举杯。
元妃她命笔砚侍候要亲笔题匾,你看她挥毫弄墨凤舞龙飞。
忽闻奏:"赐物俱齐请按例行赏。"遂命太监"下去发放"将手一挥。
那贾母得了金玉如意各一柄,金银元宝各十枚,
另有那伽楠念珠沉香拐杖,十几匹宫缎宫绸把福寿花儿堆。
余下众人俱都有赏,无非是金银绸缎另有御酒数杯。
众人谢恩呼万岁,跪倒在阶前把头垂。
这时节执事太监忙启奏,说:"辰时已到,娘娘请驾把宫回!"
元妃闻奏心一动,酸心直把这眼泪催。
拉住了祖母和母亲不肯松手,叮咛一回又一回:
"此番一别毋需记挂,好生保养切莫伤悲。"
说罢转身进了轿,鼓乐一声轿帘垂,
一家老小双膝跪,哭声一片响如雷。
这一回元春省亲豪华中渗着泪水,
更谁料此次生离竟成了死别,直到梦困在宫闱她的哀怨可诉向谁?

(张永生)

黛 玉 葬 花

到了四月里芒种时节春色残,大观园祭饯花神年复年,
一阵阵无情东风似利剪,落花洒满草径池边。
潇湘馆触景伤情林黛玉,新愁旧怨彻夜无眠,
昨夜晚怡红院咽下了闭门羹饭,寄人篱下有苦难言,
果然是世态炎凉人情冷暖,惜花人面对落花更添愁烦。
早知道锦绣春光留不住,又何苦姹紫嫣红斗胜争妍,
叹落花骨秀神清无沾染,怎忍见委身尘土零落阶前!
吩咐紫鹃与雪雁,准备下花锄花帚与花篮。
林黛玉为扫落花循小径,这时节多情的公子出离了怡红院穿过栏杆。
贾宝玉潇湘馆寻不见林黛玉,走过了沁芳桥来到山坡前,
忽听得山背后哽咽咽有人哭泣,是何人如怨如诉吟诗篇,
她说是:"花谢花飞飞满天,红消香断有谁怜?
游丝软系飘春榭,落絮轻沾扑绣帘。
一年三百六十日,风刀凛冽霜剑寒。
明媚鲜妍能多久,一朝飘泊寻觅难。
葬花女儿偷洒泪,洒上空枝血斑斑。
愿生双翅随花去,飞到海角与天边。天尽头何处有香丘?
未若锦囊收艳骨,一抔净土掩风流。
质本洁来还洁去,不教污淖陷渠沟。
侬今葬花人笑痴,他年葬侬知是谁?
一朝春尽红颜老,花落人亡两不知!"
贾宝玉听到此处肝肠断,不由恸倒山坡前。
哭声惊动林黛玉,是何人与我同病相怜?

猛然抬头见是宝玉,抽身就走不耐烦。
贾宝玉自言自语一声叹:"唉!既有今日何必先前!"
黛玉说:"今日先前怎么样?宝二爷请您把话说完。"
贾宝玉一腔委屈一腔怨,泪珠儿就在眼窝里含。
说:"自幼儿我那姑父姑母双去世,抛下你伶仃孤苦受凄寒。
我和你青梅竹马同长大,心性儿相随无话不谈。
我敬你品格儿清高无俗态,我爱你天资聪明开口成篇。
我只说咱们连心知己常相伴,谁知你人大心大不似先前。
来不来不理不睬使小性,动不动独自伤心泪珠儿弹。
你教我千言万语难开口,纵然一死也无处诉冤!"
贾宝玉推心置腹一番话,林黛玉心儿暖眼儿酸。
花锄失手落在地,花篮滚滚坠下山。
沉吟半晌叫宝玉:"有件事问你莫要隐瞒。
昨日里掌灯时分黄昏后,我信步找你把心谈。
怡红院门紧关闭,却为何呼唤多时无人答言?
撇下我满目凄凉空对月,苍苔露冷花径风寒。"
贾宝玉又气又急忙分辩:"想必是娇纵的丫鬟躲懒偷闲。
我若有心把妹妹怠慢,跌进池塘变老鼋!"
林黛玉噗哧一笑用手指点:"谁听你村言俗语讨人嫌!
天时不早回去吧。"收拾花锄与花篮。
这一回黛玉葬花真情泄露,他二人心心相印情意绵绵。

(王允平)

二进荣国府

荣国府的大观园气象万千,一处处:
楼堂馆院,斋阁亭轩,奇花异草,茂林密竹,古木怪石、秀水明山,
真是人间福地,世外仙源。
夸豪富,锦衣玉食终朝醉饱,
消闲闷,春时赏兰,秋令采菊,冬日寻梅,夏季观莲,
八节景常新,四时任赏玩。
这一日,贾母高兴精神好,告诉凤姐儿把话儿传:今天要游赏大观园。
嗬!当时间里外人等出入频繁,把一应的东西都准备全,
这不喜坏了众姐妹,忙坏了众丫鬟。
有众人陪同贾母来游赏,一个个,穿绸裹缎别玉簪环。
人群中,有个年迈的村婆七旬开外,她叫刘姥姥,
跟着女婿女儿种庄田,在乡下把身安。
家道贫穷难糊口,荒年更见这度日的难。
想当年女婿的祖上做过小吏,与金陵的王家曾经连宗有过往还。
为了这一家老小免冻馁,无奈何舍脸进城来到荣府门前。
那一次虽然没见王夫人的面,可多蒙凤姐儿周济了银钱。
这一回,她把新摘的蔬菜带来不少,
为的是让贾母、王夫人尝一尝鲜,顺便来请安。
那贾母正想有个老人儿来说话儿,听刘姥姥来,心喜欢,正投缘,
叫她暂且先住两天,好逛一逛这大观园。
园子里,丫鬟仆妇正在忙乱,见贾母带领众人早绕过了假山。
有一个伶俐的丫鬟迎上去,手捧着一个碧绿绿的翡翠盘。
里边有新采的菊花五颜六色,老贾母拣了一朵大红的簪在鬓边,

鼓词(一)

对刘姥姥说:"你也过来把花儿戴吧,……"话未完,凤姐儿转身走上前,
拉过来刘姥姥面带笑,说:"来来来,我给你打扮准讨人喜欢。"
一边说,一边给她把花儿戴,左一朵,右一朵,前一朵,后一朵,
一朵红,一朵白,一朵黄来一朵蓝……
霎时间,刘姥姥头上鲜花插满,招惹得众人指指点点笑成一团。
刘姥姥说:"我年轻的时候什么花儿呀粉儿的全都爱,
想不到今儿个老来风流也体面一番。"
说话间来到沁芳亭上,贾母她叫刘姥姥坐在自己身边,
说:"你看这园子好不好?"
刘姥姥她不住地念佛满脸堆欢:"我们往常看的都是画上的景,
今儿个到这来,我是越看越爱看,越看越眼馋。
怎能够把这里的景致画上那么一张画,
我带回去,也叫他们见见世面开开眼,
看看这富贵人家就是气派不凡。"
贾母她指着惜春说:"我这个孙女儿她就会画,
等明儿个叫她给你画一张全景的大观园。"
刘姥姥一听更欢喜啦,手拉着惜春把话言:
"想不到姑娘年纪不大本事大,不用问,那辈子一定是神仙。"
一句话,说得众人全都笑了,这才又带她到别处去赏玩。
正行走,见一带粉墙真好看,碧森森,四下有翠竹千百竿。
却原来这里正是潇湘馆。
景清幽,脱俗念,地宁静,出尘寰,
又听得,唰啦啦啦金风吹动竹韵悠然,更把那雅兴添。
进门来,见翠竹挺拔两边遮映,在中间,一条石墁的甬路不甚宽。
地上的苍苔斑斑点点,两厢的游廊曲曲弯弯。
这时众人把石阶上,早有丫鬟打起了湘帘。
进房来,见窗明几净一尘不染,架上书册满,案头笔砚全。
贾母说:"我外孙女就在这里住。"那黛玉给贾母捧来香茶站在一边。
刘姥姥端详黛玉说:"真秀气,念这么多书,我看真是个女状元。"
这时候宝钗的母亲也来到,屋里的人,说说笑笑喜气添。

289

贾母说:"这屋里太窄到别处去逛吧,咱们也看看水景去坐船。"

又盼咐:"在秋爽斋里摆早饭。"

众人等离了潇湘馆,在池前上了画船。

荡悠悠橹声儿摇动翠浪轻翻,碧水映蓝天。

在秋爽斋里晓翠堂上,摆坐椅,调桌案,全都准备完。

凤姐儿她冲着鸳鸯使眼色,鸳鸯她把刘姥姥拉到外边,

悄悄地嘱咐了一席话,刘姥姥说:"姑娘放心,这点小事不费难。"

进屋来,就在贾母身旁坐,丫鬟们摆好了筷箸列杯盘。

别人的筷子都是乌木银箸轻巧灵便,刘姥姥这双是象牙镶金沉甸甸。

她拿起来左摆右弄不合手:

"哟!这谁拿得动呀,压得我手腕子生疼重似个铁锨。"

说得众人一阵笑,这时候丫鬟们上菜,五彩食盒手中端。

凤姐儿她给贾母摆上一碗菜,另一碗放在刘姥姥她的面前。

贾母刚刚说了声"请",刘姥姥立刻站起整整衣衫。

但见她,一本正经一副冷面,双手叉腰侃侃而谈:

"老刘,老刘,食量大,肚里宽,牙口好,不一般,

什么煎的、炒的、烹的、炸的、蒸的、煮的、炖的、烩的、烧的、烤的、熘的、爆的、熏的、涮的、腌的、拌的,

全都不论,也不管,冷热荤素,咸辣酸甜,我是一概不嫌,

今天吃了这顿饭,最好是,撑不着,饿不着,让我饱三年!"

说到这儿,嘴里运气腮帮子一鼓,两眼发直一个劲儿地往上翻。

屋里的人,见她言语、表情都出人意外,当时间,哄堂大笑闹声喧:

黛玉笑得岔了气儿,伏在桌上喘了半天;

宝玉滚到贾母怀里,贾母笑得搂着宝玉叫"心肝";

王夫人手指着凤姐儿说不出话,薛姨妈一口茶喷上了探春的罗衫;

探春的茶碗扣在惜春的身上,湘云撑不住啦,惜春把腰弯。

丫鬟婆子更不用讲了,一个个前仰后合站立难。

独有那凤姐儿、鸳鸯强忍着笑,叫刘姥姥趁热吃菜味道鲜。

刘姥姥说:"府上的人好鸡也俊,看这鸡蛋,小巧玲珑滴溜溜圆。

我也不客气啦,先得着一个吧。"听此话众人笑得更欢。

凤姐儿说:"这碗里本是鸽子蛋,一两银子一个,你看值钱不值钱?"
刘姥姥一听把弥陀佛念:
"我的姑奶奶!这碗菜的银子够我们庄户人家过一年。"
说着话伸出筷子去夹菜,哪知道筷子在碗里光转圈,白忙合老半天,
好容易夹起一个刚张嘴,筷子一滑,骨碌碌又滚到了地下边,
她慌忙站起才要捡,早有人捡起来扔到了外边。
刘姥姥一见长叹气:"唉!没听见响儿,一两银子这就算完。"
这时候众人又给她来劝酒,她倒是来者不拒神色怡然:
"这是王母娘娘那里的酒吧,我喝着没一点辣味儿,香喷喷的比蜜甜。"
你看她左一杯来右一盏,杯杯空来盏盏干。
酒席间,人们无心来吃饭,都拿她开心取笑解闷消闲。
这就是刘姥姥二进荣国府贾母赐宴,
到下回,她醉卧怡红院,酒后睡魔缠,
多少荒唐事,悠悠一梦间。

(朱学颖)

惜春作画

大观园的姐妹们风流多娇,每日里吟诗抚琴兴致高。
都只为刘姥姥来到荣国府,特烦那惜春姑娘把大观园画描。
这一天,小惜春铺开画纸挥彩笔,宝玉帮她把颜色调,
那迎春探春湘云众姐妹,她们一个个,探着身,欠着脚,娥眉展,嘴角笑,
围在书案旁,齐把画来瞧。
这惜春,提腕悬肘拆衣袖,钩皴点染笔走龙蛟,
她画上了园中的建筑真不少,什么怡红院、潇湘馆、蘅芜院、蓼风轩,
楼台亭阁不差分毫。
再画那,白云流水,苍天古木,怪石仙洞,游廊甬路,
还画那,房前的牡丹,屋后的翠竹,路边的红梅,
院里的海棠,檐下的鹦鹉,架上的八哥,池里的鸳鸯,
水中的单腿独立大仙鹤。
忽想起,刘姥姥,她让我把人物草虫也画上,
她画了荣宁二府,老爷太太,少爷小姐,
有贾母史太君、贾赦、邢夫人、贾政、王夫人、贾敬、贾珍、贾琏、贾蔷、贾蓉、宝玉、宝钗、黛玉、湘云、李纨、迎春、探春、王熙凤,
后边是一帮丫头婆子侍候着,
有服侍老太太的鸳鸯,跟随黛玉的紫鹃,侍候二爷的花大姐,
还有那荣府的焦大他站在角门胡骂乱卷瞎吵吵。
她画完了人物又把草虫想起,画什么呢?
画蛐蛐、蝈蝈、油胡芦,两个螳螂正摔跤?
这惜春一时难把主意定,猛听得,窗儿外,脚步响,
原来是:宝钗黛玉姐俩到,小丫鬟忙把湘帘撩。

鼓词(一)

惜春说:"这个草虫画啥可难坏了我,求姐姐出个点子别看着。"
黛玉说:"画草虫还用把脑子动?你赶紧画上'母蝗虫'一条。"
惜春说:"'母蝗虫'?这是出自什么典?"
黛玉说:"咳!'母蝗虫'——就是你那个刘姥姥。
她为什么醉卧怡红院,还不是蝗虫下界大吃大嚼。
这张画就叫《携蝗大嚼图》,你画好了送给那村婆子,保准她乐滔滔!"
一番话只逗得众姐妹放声大笑,那探春湘云直不起腰。
惜春说:"人家跟您说正经事,您净拿人开心瞎胡聊。"
黛玉说:"不信你问宝姐姐对不对?"那宝钗只顾着观画她一个字也没听着。
忙问道:"惜春啊!你画的这是什么画?黑模糊糊乱七八糟。"
惜春说:"这画哪里画得不好?望姐姐多多指教把毛病挑。"
宝钗说:"这张纸你选得就不好,你应该换块重绢好把墨托着。
这张紫檀书案你快撤掉,换来张粉油案子铺上毡子一条,
那毛毡吸水性能好,免得润湿画面弄得乱糟糟。"
黛玉说:"宝姐姐对画画有一套,惜春你,快拜师傅认真学。"
宝钗说:"林妹妹你说的是哪里话?我只不过有点体会随便聊。
论画画,布局取景最重要,你不能把大观园的一草一木照搬照抄。
你在下笔前,要有取有舍掂量好,你在绘画时,要有添有藏细斟酌。
楼台房舍必得用界尺画,不留神,栏杆斜、柱子倒、廊檐儿歪、门窗儿摇,
桌案儿挤进了墙壁内,花盆儿离地二尺高。
唯独这人物最难画,一笔不到就糟糕,
弄不好,肿了手,瘸了脚,闪了膀子扭了腰,
鼻子长到了脑门上,头发染到了眼睫毛,
英俊的少年画成了瘸拐李,风流的女子变成了老妖!"
一番话,说得惜春开了窍:"对!我找凤姐要块重绢重画描。"
惜春说罢就要往外走,宝钗说:"别忙,我还有话要你听着。
你就用这几种颜色来画画?这两支画笔还秃了毛!"
这宝钗扭头忙把宝玉叫:"宝兄弟啊!
你替惜春姑娘把该买的东西用笔来记牢。"
说着话,宝玉备齐了文房四宝,那宝钗说出一条他记上一条。

"你先写：竹杆儿排笔要一二三号,各买四支要羊毫,色笔,染色笔,须眉笔,叶筋,衣纹,还有大小红毛,以上这七种,一样要二十支你写好了吗?

再写上,大狼圭,小蟹爪,一样十支要狼毫。

颜色嘛！当然备齐了才得心应手,你另写一行看着清楚明了。

你写上：朱砂,赭石,各四两,六两石黄,六两管甜,

让他们擦净了戥子再来约,

石青石绿各买八两,半斤广花分两包儿包,

十二帖胭脂,十四盒铅粉,二百帖赤金,四两广匀胶。

樟木箱子要两对,俩小碗柜要一边高。

再买它,三寸碟子,五寸碟子,七寸碟子,八寸碟子,一样二十个,

三十个大粗碗,让他们拣那白釉的挑,机笤两个,细笤四个,

头两口瓷缸要敲一敲,砂锅、风炉要上等货,

银炭买它十蒲包,生姜面酱一概不能少。

再提溜回一对柏木帮、楠木底、藤子箍、桐油油、金黄黄的大水笤。"

那黛玉听罢忙把宝玉叫,说:"再添上一块案板,一把切菜刀,

用姜片面酱把颜色炒,再买把七斤重的大炒勺。

当啷啷,炒熟了颜色往碟子里头倒,

一碟子红,一碟子黄,一碟子蓝,一碟子绿,围着大圆桌面摆一遭。

红色的,就鹅油卷,黄色的,夹桂花糕,蓝色的,拌鸡丝面,绿色的,蘸炸元宵,

再用那,青的紫的黑的白的金的银的,冲上一碗十锦西汤,

真是上等珍馐,美味佳肴,你们想吃什么随便挑！"

众姐妹听罢捂着肚子笑,那黛玉得意洋洋又把话聊:

"什么樟木箱子胭脂粉,粗笤细笤大水笤,

宝姐姐这哪是论画画？分明是找宝玉要一张娶亲的嫁妆条。"

薛宝钗一听可不得了,小脸儿臊的火燎燎,把黛玉按在牙床上,撕嘴拧腿掐又挠。

只拧得黛玉一个劲地直打滚,吓得那宝玉赶忙把毛笔抛,

叫声:"宝姐姐,宝姐姐,快撒手,你就饶了林妹妹这一遭！"

这一回,惜春作画姐妹们说又笑,

到下回,海棠起社,他们各有心思一条哇,全在诗文里流露着。

（石世昌）

秋窗风雨夕

大观园暑往寒来又起秋风,秋到红楼一梦中。
风起绿波眉减翠,露坠芙蓉粉褪红。
这一天,宝钗来至在潇湘馆,看一看黛玉表字儿颦卿。
但则见帘卷湘斑芭蕉掩映,纱明霞影翠竹儿纵横,
鹦鹉同笼人儿寂静,一缕幽香透出了绣房栊。
宝钗说:"这几日不见,你的身体可好?"
黛玉说:"我礼数不周,多要你宽容。"
那薛宝钗说:"你闷坐香闺以何消遣?可曾见宝玉你我那位表弟兄?"
黛玉答:"可正是连朝我也未曾见。"
薛宝钗说:"多管是在南学他把书攻。"
这位林黛玉说:"他们男儿们夜晚题诗秋灯有味。"
宝钗说:"是这秋宵渐永,正好裁云缝月,绣凤描龙——我们只该做女红。"
正是她姐妹二人来讲话,有紫鹃和雪雁走进房中,
说:"姑娘药也煎得,您可是就用?莫等到茶冷香消胃气儿又疼。"
林黛玉摆手说:"你放下吧,我只觉咳嗽加重心似火烘。"
薛宝钗一旁开言先带笑:"那大夫的用药也不怎么太高明,
那些药味虽然说补养,怎禁它性热,倒不如燕窝清淡,最有妙功,
我劝你每日清晨蒸上一碗,胜似他桂附、参芪与鹿茸。"
这黛玉听说微微叹气:"你哪知寄人篱下无限的苦衷!"
宝钗说:"休要烦恼,好好养病,论燕窝虽贵我还有得那么几十封,
今晚再来相探于你,带给你数两——可莫嫌物意儿轻。"
宝钗说罢起身要走,不由得多病的姑娘眼圈儿红。
且不表宝钗回到蘅芜院,这黛玉倚雕栏、拥翠髻、锁春山、拨熏笼,

如雕如塑、如痴如梦自把珠泪儿零。
紫鹃说:"姑娘也该要歇了罢。"劝她十声倒有九不应。
偏赶上老天有意与愁人共恨!
那苍茫暮霭并阴云儿密密层层——霎时间从四面而生。
不一刻秋霖霖霖秋风儿动,点滴滴洒在了那竹梢竹叶,
森森摇风细细吟龙,似那敲琼戛玉的声。
一阵儿似缓一阵儿更紧,一阵儿霏微一阵儿又浓,
纷纷洒洒寒侵绣幕,冷冷凄凄凉透画屏。
我也知"满城风雨"重阳近,我也知秋心摇落宋玉情,
我也知李易安"人比黄花"犹自瘦,
叹那秋风秋雨"黄昏独自"守得窗儿到几更。
似这等纵然五彩生花笔,也难写心似秋潮我此际之情!
看不见天淡云闲长空一碧,看不见雁横南浦新月初生,
看不见归鸦万点疏林画,看不见小楼西角断虹明,
看不见炊烟一缕树边起,看不见沁芳流水——那小院怡红。
这漫漫长夜何时方晓?潇潇暮雨哪一刻才停?
——无有知心只我独自个儿听。
这姑娘感在心间伸素手,擘花笺、拈象管、濡彩毫、写心声
——这不云烟落纸珠玉倾。
她道是——惨淡秋花秋叶明,耿耿秋灯秋夜清,
已觉秋窗秋不尽,哪堪秋雨助秋情。
助秋风雨来何骤,惊破秋窗秋梦空。
抱得秋怀哪忍睡,自向秋屏挑蜡灯。
蜡烛摇摇滴红泪,泪滴秋心雨又风,
谁家秋院无风入?何处秋窗不雨声?
声声泪洒窗纱湿——湿透了霞影疏棂一角红!
姑娘滴泪兼滴墨,是墨是泪两不分明!
正是姑娘笔未住,丫鬟来报启莺声:
"宝二爷不怕秋风兼夜雨,
穿桥渡水,碧伞红灯——来到了咱们这潇湘馆院中!"

鼓词(一)

一语未了紫鹃也到,说:"你看他,顶竹笠,颤红缨,脱蓑衣,落银星,
罗巾绿,绫袄红,掐金满绣轻纱袜,
有一双,双飞对舞,蝴蝶落花的新鞋就在那足下登!"
黛玉闻听又惊又喜,这才是风雨能来,终久是相念的情!
古人说千里相思何妨命驾,扁舟雪夜乘兴而即行。
这姑娘喜极反落下伤心泪,那纱窗外犹兀自阵阵风声和雨声。
这一回风雨秋窗来相会,到了后来玉碎珠沉,他们抱恨无穷!

(周汝昌)

贾赦夺扇

荣国贾府是皇亲,炙手可热势绝伦。
只见那红男绿女花团锦簇,却不知背后隐藏有多少酸辛。
那些老爷公子穷奢极欲,哪管那别人的死活自己的良心。
唱一段贾赦夺扇恃强欺弱,把一个石文瑞只害得家破人遭难。
无端入牢门,他有冤无处伸。
那贾赦袭父之爵身荣显,每日里逍遥享乐逞荒淫。
这一日时届炎夏天酷暑,在心中闷闷不乐少精神。
看了看手中的折扇不趁意,想搜罗几把古扇又难以找寻。
正恰巧有一个门客闲来谈论,说:"您想寻古扇我倒想起一人,
有一个落魄的书生名叫石文瑞,他家中贫困孑然一身。
这个人生性倔强不求仕进,每日里闭门读书诵诗文。
他祖上遗留有折扇十数把,可称是当代难得希世之珍。
不消说扇骨儿刻工精细,扇面儿写画者都是前朝的名人。"
一片话说得贾赦心中作痒,恨不能马上到手才趁心。
命贾琏:"速去,他卖与不卖务必要买!"这贾琏跟随门客忙去石家述原因。
石文瑞一向不肯趋炎附势,恨的是达官显宦富户豪门。
一听贾府要买他的古扇,当时间心中不悦面含嗔,
说:"此乃是小生心爱之物,世代相传珍藏至今。
我虽然饔飧不继箪食瓢饮,从未肯出卖此物哪怕甑生尘,
曾记得先父临终嘱咐我,说:'祖传物,慎保存,自欣赏,莫让人。'
到如今我焉能够出卖此物换金银,违背我的天伦。"
这贾琏无计可施回府告禀,贾赦他闻言大怒咬牙根,
说:"好个大胆的穷酸不知脸面,与他好言商议竟敢不遵,

鼓词(一)

只要我一张名片送进府衙内,管叫那扇子到我手还不用费金银。"
不言贾赦施毒计,再说这一天石文瑞正在家中把诗吟,
猛听得啪啪乱响敲门声紧,夹杂着还有叫骂的声音。
石文瑞急忙跑出将门开放,嚙!见门前站立两个差人,
狞眉狰目手拿着锁链,说:"你是石文瑞吗?我们大人请你有话云。"
不容分说就把他锁,拉拉扯扯向前飞奔,霎时就到了衙门。
石文瑞走进大堂留神看,见三班站立威严森森。
堂上坐定一位官长,分明是本地的府尹贾雨村。
贾雨村见人已传到开言把话问,瞪睛拍案面色阴沉,
说:"王府中丢失了宝物多件,听说是你与大盗合谋,赃物在你家收存。
你们如何盗窃快快招认,也免得皮肉受苦断骨折筋。"
石文瑞愣愣瞌瞌不解其中的意,说:"尊大人暂请息怒,小生我有话云。
我本是一介寒儒安贫守分,不求富贵每日念诗文。
我不知什么是王府的宝物,更不知图谋盗窃是何人。
今日我闲暇无事家中坐,忽然间差人锁我进公门,
真令我百思莫解其中的缘故,望大人明白指示免得我闷在心。"
贾雨村一闻此言连拍桌案,双睛一瞪满面含嗔,
说:"你盗窃财物还敢强词狡辩,难道说本府我有意屈赖人?!
事实俱在哪怕你不招认。"一行说,疾言厉色叫差人,
"你们到石文瑞家中抄他的财物,抄出来赃证看他有何话云。"
两个差人领命而去,不多时取来个锦盒文瑞就细留神,
这锦盒分明收藏着我家的古扇,见差人取出一柄呈交贾雨村。
文瑞说:"这是我祖传之物你们取来何用?"贾雨村闻听故意地笑吟吟,
"你既说家中一贫如洗,焉有这古人书画稀世之珍?
分明是你与大盗合谋盗窃,这就是王府的宝物赃证确又真。"
一行说急忙吩咐赃物入库,石文瑞见此光景暗思忖,
听人说:贾雨村与荣国府乃是同族狼狈为恶,
分明是受贾赦之托,锁我进公门。
眼看着心爱之物被差人拿走,当时间千般恼,万种恨,瞪双睛,咬牙根,
不亚如挖去了心头肉,他五内如焚。

299

猛然间他气愤填胸将身站起,用手一指贾雨村,
说:"不用人说我明白了,分明是你向贾府献殷勤。
那贾赦他曾要买我的折扇,也是我不肯出让回绝了来人。
想是他必欲到手不择手段,才托付了你这助纣为虐的知府大人,
硬锁我这无罪之人把公门进,为结交荣国府哪管你的良心。
哪里是我盗窃王府的宝物,分明是你夺我的扇子送他人,
你趋炎附势求富贵,倚仗威权害良民,
似这等巧取豪夺行同窃盗,公道何在天理何存?!"
石文瑞越说越恼毫无顾忌,顿足搥胸咬牙根。
只说得贾雨村恼羞成怒,连拍桌案叫差人,
说:"公堂之上岂容你撒野!"吩咐声:"与我打!"
众差人如狼似虎好像要剥皮与抽筋,
将他按倒在地打了四十大板,只打得皮开肉绽鲜血淋。
气竭声嘶仍然叫骂,忍不住遍体疼痛神志昏。
贾雨村吩咐声收监入狱,众差人推推搡搡就送入牢门。
此时节扇子已然送进贾府,贾赦他打开观赏笑吟吟,
连连称赞洋洋得意,
他哪管那被害的书生遍体伤痕,满腔愤恨,在牢内苦呻吟。

(杜　放)

鸳 鸯 剑

尤三姐思恋柳二郎,一片痴心万种情肠,
只因那公子多疑才勾销了相思账,一把无情剑血溅碧罗裳,鸳鸯各一方。
都只为贾琏偷娶尤二姐,尤三姐无奈也搬进新房。
虽然是锦衣玉食诸般齐备,尤三姐朝朝暮暮挂愁肠。
双眉紧锁凝秋水,面庞儿消瘦也懒得梳妆,
轻轻摘下来鸳鸯宝剑,此乃是柳生的定礼伴闺房。
看此剑珠宝晶莹龙吞夔护,两股剑分雌雄镌刻鸳鸯,
冷飕飕光华照人如孟冬寒月,碧亮亮耀眼生辉似秋水一汪。
尤三姐抚剑思人且悲且喜,不住地低声唤柳郎。
喜的是夙愿得偿终生有靠,悲的是寄人篱下岁月长,
贾氏弟兄常啰唣,他们心怀鬼胎还要时刻提防。
似这般腌臜日月何时了!怎能够展翅飞出是非墙!
三尺青锋难解人意,但不知佩剑的人儿在何方?
只顾你流连山水他乡作客,怎不念我这一枝寒梅幽谷耐冰霜凛冽朔风狂。
尤三姐默默出神回肠九转,忽听得马嘶人喊乱嚷嚷,
原来是贾珍与贾琏回家转,呼奴唤婢一阵忙。
那贾珍垂涎三姐非止一日,进门来东张西望神色迷茫。
贾琏吩咐声:"摆酒宴!"请出来二姐、三姐叙家常,
这贾珍酒席宴前心神不定,不住偷眼看姣娘,
见三姐真是杨柳迎风桃花带雨,出水的芙蓉,滴露的海棠。
贾珍他心动神移真魂飘荡,他也顾不得吃酒忘了喝汤,
愣呵呵地把口张,垂涎三尺长。
那贾琏几杯酒下肚微含笑:"啊!三妹妹,愚兄我有一言莫怪轻狂,

只因为贤妹你的终身事,我是日夜悬心挂肚牵肠,
虽与那柳湘莲婚姻初定,到如今一载有余他的音信渺茫。
有道是月有缺损花有凋谢,为人的青春似过隙流光,
人生有酒须当醉,花开当折莫彷徨。"
那贾珍故作不知说:"啊,柳某他是何如人也?"
贾琏说:"他是萍踪浪迹粉墨登场。"
贾珍说:"哎呀!原来是个江湖的优伶世俗的戏子,
怎匹配我们名门巨室仕宦门墙!"
尤三姐一旁带怒推杯盏,娥眉微蹙不搭腔。
这贾琏见三姐无言以为默许,斟上了一杯水酒把笑脸扬:
"啊,大哥,您为我的婚姻事把心都使碎,这一杯水酒务必赏光,
一来表小弟区区心意,二来愿有情人对对成双。
想大哥款款多情风流才子,三妹妹比花解语比玉生香,
我有意作一个冰媒成就连理,这叫作亲上作亲蜜里调糖。
依我说你们吃一个双盅儿算是定亲酒吧,学一学天孙织女会牛郎。"
这贾琏眉飞色舞还要往下讲,
尤三姐气昂昂无名火撞胸膛,"叭"的声手拍桌案震得杯盘响叮当。
手指贾琏连声冷笑:"你耍的什么巧嘴装的什么腔!
你不用花言巧语设圈套,早把你们牛黄狗宝看透膛。
仗着你虚情假意甜言蜜语,哄骗我的姐姐给你作了二房。
现如今糊涂油迷住了你的心窍,又打算在我的身上作文章。
你妄想把我们当作粉头来取乐,总算你找错了佛堂烧错香。
谁不知你们贾家那些肮脏事,倚财仗势任意张狂。
满嘴里仁义道德诗书礼义,难见人那些好盗邪淫在肚里装。
可惜了儿的人皮披在你们身上,一个个酒色之徒臭皮囊!
你不是想喝酒么,那就放开量的饮吧,来来来,我先跟你喝一盅又有何妨!"
说着话揪住贾琏就把酒灌,只吓得这贾琏酒意全消口难张。
那贾珍呆坐一旁六神无主,怕事的尤二姐满面惊惶。
尤三姐斟一杯又一杯,杯杯饮尽,满一盏又一盏盏盏喝光。
整整钗环把乌云轻挽,脱下了外衣扔在一旁。

露出来葱绿的抹胸,桃红的小袄,真是鲜艳夺目耀眼生光。
忽起忽坐钗环乱晃,忽喜忽嗔哪有半点的端庄。
她这里嬉笑怒骂高谈阔论,贾珍与贾琏如醉如痴恍惚迷茫。
他们想近不敢想远又不舍,响话说不出大气也不敢扬。
平日里斗嘴调情又惯风流场,到如今木雕泥塑好像土城隍!
尤三姐闹够多时转身进内室,尤二姐跟随进了卧房:
"妹妹呀,你是个女孩家成何体统?这般厮闹为哪桩?"
尤三姐痛彻肺腑泪如雨降:"糊涂的姐姐呀!你是犹自痴迷怎不思量!
只因你性情柔弱无主见,只落得水灵灵的鲜花插在烂泥塘。
不是妹子打头破脸不顾羞耻胡厮闹,怕得是狂蜂浪蝶任意张狂。
咱们虽然出身寒微并非下贱,拼一死也不能叫浪子狂徒得意洋洋!"
二姐说:"唉!事到如今也只好听天由命吧!"话到了伤心处她也两泪汪汪。
"妹妹你心高气傲胸有成算,莫非说一心一意盼柳郎?"
三姐说:"我和他婚姻已定决无更改,斩钉截铁立志如钢。"
一行说拔下玉簪一撅两段:"我志不坚如此簪命不久长!
那柳生一年不来等他一载,两年不到等他两年时光。
今生等不来柳公子,我情愿青灯古刹念佛烧香。"
正是三姐明心志,外边厢童儿报:有一人要面见二爷有事相商。
贾琏略沉吟吩咐声请进,珠帘轻启见来人飘洒洒、意扬扬,
剑眉星目朱唇皓齿气宇轩昂,正是那浪迹江湖公子柳二郎。
尤三姐在帘栊以内见公子来到,顿时间喜上眉梢止住了悲伤。
从今后,再不用提心吊胆呕心血,再不能随人拨弄气难扬。
这才是苍天不负痴情女,今生得配如意郎。
这姑娘帘内含羞自欢喜,哪知道帘外的公子是两样心肠!
柳湘莲自从定亲回家后,埋怨自己太荒唐。
宁国府只有门前两个石狮子还算干净,那贾珍父子丑名四下扬。
尤三姐污泥之中岂无沾染,决不是冰清玉洁淑女端庄。
倒不如退了亲事索还定礼,主意定寻找贾琏来到新房。
进门来见杯盘狼藉桌上放,贾珍贾琏神色仓皇。
看此处俨然花街柳巷,他弟兄酒色之徒果不虚诳。

怪不得众人闲谈论,宁国府果然是一锅杂烩汤!
若不是辨别是非当机立断,险些儿错把雀鸟配鸾凰。
进门来宾主寒暄落下坐,柳湘莲满面自嗔坐在一旁。
向贾琏说:"自从定亲回故里,不料想家中为我择配妻房。
老母之命难违抗,实无奈前言之事另做主张。
定亲宝剑本是家传之物,望兄赐还小弟收藏。"
尤三姐帘栊以内明明听见,不由得芳心欲碎遍体冰凉。
隔帘栊哽声问道:"可是公子么?难为你一派言词多堂皇。
说什么母命难违抗,说什么家中配妻房!
分明听信人谈论,一旦之间变了心肠!
须知道十步之内有芳草,十指伸出有短长。
我为你终日愁眉伴泪眼,我为你朝朝忍辱受窝囊。
我为你折断玉簪明心志,我为你酒席前撕破了脸皮闹饥荒!
我把你当作终身知己,你把我当作淫奔之辈无耻姣娘!"
说到此床头上摘下来鸳鸯剑,呛啷啷抽出一股雌锋在身后藏,
启帘栊,眼望湘莲说:"还你定礼!"一行说泪如雨下湿透衣裳,
左手将剑付公子,右手回腕自刎颈腔。
霎时间揉碎桃花红满地,香消玉殒气息渺茫。
柳湘莲,放声大哭说:"真烈女子也!"他是顿足捶胸泪两行:
"可恨我有眼不识无瑕玉,辜负你芝兰人品一脉情肠。"
尤三姐玉碎珠沉身死气壮,称得起剑胆琴心烈性刚肠。

(王允平)

鸳鸯抗婚

大观园园林美景冠帝京,贾府内斑斑血泪恨无穷。
都只为贾赦看中鸳鸯女,一心要纳妾把少女欺凌。
这真是荣华富贵把肮脏掩盖,激怒了烈性的姑娘誓死抗争。
这一天邢夫人来到荣国府,见鸳鸯正在房中绣女红。
只见她面容姣好多俏丽,鬓发乌黑两腮红。
怪不得我夫讨她来做小,真果是腰肢瘦弱体态轻盈。
邢夫人上下打量着鸳鸯女,丫鬟她起身行礼态度从容。
"鸳鸯啊,我特意给你来道喜!"鸳鸯闻听心中暗惊。
"大老爷挑选姨娘看中你,你志大心高可是机会难逢!"
鸳鸯她又羞又恼沉默不语,"噢!女孩儿家害羞不便讲明。
待我去找上你家人对你讲。"邢夫人说罢忙往外行。
鸳鸯她目送夫人出门去,顿时间五内如焚气难平。
她满腔怒恼朝外走,来到了大观园内信步行。
这时节园中寂静无人走,只有她沉沉的脚步声。
但只见花瓣纷扬飘落锦,池塘畔细柳垂丝乘轻风。
鸳鸯她看落花萎地风折柳,心中起伏不住翻腾。
"我绝不做落花弱柳随风摆,任人践踏,任人欺凌!"
正思想她的嫂嫂迎面站:"姑娘啊!天大的喜事到门庭!"
鸳鸯听罢冲冲怒:"呸!闭上你的狗嘴我不听!
是不是瞧人家当小老婆你们眼热?想逼我去,你们好横行!"
她边哭边喊破口骂。"姑奶奶别骂我啊!这事关全家的性命前程。
大老爷把你哥哥叫了去,说你别想逃出人家手中。
莫非你心里恋着宝玉,那也是痴心妄想一场空。

依我说不如干脆应了吧!"鸳鸯女瞪双睛,她冷冷一笑哼了一声。
她盘算已毕开言道:"就是我答应也得向老太太禀明!"
这句话喜得她嫂嫂满脸笑:"姑奶奶你真是咱全家的大救星!"
鸳鸯她手拉嫂嫂急急走,穿庭过院脚步匆匆。
进上房扑通在贾母跟前跪,号啕痛哭放悲声:
"老太太,鸳鸯求您给我做主,大老爷逼我当小我绝不应承。
说什么我恋着宝玉才不嫁,说什么我难逃他的手掌中。
说什么若是不依他的话,叫我有死没有生。
老祖宗,今天当着您的面,我绝不嫁人的心已横。
我情愿终生侍奉老太太,我情愿您老健在我先丧生。
倘若您也来逼我,宁愿一死也不从。
要不然削发为尼庵堂去,荒山古庙伴青灯!"
说着话一把剪刀亮出手,嚓!一缕青丝地上扔。
"我若食言就跟它一样!"众丫鬟夺过剪刀一旁扔。
贾母气得嘚嘚嘚战:"剩下个丫鬟你们也算计,
真是表面孝顺暗地把我瞒哄!"
这就是鸳鸯抗婚,倾诉了奴婢的坚贞多壮烈,
到后来贾母归天,鸳鸯自尽,留下了悲惨的故事在《红楼梦》中。

(李　光)

祭 晴 雯

秋风阵阵冷凄凄,晴雯、宝玉死别离。
贾宝玉才听说晴雯死,万箭攒心神志迷。
想着到灵前去哭祭,左等右盼也没有时机。
天过晌午正想走出去,花袭人又来把堵心的话儿提:
"老爷叫你快到前边去!"原来是贾政喊他去作诗。
心神不定地敷衍了半日,才放他一条生路回到园里。
走到了池水一旁芙蓉树下,眼望着芙蓉把泪滴。
猛记起小丫鬟早晨说的话,心想着这件事并不出奇:
小丫头说晴雯成仙把芙蓉花神做,千秋万世永享清福在瑶池。
是啊!这芙蓉花神也只有晴雯配,他想着想着又入了迷。
眼望着芙蓉把晴雯悼念,心酸耳热长叹息,
"我既不能赶到灵前去吊祭,何不在芙蓉树下诉委屈?"
又一想:"这样的轻率也不可以!衣冠不整又没有祭词。
必定要写好了祭文备上祭礼,再恭恭敬敬的穿戴整齐。"
到黄昏园中渐无人来去,贾宝玉写成一篇芙蓉词。
一字字都写的是心中的愤恨,一句句都哭的是晴雯的冤屈。
衣帽齐整来至在芙蓉树下,携带着晴雯生前喜爱的吃食。
见芙蓉树在风儿里摇摇照秋水,贾宝玉悲从中来哭声凄:
"晴雯啊!你的魂魄在哪里?在这里哭你你知不知?
你短短地活了十六岁,受尽了折磨与委屈。
这十六年的光阴非容易,众人的舌剑唇枪把你逼。
众人的口舌比刀剑还锋利,杀人不见把血滴!

可怜你孤苦伶仃一弱女,成年累月地里外受敌。
只因你容貌比着花月美,无故地惹得众人把你欺。
你本是玉洁冰清的真女子,没来由地丑名儿把你冤屈。
你我相处这五年八个月,脾胃相合言语投机。
我爱你冰雪聪明真伶俐,我爱你心直口快的硬脾气。
我们忘掉了主仆的名分作知己,想不到中途分手各东西。
本想着永远相聚在一起,地老天荒也不分离。
又谁知意外的风波平地起,害得你一病不起没了转机。
虽然是再不能听见你的言语,你的声音笑貌可永不把我离。
从今后不敢再把圆镜儿照,镜子里有我无你惨凄凄。
从今后再不敢把描金箱儿碰,箱子里有你生前穿过的衣。
冷了来想起你带病把翠裘补,孔雀裘从今以后再也不敢披。
热了来扇扇扇儿也想起你,想起那撕扇时的光景把泪滴。
怕只怕檐前的鹦鹉不解人意,不知它哪一时又把你的名儿啼。
恨只恨我没能把救命的药儿觅,恨只恨我赶不到灵前去别离。
满腔子愤恨却由不得自己,我只能偷偷地生气暗暗地着急。
辜负你待我一片真情义,我不敢仗义执言救死局。
我又不能直上青云去会你,恨人间没有上天梯。
我愿你魂魄不时来相聚,我愿你永作花神在天上安居。
我愿你今日今时来飨一杯酒,我愿你把天下的芙蓉好好护持。
只求你常常相见在梦儿里,未说完的知心话多多向我提。"
宝玉哭得如酒醉,泪流满面喘吁吁。
只哭得归林倦鸟惊飞起,只哭得架上鹦鹉把头低,
只哭得枫叶飘飘红满地,只哭得衰柳摇摇哀别离,
只哭得老圃秋花减了颜色,只哭得池上的芙蓉折了花枝,
只哭得月亮藏在乌云里,只哭得星斗摇摇似把泪滴。
贾宝玉焚化了芙蓉诔,听信脚步儿自转移。
咬牙离开伤心地,辨不出南北与东西。
神智昏昏魂飞去,一步高来一步低。

鼓词(一)

贾宝玉祭晴雯也哭的是自己,旧日里,暗无天日黑漆漆。
多亏了曹雪芹先生写成《红楼梦》,写出了多少人的仇恨和冤屈。

(沈彭年)

双 玉 听 琴

秋到重阳晚风寒,夕阳漠漠入远山。
大观园一片残秋景,萧萧落叶舞阶前。
小山下影影绰绰一对身影,宝玉和妙玉来到山边。
他二人告别了惜春要归去,行行走过大观园。
妙玉说:"多日未到园中走,衰草枯黄不似先前。
沁芳桥下流水缓,木香棚只剩空栏杆。
这真是一叶知秋秋已到,法轮常转顺自然。"
贾宝玉远眺假山不挂绿,近瞧小溪水枯干。
再不见岸花印红堤垂柳,再不见清幽涧底水声潺。
两个人指点园景朝前走,忽听到一派仙音耳中传。
这声音隐隐约约时断时续,似孤雁唳空哀鸣南天。
他二人寻声穿越羊肠径,见一墙屏障挡路前。
但则见粉墙斑驳门虚掩,墙头竹影弄千竿。
金风吹乱湘妃叶,一曲清音伴竹喧。
啊!声音来自潇湘馆。这正是林黛玉把瑶琴轻抚倾述心弦。
〔琴声——
听琴音犹如高山飞瀑布,轰鸣直下峡谷间。
听琴音宛若小楼飘细雨,点滴入地玉阶寒。
轻挑时恰似暮春花扫地,斜抹时又如落霞透云端。
一会儿泉水叮咚响,一会儿明珠落玉盘。
铁马金骑飞入梦,断桥流水一舟悬。
按滑弹拨揉复扫,滚摇勾颤走飞弦。
凄凄心事凄凄怨,尽随琴声荡九天。

突然间琴音骤停戛然止,只有那余音缭绕在耳边。
他二人沉浸在琴音未曾醒,竹叶间透出声低吟动心弦。
　瑟瑟风,飒飒寒,潇湘旧院远关山。
　借问故乡今何处?遥天空望泪栏杆。
贾宝玉听罢双眉蹙,两行清泪染罗衫。
妙玉她双眼凝视潇湘馆,似有那万语千言在嘴边。
她一语未发匆匆去,乘月回归栊翠庵。
贾宝玉痴望潇湘心凄切,他好像见姑娘低垂头颈泪涟涟。
欲行上前把门扉叩,又恐怕惊动了林妹妹的思绪联翩。
这就是双玉听琴在潇湘外,林黛玉秋夜沉沉有谁怜!

(李　光)

傻大姐泄机

仲春冰化水生波,节近花朝天气和。
林黛玉痴心想要成连理,风闻的话语她不甚明白。
她不好人前明打探,只落得腹中辗转暗揣夺。
想起来我和宝玉同居数载,我二人心心相印情投意合。
任凭我冷言冷语全不恼,我越挑剔他越温和。
揣情度理来猜测,这段姻缘定然无挪。
但不知舅父舅母肯与不肯,外祖母心下意如何?
如果是真心疼爱表兄宝玉,自然是依着他性绝不会驳。
林黛玉左思右想心不定,万转千回难以琢磨。
倒不如寻访姐妹闲谈论,还可以解解闷怀驱睡魔。
想至此迈步离了潇湘馆,忽听得隐隐的哭声在山坡。
遥望见有一女孩在那山坡上坐,号啕痛哭泪如梭。
林黛玉走至近前仔细看,面庞形容好像认得。
这不是老太太房中的傻大姐吗?人人道她蠢又拙。
我看她天真纯厚令人爱,并不像那些刁钻的丫头心眼多。
但不知为了何事在此哭叫,内中情由叫我摸不着。
忙问道:"你在此啼哭为了何事?有什么冤屈对我说。"
那丫头傻头傻脑止住泪,说:"人家的委屈你怎么晓得!"
那黛玉又是可怜又是好笑,说:"快快说明我替你辩白。"
傻大姐这才举目抬头看,啊!这不是林姑娘吗,我可认得,
"我的姑娘啊,这样的委屈我怎么能忍?"黛玉说:"有话快讲不要啰嗦。"
大姐说:"方才和姐妹们说闲话,有句话本是我无心说,
哪知道我姐姐过来就打我,打得我嘴巴生疼不敢摸!"

鼓词(一)

黛玉说:"你这个丫头真是傻,到底为什么事我就听不明白。"
大姐说:"方才不为别的事,只皆因宝二爷的亲事起了风波。"
黛玉闻听变了脸色,忙问道:"宝二爷的亲事怎么着?"
"薛大姑娘我常叫惯,我说过了门再叫可使不得。
我姐姐过来就打我,还骂我多嘴多舌不许我再说。"
傻大姐把话刚刚说到这儿,林黛玉好似一团烈火被水泼,
忙问道:"此话是何人对你讲?多咱的日子?谁是媒婆?"
大姐说:"老太太亲自定下这亲事,亲上加亲何用媒婆?
看定了下月初三一准娶,前天过礼东西可真多。
又有茶,又有酒,还有什锦大果盒,
大鱼大肉还不算,还有那哏哏嘎嘎一对大白鹅。
洞房收拾得真叫好,就像天宫差不多。
到那天我娘带我去看热闹,听说还有南京带来的小伴婆。
我的姑娘啊,您想一想,哪个爷们不把媳妇娶,哪个姑娘不出阁。
凭什么不许提一句,伸手就打您说与理合不合。
还有哪!薛大姑娘过门后,就要把您的亲事也张罗。"
林黛玉听罢傻大姐的话,顿时间魂飞魄散像着魔。
闷沉沉闭口无言牙关紧咬,喘吁吁四肢无力寸步难挪。
愣呵呵面色苍白无有颜色,扑通通心中乱跳颤颤哆嗦。
直勾勾二目无光天地暗,闹哄哄两耳生风像卷入了漩涡。
恰便是一声霹雳真魂丧,又好像万箭钻心把肉割。
一片痴心成为画饼,几载的幽怀付与南柯。
比目鱼被浪给打散,连理枝惨遭风吹折。
傻大姐她哪里知道察颜观色,她还要唠哩唠叨把委屈说。
林黛玉哪有心听她的话,一转身躯越过山坡。
气迷本性去寻宝玉,问问他薄情负义却是为何?
这一回傻大姐无心把机关说破,
引出来黛玉焚稿实可叹多情的姑娘死在潇湘惨遭摧折。

(陈寿荪整理)

宝 玉 娶 亲

中秋十五月轮高,月下人园乐更饶。
金茎玉露空中落,桂子天香云外飘。
嫦娥应悔偷灵药,弄玉低吹引凤箫。
怕只怕龙钟月老将人误,两下里错系红丝是惹祸的根苗。
宝玉听说娶黛玉,心中欢喜乐陶陶。
精神爽快身子儿健,心性清明傻气儿消。
疯魔的病症去了一半,终日里数着日子盼良宵。
想我这木石姻缘今已定,说什么金玉联姻再也提不着。
我看林妹妹,分明不是凡间女,定是那月殿嫦娥降九霄。
看她那眉锁春山藏秀气,正配我细染霜毫着意描,
看她那文成珠玉缤纷落,正配我笔走龙蛇意气豪。
我为她似淡还浓不露意,她为我欲言又止半含娇,
我为她心事全凭诗帕赠,她为我泪珠常向枕边抛。
这如今,天遂人愿佳期近,往日的相思一旦抛。
这宝玉是少年公子的呆情性,哪知道王熙凤定下偷天换日的计策一条,那狂风就卷起波涛。
转眼之间喜期到,王熙凤千思万算费心劳。
叫林家的去把紫鹃借,为的是瞒哄宝玉把疑虑消。
那林家的把雪雁带来见凤姐,她把那潇湘馆的情景又重描。
说林姑娘的病体已到垂危后,大奶奶说那里无人把夜熬,
紫鹃姐难以分身来到此,只好叫雪雁前来替一遭。
凤姐说:"到底不如紫鹃的好,也罢了,今日权将她代庖。"
吩咐些搀扶新人的话,雪雁答应,偷眼就把洞房瞧。

鼓词(一)

只见那:珠络银灯光华灿,香焚宝鼎篆烟飘,
五彩悬门多喜气,红毡铺地一条条,
宾相插花披红锦,乐工击鼓捧笙箫。
真果是富贵人家的新气象,专等那织女天孙渡鹊桥。
雪雁她进房来留神看宝玉,但见他无边的喜气上眉梢,
面庞儿红润精神儿爽,笑语儿香甜意兴儿豪。
暗想道:"他和我们姑娘何等好,却怎么得了新人就忘了旧交?
这真是痴心女子负心汉,古语不差半分毫。"
不多一时花轿到,鼓乐喧天人语声嘈。
早有侍女把轿帘掀起,雪雁她搀扶新人缓步毡条。
先拜天地后拜祖,喜得个老太太乐滔滔。
公婆的面前行了大礼,新人交拜琴瑟调。
这宝玉偷眼忙把新人看,偏碍着罩头盖住了美多娇。
见旁边搀扶的丫鬟是雪雁,心内踌躇犯了推敲:
为何不见紫鹃姐,那是她心腹的人儿漆共胶。
平时不肯离寸步,因何回避在今朝?
莫不是为她原是我家婢?莫不是属相逢冲不许瞧?
行礼已毕洞房入,少不了坐帐交杯把俗套学。
宝玉说:"妹妹的身子可曾大愈?只怕是今朝行礼又烦劳。
等我把盖头与你轻揭去,也省得气闷热难熬。"
众人闻听吓了一跳,凤姐说:"暂且消停莫心焦。"
宝玉性急哪里忍得住,忙伸手揭去了红罗闪目瞧:
呀!好奇怪,不是林家妹妹同罗帐,分明是薛家姐姐在兰桥。
这宝玉猛然一见吃惊不小,我的林妹妹呀!
我怎么会见不着?你们变的这是哪一招!
凤姐说:"老爷就在外边坐,莫要胡说把气淘。"
这宝玉惊疑不定没了主意,把袭人拉到里屋问根苗,
说:"床上坐的是谁你告诉我。"袭人笑说:"你也太唠叨。
你们耳鬓厮磨天天见面,今日里你明知故问为哪条?
宝姑娘、二奶奶都是她人一个,如不信,你再去移灯仔细瞧!"

宝玉说:"原说娶的是林妹妹,为什么凭空掉了包?"

袭人说:"老爷的主意谁敢违抗,嫌林姑娘命短福又薄,

不如宝姑娘的福分大,你们是两姨兄妹做凤鸾交。"

宝玉闻言惊破胆,恰似那一声霹雳震云霄。

顿时脸上变了颜色,怨气冲天万丈高。

果然又犯了疯魔病,乱语胡言不可开交,

声声要到潇湘馆,句句要把林妹妹瞧。

说:"我病为她,她病为我,我二人性命相连在这遭。

这事儿若是她知道,气病交加怎能熬?

妹妹呀!想来全是我误了你,任凭责骂不敢逃。"

又说是:"我也悟彻人间梦,一点真魂早已消。

倒不如把我也送到那边去,到将来一双枯骨同葬荒郊。

这是我倾心吐胆的真情话,你们要把我的遗言谨记牢。"

他这里洞房花烛生奇变,不料那潇湘馆内魂魄飘。

这一回宝玉娶亲鸾凤颠倒,下一回哭黛玉,宝玉恸号啕,他那遗恨永难消。

(朱学颖整理)

探 春 理 家

三春将过月已缺,好景不常要诀别,
从来是暑往寒来花凋谢,却有人,偏要乾坤倒转,
任她煞费苦心,使个力枯竭!
王熙凤荣国府里掌大业,昼夜间机关算尽要好邪。
只因她争强斗胜熬心血,才落得病倒不起暂休歇。
王夫人失了膀臂心不悦,整日里无精打采发了茶。
大事情自己做主亲察阅,府中的家业暂令李纨去理协。
哪知她性情平和少谋略,遇诸事终究不能自裁决。
王夫人只得搬出探春三小姐,来支撑将倒的枯木在眉睫。
说:"儿呀,你知书达礼能算会写,今日起,来把阖府大事去承接。
只盼你,挽急救危展韬略,只盼你,千钧负重显才杰!
只盼你,精心照料操大业,只盼你,办事情,更妥帖,废寝忘食尽力携!"
探春说:"太太呀!儿甘当蜜蜂不做游蝶,
哪怕是,熬干了心血,磨破了嘴唇,走坏了鞋!
凭着我滥竽充数展拙略,不辜负太太器重与体贴!"
贾探春和李纨暂时代替凤姐,天天是从朝到晚忙不迭。
园门口议事厅上来聚会,把问事的媳妇婆婆来迎接。
众人看探春理家不下凤姐,遇诸事办得利落又简捷。
这一日吴新登媳妇来回话,说:"赵姨娘兄弟病重已气绝!"
讲完后她便垂手一旁站,只等着李纨、探春来裁决。
李纨说:"袭人母亲死时赏银四十两,这一家也就照样拿去那些。"
那媳妇领命摸起对牌就要走,探春命:"回来!说个谱儿我们再商榷。
倒问你,往常里这样事情赏多少?

讲一讲，也免得我们没个扑头挨这个憋！"
吴新登媳妇一时忘记，拿来旧账，探春她仔细看着一页页的揭。
说："照旧例也赏二十两，就如此，不许增添来特别！"
吴家的遵命行礼出门去，赵姨娘走进屋来发怨嗟。
她冲着探春说："姑娘啊！一些人大小事情踩着我，
你也谊替我出气别拿捏！我连个袭人丫鬟都不如，
她娘死了，还赏四十两呢！刚管事不应做得这么绝！"
探春说："姨娘原来为的这件事，不须我多讲废话来辩别！"
摸过了旧账翻开一页页儿，一面给她看，一面向她学：
"祖宗的老规矩怎能破例，既说了谁也不必来盘诘！
太太把这样大事托咐我，本应该尽心尽力重名节。
刚接手还没见个优和劣，你就在半路找碴儿来拦截！"
赵姨娘一听气得嘴直咧，哭又喊鼻涕眼泪带哽咽。
暗想道：你是我的亲生女，为何不相点情面多给些！
说："你舅舅如今命短离人世，多拿出几十两银子就完结。
不成想和我说些官中话，却还要装个公正与廉洁！
没长生翎毛你就忘了本，趁这时莫非还能升官爵？"
贾探春此时气得身乱颤，说："谁是我舅舅，哪个是我爷？
怕别人不知我是姨娘养，隔两月你就搁登一遍往外揭！
劝姨娘自己尊重当勉诫，从今后众人面前少提这些！"
赵姨娘一见探春心如铁，
说："你这个忘恩负义的！"出门来嘟嘟嚷嚷又骂街。
这探春心里翻搅如撕裂，回卧室泪珠儿成串往下跌。
咕咚咚捶胸顿足嘴儿撇，抽嗒嗒长吁短叹似昏厥：
"神灵啊，姑娘我今生有三怨，就是那至死也把这口气儿憋！
怨只怨，身为庶出虽然人都称小姐，却在那正出的姊妹跟前矮半截儿；
怨只怨，身为女儿怎能做番大事业，恨今生不能荣耀门楣穿朝靴；
怨只怨，生在末世家运如秋叶，最可惜昌盛时节没把这桩美差接！"
三小姐纵然伤感气不泄，哪肯把逞强的心思一旁撇。
匆忙忙挥手擦去腮边泪，喜滋滋丢掉惆怅笑上眉睫。

鼓词(一)

光闪闪两只大眼滴溜转,乐呵呵胸有成竹寻窍诀儿。
请李纨又唤来平儿共商议,要把些节缩花销的门路全开掘。
探春说:"那一天我到赖大家中去,
在他家花园里,他女儿这一说呀!可叫我顿开茅塞方发觉!
才知道一根枯草一枝破荷叶,全都是值钱的宝物不可撇!
大观园有他们园子几折广,咱这里花草树木什么都结。
把那些竹子、田地放给专人管,让她们个个有个小补贴。
年终里交上一笔银子就完事儿,她自然尽力经营堵漏穴!"
李纨说:"最可惜蘅芜院和怡红院,这两处偌大地方没有什么可发掘!"
探春说:"宝玉的怡红院里尽是宝,
红玫瑰、粉牡丹、芙蓉、桂花、月季、墨菊数也数不绝!
庙会上街里边卖的花朵与草药,怎比咱园子里长的似云叠!"
平儿说:"晒干了送到铺子卖药与茶叶,换银子足够每年买粉添佩玦!"
探春说:"虽这样不能失大体,也免得丫头、媳妇背后乱喋喋!
命奴仆悄声敛迹莫往外泄,防他人耻笑咱这高门玉石阶!"
又说道:"还有那头油、胭粉和香纸,笤帚、掸子共碗碟儿,木梳、篦子与面镜,
手巾、簪环并绣鞋……每人、每屋、每月、每年不能超定例,
一切要有个拘束和规约!噢!还有园中雀鸟、鹿兔年里用,
它们的吃食也能省好些!"平儿她点了点头抿嘴乐:
"只这几项,从春到冬,就能省上千两银子!也让咱太太、奶奶少挨憋!
可是啦,方才媳妇要给环爷、兰哥支学费,还说是每人一年八两不可缺!"
探春问:"这笔开销他们干何用?"
平儿答:"吃点心,买纸笔,要有些零碎银子腰中掖!"
恰这时,李纨不在屋,探春把眼珠转了转:
"平儿,告诉你琏二奶奶,就说我的主意!
这费用已在月例银子里边付,从今后此类开销定要全减削!"
正说着人报:"赵姨娘要把姑娘见。"贾探春把眉梢一竖嘴儿一噘:
"就说我忙着正把账目阅,过一会儿还要吃茶歇一歇。
休再来这里絮絮叨叨缠磨我,不如愿让她去回太太和老爷!"
堪可笑这位精敏志高的三小姐,她竟要用尽心机逃历劫。

319

显才慧,梦想填陷补缺月,拼全力,妄图扭回日西斜。
浪滔滔,江河翻腾船将裂,云滚滚,风雨须臾送春别!

（徐维志）

鼓 词（二）

选自徐维志《红楼梦故事选唱（鼓词）》（黑龙江人民出版社1980年版）。

宝 黛 初 会

少女资质如春花,千里投奔外祖家。
公子情深偏多话,常像烟云透罗纱。
喜今朝两相聚首互牵挂,恰似皎月伴彩霞!
林黛玉进了贾府刚下轿,众丫鬟迎上前来拥着她。
望穿堂大理石屏风紫檀架儿,游廊下鹦鹉画眉叫喳喳。
厅后边五间上房琉璃瓦,金光闪雕梁画柱真豪华!
见几人争相来把帘笼打,俩婆娘扶着一位老妈妈。
颤巍巍年纪高迈两鬓白发,
(白)黛玉想:定是外祖母了!
刚要拜早被老人伸手拉,搂怀中亲亲热热泪滴洒,
众人劝娘儿俩止住悲痛才把泪水擦。
(白)贾母说:"这是你大舅母,这是二舅母……"
林黛玉挨个跪拜举止典雅,一抬头纱罗珠宝耀眼花。
见丫鬟陪着几个姑娘进屋里,原来是迎春、探春、惜春她姐仁。
黛玉她见礼相认刚坐下,婢女们金盘玉杯捧上来茶。
满屋人问长问短正说话儿,
(白)"我来晚了,没迎接远客!"
忽听见咯咯噔噔笑哈哈。
黛玉想:这些人各个悄语低话,是哪个如此无礼大声喧哗!
看来人身穿裉袄外罩银鼠挂儿,吊梢眉丹凤眼长相穿戴都绝佳。
(白)贾母笑说:"她是个泼辣货,你叫她凤辣子就是了!"
王熙凤急忙拉住黛玉的手:"在这里你可千万别想家!
用什么吃的玩的别装假,丫头子老婆们不好我骂她……"

贾母命:"见过舅舅回来说话儿。"看院里早备下一辆骡车崭新油漆刷。

林黛玉拜过大舅归来拜二舅,下车望耳门钻山四通八达。

堂屋里九龙匾上写三个金字有斗大,"荣禧堂"下属一行小字密麻麻。

古铜鼎后边悬着墨龙画儿,乌木联镶着银字笔锋更挺拔。

进东房洋毯引枕铺卧榻,梅儿上瓶中插着各色花。

地下边四张大椅四副脚踏儿,在上面披着银红刺绣花椅搭儿。这黛玉度量着位次一旁坐下,屋中的侍女捧杯忙让茶。

她暗想:外祖母家中果然规矩大,奴仆们装饰言谈不同别家。

我可要时时留神切莫多说一句话,每行动步步在意诸般举止多收煞。

正想着有个丫鬟笑着来搭话:

(白)太太说,请林姑娘那边坐!

在前面有位引路的老妈妈。

王夫人让黛玉挨着她坐下,微笑着:"你舅舅今日不在家。

从今后常和那三个姐妹同玩耍,在一处念书认字儿学针扎。

我只想一件心事放不下,家里边有个'混世魔王'太磨牙。

他今日上庙还愿还没回转,你只管离着远些别理他!"

黛玉想:素闻母亲和我讲,有一个表兄顽劣异常很皮遢。

他不愿读书最喜女孩儿堆里同玩耍,外祖母过于溺爱没人敢管挟。

想这位表兄准是呆又傻,也许是憨懒笨拙像睡鸭。

正想着人报"老太太传晚饭",王夫人手拉黛玉略应答。

进房来只见杯盘碗筷已摆下,这贾母定叫黛玉挨着她。

林黛玉再三谦让才坐下,刹时间美酒佳肴往上拿。

说不尽猴头燕窝禽与兽,道不完参贝鳖蟹和鱼虾。

用饭后贾母黛玉正说话儿,

(白)丫鬟说:"宝玉回来了!"

黛玉想:我倒要好好瞧瞧他。

猛抬头,一见宝玉甚惊讶:

呀!却是位青年公子正春华:

头上戴紫金冠嵌宝束着发,二色金红袍彩蝶穿百花。

外罩着青石倭缎排穗褂,腰中系一条宫绦结疙疸。

脖颈上金螭缨络上边挎,五色带拴块美玉胸前搭。
脸如中秋之月两道眉如画,晴若清泉闪波色若春晓花。
满面含笑可亲可近柔情洒,遍体俊气英姿倍露透绮霞。
林黛玉大吃一惊心里颤一下:好奇怪!倒像在哪见过他!
这宝玉面向贾母请安说了句话,
(白)老太太说:"见过你娘再回来!"
贾宝玉出去片刻,立即归来,骤然一新,全身散光华。
(韵白)只见他:头上盘短发,小辫红丝扎,统编一根辫儿,黑亮赛漆擦,四颗大明珠,八宝坠脚搭,身穿桃红袇,半旧撒菊花,绵边弹墨袜儿,红鞋掐白牙儿。
越显得,面如施粉,唇若抹脂,好像一彩画儿,更罕见,未言欲笑,天然风韵,犹如玉无瑕。
贾母说:"没见过外客怎么就把衣脱下?!"宝玉他早看着一位女儿甚袅娜。
料定是姑母之女林妹妹,归了坐仔细瞧她衣着和面颊。
只见她:
水凌凌,似喜非喜深情目,弯生生,两道蹙眉如月牙,
懦弱弱,娇怯像生全身病,忧郁郁,愁面略闪一刹那,
晶莹莹,泪光点点尚未洒,姣滴滴,细喘微微稍羞答,
安静静,闲似鲜花映碧水,俏丽丽,动如柳摇怯风沙。
贾宝玉看罢多时方搭话:"这妹妹我曾见过她!"
贾母笑说:"哪里见过,你又说胡话。"
宝玉笑答:"虽没见过,倒好像原已相识,久别重逢,今番聚会,情谊倍相加!"
"好啊!你们和睦同玩耍,免得我终日惦记心不煞!"
贾宝玉走至黛玉近前忙坐下,细打量温声悄语问不暇:
"妹妹你,可曾念书读到哪?妹妹你,起的尊名可叫啥?
妹妹你,别字怎称,准文雅,妹妹你,能不能常住我们家?"
黛玉说:"只有个学名无表字儿,刚念过一年四书学识也窄狭。"
又问道:"妹妹你有没有一块玉?"
这黛玉思索一下才对答:"你的玉准是一件稀罕物,那珍宝怎能人人都有它!"
宝玉他把胸前的玉石猛摘下,叭嗒嗒摔在地上又要砸。

说:"甚么灵不灵的罕见宝,整日里挂在身上像披枷!
刚来这神仙似的妹妹都没有,可见它不如一只大青蛙!"
众婢女紧忙上前去捡玉,老太太急得两手直乍撒。
哄着说:"林姑娘原来也有一块玉,
(白)你姑妈临死的时候,不忍抛下你妹妹——
把那玉做为殉葬之礼当姣娃。
快戴上,仔细你娘把你骂,那可是命根子呀,我的小菩萨!"
说这话接过给他胸前挂,贾宝玉也就不再乱喧哗。
奶娘问:"老太太,把姑娘安顿在哪?"
(白)贾母说:"把宝玉挪出,住在暖阁里吧!
外孙女在碧纱幮内暂住扎。
待等着过了残冬新房收拾妥,林姑娘搬到那里更幽遐!"
宝玉说:"好祖宗!我也在幮外也住下,何苦呢,把我和妹妹两处拉!"
老太太说:"行啊,暂时不挪也算罢,你可要哄着妹妹不许欺负她!"
贾宝玉喜笑颜开忙退下,林黛玉碧纱幮内伴妆匣。
看今天,宝黛初会便融洽,念他日,情深意浓更无涯。
但愿得,并蒂连理能结下,且莫成,水中明月镜里花!

元 妃 省 亲

小庶民做工累断筋儿,帝王侯挥金如洒灰儿。
朝廷里宣旨元妃省亲的事儿,忙坏了贾府上下一群人儿。
建行宫,修亭馆,刻匾题字儿,
绣彩灯,拉围屏,选戏班子儿。
买鸟兔,摆古董,陈设器皿儿,
请道姑,插御香,乐奏笙笛儿。
看诸事有个头绪才喘了一口气儿,
圣旨到说是正月十五降贵人儿。
阖府里年也没过好吃啥都忘了味儿,贾政他又喜又惊好像吓掉了魂儿。
哪知道,正月初八太监就来问事儿,看何处、更衣、受礼、开宴、进出门儿。
十四日,贾家老少通宵何曾睡一会儿,
五更鼓,有爵位的都穿袍戴冠插花枝儿。
满园内,帐舞蟠龙帘飞绣凤刺篆字儿,银鼎上,香烟缭绕水晶缸里游金鱼儿。
(白)贾赦领阖府子弟,在西街门外,贾母领着女眷,在荣府门外——
清晨起男女等候谁都不敢出大气儿,静悄悄没有一人咳嗽站得绷直儿。
忽瞧见有个太监骑马奔到这儿,那贾政紧忙走上前去细问根儿。
(白)太监说:"早着呢!
未初用膳,未正拜佛,酉初领宴,就得好一会儿,
看花灯,请圣旨,只怕戌时才动身儿!"
凤姐说:"既这样老太太先进屋打个盹儿。"
执事人喊着:挑灯点蜡不准一处黑儿!
半日后十个太监喘吁吁地来送信儿,满府人紧忙整衣正带排得溜溜齐儿。
有两个太监骑马缓行有个稳当劲儿,拎拂尘手抖缰辔马都慢扬蹄儿。

就这般双双过了好一阵儿,方听得隐隐鼓乐像抽丝儿。

待半刻才见凤羽、龙旗、宫扇一对儿对儿,众宫女提着金炉,手捧香巾、绣帕和漱盂儿。

但见那:一行行,一排排,一队队,一群群,珠宝耀眼,人山人海,铺天又盖地儿,在后面八个太监抬驾金顶鹅黄凤鸾舆儿。

贾母她连忙弯下膝来手按地儿,原来是跪拜她自己的大孙女儿!

宫廷的女官儿引着元妃下銮走毡地儿,见园内纱绫扎灯光华四射闪波纹儿,灯匾上写着"体仁沐德"四个大金字儿,满园中花影缤纷鼓乐声喧震耳根儿。

小太监跪请登舟连着启奏好几句儿,才有人搀着元妃挪步进入船舱门儿。

望两岸八宝琉璃风灯像汪水儿,五色绸做成花朵粘满杏柳枝儿。

树上边挂着万盏银灯映碧水儿,水面上势若游龙彩船摆花盆儿。

船进港匾灯闪着"有凤来仪"几个字儿,原是那建园时候宝玉题的词儿。

元妃她没入宫时宝玉长到三四岁儿,就亲自教他读书认字念诗文儿。

那贾政为让元春看这题字生乐趣儿,

(白)才精心选了宝玉题的一些匾词!

为这事他琢磨了三天两下黑儿。

游览完船靠岸边元妃上銮歇一会儿,但见得宫宇阔绰桂殿巍峨刷新漆儿。

牌坊上楷书"天仙宝镜"旁衬一副对儿,

(白)元妃命:"换上'省亲别墅'!"

当下里有人书写还要银边镶玉瓷儿。

进行宫金窗玉栏毯铺水獭摆金器儿,望室内火树琪花满地是香灰儿。

乐声止元妃降坐三番献茶水儿,

她喝口水儿,歇歇神儿,又移步儿,进侧门儿,换上家服,再乘銮车,进入贾母卧室门儿。

(白)元妃要行家礼,贾母紧忙跪倒拦止。

元春一手拉着贾母,一手拉着王夫人——

她娘仨默默无言叭嗒叭嗒掉眼泪儿,邢夫人、李纨、凤姐,还有那迎春、探春、惜春也都跟着酸鼻子儿。

半晌后元春忍悲强笑擦泪水儿,

(白)说:"当日把我送到那高墙孤室里!每日间愁丝千缕难见外边人儿。

虽然是锦衣玉食羽扇都是翡翠坠儿,倒不如阖家相聚过冬春儿。

好不容易今天回来坐一会儿,就应该说说笑笑散散心儿。

若只哭顷刻分别回宫去受罪儿,再不知何年何月才能凑一堆儿!"

说至此又抽抽泣泣撇小嘴儿,邢夫人想要解劝没有喀唠翻眼皮儿。

忽听见贾政帘外跪拜又问事儿,

(白)对女儿元春说:"臣草芥寒门,鸠群鸦属之中……"

他撩袍端带,庄重其事,战战兢兢,叨叨咕咕,谁也不知说的是啥词儿。

(白)贾政启:"园中亭阁楼台,多是宝玉题词,如有一二可观,请赐名字!"

元妃问:"为何不见宝玉我正纳闷儿?"贾母启:"无职外男不敢擅入见贵人儿!"

(白)元妃命:"引进来!"

贾宝玉行完国礼站起抿着嘴儿,元春她揽在怀里从上看到脚跟儿。

说:"比先前长了好些更懂事儿啦",话未完泪如雨下湿衣襟儿。

(白)正这时,尤氏、凤姐启道:"酒宴齐备,请元妃游幸!"元妃起身,命宝玉引导,只见:园中牌匾,瑰丽新奇,看过"杏帘在望""红香绿玉",又瞧"蘅芷清芬""有凤来仪",只闻清香扑鼻,景观四季,恰似身入仙境,心旷神怡!

撩衣裙登上楼阁遥望山和水儿,这一派繁华景象耀眼仁儿。

到正殿元妃降谕全免礼儿,人仪们稳桌排椅开筵席儿。

贾母她下首相陪元妃坐正位儿,王熙凤、尤氏捧盏、呈银匙儿。

(白)元妃命:"看过笔砚!"赐园子总名为"大观园"。"有凤来仪"赐名"潇湘馆","红香绿玉"改作"怡红院","蘅芷清芬"题字"蘅芜院","杏帘在望"赐称"瀚葛山庄"。正楼名唤"大观楼"!

又挥笔写上七言一绝句儿,说:"我念书很少不会作赋出诗题儿。

只因为不负今日盛景信笔写几句儿,待他日再写《大观园记》《省亲》文儿。

姊妹们和宝玉各书一诗写一事儿!"贾宝玉忙去一旁构思动脑筋儿。

姑娘们纤笔描绘芳园筑成鱼游水儿,又撰书仙境招来俊鸟展翅越树林儿。

元妃赞:"这些诗飘逸潇洒惹人寻味儿,可终是薛、林二妹高出一招棋儿!"

贾宝玉写完三首还觉不够劲儿,脱俗套要独出心裁正打"奔"儿。

林黛玉见他苦思出汗水儿,在　旁又急又笑咬嘴唇儿。

忙伏案挥笔写了几个字儿,悄悄地攥成一个纸团子儿。

这宝玉打开看完来了高兴劲儿,他此时豁然开朗有了词儿。

将诗赋工工整整写的是楷字儿,元妃她满面含笑细读这诗文儿。

(白)"宝玉果然长进了!"

咏诗毕太监跑到楼下去送信儿,贾蔷他紧忙呈上一张戏单子儿。

这元妃点了《豪宴》《离魂》几出戏儿,女孩们妆饰打扮擦胭脂儿。

鼓乐鸣生旦丑末唱的都带劲儿,演的那悲欢离合婉转更动人儿。

元妃说:"从哪买的孩子都不过十几岁儿?"命宫女赏些糕点、荷包、金锞子儿。

太监又跪启:"赐物齐备请分份儿。"元妃她亲自过目细留神儿。

命太监一一发放好一阵儿。

(白)赏贾母金玉如意一柄,枷楠念珠一串,还有那——

宫缎、宫绸、沉香拐杖一根儿。

赐贾敬、贾赦、贾政金盏、香墨、新制御书两大本儿,赏宝钗和黛玉新式锞子、锦笺、宝砚石儿。

满府的人们领赏谢恩跪倒红毡地儿,太监启:"时到戌正请驾早动身儿!"

贾元春不由满眼又滴泪儿,强欢笑拉住贾母衣裳襟儿。

说:"养身体时常散心多解闷儿,倘明年天恩准许省亲我再回家门儿!"

众人等哭得话都说的不成句儿,怎奈是皇家规矩谁敢不守时辰儿。

笙管响,启驾回宫这才"煞了戏儿",烟火撤,贾家上下也都安了神儿。

(白)李妈妈说:"我的天儿啊!

元妃来贾府银子花得像淌水儿,累得我腰疼脊酸腿肚子好悬转了筋儿!"

宝 黛 游 园

斜阳笼照碧纱窗,金亭倒映在池塘,
满园春色关不住,红杏伸枝越过墙。
贾宝玉大观园中把景赏,顿时间眉飞色舞神采扬。
只见那:微风吹得柳丝晃,桃李花开吐芬芳。
翠波闪闪频荡漾,曲径幽幽通山梁。
莺鸣燕啼百鸟唱,好一派五彩缤纷伴春光!
登上了沁芳闸桥向前望,桃树下有块石板平又方。
走近前掸掉浮尘上边坐,翻开书聚精会神读文章。
忽然间微风掠过沙沙响,把一树桃花吹得纷纷扬。
只落得满衣满书一片片,想抖掉又怕被人给踩脏。
看花瓣,惜花香,兜起来轻轻撒在水面上,
水托花,花依水,水儿哗啦啦流向远方。
他手拿着书本正遥望,
(白)宝玉!你在这做什么?
听有人轻声脆语搭上腔。
回头望原来是潇湘馆的林黛玉,看今日她手提肩扛不比往常:
轻便花锄扛肩上,锄上挂个绣纱囊。
扫花笤帚新式样,春草青青一红妆。
看此刻妹妹多欢畅,她的心儿朗,步儿爽,满面含笑奔这厢。
宝玉说:"妹妹呀!只当你此刻要睡响,来来来,这一回可是正相当!
快把那地上花瓣儿全扫起,将它们撂在这溪里任其飘流去他方!"
黛玉说:"这水儿不知淌到哪儿,怕的是将它染污沾泥浆。
莫不如收起往这绢袋里边放,寻一个僻静之处好埋藏。

南墙角正好把这花儿葬,到后来日久风化岂不更强!"
宝玉笑说:"妹妹的主意好,待我放下书本儿一起装。"
黛玉说:"甚么书啊?咱们共赏。"这宝玉撩衣掖书手脚忙:
"不过是《中庸》《大学》哪有新样儿。""你呀!妄想装神弄鬼把我诳!
趁早儿拿出来没有别的话讲,若不然众人面前给你漏赃!"
宝玉说:"若论理我倒不避你,切望着隐匿别声张!
看了它准是觉不肯睡饭也不想,这可是文采绚丽的好篇章!"
林黛玉接过书本仔细望,是一部《会真记》又名《西厢》。
紧忙把花锄纱囊一边放,捧起来全神贯注目不离行。
真好像江中鱼儿冲出了罗网,犹如那分花拂柳入异乡。
似闻到,牡丹吐蕊香馥喷放,似尝得,群蜂儿酿的甜蜜糖。
似听见,湘江流水清音哗哗淌,似看着,高空云燕展翅任飞翔。
那人儿呼之欲出活现在纸上,那故事婉转、词句警人满口余香。
不由得细细玩味阵阵回想,把词儿暗暗背诵默默赞扬。
说:"好一册立意别致构思纤巧的传,胜过了《四书》《五经》那些文章!"
宝玉他听这话装个正经样儿:"怎能赞那轻浮女子和缠郎!
你虽然不能大比之年题金榜,也不该失礼出规违纲常!"
黛玉说:"别装个好好道学斯文样,谁不知你讨嫌功名利禄厌寒窗!"
这宝玉听后噗哧一笑心花放,难得妹妹与他心同喜若狂:
"你就是倾国倾城袅娜女,我是个多病多愁的有情郎!"
听这话黛玉竖起眉梢气儿往上撞,羞又恼,恼又羞,又羞又恼鼓腮帮儿:
"你这个该死的调着法儿胡乱讲,弄一些污词艳曲滥唠唠!
说些个混账话来欺负我,
(白)告诉舅舅、舅母去!
看你那顿训斥怎么搪!"刚说完眼圈儿红润转身就要走,
宝玉他又拦又截着了忙:"好妹妹,饶我这回且原谅,
(白)若真心欺负你呀!
我明儿咕咚咚掉进大池塘!
即刻遭殃喂水鳖,变个盖圆脖子长。
噗噗腾腾游不动,摇着短尾哗啷啷。

待等你做了一品夫人病老归西去,我情愿这辈子把你的石碑扛!"
说得个黛玉噗哧一声笑:"看你呀,吓得个六神无主脸都黄!
凭这样你还逞强胡乱谤,
(白)呸!原来是个中看不中用的银样蜡枪头啊!
这一生别想做个勇金刚!"
(白)宝玉说:"甚么银样、金样的?
女孩儿家也把这话讲,我也去禀告你的舅母娘!"
黛玉说:"正经事儿赶快把这花儿葬,别学那枝头野鸟唱花腔!"
桃树下兄妹扫花寄遐想,恰相似九天降下人一双!
忽听见远处环佩叮铃铃响,见袭人直奔这里走得慌:
"二爷呀,老太太命你到东府去探望,别误了赶快回去换衣裳!"
这宝玉收拾书本随着袭人去,林黛玉携锄提囊来到墙旁。
举花锄,联想身世甚惆怅,埋花瓣,热泪滴洒更忧伤。
说:"老天啊,你把那阳光雨露洒人世,何不让万物常青永芳香?!
为甚么还要春去冬来霜雪降,落一个草木凋零雾茫茫!
看往日桃花盛开枝叶放,转眼间朵朵飞落不久长!
想今朝,我且将这花儿葬,念他日,不知把侬葬何方?
似这般,春光已残花凋谢,也便是,红颜到老人相亡!
苦渡一年三百六十日,只恨霜刀冰剑逼人惶!
但愿此时生双翼,随花飘去任飞翔……"
这黛玉顿觉闷闷心惚恍,寂寥脉脉自彷徨。
忽听见梨香院笛声伴着歌声唱,那笛声环绕回旋歌声哀怨凄凉。
更觉得感慨万千心神动荡,便依径徘徊揣摩暗自悲伤。
最欣喜,春风有意花绽树长,却恨那,酷冬无情雪刃冰钢!

刘姥姥赴宴

仲秋时节淡云天儿,赏心悦目正好玩儿。
农夫地里流热汗儿,太太小姐坐游船儿。
亭阁楼里举杯盏儿,朱门院外遍荒烟儿!
刘姥姥二次来到贾府大院儿,人领着送到凤姐西屋坐在炕沿儿。
带着个外孙子名叫小板儿,背来了窝瓜、枣子、野菜一大摊儿。
不一会儿平儿过来她俩见了面儿,
(白)姥姥问:"姑娘好啊?"
又细看她那绫罗纱缎一身穿儿。
说:"上一趟我刚要走出这个院儿,周嫂子拉了一下我的布衫儿。
她叫我'再来时带点儿新鲜菜儿,抽工夫进到城里逛逛街儿!'
只因为庄稼活忙的打不开点儿,好容易这才盼个七成年儿。
头一遭摘下好多瓜果和蔬菜儿,没敢动留的全是一些尖儿。
姑娘们山珍海味腻的每顿吃不点儿,今送来新鲜野菜尝尝鲜儿!"
平儿说:"多谢你费心累得满身汗儿。"正这时周瑞的媳妇掀门帘。
说:"刘姥姥,我不过一时'罕不见儿',
(白)你可当真了!
拿来了这么些菜全都没打蔫儿!"
姥姥说:"我们庄稼人就是实心眼儿,既应了怎能扔在脑后边儿!"
(白)周嫂子对平儿说:"刚买来那三大篓螃蟹呀!
准有八九十斤一煮全是金红色儿,只不过老太太姑娘们吃着玩儿!"
刘姥姥一听吐舌又眨眼儿,她暗里扒拉一下小算盘儿:
这螃蟹一斤五分,十斤五钱,五五二两五,三五一十五,再加酒席菜儿,
(白)一共得二十多两银子!阿弥陀佛!

够我们庄户人过上一整年儿!平儿问:"姥姥可曾见过了琏二奶?"
(白)"见过了!"
说着话脸儿朝外忙看天儿:"乘这阵儿太阳还没落山坎儿,
再晚了出不去城门就得蹲房檐儿!"
周瑞媳妇转身回来拉住姥姥胳膊腕儿:"你这回可算投了老太太的缘儿!
我原是悄悄回禀琏二奶,正赶巧老太太坐在她身边儿。
问姥姥是谁,我说离这不远儿,她定要留你唠古讲今'扯个澜儿'!"
刘姥姥说:"好嫂子,你就说我出了院儿,你瞧我这身穿戴怎上前儿!"
平儿说:"不关事儿,瞧你这个胆儿。"拉着她抬腿就走拐了个弯儿。
正赶上园中姊妹都在贾母跟前儿,没进门早就有人掀湘帘儿。
见满屋珠围翠绕直晃眼儿,一个个花枝招展插金簪儿。
榻上边歪着个老婆婆眯缝着眼儿,她身后有个美人裹着纱罗衫儿。
正给她捶腿好像轻轻敲鼓点儿,刘姥姥拜了几拜有如对佛龛儿。
(白)口里说:"请老寿星的安!"
那"小板儿"怕人低头眨巴眼儿,
(白)贾母问:"老亲家,多大年纪?"
笑着说:"咱俩好像般儿对儿般儿!"
姥姥答:"七十五啦。"贾母称道:"好身板儿,
(白)比我大好几岁呢,我若到这个岁数——
怕的是都拿不动一根小竹签儿!"
刘姥姥说:"我们若这样就得抱空碗儿,
庄稼活靠谁干,还不得饿得像麻杆儿!"
贾母问:"听说你带来不少瓜和菜儿,我正想换换口味尝个甜酸儿!
你既然来了就住上一两晚儿,在这里好歹待上三两天儿!"
凤姐见贾母高兴立刻换了颜色儿,在一旁跟着紧溜边儿。
说:"我们这虽然不是宽敞院儿,空屋子可也余富几大间儿。
把你们乡里新闻故事说几段儿,没啥事你和老太太扯闲白儿!"
命丫鬟领着姥姥、板儿吃点儿饭儿,又给她换上新衣套个青坎肩儿。
姥姥把屯里故事讲了半下晚儿,次日甲恰好是个大晴天儿。
丰儿带着姥姥和小板儿,领她大观园里绕一圈。

正赶上贾母来到缀锦楼下面儿,
凤姐说:"老太太今天高兴也要玩儿一玩儿!"
李纨说:"老祖宗喜欢戴花瓣儿。"小丫鬟碧月捧过一个翡翠盘儿。
上边有白、墨、金、黄秋菊各种色儿,贾母她拣了一枝红的插鬓边儿。
凤姐说:"姥姥,我来打扮你,梳上一个卷儿。"
拿着花把她头上插了一大圈儿。
姥姥笑说:"年轻时我也好梳头与擦脸儿,可不比姑娘们个个像粉团儿!"
说话问沁芳亭里铺榻板儿,贾母她锦褥上边倚栏杆儿。
问姥姥:"你看这园子不大点儿,比不上你们庄稼院里大场院儿!"
姥姥说:"这亭阁楼台花草树木无边沿儿,
(白)我们若想看这个呀!
乡下人都得到过年儿。
进城来买回画一卷儿,贴墙上只当走进画里逛一圈儿!"
贾母说:"我领你几个屋子走一遍儿,若累了咱们坐船绕个弯。"
边说着前拥后簇奔各院儿,行甬路翠竹夹道踩青砖儿。
潇湘馆,黛玉亲自泡茶端扣碗儿,秋爽斋,姥姥细看陈设和对联儿。
蘅芜院,宝钗《四书》《五经》摆满案儿,栊翠庵,贾母告诉姥姥这是姑子庵儿。
出房来贾母命:"藕香榭上摆杯盏儿,咱回来就在那里吃酒玩儿!"
边唠着荇叶渚不远在对面儿,有几个驾娘过来忙撑船儿。
众人等你搀我扶登船板儿,只听得燕语莺声响珠环儿。
花溆萝港边拢船靠了岸儿,缀锦阁楼下桌椅摆成圈儿。
上边厢左右两榻挨一块儿,全铺着锦裀蓉罩和褥单儿。
榻前设雕刻漆几各样各色儿,海棠式、梅花型镶着银边儿。
贾母和薛姨妈坐在一块儿,王夫人、刘姥姥肩儿对肩儿。
湘云、宝钗、黛玉、迎春、探春、宝玉坐一面儿,王熙凤和李纨隔着三层槛儿。
每个人一把自斟壶放跟前儿,十锦的珐琅酒杯带耳环儿。
贾母说:"今日吃酒行令举杯盏儿,谁输了按令喝酒别溜边儿!"
(白)凤姐说:"鸳鸯也入席,由她起令,说骨牌赋吧!"
一句句,你说她答连成串儿,一个个,接着上句紧挨班儿。
一回回,喝得众人晕了脸儿,一杯杯,姥姥吃得红了眼圈儿。

鼓词(二)

这鸳鸯又捧来一落儿大套盏儿,全都是奇绝雕刻山水树木衬云天儿。

凤姐说:"姥姥你再喝上一大碗儿吧。"

姥姥说:"可不行了,再若喝就得散了摊儿!"

鸳鸯问:"你说这是甚么木头做的碗儿?"刘姥姥仔细瞅瞅说了一大篇儿:

(白)"多半是黄杨木做的吧?

我们整日和树木搭伙伴儿,眼睛看着它,口里说着它,

累了靠着它,困了枕着它,荒年里还要吃叶嚼皮度贱年儿!"

(白)贾母说:"凤丫头!

把茄鲞给姥姥夹上几块儿。"王熙凤遵命送到她嘴边儿。

(白)说:"你们成天吃茄子,也尝尝我们这茄子啥味儿!

好不好吃可是怎个咸淡儿,缺不缺酸辣芝麻盐儿?"

(白)刘姥姥嚼了一口笑着说:

"那茄子若是跑出这么好的味儿,我们就不种粮食专种茄子晒成干儿!

怎做的?回去我也炖上一小碗儿,"

(白)凤姐说:"这倒不难!你把它削了皮儿,切成碎块儿,用鸡油炸了,再加鸡肉脯,拌香菌、新笋、蘑菇,各种果子切成小块儿,再用鸡汤炖干了,加香油和熟油——

再把它装进了一个瓷坛儿。吃时候把鸡肉丁儿拌一块儿⋯⋯"

(白)刘姥姥吐吐舌头叫:"佛祖!

得多少小鸡配它呀,我的天儿!"

正说着丫鬟捧着彩盒揭开盖儿,里边是各样点心一盘盘儿。

油汪汪松瓤芝麻鹅油卷儿,香喷喷桂花香糕似鸡冠儿,

凝酥酥油炸面果分各色儿,水凌凌小小水饺捏花边儿。

老太太问:"饺子包的甚么馅儿?"

(白)是螃蟹的!

贾母她皱皱眉头:"怪腻的,赶快放一边儿!"

忽听见笙管细细甚悦耳,女孩儿们品箫吹笛拨三弦儿。

刘姥姥心里猛然打个颤儿:哎哟哟!这顿席得用多少银子钱儿?

贾府里金门绣户整日用美馔儿,那些人任性寻欢作乐撒娇憨儿!

她和板儿在这住了一下晚儿,回家后,叨叨咕咕,比比画画,讲了足有大半天儿。

337

探 宝 玉

多恨怨只因贪功名,少疼爱缘由逆水行。
一座池塘本宁静,投石激起浪千层!
忠顺府,长府官拜会贾政,主客俩,相互见面在前厅。
来人说:"恕下官鲁莽前来扰动,奉王命登高堂有事相求先生!"
贾政说:"有何见谕学生敢不从命。"那人说:"请员外吩咐一句就能行:
我们府有个演戏琪官唱小旦,连日来不知去向影无踪。
差人马城里城外全找遍,回说是他和宝玉常在一起情谊浓。
请先生转告令郎放他回府,
(白)以宽慰王爷,下官也有个交待!"
说着话又深深搭了一躬。
听至此贾政气得口呆目瞪,说:"遵叮嘱即刻相命小畜生!"
那官员说罢告辞,主人相送,
(白)贾政命:"唤宝玉!
回头来我有话要他回应!"
他送走长府官正在气又怵,见贾环一阵乱跑急匆匆。
这贾政厉声呼喝:"哪里去?"
(白)"那边有个丫头跳井死了,
吓得我撩腿奔跑心扑噔。"
贾政惊问:"好端端的谁跳井?"暗害怕传出去玷污祖宗好名声。
小贾环回头回脑故把玄虚弄,乘此时生根爬蔓编造奸情。
说:"宝玉哥哥越来越任性……"忙凑到老爷近前直咕哝。
这贾政火上浇油眼圆瞪,流着泪满面铁青两耳鸣。
说:"我养这孽障于国于家全无用,结果了他的狗命告慰先灵!

今日再有人劝我不把宝玉管,
我定要:抛老小,扔家私,脱了冠带,剃须削发去为僧!"
命家仆:"拿大棍给我往死打。"夺板子高举狠落如发疯。
王夫人闻讯赶来甚悲痛,老太太摇头晃脑泪纵横。
她心疼孙子吵又闹,满屋人来往乱哄哄。
那贾政紧忙跪倒叩头把罪请,老太太斥退了儿子风波渐渐平。
众人把宝玉抬进他的卧室去,伤势重昏昏沉沉哎又哼。
人散后宝玉略清醒,问袭人:"是为何针挑刀剜一样疼?"
花袭人给他几次脱衣才褪下,见腿上遍是伤痕紫又青。
说:"我的娘!老爷他怎么忍心下毒手,倘打坏落下残疾岂不误前程!"
正这时丫鬟报说:"宝姑娘到!"只见她姗姗而来落落从容。
手里边托着一丸治伤的药,对袭人轻声慢语细叮咛:
"等晚上将药用酒研开后,敷在那淤血地方散热又止疼。"
又问道:"这阵子他可稍微好?"贾宝玉听有人声慢慢把眼睁。
说:"谢姐姐分忧,这阵好些了。"薛宝钗略点头叹息了一声:
"早听人一句话何至如此。"低下头不觉立时眼圈儿红。
半刻说:"你既然不肯常宁静,怎不在大事上面去用功!
老爷若喜欢哪有这般光景,再别和那些人相近相通!"
这宝玉见她说了一些堂皇话,只得是不言不语默默听。
刚想要搭话只见宝钗把身动,
(白)说:"好生养着!
心宽些免把郁气闷在胸!"
又婉言安慰两句出门去,宝玉他似睡非睡蒙蒙眬眬。
忽觉得有人轻轻把他推动,又听像抽抽泣泣悲切声。
睁眼看原来是妹妹林黛玉,倚身边淡妆素裹玉立婷婷。
殷切切,哀怨怜惜千般悲恸,意深深,牵肠挂肚一派深情。
愁寞寞,愁容满面两眼红肿,泪淋淋,泪光遍洒颗颗晶莹。
宝玉他咬牙挣扎把半身坐起,
(白)"你这时候做什么来了?
那黄昏余热未退怎经承!

倘若是受了暑岂不又生病,我虽然挨打倒也不觉怎么疼!
只不过装出个样子把他们哄,故意地传了出去为让老爷听。"
这黛玉凄凄楚楚暗自饮泣,喉咙内哽哽咽咽一片至诚。
颤声说:"从今后你可改了吧!"宝玉他万端感慨油然生:
"妹妹你今日怎么也说这样话。我焉能甘做笼中鸟儿不飞腾!"
正说着外面人喊:"琏二奶奶到。"黛玉她擦泪整衣忙不停。
说:"好好养,我从后院走出去,等明天再来看你可转轻!"
这宝玉一把拉住黛玉的手:"无故地怕起她来为哪宗?"
林黛玉急得脸红直跺脚,悄悄说:"你瞧瞧我这两眼睛!"
说完后三步两步跨出门外,宝玉他此时思绪纷纭又错综:
看妹妹今日由衷甚悲恸,倒使我心里翻滚如笼蒸。
喜今生相聚知音同题咏,只盼望珠联璧合共长庚。
我怜你,孤女无依身患病,我喜你,虽然乖僻却近情。
我佩你,清傲不卑自尊重,我敬你,从不羡人谋官求禄去扬名!
宝玉此时深情动,心如骏马脱缰绳。
呼唤晴雯:"穿花丛,潇湘馆里走一程!"
这宝玉低声悄语嘱几句,晴雯她不住地笑出了声儿:
"当不了姑娘见了又怄气,怎能免日后赔礼又负荆!"
宝玉说:"快去吧! 她一看自然也就懂。"这晴雯才掀帘出门似流莺。
林黛玉放下帏幔方要睡,已经是天交戌时八下钟。
晴雯说:"宝玉差我送手帕!"黛玉想:寅夜送帕可是哪阵风?
说:"必定是新的,我这里不用!"
(白)"是旧的!"
林黛玉思忖一阵恍然心里明:
旧绢帕本是宝玉随身带,他送我深情厚意万千重!
(白)"放下吧!"
握手绢半新不旧今相赠,立刻间心醉神驰似浪涌:
他与我常常表露明如镜,我和他每每觉愧愁绪增。
看如今宝玉定是知我意,惊又喜心头鼓儿响咚咚。
望窗外一轮皓月明如镜,看夜空万点银光闪繁星。

说:"月儿呀,你皎洁清沏洒宇宙,可曾照黛玉今夜心不平?
星儿哟,你如眨眼闪闪动,莫非说神女报信已知侬钟情?
宝玉呀,我虽然人前似平静,你可知尽在默默不言中!
老太太倒似喜欢你我缘已定,却不知舅舅舅母肯答应?"
反转念不知将来可如愿,倒觉得忐忑悬挂心不宁。
再回顾私自传递互敬宠,又怕是逾越闺礼甚耽惊。
左思右想不安静,五内沸然如火烘。
翻个身坐起披衣把发拢,命紫鹃拂尘研墨点银灯。
将手帕铺在案上提起笔,刷刷刷,有如江河决堤,倾心吐胆抒隐衷。
写道是:
  眼空蓄泪泪滴空,暗抛闲洒洒飘零,
  尺幅鲛绡劳惠赠,为君哪得不伤情!
又写道:
  抛珠滚玉夜惊梦,每日无心诵五经。
  枕边泪水流不净,任它成河响淙淙!
书至此顿时浑身热血涌,只感到脸上滚烫如油烹。
到镜前揭起锦袱照面影,恰似那盛开桃花腮绯红。
忙放下笔墨款衣帐里卧,还觉得余意绵绵未消溶。
手拿着绢帕缓缓细思索,心神儿翻转飘飘更难平。
这时节:
  云遮星月万物静,人入梦乡寂无声。

黛 玉 抒 怀

梧桐叶落深秋寒,寒风遍吹鸣金蝉。
蝉声吱吱叫不断,断肠最是秋夜间。
林黛玉形体娇弱身躯倦,常忧虑病魔难除陷深渊。
薛姑娘信步来到潇湘馆,姊妹俩床头对坐互寒暄。
宝钗说:"你常用补药脾更软,依我看不如养胃与平肝。
朝天里燕窝冰糖如不断,倒也能滋阴养气胜仙丹!"
黛玉说:"我每日请医熬药有几遍,吃甚么人参、肉桂闹翻了天!
倘若再燕窝粥儿不离碗,岂不是惹人烦恼当笑谈。
我原本无依无靠投这里,怎能够又找多事自讨嫌!"
宝钗说:"我也是寄居他乡离家远,遇诸事几番斟酌更为难!"
黛玉听到这里心一颤:宝姐姐真会把甜说成咸!
她本是富商之家一女娟,口里边偏要讲得这么寒酸!
说:"姐姐啊!咱两个相差天南地北远,我哪能和你共相攀!
你既有母亲哥哥又有家产,论用度不把贾家一两纹银沾。
妹妹我一无所有诸事应收敛,凡用的都是别人银子钱!"
宝钗说:"且不必终朝总忧患,
(白)等你出阁的时候,贾府不过多出一副嫁妆罢了!
成全你燕侣莺双舞翩跹!"
林黛玉立时红云脸上染,呶着嘴喃喃自语似伸冤:
"人家把知心话儿说给你,可倒好,这阵子拿我来寻欢!"
宝钗说:"我不过把句实话讲一遍,你终究不能在此过百年。
方才你说的也是极有理,多一事不如少把一事贪。
论燕窝我们家里倒也有,

（白）打发人给你送几两熬粥用！

也免得区区小事苦难言。

这阵子怕你焦躁我且去,闲里时再给妹妹解心烦！"

薛宝钗移步回了蘅芜院,慧紫鹃咯咯几声笑得甜。

黛玉问为何发笑,紫鹃想讲又不敢。

半刻说:"宝姑娘真是会周旋！平日里端庄稳重又和善,

她在那,老太太、太太跟前,上下左右,甜言蜜语能逢源！"

这紫鹃把实情话儿讲一遍,林黛玉一旁默默没搭言。

瞧外面阴阴沉沉天渐暗,又听得淅淅沥沥秋雨绵。

冷飕飕滴洒竹梢声声惨,凄凉凉风扫窗棂阵阵寒。

顺手把《乐府诗稿》翻开看:呀！那字字哀调入眼帘。

读了回《秋闺怨》和《别离怨》,只觉得神志飘飘一线牵。

见诗赋触目伤情有所感,更难解缕缕愁丝紧相缠。

将书本合拢放在桌上面,她把笔儿蘸,墨儿研,剔银灯,伏案边,

刷刷刷,写了回《秋窗风雨寒》。

写风雨,偏欺人瘦黄花淡,书秋夜,倍觉凄凉感万端。

红叶飞,寒气降临深秋院,虫声唧,花凋草枯江天蓝。

抒隐衷,写尽诗笺情不断,想家乡,望穿秋水空依栏。

梦亲人,醒来罗衾湿成片,枉嗟叹,孤女三更泪珠弹。

这词赋倒像深谷一幽涧,把那些满腔的积怨倾泻刹那间！

林黛玉写完手扶案,呆望着诗稿愁绪添。

搁下笔上床要安寝,

（白）雪雁报:"宝二爷来了！"

音未落来人已经站床前。

只见他头上戴着大竹笠,身披着一件蓑衣罩罗衫。

宝玉忙问:"妹妹今日好？"伸手他把桌上的灯儿端。

靠近前照了照黛玉的脸,把她的面庞仔细瞧一番。

笑着说:"近日病体有好转,今儿的脸上气色很新鲜！"

林黛玉抬头凝目仔细看,

（白）笑着说:"哟！哪里来个老渔翁！"

从何处弄的这套玩艺儿穿?"

但见那蓑衣、斗笠直耀眼,又精致又轻巧大不一般。

说:"它不像刺猬似的倒好看,可不知用些什么草来编?"

(白)宝玉说:"这蓑衣、斗笠、水鞋三件,都是北静王送给的。唯独这斗笠有趣儿:上边顶儿是活的,冬天下雪,戴上帽子,把竹芯子抽去,拿下顶子来,男女都能用!

如喜欢我也送给你一件,冬天时雪落上面都不粘!"

黛玉说:"女孩儿用它太难看,好像那画儿上的渔婆在河滩!"

刚说完满面绯红好发讪,

(白)方才说宝玉像个渔翁,我再自比渔婆,呀!

臊得个不住咳嗽身儿弯。

宝玉见有篇诗稿放在书案,这文章倾尽情怀墨迹还没干。

如小溪曲折蜿蜒声潺潺,似杜鹃啼血万点泪斑斑。

读完后也添愁云暗自叹,怜妹妹身世可悲揪心肝。

斜身便在床头上坐,暖语柔声话儿更甜:

"这几日一天能吃多少饭,常用的料药又服什么丸?

节令至起居衣食多检点,夜里边时刻当心着风寒!"

黛玉说:"近日来虽然略好转,只怕是霜降一到病又添。

这孽症总是复复又返返,恐今生病体痊愈倒也难!

似我这躯体虚弱世上罕,免不了夭折他乡染黄泉!"

林黛玉越说越悲惨,怎能忍伤心泪水涟!

贾宝玉身旁紧相劝:"妹妹呀,何必说得太辛酸!

只管是放下心来把病养,切不可胡思乱想神不安。

常用的参苓鹿茸别间断,冷天里时刻当心衣莫单。

要什么吃的穿的任你选,如散心同着姊妹去游园。

倘遇着为难事情告诉我,愁闷时老太太跟前说笑谈……"

这宝玉贴心话儿甚委婉,见黛玉仍然沉默无喜颜。

忽闻得室内香气扑人面,

(白)嗯!就在这"香"字上做个文章!

讲故事让她心里宽一宽。

说:"你们扬州出了奇闻一大件。"黛玉问:"甚么事说得这样玄?"
宝玉说:"那地方名胜古迹着人恋,有一个林子洞座落在黛山……"
黛玉说:"听这话你就是扯淡。"宝玉答:"若回驳也得我说完!"
(白)"好啊,请说吧!"
"洞里边耗子成精瞪着眼,那一日老耗子议事在厅前。
说:'咱洞里干鲜果品就要断,眼看着腊月初八在明天。
世上人家家都吃腊八饭,快出洞打劫些来供大仙!'
嗤喽喽拔出来一支令箭,它把那洞里的耗子来调遣。
快去偷:一兜红枣,两篓栗子,三袋花生,四筐菱角,五篮香芋,早去早回返,
有一个瘦小耗子,娇声细语,连忙请战,好似弓上弦。
说'我愿去盗来香芋厅前献',老耗子疼它体弱紧阻拦。
小耗子说:'你们看我摇身变,扮了个香芋就在堆里掺。
任他们长着神眼也难辨,把香芋叽里咕噜往回搬!'
说声变来它果然就一变,闪出个标致小姐真雅娴!
小姐说:'你们全没见过大世面,
(白)那盐课林老爷的女儿呀!
她才是真正的香芋香又甜!'"
(白)黛玉笑说:"好啊,原来转弯抹角说我呀!
看我来个厉害的把你嘴撕烂,谁叫你信口开河胡乱编!"
贾宝玉连连央告:"再也不敢,我原是给你讲个故事散忧烦!"
黛玉说:"此刻时间已大晚,
(白)你该回去了,明日再来!
这阵儿约摸也有二更天。"
宝玉他掏出金表看,时针儿正指戌亥间。
忽听得外面焙茗高声唤:"二爷呀,花姐姐叫我接你速回还!"
黛玉命婆子提灯丫鬟打伞,他几人鱼贯而行步姗姗。
林黛玉望着宝玉出了院,更觉得忧郁凄楚甚孤单。
暗思忖:宝玉晚归有人惦念,宝钗她有母有兄倒团圆。
独有我只身单影临崖岸,在他乡孤孤零零谁人怜!
忽转念唯有宝玉是知己,每日里问长问短倍相关。

他虽然唠叨缠磨心地善,倒也是一片诚意兼厚憨。
想至此心里稍稍渐舒展,把那些愁云迷雾驱天边。
正这时有人悄悄一声唤:
(白)"屋里睡了吗?
宝姑娘特意把我们来派遣。
现送些燕窝、藕粉和梅片,
(白)请林姑娘先用着!
还望你慨然收下莫过谦!"
黛玉她此时一阵心绪乱,
(白)也只得道声谢谢!
心里边不知是苦还是甜!
人走后忽觉遍体已怠倦,唤紫鹃移灯下幔放窗帘。
卧床上,滚滚愁云难驱散,想眼前,纷纷诸事如浓烟。
又听见,滴滴秋雨洒不断,更难耐,闷闷苦度秋夜阑。
这黛玉:今宵难解心绪乱,直到四更才入眠。

鸳鸯抗婚

贾门豪强逞骄奢,岂知好事却难磨,
玫瑰花香身有刺,欲近不能怎奈何,
奴婢敢于唾显赫,博得今古赞姣娥。
荣国府有个老爷名贾赦,一心要讨名俊俏小老婆。
看中了贾母的丫鬟鸳鸯好,定准要差人立刻去撮合。
他内室邢氏夫人愚又拙,甘愿为自己男人当媒妁。
急匆匆假装把鸳鸯的卧房过,见她在床上正做针线活儿。
说:"这丫头绣的花朵儿真不错,可真是心灵手巧倒把天工夺!"
只见她乌黑的头发鸭蛋脸儿,弯弯的眉毛高高鼻梁两酒窝。
青缎子坎肩套着藕荷色的袄,葱绿色的裙子微微闪水波。
这丫鬟见夫人细把她打量,忙站起腮染红晕略带惊愕。
说:"太太你不早不晚来到这,多半是有事儿不知为甚么?"
邢夫人紧紧挨着她的身旁坐,笑眯眯就把她的手来摸:
"姑娘啊,我今天特来给你道个喜儿,你一听心眼儿里边准乐呵!"
听此言鸳鸯忙把头低下,估摸着太太要将什么说。
夫人说:"大老爷身旁的人都不错,他倒是对谁也全相不着。
想要在女孩儿堆里再选一个,
(白)挑了半年多了!
只看你,模样好,做事妥,性情又温和。
倘若是依了即刻就把姨娘做,又尊贵又体面可就上了几层格儿。
老太太若答应就把这边过,那时候你称心如意准念佛!"
边说着手拉鸳鸯早去见贾母,这丫鬟满面通红把手夺。
太太说:"莫非说姑娘你害臊,是怎么羞羞答答没有咯?

老太太跟前你啥也不用讲,带着你当着她面儿我去说。"
这鸳鸯还是低头不言语,把身子连忙往后挪了挪。
又听说:"现成的主子你不做,可不是呆傻就是着了魔,
噢!想必是还得问过父和母,你这里又有嫂嫂和哥哥。
爹和娘在南京远水不能解近渴,简短点我去跟你嫂子说!"
边说着紧忙抬腿出了院,鸳鸯她站在那里细斟酌:
看光景得撂下活计躲一躲,过一会儿还得有人来缠磨。
她进了大观园刚把牡丹花丛过,见平儿和袭人正把蝴蝶捉。
她两个看着鸳鸯抿嘴乐:"新姨娘来了!你多咱梳妆打扮才出阁?"
这鸳鸯面带怒容要把此处躲,她两人迎头截住笑咯咯:
"也不过没人处咱们取个乐儿,别生气,快说,你不去还是往后拖?"
鸳鸯说:"从小儿紫鹃、彩霞、翠墨咱们十来个,有了话全都不在心里搁。
(白)别说这阵让我去做小,倘若是大太太死了——
就是他明媒正娶,花红彩轿,两廊洞乐,我也不去当他的大老婆!"
平儿说:"这话可是不该我来讲,咱们这大老爷真算缺德!
若稍微平头圆脸儿的他就不放过,屋里边三房四妾也不嫌多!"
袭人说:"倘若是老太太归西去后,怕的是那时候不去怎了得!"
鸳鸯说:"拼急了到时候我还有一死,难道说牛不喝水他硬招脖儿!?"
正唠着鸳鸯的嫂子笑嘻嘻地奔到这:"姑娘啊!快来,我有好话对你说!"
鸳鸯问:"可是大太太告诉你的那件事儿?"
"正是呢!这真是你前世修来的德!"
这丫鬟立起身来走到她对个儿,死劲地满口唾沫吐了她一下颏:
"你痛快夹着尾巴离开这儿,怪道你成天羡慕人家做了小老婆!
愿意去你就去休往火坑里送我,别在这顺嘴胡嗳乱嘟嘟!"
只气得鸳鸯一边哭着一边骂,她嫂子紧忙走开才息了风波。
邢夫人打发人来也没说妥,回府里添油加醋又挑唆。
大老爷抓耳挠腮两眼怒火,忙差人找来鸳鸯的亲哥哥。
这贾赦脸上半是恼羞半冷落,说:"我的话府里人哪个敢辩驳!
你若是知礼知义存心孝敬我,让你的女人赶快对她说:
自古来嫦娥都把少年爱,想必她嫌我胡须长来皱纹多。

多半是看上了怡红院的贾宝玉,那可称年轻俊俏的公子哥儿。
我想要她她就赶紧把这桩亲事来应诺,如不然这辈子她的婚事就算砸了锅。
果若是老太太护着往外聘,不管她嫁给赵钱孙李或姓罗。
且别想跑出我的手心去,除非她死了或是出家念弥陀!"
她哥哥低首聆听连声说:是!惧权势怕淫威哪敢回驳。
归家后找来鸳鸯传了贾赦的话,这丫鬟气得粉面铁青牙根要咬折。
怒冲冲眉毛倒竖把脚跺,气昂昂浑身颤抖衣哆嗦。
待半晌说:"我愿去也得和老太太回过,如不然岂不是以下瞒上越了格儿!"
她嫂子一听抿着嘴乐,暗喜道:真个是熟透了的杏儿才不涩!
乐呵呵带着鸳鸯把贾母房中进,正遇着王夫人、薛姨妈、凤姐、宝钗、李纨,
满屋人坐在一起嘻嘻哈哈唠闲嗑儿。
这鸳鸯手拉着她嫂子忙跪倒,只见她,声声泪下,呜呜滔滔,
把满腹的怒气、冤枉,一边哭着一边说。
她把那:
　　邢夫人,怎么说,
　　她嫂子,怎么说,
　　她哥哥,怎么说,
一五、一十,一字不留全都说(啦)!
又哭道:"只因我百般不依大老爷发了火儿,他说我恋着宝玉年轻公子哥儿。
倘若是老太太把我往外嫁,凭着我跑到天上也逃不脱。
如今我早已把铁心横定,
别说他宝玉、宝金、宝银,就是宝天王、宝皇帝——我若不嫁谁也没有辙!
就说是老祖宗拿刀按着脖子逼着我,也不能从命听令委曲着活!"
(白)说到此,只见她:
飕喽喽,从袖里抽出剪子手中握,喀哧哧,将乌黑的头发剪下一大折。
众人们忙把剪子来抢下,那贾母早就气得打哆嗦。
恰这时邢夫人掀帘把屋进,见此情愣她把身子缩。
屋中人看这光景都往出躲,老太太数数嗒嗒她把儿媳搓:
"难为你这么'贤良'还是怯懦,依着他愿意怎么就怎么!
我身旁叫心的丫头只这一个,你们还黑天白日总寻摸……"

可不晓贾母还都说了哪些话,却知道贾赦含羞带愧闷堵心窝。

他抱病不把贾母这边过,遇诸事差遣老婆儿子去学舌。

这正是:

蛤蟆有癞偏自得,金鸡无意登高坡,

梅花怎惧严冬朔,珠玉质洁永不浊!

晴雯补裘

白雪红梅相衬阁楼,山石素漫霜满枝头。
宝玉的丫鬟晴雯偶染病,清晨起声重鼻塞眼泪流。
请一位太医诊脉开方后,抓了剂草药应须煎得稠。
贾宝玉火盆旁边把药锅守,一会儿拨炭,一会儿把药翻又捯。
晴雯说:"这药气满屋熏得难受,
(白)送到茶房里吧!
可难道还怕他们给煎馊!"
宝玉说:"你焉知高人逸士采药制药情趣厚,
那药香胜过花香,香气宜人,香千秋!"
命麝月看药他把晴雯病体瞅,只见她烧得满面绯红似石榴。
摸了摸上额只觉火热烫手,说:"呀!快着点儿医治好了免耽忧!"
麝月她服侍晴雯吃药躺下后,次日里稍微退热喝了一口粥。
恰这时老太太命宝玉出门拜寿,他紧忙穿戴齐整去问候。
贾母问:"这阵外面可下雪?"宝玉答:"正阴着漫天灰黝黝!"
老太太命鸳鸯去把氅衣取,众人看,这件衣望眼不尽收:
五彩金,金翠辉煌闪闪荡波皱,玉青碧,碧彩夺目飘飘又轻柔。
(白)贾母笑说:"这是用孔雀毛拈成线织的!
叫作'雀金呢',百年穿不旧,那名儿也美呀,名唤孔雀裘。
我身边只这一件再也没有,你可要仔细穿着好好收留!"
这宝玉看了又看,看不够,爬地上咕咚一声磕了个头。
贾母说:"穿上吧,给你娘也瞅一瞅。"宝玉他披在身上兴致悠悠。
又叮嘱:"早点回来,少喝酒,路上边听从规劝别耍猴儿!"
出门来他给王夫人瞧看后,便又在晴雯、麝月面前兜一兜。

这晴雯催着他:"天不早啦,快些走!"
(白)宝玉说:"别耽误了病!
再拿着西洋膏药贴一贴头!"
众仆从雕鞍白马外面等候,贾宝玉攀鞍踩镫出了门楼。
晴雯她自从宝玉走出后,还觉得太阳穴上似火灸。
贴了药果然有些把效奏,还发烧,她把身子一佝偻。
翻腾着一直烧到掌灯后,忽听见门儿响吱咀。
贾宝玉归来唉声叹气眉头皱,麝月她紧忙过来问原由。
宝玉说:"老太太给的这件衣服很稀有,
(白)不成想后襟上烧了一块!"
麝月看果然是个窟窿足有一指头。
说:"可别让老太太他们知道,找一名能人巧手连夜来补修!"
差了位老妈妈出去好多时候,回来说:"走遍了各处谁也没敢收。
织补匠、绣匠、裁缝、女工问个够儿,这件衣全不认识都莫展一筹。"
麝月说:"放起来不穿就算罢。"宝玉他急得搓脚又把手抠。
说:"老太太让我明天还得去,头一日就烧了真是把兴丢!
正好我整日里园中呆闷的够受,乘这时再去出外游一游!"
晴雯她一旁听了好多时候,
(白)翻个身说:"我瞧瞧吧!
没福气还穿个什么裘不裘!"
这宝玉笑着紧忙递交晴雯手,她拿起看了一遍细推究。
说:"这是用孔雀金线纤织构,还必得拿着那样儿的线儿勾,
如把它界密还能混个八九,若不然只好瞅着干发愁!"
麝月说:"孔雀金线咱们倒有,除了你,可到哪里把人求!"
晴雯说:"免不了我挣命把罪儿受,"宝玉劝:"刚好些怎禁点灯与熬油!"
"不用你这么蝎虎我自知道,"翻起身她把头发搂一搂。
披上件衣服又搓了搓手,只觉得满眼金星乱迸晃悠悠。
本想要撂下宝玉又着忙用,看他那两眉紧扣成了一条沟。
我切该燃眉之急勇相救,成全他鸟儿出笼遍瞧景色幽!
想至此提起了精神挽了一挽袖儿,挺身躯勉强支撑不罢休。

鼓词(二)

叫麝月身旁帮着拈细线,拿一根左比右量抻又揪。
说:"虽不像倒也不大显眼,且让它滥竽充数儿遮遮羞儿!"
用竹弓在背后绷了个碗大的口儿,拿金刀沿着边儿刮浅沟儿。
银针儿缝了几条分经纬,细线儿上下穿梭横竖抽。
补了两针仔细瞅了瞅,三、五针后晕得伏枕头。
贾宝玉身前身后紧侍候,问一声:"可要开水润润喉?"
又劝说:"歇一会吧,累得够受。"
(白)忙摸了件衣裳:
"披上点儿,夜气浸人冷飕飕!"
晴雯说:"小祖宗儿啊,你快去睡觉吧,若熬上半宿眼睛准眍䁖!"
宝玉他转身躺下怎肯睡,两只眼又闭又睁时时溜。
这晴雯:
咬银牙,龙飞凤舞挥巧手,抖精神,洒爽利落展才谋:
穿针线,织锦绣,如碧空,飞海鸥,
纵横缝,仔细勾,似水面,荡轻舟
用眼望,像根根琴弦颤颤奏,侧耳听,如清清泉水潺潺流。
把个孔儿,补得平平坦坦,匀匀称称,不稀不密,不薄也不厚。
那接槎儿,织个碧玉无瑕,慧眼难辨,不稀也不稠。
虽不是天衣无缝却丝毫不漏,倒可称珠圆玉润更百无一鬏。
又捧起衣裘仔细瞅又瞅,
(白)拿着个小牙刷儿——
再把那靰毛轻轻往外投。
忽听得当啷啷钟声响几下,已经是月儿西斜繁星渐渐收。
这晴雯彻夜无眠显得更清瘦,汗珠儿颗颗闪亮还在鬓边留。
麝月说:"这一来完好无缺没有漏儿,仍是件崭新奇服夺人双眸!"
宝玉他紧忙拿过仔细瞅,
(白)笑着说:"可真一样了!
若不然怎能穿它去应酬!"
晴雯说:"倒底不像,只得暂将就,
(白)可再也不能了!"

接连着咳嗽几声又哎哟。
已经是身不由己头把枕够,盖了床锦被立刻就睡熟。
这时节,
金鸡啼,将把寅夜要送走,鸟儿叫,贪早跳枝唧啾啾。

探 春 理 家

三春将过月已缺,好景不长要诀别。
从来是暑往寒来花凋谢,却有人,偏要乾坤倒转,任她煞费苦心,使个力枯竭!
王熙凤荣国府里掌大业,昼夜间机关算尽耍奸邪。
只因她争强斗胜熬心血,才落得病倒不起暂休歇。
王夫人失了膀臂心不悦,整日里无精打采发了茶。
大事情自己做主亲察阅,府中的家业暂令李纨去理协。
哪知她性情平和少谋略,遇诸事终究不能自裁决。
王夫人只得搬出探春三小姐,来支撑将倒的枯木在眉睫。
说:"儿呀,你知书达理能算会写,今日起,来把阖府大事去承接。
只盼你,挽急救危展韬略,只盼你,千钧负重显才杰!
只盼你,精心照料操大业,只盼你,办事情,更妥帖,废寝忘食尽力携!"
探春说:"太太呀!儿甘当蜜蜂不做游蝶,
哪怕是,熬干了心血,磨破了嘴唇,走坏了鞋!
凭着我滥竽充数展拙略,不辜负太太器重与体贴!"
贾探春和李纨暂时代替凤姐,天天是从朝到晚忙不迭。
园门口议事厅上来聚会,把问事的媳妇婆婆来迎接。
众人看探春理家不下凤姐,遇诸事办得利落又简捷。
这一日吴新登媳妇来回话,说:"赵姨娘兄弟病重已气绝!"
讲完后她便垂手一旁站,只等着李纨、探春来裁决。
李纨说:"袭人母亲死时赏银四十两,这一家也就照样拿去那些。"
那媳妇领命摸起对牌就要走,探春命:"回来!说个谱儿我们再商榷。
倒问你,往常里这样事情赏多少?讲一讲,也免得我们没个扑头挨这个憋!"
吴新登媳妇一时忘记,拿来旧账,探春她仔细看着一页页的揭。

说:"照旧例也赏二十两,就如此,不许增添来特别!"
吴家的遵命行礼出门去,赵姨娘走进屋来发怨嗟。
(白)她冲着探春说:"姑娘啊!
一些人大小事情踩着我,你也该替我出气别拿捏!
我连个袭人丫鬟都不如,
(白)她娘死了,还赏四十两呢!
刚管事不应做的这么绝!"
探春说:"姨娘原来为的这件事,不须我多讲废话来辩别!"
摸过了旧账翻开一页页儿,一面给她看,一面向她学:
"祖宗的老规矩怎能破例,既说了谁也不必来盘诘!
太太把这样大事托付我,本应该尽心尽力重名节。
刚接手还没见个优和劣,你就在半路找茬儿来拦截!"
赵姨娘一听气得嘴直咧,哭又喊鼻涕眼泪带哽咽。
暗想道:你是我的亲生女,为何不相点情面多给些!
说:"你舅舅如今命短离人世,多拿出几十两银子就完结。
不成想和我说些官中话,却还要装个公正与廉洁!
没长全翎毛你就忘了本,乘这时莫非还能升官爵?"
贾探春此时气得身乱颤,说:"谁是我舅舅,哪个是我爷?
怕别人不知我是姨娘养,隔两月你就掴登一遍往外揭!
劝姨娘自己尊重当勉诫,从今后众人面前少提这些!"
赵姨娘一见探春心如铁,
(白)说:"你这个忘恩负义的!"
出门来嘟嘟囔囔又骂街。
这探春心里翻搅如撕裂,回卧室泪珠儿成串往下跌。
咕咚咚捶胸蹈足嘴儿撇,抽嗒嗒长嘘短叹似昏厥:
"神灵啊,姑娘我今生有三怨,就是那至死也把这口气儿憋!
怨只怨,身为庶出虽然人都称小姐,却在那正出的姊妹跟前矮半截儿。
怨只怨,身为女儿怎能做番大事业,恨今生不能荣耀门楣穿朝靴。
怨只怨,生在末世家运如秋叶,最可惜昌盛时节没把这桩美差接!"
三小姐纵然伤感气不泄,哪肯把逞强的心思一旁撇。

匆忙忙挥手擦去腮边泪,喜孜孜丢掉惆怅笑上眉睫。
光闪闪两只大眼滴溜转,乐呵呵胸有成竹寻窍诀儿。
请李纨又唤来平儿共商议,要把些节缩花销的门路全开掘。
探春说:"那一天我到赖大家中去,
(白)在他家花园里,他女儿这一说呀!
可叫我顿开茅塞方发觉!
才知道一根枯草一枝破荷叶,全都是值钱的宝物不可撇!
大观园有他们园子几折广,咱这里花草树木甚么都结。
把那些竹子、田地放给专人管,让她们个个有个小补贴。
年终里交上一笔银子就完事儿,她自然尽力经营堵漏穴!"
李纨说:"最可惜蘅芜院和怡红院这两处偌大地方没有甚么可发掘!"
探春说:"宝玉的怡红院里尽是宝,
红玫瑰、粉牡丹、芙蓉、桂花、月季、墨菊数也数不绝!
庙会上街里边卖的花朵与草药,怎比咱园子里长的似云叠!"
平儿说:"晒干了送到铺子卖药与茶叶,换银子足够每年买粉添佩玦!"
探春说:"虽这样不能失大体,也免得丫头、媳妇背后乱喋喋!
命奴仆悄声敛迹莫往外泄,防他人耻笑咱这高门玉石阶!"
(白)又说道:"还有那:头油、脂粉和香纸,笤带、撢子共碗碟儿,木梳、篦子与面镜,手巾、簪环并绣鞋……
每人、每屋、每月、每年不能超定例,一切要有个拘束和规约!
噢!还有园中雀鸟、鹿兔年里用,它们的吃食也能省好些!"
平儿她点了点头抿嘴乐:
(白)"只这几项,从春到冬,就能省上千两银子!
也让咱太太、奶奶少挨憋!
可是啦,方才媳妇要给环爷、兰哥支学费,还说是每人一年八两不可缺!"
探春问:"这笔开销他们干何用?"
平儿答:"吃点心,买纸笔,要有些零碎银子腰中掖!"
(白)恰这时,李纨不在屋,探春把眼珠转了转:
"平儿,告诉你琏二奶奶,就说我的主意!
这费用已在月例银子里边付,从今后此类开销定要全减削!"

正说着人报:"赵姨娘要把姑娘见。"贾探春把眉梢一竖嘴儿一撅:
"就说我忙着正把账目阅,过一会儿还要吃茶歇一歇。
休再来这里絮絮叨叨缠磨我,不如愿让她去回太太和老爷!"
堪可笑这位精敏志高的三小姐,她竟要用尽心机逃历劫。
显才慧,梦想填陷补缺月,拼全力,妄图扭回日西斜。
浪滔滔,江河翻腾船将裂,云滚滚,风雨须臾送春别!

紫鹃试玉

阳春送暖花吐香蕾,画梁檐下燕儿双归。
喜人的鹦鹉惹事偏多嘴,捉弄个丹顶仙鹤要惊飞。
潇湘馆黛玉床上方才睡,慧紫鹃回廊里边绣桌帏。
贾宝玉走到近前悄声问:"林妹妹夜里咳嗽可轻微?"
紫鹃说:"整晚上安稳没离被,也亏着常用人参、百合与当归!"
这宝玉见紫鹃穿着薄衣薄裙没戴环佩,弹墨绫小袄把个青缎坎肩围。
顺手儿摸了一下她后背:"也不怕廊里空旷冷风吹!
倘或间你再着凉也病倒,床上边躺着的那个依靠谁?"
紫鹃说:"咱们一年小来二年大,别这样动手动脚区分全没!
让外人看见了背地说嘴,何苦呢,不自尊重毁声威!"
说着话手携针线回房内,闪的个宝玉心里甚伤悲。
走几步望着庭前花儿将绽蕊,这当儿却无情趣赏芳菲。
长吁了一口闷气望着流水,又坐在青石板上泪双垂。
小丫鬟雪雁见这光景心疑惑,进屋来把刚才的事情学一回。
说:"宝二爷手托腮颊正滴泪,莫不是被人抢白,不知是谁?"
紫鹃问:"宝玉此时在哪里?"
雪雁说:"沁芳亭下正把石头陪!"
这紫鹃紧忙放下针线奔园内,来到了宝玉面前笑微微:
"我不过说了那么几句话,原也是把咱大家的好处为。
还值得怄气伤心又滴泪,风里头着寒得病多倒霉!"
宝玉说:"我何曾赌气,是懊悔,倒觉得你的一番话儿动心扉。
只耽忧往后别人也不理我,岂不是冷清孤独,为此心灰!"
听这话紫鹃挨着他的身旁坐,说:"唠一会儿家常喀儿才是正规。"

暗想道:你整天亲亲热热叫着林妹妹,倒好像蜜蜂儿不离紫蔷薇。
也不知倒底还是真与伪,
(白)那边还有个薛姑娘呢,我试试他!
瞧一瞧究竟挑个燕瘦或环肥?
说:"老太太每天差人把燕窝送,难为她偌大年纪心胸不亏。
姑娘若吃上几载病准大好,怕的是明春她就把家归。
那时候哪有闲钱将这贵物买……"
宝玉惊问:"你说的是谁?"
紫鹃说:"你寻思还有哪一位?"这宝玉立时搓脚皱起眉:
"她苏州没有父母和兄妹,
(白)可见你顺嘴胡诌!
莫非说当真走了你才心意遂!"
紫鹃说:"虽然她爹娘都归了位,远族的婶母姊妹一大堆。
如今这姑娘年长已该嫁,回南方自然有人给说媒。
若明春这里不把她送走,林家的秋后也准要接回。"
贾宝玉听她说的有首有尾,就好像晴天头上响霹雷。
怔呵呵半晌无言似酒醉,茶呆呆满面紫涨魂魄飞。
恰这时晴雯来把宝玉找,拉着他走起路来,趔趔趄趄,晃晃悠悠,颤微微。
进门来直瞪着两眼不分南北,呼哧哧张嘴像把什么吹。
给他枕头他就睡,给他倒茶他摸杯。
慌得袭人直拍腿,坐在身旁把泪挥。
晴雯说:"你去问紫鹃就能知原委。"这袭人慌忙穿衣把门推。
眼含泪奔到黛玉房中问紫鹃:
(白)"你都跟宝玉说了些甚么呀?
惹起了今天这件大事非!
他此刻人事不懂似睡非睡,好像个木雕泥塑已经垂危!
李妈妈都说他不中用啦,满屋人又哭又喊谁不伤悲!"
林黛玉听到这里有如揪肝撕肺,哇一声把腹中的汤药全吐没。
伏枕上,嘘嘘急喘爬又跪,泪珠儿,滴滴成串往下垂,
头里边,嗡嗡直叫心忧碎,那紫鹃,轻轻把她脊背捶。

鼓词(二)

黛玉说:"你不用调着法儿揉搓我,莫不如拿个绳子痛痛快快把我勒!"
紫鹃说:"我只是讲了几句玩笑话,谁知他就把个银针当棒槌!"
黛玉问:"你都跟他说了哪些事,快去吧,对他道破也许能解围!"
这紫鹃忙和袭人回到怡红院,
见贾母:瞪着眼,咧着嘴,流着泪,皱着眉,唉声叹气,正在宝玉身边偎。
骂一声:"你这个小蹄子弄的甚么鬼,天爷爷呀,眼看着他的小命就要摧!"
宝玉他瞧见紫鹃咔的一声张开了嘴,满屋人看这景况才略展愁眉。
老太太只当紫鹃把他得罪,一声声喊着:"赶快把礼赔!"
这宝玉紧紧拉住紫鹃的手,说:"要走啊,咱们可一起往南归!"
周围的人们不解忙都问,
(白)紫鹃说:"我只说林姑娘要回苏州去!
这句话就惹出来那么一大堆!"
正说着忽见宝玉手指橘子柜,说:"那不是来接她吗,可是接谁?"
众人看有个自行船玲珑精巧彩色美,
贾母喊:"快着点儿,把那开船的往外擂!
赶紧地拿下来吧,交给宝玉。"贾宝玉抢在手里用被围。
说:"这回看她怎么往苏州去。"又拉住紫鹃两手笑嘿嘿。
一时间人说:"大夫来看病。"王太医摸着他的手腕诊了一回。
说:"不过是着急迷心偶然壅塞,吃剂药就能复原不必伤悲。"
贾母她方才放心回房去,命紫鹃留在这里把他陪。
没过几日宝玉病好转,他说是好像从梦中刚返回。
没人时含笑来把紫鹃问:"你为何想法吓我把命追?"
紫鹃说:"也不过几句玩话试试你,哪知道闹个地暗与天黑!"
宝玉说:"我只好掏出心肝给你们看,剩下的骨肉全都化成灰!
才知道我一片赤诚把心使碎,免今生将这负情的黑锅背!"
这紫鹃紧忙伸手捂住他的嘴:"快住口,说得个意废与心颓!"
又见他如今复原已大好,才放心回到潇湘馆院伴香闺。
黛玉忙问:"可怎么样了,那一位?"紫鹃回答:"已经大好了,我可成了罪魁!
一句话他就闹得翻了背,这几天我白天黑夜把他陪……"
待到那钟声滴滴哒哒人静后,她两个宽衣解带卧帐帏。

紫鹃笑说:"宝玉可称是宝贝,听说你要回南去他恸又悲。
最难得你俩从小一处长大,几年来朝夕不离耳鬓厮偎。
脾气儿相投心思儿相对,年龄儿相仿诸事儿相随……"
黛玉说:"你还嚼蛆不知累,今晚上怎不好好睡一回!"
紫鹃说:"你孤苦伶仃没父母,老太太若去世还依靠谁?
须知道万两黄金容易得,且莫忘知心一个也难为!
快乘这花好月圆时光美,怎么还到口的烧饼往外推!"
黛玉说:"你这丫头疯啦,学会乱说嘴,
(白)等明日我告诉老太太去!"
紫鹃说:"也不是叫你做歹去为非!
我和你说的都是知心话,傻姑娘!怎么就拿我当外贼……"
边说着眼皮相拢已入睡,一番话惹的个黛玉暗含悲。
忆爹娘,思亲情切不成寐,叹孤身,柔肠寸断身世可畏。
思宝玉,半是欣喜半羞愧,念紫鹃,怎能终身总相随!
凄惨惨,枕边留下千滴泪,愁默默,五内俱焚百转回。
昏沉沉,似睡又不能入睡,恍惚惚,时躺时坐把衣披。
听窗外风摇竹叶响声碎,看屋内冷月临窗透清辉。

尤 三 姐

浪荡公子甚无聊,刚烈少女胆略高,
满腔怒火声声讨,藐权赫,斥富豪,
施巧技,斗顽刁,逼得那一双泼皮归老巢!
宁荣街后边有个小院套,房屋里灯明语细人影摇。
尤老娘、二姐、三姐正说笑,忽听见人喊马嘶闹吵吵。
启帘笼细看是宁国府的贾珍来到,黑夜里他说来把尤家母女瞧。
尤二姐洗碗擦壶把茶泡,说:"姐夫你歇息一会儿解解辛劳!"
贾珍他喝口茶水满脸堆笑:"得恭贺贾琏弟弟金屋藏娇!
你们俩这门亲事成得妙,也算是打着灯笼不易挑!
我这个媒人当靠山把你们保,过几天凤二奶奶准来把你瞧!"
二姐她面带微红略害臊,这时候有人捧上美酒与佳肴。
贾珍说:"请老娘和三妹一同饮。"说话间四人就坐举杯勺。
那贾珍乜斜两眼瞅着三姐笑,尤三姐一派正气竖起眉梢。
暗想道:你别不知羞耻把没趣儿讨,真是个水上的浮萍身轻叶儿薄!
二姐她见这光景不大好,假推说回去有事不把边儿着。
奔到了自己的卧室刚要躺倒,听外面有人不住咟咟敲。
原来是新婚的丈夫贾琏把门叫,进屋来兴致勃勃喜在眉梢。
见二姐杏黄的裙子刻丝的袄,翡翠环面含微笑分外娇。
说:"都称赞我那夜叉婆凤姐俏,依我看给你提鞋她都够不着!
如今你三妹年纪已不小,这姑娘风流袅娜甚窈窕。
若把她嫁给大哥贾珍做小多么好,索性咱们来个一锅搅马勺!"
二姐说:"三妹妹要自己把女婿找,她常说:'婚姻事必得由着我来挑!'
那脾气古怪一提这事她准恼,再说啦,如成亲珍大爷把脸往哪搁!"

363

贾琏说:"天知道,地知道,咱们知道,俗话说'肉臭还不往外抛!'
趁这阵立刻前去把她找。"边说着推门就往西院蹽。
贾珍他听说贾琏归来吓了一跳,自觉着羞愧难当脸发烧。
那贾琏假装不觉面带笑:"大哥你为我们没少把心操。
我就是粉身碎骨也无以为报,请大哥把些疑虑全打消!"
一边说撩衣屈膝要跪倒,慌的个贾珍抓耳把腮挠:
"兄弟你往后怎说我怎好,咱们是一个贾字还能两笔描?
这贾琏吩咐奴婢快把酒烫好,我今晚要和大哥吃个夜宵!"
转过身面对三姐嘻嘻笑:"来呀!全都坐在一起聊!
你得跟大哥吃个双盅酒儿,
(白)三妹妹,我给你道个喜儿!
从今后咱们就是一担挑儿!"
好一个尤三姐气得牙根咬,跳起来脚踩炕沿怒火烧。
如利剑,寒气逼人光闪耀,似疾风,骤卷骇浪翻惊涛。
手指着贾琏一声冷笑:"你不用跟我滑磨掉嘴儿啥都掏!
喝酒怕甚么?"拿壶就倒,一伸手她把贾琏的前襟薅。
这贾琏吓得真魂出了窍,要说话没等张口嘴先瓢。
尤三姐举起酒杯猛劲往他嘴里倒,灌得他,哎哟哟,想嚎不敢嚎。
贾珍他想寻个空子快溜掉,尤三姐厉目紧紧把他瞟。
尤老娘悄悄拉了一下三姐裤腿角,怕的是把事情弄大要沾包。
哥两个满想闹到这般就算了,哪知她青竹甩叶节节高。
一挥手站在炕上高声叫:"来来来,大家凑个'一团糟'!
(白)不是喝酒吗?把二姐姐也请来!
我们姐妹且扔掉这羞和臊,你们哥俩也都齐上槽儿!"
你看她:
  哗铃铃,把头上簪环全卸掉,刷啦啦,将身上外衣旁边抛;
  青丝发,把卷绕,大红袄,绣粉桃。
  绿裤子,散着角儿,红绣鞋,底儿薄。
  明眸闪,翠眉罩,金耳环,晃又摇。
  粉面丹唇格外俏,红绿相映更妖娆。

一会儿嗔怒,一会儿似笑非笑,一阵儿坐下,一阵儿又把脚跷。
说:"打量着你们贾府那些丑事我不知道,
整日里,勾心斗角,伤人害命,鱼肉百姓,偷鸡扒灰乱糟糟!
更妄想花几个臭钱拿我们寻欢取笑,也没搬个镜子把自己瞧一瞧。
把我姐拐到这里为妾做小,可知道偷来的锣鼓没法敲。
你老婆凤辣子谁不知道,又阴毒又恶狠里外三刀。
有一朝我要把这凤奶奶找,倒看她长几个脑袋怎样刁。
倘若是和气待人暂拉倒,说个不字就把你的肉头凿!
我掏出你们俩牛黄与狗宝,再和那泼妇拼上这命一条!"
他二人往日惯能说风谈月斗口角,今晚却如呆似傻鼠见猫。
贾琏他此时搭拉着脑袋空懊恼,那贾珍又羞又愧直劲把头挠。
三姐说:"你们哥俩今晚喝个饱儿吧,要助兴,我再给你们吹洞箫!"
这姑娘任着性拿他俩开心取笑,他二人,欲进不敢,欲退不舍,欲溜不敢逃。
三姐说:"你们这俩现世报,这才是贪吃甜枣遇辣椒!
且妄想欺侮我寡母孤女老和小,可知道做恶到头天饶人不饶!
我如今酒足兴尽要睡觉,请二公暂到别处去逍遥!"
弟兄俩似落汤公鸡霜打的草,出门来热汗淋漓像雨浇。
皓月当空把他俩的丑态照,群星闪闪挤眼如讽又似嘲。

凤 姐 施 计

羞月只怕掩云开,桃花怎禁雪里埋。
斑鸠鸟衔串捻珠脖上戴,引得个花白喜鹊进巢来。
王熙凤撅嘴怒腮把袖子甩,
(白)猛喊声:兴儿!
这小兴儿吓得跪在地上直呆呆。
凤姐说:"听人传二爷他娶妾在外,你跟我从头到尾说个明白。
有一字若是对我撒了谎,小心着脖子上边你的脑袋!"
兴儿说:"那……那天大爷二爷在一块儿,琏二爷总夸尤家二姐好人材。
他一心要把新奶奶弄到手……"
凤姐说:"呸!谁是你的新奶奶!"
(白)小的该死!
(白)往下说,好多着呢!
兴儿说:"东府的蓉哥帮着把房买,珍大爷从中撮合当后台。"
(白)那尤二丫头不是有主了吗?
小兴说:"从小就和张华定了婚事,二位爷逼着张华退婚许给他钱财。
那张家惧怕他俩,出于无奈,退了婚二爷娶亲就往新屋抬。"
(白)房子在哪?
(白)在……在府后小花枝胡同里!
凤姐说:"从今日不许你脚步往那迈,有差错我五花板子把你拍!
(白)去吧!"
这小兴儿紧忙爬起退出门外,王凤姐头倚枕她往床上一栽。
眼望着天花板手摸上脑盖,忽然间眉头一皱笑颜开。
出门来回过王夫人又把贾母拜,说:"我明日姑子庙里去供斋……"

鼓词(二)

临行时只把身边几个人带,青骡儿车踏踏踏跑进府后二道街。
尤二姐听说凤姐来到立时吓坏,惧奸险生怕顷刻遭祸灾。
定了定神思紧忙整衣迎出门外,见凤姐,白衣白裙白鞋白环钗:
素白的银器晃晃头上戴,素白的绸带飘飘垂两排。
白缎子夹袄掐青线儿,白绫子素裙系在怀。
目横三角,粉面含春威不露,眉吊两梢,丹唇未启笑浮腮。
尤二姐紧忙行礼伏首跪拜,
(白)"姐姐,实在不知驾到!
因此上没能远迎恕我不才!"
王熙凤赔笑还礼满面喜色,亲热热手拉着二姐进屋来。
二姐说:"婚姻事全听家母主宰,妹妹我未去拜见太不应该!
从今后朝夕伏侍姐姐你,甘心愿铺床叠被扫尘埃!"
凤姐说:"皆因我年纪轻不知好歹,总担心二爷在外他把野花摘。
正经地娶你做了二房我怎能怪,只盼望早日生个男孩儿或女孩儿。
到老了我也能有个依赖,谁知他怕我嫉妒怀鬼胎。
这些天他有事出门在外,我亲自登门拜见叙衷怀。
请妹妹启动贵体搬院内,咱姐俩朝夕一处共妆台。
若不然外人准会说咸道歹,让人家指我脊梁乱苛责。
姐姐我虽然无知心胸并不窄,总不会挑肥拣瘦吃醋和调歪。
若妹妹不肯搬进院里住,我明日收拾一下搬过来。
只求你二爷跟前多把好话带,我情愿给你梳头洗脸吃常斋!"
说着话低声哭泣似有委曲和感慨,尤二姐她也陪着泪满腮。
凤姐命从人:"快把新奶奶认!"又把那拜见礼物让人抬:
齐整整,四匹绸缎全是上色,金灿灿,簪环珠瑙摆了一排。
尤二姐见熙凤如此相待,她这才转惊为喜不疑猜。
凤姐说:"府里边早把新房收拾妥,妹妹你赶快决断别徘徊!
只把些箱笼细软随身带,指一个下人留这看房宅。"
又催着收拾衣物快穿戴,手拉手上车并坐把肩挨。
凤姐悄说:"咱们家中规矩大,先不能去见太太和老太太。
你暂且搬到园里住几日。"二姐说:"这些事凭着姐姐来处裁。"

说话间车已到后角门外,早有人忙将东西往屋抬。
王熙凤退走从人另把丫鬟派,那丫头整日她在二姐身边待。
头几天略有笑容还和蔼,三日后满面冰霜鼓着腮。
饱一顿,饿一顿,送些剩饭与烂菜,抓邪火,找岔子,除是蹾来就是摔。
说:"你要知偷来的野花哪里摆,歪脖子梨木不是正经材!"
尤二姐忍怒不敢把她怪,暗地里偷着流泪叹又唉。
王熙凤五天八日来一趟,满嘴里"好妹妹"叫了个乖:
"倘若是有人敢把你错待,告诉我把她嘴巴给打歪!"
(白)又对丫鬟、媳妇们说:
"新奶奶倘或说出一个不字儿,
(白)我要你们命!
当心着把你们的手指掰!"
尤二姐一见凤姐这般好,也只得把些怨气心里埋。
这一天凤姐带着二姐见贾母,说:"你瞧瞧,这个女孩儿长的乖!
皆因我这些年来不大生养,劝二爷收在屋里盼她养个孩儿。"
(白)贾母说:"凤丫头,由着你们办吧!
难得你宽宏大量心似海,快让她搬进你们收拾的新房宅!"
没人时凤姐她和二姐讲:"妹妹呀,我有话不在心里揣!
外人说你的名声不光彩,不知是谁偷着告诉了老太太。
她说是'怎不寻个好的屋里放,没人要的你们拣来往家塞!'
是哪个把妹妹的品行给败坏,查出来我打死它个狗狼豺!"
尤二姐听了这些心里憋屈坏,昼夜里哭天抹泪茶呆呆。
每日间水不喝来饭不咽,早已是黄瘦干枯变了形态。
扑簌簌,伤心泪水往下落,咕咚咚,手捶胸膛身法筛。
说:"老天哪!她到底是怎个琏二奶,弄得我左思右想不好猜!
她若是菩萨怎么尽把坏事带,说她像恶神为何我没看出来?"
尤二姐沉沉心事似海澎湃,怎能渡滚滚恶浪过江淮!
这一日贾琏回府把大老爷拜,贾赦他盼儿归来喜心怀。
说:"你此番远出事情办的好,
(白)把丫头秋桐赏你做妾吧!"

这贾琏乐颠颠地领过来。
王熙凤气的脸都不是色儿:一根刺没除又把一刺儿栽!
好啊!你要来,你就来,奶奶我自有巧安排!
说:"秋桐妹你可要知好与歹,咱姐俩算个甚么狗尿苔!
人家有一位二房奶奶谁敢错待,我还得让她三分送青睐。
你若敢不知进退对她有妨碍,岂不是自找寻死惹祸灾!"
秋桐说:"奶奶宽宏大度能忍耐,我眼里怎容谁把沙子塞!
不尝着生姜她不知道辣,你看我偏要斗她这张牌!"
她常在二姐的房里窗外,指鸡骂狗,指桑骂槐。
尤二姐忍气吞声低头垂泪,只得是闷在屋里不出房宅。
贾琏他有了新欢不把她理睬,这二姐哪里还敢把头抬。
暗想道:这深宅大院我哪里走,又何必朝天遭受这苦灾!
听人说吞金能把肠坠坏,深夜里翻开箱子找出来。
哭一声:"娘啊!女儿被骗受了害,落深渊万丈失脚在悬崖……"
清晨起丫鬟推门立时吓坏:尤二姐直挺挺躺着脸青白。
众奴仆无不怜惜流下泪,这消息立时在贾府全传开。
王熙凤扶尸痛哭又把鼻涕甩:"我的妹,我的乖,我的新奶奶!
可惜姐一片好心将你待,怎狠心把咱姊妹两处拆。
哪一样不如愿只管说,怎么这般心窄,做出来这样事情你可万不该!"
小兴儿一旁偷着直挤眼儿,说:"这些人数着凤二奶奶哭的哀!"

探　晴　雯

朱门玉堂血泪纵淋,纱罗环佩悲忿难申!
大观园历经抄检人心忧恨,奴婢们惨遭浩劫冤如石沉。
傻大姐捡了个绣春囊似雷惊震,吓慌了荣国府里权贵们。
怕的是伤风败俗失仁信,更有碍诗礼簪缨毁经纶。
要查出女儿们的闺藏私隐,隔断那风月情事保烈贞。
忙差人把个楼馆斋轩全搜尽,太太们亲自出马闪怒甩嗔。
怡红院仆隶齐集等候查审,贾宝玉有个丫鬟名叫晴雯。
他二人朝夕一处常接近,俱都是纯真无猜甚相亲。
这晴雯性格刚直口齿锋俐,她哪管主仆上下卑与尊。
又因为遭人诽谤和告密,触怒了贾政的内室王夫人。
说:"要防着我的宝玉被调唆坏,把那些生事的祸害斩草全除根!"
唤从人命晴雯立刻来见,偏这时她偶染风寒患病在身。
过中午辗转多时方睡稳,听传讯翻身下床往外奔。
怎顾得重拢鬓发匀脂粉,料无妨不须舒袖理衣裙。
这丫鬟轻抬脚步把凤姐房中进,王夫人定睛观察细留神。
见晴雯眼眉微挑发垂双鬓,明眸惺忪两腮红晕。
簪环略歪衣衫不整,倒好像捧心春睡不差几分。
不由得轻声冷笑讥讽的口吻:"啊! 好一个病里西施,虞美人!
你成天打扮这轻狂样子给谁看,等明儿自然打个你发昏!"
这晴雯紧忙低首飘飘跪倒,就知道此番来头大有原因。
又听问:"这几日宝玉的身体可怎样?"勇晴雯机敏过人怎敢吐真。
说:"我原本生得拙又笨,整日里在外间看守房门。
听呼唤没事不把宝玉屋中进,请太太询问麝月和袭人。"

鼓词(二)

王夫人厉声斥责仔细盘问,晴雯她谨慎回答毫无漏痕。
夫人说:"我看不惯你这花红柳绿浪模样",
(白)断喝声"出去!
等回了老太太再撵你出门!"
这晴雯奇耻大辱今日受尽,气昂昂边走边哭把路寻。
受凌辱怒火三丈心头郁闷,禁不住把病症又添了几分。
果然是不过几天遭驱逐,那宝玉目睹惨状心如火焚:
可怜她蓬头垢面被人架走,可叹她多日水米没沾唇。
可悲她正患重病身体弱,可叫她满腔悲愤对谁云!
想到此百感交集伏床泣,止不住呜呜咽咽热泪淋。
贴身的丫鬟袭人低声劝:"二爷呀,哭也无益何必伤心!
她如今挪到院外静静养,过几日病就好咧再进园门。
待等着太太气头已过消了火,你再求老祖宗叫回晴雯。"
宝玉说:"这一去如风雪卷嫩笋,悬念她胸郁病危怎样禁!
最担心孤身一人无父母,估量着不待多久命不存……"
任凭这巧嘴丫鬟百般哄,怎转那痴心公子一片心。
待等到银灯初上黄昏后,园中人钗环将卸铺枕衾。
他把那身边人们全稳住,其得便独自奔到后院门。
求一位老婆子带他去探望,先央告后哀求又许纹银。
老婆婆战兢兢地把路引,贾宝玉蹑悄悄地随后跟。
那晴雯自从离开怡红院,在园外姑舅嫂家暂安身。
着风寒病上又加病,听刺语心头添愁云。
这时节晴雯的嫂嫂把门子串,她趴在芦席上边晕沉沉。
贾宝玉跨进门槛向里望,呀!那凄惨的景况痛煞人!
见晴雯倾斜着身子头离枕,弯曲着肘膊声声呻吟。
黄脸儿低垂樱唇红褪,星目儿紧闭腮挂泪痕。
乌云儿蓬松衫袖摊散,绣鞋儿旁抛带折绉纹。
忙走至床头把身靠近,悄声地呼唤轻轻拉衣襟。
这晴雯听有人叫强展双眸,见宝玉又惊又喜倍觉亲。
死攥住贾宝玉的一只手,那脸儿紫涨喘气也更频。

371

好半天才说出:"我只当不能把你见,料今生你东我西永离分……
快把那茶水给我倒半碗,渴得我多时叫不着人!"
贾宝玉炉台上边把茶盅洗,他连忙伏下身来把水斟。
见晴雯一口气喝尽似把甘露饮,宝玉他看这光景有如箭钻心。
说:"有什么话儿对我讲吧,趁此时屋里边没有外人!"
苦晴雯哽咽一阵方开口,说:"我不过是昼夜苦熬挨时辰。
也料到顶多挣扎三五日,可只有一件事死也不甘心!
我虽然长得好些并没私情把你勾引,
(白)为什么一口咬定我是个狐狸精!
难道说当主子的就许妄口污辱人!"
说到此音噎气短言语断,那两手冰冷颤抖着嘴唇。
怒冲冲欲再倾诉说不出来话,悲切切停留半晌才哭出声音。
这宝玉见此景情肝胆欲裂,柔肠儿痛断泪如倾盆。
怔呵呵仰脸长叹似把苍天问,咯吱吱痛切皓齿甚悲辛。
说:"也不知眼前的晴雯究竟犯何罪,为什么府里人定要葬送她青春!"
又见她形容憔悴含悲忿,身躯儿消瘦没了精神。
说:"暂把这腕上的银镯先摘下,病好了再戴上,切莫酸心!"
晴雯说:"你扶我起来坐一坐,这阵子躺的个头涨又脑晕……"
贾宝玉倾斜着身子用力搊动,晴雯她两肘支撑更觉躯体沉。
那病久的人儿哪还有劲,好容易挣扎坐起半个身。
不料想虚弱得怎承这样撕拼,早已是声声咳嗽泪水簌簌淋。
这宝玉伸手给她倚上身边的枕,心里如翻江搅海唤晴雯:
"恨不能,替你患这全身病,恨不能,请来扁鹊、李时珍!
恨不能,撕碎造谣诬陷的恶人嘴,恨不能,剖出伤人害命的悍妇心!"
细想道,纵有神医中何用,溯缘由,含冤受害是病根!
这晴雯满腹含怨怎能忍,强支撑字字血泪似火喷:
"宝玉呀!老爷、太太表面仁慈内藏利刃,杀害的都是我们这些下等人。
多少人,横遭荼毒含余恨,多少人,默默无闻挂啼痕!
多少人,清白无辜被蹂躏,多少人,饮恨而死入丘坟!
都因我身为奴婢难平忿,更竟敢不分卑贱蔑豪绅。

常常是咒恶诅凶少从顺,才成为他们肉中之刺眼里针!
竟蒙受不白之冤遭霜刃,怎脱逃横祸临头被杀身!
你贾府装得个诗礼人家行慈悯,却原是九层地狱一孽门!"
这丫鬟满腔冤仇一时难倾尽,已经是气喘嘘嘘再难陈。
(白)半晌说:"宝玉啊!
在这里不能久坐你快回去吧,这一来我就是死了也甘心!"
(白)"宝二爷在这里吗?"
忽听见房外有人问:"天已交戌时就要关园门!"
贾宝玉行将别去实不忍,几番回首才离分。
暗自说:"好一个玉洁冰清女,眼睁睁风里残烛葬芳魂。
凄凄惨状谁怜悯,斑斑血泪腹内吞。
似听得:
杜鹃枝头声声吐哀韵,鹦鹉檐前句句传恨音。"

黛 玉 焚 稿

红莲出水不染泥,风霜无情逼得疾。
落花飘飘春将去,怨女凄凄痛悲啼。
荣府里要给宝玉完婚事,王夫人与贾母张罗的急。
凤姐她设了一个调包计,不提防葫芦张嘴儿透消息。
林黛玉得知宝玉要把宝钗娶,这真是晴天头上响霹雳。
心里如油儿、酱儿、糖儿、醋儿掺在一起,竟是个咸甜苦酸都不知。
恍惚惚,头晕心蒙如凝滞,茶呆呆,精神骤变迷痴痴。
忧郁郁,眉儿横锁两眼直视,闷沉沉,嘴儿紧闭一声不吱。
水儿不喝来,粥儿也不用,偏方儿抛身边,药儿也不吃。
这疾病加心病日重一日,泪珠儿把个绣枕全滴湿。
紫鹃说:"姑娘啊,若论起你的心事,这些年怎个主意我们尽知。
且别听外人瞎说与传语,那都是望风扑影乱喊喊。
宝玉他如今患病怎能把亲娶,但愿你安心保重莫多思!"
这黛玉淡淡一笑也不言语,反倒似安然、平稳无虑无疑。
紫鹃她明知怎劝也不顶事,却觉得这些天来景况离奇。
林黛玉辗转反侧卧床不起,潇湘馆门庭冷落人影儿稀。
睁眼看剩个紫鹃身旁守,自料到枯木将倒绝无生机。
迷茫茫勉强支撑唤紫鹃:"妹妹呀,只有你是我知心的!
虽然是老太太派你将我服侍,这几载形影不离共起居……"
紫鹃她听到这里暗抽泣,只哭得两眼红肿喉咙嘶。
黛玉说:"躺的个身酸心里腻,你扶我起来稍微坐一时!"
这紫鹃和雪雁轻轻把她搊起,身两边靠上软枕紫鹃后边倚。
黛玉她抚今追昔想起往事,顿觉得心头翻滚如浪激。

鼓词(二)

只见她嘴儿颤动怨又气,唤雪雁:"拿来我的诗本子!"
见诗稿千般懊恨万种思绪,不由得神动心酸泪珠儿滴。
曾记得秋爽斋探春喜结海棠诗社,蘅芜院我和姊妹联赋咏秋菊。
潇湘馆黄昏有感秋窗风和雨,怡红院兴浓吟诗行令比奇异。
仲春时我把桃花诗社重建起,暮春里湘云写了一篇柳絮词。
咏海棠宝钗那日先提笔,吟翠竹宝玉夜里出诗题。
看如今墨迹尚存人将去,可叹我呕心沥血的文章天天积。
一字字,字字血泪点点叹身世,一行行,行行披沥肝胆寄相思。
一篇篇,篇篇感慨倾吐泻千里,一页页,页页对景应时书雅词。
细思来吟诗作赋又何必,却落得惹人耻笑倒无益!
如今我他乡遭灾哪个是知己,谁不是锦上添花攀高枝。
叹人生最怕风雨飘摇无所依,宝玉他此一时来彼一时。
那一年夜差晴雯送绢帕,你可是怎样的心切何等情急!
银灯下我不避嫌讳研墨蘸笔,思绪飞披衣伏案把诗题。
殷切切芳心一点倾注你,意绵绵情丝万缕我偏痴。
也知道病儿是从此处起,又岂能平原勒住骏马驰!
怎奈是身居闺阁应重廉耻,哪敢在姊妹跟前露一丝。
便只好两心相照藏于里,在人前遮遮盖盖常掩饰。
如今这物在人在人心变,早都是挪花接木另转移!
人常说路遥才能知马力,有谁知风云突变来得急。
外祖母也曾心肝肉尖声声唤,可为何今日疾风暴雨阵阵击!
当初似怜孤惜幼万般爱,这时候路上青石一脚踢。
宝姐姐平日装个温顺娴静明大礼,
却原是在老太太、太太跟前用心机!
她如今,珠联璧合称心意,我却是,花枯叶落日归西!
最伤心寄人篱下横遭风雨袭,且不用霜刀冰剑紧相逼。
但只愿质本洁来还洁去,倒免得身落沟渠染污泥。
这黛玉此时恸极冷心底,她把个世间一切不顾及。
将手儿举起把箱子指,紫鹃她料到姑娘要绢子。
叫雪雁急速取出白绫绢,黛玉她扔在一旁说:"带字儿的!"

小雪雁拿出旧帕递给黛玉,她接过咬牙用力狠命撕。
两只手打颤哪还有力气,累得个青筋暴起软了四肢。
慧紫鹃明知她是恨宝玉,并不敢当面把这事情提。
说:"姑娘啊,何苦又生气,净神思好好服药养身躯。"
黛玉她微微点头把手帕放袖里,命雪雁"笼上火盆"催得急。
这雪雁送过火盆出屋去,紫鹃她只当黛玉要把凉气驱。
说:"姑娘你嫌冷躺下再盖床被,那炭气熏人厉害怎能抵!"
这黛玉将身子微微欠起,狠命地把手帕扔在火盆里。
紫鹃她吓了一跳要往出取,两只手扶着黛玉哪敢离。
那手帕沾火火苗呼呼起,紫鹃说:"姑娘啊,这是何苦的!"
她此时只做不闻又把诗稿拿起,瞧了瞧放在一边惨凄凄。
忽然间颤微微用尽全身力,
(白)把诗稿往火盆里一撂——
刹那间青烟袅袅满屋迷离。
黛玉她大势已去两眼一闭,把身儿往后猛仰一声长嘘。
这紫鹃忙和雪雁把她放倒,只见她面色苍白奄奄一息。
林黛玉病情骤然加剧,那紫鹃失声痛哭泪如泉溢。
暗恨道:府里人为何狠毒冷淡如此,这时候谁也不来心如冰石!
正这时林之孝媳妇进屋里,说:"那一边要用紫鹃使唤一时!"
紫鹃她已知今夜宝玉正把宝钗娶,恨众人为何此时紧相逼!
(白)说:"林奶奶,你没看这一个,是怎么个景况了吗?
我还得守着她呢,你老先回去,人死后我们自然都把此处离!"
林家的只好带着雪雁去,紫鹃她满腹怨气心内积:
宝玉啊!那一年我说她要回苏州去,你就像着了疯魔心神迷。
今日里竟然做出这等事,我看你怎样见我,厚着脸皮!
正想着忽见黛玉睁开了眼,死攥住紫鹃两手悲戚戚:
"妹妹呀,在这里没亲人只我自己,我却是一身洁净没污渍。
你好歹叫他们送我回南去……"说到此悲恸已极声音更低。
猛听她直声喊着:宝玉、宝玉……一时间再也听得不清晰。
闻远处好似鼓乐声细细,看眼前残屋暗灯人悲啼。

鼓词(二)

林黛玉香魂一缕随风去,那边厢正是宝钗出嫁时。
此刻间:
窗棂外,冷风飕飕骤时起,孤室内,人影摇摇伴残局!

宝 玉 闹 婚

天上银河洒泪珠,人间悲喜不胜书,
暗把金梁换玉柱,楼台倾倒再难扶!
爆竹响张灯结彩喜气盈贾府,贺新婚宝玉眉开眼笑心意足。
唤袭人束发整缨系绦带,登墨靴饰环佩锁穿新服。
中厅里金碧辉煌悬喜字,前案上银鼎焚香燃高烛。
笙管齐鸣响钟鼓,红毡十丈把地铺。
金樽酒满摆喜宴,侍女只待飞玉壶。
王熙凤指指点点甚忙碌,执事人张张罗罗高声呼。
夫人、小姐、内妾、陪房、媳妇、丫鬟,上首坐着贾母,
老爷、少爷、小哥儿、管家、书童,各府官员、门客,可称得冠袍相拥,花团彩芙。
这宝玉仰脸遥望左盼右顾,问袭人:"是怎么林妹妹直到现在还没离屋?"
回说是:"等吉时呐,又因远离住处,这时节正在妆新打扮挽髻插凤与添珠。"
忽瞧见宫灯高挑大轿到,灯光下女伴男随前拥后簇。
过仪门鼓乐轻声众人停住,掀彩帘喜娘款款移步把轿出。
贾宝玉笑逐颜开迈大步,迎上前并肩行走忙把新人扶。
回头看后边是丫鬟小雪雁,立时间眉儿紧皱嘴儿咕嘟。
心里想:紫鹃姐姐这时怎不到,她一人留在空室岂不嫌孤!
噢!那雪雁原是黛玉从南来时带,紫鹃是本家丫鬟不必同出。
见雪雁如同见紫鹃,想到此疑虑才消除。
听司仪朗朗唱诵几次伏首拜,登喜堂夫妇对礼才入金屋。
王熙凤设奇谋偷梁换柱,怕这时漏脚翻车怎敢疏忽。
请贾母进新房一旁稳坐,遇诸事平波息浪当"总督"。

鼓词(二)

这宝玉走到新人近前悄声问:"林妹妹,近日可好,身体何如?
你头上怎么还蒙块大红布?
(白)快拿下来吧!"
只吓得贾母、凤姐全身出汗喘气粗。
宝玉想:妹妹平日好嗔怒,我不可一时莽撞太唐突。
停一会儿到底是按捺不住,忽啦啦伸手揭下了盖头袱。
兴冲冲迎面忙把喜娘看,嗯?从哪里弄来一个胖大姑?
又转念我身体还没有复原如故,莫不是神思不定两眼模糊。
一只手擦眼一手拿灯照,这一回把那个人看清楚。
观体态,盛装艳服丰肩润肤,瞧面庞,眉弯目秀唇丹鼻凸。
论气质,端庄淡雅矜持不露,看神情,略含娇羞安稳自如。
(白)"她不是林妹妹!
眼前人纵是仙女下凡也如粪土,怎比我与林妹志同道合亲密无疏!"
问袭人:"坐在那的美人是哪位?"
(白)新娶的二奶奶!
"是哪个二奶奶,把我弄得好糊涂?"
(白)是宝姑娘!
"分明说娶的是林妹妹,可是谁颠金倒玉这样狠毒?!"
凤姐她走到近前悄声叮嘱:"别混说!老爷在前厅,宝姑娘在里屋!"
这宝玉推开众人直奔贾母,揉搓着她的衣襟哽哽呜呜:
"老祖宗啊,你可坑了我……"他哭天号地捶胸又顿足:
"实指望多年夙愿今朝付,却把我引入陷阱送进魔窟!
说什么洞房花烛夜,身如在牢笼做囚徒!"
老太太懵头转向说不出个三四五儿,嘴里边哎哟、啊吁乱叨咕。
王夫人惊慌焦急心中无数儿,巧弄机关的凤姐也办法全无。
满府里人声嘈杂出出入入,闹得个乌烟瘴气天翻地覆。
宝玉他病又转重卧床不离褥,免不了寻方吃药请大夫。
好容易消壅解塞把心神稳住,薛宝钗坐在他身旁滴泪珠:
"如今你要把病体好好养,听老爷话专心苦读圣贤书。
果然是名题金榜光宗耀祖,也不把老太太苦心来辜负!"

宝玉说:"总不过还是那些大道理,劝我务仕途经济学腐儒!"
宝钗想:莫不如我把真情吐,也让他别再指望那条路途!
(白)说:"我实话告诉你吧!
林姑娘那天夜里已病故!"
(白)宝玉顿时坐起来,大声惊问:"甚么?"
"果真死了!岂能够红口白牙乱诅咒!"
这宝玉只觉天转地转人也转,好似那浪击船翻落海湖。
说:"我为她几番病倒朝朝暮暮,她为我病入膏肓恍恍惚惚。
我为她生死不移天地共睹,她为我芳心已注日月清楚。
倒不如我二人死在一处埋一处,生不能比翼飞但愿死后并灵柩!"
贾宝玉方寸已乱如割肤,想林妹悲忿欲绝泪扑簌。
一心要前往吊唁诉肺腑,见宝玉如此情急谁能拦阻。
进园望哪里还是昔日的潇湘馆,满庭中凄凉零落一片荒芜。
冷清清日影阴沉玉竹倒,凋零零风扫残叶百花枯。
推门看灵堂简设暗淡肃穆,剩一个紫鹃丫鬟正把案伏。
也顾不得焚香顶拜行哀礼,禁不住伏首拍案放声大哭:
"林妹妹呀!世间上难道数你最苦,孤单单寄居他乡爹娘双无。
原本想风雨袭来依大树,谁料到霜刀冰剑太残酷。
可怜你孤女弱体悲惨的归宿,竟身遭妖魔魍魉凶狠的荼毒!
林妹妹呀!再不能,即景作诗联吟赋,再不能,传帕递笺把愿抒。
再不能,炎日亭下同消暑,再不能,寒夜挑灯话琴书。
再不能,银桃树下相倾吐,再不能,凭栏远眺晚霞图!
我对你一往情深时时露,你常是云里芙蓉若现若无。
愿今生鸾凤相偕成眷属,却落个孤雁空鸣玉碎沉珠!
林妹妹呀!如今你惨遭浩劫埋荒土,此后我顿失知己更孤独!
如今你方知已把终身误,此后我幡然警觉才识途!
人说我朱门锦衣必当享厚福,有谁知身不由己有如陷囹圄!
似这般久困樊篱难耐的苦,待何日雁飞高空鱼翔海湖!?"
这宝玉声声血泪如雨倾注,悼亲人句句肝胆恸震京都。
问紫鹃:"姑娘她临危时怎样叮嘱?"这丫鬟含怒低头一语全无。

半晌说:"你往日对她好话说了无数,到如今为何还在这里又重复?!"

宝玉说:"姐姐你怎知我含疚与衷苦,苍天哪!有谁能与我洗雪冤枉说清楚!"

忽听得禅钟渺渺入馆户,只震得五脏滚动心漂浮。

看大势似蒙眬方醒今才悟,叹人间酷苦浑浊贾府脏污!

且不如离开这罪恶门庭脱尘俗,落得个一身洁净忧虑皆无!

这正是:

　　大江东去人不返,痴男怨女两相哭,

　　乾坤旋转风云舞,红楼梦后今胜初!

南阳大调曲子

选自雷恩洲、阎天民主编《南阳曲艺作品全集·第三卷·大调曲子（下）》（河南大学出版社2004年版）。

双玉听琴

【鼓子头】月色如银,碧空无尘。大观园内寂无声,花有清香正袭人。孟秋时节暑气尽,万物依然抖擞精神。潇湘馆中静悄悄,怡红院中声隐隐。猛可里栊翠庵中琴音起,原是妙玉鼓素琴。

【阴阳句】高山流水曲调雅,顺风飘送绝妙音。这晚上宝玉无事,来至在潇湘馆门。见黛玉亭前倚栏,紫鹃、雪雁用扇扑蚊。进门来面带微笑,说:"妹妹呀,保重你的贵体千金。终日里呆坐流泪,岂不是自害自身?"

【太平年】黛玉一见笑吟吟:"表兄何必太认真!女孩儿家少动应多静,怎似你男儿家东跑西奔。"宝玉道:"且莫多心,愚兄怕你再伤神。你看今夜月色如水,何不到栊翠庵中去听琴?"

【满洲】黛玉即起身,随宝玉走出门,步出潇湘细寻佳音,耳旁边风送美调声波闻。秋蝉声凄凄,寒虫亦悲吟,似有若无分它不真,月朦朦天际阵阵起雾云。

【打枣杆】林黛玉,踏芳尘,贾宝玉,紧紧跟,晚风飒飒透精神。

【罗江怨】转过了沁芳小桥,又越过稻香村,眼望着栊翠庵外,茂密树阴,一带红墙可辨认。一霎时浮云又起,地暗天昏,金风扑面,寒意陡临,娇弱的黛玉打寒噤。

【银扭丝】宝玉上前将她扶稳,搀着黛玉继续前行。来到山坡下,举目细留神,但只见月又复明驱散浮云,黛玉道:"月有亏盈,明暗转轮。"宝玉说:"人有死生,阴阳化身。生命诚可贵,仁爱分假真,愿学那张生莺莺月下长吟。实可恨老夫人许婚又赖婚,过河拆桥言而无信,多亏小红娘,来往传书文,书馆中张生莺莺结同心。"

【老剪剪花】黛玉闻听怒生嗔:"表兄高论似影射人,金玉良缘前世定,何须红娘把线引。明明欺负侬年幼,拿话儿借古又讽今,明日我定对舅父讲,看你还敢信口胡云!"

【茨儿山】宝玉闻听心惊怕:"妹妹何必太多心!今儿饶恕兄之过,来日登门去赔情。"黛玉假意将他吓,倒叫宝玉无计生。急得身上直冒汗,黛玉说:"银样蜡枪头吓唬人。"

【诗篇】贾宝玉好似得了赦,手拉黛玉倍加亲。千恩万谢毕恭毕敬,此一时失去了二爷的斯文。林黛玉止不住抿嘴笑,说:"宝二爷恕奴冒犯望你宽仁。"他二人云消雾散又往前走,耳听得远处传来琴歌音。只听得:世俗凡人染情丝,色色空空要分真。有人解开其中意,便可升腾九重尊。林黛玉默默不语似有感,贾宝玉痴痴呆呆未听真。又听得:玄机奥妙人难晓,错把淫欲刻在心。正然静听琴弦断,双玉顿时吃一惊。自古道抚琴有七忌,琴弦中断是无知音。

【鼓子尾】他二人无奈回身去,下离山坡慢慢行。来时有兴去无兴,弦断歌歇更消魂。这时候月色朦胧夜深沉,惊动林鸦也哀鸣。前边是凄凄凉凉谁家院?隐隐约约何处音?天上星宿在银河岸,牵牛织女两边分。二人在怡红院外分了手,恰遇紫鹃送衣襟。扶着黛玉暖阁进,这位痴情女,又勾起往事泪淋淋。

黛 玉 叹 月

【鼓子头】冰轮乍涌,玉兔东升。林黛玉闷坐潇湘痴情浓,淡淡月色透窗棂。

【阴阳句】贾宝玉转回怡红,林黛玉暗自伤情:我不过是几句玩笑,他当真就把气生。我的心意如旧,宝玉的性情大更,莫不是真个丢手,天爷呀,一言半语就是这样薄情!林黛玉掩面悲泣,直哭到黄昏秉灯。

【坡儿下】悠悠晚寺起钟声,翠竹疏影透窗棂。林黛玉推窗观望清夜景,碧云天光华灿烂月当空。菊影满地墨秀玲珑,一阵阵风飘飘霜叶凋零,明朗朗长空月白一天星。

【满洲】闻阶前寒虫乱鸣,听檐下铁马丁冬。林黛玉触景好伤情,依窗儿频频不住叹苍穹。恨月儿你夜夜航行,你枉奔那万里路程。多少个寂寞之夜骚人依窗棂,尽是你引起闲愁千万种。月儿呀你普照当空,愿你为怡红院多添佳景,那些喜人儿们在那一处欢腾,潇湘馆辜负你的美光明。羡月儿你品格高洁,叹月儿你多亏少盈,恨天公无情之中又有情,怎使它魂儿退出魄儿又生。

【银扭丝】你到中秋分外光明,经春风磨拭又被夏雨冲。可怜嫦娥女,受尽折磨情,到而今依然是孤苦伶仃广寒宫。似我这幽斋寂寞秋窗冷,为什么你偏向俺这愁人显光明?正然把月叹,丫鬟禀一声,紫鹃说:"亥时敲了十句钟。怕姑娘久坐身着檐下风,凉气袭人怎敢再长停!姑娘您身体弱,恐怕再把病来增,倒不如将窗关闭放下帘栊。"

【剪剪花】雪雁说:"药已煎好久一会儿,粥亦熬成你略进一盅,挡挡帘下风。从早至晚口未沾水米,损伤身体了不成,请姑娘细想情。"

【软诗篇】黛玉说:"吃什么粥来服的什么药,纵是那仙丹妙药也不灵。我这病看来等不到重阳后,要看着主仆们分离赴阴城。"

【诗篇】"有一件要紧事儿托付你,到临时怕要忘丁宁。书案上那一卷诗词稿,我死后你俩拿来一火烘。女孩儿家吟诗句原非本等,留着它反惹后人议论生。反不如焚去倒干净,我平生最厌人称才女名。更可怜世上孤独谁似我,说起来铁石心肠也伤情。幼年间慈母归西抛弱女,接连着先父捐馆丧南京。撇下个无依无靠茕茕女,一家人生离死别一散空,只落得一身漂泊投亲眷,到如今无定形迹似浮萍。外祖母虽然待我好,到底是外姓人儿差一层。人见我美食暖衣居富贵,也不知我暗中费调停。行事儿须分深与浅,说话时还须掂重轻。眼前谁是我的同胞姐和妹,又有谁是我一母弟和兄?纵有烦难向谁诉,只落得眼泪偷拭午夜中。"

【汉江】"这屋内只有你俩和乳母,咱同甘苦同相疼。实指望耳鬓厮磨常聚首,又谁知西风送我入幽冥。几年间无甚好处休埋怨,你们辛苦勤劳我岂不知情!我死后你们二人身无主,无非是将来分散各房中。你没看大观园中哪位姑娘好说话,呆丫头你们别当以前随意疯。必须要忍性耐心加仔细,还须要早起早睡习女红;也不必时常思念我,人生离合似转蓬。只希望盂兰盆会别忘了把纸钱送,清明节多添几抔黄土蒙。有一时月明人静黄昏后,向那篱前花下唤我几声。这便是咱主仆数载的情和义,我虽死在黄泉心也安宁。"

【鼓子尾】二侍女一个啼哭一个劝:"姑娘您为何说得这样凶!您可把闲愁丢去养养性情,为什么聪明的人儿反被聪明蒙?天色晚了寒气袭人冷,你没听谯楼上鼓打三更。"二侍女搀扶黛玉暖阁里边送,主仆三人凄凉又清冷。此一时荣国府中人浩浩,大观园内月溶溶。西院的贾母年高安歇得早,前边的凤姐回房料理事情,藕香榭迎春赌胜棋声响,秋爽斋探春观画灯火红,蘅芜院宝钗独自拈针坐,稻香村李纨训子把书攻,梨香院乐女遥传箫管韵,栊翠庵妙玉敲动木鱼声,对面就是怡红院,他那里一派喧哗笑语盈;唯有凄凄凉凉潇湘馆,主仆们愁眉泪眼对孤灯。真可叹蟋蟀也似知人意,玉阶下哀声唧唧同哭月明。

冷 月 诗 魂

【鼓子头】玉兔东升,谯楼起更。林黛玉闷坐潇湘发幽情,但只见淡淡月色透窗棂。

【阴阳句】闷恹恹独坐在馆中,耳听得四壁虫鸣。声凄凄闷人心绪乱,欠身儿离了帏屏。慢悠悠廊檐之下来站定,抬头看皓月当空。冷飕飕寒风袭人,抖苍竹一十三茎。

【坡儿下】金风阵阵秋叶零,银河耿耿月色莹。问天公,嫦娥怎不怕秋风?又听得,何处玉笛暗传声。月到中秋分外明,但只见,那孤鸿哀雁空中鸣,听声音,凄凄惨惨与侬同!

【满洲】林黛玉动感情,抬头望苍穹。织女星河西,牛郎星河东,等只等七月七日才相逢。阶下寒虫悲鸣,檐前铁马丁冬,人非草木孰能无情,俺黛玉满腹幽怨对谁明?

【银扭丝】林黛玉伫立苍苔冷冷清清,面对着广寒宫思绪重重:问一声月儿姐,听奴诉衷情,你为何逢盈无亏分外光明?奴好比浮萍草又被风浪冲,月凝云封闷坐离恨城。寂寞红颜老,鹊桥路难通,我的天爷呀,可叹我少金无玉人薄命。

【汉江】林黛玉正在做月宫梦,紫鹃在身背后问了一声:"尊姑娘你因何发怔,坐廊下恐怕受那檐下风。清晨起到如今你茶水未用,饿坏了你的身体俺可心疼!"雪雁说:"燕窝汤早已煎好了,八宝粥我也已给你熬成。"紫鹃说:"饭也要吃来药也要早用,保重你的身体才算正经。虽然说老太太常将你怜念,到底是咱外姓人又差一层。宝二爷他时常将你来看,姑娘啊,且莫辜负了他一片真情。再看看你林门中还有人几个,先祖爷裡祀何人供奉?虽然说你女孩儿家不中正用,常言道一女半子也可祭奠祖宗。"

【诗篇】林黛玉听此言咽喉哽:"叫声紫鹃、雪雁你们是听,这房中只有咱们三人,多年来如姐妹好比一母生。我只想咱相依为命不分离,又谁知眼看就要各奔西东。有一件重要的事儿嘱咐你,紫鹃呀,你要牢牢记心中。桌案上那一本诗词稿,我死后你要拿过去用火烘。女孩儿作诗原非本分,传出去外人乱道不中听。自古女子无才便是德,平生最怕别人称我才女名。有句常言讲得好,美貌倾国又倾城。不幸我慈母早早把世下,紧接着我的父命丧南京。可怜我身体柔弱常患病,无依无靠才投奔到外婆家中。人见我衣食保暖多享受,却不知内边儿费调停。说起话要分深与浅,做起事要分重和轻。大观园众姐妹身各有主,只有我一个人孤苦伶仃。眼看着绿纱窗前我将辞去,我死后不知你俩分配到哪个房中。众姐妹们哪一个好说话?想照我一样待你们是万万不能。需要你们小心谨慎去侍奉,起早睡晚习女红。我死后你二人不必悲痛,人生如梦古今同。望你们梦中相会纸钱儿多送,清明节坟头上多添土几层。等只等月移花影人静后,你们到那梨香树下唤我几声。宝二爷他若还将我来问,你就说姑娘我已回南京。他那里金玉相合天配定,哪把我薄命人挂在心中。他若还念起俺兄妹情谊,把姑娘灵柩转回金陵。嘱咐的话儿要牢记,切莫当成耳旁风。千言万语诉不尽,不如早死早安生。"

【鼓子尾】林黛玉越哭越悲痛,珠泪滚滚洒湿胸。紫鹃、雪雁忙劝解:"姑娘不必痛伤情。夜静更深天寒冷,受了风寒了不成。"搀扶黛玉暖阁进,她三人长吁短叹到天明。

黛 玉 葬 花

【鼓子头】珠草神瑛，天地钟灵。警幻曲演奏红楼梦，大观园生出无限情。

【坡儿下】林黛玉一日晚间心有余兴，黑夜漆漆探望怡红，仅因晴雯丫鬟懒得开门，因此错疑宝玉是无情。愤愤然转回还闷坐在馆中，只见她黛眉紧皱泪双倾，才引动埋香冢畔泣残红。

【飞板阴阳】适逢花谢之期，林黛玉幽恨填胸。又勾起她的伤春愁绪，携残花掩埋谷中。拢香丘满眼含泪，感花残哭了几声。不料想宝玉在假山石后，把她的哀词窃听。

【打枣杆】恨春残，惜软红，花如烟，柳絮轻，落红成阵好伤情。

【罗江怨】鹧鸪伤春，时放悲声；芳魂艳魄，昙花泡影，似水流年去也匆匆。红瘦绿肥，转眼成空，恼人天气，侬偏多病，杜宇声声吊芳踪。

【太平年】碧云天，芳草青，蜂飞蝶舞莺不惊。满眼繁华又去，无限凄怆怨东风。手把花锄穿曲径，遮遮掩掩往前行。芳魂归去真可叹，红消香断一场空。

【叠罗】残花天，闲愁万重碧宇净，荡漾清风，送花归瑶宫。水流花谢两无情，好春光良辰美景，舞翩翩相依落英，花落水流红，观此景令人心酸痛。

【汉江】林黛玉把花锄无限凄情，繁华尽花事了难怨东风。可叹你历红尘芳魂将去，可叹你使人怜温柔性情。说什么千红万紫娇艳争竞，说什么渡花魂宝筏一艟。侬葬花人笑侬失去了本性，不久日侬与花一样飘零。我这里赋招魂泪水沾襟，春寂寂日迟迟寻梦犹慵。

【太湖】侬今葬花人笑痴，他年葬侬谁知情？一朝春尽红颜老，花落人亡两不明。

【诗篇】叹人生悲欢离合皆有前定，说什么移造化巧夺神工！燕去雁来分节序，伯劳紫燕各西东。休道那平陵碧野耘春圃，转眼间长堤柳色侵双鬓。叹三径落红随泥化，有几人湖滨瘗残英。繁华短梦随流水，真可叹我浮萍千转这浪上的人生。忆姑苏三月春光好,怎奈我漂泊人儿无福受用。别乡园弃故旧依亲投眷,千重山万重水身如野萍。可叹我父母双亡无依靠,既伶仃又孤苦如寒冰。虽然是老太太待我情义重,怎奈我病体弱不敢经风。昨夜晚出潇湘到怡红院外,宝玉呀你不该紧闭重门不应一声。踏苍苔冒寒露站在院外,一颗心怀深意你可知情?我好比花魂点点情绪乱,又如那鸟梦痴痴受了惊。叹人生似幻悠悠如梦,什么恩什么爱总是一场空。细思想倒不如寄身槛外,与妙玉结善缘了却此生。

【鼓子头】林黛玉越思越想越伤痛,贾宝玉转过身来说一声:"千错万错总是我的错,妹妹莫要记心中。宝玉我纵然得罪你,还请你海量多包容。"说得黛玉抿嘴笑,贾宝玉还是滔滔不休把誓盟。正当二人把情叙,丫鬟请他们回前庭。二人情义日益重,下一回林黛玉潇湘染病宝玉探情。

葬 花 之 词

【鼓子头】春去无影踪,徒唤不应声。落花敛妍与春饯行,夜来杜鹃声声哀鸣。

【阴阳句】林黛玉慢步出潇湘,见落花又触动她惆怅心情。可叹你脱枝坠地任人践踏,更怜你妍退芳消无人心疼。

【打枣杆】惜春去,叹残红,花瓣落,柳絮轻,风吹落英无定踪。

【罗江怨】杜鹃伤春,时放悲声。芳魂艳魄,含冤哀鸣,它诉道:可恼的青春催我命!

【北柳】时逢残花之期,黛玉愁绪倍增。携带花锄香帚,姗姗前行,埋香冢畔葬落英。

【银扭丝】碧云天荡阵阵轻风,花谢花飞片片凋零。花儿啊,你艳妆随春至,溢香满园中,叹今日你红消香断一场空。一对对紫燕儿扑地飞行,窃窃私语叹落红。林中莺声啼,粉蝶寻芳踪,恋花的蜜蜂儿,嘤嘤嘤地似痛哭声。

【汉江】林黛玉握花锄无限悲痛,执香帚眼含泪轻扫残红。哭一声花儿啊你为何匆匆去,叫一声花儿啊你怎不应声?可怜你秋匿冬藏等春到,艳阳天春日暖你方呈欢容。穿红妆如火焰令人心悦神怡,换白服洁如玉使人胸旷志贞。蕊中蜜引来了群蜂依恋,花蝴蝶也难比你那万紫千红!可叹你三春过后即辞去,亲近你不到百日我怎不伤情!侬今日葬花情痴如梦,侬怜花花怜侬侬与花不同。侬葬花人笑侬得了痴病,到他年也不知谁人葬侬!

【潼关】一年三百六十日,风刀霜剑严相逼。一朝春尽红颜老,花落人亡谁知情!

【倒推船】平陵碧草映春圃,转眼长堤柳色青,流水落花两无情。

【叠罗】花儿啊,你莫要悲痛,扫残花,我携你的艳骨同行,不让你污染飘零。埋香冢,捧净土葬你的洁体,悼念你的芳灵。

花儿啊,你似水流年来去匆匆。安息吧,到来春你重现芳容。怕的是难再重逢,我黛玉即将辞世赴幽冥。

【诗篇】想人生悲欢离合决非前世定,必是那操权者一手造成。鸿雁去紫燕来是气节适应,勿怪那伯劳飞燕各西东。叹春光留不住杜鹃声声相送,霎时间万紫千红尽凋零。叹百花纷纷坠地碾成尘,人世间有几人怜花残埋葬落英!叹人生似梦境变幻难测,瞬息间年华虚度已临残冬。觅知音实难逢痴心不改,侬痴情是本性自慰心灵。有谁知痴情人又入痴境,怪不得伯牙摔琴断弦绝鸣。

【鼓子尾】林黛玉葬花完毕泪如雨,望着那埋香冢默默不语心事重重。轻风拂面拢衣袖,香汗浸衣粉面红。只听那布鸟儿连声叫,又见那莺梭织柳来往西东。布谷鸟赞我葬花把歌儿唱,黄莺儿织柳颂我葬花舞不停。忽然一阵微风起,吹来了一片花瓣儿落进了袖中,林黛玉展开袖口仔细看,花瓣上落了一个小蜜蜂。后腿儿高竖微微动,轻鼓双翅嗡嗡嗡。林黛玉含泪低声语:"唉,小小的飞虫这样有情!"她脚步儿缓缓眼发怔,郁郁忧思望长空,不觉间走进潇湘馆,叫一声:"紫鹃哪,你快去那埋香冢畔把那花锄香帚收回馆中。"

黛玉悲秋

【鼓子头】大观园万木起秋声,漏尽更残梦不成。人间难医相思病,上天应怜薄命星。

【阴阳句】时值重阳将尽,林黛玉病势又加重。只见她娥眉紧皱,杏眼懒睁;朱唇淡白,云鬓蓬松。有一时她自言自语,又一时你问她十言九不应声;终日里闷得好无聊,唤丫鬟出外一行。

【坡儿下】紫鹃卷起翠恋拢,雪雁扶姑娘向前行。她主仆一同出离潇湘馆,呀,这一种凄凉幽雅迥不同。举目望,那天高云淡秋色傲长空,低头看,满院菊花怒放暗香盈袖浓,还有那栏杆外绿竹森森似青松。

【银扭丝】怪不道欧阳作文赋秋声,才知那宋玉登高感慨重。韶华依然在,晚景一旦空,就如那月有盈亏人有生死。蒲柳鲜花风催雨又送,既有春夏何须有秋冬!百代人不老,雨润草长青,竟成个不凋不谢的广寒宫。

【满洲】林黛玉痛伤情,倚栏愁绪增。香馥馥芬芳袭来丹桂风,冷凄凄梧桐叶落渐凋零。古松起悲声,海棠剩残茎,幼年间吟诗作赋最怕是秋声,果然是物老悲秋古今同。

【潼关】忽然一阵西风紧,吹得她气喘吁吁忙把身平。急忙扶回香闺内,心思困倦睡蒙眬。

【汉江】贾宝玉闲暇无事来探病,急匆匆步入潇湘馆中。见乳母丫鬟廊下坐,满院中竹影苍苍翠阴浓。紫鹃禀道:"姑娘散闷儿方才睡,二爷请进莫要高声。"贾宝玉点头会意往里进,雪雁揭起翠帘栊。进门来珠环翠绕幽雅洁静,另有那一种清香往鼻内冲。绣阁内佳人睡卧头朝里,她身上横搭一个黑斗篷。贾宝玉窗前轻轻落了座,暗暗地细瞧她那病娇容:鸳鸯枕一头垫起一头靠,天然足一只蜷来一只蹬,云鬓儿一边逢松一边儿绕,粉脸儿一半白来一半红,纤手儿一只舒放一只横,书本儿一册抛西一册抛东,柔气儿一阵喘嘘一阵嗽,细声儿一时哎呀一时哼。病娇容捧心西子一般样,就是那巧手丹青也难描成。真个是神游洛浦三秋水,也恰似梦绕巫山十二峰。不提防窗前鹦鹉把茶唤,香闺中酉时正交六句钟。

【诗篇】林黛玉昼寝猛惊醒,柔体轻舒把倦眼睁。见宝玉闷闷低头旁边坐,反惹黛玉意不安宁。欲待说起身去陪坐,怎奈她娇弱无力两手轻。命紫鹃窗前重把坐褥衬,唤雪雁案头清理把细茶冲。低声说:"妹妹盹睡失迎候,表兄呀,你今来乘的哪阵风?昨一日你往哪里去?想会会你那尊颜俺就独不能。"宝玉说:"俺连日有事少来探问,多有疏慢莫怪为兄。问妹妹午后发烧可好些?夜间的咳嗽可曾见轻?送来的参苓儿用过未用?拿来的燕窝儿吃也未曾?寻问的偏方儿又是哪样好?配来的丸药可是哪样灵?"黛玉说:"兄长前来多承挂意,我这病更比先前一倍增。参苓儿服过无其数,燕窝儿吃过好几封,偏方儿使尽无有灵验,孽病儿缠身何日得安宁!发烧时五更以后方稍减,咳嗽来终夜何曾能住声!神气焦劳成虚症,梦魂颠倒常虚惊。欲待去观花心中又懒,提起来吃饭头都是疼。眼看着绿纱窗下妹将辞去,病骨儿不久掩埋黄土坑。这几年园中之事都不堪回首,再想要和你们作诗吟赋万不能。"

【汉江】林黛玉说到了伤心处,不由得扑簌簌珠泪倾。一点点恰似珍珠滚,一滴滴又如秋露零。点点滴滴无歇止,把一条碧罗手帕湿透几层。贾宝玉硬着心肠忙解劝,心里边千回万转不胜情:"大事无妨至如彼,贤妹妹烦恼忧愁暂止停。我劝你药也要吃来病也要养,为什么自己熬煎将自己坑。茶饭儿也要勉强着进,身体儿也要挣扎着行。早些儿歇息休熬夜,厚些儿穿衣莫要着风。想吃什么说知琏二嫂,要什么东西告知为兄。闲来时姐妹房中常走动,散散闷儿强如睡卧在房中。你若是睡坏了脾胃添了病症,你没想愚兄心中岂不心疼!"

【鼓子尾】说话间痴郎久坐憋情动,嘻嘻地微笑眼眯缝。站起来连说带笑朝前趋,把黛玉玉腕双携不放松:"妹妹呀,外边菊花正开放,你瞧那紫配白来黄配红。咱两个何不前去同观赏,辜负了三秋美景太寡情。"林黛玉使性忙躲闪,霎时间娇羞气恼脸通红:"宝玉呀,那边你与我斯文些坐,方才我出去受了点风。刚刚我睡醒你就来缠,你是我命中的磨难星。有人无人你上头上脸,传出去倒惹人好说不好听。"一席话把宝玉高兴全扫尽,可惜他一片衷肠未得明。欲待要分说几句将真情诉,又恐怕久病人儿把气生。等待她怒气消时再分辩,我暂且步出潇湘转回怡红。

黛玉怨秋

【鼓子头】丹桂飘香,金菊傲霜。黄叶飘零秋风狂,大观园百花凋残卸妍妆。

【阴阳句】时至仲秋时节,林黛玉病卧潇湘。这几日稍有好转,离病床玉体倚窗。隔纱窗见落花遍地,屈指算已过重阳。

【银扭丝】林黛玉顾影自怜暗悲伤,想自己身如浮萍客居他乡。四季如轮转,人生梦一场,怕的是转眼间青青鬓发凝白霜。怨秋光来得早满目凄凉,恨秋风赶走春夏一片茫茫。一叶知秋意,不该把花伤,更堪怜淡淡秋光锁斜阳。

【汉江】恨秋风吹落叶飘零满地,怨秋雨打落花碎玉消香。恨秋雨洒下来千树垂泪,怨秋霜降下来百草枯黄。林黛玉悲秋残回首以往,叹双亲我幼年时不幸早亡。投靠在外祖母家寄人篱下,虽然是富贵之家怎比故乡!林黛玉皱双眉沉思半晌,叫紫鹃你搀我出去探访秋光。

【倒推船】鸿雁南飞排成行,淡淡白云遮日光,鸳鸯交颈在沙洲上。

【诗篇】这黛玉心怀忧闷口难讲,满目秋色增惆怅。只见那无叶的树枝随风抖,雀鸟绕树无处藏。海棠枯萎花落地,丹桂寂寂不飘香。井旁梧桐残叶坠,松柏虽绿减翠苍。松柏你既然称为常青树,何不叫春夏常在,让这千草百花与您同享?怪不得月有盈亏韶光减,人有死生如梦一场。哪有那千秋百代人不死,花开花谢不过是一时芬芳。林黛玉正在悲秋长叹气,忽听得秋蝉悲鸣在耳旁。

【上流】蝉儿呀,你声声哀鸣我知道,一定是感秋残暗自悲伤。你冬蛰春眠在地下住,夏初时破土而出才见阳光。你明知炎夏的烈日如火一样,不惧五月流火鼓笙簧。烈日越晒你越高唱,柳梢桐阴任你飞翔。至如今千树叶落百花凋谢,你怎抵那秋风阵阵凉。孤苦无依谁怜念,可叹你无处把身藏。你何不随那鸿雁南方去,要防那凶恶的狂鹰把你伤。

【鼓子尾】黛玉想到痛心处,只觉得秋光如箭射身上。无情的秋风阵阵起,她只得忍悲含泪转回潇湘。

黛玉赏雪

【鼓子头】数九隆冬天,凛冽气候寒。漫天飞舞鹅毛片,梅花怒放幽香满园。

【阴阳句】大观园洁净如玉,好比那水晶宫一般。潇湘馆翠幕紧闭,金炉内又把炭添。满室中和暖融融,云香炉散发青烟。

【叠罗】林黛玉晨妆方完,只觉得意懒心烦。掀起窗幔,喜得她解郁开颜。一片洁白寒光闪闪,古木银砌翠竹雪漫。唤声紫鹃:"你陪我赏雪到沁芳桥前。"

【坡儿下】林黛玉内穿鹦鹉绿色袄一件,红色斗篷披在外边。足蹬木屐,主仆出了潇湘馆。来至在沁芳桥边停足站:一片玲珑尽是奇观,俊鸟儿枝头蹬落梅花片,可惜缺少个寻梅的孟浩然。

【老剪剪花】大雪纷飞遮远山,小桥下面银锥悬。鸳鸯对对沙洲栖,天地茫茫成一片。银蛇飞舞空中旋,黑狗成白犬。苍松翠柏镶银边,雪里梅花香满园,果然是三友耐岁寒。

【太平年】举目抬头仔细观,前边就是栊翠庵。野鹤缩颈枝头站,踏落雪珠舞银团。俊鸟喳喳翠柏间,竹苞松茂绕林园。石撞冰凌呛啷响,梨花茫茫把天漫。

【太湖】腊梅绽香祥瑞现,雪花初兆丰收年。但愿年丰人增寿,草木长青月长圆。

【汉江】大观园银装素裹形态不变,省亲别墅竟成了银安殿。林黛玉欣赏雪景感慨无限,又是爱又是慕又憎又怜。侬爱你任意遨游随风舞,侬慕你贞洁轻莹一尘不染,侬钦你至公至大无偏见,侬敬你把器尘都遮鞔,侬憎你凛冽生寒沁肌肤,侬怨你怎不飘洒六月天,侬惜你坠落污泥随水化,侬怜你太阳一照成寒泉。

【诗篇】至如今三冬时候百花凋谢,腊梅花冒风寒与雪争艳。孤芳自赏幽香回散,侬踏雪学一学孟浩然。潇湘馆秀竹几竿添银翠,稻香村雪映古松分外鲜。果然是岁寒三友坚贞性,经得起风雨与苦寒。侬爱你隆冬时候颜色不变,因此上来相吊与你结缘。多少人三春天和你亲近,有几个访问你在冰雪寒天。看起来世态炎凉人情短,但都是趋炎附势低抑高攀。侬好比腊梅花霜天独占,历尽了尘世上多少风寒。侬好比翠竹儿风吹雨炼,自问我心窍内一尘不染。侬好比苍松树生长山岭上,落一个四季长青耐人观。林黛玉自比松竹悲伤无限,思念起终身事珠泪不干。宝哥哥他虽然疼爱我,只是他有时寒凉有时温暖。可叹我父和母俱都见背,女孩儿家满腹心事对谁去谈。只落个自哀自叹自解自劝,目观那团团游絮迷漫尘寰。

【鼓子尾】万里乾坤飘飞絮,林黛玉顿觉身上寒。正欲返回潇湘馆,忽听得身后闹声喧。急忙扭项回头看,原来是一群丫鬟踏雪玩。翠梅、翠柳头前走,金钏、银钏跟后边;黄金莺脚踢毛头毽,小红手舞银线圈;晴雯、麝月手拉手,坠儿双手玩银团;傻大姐手拿大凉片,嘻嘻哈哈跑得欢,偶然一步没小心,一跤跌个面朝天。逗得大家拍手笑,黛玉一旁也解颜。大家正在热闹处,又只见沁芳桥畔鸳鸯低飞落沙滩。黛玉瞧得正有趣,这时候琥珀、鸳鸯到跟前。老太太叫把姑娘请,去到上房把酒餐。黛玉抽身上房去,闪撇下一群丫鬟仍把雪玩。

潇 湘 遗 恨

【鼓子头】窗外风潇潇,夜雨打芭蕉。秋虫不住连声闹,增添诗人几多烦恼。

【阴阳句】林黛玉晚饭以后,卸去了玳瑁丝绦。只换上轻盈晚装,越显得妩媚妖娆。高点起银灯,把音韵推敲。

【坡儿下】冷风轻把芸窗敲,愁人心绪分外躁。纱窗外秋虫不住连声叫,只叫得断肠人儿心发焦。林黛玉灯光之下读《离骚》,羡屈原赋宗诗祖声名高,真可叹汨罗江中把命抛。

【打枣杆】听谯楼,更鼓敲。满园中,起松涛,风拂湘帘几折腰。

【罗江怨】流萤闪烁,飞过林梢。风声雨声,牵起寂寥,檐下铁马丁冬闹。无限幽怨,无限烦恼,多少心事,多少思潮,俱被风雨牵起了。

【汉江】窗外边雨打芭蕉哗啦啦响,林黛玉忧恨交集心烦躁。实可叹父和母下世太早,撇下我弱女子形影相吊。无奈何寄居在外祖母的府内,偏遇着宝哥哥是个情种爱苗。俺二人彼此间心心心相印,实指望凤凰俦配成鸾交。赠汗巾题诗句恩情深厚,真可叹缺少一个红丝月老。

【叹诗篇】前几天薛姨妈亲口对我讲,这件事想起来有些蹊跷。她言说:"有缘千里能相配,无缘分近在咫尺枉把心操。"为此话扰得我长夜不能寐,为此话害得我神魂颠倒。昨夜晚又接到宝姐姐书信一封,这封信更叫我不能明了。她言说:"命途多舛时运不济,幼年间失严父门庭萧条。最不幸哥哥他又遭了横祸,连累俺母女俩多受煎熬。女儿家只应该安身立命,别的事不需要咱去计较。闲无事多在那芸窗下刺绣,学诗词也不过是为把愁消。常言说万事穷通皆有前定,凭力量挽不回造化工巧。劝妹妹你要珍重加餐善自保养,切莫学书痴诗魔自把怨招。"今夜晚把她母女的话来仔细对照,莫非是定下了什么牢笼?看起来父母在一切皆好,谁像俺父母双亡无依无靠。想到此不由人热泪涔涔,止不住点点珠泪往下抛。林黛玉又疑又恨又叹气,玉阶下蟋蟀儿也陪着号啕。桌案上银灯亮猛然一跳,霎时间油尽灯灭夜色飘渺。

【鼓子尾垛】林黛玉闷闷不语将倦体站起,打了个哈欠伸伸懒腰。四周围黑咕隆咚什么也看不见,夜色凄迷瞧也瞧不着。伸玉腕揭开了鲛绡帐,一股幽香迎面飘。和衣儿倒卧在牙床上,拉一拉红绫被儿搭至半腰。杏眼惺忪通不到阳台梦,有心寻梦梦也梦不牢。辗转反侧不能寐,忧心如焚五内焦。这才是睡不稳纱窗风雨黄昏后,新愁旧愁忘也忘不了。常言说青天茫茫无涯际,恨河滚滚无渡桥。孽海情波深无底,密密情网逃也不能逃。林黛玉陷入了情网中,如蚕吐丝越拴它越牢。人间难觅相思药,那相思之恨就是消也消不掉。暂不言林黛玉鲛绡帐内绵绵恨,纱窗外风雨交织落叶飘飘。

潇湘夜雨

【鼓子头】细雨轻风,触动起闺阁幽情。林黛玉独居潇湘泪双倾,孤灯对坐长叹一声。

【阴阳句】想起来终身大事,不由人暗自伤情。外祖母怜惜于俺,才将俺收留在贾府中。虽然是锦衣玉食好生活,弱女子终无前程。

【满洲】林黛玉含泪悲泣,托腮靠玉几,思想终身无靠无依。悲,悲只悲骨肉皆尽何所寄?悲的是我薄命女,孤身无所栖,气息奄奄朝不保夕;恨,恨只恨狠心冤家你在哪里?恨的是贾宝玉,你太无情义,害得小妹魂不守舍不进水米。气,气只气真耶假耶似烟飞。

【银扭丝】桌上残灯半明不灭,窗外斜月乌云蔽遮。风吹竹枝沙沙响,雨打芭蕉叶,潇湘馆今晚竟成个愁人夜。怨恨满肺腑,郁闷愁绪结。苦涩滋味向谁去说?万种痴情埋心底,这一般凄凉境况无语哽咽。

【诗篇】痴情女直坐到更深夜静,不由人愈觉得触景伤情。微雨点撒树枝柳条儿垂泪,水有声出石崖似怨女悲鸣。方寸中乱如丝如醉如梦,猛想起《会真记》莺莺、张生:痴君瑞在书斋忧戚成病,俏莺莺坐绣阁闷对孤灯,他二人在两处同病相怜,小红娘将柬帖儿来往传情。妹今日潇湘内身染重病,紫鹃女何不学西厢小红?虽然说妹妹我执拗成性,宝玉你也只算得无情狂生。闻妹走你也曾心忧成病,你言说生同枕死同穴情志坚贞。至如今金玉缘尚未一定,却将妹抛在九霄云中。你是妹命中冤孽前世魔障,把颦儿送走在黄泉冥城。

【汉江】妹为你这几日病情加重,瘦如柴气如丝你未问一声。看起来痴情女错认了你,倒不如从今后割断旧情。

【飞板阴阳】听窗外苦雨飘零,夜深沉凄凉倍增。听檐前鹦鹉讲话,悲伤中方知天明。

【鼓子尾】但只见帘外檐前燕双舞,嫩柳枝头雀对鸣;露滴荷叶星星下,青草丛中翩翩蜂;寒虫斗歌真有趣,鸳鸯并头暗传情。观不尽夜雨初晴景色好,林黛玉退去愁眉方展笑容。

潇湘夜筵

【鼓子头】时值重九,序属三秋,采罢新菊酿美酒。酒熟菊花肥,一醉解千愁。人生如梦幻,转眼便罢休;光阴如过客,荏苒不停留。常言道:今日有酒今日醉,莫叫白了少年头。美好前景应追求,莫负天地造化周。柳林垂金线,白云去悠悠,雁阵布得齐,隐约天尽头。三秋景色不常在,及时欣赏莫让丢。林黛玉不负三秋趣,潇湘馆设宴约会邀良友。

【飞板阴阳】秋爽斋开罢了夜宴,林黛玉暗暗思情由。宜人的三秋美景,东篱下金菊含羞。盆山儿已经叠起,爱的是叶绿花稠。花架下小饮数杯,适足以解闷消愁。想人生悠悠如梦,能欢度几秋?莫错过三秋明月,星儿稀夜色清幽。我何不做一个东道主人,会一会园中诗友。桌案上摆下了文房四宝,一会儿将请帖修就;叫雪雁各处去送,命紫鹃预备美酒;两廊下重新陈设,桌椅案布置要周。等只等更深夜静,月上高楼。到那时排开夜宴,姐妹们赋诗斗酒,林黛玉想到此处,不由得喜上眉头。

【坡儿下】爱的是气爽景和露白风柔,傍晚烟霞寒山隐幽。适逢着良辰美景重阳后,最可喜赏心乐趣四美凑。夜阑人静满天星斗,花架下挑灯赋诗痛饮美酒,君记取韶华易逝不停留。

【打枣杆】人生实如蜉蝣,须臾间便罢休,问君能有几度秋?

【罗江怨】繁华美梦,随时追求,流光如水,风送轻舟,转眼青丝变白头。风清月明,夜静时候,轻歌曼舞,尽享温柔,劝君未雨先绸缪。

【潼关】春去夏来又逢秋,四季轮转不停留;一寸光阴一寸金,误了青春不回头;但愿人间春常在,莫让韶华付东流。

【银扭丝】一霎时明月朗朗银河横秋,繁星满天捧北斗。秋水明月夜,花下饮美酒,全把那绵绵长恨尽付东流。霜天高洁银光照东楼,潇湘馆芸香兰麝弥漫四周。皓月透屏帏,两廊花影秀,单等着众姐妹把盏话旧。忽听得环佩丁当转过紫菱洲,一个个花枝招展窈窕又风流,芙蓉桃花面,腰如风摆柳,好一似广寒仙子结对同游,真乃是国色天香娴雅温柔,俱都是闭月羞花女中魁首。燕语又莺声,清歌婉转奏,就是那飞鸟白云也停留。

【满洲】蘅芜君前边带路,薛氏妹跟在后头,稻香老农排在中间走,史湘云雅言善谑不住口。惜春回头瞅,迎、探紧随后,李纹、李绮二人手牵手,后跟着雅素淡妆邢岫烟。怡红公子典雅温柔,披星访知友,戴月赴会赏花饮美酒,乐得他春风满面愈风流。更声起谯楼,梨香院里管弦奏,风摆翠竹铜壶滴寒漏,潇湘馆群芳宴会乐千秋。

【诗篇】潇湘馆排开夜宴群芳聚首,一个个轻语笑盈喜在眉头。桌案上尽都是山珍海味,一盘盘一碗碗稀世珍馐。象牙箸碰玉盏丁当作响,银壶内满储着菊花美酒。林黛玉把盏轮杯将酒斟,宴席前牙牌三宣觥错交筹。常言道:好花看到半开时,美酒饮至微醉后,一个个芙蓉桃花分外娇艳,灯光下妩媚袅娜倩影风流。一霎时酒过三巡菜五味,众姐妹稍有酒意重话旧。潇湘妃红云满面开言道:"说与了姐妹们细听根由,但愿得四季常青春常在,花常开月常圆人常聚首。姐妹们朝朝相聚行新令,闲来时琴棋书画各显身手。"湘云说:"爱的是天地博大宇宙广,喜的是碧空白云闲悠悠。"李纨说:"松风明月堪留恋,霜菊铺锦满山沟,闲来时手执丝竿河边坐,再不然躬耕耘田于西畴。"宝钗说:"蘅芜青芳素所爱。"岫烟说:"勤习女红解闲愁。"宝琴说:"踏遍五岳方称心,普天下名山大川全都遨游。"李绮说:"爱的是梅影横斜月色淡。"李纹说:"俺那修竹几行带雨露。"探春说:"最喜春朝观花朵,爱听那松风细雨黄昏后。"惜春说:"夜阑人静盘膝坐,明月一轮照当头。"迎春说:"少管闲事心田静,事不干己莫开口。"众姐妹你言我语把话讲,贾宝玉在一旁细想情由。喜滋滋有语开言道:"尊一声姐妹们细听根由。但愿得咱姐妹朝夕聚首,高兴时吟赋作诗赏花同游,我情愿春朝早起献花朵,我情愿捧粉侍立磨黛匀脂殷勤侍候。"贾宝玉欣喜欲狂讲不尽心头话,忽听得二更鼓起自谯楼。二更天寒露降万籁俱寂,西风冷透纱窗月上高楼,一个个微醉醺醺都有倦意,观北斗也将近午夜时候,众姐妹兴致尽齐声道谢,辞别了潇湘妃各返归途。

【鼓子尾】林黛玉相送在院门口,握手话别礼仪周。众姐妹谢过了东道主,互道珍重分了手。林黛玉抬起头来看,一轮明月照当头。寒潭映月月在水,清风荡漾银波皱。耳边清泉潺潺地响,翠竹卷影三径幽。宜人的秋水明月夜,令人难舍又难丢。风清月明良宵景,最宜小酌会知友。林黛玉痴心依恋月夜趣,忽听得栊翠庵内钟声幽。信步转回潇湘馆,余兴欣欣现眉头。这本是潇湘夜宴群芳会,到明天凹晶馆内又把诗留。

凤 姐 谋 婚

【鼓子头】孟春岁转艳阳天,火树银花庆上元。薄命红颜林黛玉,她本是绛珠仙草下凡间。

【阴阳句】她本出生在灵河岸,多亏神瑛侍者精心照管。每日把甘露琼浆浇灌,才成了警幻宫中一女仙。受神瑛深恩还未报,时刻难忘这份夙愿。恰遇侍者把世降,托生贾府一儿男。起名叫个贾宝玉,他祖母珍爱如心尖。绛珠仙女凡心动,一心心下界把愿还。托生林府起名黛玉,与宝玉姑表姻亲相连。

【坡儿下】她自幼不幸早把椿萱丧,母舅家中来把身安。外祖母爱如明珠掌上托,与宝玉时时刻刻一处玩。迎春、探春、惜春三娇莲,又来了宝钗、宝琴二婵娟,还有那史湘云与邢岫烟。

【罗江怨】李纹、李绮、妙玉、李纨,国色天姿相聚一团,一同住在大观园。起了个海棠诗社轮流相传,吟诗作赋赏花消遣,人间佳景乐事全。

【诗篇】贾宝玉女孩儿堆里偏和气,就是那丫鬟之中也香甜。虽说是与众姐妹情投意好,更与那黛玉相亲相爱又相怜。但是他天生的痴情难以改,一时多情一时难缠,偏遇上黛玉性情有点孤僻,聪明伶俐口舌尖。生就的模样儿风流身体弱,性格温柔工于诗篇,真乃是倾国倾城人难比,怎奈她多愁善感病恹恹。贾宝玉不提防失掉了通灵玉,每日间自言自语好像疯癫。贾母一见心惊胆战,要与他冲喜除灾把婚事完。想黛玉虽是有才又有貌,恐怕她福分浅薄身体单;倒不如薛宝钗行事敦厚人缘好,决定向姨妈求亲礼数全。选定良辰并吉日,佳期不远在眼前。

【汉江】袭人本是宝玉的贴身侍女,心底聪明见识宽。见宝玉订下了薛门亲事,只觉得惶恐担惊心为难。无奈何去向王氏夫人禀:"请太太恕奴才狂言。太太看宝二爷到底与谁相好?薛姑娘林姑娘谁与他有缘?"王夫人面带笑容哪里知晓,袭人说:"事到如今奴不敢瞒。二爷与林姑娘并非寻常好,他二人相亲相爱已好几年。口中不语心中都情愿,是他俩订下了并蒂莲。宝二爷事不遂心得了病,天大的干系叫奴我怎担?"王夫人听后无了主见,无奈何禀明贾母也是作难。

【银扭丝】忙请来当家凤姐同把话言,果然是巧辩机灵实在非凡:"移花接木计,好将宝玉瞒,就说是把林妹妹接到家园。迎娶时用盖头遮着薛姑娘的面,还要借用林妹妹的使女紫鹃,叫她把新人扶,拜堂两团圆。就说是老爷定,哪个敢阻拦,从没见过鸳鸯枕上起波澜。"

【鼓子尾】贾母一听把头点,凤丫头诡计能瞒天。就依你这办法快去迎娶,断不可泄露这机关。吩咐各房丫鬟辈,叫她们千万要谨言。王熙凤定个移星换斗计,这位贾宝玉昏昏沉沉如在梦间。

移花接木

【鼓子头】孟春岁转,乍暖还寒。宝玉痴情成疯癫,凤姐设计配姻缘。

【坡儿下】这几天宝玉的病情有所变,有时哭有时笑如傻似憨。白昼间若有所思不进茶饭,睡梦中自言自语把黛玉唤。老贾母疼爱宝玉心不安,王夫人眼含热泪愁眉不展,请来那多谋的凤姐来商谈。

【银扭丝】王熙凤胸有成竹暗自盘算,她明知宝玉是贾母的宝贝心肝。顺水去推舟,看风来驶船,她哪管木石前盟意惹情牵。她言说:"二爷的病情不宜拖延,趁此时速速结成金玉良缘。冲喜快将吉日选,把薛姑娘迎娶到这边,这才是金锁美玉两团圆。"

【诗篇】袭人一旁站,她本是宝玉的贴身丫鬟。她深知宝黛二人情投意重并非一般,为冲喜娶宝钗与二爷除病消难,怕的是事与愿违爱河浪翻。花袭人暗忧虑腹内辗转,事到此我只得吐露实言。花袭人开言道:"尊夫人和太太休怪俺多言,依您看这薛姑娘、林姑娘谁与二爷有缘?"王夫人点头会意把贾母看,见贾母默默沉思不发一言。王夫人说道:"你二爷与林姑娘从小相伴,看行迹他二人的情感不同一般。"袭人说:"太太果然有识见,他两个情投意合早结下木石前盟誓言不变。曾记得那年夏天晚上残月暗淡,捕流萤我去到沁芳桥边。他把我当成是林姑娘黛玉,知心话口若悬河说不完。前些时紫鹃戏言把他骗,说林姑娘不出三日就回江南。言如箭发不能回转,一句话惹得他不饭不茶哭了好几天。"花袭人说到此唉声长叹,老贾母、王夫人愁锁眉尖。

【上流】王熙凤在一旁灵机巧变,说:"这件事要办妥并不难。将喜期说与二爷叫他知道,就说是娶黛玉与他结姻缘。拜堂时盖头遮着宝钗的面,再叫紫鹃来把新人搀。一时把他瞒过去,入罗帷他不会计较是凤是鸾。对他就说是老爷把婚定,从没有鸳鸯枕上起波澜。晓与那各房的丫鬟和侍女,休提'薛'字要慎言。移花接木偷梁把柱换,万不可泄露这机关。"

【鼓子尾】贾母闻听把头点，王夫人愁容换笑颜，齐说道凤姐儿果然有高见，如此撮合金玉缘。王熙凤把移花接木的妙计献，嘴甜心狠最毒奸。暗是刀一把，明是火一团，她哪管柔弱孤女终身怨，只害得林黛玉一命归西地下长眠。

冲 喜 之 计

【鼓子头】林黛玉薄命红颜,自幼儿早丧椿萱。外婆家中把身安,她与那宝玉两小无猜一处玩。

【罗江怨】贾母疼爱,搂在身边。又来了宝钗、湘云、岫烟,一同住进大观园。海棠诗社,同聚一团。吟诗作画,赏花消遣,人间天堂似神仙。

【诗篇】恰遇着宝玉生性乖偏,终日在女儿堆里厮混逗玩。虽然和众姐妹都要好,独与这黛玉相敬相爱超过一般。林黛玉秉性孤高面上冷,心地聪明又端庄。体态风流多娇病,诗文精通经史全。那宝玉只因丢失了通灵玉,呆头呆脑发疯癫。贾母一见心害怕,要与他冲喜把亲完。想黛玉虽然有才又有貌,怕的是福分不厚身体单。倒不如宝钗多福相,德言工貌样样全。向姨妈提亲当面允,吉日不远到眼前。

【汉江】那一天袭人去把夫人找,跪下说:"太太恕罪我才敢言。"夫人说:"你有话站起来快点讲。"袭人说:"宝姑娘,林姑娘到底谁和二爷更有缘?"王夫人说:"这我怎能知晓?"袭人说:"事到如今我不敢瞒。二爷与林姑娘不是寻常好,他二人心心相印好几年。口中不说心有数,单等着老太太娇配并蒂莲。宝二爷也曾得魔怔,天大的干系奴婢我怎敢担。"王夫人听罢无主意,禀明了老太太也觉作难。

【银扭丝】忙请来管家的凤姐把话谈,果然她足智多谋不犯难。凤姐说:"咱来个移花接木,只把宝玉瞒,就说是要娶林姑娘到家园。到时候盖头遮住新人面,再借林妹妹丫鬟小紫鹃,拜堂入洞房,叫她把新人搀。哄进罗帷帐,天大的事儿也算完,从未见鸳鸯枕上起波澜。"

【鼓子尾】贾母听罢把头点,说事先可不能泄露机关。吩咐仆女众丫鬟,谁敢多话腿打断。真可叹!这里已定下了移星换斗之计,贾宝玉还昏昏沉沉蒙在鼓里边。

露 泪 前 缘

【鼓子头】仲春冰化水生波,节届花朝天气和。紫燕绕梁把巢建,蝴蝶对对舞小河。阴云聚散生万变,乍晴乍雨赏心乐。蜻蜓戏水点又起,鸳鸯沙洲交颈合。芳草萌芽春又翠,牧童笛声满山坡。三六学士诗联对,二八佳人游戏多。满园春色观不尽,泄露春光又奈何。

【阴阳句】时至清明将近,送春风大地晴和。小溪边柳垂金线,偏惹出桩桩风波。林黛玉婚姻大成,风闻话儿不甚准确。又不好人前打听,只落得暗自揣摩:与宝玉相处数载,相互间情投意合。任凭我冷言冷语,他总是一片柔和。想必是前生缘分,这亲事定然无错。

【太平年】舅父舅母心意如何?外祖母定然无话说。左思右想心不定,万转千回难捉摸。林黛玉心绪多,寻姐妹闲聊解愁索。独自步出潇湘馆,轻转玉体莲瓣落。

【银扭丝】足踏苍苔凤头慢挪,忽听得怨声隐隐在山坡。遥见一女子,闷闷在山前坐,号啕痛哭不知为什么?来至跟前慢闪秋波,面貌形容仿佛见过。这不是傻大姐吗,心性愚又拙,不知她在此啼哭却是为何?

【诗篇】黛玉问:"丫鬟啼哭因何故?有什么冤屈细对我说。莫不是主人责骂你,再不是众侍女对你苛刻。"那丫头呆头呆脑全不理,她说是受人家的委屈不怎么。林黛玉又是可怜又是笑:"你快快明言我替你张罗。"傻大姐这才抬头看,认得是林家姑娘方把话说:"姑娘啊,你说叫人气不气,天大的冤枉叫我怎么说。"黛玉说:"傻丫头你直言了吧,你何必拐弯又抹角!"丫头说:"我说句无意话,我姐抬手就打我。"黛玉说:"你这丫头真是傻,到底是青红皂白为什么?"傻大姐说:"方才不为别事,为的是二爷亲事起风波。"黛玉闻听猛一愣,连忙问二爷亲事怎么着。傻大姐道:"薛家姑娘叫惯了,又改称二奶奶却是为何?我至多就说这一句话,她们千骂我多嘴万骂我嚼舌。我姐姐举手把我打,又叫我别对外人说。"

傻大姐言词未尽还要讲,啰啰唆唆不知说了些什么。林黛玉听了一句怔一怔,气得她粉脸变色打哆嗦。锥心话扎得她魂魄散,霎时之间着了魔。

【汉江】黛玉忙问道:"此话你是听谁讲?择的是什么日子可有媒妁?"傻大姐说:"老太太当面去求亲,亲上加亲何用媒妁!看定了下月初三就要娶,前日的回礼有食盒。收拾得洞房甚是好看,普天之下也不多。到时候我请姑娘去看热闹,听说是江南戏班还有小扮婆。况且是哪个爷儿们不娶亲,哪个姑娘不出闺阁。糊里糊涂不让人讲话,也不知装神弄鬼为的什么!"林黛玉只觉得天旋地又转,回身来一口鲜血吐在山坡。

【鼓子尾】恰似那晴空霹雳惊魂去,又如同乱箭穿心钢刀割。一场好事成画饼,满腹幽情赴南柯。同林鸟被风惊散,比目鱼又被浪打脱。傻大姐全无眼色看风势,她还要唠唠叨叨把委屈说。林黛玉魂不附体把山下,不知所往信步挪。恰遇着紫鹃来把姑娘找,急慌忙搀扶回绣阁。轻轻扶入暖阁内,万绪千愁谁评说。自此后黛玉病势重,倒叫那紫鹃、雪雁干把急着。

黛玉悲春

【鼓子头】冬去春来景致多,云淡风柔天晴和。鸟儿枝头送雅歌,它唱道:春至人间能有几何?

【阴阳句】见柳条萌芽微露,只惹得燕舞莺歌。无端地泄露春光,叹人生如同南柯。林黛玉悲伤春来早,引得她愁绪有增多。黛玉与宝玉情投意合,他二人隐情微露从未明说。心心同相印,志坚不能夺,早结下木石前盟百年之约。恨他人散流言一派胡说,说什么金玉良缘是天作之合,美玉配金锁,直上青云阁,白玉堂前蜂飞蝶舞庆欢乐。

【汉江】林黛玉潇湘馆内倚窗独坐,细思索这些流言却是为何?叹双亲去世早俺是孤女一个,无依无靠寄人篱下如浮萍一棵。外祖母她虽然疼爱我,细回想比我初来时有些淡薄。我和宝哥哥爱重情深同舟共舵,难道说外祖母她未察觉?

【倒推船】林黛玉凝神皱眉双蛾,愁城高筑难攻破,走出潇湘愁魔。

【石榴花】行至在沁芳桥上暂停脚,忽听得一阵哭声耳旁过。举目四望沉静寂寞,耳寻哭声在山坡。

【上小楼】林黛玉暗自思索,悲痛的哭声为什么?我要去看个明白,是何人啼哭在山坡?

【诗篇】林黛玉急步行走把山坡上,原来是傻大姐在树旁站立着掩面大哭双脚跺,是什么冤枉事难捉摸。这丫头为人淳厚手脚笨拙,这样的老实人受谁折磨?黛玉说:"傻丫头你痛哭因何故?受谁的委屈快对我说。"傻大姐一见是林姑娘黛玉,含泪忍悲来诉说:"姑娘啊!为的是宝二爷婚姻事,我说了句实话他们就打我。"林黛玉闻听心颤动,忙问道:"宝二爷的婚姻事是怎么着?"傻大姐说:"明明要娶的是薛姑娘,为什么都得说是林姑娘不叫提'薛'?"傻大姐还要往下讲,林黛玉早已丧魂又失魄。

【上流】她强打精神忙问道:"此事你听何人说?是哪天娶亲可有媒妁?"傻

大姐说:"老太太的主张定下亲事,亲上加亲不用媒人说。听说是琏二奶奶传下了话,在二爷面前更不能说'薛'。姑娘啊,尘世上哪个男儿不娶亲,哪个姑娘不出阁？他们装神弄鬼因何故？为什么要把瞎话说？听说是下月初三就要娶,过礼的金珠首饰、各色绸缎样数多。花轿不准从潇湘馆前过,不请亲友不摆宴席桌。洞房收拾得真好看,红红绿绿景致多。到那天我来请姑娘去看热闹,听人说还有三班好鼓乐。"

【鼓子尾】霎时间林黛玉面色苍白把头点,犹如那万把钢刀刺心窝。雷击鹊桥断,双星隔银河,狂风吹散同林鸟,比目鱼遭受浪打脱。林黛玉从此病势重,可叹她香消玉殒溺入情河。

黛 探 怡 红

【鼓子头】季春和煦正良时,万木芬芳斗艳奇,溱洧采兰传郑女,兰亭修禊羡羲之。

【阴阳句】神女生涯正似梦,倩女忧春恰若愚。桃花流水依然在,刘、阮重来心也迷。

【坡儿下】林黛玉无意听得锥心语,思绪如麻无处提。无奈何心神一动寻宝玉,顾不得娇弱柔体病身躯。移动莲步行如飞,眼望着怡红院门来势疾,哪管它苍苔险滑路高低。

【老剪剪花】恰遇紫鹃把姑娘找,遥望着她独自一人奔若飞,好令人惊疑。她慌慌张张往何处去?叫声姑娘你停停足,仅防路崎岖。

【叠罗】林黛玉如痴又如迷,任你呼唤总不搭理。紫鹃边追边喊气喘吁吁:"我说姑娘呀,你因何事怒气不息?也不怕气坏了身体,咋不叫俺搀扶着你?"林黛玉怒目不言语,奔至宝玉房中才停住足。

【满洲】贾宝玉方困起,花袭人一旁立。黛玉猛然掀帘走进屋里,只见她精神恍今不如昔。袭人带笑忙施礼:"风送姑娘到这里,二爷方才还把你提。"紫鹃暗暗拉拉袭人的衣,花袭人辗转不解其中意。

【打枣杆】花袭人,犯猜疑,见紫鹃,暗示意,怎不叫人干着急。

【罗江怨】林黛玉默默无语,呆坐一旁直喘气,两眼盯着贾宝玉,怒目而视严相逼,问声宝玉为何得病疾?宝玉道:"为的林家姑娘,谁不知悉。"顿时只觉失了口,恐怕又要惹是非,低头寻思苦无计,他二人对坐无言语。

【银扭似】恰似那木雕泥塑两个神祇,吓坏了紫鹃、袭人二位侍女,问也不敢问,离也不能离,她两个摸不住头脑暗自着急,像这样怎能长此僵持下去,更恐怕言语不随泄露机密。袭人说:"天气冷姑娘未添衣,倘若是着了凉可是了不得。紫鹃妹快搀扶姑娘莫要迟疑,让姑娘养养精神好好歇息。二爷的病才好,恕俺缺礼仪,来日里登门请罪责讨奴婢。"

【诗篇】紫鹃女点头会意忙说好:"咱姑娘从早至午还未进水米。姑娘呀,不如咱回去吧,这时候也该调养你的身体。"林黛玉目不转睛望着宝玉,临走时告辞话也不曾提。贾宝玉不挽留也不相送,一对痴迷叫人啼笑皆非。林黛玉径直走出怡红院,就好像脚不沾地无翼而飞。一口气跑回潇湘馆,紫鹃说:"罢,罢,罢,总算是回到咱家里。"一句话提醒了林黛玉,魂魄儿归窍神志清晰,一闪身栽倒台阶上,紫鹃急忙扶她站立。见黛玉柳腰难支四肢软,形容骤变少气无力。粉面苍白无血色,必然是精神耗尽气血虚。方才搀起又躺倒,浑身瘫软奄奄一息。手指心窝难讲话,紫鹃忙唤雪雁俩人才把她扶进屋里。架搀住进门来床上躺,覆盖锦被放下罗帷。林黛玉从此病势更加重,就是那铁石心肠也惨凄。

【鼓子尾】林黛玉满面泪水湿巾枕,日复一日病转急。叫着不应问着又不理,有时明白有时迷。紫鹃说:"人参煎好多一会儿。"雪雁道:"粥儿熬成稍用几滴。"林黛玉摇头说声:"免,从今后粥茶不进莫强逼。总不如早断水米进地狱,爷娘枉生此身体。"即便是华佗重生也难挽救,可叹她痴情一片漂流天西。

凤姐探玉

【鼓子头】季夏炎热似火流,凉亭水阁暑气收。万种情爱何处酬,误认那连理双枝效并头。

【阴阳句】王凤姐移花接木,定巧计移星换斗。对人言宝黛婚姻,暗地里另有筹谋。贾宝玉闻言甚喜,把他的傻气全收。疯魔病已将痊愈,数日子盼望河舟。若能与颦儿结缘,方算我心满意周。我的婚姻已定,快到了君子好逑。

【汉江】林妹妹确非凡间女,定是那王母宫中第一流。似她那眉锁春山含情意,堪酬我细探镜台如意钩;似她那目横秋水无尘垢,正配我青眼相看格外风流;似她那易嗔易喜多情态,正配我怜香惜玉绕翠楼;似她那文成朱玉缤纷落,正配我笔舞龙蛇常唱酬。我为她多愁赠帕表情意,她为我泪珠多在枕边流。我见她似有若无形不露,她见我欲言又止面含羞。我为她温柔玉坠留为聘,她为我韩寿奇香不许偷。至如今阿娇已归金屋藏,把我那无边情思一笔勾。这宝玉少年公子呆性情,怎晓得移星换斗巧计谋。

【银扭丝】这一日凤姐假意来问候,要探听宝玉意欲乘何舟。说要等二爷的疾病愈,再结凤鸾俦。宝玉说:"多谢嫂嫂为我担忧。"凤姐道:"你打起精神展开眉头,林妹妹她要来你如何应酬?"宝玉一听心欢喜道,道:"嫂嫂听来由,哪有穷秀才不盼望状元及第到门楼。"

【老剪剪花】"我要和林妹妹马上见面,定报喜信与她解忧,保管她从今后再也不发愁。"凤姐说:"二爷说话真可笑,到底是疯病傻气还未收,信口瞎胡诌。谁见过新妇肯把新郎见,难道说千金贵体不怕羞?你贸然闯去太无来由。"

【诗篇】凤姐道:"二爷休要自招祸,我劝你话到口边需保留。老爷与你定亲事,谁知你病魔未退想惹祸由。"宝玉回言说:"无妨碍,这几天心口宽展体无忧。我一颗心交与那妹妹,还得她亲口应允我才消愁。"凤姐听了忍不住笑:"说是你想讨林妹妹向谁去求。迎亲的日子已不远,你还是斯文着好莫出风头。我有一言嘱咐你,到明天拜堂时你莫执拗。老爷他年高志昂心又细,莫叫他多喜又多愁。"宝玉回言说:"我知道了,听嫂嫂指点我不敢强拗。"凤姐回身见贾母,说:"老祖宗呀,这件事情另有矛头。宝玉的病虽然好,提起个'林'字他不丢。又说又笑精神爽,笑逐颜开乐不休。虽然暂时将他哄骗,只恐怕事到临头添忧愁。"贾母说:"千思万想无妙计,全凭你随机应变巧计谋。"凤姐说:"老祖宗且把宽心放,到临时鹊巢里再去掏斑鸠。依着我这片拙舌和笨口,保管他天仙织女配牵牛。"

【鼓子尾】次日良辰佳期到,贾宝玉衣冠楚楚倍加风流。天不亮他就把花轿盼,眼望着潇湘馆暗自点头。凤姐说:"昨日之言你要谨记,学着顺水去推舟。尘世上不如意事常八九,安分守命莫强求。多生欢喜少烦恼,且落得富贵长寿到白头。"这凤姐话中有话藏深意,贾宝玉不解其意只点头。王凤姐暗自差人去到潇湘馆,唤紫鹃快来听令莫停留。呆公子中了凤姐移花接木计,可怜他身入梦境不自由。耳边听得笙管响,见花轿来到喜悠悠。拜堂已毕同饮合欢酒,实可叹东风转西木已成舟。

黛玉自叹

【鼓了头】孟夏大观草木长,名园富贵花正芳,踏花归去马蹄香,玉楼人对花传情叹断肠。

【打枣杆】林黛玉,回潇湘,病恹恹,不起床,茶饭懒用药懒尝。

【罗江怨】白日里俺神思倦倦,到晚来又恨更长。有时节五内如焚,有时节冷漠凄凉,柳腰瘦损粉面黄。莺声儿发懒,檀口儿轻张,弱气儿难喘,不能安康,薄命儿活在人间难长久。

【诗篇】暗自叹:自古红颜多薄命,似我这孤苦伶仃更堪伤。才离襁褓就遭不幸,椿萱见背弃了高堂。既无兄弟又无姐妹,只剩得一个孤女受凄凉。可怜我未出阁一弱女,奔走天涯路途长。到京中舅父舅母留下俺,常言道受恩深处总无光。虽然是骨肉至亲身有靠,毕竟是寄人檐下气难扬。外祖母虽然疼爱我,细密曲折怎得周详。更何况老人家精力不济儿孙多,我哪敢恃宠撒娇像自己的亲娘。舅父舅母不管事,宾客招待终日忙。凤姐儿诸事思想到,也只是碍不过脸儿外面光。大嫂子为人正直无偏向,改不了好好先生一道腔。园中姐妹谁相好,但恐怕人多嘴杂论短长。自存身份才免人轻慢,使尽了心机才得安康。终日是随声唱诺胡厮混,还不知落花归根在哪厢。这叫做在人檐下随人使,只落得自己甘苦自己尝。

【银扭似】想起表兄宝玉最悲伤,俺俩是两小无猜住一房,朝夕共相守,形影总一双,只是一会儿执拗一会儿温良。品才言貌与奴最相当,软语温言一片柔肠。易求无价宝,难得有情郎,因此我一片真情在他身上。

【阴阳句】宝哥哥比我大一岁,论年庚也正相当。平素间话未说透,两人暗中各自思想。他也曾借言语把衷情表露,我也曾参悟禅机把哑谜儿装。我也曾拿话搪塞,他还是温和照常。满指望能天长地久,谁料他全无主张。

【坡儿下】听前日傻大姐一片疯言,倒叫我一团烈火化为冰霜。真可叹数载幽情向谁讲?真乃是一片痴心赴黄粱。欲待问他为何昧天良,怎奈我话到舌尖口难张,女孩儿家最重廉耻与纲常。

【叠罗】难得他风流模样,至如今痴呆癫狂,怎能辨皂白与青黄?宝哥哥呀,你狠心闪奴好凄凉。宝姐姐素称贤良,又谁知她本是我催命阎王,再不可妄想,惹得旁人说短长。

【鼓子尾】他如今鸳鸯夜入销金帐,我如今孤雁秋风冷夕阳;他鱼水关雎同比目,我如今珠泣鲛绡泪两行;他如今蝴蝶双双同飞舞,我如今霜冷露寒夜偏长。难为她自称贤良夸德行,平白抢占了我的好情郎。有何面目重相见,命不如人还逞什么强!罢,罢,罢!我也不必相埋怨,就让她重重厚福配才郎。细思想奴家总是一个死,偿还了前生孽债理应当。一夜无眠思想过,似这样万绪千愁怎不断肠。

黛 玉 焚 诗

【鼓子头】黛玉潇湘染重恙,无药可医入膏肓。为宝玉婚姻之事痴心妄想,可怜俺父母俱丧谁做主张?

【慢阴阳】也是我前世孽障,今生里命运苦不能成双。纵有那千愁万绪给谁去讲?只落得暗地里痛苦悲伤。不由得想起我那早死的父母,怎不叫人痛断肝肠!

(白)紫鹃言道:"姑娘身得重病,服药无效,今日里潇湘馆无人,何不将你得病的原因对奴婢讲来,咱主仆也好作一番商量。"

【太湖】黛玉闻听开言讲:"紫鹃妹妹听端详。姑娘心中乱如麻,有言实难把口张。"

(白)紫鹃言道:"可说是姑娘呀,姑娘呀!常言有饭舍与饥人,有话说与知己。姑娘与奴虽系主仆,待奴如同姐妹一样。今日将你那心腹之话讲与奴婢,也好请医调治,这有何妨啊!"

【太湖】黛玉闻听开言讲:"紫鹃妹妹听端详。姑娘心中乱如麻,有言实难把口张。"

【汉江】"紫鹃妹坐潇湘听我言讲,我把那得病的原因细表端详。那日里宝玉有病我前去探望,路经过沁芳桥哭声高扬。那时我转过石山寻觅观望,原来是傻丫头哭诉短长。我仔细盘问她把实话言讲,她说是贾宝玉择配鸾凰。与宝钗结良缘六礼备上,择吉日行聘礼配对成双。听此言气得我魂飞魄荡,一霎时心烦乱难回潇湘。紫鹃妹你见此情连忙前往,才把我拉拉扯扯搀扶回房。为此事我得下这一场大病,料想我的命也不会久长!"

【诗篇】"听得林姑娘实言相讲,只气得俺紫鹃二目昏黄。看起来恩爱俱是假样,害得我林姑娘痛断肝肠。"背转身劝姑娘,"奴有话讲,把奴的言共语细听端详。平日里宝二爷潇湘常来往,看行踪对于咱也非寻常。到明天见太婆奴婢去婉讲,婚姻事请太婆另做主张。劝姑娘放宽心保重你千金贵体,但愿你病疾好答谢上苍。"林黛玉听此言心中悲伤:"叫一声紫鹃妹切莫声张。适方才我讲的肺腑之语,见太婆千万不能直言相讲。倘若是事不成惹人议论,落下个笑柄儿我可无颜承当。"

【银扭丝】"桌案上取过来诗词稿样,拿过来用火焚莫留一张。女子们作诗词原本非分,倘若是留后世贻笑大方。婚姻事从今后一切不讲,待死后入幽冥去会爹娘。为我的婚姻事,自己把命伤,这就是我痴情女子落的下场。"

【鼓子尾】林黛玉千愁万绪难以言讲,恨宝玉狠心负义无情郎。想当初相会时是何等情况,至如今突然变卦你好狠的心肠。香帕之上你留诗句,一见诗句我心更伤。我这里将香帕撕得粉粉碎,平日里你所赠物品都抛一旁。越思越想心越气,气塞咽喉丧无常。紫鹃女一见心害怕,上房禀与老太娘。将黛玉后事安排定,贾宝玉潇湘探妹大哭一场。

黛 玉 焚 稿

【鼓子头】仲夏熏风临,榴花照眼新。青青艾叶悬朱门,袅袅灵符插云鬟。

【阴阳句】潇湘女渐渐病重,贤紫鹃服侍殷勤。明知她心病难治,直言又恐她生嗔。

【坡儿下】贤紫鹃猜透了黛玉的病根,明知她与宝玉暗结同心。这婚姻突然斩断霜剑逼人,正是那情如天高恨比海深。痴情的女子自招杀身,昼夜间暗自呻吟泪沾襟,若问她低头不语双眉颦。

【银扭丝】无奈低头奉劝一声:"姑娘呀,自从你得病到如今,玉体渐渐瘦,水米不沾唇,就是那铁石人儿也难禁。又不知病根何处是因?必不是暑湿风寒外面侵。自拿镜子照,另是一个人,问着你闲口无言只是出神。"

【满洲】黛玉把话云:"紫鹃妹听在心。我并无甚要紧事情,多应是年月逢灾恶煞临。哪里还望好,分明捱光阴,总不如一死心中安静,那时节眼中不见耳不闻。"

【剪剪花】紫鹃便把姑娘叫:"你信口开河自欺人,姑娘你细思忖。老祖宗何等疼爱你,看你如同掌上珍,时刻挂在心。更有那宝二爷着急得很,请安问好不离门,昼夜不安心。"

【诗篇】这黛玉听见提起那宝玉,不由得勾动心事把脸一沉。忙说道:"这些人儿你不必再提起,谁是我知疼着热的亲人!"紫鹃说:"姑娘你不必太任性,自己的身子值千金。况且是林门又无后,留下你血脉一条根,万事皆轻身为重,姑娘呀,你是个读书识字人。"黛玉说:"你休提起书和字,这两样东西误死人。念了书便生出无穷魔障,识了字就惹动万种情根。古人道穷乃工诗真不错,又道是书能解愚未必真。悔当初不该从师学课读,念什么唐诗学什么汉文!想幼时诸子百家曾读过,诗词歌赋费尽苦心。诗与书竟作了闺中伴,笔和砚都成骨肉亲,有谁知才高不遇怜才客,诗魔反被病魔侵。倒不如一字不识庸庸女,她偏能凤冠霞帔做夫人。细思想还是不读书的好,文章误我我误青春。既不能玉堂金马登高第,又不能流水高山遇知音。女孩儿家笔迹岂能叫男儿见,还恐怕惹动俗人启笑唇。总不如将它烧毁尽,把一片刻骨铭心化作灰尘。"

【汉江】"书案上放那一卷诗词稿,紫鹃妹拿过来看本真。"勉强挣扎慢坐起,细细翻开墨迹还新。一篇篇锦心绣口留春住,一字字愁花怨柳泪痕深。"这是我一生心血结成的字,对着这墨点乌丝怎不断魂!曾记得柳絮填词夸俊逸,曾记得海棠结社斗清新,曾记得凹晶馆内题明月,曾记得栊翠庵中谱素琴,曾记得怡红院中行新令,曾记得秋爽宅内论诗文,曾记得赏菊饮酒把重阳赋,曾记得吊古伤今把五言吟。至如今奴身不久归黄土,它也该随我化灰尘。紫鹃妹再将宝玉的诗帕取,见诗帕如见当初赠帕人。想此帕原是宝玉随身带,暗赠我珍重题诗写情心。无穷的心事都在这二十八个字,围着字点点斑斑是泪痕。至如今罗帕诗文依然在,赠帕的人儿变了心。往事不堪回首想,此物随我化灰尘。"

【鼓子尾】命紫鹃火炉之内多添炭,把诗稿诗帕一火焚。紫鹃说:"火化此物真可惜。"黛玉说:"痴丫头怎知我的心!将我这聪明依旧还天地,烦恼回头认本真。香奁佳句焚化尽,不留下怨种情根贻误后人。"

借 用 紫 鹃

【鼓子头】冷露透罗帏,秋声楚客悲。杜鹃枝头啼血泪,一片哀声人皱眉。

【阴阳句】紫鹃幼年侍奉贾母,大有能为。后拨在黛玉房中,主仆们时时相随。自从黛玉染病,她心里仔细暗窥。看透她为的是宝玉,盼望着京兆画眉。自从傻大姐泄露机密,林黛玉病势转危。又不敢明言相问,只好用善言安慰。欲待禀知贾母,偏偏的那边有事不敢明回。

【坡儿下】宝玉娶亲心意遂,人人都往热炕上围。俺主仆孤苦伶仃潇湘馆内,落一个人影全无冷翠帏。当日聆听姑娘指挥,一个个姐长妹短叫得谁是谁,至如今鹁鸽只拣高处飞。

【银扭丝】可见那面子情俱是假伪,好不教人怒气生珠泪双垂。二爷真可恨,恩情一旦毁,他竟然忘恩负义把心亏。当初我错说一句,他闹了一个黑,到如今怎生翠绕与珠围。紫鹃正叹息,黛玉病急危,这时候更深夜静叫我告诉谁。

【诗篇】猛想起李纨为人倒还好,大奶奶心底平和无是非。况孀居定然不往新房去,叫小丫鬟稻香村去请一回。这李纨闻听跑至潇湘馆,向黛玉低声呼唤用手推。林黛玉人事不省昏过去,众人混乱闹成一堆。正哭时凤姐差人把紫鹃叫:"林家的紫鹃你免悲伤。二奶奶差我来请你,她言说新人将到叫你搀陪。"这紫鹃又是伤心又是气,哪里还有好话回:"二奶奶此事欠思忖,她何苦强梁霸道逞雄威。没看看病人已成什么样儿,还只管斩尽杀绝直往死里推。早想到此处已非久居之地,只是她气未断你就来催。林姑娘大事完毕我就搬出去,那时节去留任你指挥。况那边又不缺人伺候,比我聪明能干的有一大堆。为何偏来指名道姓叫唤我,我知道什么是个合卺杯。我若是伤天害理抛她去,你叫她洗脸穿衣可靠谁?休怪我今天不肯离此地,她把我粉身碎骨也不皱眉。我一生不会浮上水,锦上添花不肯为。"

【鼓子尾】这才是岁寒方知松柏茂,隆冬始显傲雪梅。紫鹃女义气真可羡,粉黛豪爽堪愧须眉。李纨说:"我有个方法两全其美,倒不如雪雁替她走一回。"林婆说:"只怕老奴我担不起,大奶奶吩咐我怎敢推诿。暂且带雪雁去见二奶奶,须将这委屈情由细细奉回。"

巧 计 娶 钗

【鼓子头】仲秋佳节月高照,丹桂生香云外飘。怕只怕龙钟月老把人误,错系红丝惹祸苗。

【阴阳句】老嬷嬷领雪雁去见凤姐,把潇湘馆的事儿重描。说林姑娘病势危重,她那里无人把夜熬。紫鹃难以抽出身,命雪雁代她一遭。

【坡儿下】凤姐说:"到底不如紫鹃好,只得勉强让她代劳。"无奈何把搀扶新人的事儿来计较,小雪雁口中答应眼中瞧。只见那洞房银烛烁光耀,又见那宝鼎焚香透九霄,门儿外红毡铺地一条条。

【罗江怨】玉瓶插花,五彩鲜耀,乐工击鼓,齐奏笙箫,专候那牛郎织女渡鹊桥。观见宝玉,喜上眉梢,精神加倍,意气爽豪,无边春色乐陶陶。

【银扭丝】原与俺姑娘何等交好,得了新人忘了故交。可怜痴心女,被负义男子抛,可知道头上青天不可饶。正然思想花轿来到,鼓乐喧天众人争着瞧,慌坏侍女们,连忙铺毡条,小雪雁搀扶新人步步娇。

【太湖】先拜天地后拜祖,老太太喜气上眉梢。公婆面前行大礼,夫妻交拜琴瑟谐调。

【诗篇】贾宝玉偷眼暗把新人瞧,偏碍着盖头遮着女娥娇。见搀扶的丫鬟是雪雁,他心中踌躇费思考。为何不见紫鹃来?那是她心上的人儿漆共胶。平日里不肯离一步,为何回避在今朝?莫不是她先为俺家奴婢,再不是属相犯冲不许瞧?行礼一毕洞房进,少不得交杯换盏受唠叨。宝玉说:"妹妹的病体可痊愈?只恐怕行礼太多你太辛劳。待我把这盖头与你先揭去,也免得好妹妹你把热煞。"众人闻听吓一跳,凤姐拦着宝玉说:"请二爷消停莫心焦。"贾宝玉哪里忍得住,急慌忙揭去红绫把新人瞧。"呀!怎么不是林妹妹?变成了薛家姐姐来会鹊桥。"宝玉一见惊破胆,林妹妹,怎么寻找也寻不着。凤姐说:"老爷现在外面坐,你莫要胡说把气淘。"

【汉江】这宝玉惊疑不定无主意,把袭人拉到里面急问根苗:"牙床上坐的是谁你告诉我。"花袭人带笑说:"你太唠叨。终日里耳鬓厮磨常聚首,为什么今夕不识这位女多娇。宝姑娘二奶奶都是她,若不信你再掌灯仔细瞧。"宝玉说:"原来娶的是林妹妹,暗换成薛家姑娘到底是怎么着?"袭人说:"老爷的主意谁敢挡?他言说林姑娘福分小。宝姑娘行事敦厚有福相,难得两姨姐弟鸾凤交。"

【老剪剪花】宝玉闻听惊又恼,恰似霹雳震九霄,头上三魂冒。脸上颜色顿时变,怒气冲天心焦躁,疯魔病又犯了。

【鼓子尾】顷刻间要到潇湘馆,一心心要把林妹妹瞧。又说道:"她病为我我病为她,俺二人性命难逃在今朝。妹妹呀,都是为兄把你害,任妹妹责骂再也不敢逃。倒不如与她见一面,辩明心事两开交。我不久也要谢人世,一点真魂早已抛。速速去到潇湘馆,双双对面诉心苗。你们扶持也容易,一双朽骨同葬荒郊。这是我倾心吐胆真情话,望诸位把我这鄙言要记牢。"这才是洞房花烛生大变,怎知那潇湘馆中黛玉魂销。

黛玉仙逝

【鼓子头】秋季雁声哀,菊绽称雅杯。林黛玉病倒潇湘斋,最可叹幽闺寂寞掩苍苔。

【阴阳句】前边的宝玉迎亲,贾母难以离侧。闻听说黛玉病重,亲自来看外孙女孩。只见她气息奄奄,"儿呀,你这病因何而得?"这黛玉把倦眼微睁,勉强地把头来抬。低头说:"老太太你可白疼了我,我死后休将我再挂心怀。"话未说完气息又断,满腹的万语千言说不上来。

【满洲】贾母闻听恸伤怀,扑簌簌珠泪儿滴下来,哭一声苦命的外孙女儿:"好孩子,细心调养你少悲哀。"在场的姐妹丫鬟都伤心,忙将贾母悲悲切切扶回宅,众姐妹一齐探望来。

【剪剪花】一时间众人来到潇湘馆,见黛玉眼也不睁口也不开,冷汗津津沾襟怀。樱桃口绽破成白纸,泪珠儿流干哭不出来,倚枕头难抬。

【诗篇】只等到夜静更深人散尽,才向着紫鹃诉一诉情怀:"紫鹃妹呀,你我相处这几载,同心合意两无猜。自从我得下这冤孽病,多亏你时刻相守未离侧。难为你知轻知重可人意,难为你软语柔情解我闷怀。难为你问饥问渴随手儿转,难为你早起迟眠耐心挨。眼皮儿终夜未曾闭,眉头儿成天展不开。万种的温存情义重,就是那骨肉亲人也比不上。无奈今朝要和你分手,我死后你也不必太悲哀。想人生离合悲欢都是数,各奔前程自安排。只盼你能安身立命过得好,我纵九泉之下也笑开颜。从今后刚强的性儿你休要使,心儿要细口儿要乖。也不知将你分派何房中去,只恐怕别的姑娘你服侍不上来。"黛玉说到伤心处,小紫鹃泪如珍珠滚香腮。

【银扭丝】"姑娘呀,你平日对俺多恩爱,奴就是结草衔环也难称心怀。深恩未得报,若有好和歹,你叫我一腔热血向谁筛?我劝你深愁闲闷一齐丢开,安心静养少悲哀。苍天若怜念,除去病和灾,岂不是木落重生花又重开。"

【汉江】"再和你手摸鸾镜调香粉,再和你代挽云鬓整玉钗,再和你寻花小径转罗扇,再和你并坐纱窗刺绣鞋,再和你添香侍立观书画,再和你玩月同步踏苍苔,再和你春朝早起摘花朵,再和你寒夜挑灯斗牙牌。这才是小奴生前真造化,我情愿终身念佛吃长斋。若叫我重新侍候别人去,真叫我羞惭头难抬。"

【上流】黛玉说:"好妹妹你尽讲无知的话,你没看我这一副孽形骸!还有一言相嘱咐,侬本是出生江南住秦淮。将来你还要送我南边去,把我这枯骨向故乡里埋。我的紫鹃妹,你牢牢记心怀,我纵然死在九泉心也开。"紫鹃说道:"奴谨记,断不叫你环佩空归冷夜台。但只是姑娘心事我知道,总为这一事关心起祸胎。宝二爷何等相亲近,实指望配成双鸾凤和谐。休听旁人胡言语,更不要在意混账之人胡编排。"黛玉说:"妹妹说的哪里话!"紫鹃说:"事到如今我还看不出来?"黛玉正然把话讲,一阵昏迷痰涌上来,弥留之际她喊一声:"宝玉!宝玉!你好……"一口气再也出不来。

【鼓子尾】林黛玉香魂艳魄悠然去,这时候正是宝玉娶宝钗。一边拜堂一边绝气,一处热闹一处悲哀。这壁厢愁云蒙蒙遮阴界,那壁厢风清雨露锁阳台。这壁厢冷舍鬼火三更暗,那壁厢洞房喜气一天开。天若有情天亦痛,把一个紫鹃哭得死去活来。

潇 湘 哭 黛

【鼓了头】孟冬万卉敛光华,下元令节鬼思家。潇湘馆重翻千古苍梧案,吊湘妃哭竹成斑泪点杂。

【阴阳句】贾宝玉合卺之期,林黛玉命丧黄沙。薛宝钗冒名顶替,俱都是凤姐诡诈。贾宝玉昏愦如梦,哪知晓阴错阳差。见雪雁扶侍新人,喜得他手舞足蹈。进洞房将盖头揭开,不由得愕然惊讶。向袭人访得真情,恰一似霹雳击下。顿时颜色改变,他的旧病复发。乍哭乍笑,癫狂更加。

【坡儿下】昏昏沉沉不饭不茶,痴痴迷迷如憨如傻。老祖母见此景况害怕,王夫人悲痛欲绝泪如麻。多谋的凤姐也计穷无法,就是最最擅长劝人的袭人也难以答话,一家人面面相觑似聋哑。

【银扭丝】宝钗一旁暗自思忖,明知道他的病是为黛玉而发。每日将他瞒,何时能收煞?倒惹得朝朝暮暮闹喧哗。倒不如与他说了实话,免得他时时刻刻常记挂。现在任他哭个够,慢慢再解劝他,让他把郁闷消除去了病根芽。

【满洲】宝钗把话发:"二爷且听心下。自从奴来那一晚,林妹妹就在那时候把青鸾驾。"宝玉心惊怕,说:"你可莫要哄俺。"宝钗说:"我岂肯撒慌来咒她,现如今灵柩还在潇湘下。"

【诗篇】贾宝玉"哎哟"一声栽倒地,半响醒来强挣扎。顷刻间要到潇湘馆,学一个宋玉招魂歌楚侠。进园来哪里还像当初景象,不由得百感交集泪如麻。但只见竹梢滴露垂清泪,松影摇风泣晚霞。庭院空种相思树,阶前都是断肠花。古树无情飘落叶,幽林含恨噪啼鸦。栏杆十二依然在,望不见依栏人儿空自嗟呀!进门来见灵柩中间停放,雪白的灵帏两边搭。香焚宝鼎燃素烛,案上金瓶插纸花。见几个总角丫鬟把孝守,有几个皤然老妪也披麻。这一种凄凉景况实难堪,顾不得焚香与奠茶。

【汉江】叫一声林妹妹你往何处去了?哭一声林妹妹你怎不回答?细思想

都是为兄将你误,把妹妹一条性命枉糟蹋。我平生心中人只有你一个,任凭那倾城倾国也不睬她。细思想人间岂能有此种,你定是王母宫中萼绿花。我爱你骨格清奇无俗韵,我喜你性情淡雅压繁华,我赞你高洁贞心同竹韵,我重你暗香疏影似梅花,我羡你国色天姿人中凤,我知你心高气傲女中侠,我怜你娇面对花花有愧,我钦你丰神似玉玉无瑕。我畏你八斗才高行七步,我服你学富五车记性佳,我哭你椿萱并丧凭谁靠,我痛你断梗飘零哪是家?再不能绿窗人静棋声响,再不能流水高山琴韵佳,再不能埋香冢上把花葬,再不能栊翠庵中同品茶。

【上流】只因你若有若无含雅趣,我只得半吞半吐呈情芽。并没有一言半语相挑逗,只因为天上玉人怎敢亵狎!实指望感情美满成连理,只因为父母之命不敢违它。也是咱命中注定无缘分,恨当初月老红线不系咱。叫一声紫鹃姐把姑娘的诗稿取,给与我沐手焚香细评跋。紫鹃说:"姑娘的诗稿临危已焚化。"宝玉说:"哎呀呀!真可惜一部好精华。"雕龙绣凤成灰烬,戛玉敲金付泥沙,叹只叹知音不把子期遇,林妹妹发恨碎琴学伯牙。哭只哭直到临终未见面,恨只恨满怀心事未能达。我的林妹妹,黄泉仔细查。从今后我也悟到梦中梦,这尘世无非都是镜中花。不久咱夜台见面重相聚,我与你地下成双胜似家。

【软书】这段情只到地老天荒后,似这般怨种情根永不拔。

【鼓子尾】贾宝玉颓唐悒悒悲秦女,抵多少断肠之声过楚峡。到后来乡试一毕无音信,为黛玉谢绝尘缘入山削发。

宝 玉 哭 黛

【鼓子头】满地落叶草儿哀,雁过长天叫声哀。梧桐深锁怡红院,贾宝玉闷闷沉沉坐书斋。

【坡儿下】思想起昨夜之事真奇怪,这是谁偷梁换柱巧安排?明明告诉我,今日可把我林妹妹娶来,为什么一掀盖头变成了薛宝钗?新娘子身旁站的明明是雪雁,是何时又换了薛家的莺儿来?这件事千解万解我解不开。

【汉江】林妹妹和我恩爱整六载,俺二人同心同命分不开。我爱她言语温柔多稳重,我敬她锦心绣口是绝才。我笑她忽好忽歹的小脾气儿,我知她满腹深情不讲出来。我叹她父母双亡多命苦,我怜她弱不禁风多病灾。我劝她免去忧闷把小性儿改,我气她为何不能放量开怀,难道说你的二哥哥我竟会舍了妹妹另配裙钗。

【快阴阳】没想到并蒂花被风吹败,昨晚事难道说是梦中来。说是梦来也不是梦,我揉揉眼儿再看明白。桌案上红灯绿酒依然在,罗帏帐睡的是薛宝钗。我的林妹妹,如今你何在?不由得一阵阵泪流满腮。

【哭皇天】颤悠悠走出了门外,冷飕飕西风动地哀。凄惨惨翠竹笼罩潇湘馆,冷清清细雨湿苍苔。站在门口痴呆呆,也不知我林妹妹可曾起来?这半月没有见面如同相隔数十载,天保佑我的林妹妹无恙无灾。

【一串铃】贾宝玉一心要把林妹妹看,与妹妹倾心吐腹解愁怀。看看她咳嗽病儿可曾好,看看她炉上的汤药开未开。看看她秋深夜寒可把那被儿盖,咱本是知热知冷心心相印两小无猜。错娶了宝钗姐姐不要把我怪,在病中我昏三迷四听人安排。林妹妹你要不把我谅解,贾宝玉我跪死你面前再不起来。林妹妹你要赶我出门外,这潇湘馆我死了做鬼也要天天来。

【扬调】贾宝玉愁肠万结把脚步迈,但只见满院花木东倒西歪。枯焦焦池中残荷无有人采,乱纷纷黄叶成堆把路埋。眼前的鹦鹉成空架,缸里的金鱼呜呼哀哉。冷清清蜘蛛檐下来结网,淅沥沥风吹尘土向下筛。莫不是病中走错路,大观园哪来这座荒阁并野斋?贾宝玉迷迷糊糊要往回转,又听得帘儿响来门儿开,见雪雁跟着紫鹃走出来。

【银扭丝】见紫鹃满面泪痕她把愁容带,小雪雁白袄白裙穿了一双白孝鞋。贾宝玉发了呆,紫鹃、雪雁听心怀:"为什么浑身穿素遍体挂白?"小雪雁哽咽难止说不出话来,小紫鹃怒目立眉鼓着腮:"叫声宝二爷,你何必装疯呆,丫鬟面前你卖的什么乖,你卖的什么乖!"

【诗篇】"俺姑娘哪辈子遭下了罪,今生遇着你个无义之才。俺姑娘为谁得病把诗稿焚?她又为谁伤春把落花埋?她为谁愁重如山泪如海?她为谁卧床不起骨瘦如柴?昨夜晚您鸾凤双栖成大礼,俺姑娘口吐鲜血命赴阴台。临绝气她连把宝玉唤,这"狠心"两个字死也没有说出来。俺姑娘拿性命还了你的相思债,宝二爷你扪心自问做出此事该不该?至如今人去院空你还做什么来!"

(白)宝玉一听魂飞天外,你看他跟跟跄跄扑进了潇湘馆,双手抱住灵牌位,一声喊道:"林妹妹你别走快回来!"

【软书】"我哭了声林妹妹再叫声林妹妹,这都是二哥我呀,害得你相思刻骨,梦魂颠倒,含愁饮恨,断肠绝气呀命赴阴台。我只说见了你呀跪你面前来请罪,谁知我抱了一块黑灵牌!我的林妹妹呀你别走快回来。"

【上流】"千想万想没想到妹妹你会死,千错万错是我太不该。至如今木石前盟果然成虚幻,这害人的金玉良缘是哪个来安排?还记得风花月夜起诗社,还记得禅堂打坐咱把心事猜。还记得《西厢》妙词通戏语,还记得茜纱窗下抚琴瑟。你为我剪碎了香罗带,我为你狠心把玉摔。你为我那日挨打把眼哭坏,我为你命晴雯偷送去两条旧手帕。妹妹呀,你爱喝什么汤,爱吃什么菜,你爱穿什么衣裳,爱把什么花戴,都是你二哥哥星星点点、点点星星替你来铺排,还恐怕妹妹你有半点不自在。我爱你只爱得如痴如呆,你想我只想得体瘦神衰。你为我得了一身相思病,至如今我昏昏迷迷、疯疯傻傻又为着谁来?妹妹呀,你死就该把我带走,撇下我呀形同枯木心如死灰,这凄惨的日月叫我怎挨!哭一声林妹妹,你若有灵再叫一声二哥哥,贾宝玉我死了做鬼也笑开颜。哭千声哭万声哭不活妹妹你呀,守灵灯半明半暗追魂又夺魄。妹妹你临绝气还把我宝玉怪,我怨声糊涂的祖母老太太。林妹妹与我多恩爱,难道说你们就看不出来!看出来就该与我娶黛玉,为什么硬逼着配宝钗?这父母之命是千斤坠,压得你的二哥哥头难抬。这媒妁之言是无情剑,它把我与妹妹两割开。说什么蟾宫折桂顶冠束带,说什么封侯挂印拜相登台。说什么诗赋文章留名百代,说什么金银珠宝万贯家财。这一切富贵荣华值不得爱,我只求吃粗糠喝冷水与妹妹相亲相爱配和谐。哭了声林妹妹你魂灵何在?寻找你我情愿踏破铁鞋。上刀山,探大海,访仙子,寻神怪,劈雷闪电我不怕,粉身碎骨死也该。只要是林妹妹你的魂灵在,我要把你口里含来怀里揣。咱人世不能成婚配,也不要转世再投胎。人生能有几天欢快,生老病死都是灾。倒不如我们随风化,与妹妹化云化雨镇阳台。"贾宝玉泪尽哭出了血,血泪如雨湿透灵牌。

【鼓子尾】直哭得月昏星稀乌云聚,直哭得风愁雨泣云儿衰。贾宝玉撩衣迈步出门外,翻山越岭找他妹妹黛玉来。这才是一片真情放光彩,为黛玉谢绝尘缘出家五台。

闺中训夫

【垛子头】仲冬瑞雪满庭除,节近冬至朔风呼,酒后不知寒深浅,漏尽谁知梦有无。

【马头一腔】水仙花放黄金蕊,香焚白玉炉。

【背弓】绣帏中柔语软声呼,好一个深闺美女图,薛宝钗初进大观园居蘅芜,她本是不戴纶巾女丈夫。与宝玉成亲,亏凤姐把奸计谋,贾宝玉病魔未退费踌躇,明知他为的是黛玉,宝钗如今却只得装糊涂。

【马头二腔】常用良言指迷津,相劝归正路。

【南阴阳】这一日宝玉伤感,泪流如珠,宝钗开言询问:"二爷因何啼哭?"

【清江】为什么终日里懒进茶饭,学也不上,书也不读,闷沉沉昼夜独自坐,痴呆呆唉气又长出?你本是明理读书奇男子,智慧聪明大丈夫。这些事儿你看不透,何必在女孩儿身上费功夫。你的心事奴知道,林妹妹仙逝后你总是啼哭。她必是仙子谪降临尘世,功果圆满大限足。

【马头三腔】林妹妹回首重归极乐府,返本入蓬壶。

【小桃红】空留你千般恨,想她还魂灵药无。虽说是她才貌学问世间殊,就是那贤孝节义哪个如?今日难怪你思念她,就是奴我也很佩服。这才是经过沧海懒观潮,又道是观罢巫山尽见俗。

【马头四腔】林妹妹好比云散天空人已没,谁有还阳术?

【下河】我劝你早日回头登彼岸,再莫枉费精神空劳徒,人死不能再复生。宝玉说:"我明知这样没益处,由不得五内伤感心中苦。盼望林妹妹早登极乐府。"

【柳枝词】细听我表心腹,与妹妹内密外疏。她如今抛我一身去,我亦要寻她入蓬壶,她死我岂能独活着。半句真情话也未吐出,怎不叫我肝肠断,泪洒襟怀伤心处。

【马头五腔】宝钗说:"人生尘世谁无心腹事,也应分清远近亲疏。你若总是不醒悟,痛煞亲朋笑坏先祖。"

【玉娥郎】老妇人看你如同掌上珠,母子深恩分外笃;老爷指望你扬名显父母。你想想一身关系岂可自负。咱二人姻缘也非唐突,五百年恩爱今生方遇着,巴不得你早日成名震帝都。小奴心揉碎,打不破你这闷葫芦。二爷呀,今生今世奴总得靠汝。

【马头六腔】宝玉说:"你再休提功名富贵,儿女夫妇,我今日已把迷关破,凡心尽扫除。"

【满江红】"好二爷真糊涂,亏你空读万卷书。受异端来蛊惑,看来你男子汉还不如妇孺。这些道理也听得熟,未见谁人成仙佛,哪位能有长生术?除邪道,悟正途,你没看文人正气贯斗牛,笑走龙蛇魔神哭,方可称为大丈夫。论盛德尧舜孔孟周文武,讲文章韩柳共欧苏,功业数肖曹,学问唐李杜,讲道统周程一派到张朱。数不尽的先贤大儒。"

【马头七腔】宝玉说:"宝钗姐姐,你竟是个道学先生,真会诵书。我割断情脉归正路,闭门苦读书。"

【垛子尾】袭人一旁笑声呼:"二奶奶妙药仙丹把二爷病除。奶奶说的是正经话,奴婢无知也佩服。"宝玉说:"一个不够又添一个,你们大家商量捉弄吾。"

圣 僧 证 缘

【鼓子头】季冬万木已凋零,暑去寒转古今同。东厨祭灶飘香烟,除夕辞岁酒倍浓。百草孕芽还未吐,只有腊梅傲寒冬。松竹梅岁寒三友竞相生,迎春花儿开放争春风。纵然岁毕交年近,却还是家家忙碌瑞气生。

【阴阳句】大观园银妆世界,各处风光大致同。檐前挂满串串珍珠,太湖石变做了脂玉屏风。贾宝玉失去通灵美玉,终日里昏昏入梦。幸遇着疯癫和尚,交还了保命的通灵。痴公子稍有好转,信步儿走出怡红。又遇见前番的法师,度宝玉重归大峰。

【飞板阴阳】来到了荒郊以外,那和尚渺无踪影。遥望见牌楼一座,巧工雕刻极其玲珑。又只见翠柏参天,彩霞葱茏,珍禽异兽,奇花万种。

【老剪剪花】真个是一点红尘找不到,洞天福地与世不同,牌楼上书警幻宫。有一副对联工笔劲,字字行行写得清,近前看分明。上一联:过去未来莫谓圣贤能打破;下一联:前因后果方知鬼神是关情。神妙绝句何人落成?

【太湖】宝玉灵机忽然一动,正要把因果来证明。恍惚观见死去的鸳鸯女,又见先亡的秦可卿。尤三姐怒目把剑横,那凤姐还是旧形容。暗想到她们竟然都在此处,一个个不言不语好无情。

【倒推船】向前又进殿一层,金碧交辉瑞气浓,神像尊尊列正中。这一篇一支宝钗,那一页玉带挂松,半是朦胧分不清,真算得神机莫测难解难明。

【诗篇】上写着金陵十二钗,妙语奥言记不清。这宝玉正看天书胡思想,猛听得窗外唤神瑛:"仙妃请你快快去。"贾宝玉眉目舒展喜气生。见一个宫妆打扮仙女样,她言道:"妃子有旨快随我行。"宝玉问:"仙妃她是哪一位?谁是神瑛吾不敢充。"仙女道:"不必多问随我去,此一去前因后果即证明。"贾宝玉目瞪口呆跟着去,又只见翡翠栏杆绕数层。栏杆内遍种无名草,半是青来半是红,飘飘荡荡随风舞,袅袅娜娜映日红。问仙姑:"此草何名请赐教。"仙姑道:"这是绛珠仙草化青英。皆只为受了神瑛栽培惠,下界了却辛勤灌溉情。至如今心愿已满归本位,你看她向日青青向日荣。"

【银扭丝】仙姑道:"仙妃久候你切莫要留停,来到一所琼楼玉宇中。你在廊下站,我上前去禀明,等仙妃降旨再把你迎。"贾宝玉垂手暗思忖,猛听得竹帘高卷呼唤神瑛。贾宝玉慌忙抬头看,只见殿上香烟生,是一位端庄严肃美仙容。

【重楼】只见她与黛玉容貌同。顿时心中喜又惊,悲喜交加冲动七情,走上前拉着黛玉不放松。"妹妹跟我走,随兄回府中。"侍女两旁怒喝一声:"仙府清静地,岂容你这浊物俗气冲!"

【满垛】黛玉一见动感情,忙吩咐黄巾力士送他回府中。贾宝玉闷闷不语往外走,迎面正遇那位圣僧。问师父:"这是何地请告愚。"和尚说:"事到如今你还是个糊涂虫。"宝玉说:"弟子愚顽未能领悟,望大师指路开明灯。"

【下河】和尚说:"册上诗词写得清,奥妙天机莫看轻,牢记心中。黛玉是绛珠仙草临凡境,你本是神瑛侍者离天宫,两下补恩情。"

【鼓子尾】"你二人命中注定无缘分,'情'字填满复变形。你要早回大荒山,绛珠仍到警幻宫。到如今谁是宝玉谁是黛,俱是空空图虚名。"宝玉醒悟归本性,露还泪水债偿清。"多谢吾师敲钟响,迷途指明灯;随师去修炼,及早正果成;削发为和尚,再不为功名。"这才是:假作真时真亦假;又道是:无为有处有还无,因果始终明。

返 本 归 真

【鼓子头】九重宫殿接,云层避凡邪。六四深阁皆有主,三九大地守金阶。更有天外五凤处,广寒冥城警幻阙。绛珠仙草病枯槁,多亏神瑛小侍者,终日浇洒常灌溉,萌芽复出生枝叶。日复一日梗如铁,得恩图报离重叠。

【阴阳句】绛珠仙托生林府,林如海得黛玉小姐。夫人贾氏字敏,原是荣国府金枝玉叶。遭不幸贾夫人去世早,仅留下这一点骨血。

【坡儿下】林如海身为官宦耿直性烈,先妻亡故立志不再续接。他父女相依为命度日月,这黛玉终朝每日凤泪撒。从师课心如颜、谢,过目不忘、十分才华用之不竭,容貌儿访遍四京也奇缺。

【银扭丝】天姿国色羞花闭月,七岁能文诗词尤绝。琴棋与书画,道德与礼节,就是诸子百家、三坟五典、经世之书无不博学。

【二簧平】林黛玉奇才一弱女子,须眉男子身后撇。李杜名诗三百首,晋祠汉文历代封爵。儒师惊骇知异品,闻声来访络绎不绝。品貌才华无类比,娇柔善良完美无缺。

【诗篇】自古道福无双至祸不单行,慈母下世严父又永别。闪撒下未笄苦命女,未出闺门的落难小姐。居丧百日辞故里,受招贾府投奔舅爷。收拾行装金陵去,哪顾辛苦与跋涉。仅带着无知丫鬟名雪雁,她主仆离故土披星戴月。非一日来在了荣国府,史太君见孤孙泣下泪血。痛诉骨肉不幸苦,外孙似女同等温热。引见过舅父和舅母,又和表哥宝玉一处安歇。她二人青梅竹马两小无猜,耳鬓厮磨倒也合辙。贾宝玉自非凡间物,他前身即是那神瑛侍者。仙男仙女聚到一处,从此招惹来无数的情孽。

【太平年】贾元春入宫阙,为省亲贾府费周折,新建一所省亲院,名为大观园美景奇绝。百鸟俱往高处飞,十二裙钗会风月。宝钗宝琴两姐妹,还有尤氏二位美姐姐,湘云、岫烟、迎春、探春、惜春、李纹、李绮也来到,大观园变成了凤凰穴。

　　【鼓子尾】古今离合有定数,路到尽头必是绝。历经人间悲欢事,半是真来半假邪。世间多少痴情女,偏遇薄情小冤孽。绛珠圆满归警幻,神瑛返回魂魄灭。这才是水恩泪还情缘尽,返本归真忽明又忽灭。

公 子 余 情

【满江红】孟春转,岁华接,赏心乐事喜重叠,天官留佳节。囊有余钱增气概,家有余庆衍瓜瓞,文章要余韵不尽方为妙,越显得煞尾收场趣味别,势走龙蛇。

【玉娥郎】贾宝玉终日思念林妹妹,相思不休歇。想妹妹天香国色人间异绝,心高志傲文中英杰,端庄又奇巧,才华更敏捷,诗词歌赋令人欣悦,就好比一朵名花香消艳谢。芳魂归仙界,艳魄入素月,你竟然乘鸾赴凤阙。人间伤心事,死离与生别,林妹妹狠心你把愚兄撇。

【马头二腔】更可怜紫鹃姐姐,赤胆忠心如同雏凤失巢穴,经雨雪,孤雁受风邪!

【下河】我几番有意温存另眼看,怎奈她心如金石性如铁,她心情与人别。她必然心中还记恨,说我把她姑娘绝,冤屈向谁说?

【马头三腔】趁此时更深夜静,去寻紫鹃姐姐,诉诉腹中冤屈。

【背弓】紫鹃闷坐痛伤嗟,思念姑娘泣泪成血,咱二人好似亲姐妹,你未曾眼与我贵贱别。大限一到你把奴撇,粉身碎骨恨难绝,你为何该遭这场劫?

【马头四腔】我这万种深怨去向谁说?派怡红侍二爷怎敢去"巴结"?

【小桃红】宝玉心意未拿定,把我姑娘脑后撇;更兼他燕尔新婚琴瑟谐,至如今不是先前那个宝二爷,细想心叹嗟。慵脂粉,罢沐栉,怨气填胸,柳腰瘦怯,血泪儿朝夕不断满目睫。

【马头五腔】终日里女伴队中无来往,二奶奶跟前也少应接,闭户入梦阙。

【叠罗】有时睡至花阴转阶,有时睡至日影西斜,终朝闷绝。那一晚独坐初更时节,昏沉沉把簪环儿卸,闷悠悠把裙带儿叠,炉烟已将灭,烛花儿未剪泪半截。

【马头六腔】忽听得窗棂以外脚步响,这时候还有谁来,想必又是宝二爷!

【潼关】细听声音果然是他,这冤家此时到来有啥情节?外面低低把姐姐叫:"开门来我进去歇一歇。"紫鹃问道:"有什么事?有啥话儿明天再来说。"

【马头七腔】宝玉说:"姐姐不必胡乱猜,我深知你冰清玉洁,令人心服悦。"

【寄生草】"姐是娇花嫩蕊,我非狂蜂浪蝶,不过把衷肠说,冤枉诉与姐姐,望你开门让我少停歇。"

【铺地锦】"紫鹃姐快些开门放我进去,这时候霜露满地湿透了鞋。"紫鹃说:"我要安歇。"

【鼓子尾】宝玉道:"别无话说,万恨千愁心上叠。姑娘临终叮曾把话撇,留何言与我永诀?我来问姐姐。"紫鹃说:"这样的话儿早听惯,姑娘在时你也说过好些。半夜三更有甚要紧事,你这是真傻还是装呆?"二人正然闲斗嘴儿,那麝月手提灯笼把二爷接。说:"这是什么时候还站在此处?也不怕霜重苔滑泥里跌。也没见过紫鹃姐姐心恁狠,他百般央告你拿话噎。一个有情一个有义,铁石心肠儿与人各别。"

紫鹃说:"我再三苦劝他不理,还只管絮絮叨叨不断绝;倒惹得旁人抱怨我,这是何苦呢!"跺跺绣鞋。麝月说:"快走吧,不必多留恋,二爷该早把念头歇。二奶奶不放心才叫我来找,你看那斗转星移月儿西斜。"

宝 玉 出 家

【鼓子头】富贵荣华黄粱梦,世间万象皆为空。贾宝玉在潇湘馆内痛伤情,但只见月色明花影摇曳透窗棂。金钩倒挂碧纱帐,鸳鸯枕上冷如冰,珠泪滚心酸痛,哭了声黛玉,再叫声妹妹颦卿。

【坡儿下】林黛玉才貌双全诗赋兼通,俺二人心心相印彼此有情。潇湘馆对天发誓求婚配,不能成亲我就削发去为僧。婚姻未成她丧了命,看起来林妹妹死在我手中,俺宝玉岂能红尘独享荣。

【上流】这才是弹打孤雁拆散鸳鸯,哭了声表妹呀,你要想煞为兄。自从你七岁上父母丧命,无奈何到此孤苦伶仃。也许是咱二人前世姻缘定,为什么初次见面就钟情。自从你住潇湘馆多愁多病,我劝你要放宽心身体要保重。只要是咱二人主意拿定,今生不配再等来生。至如今云想衣裳花想容,真乃是竹篮打水一场空。从今后不读诗书,不求功名,抛弃红尘,入山修行。俺宝玉若能得了道,一定要超度妹妹升天庭。到明日仲秋佳节皇王开科,假意儿出府去求取功名。考试已毕暗地逃走,学只学前朝里冷如冰。将主意拿停当出家已定,瞒哄着全家人不漏风声。可叹我从今后手执钵盂身披袈裟去游仙境,抛妻子别父母永不重逢。贾宝玉直哭得声音哽咽,出门来风飘飘胆寒心惊。

【扬调】贾宝玉回到怡红院,听谯楼打五更天色已明。小书童上前来一言告禀:"尊二爷琴剑书籍准备齐整。"贾宝玉听一言往外就走,他的妻薛宝钗紧紧跟从。拜过祖堂和宗祠,将身儿又来在母亲房中。但只见举家人齐把行饯,薛宝钗、花袭人泪洒前胸。我的妻她生来聪明伶俐,我观她端端庄庄幽娴恬静。袭人姐她生来美人体统,虽然是未收房一样看承:"今日里为丈夫就要登程,一心心进京城去求功名。老母亲年迈你们殷勤侍奉,全当是替丈夫把孝来行。"贾宝玉说不尽离别之话,转过来薛宝钗尊声相公。

【汉江】宝钗女未开言泪如泉涌:"尊丈夫你不必仔细叮咛。老母亲年迈为妻侍奉，望相公放宽心去求功名。考试毕早回府等候喜信,也免得全家人常挂心中。"贾宝玉听一言心中悲痛:我的妻她还在南柯梦中,指望我此一去荣归回转,怎知我石沉大海无影踪。泪汪汪拉住了贤妻的手:"为丈夫如同那云里白鹤水上浮萍。"贾宝玉一句话错出口,只吓得宝钗、袭人又疑又惊。

【打枣杆】王夫人,怒气生:"小奴才,你发疯,你速速前去求功名。"

【罗江怨】"家郎院公,快备能行,跟随二爷,去求功名,早去早回莫消停。"宝玉无奈,扎跪流平,辞别母亲,即刻登程,不由一阵心酸痛。

【石榴花】只见他愁容满面,泪如雨倾,将足一跺,出离门庭。痛断肝肠难舍母子情,出府门大哭顿足捶胸。

【上小楼】贾宝玉大放悲声:怎知俺心里真苦情,从今后削发为僧,深山古寺参禅诵经,抛却了红尘跳出五行。

【鼓子尾】贾宝玉本是罗汉体,诗赋文章件件通,三场完毕交了卷,得中皇榜第七名。贾宝玉一见心欢喜,也算我为父显扬名声。趁此无人逃走吧,出京急忙往前行。前行来在大荒山,青埂峰下苦修行。记住宝玉暂不表,再说他父亲贾政公。送丧已毕回府转,闷坐船头饮刘伶。见一个赤足和尚飘然来,头戴斗笠身披大红,一股仙风把船上,叩头就把父亲称:"儿是宝玉来相聚,拜问父亲可安宁。我今出家得了道,一子成佛七祖起升。黛玉妹妹也得正果,如今现在警幻宫,俺二人俱是天仙体,父亲不必挂心中。"贾政正待回言问,又见他飘然而去影无踪。无奈何催船起程走,一路叹息不绝声。这才是一朝勘破情丝网,跳出人间水火坑。人生百岁如做梦,可叹世人梦不醒。劝君莫把名利求,大限一到万事空。温柔乡逃走贾宝玉,你瞧他逍遥自在不老长生。

鸳鸯宝剑

【鼓子头】警幻情案累世人,严惩孽果正人伦。尤氏三姐留遗恨,敢将碧血染红尘。

【阴阳句】警幻宫十二钗悬案未决,降生在金陵地官府豪门。宁荣府大观园相聚相散,遗留下痴情债无人问津。贾少保与少府荒淫无度,弟与兄争伤风败坏祖荫。贾二爷纳尤氏置于室外,尤二姐待贾琏相亲相爱。

【银纽丝】尤氏母女暂得栖身,唯有三姐志刚节贞,贾珍贾琏欲玷污,多次失败已灰心,只落得垂涎三尺满脸涕泪痕。左右为难无计可寻,凭她来去自择知音。再三问情由,方知其内因,她早已选定柳湘莲方可为婚。

【太平年】贾琏闻听自沉吟,三姐果然认贤识真。次日公子在平安州,恰遇薛蟠与柳君。遂与湘莲当面提亲,鸳鸯剑相赠作礼聘。公事已毕回故里,忙向三姐报佳音。

【汉江】尤三姐珍藏信物悬帐前,自然是称心如意定乾坤。每日间对佛参拜默首祷,与宝剑共枕席聊表情心。想柳郎文武兼备行侠义,堪称做终身伴侣度百春。自古道天地巧合生缘分,又道是自择无怨意中人。闲无事抽剑出鞘观宝刃,但只见寒光四射冷气侵。愿月老红线早系成连理,奴情愿永世长斋不动荤。

【诗篇】忽听得有人禀贵客驾临,宾与主相揖让寒暄谦逊。柳湘莲随贾琏客厅内进,忙令人献茶酒接风洗尘。尤三姐站窗外窥看容貌,只见他器宇轩昂令人钦。眉宇清双目秀皆生雅趣,评文物论古今谈吐清新。饮茶已毕复开口,湘莲离位说来因,遂讲道:"金鸡怎与凤凰配,恐贻误令亲金玉身,诚望另择高门婿,还我信物谢劳神。容恕小人反复意,特来相辞退联姻。"满座间面面相觑失方寸,痴情反遇无情人。

【紧接莲】三姐闻听打寒噤,晴空霹雳失三魂。前生注定无缘分,何必强求惹丑闻。转回绣房内,取剑急转身,雌剑藏肘后,厅前怒生嗔:"还汝失信物,恨指负义人。当场既有允,今做无常君。剑同我为伴,分明戏钗裙。节义自有天地晓,愿洒碧血祭鬼神。"

【石榴花】只见她血泪盈眶切齿痛恨,责骂湘莲羞辱闺门,奴怎忍任人摆布落朽名,怎知俺玉洁冰清守贞洁。

【上小楼】一阵阵地暗天又昏,尤三姐热血沸腾挥剑刎。早将生死置度外,可叹她痴情一片化浮云。

【鼓子尾】风扫桃花红满地,玉山倾倒永无存。贾琏一见冲冲怒,要锁拿湘莲将罪询。二姐含泪忙劝止:"此事何必怨柳君。自定生死路,悲欢各有因。备棺快盛殓,暂埋荒郊坟。"湘莲满脸悔和恨,扶棂痛哭令人伤心。早知贞节女,何言来退婚。丧事已毕出贾府,夜宿孤庙遇道人。梦会尤三姐,归位警幻嫔。柳湘莲从此杜绝凡尘路,一心学道入空门。这才是鸳鸯聚散悲欢事,遗留千古传奇文。

探望晴雯

【鼓子头】大观园万物生悲,贾宝玉意乱心灰。猛然想起我那晴雯姐姐带病逐归,也不知是何人在夫人面前搬弄是非。

【阴阳句】不过她言语伶俐,招人嫉妒;性情爽直,仆女们极力排挤;尤其是她容貌儿娇艳,更令人百般猜疑。可叹她身染重病,受屈辱被逐出大观园围。我今日想去探望她,好叫她息气养疾。

【坡儿下】贾宝玉越思越想越伤悲,月明如水浸入罗帏。花袭人牡丹带醉醺醺睡,怎知我百般柔肠寸寸碎。想当初花前月下是何等亲密,而今她病中凄凉更伤悲,贾宝玉翻来覆去难入睡。

【罗江怨】蒙眬中听得更鸡乱啼,好一似呼唤负情的宝玉,止不住罗衫儿湿透重重泪。也不知晴雯姐姐她得的什么病疾?定于明日探望她的身体,我定要禀明夫人将她收回。

【银扭丝】一霎时红日朗朗月过偏西,花前蝶舞林间百鸟啼。多情的贾宝玉,孤身出园去,静悄悄来至在晴雯姐姐家中。未曾进门先闻见些肮脏气,破榻一张半是麻绳系。晴雯女独自一人倒卧在破席,只见她面黄肌瘦奄奄剩一息。两鬓蓬松凤钗儿斜倚,青丝发一缕横拖在被里,周身瘦如柴,黛眉双颦低,枕边层层滴湿泪痕迹。

【太平年】贾宝玉心伤悲,好似乱箭穿心肺,慌慌忙忙上前搂抱起,见晴雯一阵咳嗽又昏迷。杨柳腰瘦得不盈掬,十指尖尖赛树皮,贾宝玉止不住伤心泪,如雨滴,叫晴雯快醒来我是宝玉,来探你。

【满洲】晴雯一阵迷,举目观端的:"我那人儿,你怎来到这肮脏之地,我只说今生不能再见你。莫不是我的眼迷离,梦中会知己?口干舌燥,炕得我咽喉急,叫二爷快忙与我把茶递。"宝玉的心胆碎,捧茶在手里,味酸色红肮脏气充鼻,难道说这就是姐姐常用的?

【叠罗】那晴雯黛眉双齐,止不住泪洒湿衣:"这怎比在大观园里,就这茶,炕得我口干舌燥难得一滴。"

【诗篇】晴雯女止不住伤心泪,头依着二爷肩膀背依在怀里:"二爷呀,天不幸生就奴薄弱身体,七岁上遭年旱父亡母故无依无靠,投奔到二爷府内充当奴婢。老太太待小奴有恩有义,十二岁她看奴人不妖、貌不陋、手不拙、性不毒、小心谨慎、聪明伶俐,才将奴拨到二爷你的房里。又幸遇我二爷是护花之辈,每日间将小奴十分温存、百般体恤,恐日晒、怕风吹,嬉笑玩耍,如同那园中姐妹不拘形迹。至如今侍奉二爷五载有余,并未曾有一些疏忽之礼。前年不幸与环哥母子们唇舌翻起,老爷怒拿竹板打得你皮开肉烂血染罗衫。听一言吓得奴魂不附体,奴心中一阵酸,一阵疼,好一似滚油煎心钢刀来犁。从此后奴时刻小心在意,实指望二爷好,老太太心欢喜,奴婢们能报一份恩义。天不幸傻大姐把荷包拾去,也不知是哪个下流婢子绣出那无廉无耻春宫物儿竟落到太太手里。王夫人见荷包非常生气,好一个长舌妇,说奴家好擦脂抹粉、每日间只学那病西施醉杨妃编弄调儿装出狐媚。可叹奴家染重病周身如醉,王夫人将小奴传到上房内,百般训斥、万般羞辱、跪得奴筋骨麻酸,说不转太太之怒,才将奴赶至肮脏窝内。奴到此末三天度日如岁,可恨我那不良嫂每日里断奴汤绝奴水、吃吃喝喝,她骂奴家是一个下贱奴婢。奴本是嫩枝叶可怎经风雨,怎挡这冰雹交加无情残摧。奴睡后魂梦儿与你游戏在大观园内,梦醒来依然是倒卧在破席。再不能撕扇子作千金一笑,再不能在沁芳桥寸钩长杆丝绒香饵垂钓金鱼,再不能与二爷病补雀金呢,再不能同那些姐妹们开夜宵吃寿酒猜拳行令、呼五喝六、换盅轮杯。再不得陪二爷听琴在潇湘馆内,再不得黑夜漆漆吓麇月前去陪依。早知道至如今惨遭屈辱,就该在花前月下知热知冷有恩有义与二爷叙叙知己。奴的病我自料是万无生理,狠狠心一口咬下了葱管般凤仙红指甲两根交于宝玉。二爷呀,这是奴十七年的心血交付与你,权当奴与二爷坐卧相随寸步不离。"喘吁吁又脱下贴身衬衣:"二爷呀,你将这拿回去,权当奴与二爷坐卧相随寸步不离。将到此不由奴泪干声咽,奴到此地得见你,也不枉遭个狐媚臭名落人妒忌。"

【鼓子尾】晴雯一阵悲痛极,一阵阵痰涌又昏迷。贾宝玉一见心胆碎,又惊又怕又着急。这公子正在为难际,忽来了晴雯嫂子马母鸡。满头黄头发,一脸豹花皮。举目往下望双足,足有尺六七。走上前,笑嘻嘻,伸手拉住了二爷的衣:"单相思害得我不能见你。方才在窗外窃听起,才知道你二人情意如胶又似漆。

晴雯妹妹真是愚,我可不像她那样傻迷。"将宝玉搂抱至床帐内,一心巫山会佳期。只吓得宝玉汗淋漓,百般求饶总不依。忽听窗外人言语,贾宝玉趁此机会脱身出,马母鸡怨天尤人恨失良机。

祭 奠 晴 雯

【鼓子头】芙蓉色相记二生,一缕炉香秉赤诚。笔底行行书旧恨,花前字字诉离情。红襟赠别卿怜我,黄娟填词我忆卿。目断芳魂应不远,锦城端合续前盟。

【阴阳句】烈性的晴雯女夜间辞世,次日里宝玉闻听魂魄惊。"哎哟"一声痛杀我,顿时口吐鲜血红,捶胸顿足只将姐姐叫,恸碎了肝肠阵阵疼。我只说你们看我先归土,谁知道你先撇我赴幽冥!

【坡儿下】这时候只想灵前去看你,又谁知母亲吩咐十分凶。此刻是后门之上加封锁,你教我何能前去送你一程。我虽然暗地命人去照料,怎能够样样儿齐全件件儿精,真的是在日不能如你的意,到死后依然处处欠你的情。

【银扭丝】世间的无情人儿数我是第一名,姐姐呀你枉自痴心把我疼。宝玉终日愁,悲伤心不定,你看他时哭时笑似癫疯。那一日听见小丫鬟讲一声,说佳人在花神队里掌芙蓉,连忙将那祭文写,要把往事记分明,这一日带病作完《芙蓉诔》,已到了黄昏时忙出户庭。

【哭皇天】叫丫鬟园中暗暗地排香案,贾宝玉芙蓉花下秉虔诚,忙将那净水一盏供案上,又将那紫檀一瓣放炉中。

【四季春】未曾祝赞心先碎,他把那诔文哭诉向芙蓉:姐姐呀,你生前聪慧巧秉性,一定是死后的阴魂分外灵。

【哭扬调】你那里有圣有灵来享祭,我这里无知无识只哀鸣;你那里凄凄惨惨守荒墓,我这里悲悲切切伴孤灯;你那里愁云日向坟头起,我这里相思常在腹中萦;你那里青草年年冢上绿,我这里泪痕夜夜枕边红;你那里月下三更愁寂寞,我这里灯前五鼓叹伶仃;你那里别恨千端无处诉,我这里离情万种向谁明?你望乡台上添悲恸,我芙蓉花下倍伤情。

【垛子】念只念万里黄泉谁是伴?愁只愁孤魂儿一个有谁疼?叹只叹你生

前哪有亲骨肉,忧只忧阴曹作鬼苦伶仃;哭只哭两段指甲成故物,哀只哀身边只落袄红绫;恼只恼旁人暗地施毒计,怨只怨高堂误中计牢笼;惨只惨饮食断绝药不入口,伤只伤情感一死担虚名;恨只恨临危不能将你送,愧只愧死后桩桩欠你的情;闷只闷你如今到底何方去? 苦只苦今生今世不相逢;悲只悲满腹的衷肠要对你讲,恸只恸再想谈心万不能。可爱你温柔贤惠礼节儿晓,可爱你玉洁冰清大义儿明,可爱你情性耿直心术儿正,可爱你举止端庄礼貌儿恭,可爱你婉顺柔和怀烈性,可爱你温存妩媚秉霜清,可爱你语言直截无虚假,可爱你行为爽利尽真诚,可爱你春风和蔼将人待,可爱你宽宏大量把人容,可爱你舍己为人出至性,可爱你解纷排难是天生,可爱你只晓雪中将炭送,可爱你不知锦上把花增,可爱你非理的话儿决不讲,可爱你非礼的事儿从不行。

【诗篇】可敬你每日焚香敬天地,可敬你终朝参拜礼神明,可敬你扶危济困恤孤寡,可敬你敬重年高慈幼龄,可敬你欢喜施善爱舍药,可敬你恼恨杀生好放生,可敬你行路怕伤蝼蚁命,可敬你爱惜飞蛾纱罩灯,可敬你每欲施棺免暴露,可敬你常思补路济人行。可感你炎天替我扇衾枕,可感你寒冬替我把炉烘,可感你凉时替我添衣履,可感你病时与我将药送,可感你饥时与我治汤羹,可感你终朝替我把衣衫缝,可感你夜深还去将裘补,可感你梦中仍劝把书攻,可感你良言规劝将心正,可感你痴心盼望把名成,可感你一片真心待我宝玉,可感你满腔仁义献我怡红。

【汉江】可叹你服侍我一场无结果,可叹你凭空地被害入牢笼,可叹你枉长了如花似玉娉婷貌,可叹你空生了百俐千伶锦绣胸,可叹你女红枉自桩桩晓,可叹你文艺徒然件件通,可叹你含冤负屈无人诉,可叹你忍气吞声自己明,可叹你千般的袅娜汤泼雪,可叹你万种的风流火化冰,可叹你描鸾绣凤今何用,可叹你知书达理一场空,可叹你一生要好如流水,可叹你半世争强无影踪,可叹你素日痴情沉大海,可叹你玉骨冰肌被土蒙。再不能上元同把花灯放,再不能清明散闷放风筝,再不能端阳共把龙舟戏,再不能盂兰携手看河灯,再不能七夕穿针共乞巧,再不能仲秋同赏月晶莹,再不能重阳联步登高去,再不能除夕守岁待天明,再不能投壶夺尽人间巧,再不能猜拳饮尽酒千盅,再不能池中同把游鱼钓,再不能林间共听野禽鸣,再不能山前共赏峰峦翠,再不能舟中同玩碧波澄,再不能园中同你斗百草,再不能庭前同我弄丝桐。

【上流】我为你人间找遍了还魂草,我为你天涯觅尽了药回生,我为你空求了月下的嫦娥女,我为你枉拜了天边的织女星,我为你满斗焚香不中用,我为你斋天大醮总成空,我为你每日徒然告天地,我为你终朝枉自祷神灵,我为你争名的痴念今灰尽,我为你爬高的妄想冷如冰,我为你恸肠儿每向芙蓉断,我为你泪珠儿常对茜窗倾,我为你神思儿只在园门后,我为你梦魂儿不外碧㡓中,我为你只想同衾常聚首,我为你唯求共穴两相逢。想得我每日发呆如木偶,想得我终朝纳闷似雷轰,想得我两耳轰轰听不见,想得我二目昏昏看不明,想得我精神恍惚神不定,想得我言语模糊话不清,想得我举目慌张坐不稳,想得我梦魂颠倒睡不宁,想得我柔肠九转满腹儿痛,想得我血泪千行滴滴红,想得我左思右想刀剜胆,想得我后思前想刃刺胸,想得我无精无采无情绪,想得我如醉如痴如哑聋。想得我恨不得闯开阎罗殿,想得我要到阴曹续旧盟。

【鼓子尾软垛】贾宝玉独自越哭越悲痛,不由得大放悲声放恸情,只哭得冷露凄凄浸泪眼,只哭得阴风惨惨扫愁容,只哭得檐前铁马添愁韵,只哭得长空孤雁带悲声,只哭得星斗不明多愁容,只哭得月色无光带朦胧,只哭得月宫嫦娥也惨切,只哭得天上织女也伤情。

【转硬垛】贾宝玉正自伤心号嗨恸,猛听得黛玉含悲叫一声。说道是:"多情的人儿世间有,要像你实意真心可不能。那祭文句句鼻酸多惨切,就是那铁石人听了也泪倾;我这里窃听了多时心已碎,叫你怎能心不疼。虽然说衷情恋恋难割舍,要知道人死焉能再复生。况且是而今她已成神去,你徒自悲伤把身子坑。我劝你天已夜深回去罢,你若是感冒伤了风,全家老少又要不安宁。"好容易把宝玉劝进了怡红院,第二日书凤姐儿拈酸再找零。

痛 哭 晴 雯

【鼓子头】秋风摧残碧梧凋,冷霜削去独根苗。怡红院折去群芳蕊,怎不令人哭号啕。

【阴阳句】花袭人暗中调拨,陷害了这位巾帼英豪。她的芳名叫晴雯,本是那侍女群中一多娇。心性儿聪明过人,脸面儿花容月貌。花袭人心里嫉妒,在王夫人面前翻舌造谣。王夫人将晴雯赶出门去,无奈何只得去投奔她的表嫂。

【坡儿下】前一日去探病俺把她瞧,病势沉重受煎熬。我劝她殷勤调治休烦恼,千万要安心静养莫牢骚。满望着病体痊愈好,哪料想噩耗传来她病故了。我只得虔修诔文去祭多娇。

【太湖】自从与晴雯相别相抛,惹得我时常心焦躁,茶饭终日懒得用,心思迷乱神魂颠倒。

【银扭丝】前一日探病把你来瞧,柔气儿喘吁心发跳,身瘦如枯柴,颜色似黄表,咱二人手拉手难舍难抛。你咬下的指甲装在我荷包,一滴滴鲜血湿透大红袄。我的晴雯姐,软语向我告,你言说你的病难熬三朝。

【汉江】你本是雁阵孤寒风霜冰操,遭受这蛊惑之谗病入膏肓。自那日我去探病之后,回府内每晚间设香案对天祝告,望苍天施恩典慈悲普照,保佑我受屈姐姐百病全消。实指望姐妹们能再团聚,有谁知你先露明珠命赴阴曹。自从你服侍我计有六载,每日里苦殷勤十分辛劳。铺衾枕栉沐浴伺候栖息,捧笔砚奉香茶受尽煎熬。昨一日得噩耗你仙逝去了,不由得我心中冷如水浇。

【上流】是何人再随我花园散步,是何人相亲相爱常系衣绦?房屋内尘土生何人洒扫,叠床被铺坐褥何人操劳?雀裘烂是何人带病修补,是何人解诗稿才华高超?纵有那花袭人性情骄傲,有秋纹和麝月是无用之苗。怎能够比你的心性慧敏,怎能够比姐姐温雅风骚。她怎能比姐姐花容月貌,她怎能比姐姐针黹艺高,她怎能比姐姐做事灵巧,她怎能比姐姐志坚冰操!从今后为弟我失去了服侍，倒不如随姐姐同赴阴曹。

【软书】幽灵事也不知真假是否，我只有心志虔诚来祝告。

【诗篇】晴雯姐你本是众婢之冠，慧心贤德笔尖难描。牡丹艳芳难比，海棠虽鲜也难表。你好比怡红院中群芳蕊，又好比捣药佳人跨九霄。你好比风霜高洁古林枯，又好比巨风摧柳连根抛。你的芳魂悠悠随风荡，玉魄香魂葬荒郊。但愿更深人静后，神游太空再会一遭。

【鼓子尾】贾宝玉哭诉一阵情难禁，忽听得山石之后有人发笑。说了一声请留步，贾宝玉慌忙回头瞧。芙蓉花里现人影，原是黛玉女多娇。二人一见面带笑，黛玉说："新奇的祭文你撰得高。"说着话儿往前走，见一个丫鬟来禀报："老太太叫把二爷请，去到上房相商讨。"宝玉拭泪把衣整，辞别黛玉往上房跑。

河南坠子

选自天津市曲艺团编《红楼梦曲艺集》(春风文艺出版社1985年版)。

宝玉出家

雪花儿飘飘,白茫茫一片大地,寒鸦儿声声,孤哀哀一阵惨凄。
且莫谓五世同堂红尘好,这人间哪有这不散的宴席!
表的是宝玉失了通灵玉,每日价昏沉沉如醉如痴。
大白天又哭又笑好比梦呓,到夜晚说胡话怅然若失。
最可叹贾母昏聩不知根底,又有那王熙凤她上下撺掇、巧施毒计,
移花接木、翻云覆雨,费尽了心机。
巧遇上傻丫头,傻呼呼的泄了密,病潇湘陡然间她把本性儿迷。
焚诗稿断痴情一病不起,可怜她临终时形单影只!
这边厢口吐鲜血正咽气,那边厢洞房花烛正娶妻。
鹦儿她满腹怨气恨宝玉,贾宝玉他那里还一无所知。
林黛玉虽死难把眼儿闭,呆怡红面对新娘笑嘻嘻:
(白)"林妹妹,你……近日可好?啊!"
揭盖头,看仔细:"这是谁?太无稽。"
(白)奇、奇、奇!
不是黛玉是宝钗,为什么,巧布疑阵把人欺!
不是妹妹是姐姐,为什么,设弄机关把我迷!
雪雁她把莺儿替,难道说,俺连那模样儿也不认识?
这是唱的哪出戏?分明是,催魂的小鬼把命逼!
(白)"妹妹呀!你在哪里?"
"在哪里?林妹妹她已然病故了!""怎么讲?"
"林妹妹她归天去了!""啊——!"
一句话如炸雷震天动地:"果然是妹妹她一命归西。
我和她朝夕相处花解语,到如今只剩孤身梦中思。

曾记得咱俩个山盟海誓,怎能料你溘然长眠嗟何及!
实指望你我知音长相聚,又谁知此恨绵绵无穷期!
说什么金玉良缘命中定,我偏信木石前盟比目鱼。
常言说身前难虑身后事,俺看那功名利禄半文不值。
有道是'无为有处'庄子语,又何必情天恨海留情丝!
猛听得钟声隐隐一声响,抬头看来了仙师指顽迷。
我遥望爹爹拜三拜,你白白养我这不肖儿!"
人荒山茫茫无路踏雪走,顺口作歌归太虚。
贾宝玉今日出家当和尚,了凤愿惊醒后人,一部红楼传奇。

（苏汉章原作　马紫晨整理）

山东琴书

选自王之祥、张广太、杨清禄编《山东传统曲艺选》(山东人民出版社1980年版)。

黛玉悲秋

黛 （引）秋雨秋风,余睡未醒,檐前风铃响叮咚,惊破愁人秋梦。
　　（白）我林黛玉,适才独坐无聊,蒙眬睡去,梦中又被风雨惊醒,似这样秋寒逼人,我这多病之体,怎样经受得起,思想起来,好不愁闷人也。
　　　　林黛玉坐潇湘睡眼蒙眬,耳听得大观园遍地秋声。
　　　　凄凉人怎经得凄凉之景,一霎时触动了思乡之情。
　　　　淅沥沥雨点儿纱窗湿透,冷飕飕秋风起摆动风铃。
　　　　墙下边秋虫叫忽断忽续,半空中南飞雁声声悲鸣。
　　　　打坏了翠生生几竿淡竹,吹落了娇滴滴半院芙蓉。
　　　　画栏间碎芭蕉颜凋翠减,荷花池败莲叶倾西倒东。
　　　　可叹我离家乡多愁多病,怕的是归故土好梦难成。
　　　　虽然是老太太待我情重,也怕要辜负她慈爱之情。
　　　　似这般秋雨夜更深人静,怎不叫黛玉我触景生情。
　　　　林黛玉坐牙床正自烦闷,小紫鹃送上了清茶一盅。

鹃 （白）你姑娘正在养病之日,还胡思乱想些什么! 倘若有伤贵体,老太太知晓,奴婢怎担当得起。

黛 （白）哎! 紫鹃,紫鹃,你看这样风雨交加,长夜迢迢,不知作何消遣才好?

鹃 （白）哎! 姑娘呀!
　　　　小紫鹃上前把话说明,尊一声俺姑娘请你细听。
　　　　姑娘你从小有些娇惯习性,听不得雨声见不得风。
　　　　到贾府做客如同在家一样,老和少哪个不敬哪个不疼?
　　　　紫鹃我朝夕陪伴来侍奉,众姐妹吟诗作赋也不孤零。
　　　　宝二爷待你更是情义深重,他与你亲如兄妹言听计从。
　　　　你听着潇湘夜雨该更添诗性,难入睡何不作诗寄衷情!

(白)姑娘,你看这秋雨连绵,可算真正上好的题目,姑娘,你何不吟诗以消长夜呢?

黛 （白）紫鹃说好便好,磨墨伺候。

林黛玉要吟诗风雨助兴,你看她未落笔眼圈先红。
玉彩纸铺在这梨花案上,一字字一行行笔秀情浓。
小丫鬟斟上茶檀香点好,银烛光透纱窗照亮竹丛。
都只为秋夜长秋梦难续,寂寞中对秋景描写秋情。
满园中秋草黄秋花惨淡,秋海棠娇无力秋叶凋零。
蜂蝶儿不胜寒无踪无影,绣香房独对着只影孤灯。
孤零零冷雨中残菊几朵,游荡荡风吹散水上浮萍。
桐夜飘听不清吹箫何处,檐漏雨数不尽漏滴几更。
凄惨惨睡不成架上鹦鹉,飘摇摇飞不稳廊角流萤。
病身躯怎耐得寂寞清冷,素罗衾经不起午夜寒风。
看起来物有盛衰时有寒暑,犹如那月有盈亏人有死生。
怕的是从此后愁添病重,似落花付流水再不相逢。
凄凉人观秋景柔肠寸断,吟诗句写不尽别绪离情,
林黛玉风雨词一挥而就,忽听得屋门外似有人声。

贾 （白）哎呀,好雨!

贾宝玉进潇湘足踏曲径,披蓑衣登雨屐缓步前行。
来至在房檐下停足细听,只听得房儿内吟咏之声。
林妹妹身带病太也多兴,大不该风雨夜描景抒情。
林黛玉离书案笑脸相迎。

黛 （白）宝哥哥,天到这般时辰,还不安眠,来到潇湘馆何干呢?

贾 （白）只因风雨交加,怕妹妹有些孤闷,因此来到潇湘馆陪伴妹妹来了。

黛 （白）有劳哥哥挂念。

贾 （白）书案之上所放何物?

黛 （白）乃是方才草就的风雨词一篇。

贾 （白）待愚兄领教领教。

黛 （白）不看也罢。

贾 （白）妹妹大作,哥哥哪有不看之理。紫鹃姐,掌灯来!

　　　　贾宝玉在灯前细看分明,一字字一行行书写心声。
　　　　弄词歌堪与那宋玉争胜,讲慧心偏有那道蕴遗风。
　　　　似这等好才华偏偏多病,更不该身带病劳神伤情。
　　　　风雨词情悲切闲愁万种。纵然是铁石人也觉心疼。
　　　　望妹妹撇闲愁医治病症,万不要耗精神损了花容。
　　　　风雨词放书案心情沉重,林黛玉抢诗稿投入火中。
贾　(白)妹妹因何将它烧掉?
黛　(白)小小词稿引起哥哥如此伤情,还是烧掉的好。宝哥哥,在这风雨之夜还挂牵妹妹,冒寒风冷雨而来,妹妹甚是过意不去,现在风雨已略小了些,别累坏哥哥,请早早回怡红院安歇了吧。
贾　(白)妹妹贵体欠安,也该早早安歇,愚兄回去了。紫鹃姐,吩咐外面掌灯伺候。
鹃　(白)伺候了。
　　　　贾宝玉披蓑衣草笠戴正,登木屐离潇湘要回怡红。
　　　　回头来尊妹妹千万保重,打精神抛烦恼放宽心胸。
　　　　能下床强挣扎轻轻行动,睡多了伤脾胃心火上升。
　　　　三餐的茶和饭按时而进,你要想吃什么告诉愚兄。
　　　　早晚间添衣服莫受寒冷,怕的是妹妹你弱不禁风。
　　　　贾宝玉嘱咐罢冒雨而去,林黛玉闷怏怏回到房中。
　　　　宝哥哥他待我情义深重,到何时才能够鸾凤和鸣?
　　　　林黛玉一夜间身添大病,到天明咳嗽重口吐血红。
　　　　这本是《黛玉悲秋》一节事,下一回宝玉探病倾诉衷情。

宝 玉 探 病

斑竹飒飒拂金风,秋到重阳凉气增。
点点金菊伴竹影,阵阵哀雁过楼东。
林黛玉潇湘馆里得了病,一心里想念宝玉我表兄。
这几天不见你的影,莫不是你把妹妹一边扔?
莫不是因这几天忽变冷,你也着凉伤了风?
莫不是老师教的课业重,硬逼二哥你把书攻?
莫不是我言谈话语得罪你,要不然你为何不来问一声?
莫非说妹妹有情哥无义?莫非说月老牵错红线绳?
我为了思念二哥病加重,大约着十有八九活不成……
林姑娘越想越悲痛,不知不觉眼圈红。
万般无奈把心横,叫丫鬟紫鹃雪雁你是听:
"给姑娘依枕靠枕荷叶枕,再给我身上盖斗篷。
把屋里香烟都放净,快快挑起那绣花帘栊。
且不说黛玉屋里难安静,再表那多情的宝玉小相公。
贾宝玉看望林妹妹的病,脚步走得急匆匆。
刚走进潇湘馆,紫鹃雪雁忙迎接。
宝玉问:你姑娘病情重不重?"紫鹃说:"半天重来半天轻。
适才间她不知为何哭又怒,好容易才哄得她睡蒙眬。
宝二爷你此来莫非为探病?请进房轻轻说话莫高声。
倘若是你将俺姑娘来惊醒,又不知痛苦到个啥情形。
俺再劝说也没用,只是看着心里疼……"
贾宝玉点头会意把房进,只觉得一股清香鼻内冲。
见妹妹半躺半卧靠被褥,半睡半醒眼半睁。

描花腕半托香腮半靠枕,半露身体半盖斗篷。
青丝发半边蓬松半边挽,那香腮半边发白半边红。
看神情半带忧愁半带怒,她嘴里半咕哝来半不咕哝。
上半句听她喊的我贾宝玉,下半句她没说清我也没听清。
贾宝玉看罢多半会,她喉内有痰咳嗽半声。
半侧着身子床沿坐,好半晌黛玉姑娘把眼睁。
恍惚间看见床前一人影,仔细看,原来是宝玉我的表兄。
他头戴翠花金冠多齐整,通灵宝玉挂前胸。
身穿一件对花儿氅,丝鸾宝带扎腰中。
照着下边送二目,穿一双夫子履湘鞋是皂青。
他生的就眉又清来目又秀,齿又白来唇又红。
更难得他的品德正,俺两个心心相印志向同。
就只是自古红颜多薄命,怕的是有情人难以把亲成……
林黛玉想罢欠身起,倒叫宝玉吃一惊,
急忙忙伸手搀扶住,连把妹妹叫几声:
"妹妹妹妹休要动,怕的是起床伤了风。
这几天我没来探你的病,还望妹妹多宽容!"
林姑娘听此言摇头又摆手:"宝二哥你当面说的倒好听。
你本是贵人远游踏贱地,想必是潇湘馆外刮大风。
大风刮住你的腿,因此才迷路来到我馆中。
劝二哥别往我身上把心用,不如拣那高枝登。
多学些仕途经济求高中,一举成名天下惊……"
林姑娘话中带着刺,贾宝玉听后顿足又捶胸:
"妹妹呀,我心思难道你不懂? 恨不得扒出心叫你看分明。
你说的那些有何用? 我一提仕途经济就头疼。
莫怪我多日没看你的病,皆因为我有些事情没办清……
问妹妹我捎来的人参吃了多少? 送来的燕窝尝过不曾?
我兑来的药丸见不见效? 找来的偏方灵也不灵?
过午的发烧好没好? 晚上的咳嗽可见轻?"
贾宝玉不住声地来问病,倒叫个黛玉姑娘泪双倾:

"提起来妹妹我的病,光见重来不见轻。
二哥呀!你送的人参我吃了不少,买来的燕窝尝过几封。
兑来的药丸吃了不见效,找来的偏方全不灵。
到过午发烧更沉重,整夜里咳嗽不住声。
清晨起常常心血涌,一口一口吐血不稍停。
昨夜晚妹妹我偶然做一梦,梦见了父母接我回家中。
我醒后想想死了倒干净,强似这一人活着孤零零。
二哥你若是想我心悲痛,就扶着我的坟头哭几声。
也算得咱兄妹的恩情重,我在那阴曹地府也承情……"
林姑娘句句话语千斤重,令贾宝玉仿佛万箭穿心胸。
就知道妹妹是为我得的病,我还得劝她莫把疑心生:
"妹妹你千万多保重,你要是有个好歹可不成!
我心里只有一个你,没了你,我就削发去为僧!
你快把心事都抛净,收起愁容换笑容。
现如今满院的菊花开多盛,来来来陪我观花到院中。
观一观菊花解一解闷,活动活动身体散散心情!"
贾宝玉拉住林妹妹的手,林黛玉羞得脸通红:
叫声:"二哥别任性,你家的清规戒律一重重。
咱虽是青梅竹马无弊病,怕的事多心之人刮邪风,
你上头扑面不执重,传出去有点不好听……"
贾宝玉把妹妹话语全听懂,急急忙忙把手松。
暗想道:我的妹妹好烈性,话虽严厉有深情。
我有心再和妹妹说几句,得病的人儿不能把气生。
罢罢罢别再惹她火气动,单等着她病好我再来辩明。
贾宝玉想罢甩手走,倒闪得林黛玉独自放悲声。
最难得二哥待我情义重,但不知何时方能喜乘龙。
林黛玉从此病情更加重,她日夜不忘宝玉表兄。
这本是宝玉探病一个段,到下回黛玉死宝玉去哭灵。

贾宝玉哭灵

玉　（引）有缘千里来相会,无缘对面不相逢。
　　（白）卑人,贾宝玉。自幼与林妹妹心心相印,原指望珠联璧合,终生为伴,可恼这大观园那上下之人欺俺愚呆,新婚之夜竟使调包之计,说是娶黛玉妹妹,却娶来了宝钗姐姐,经俺再三追问,才知林妹妹闻听此事含恨归天。我贾宝玉心胆巨碎,痛不欲生,勉强支撑病弱之身,赶往潇湘馆祭奠我那痴情的妹妹便了。

【凤阳歌】
贾宝玉心悲恸泪如雨洒,思想起林妹妹心如刀扎。
听凶信疼得我如痴如傻,没料想心上人命染黄沙。
想当初咱二人情深意密,人人夸天生的并蒂莲花。
怨妹妹心肠狠把我抛下,命苦人到潇湘哭奠于她。
强移步来至在潇湘馆外,西风冷落叶飘声声啼鸦。
进门来静悄悄珠帘半挂,纱窗外只剩下败草黄花。
这一旁碎芭蕉风吹雨打,那一旁凤尾竹东倒西斜。
惊动了画檐前鹦鹉哭骂,又过来小紫鹃戴孝披麻。

鹃　（白）那旁来的,敢是宝二爷吗?
玉　（白）正是断肠人。
鹃　（白）宝二爷不在喜房陪伴新人,来在俺这冷冷清清的潇湘馆却是为何?
玉　（白）紫鹃姐,休要打趣于我,是我闻听人言,林妹妹不幸去世,因此来这潇湘馆,哭奠于她来了。
鹃　（白）二爷呀,二爷! 想林姑娘在世,病在你手。事到如今,你还哭的什么哭,奠的什么奠呢!

小紫鹃未开言怒从心发,尊了声宝二爷细听根芽。

俺姑娘活活地被你害死,到如今哭奠她却为什么?
俺姑娘丧父母又无兄弟,因此上投亲戚来到你家。
多亏了老太太疼爱于她,待姑娘如亲生半点不差。
你要娶宝姑娘光明正大,喜的是亲上亲岳母姨妈。
俺姑娘明情理并无怨话,最不该一家人欺瞒于她。
看起来往日情全都是假,多情女薄幸郎把人害煞。
劝二爷休在此请快回驾,宝姑娘知道了吵嘴磨牙。

玉 (白)紫鹃啊!
小紫鹃怨又恨一番气话,说的我虽有口无言可答。
但愿你念前情饶恕我吧,快引我到灵前祭奠于她。

鹃 (白)呀!
他那里苦哀告俺狠心难下,既无情却为何眼泪巴巴?
暂忍气且吞声领他去吧,是真心是假意我仔细观察。

鹃 (白)宝二爷,那就随我来吧,

【垛子板】
小紫鹃就在头里走,
贾 贾宝玉迈步随后行。
鹃 走过了花栏循曲经,
贾 越过了画廊穿花屏。
鹃 行过了多少蔷薇架,
贾 度过了无数兰花棚。
鹃 碧纱窗外风淅淅,
贾 梧桐叶落冷清清。
心急迈步走得快,不多时来到潇湘后大厅。
贾宝玉这里抬头看,泪眼见滴水檐前扎席棚。
八仙桌子当中放,桌子以后靠围屏。
条条挽联两边挂,有一面白绫幔帐挂当中。
珍贵的名香焚宝鼎,什锦花儿插满瓶。
烛影摇摇光不定,清烟缭绕往上升。
紫鹃头前引着路,小雪雁穿孝陪着灵,

贾宝玉触景生情心悲恸,止不住地大放悲声。

【汉口垛】
贾宝玉跪灵前心如火焚,泪号啕肝肠断似箭穿心。
哭一声林妹妹芳魂且等,细听着愚兄我表表痴心。
小妹妹自幼儿身遭不幸,父母亡孤伶仃来到府门。
老太太疼爱你又亲又近,众姐妹喜欢你能诗能文。
承妹妹你待我情至义尽,忆花朝与月下形影难分。
曾记得秋海棠结社争胜,曾记得吟古诗玉韵清音。
曾记得梅花开诗才长进,曾记得纱窗下对月抚琴。
曾记得风雨词秋夜吟咏,曾记得访妹妹大雨淋身。

【凤阳歌】
可怜你身子弱多愁多病,可怜你他乡女孤苦伶仃。
可怜你亲近人全都丧命,可怜你诉衷肠无有知心。
我爱你窈窕女清奇雅静,我爱你品貌端不染污尘。
我爱你千金体心高志大,我爱你梳妆巧浓淡有分。
我爱你美容颜如花似玉,我爱你多才学能画善琴。
我爱你处事情聪明谨慎,我爱你古今史多见多闻。
林妹妹你本是瑶台仙女,来人间指引我愚昧之人。
实指望结同心鹊桥架稳,又谁知半路里忽起风云。
盼妹妹盼得我粒米不进,想妹妹想得我茶不沾唇。
盼妹妹盼得我五更数尽,想妹妹想得我落魄失魂。
花堂上原想和妹妹婚配,入洞房才知道换了别人。
父母命似绳锁将我捆绑,调包计如罗网欲出无门。
可怜你因此事含恨丧命,临终时我未见悔恨终身。
望妹妹洞察我满腔悲愤,并不是愚兄我忘义负心。
贾宝玉只哭得声嘶气尽,

鹃　在一旁吓坏了丫鬟二人。

鹃　(白)雪雁妹妹,你看宝二爷哭得如痴如醉,情真意切,倒是我错怪了他。倘若有个好歹,如何是好!

雪　(白)姐姐,你我二人上前劝上一劝,看是如何?

鹃　（白）妹妹说好便好,你我上前叫来。宝二爷醒来！宝二爷醒来！
玉　（白）哎,苦呵！
　　【凤阳歌】
　　耳旁边又听得有人呼唤,昏沉沉不知道身在哪边？
　　抖精神强抬头睁开双眼,原来是二丫鬟站立前面。
　　出言来叫紫鹃又叫雪雁,你姑娘离人世恨海难填。
　　闪下我断肠人肝肠寸断,找妹妹我要到海角天边。
鹃　（白）二爷呀！
　　听此言不由人珠泪点点,尊一声宝二爷细听俺言。
　　好夫妻俱都是百年同伴,中途路拆散了不是姻缘。
　　劝二爷多自重莫要伤惨,千万的保玉体把心放宽,
　　你一言我一语苦口相劝,
贾　倒惹得贾宝玉两泪不干。
鹃　（白）二爷,不要哭了,天到这般时候,请回怡红院休息了吧！
玉　（白）你看我哭得这般模样,哪有力气行走？二位姐妹,送我一程如何？
鹃　（白）奴婢理当伺候。
玉　（白）有劳了。
　　忽听得钟楼上更鼓响亮,贾宝玉闷恢恢面带愁肠。
鹃　二丫鬟走上前双手挽住,三个人手挽手出离潇湘。
贾　宝玉我走一步回头三望,潇湘馆依然在不见姑娘。
　　又是悔又是恨心寒肠断,怕的是我这命也不久长。
　　来到了怡红院更添惆怅,是趋前是退后心意彷徨。
鹃　二丫鬟苦叮咛告辞而去,
薛　薛宝钗笑盈盈来迎夫郎。
贾　宝二爷轻摇手低头不语,痴呆呆晃悠悠倒在牙床。
薛　薛宝钗见此情千呼万唤,
贾　贾宝玉刚睁眼珠泪成行。
　　林妹妹是愚兄害苦了你,等一等我送你返回故乡。
　　这就是《宝玉哭灵》一节事,就是俺说书人也替他悲伤。

扬州清曲

选自胡文彬编《红楼梦说唱集》(春风文艺出版社1985年版)。

黛 玉 自 叹

【满江红】
月朦胧碧纱窗外人初静,一阵阵风入回廊铁马响咚叮。
哎呀,哎呀!林黛玉独坐在潇湘馆内添愁闷,满目中凄凉景况怎不伤情?
纵有千般思想万般愁恨,也只好自家烦闷自己沉闷。
哎呀!恨只恨双亲早丧,我孤苦伶仃,
愁只愁我终身大事难遂我的心。
因此上多愁善感身常病,好儿回我临花感泣对月诉衷情。
难道说红颜女子真个是薄命,可惜把美貌多才一笔全勾清。

【妆台】
耳听得莲花漏已报了初更,我不怨天不怨地不怨旁人。
怨只怨二老爹娘亡故早,怎舍得丢下了我年幼的小姣生。
二更里,泪纷纷,无弟兄少姊妹独生我一人。
举目无亲真可痛,没奈何投入在外婆婆家来存身。
三更里,身入贾氏门,眉高眼低各事总留神。
多亏那外祖母疼爱,宝玉哥常照应,终日里相伴一般表嫂姊妹们。
四更里,闷沉沉,虚度光阴十五六春。
自幼聪明伶俐争强好胜,无如我心高命薄各事不如人。
五更里,看看天色明,一夜相思好梦难成。
四肢无力勉强抬身起,整一整衣裳揩一揩泪痕。

【跌断桥】
吹熄了桌卜的灯,忽听紫鹃丫鬟报一声,
她说是我的宝哥哥特地前来看望我病人,
我慌忙上前去就把我的哥哥早安问。

止不住我腮边珠泪滚,可知妹妹病成真!

我为来为去为的是谁人?这件事倒教我进退两难欲罢不能。

【银纽丝】

一片痴心守我的哥哥守到如今,两次三番欲说未敢明说。

怕的是旁人来看轻,可怜我思君四更到五更。

六曲倚栏杆谁共倚,七律诗奴自吟。

受凄凉岂是八字来注定,就到九泉下也不忘哥哥的恩情。

我这里十分的苦衷诉给谁听?眼看着茶饭不想病儿难减轻。

【小郎儿】

说不尽从小时那番恩与爱,

我的宝哥哥!我们自幼长大,

我的宝哥哥!也该明白妹妹的心。

我的宝哥哥!曾记得你那年得了个疯癫病,

我的宝哥哥!吓得奴家,

我的宝哥哥!好似冷水浇头怀抱了冰。

我的宝哥哥!我只得暗暗焚香来祝告,

我的宝哥哥!终日忧愁,

我的宝哥哥!坐卧不安宁。

我的宝哥哥!幸喜得你转危为安病离身,

我的宝哥哥!但愿你无灾无难,

我的宝哥哥!福寿安康,

我的宝哥哥!

【剪剪花】

大观园有一班姊和妹,薛氏宝钗、史湘云,迎春、探春和惜春,

宝钗、史湘云,探春与惜春,这都是我家宝哥哥亲骨肉,

哪有你林妹妹待你心肠真,你仔细思量要评论。

还有一般丫鬟和侍女,多是聪明伶俐人。

她们虽是多情女,哪有林妹妹待你情意真,

她们不过是一派假温存。

【叠板】

我和你,虽未曾在花前月下把终身定,也算得意许心盟。
纵然到了海枯石烂,不忘我的宝哥哥一片痴情。
【落板】
我就是言语之中唐突你,你总是笑脸相陪格外殷勤。
实指望外婆婆做主把终身定,又谁知从中闹出个金玉良姻!
我好比空中作一场《红楼梦》方醒,怕的是要弃我的宝哥哥抱恨赴幽冥!

贾宝玉哭灵祭奠

【满江红】
海棠花冬来开满怡红院,通灵玉凭空失落在大观园。
哎呀!哎呀!因此上姐妹们惊疑不定暗地里搜寻遍,
谁知道惊动高堂偏要查询根源。
袭人苦觅何曾见,妙玉扶乩也枉然。
哎呀!最可笑祖母教人把赏悬,
是谁人依样葫芦送来假玉使我忽成颠?
终朝傻笑无机变,梦里常呼木石缘。
哎呀!恨袭人卖弄殷勤见识浅,
你不该弄巧成拙对我母道出真言。

【跌断桥】
凤姐姐探病到床前,
哎呀!声声道喜不住笑连连,
哎呀!说什么,爹爹因我病重要替我把姻联。
哎呀!她教我把病养好,林妹妹的婚姻从此如心愿。
听她言,心中乐无边,
哎呀!我满腹愁苦抛到九霄天。
哎呀!我笑说:"琏二嫂何故今朝将我骗?"
哎呀!她说:"包管你稳做新郎等吃合卺宴。"

【银纽丝】
光阴迅速好似箭离弦,怡红公子看看病体痊。
良辰在目前,喜只喜今宵月里嫦娥下九天。
拜拜天和地,双双红线牵。

忍不住揭起盖头来相见,为什么潇湘馆忽然改作蘅芜院?
难不成木石缘毕竟翻成金玉缘,
我的老天爷!我只得暗暗问袭人,恐怕宝钗将我怨。

【剪剪花】
连日狐疑我的胸中愁难展,欲想到潇湘馆探望女婵娟,
忙把这心事对宝钗言。低声将她问:
"林妹妹身体可安然?"她说:"因你病中未敢把真言讲,
就在你我成婚时林妹妹命归天,今朝提起实在太可怜!"
听她言,我心比刀扎遭乱箭,又好比哑子吃黄连,苦在心头难对人言!
欲把宝钗苦苦来埋怨,又因是父母之命媒妁之言,埋怨宝钗也是枉然。
恨富贵何用,纵然是王孙公子姻缘也难遂心愿!
事已如此且到潇湘去哭奠。
吩咐丫鬟备下祭筵,一同来到大观园。
但只见潇湘翠竹青如旧,潇湘妃子丧黄泉。
物在人亡好不惨然!

【鲜花】
来至在旧窗轩,心似滚油煎!
只见紫鹃身穿重孝在灵前烧化纸钱,好一个多情女不负姑娘相待情一遍。
我有心问问紫鹃:因何见我不肯开言?
可知道宝二爷心中也是负屈含冤,错把我当作了薄幸人儿来埋怨。
抢一步来到灵前,止不住泪似涌泉,
哭一声林妹妹又哭一声天,可晓得我贾宝玉亲到灵前来祭奠?

【小郎儿】
想从前到此处何等样儿欢迎我,林妹妹呀!问寒问暖,
林妹妹呀!含笑揭湘帘。
林妹妹呀!今日到此不见芙蓉面,
林妹妹呀!只见灵榇萧条,
林妹妹呀!空余纸帛烟。
林妹妹呀!地下芳魂莫把宝玉怨,
林妹妹呀!才闻噩耗,

林妹妹呀！请罪到灵前。
林妹妹呀！你今屈死我有口难分辨，
林妹妹呀！宝玉问心，
林妹妹呀！真能对得天。
林妹妹呀！我也曾釜底抽薪将你劝，
林妹妹呀！忠言逆耳，
林妹妹呀！疑我变心田。
林妹妹呀！我劝你放心，不必寻烦恼，
林妹妹呀！多愁多病，
林妹妹呀！皆因性情偏，
林妹妹呀！我怕你聪明反被聪明误，
林妹妹呀！你要装点糊涂，
林妹妹呀！笼络众人缘。
林妹妹呀！你全是言语争强屡把便宜占，
林妹妹呀！惹得奸人，
林妹妹呀！背地进谗言，
林妹妹呀！那些人都是看着老太太的面，
林妹妹呀！虚情假意，
林妹妹呀！忠心起怨嫌，
林妹妹呀！在姊妹之中低声下气全是为的你，
林妹妹呀！提金掉玉，
林妹妹呀！切莫将我冤！
林妹妹呀！万不可兄妹生疏反被旁人笑，
林妹妹呀！你要回心转意，
林妹妹呀！始终将我怜，
林妹妹呀！好几回甘拜下风赔笑言。
林妹妹呀！即便错在今朝，
林妹妹呀！也要回首想当年。
林妹妹呀！这才是欲求亲近倒反成疏远。
林妹妹呀！鹬蚌相持，

林妹妹呀！渔人得利权。
林妹妹呀！到如今移花接木中了他人计，
林妹妹呀！香消玉碎，
林妹妹呀！我无力可回天！
林妹妹呀！
【补缸】
只哭得宝玉死去还魂转，血泪千行染成红杜鹃。
是谁人暗下无情剑，有意分开并头莲！
为何死后无灵验，就该托兆到我前。
望妹妹今夜泉台休腼腆，梦里相亲好诉冤。
我有心在此将你灵魂伴，只恨高堂约束严。
一霎时诉不尽相思怨，也只得哭别灵榇出了园。
【妆台】
一更里魂游离恨天，上穷碧落下黄泉，
仙凡路隔难相见，梦里相亲实可怜。
二更里独自想婵娟，空数才高似谪仙，
不该焚稿把痴情断，枉将心思寄香奁。
三更里回忆暮春天，手拿花锄出绣帘，
葬花感泣埋香冢，人面桃花两杳然。
四更里相伴宝钗眠，并头难吐知心言，
闺中岂肯常留恋，不过接续宗支把孝道全。
五更里芸窗立志坚，埋头温习旧诗篇，
名成声显好遂双亲意，岂是为贪恋富贵多留恋！
【跌板】
谨记着当初洪誓愿，定然要践前言：
入空门披缁削发苦参禅，做和尚逃离这苦海家园！
【落板】
有一日，大荒山下埋情种，青埂峰头补恨天。
到此处才教顽石把头点，太虚幻境尽流连。
哎呀！哎呀！哎哎呀！
还得神瑛侍者做，绛珠草从此永将雨露沾。

岔 曲

选自伊增埙编著《古调今谭——北京八角鼓岔曲研究评注(增订版)》(学苑出版社 2011 年版)。

太 幻 虚 境

太虚幻境,毓秀钟灵,珠围翠绕,碧玉琳瑛,十二金钗列锦屏。(【过板】)

实可叹,花魂月魂,袅袅婷婷,颠倒得是是非非,真真假假,情天欲海桃源洞,幻出来阳台楚岫与巫峰。恰似那,琴操小妹莺莺燕燕师师盼盼许飞琼,紫燕肠断秦楼梦,绿珠粉坠玉楼空,这才勾惹起,痴情幽恨星前月下叶底花梢浪蝶与狂蜂。甚堪怜,荣国府,大观园,春院怡红(【卧牛】)三生梦,可叹那绛珠仙草垂降蕊珠宫,又有那,通灵宝玉情缘重,引得那,杜鹃啼血枉动情,空对着,潇湘旧馆千竿翠,愁听那,栊翠新庵午夜钟。蘅芜院内金芍药,藕香榭里玉芙蓉。一桩桩,一件件,件件桩桩披星戴月月白与风清,一声声,天边的孤雁声惨惨,当啷啷,檐前的铁马儿响叮咚,忒楞楞,茜纱窗下秋风动(金风送),絮叨叨,湘妃帘外寒蛩鸣。这正是,秋雨声中,绣榻青灯人卧病,从此后,玉碎珠沉,香消翠减(花残月缺),水流花谢玉颜空。多情的公子飘然去,云飞雾散(巫峡)各西东。从今醒却了红楼梦,天上人间两不逢。

嗑 指 换 袄

饮恨含冤,俏丫鬟(佳人)病卧窗前,叹晴雯自离荣府,病势沉绵。荡悠悠,一缕香魂犹未散,更可怜,兄嫂出门竟不还,烹茶煎药,也无人管,想当年,怡红院,病补雀毛裘,撕碎泥金扇,终日里,烹茶洗砚寻花斗草戏秋千。无非是与那秋纹麝月碧痕小红佳蕙和春燕,闷来时,无拘管,不往稻香村,就奔梨香院,寻找那,一般的女伶喧哗戏耍多留恋。到而今,繁华转眼尽皆无,只身带病把家门转,更可怜,多情的宝玉也难相见,准备着长恨相思到九泉。(【过板】)

恰值那,宝玉闲暇情往探,轻离了荣国府,偷出大观园,直奔那,晴雯的卧室把那多情看,但见她,支床傲骨瘦如柴,香消玉损芳容减,多情公子恸伤心,连将姐姐低声唤,惊醒了俏丫鬟,半响睁开眼,由不得长吁短叹了两三声,说莫非是梦里重相见,可怜我,徒负虚名被屈含冤也无人管,硬说是狐媚把人缠,这而今,既然与你重相见,也不枉服侍你一场,从今瞑目也心甘。这丫鬟,说到伤情处,咯吱吱,把葱管般的两根指甲齐嗑断,递与公子放在囊中挂身边,说想奴之时将它看。这公子,肝肠痛断似醉如痴,也顾不得泪眼愁眉,(【卧牛】)长吁短叹,又见她,强扎挣,把身翻,趴伏坐起吁吁喘,忙将那,贴身小袄轻轻脱下递与公子穿,这丫鬟,换好衣服卧床前,只累得,虚乏的身体津津汗,颤声说,从今瞑目也心甘,二爷快把怡红转,只顾你多情,为我多留恋,倘被夫人知晓生疑念。伤心的公子眼圈儿红,欲行又止生留恋,猛听得,窗外有人说真大胆,原来是,晴雯的嫂子转回还。多情的公子飘然去,只剩下伶仃弱女卧窗前。从此后,玉碎珠沉月缺花残芙蓉香诔神交奠,幻境同(才)结未了缘。

潇 湘 馆

潇湘馆夜半秋声,勾惹起林黛玉满腹愁思,倒教他好梦难成。乱窗纱竹筛月影,风露凄清。秋虫鸣四壁,人影儿对孤灯,风吹铁马儿当啷啷地响,檐前鹦鹉不闻声,又搭着紫鹃雪雁齐入梦,只剩下绝世佳人倚窗独坐念怡红。细思量,自己的终身婚未定,也不知金玉良缘木石前盟,只觉自己痴心忒重,未免蛇影与杯弓。① 可怜我,自从我初进荣国府,直到而今受尽凄凉多少病,也不知那宝玉对我是无情还是有情。(【过板】)

曾记得,菊花诗社独擅才能,宝钗难比并,湘云拜下风。芦雪庭前吟即景,群芳压倒众人惊,更有那,柳絮桃花海棠五美新题咏,可称是,闺门才女不让道韫与昭容。也曾与宝玉参商把唇舌动,跪在了埋香冢上泣残红。也曾把诗词教导香菱诵,直使得那痴傻丫头弄蠢又装疯。也曾在怡红讲道谈禅性,也曾在栊翠吃茶立品评。更兼着夏云冬雪秋月春风,大观园内的无边景,又谁知,繁华热闹赏心乐事转眼尽成空。最堪怜,到秋来黄花瘦,似我这卧病的形容(【卧牛】)凄凉悲痛,唯有那万里银河秋耿耿,满天星斗月横空,欲待要对月抒怀把瑶琴弄,又恐怕丫鬟仆妇梦魂惊。猛听得,虫声鸟鸣风声雨声悄悄冥冥絮絮叨叨动人情,又搭着紫鹃雪雁的呼声重,又仿佛旅馆深宵远客思乡把归心动,才勾惹起,离恨千般闲愁万种低头无语怨东风。无奈何,放下罗帏伏倒身躯闭目凝神寻幽梦,我恨只恨喘嗽成团睡怎能。

---

① 有的版本此处多出两句:可怜我,椿萱早丧遭不幸,来至在外祖母的家中把身容。

宝 玉 探 病

　　夜雨秋深,勾惹起林黛玉对景含悲,闷恹恹闲览诗文。洒纱窗滴滴点点,淅淅沥沥烛影摇红焰,钟声送远音,闺中只觉琴书韵,诗思频添凉意新,这佳人,有怀不寐眉对锁,影只形单见泪痕。飘零身世感,忆东故园心,细思量,我孤苦伶仃无依无靠寄人篱下无味的很,又搭着,凄凉风雨来伴愁人。悲切切,制就了秋窗风雨夕的诗一首,不由得,一回吟咏一伤神。搁笔将就寝,丫鬟报信音,说道是,宝二爷他戴斗笠,穿蓑衣,冒雨搪风到来临。(【过板】)

　　林黛玉嫣然一笑,说何处的渔翁也?贾宝玉无暇谈论,只为关怀多病身,忙问道,你起居如何,饮食多少,今日可曾服药否?举灯照看,但见她,芙蓉面上长精神。他这才,解笠脱衣将笑语。黛玉问道,为什么你那鞋袜并未沾泥痕?宝玉说,这是北静王的新赠品,有那双棠木屐脱在廊下,故此未被泥水侵。黛玉说,这斗笠不像寻常样,可爱它,精巧编织甚亭匀。宝玉说,你若爱它就送给你,那斗笠做得甚时新。顶儿摘下来你也能戴,雨雪戴着甚可心。黛玉说那不成了渔婆了也,及至说出,觉着不该与方才的言语忒相亲。但见她粉面绯红(【卧牛】)含羞悔恨,又谁知,宝玉贪看新诗稿,适才的言语未留心。黛玉说,你听窗外的雨更比你来时紧,你请去吧,明日再来临。宝玉回说该走了,打搅你休息又劳神。戴笠披蓑将要走,只见黛玉一回身,随手取下来绣球玻璃灯一盏,说比那羊角灯儿瞧路真。只皆因,瑶阶云暗苍苔滑,怎不叫人要担心。宝玉他接过灯笼,说声妹妹珍重吧,穿上了木屐手扶丫鬟扬长去,剩下了,绝世佳人无限情怀倚枕独自把愁寻。又搭着,雨打芭蕉风摇翠竹聒耳秋声眠不稳,更觉得,清寒阵阵袭罗衾。这才是,枕边泪共阶前雨,隔窗相对到天明。

黛玉焚稿

宝玉成亲,林黛玉病势沉沉。身躯瘦弱,缺少精神,终日里,泪沾巾,紫鹃在一旁低声问,我的姑娘啊,因何水米不沾唇,倘若是被二爷知道姑娘的病,岂不是,又要惹他犯病根。林姑娘闻听紫鹃提宝玉,由不得,杏眼微睁面含嗔:想宝二爷我们从小在一起够多亲近,老夫人她把我们当做了一颗心,又谁知他那病魔缠身失了本性,倒把那灵通金锁配了婚姻。曾记得,柳絮填词词意俊,海棠结社诗兴纯,蟹肥酒暖把重阳赴,栊翠吃茶品清新。这而今,乐境全无无味的很,我伤心的是,转眼繁华似浮云。(【过板】)

猛想起,诗稿绫帕泪满衣襟。说不料想诗魔反被病魔侵。想当初,不该习文把四书念,诗词歌赋就定了情恨。倒不如人家一字不识的庸才女,反倒能,凤冠霞帔作夫人。林黛玉翻阅诗稿从头论,一行行墨雨乌云更断魂。一字字烟柳愁花成血泪,一篇篇锦心绣口(【卧牛】)如情印。回手又把绫帕取,诗帕佳词更伤心。这而今,佳句依然,我心情改,倒不如,投入炉中一火焚。霎时间,诗稿绫帕全烧尽,烦恼丢尽返天真,林黛玉意尽情绝,一缕香魂精神尽,才有那,宝玉出家入空门。

单 弦

《黛玉葬花》《黛玉焚稿》《鸳鸯》《司棋》《尤三姐》选自胡文彬编《红楼梦说唱集》(春风文艺出版社1985年版);《怒打宝玉》选自王允平《春来了》(百花文艺出版社1984年版);《抄检大观园》选自天津市曲艺团编《红楼梦曲艺集》(春风文艺出版社1985年版)。

黛 玉 葬 花

【曲头】
痴情知己最难遇,若相遇莫相弃。
不自由死别生离,古至今有多少风流佳语男女情密,为情而死古今稀。
雪芹《红楼》堪注意,黛玉痴情人所不及。
【数唱】
唱一段儿女闲情,列诸君莫嫌耳絮。
有一部金玉奇书,《红楼梦》又名《金玉缘》。
表贾家富丽奢华,和儿女情痴,作书人费尽心血,焉知晓别有用意。
其中有的过繁,我也不必赘叙。在京城有一世家,荣国公府好有大府第。
有一人姓贾名政,娶妻王氏,所生一子名叫宝玉。
只因他含玉而生,论此事也很奇异。
王夫人爱如珍宝,此子又天生得聪明伶俐,而并且五官貌美,宛如女子长得秀丽。
老太太贾母寿高,偏疼宝玉,一味地娇生惯养,因此上难成大器。
【倒推船】
贾母有个外孙女,父母双亡在此寄居,姑娘芳名林黛玉。
【剪靛花】
这姑娘生成如花似玉,自幼读书把字识,最喜爱书画琴棋,女工亦熟悉。
举止端庄,行事仔细,说话尖酸,心爱多疑,
动不动就要委屈,又是个多病的身躯。
贾母心疼外孙女,叫宝玉他二人在一房居,
如影随形是总不能离,他兄妹如胶似漆。
宝玉他天生来性情偏僻,在女孩的身上分外和气,说话温柔永不着急。天生

情痴他与林姑娘特别亲密,彼此不言各有心思,
　　都只为花开并蒂只盼佳期。又来个薛宝钗在此寄居,
　　薛宝钗在荣国府为人忠厚,说话行事也诚实,
　　金玉良缘大家常提,黛玉因此常把心疑。
【靠山调】
　　这一日宝玉姨兄薛蟠饮酒而散,
　　回到怡红院花袭人扶持晴雯与碧痕伺候更衣。
　　忽见薛宝钗进来彼此让坐谈笑,宝玉说:"多谢!谢谢好肥螃蟹,
　　只是姐姐未用兄弟我先吃。"
　　宝钗说:"不必客气。"
　　大家彼此笑谈焉知晓门外来了个多心黛玉。
　　怎么巧黛玉也来了,因为白天贾政命人由潇湘馆将宝玉叫了去,
　　知道贾政管宝玉管得严厉,这姑娘暗自着急。
　　虽然不放心也不好命人打探,等到吃过晚饭掌起灯又吃完药,
　　独自一人出了潇湘馆奔到怡红院,明来闲坐暗探消息。
　　将来到沁芳桥见宝钗走进怡红院,又将门儿关闭,
　　她才款款而行,莲步轻移,来到怡红院门前用手轻轻地叩门。
　　焉知晓晴雯与碧痕正赶上俩丫头闹气。为什么闹气?
　　因为三更半夜的宝钗来了,大家还得伺候不得休息。
　　忽听外边叫门这使性子的晴雯,说话可就嘻声叹气,
　　说:"这外头是谁叫门放觉不睡成心搅局?"
　　黛玉说:"是我!"
　　晴雯还没听明白,使气说:"管你是谁全睡啦,二爷有话,闲人免进。"
　　她是借着二爷势力压服外头的人,没想到遇见这位姑娘又把心疑。
　　说:"好哇!我明明听见宝钗在里头又说又笑,怎么告诉我全睡了?
　　这明明不叫我进去。"说:"好宝玉好宝玉,你就是这样待我!?"
　　这姑娘越思越想越有气:"再则说今天不开门,难道说明天就不见了吗?"
　　不由得一阵伤感掩面悲啼。
　　只哭得树上的栖鸦高飞远避,唰拉拉花枝儿摆谢瓣落在埃墀。

单　弦

林黛玉正自伤感忽听见门儿一响宝钗出来,
后面宝玉、花袭人、晴雯与碧痕可全送出来了,
黛玉气更大就要问一问宝玉。
一想不好:一则恐怕当着众人之下羞了宝玉;
二来与自己也不大方便。
想到此处,身形退两步,在树后阴影以下藏住身躯。
直等到宝钗走远,众人关门,她才冲着门出了会子神,
发了会子怔,点了会子头,落了会子眼泪,又生了会子闷气,
只是闭口无言二目发直。

【金钱落】
这黛玉怔够多时吸了一口气,万般无奈转香躯。
意荡身麻无主意,少魂失魄步难移。
好容易来到潇湘馆,紫鹃迎进了卧室把头低,
无精打采把残妆卸,泪眼愁眉懒宽衣,
闷坐牙床无一语,身倚栏杆气长吁。
两个丫头不解其中意,又不敢多言问虚实。
紫鹃她带笑开言低声道:"早早安歇身躯。"
问了半天总是不言不语,二目瞪直似有所思。
林黛玉这样举动紫鹃也常瞧惯,因此上不哼不哈不着急。
不闻不问照旧收拾房屋,关门铺床放帘诸事毕。
两个丫鬟安睡,剩下姑娘一个人好惨凄。
无奈何放倒身躯头朝里,自言自语自寻思。
暗想到自幼儿孤独一人,在外祖母家中把身寄。
老人家虽然怜爱,怎奈我满怀心事不能提。
现在总算身有靠,将来的结果尚未知?
这姑娘一夜无眠悲哀到次日,说:"今天是芒种饯花期。"

【南城调】
这一日节交芒种,四月二十六日,祭饯花神上古风习。
大观园众家姑娘清晨早起,高高兴兴预备祭神司,
一个个梳妆打扮,都是如花似玉,称得起群芳争艳国色天姿。

有用那花瓣与花枝编成了轿马,也有用绫罗剪彩作旌旗。
虽然是女子真倒有趣,绒色线包系了百花枝。
大家是结伴同行各找知己,各处游玩满园笑嘻嘻。
众人说:"不见黛玉她往哪里去?"
迎春说:"林妹妹还不来天已到了午时。"
宝钗说:"好一个懒丫头这早晚还不起,等我把她闹来罚她一首诗。"
众姑娘鼓掌赞成说道:"有理!"
这宝钗轻轻摇纨扇愣愣地转香躯。
将转过了滴翠亭潇湘馆离此且近,见一个行色匆匆脚步儿走得急。
细一瞧却是宝玉把潇湘馆进,宝钗止住步心内暗寻思,
说:"宝黛二人最是亲密,况且是兄妹情长时常的顽皮。
人家自从小儿一处长大,两人无有猜忌,黛玉小性最爱把心疑。
我若随后就进,有许多不合适,为什么招人家不愿意,自己也不相宜。"
想至此一转身形去寻别的姐妹,再说黛玉清晨早起她是来的迟。
不得吃药慌忙梳洗,因为今天本是饯花之期。
到园中去寻众人,得陪着她们游戏,
常言道"舍命陪君子"也是不得已而为之。
将来到院中碰见宝玉,见他悦色和容满面笑嘻嘻。
林姑娘见宝玉倒将身儿扭,回头对丫鬟把闲话提。
说:"紫鹃收拾房屋把檀香点起,多留神大燕子飞进来你放下帘子。"
说完话一扭身往外而去,冷笑了一声说:"没意思!"
贾宝玉见此光景也不知什么事,摸不着头脑心内犯狐疑。
他可又笑着说:"所因何事得罪姑娘你千万可别恼我,我这给你作揖。"
没想到人家不听不闻不理,干扔宝玉好似锅包鱼。
我看见她出来,这么会儿她上哪去?各处寻找两眼似鹾鸡。
见一路之上花落满地,心里说,林妹妹有了气也顾不得把花瓣拾。
待我替她收起来送到葬花之处,忙把花瓣捡累得气喘吁吁。
兜花瓣奔了埋香冢去,将一转过山坡听见有人悲啼。
心里想,这是何人在此悲泣?这是哪房丫头受了委屈?
宝玉他蹑足潜踪凝神注意,凄惨惨其声哀楚令人酸鼻。

【流水板】
"花谢花飞飞满天,红消香断有谁怜?
游丝软系飘春榭,落絮轻沾扑绣帘。
闺中女儿惜春暮,愁绪满怀无释处。
手把花锄出绣闺,忍踏落花来复去。
柳丝榆荚自芳菲,不管桃飘与李飞。
桃李明年能再发,明年闺中知有谁?
三月香巢已垒成,梁间燕子太无情!
明年花发虽可啄,却不道人去梁空巢也倾。
一年三百六十日,风刀霜剑严相逼。
明媚鲜妍能几时,一朝飘泊难寻觅。
花开易见落难寻,阶前闷煞葬花人。
独倚花锄泪暗洒,洒上空枝见血痕。
杜鹃无语正黄昏,荷锄归去掩重门。
青灯照壁人初睡,冷雨敲窗被未温。
怪奴底事倍伤神,半为怜春半恼春:
怜春忽至恼忽去,至又无言去不闻。
昨宵庭外悲歌发,知是花魂与鸟魂?
花魂鸟魂总难留,鸟自无言花自羞。
愿奴胁下生双翼,随花飞到天尽头。
天尽头,何处有香丘?
未若锦囊收艳骨,一抔净土掩风流。
质本洁来还洁去,强于污淖陷渠沟。
尔今死去侬收葬,未卜侬身何日丧?
侬今葬花人笑痴,他年葬侬知是谁?
试看春残花渐落,便是红颜老死时。
一朝春尽红颜老,花落人亡两不知!"

【流水板】
黛玉念罢葬花诗,勾惹起离恨千般闲愁万种一腔幽闷无可发泄。

伸玉腕展秋波,血泪成行掩面悲啼。
【流水板】
身背后叹坏贾宝玉,就如木雕土塑把窍离。
听一句来哭一句,最伤心是:"花落人亡两不知。"
思量我和黛玉虽然亲密,也难免大数来时两分离。
想至此神魂飘荡,双目发呆,四肢无力,
两手一松,兜内之花撒了一地,咕咚咚栽倒地埃墀。
黛玉不知是什么事,止住悲声心内惊疑。
回头一瞧是宝玉,这姑娘忽然想起昨晚之事,又是伤心又是怨恨,
可叹宝玉薄情无义,越思越想越有气,手扶尘埃站起身躯。
转身形肩荷花锄头也不回,话无一语,
含痛带悲直回奔潇湘馆,抛下贾宝玉似醉如痴。
这就是黛玉葬花把残红泣,可叹她绝世聪明因情所误被情迷。
受情之病,中情之毒,爱情太深,伤情太过,
只落得含恨返太虚幻境,木石前盟因恨成痴。

黛玉焚稿

【曲头】
生儿养女当训教,讲学问心血过劳,
读诗书,长大成人专心圣道,养育之恩莫看薄。
【数唱】
唱一回宝玉和黛玉,据说是前世缘因果相报。
林黛玉自丧双亲,外祖母接了去待她可不薄。
来至在荣国府,和宝玉见了面,亲友中俱知道宝黛是姑表。
宴海棠赏花妖失去了灵魂,贾宝玉似癫疯痴迷傻笑。
不料想越病越重,老人家很着急请医来瞧。
【太平年】
痴傻病癫,活活糟糕,搬到了贾母的房中把病来瞧。
灵丹妙药都不见效,贾母着急泪滔滔。
找人算命,把八字瞧,快与他定亲凤与鸾交,
娶一位金命的媳妇冲冲便好,金玉良缘,定妥说牢。
袭人闻听,喜上眉梢:老太太眼力真叫高。
宝钗过了门让步撤脚,夫妻合卺美景良宵。转喜为忧,暗把急着。
宝黛二人如漆似胶,这件事若叫他俩知道,至轻也得内乱谁也不能逃。
越思越想,心似油浇,禀见王夫人细说根苗。
来在里间屋内袭人跪倒:"有一段隐情要出祸包。
宝玉的婚姻,老太太会挑,与宝钗配夫妻快乐逍遥。
宝黛二人不是寻常的好,二位的细情对着夫人学。"
夫人闻听,也是心焦:"这件事情要把舌饶。"
袭人说:"他们俩是姑表人人知道,娶宝钗,宝玉要知道准得犯苗。"

王夫人越想越懊糟,来至贾母面前学,不住地叹气又哎哟。
一进屋连忙向贾母禀告,老太太闻听紧皱眉梢。

【叠断桥】
老太太听此言不得安劳,王凤姐在一旁举目观瞧。
宝玉他和黛玉秘密相交,也只好想主意大家把谣言造。
就说老爷做主把林姑娘配了他淑女窈窕,咱众人要嘴稳谨慎藏包。
与姑妈送个信千万别把眼挑,赶到良辰吉日叫宝钗上花轿。
王凤姐定计谋丰意真高,苦坏了林黛玉薄命女多娇。
实指望到巫山去访蓝桥,未想到没有真缘变成一段因果报。
这一日林黛玉神不安劳,出离了潇湘馆欲把贾母瞧,
在路途游玩散闷来至在沁芳桥,忽然想起忘了绡帕叫紫鹃你快去把手绢要。
林黛玉走过假山之后听见哭号,恰来至在葬花之处抬头细瞧,
原来是大丫头自啼哭絮絮叨叨。
林黛玉听明开言忙把丫头叫:"为什么在此处这样发飚?"
见丫头拭眼泪把话学:"我姐姐打我一顿头顶上起了大包,
只因为错说了一句话,她们的事情我不知道。"
林黛玉听此话猜也猜不着:"你姐姐她是谁细把根叨?"
丫头说:"是珍珠在上房里操劳,我名叫傻大姐。"
林姑娘闻听面带笑:"你姐姐却为何不念同胞?
错说了一句话就严惩放刁。"
傻大姐说:"为我们二爷娶宝钗定下笼牢。"
林黛玉听此言如万丈高楼飘身掉。

【梨花片】
林黛玉闻听心似油浇,三魂七魄早到云霄,
不亚如受了一个霹雷心里乱跳,那一种凄凉哀怨好难学。
拉住了傻丫头直奔山道,来至在葬花处僻静为妙。
黛玉开言把丫头叫:"你把那缘由细说根苗,
宝二爷娶宝钗你怎么知道?为什么打你所为哪一条?"
傻大姐未说话哈哈笑,尊了声:"姑娘请你听着:
二奶奶与老太太已然商量好,去找那姨太太去把良辰挑。

单　弦

又因为我们老爷放了江西粮道,趁未走娶过女多姣。
头一件宝二爷病体冲冲好,宝姑娘过了门诸事全消。"
第二件傻大姐未说出笑了一笑。
她又怕林姑娘脸皮薄:"老太太说还要给林姑娘把婆家找。"
林黛玉听呆了真魂早到了阴曹。
"二奶奶的主意也倒奥妙,不教人叫嚷静悄悄,
怕的是宝姑娘听见害臊,仨一群俩一伙去把舌嚼。
袭人说到明天咱这里更要热闹,宝姑娘过了门把宝二奶奶瞧。
丫头我就说宝姑娘二奶奶可怎么叫好?
珍珠姐抡起铁锹照着我头顶往下落,饶了一个窟窿赚了个大包。"
林黛玉听见此言心暗恼,苦辣酸咸把心包,
颤微微叫了声:"丫头不要说了,叫别人听去了定不把你饶。"
林黛玉往前行走要栽倒,好像脚踩棉花包。
一步一昏迷了七窍,东西南北她都找不着。
紫鹃潇湘馆把手绢找到,穿宅院又来到沁芳桥,
见姑娘直勾勾两腮把香汗冒,白搭搭颜色好难瞧:
"我的林姑娘咱们到哪里去问好?"
林黛玉随口答:"把宝玉瞧。"
紫鹃她搀扶姑娘把宅院绕,来至在贾母房中身似火烧。
正赶上贾母歇中觉,袭人迎接女多姣。
林黛玉未曾开言面带笑:"宝二爷在哪里我要瞧瞧!"
花袭人还未曾开言道,紫鹃在背后直把手摇。
闹得这花袭人心中乱跳,辗转寻思把眼色瞧。
林黛玉来至里间心如刀绞,思想当初的爱情地厚天高。
贾宝玉也不让坐叙客套,也不拱手不猫腰,
痴呆呆看着黛玉不住傻笑,林黛玉坐在一旁好像木雕。

【剪靛花】
宝黛二人床榻落坐,脸对脸彼此发笑,看光景是思念爱情心里发烧。
好难过目不转睛两下对瞧,有一刻钟没叙话也没问安劳。
大半晌姑娘黛玉灵魂才入了窍,叫了声:

"宝玉难为你受煎熬！为什么得了病就会这么糟？"
宝玉说："我为林姑娘才把病招。"
袭人、紫鹃旁边侍奉魂都吓冒,紫鹃她上前来把话抄：
"尊姑娘也该回去太阳已不高,这两天将见好千万万别把神淘！"
黛玉说："这就要回去我也知时光要渐少。"
站身形面带笑走的真飘,有紫鹃和秋纹全都用不着,
两个丫头在后面跑,只累得热汗直抛。
瞧见潇湘馆："阿弥陀佛可真来到。"
一句话未说完见姑娘栽了个跤,哇的一声口喷血如往外掏。
有紫鹃和秋纹慌忙扶着,搀扶着姑娘来在房内床榻坐好。
有紫鹃和雪雁珠泪滔滔："姑娘啊快醒来！"
叫的好心焦。见黛玉苏醒过来抬头细瞧。

【湖广洞】

没有了颜色粉面黄焦,四肢发软歪斜了柳腰。这姑娘昏迷二目虚汗直冒,
紫鹃说："必到这步田地方算了结,那般的苦劝总算白饶。
想必是用尽心血精神苦恼,牙床病卧钟情女窈窕。"
只见她低头无语珠泪痛掉,叫着不应问着不语又明白又痴呆又把手摇。
紫鹃惊慌去把药熬,黛玉摆手："那件事用不着。
白昼间神魂颠倒夜晚睡不着觉,
药儿也不服参儿也不用,饭儿也不能用粥儿也怕瞧。
咳嗽不断莺声儿不高,泪珠儿流干皮把骨包。
身躯儿难以支持塌了七窍,孤命儿活在人间孽病缠身苦受木刀。
自古道红颜真算命薄,谁像我孤苦伶仃偏遇独木桥！
可怜奴未出闺阁迎了家庭报,受凄凉只剩下孤魂鬼,痴对伤情偏遇无聊。
到京中舅父舅母吃喝穿戴总让我先挑,自思想受人恩处常挂记牢。
虽然是骨肉互亲有依靠,外祖母疼我尽礼也尽情,未做事先把眼神瞧。
凤姐她办家庭事秉性滑刁,她与我外面好笑里藏刀。
大嫂嫂为人正直又公道,大观园众姐妹全是外表,使碎了心机七伤五痨。
想当初同居竟在一处把诗词学,就是凭才论貌配夫妻哪样儿也不难瞧。"
但不知何人反对引入岔道,这不是林黛玉心里寻思,

我唱单弦看不过替她推敲。
依我看叫黛玉和宝钗在宝玉面前再重投一票,也免得林黛玉把诗稿焚烧。

【金钱莲花落】
潇湘妃子女中的豪,迷了本性可怜女多姣,
她自从听了傻丫头的话,就好比一团烈火到了寒窑。
可怜我几载幽情全没办到,一场痴情把黄粱瞧。
我有心亲去质问和他闹,却为何昧了天良厚变薄?
这件事倘若发现难免上报,女孩家德言工貌要重学。
况且他疯魔病体痴呆笑,哪儿分出青红皂白把公理挑?
事到如今不便闹,免得别人舆论少收调。
宝姐姐素日常说和我好,谁曾想催命的恶鬼赛地牢!
这才叫毒辣的手段真重要,这才是阴谋暗杀我命一条。
她如今销金帐内鸳鸯好,我如今孤雁秋风迷窝巢。
她如今名花并蒂栽得妙,我如今嫩蕊含苞全晒焦。
她如今鱼水相合同欢笑,我如今床上挣命悲泣嚎。
她如今蝴蝶风舞游蜂戏,我如今霜寒露冷赛冰雹。
难为她自负贤良快腿脚,侵占奴家鸾凤交。
才知晓命不由人枉伶俐,我不必恨她苦思劳。
总让她广财厚福郎才女貌,不如我速求一死倒安牢!
纵是奴欠下思情把账要,还完了前生孽债把账销。
林黛玉越思越想死了好,不料想秋纹回去把信捎。

【四板腔】
见黛玉日渐昏沉精神短少,姑娘自得病永爱哭嚎,
就便是铁石人也受不了。拿菱花叫姑娘自己瞧瞧:
"这一回犯病真如墙倒,想许是有奇情难对人学。"
只问得林黛玉言语渺渺,愣半晌长叹气眼泪双飘:
"也只好叹天由命爱好不好,活世上无趣味不如寿夭,
眼不见耳不闻不生烦恼。"紫鹃说:"姑娘言词也太蹊跷。
你不要信口开河屈人管鲍,老祖宗疼爱你比谁都高!
姑娘若有一差二错烦人不少,却使那白发高年怎样心焦!"

忽然间帘笼一启贾母来到,王夫人和凤姐也来观瞧。
见黛玉形容憔悴颜色不好:"林丫头好好养病莫把急着。"
林黛玉微微睁睛把祖母来叫,喘吁吁咳嗽不止看着难熬。
未说话悲泣哭心如刀绞:"老太太白疼我枉把心操。"

【南城调】
这贾母闻听此言心内焦躁:"好孩子静心养病不要失调。"
林黛玉点头落泪又哂然一笑,闭目合眼心内发烧。
这贾母见黛玉精神不好又把凤姐来叫:把后事给她预备冲冲也许把病消?
这贾母回房中心惊肉跳,凤姐说:"趁机会请来姑妈把吉日挑。"
这凤姐来至在宝玉房中把兄弟来叫:"现如今老爷做主要给你娶多姣。
把林姑娘娶到房中妙与不妙?"宝玉说:"林妹妹自幼就投缘本来就不薄。
这件事我谢谢嫂嫂,林姑娘她与我配夫妻大病立时消。
看妹妹她不像凡间女子简直是瑶池瑰宝,我与她金屋可贮来把琴瑟调。
却为何这几天不见她来我打算把她去找,告诉她放心除了病等候良宵。"
凤姐说:"兄弟你说的话语真令人嘲笑,
哪有那没过门的新媳妇把女婿来瞧。难道说千金贵体不知道害臊?"
宝玉说:"我话到唇边不说舌头不饶。"
凤姐说:"老爷要与你完婚又怕你病魔来闹,
兄弟这几天心地宽舒不用你们把神劳。"
宝玉说:"我有一个心交给林姑娘快教人去要!"
凤姐说:"你等着过门后你自己往回捎。"
凤姐她回禀贾母:"这件事真把手绕,只要提起林妹妹喜色上眉梢。
虽然暂顾眼前唯恐怕临时要闹,打破了灯虎儿又是一场懊。"
贾母说:"千计万划全仗你来回乱跑,只要不闹大内乱我就安牢。"
凤姐派人速到潇湘馆,见紫鹃她看守姑娘正把夜熬:
"姑娘想园内姐妹谁不要好,就连那宝二爷对姑娘也不薄。"
林姑娘听她提起宝玉由不得心发急躁:
"这些不必提,就是至亲也白饶。"
紫鹃说:"姑娘啊你不可性情太直贵体重要,
而况且林门又无后就是一位女多姣。

劝姑娘万事皆轻以身为重养为妙,
姑娘你原是一位读书识字女中文豪。"
黛玉说:"休提读书识字专能够误人正道,因念书生魔障惹动了情劳。
【云苏调】
古人云穷人读书原为正道,又道读书解闷能把人饶。
悔不该从师读书把光阴耗,总学会唐诗汉文也没用着。
想幼时诸子百家念过不少,最亲近诗词歌赋把心血淘。
诗与书竟作了闺中嗜好,笔和墨都成了骨肉鳔胶。
又谁知高才遇见怜才的少,实可叹诗魔反被病魔绕。
而今反不如不识一字的好,庸妇道她偏要凤冠霞帔一品当朝。
细思量还是不学为好,这才是文章误我青春命一条。
曾记得柳架填词夸俊妙,曾记得秋爽斋斗海棠起诗社女闹文豪。
曾记得凹晶馆内明目题皓,曾记得栊翠庵中把琴学。
曾记得怡红院内行令欢笑,曾记得芦雪亭前把梅花瞧。"
林黛玉虽然服药越来越不好,紫鹃她旁边劝解得话劳:
"姑娘千万别听旁人捏造,宝玉他大病缠身如何能够娶多姣,
千万调养病体保重好。"林黛玉微然一笑只把头摇。
【流水板】
林黛玉喘咳不止虚汗直冒,不如速死免去心焦。
强挣扎眼望紫鹃把妹妹叫:
"你就是我心上之人情意不薄。老太太派你前来侍候于我,
说话间几载光景做事伶妙,我看你重如姐妹亲如同胞。"
紫鹃她闻听此言一阵心酸话语难说眼泪痛掉,五内如焚心似油浇。
林黛玉凄凉难过心里乱跳,现如今坐卧不宁快把生逃。
紫鹃她慌忙上前扶起姑娘床榻以上半倚半靠:"雪雁你把那诗稿拿来我要瞧。"
见雪雁闻听此言回转身躯诗词歌赋全都拿到,
林黛玉看见此物点头发怔喘成一处:
"你再把那箱子以内诗词绢帕与我找着。"
雪雁她打开箱盖拿将出来交给黛玉旁边放好,

有紫鹃早已知晓,就知姑娘怨恨宝玉没肯说破:
"何苦自己又生气恼,千万万静心养病莫要失调。"
这紫鹃言词话语千变万化左劝一回右劝一套,
林黛玉置若罔闻,两眼发直,叫声:"雪雁生好火盆把灯点着。"
雪雁她点上灯烛未能住脚,将火盆炕桌以上放好稳牢。
林黛玉拿将过来,诗词绢帕,一卷诗稿,放在了火盆以内满都焚烧。
这一回黛玉焚稿实在可怜未如心愿,
可称是闻者伤心,听者恸胆,看者落泪有情之人都要哀悼。
到下回宝钗丫头配成婚礼,
苦了一位自伤绝悲林黛玉女文豪自断痴情命赴阴曹。

【曲尾】
所有的诗词全都化了,紫鹃在旁真魂吓冒,
可惜诗词被火烧,林黛玉强带笑,
叫声妹妹听根苗:"聪明依旧还天地,留此物件用不着,
女孩家笔迹诗词可让谁瞧?"

(荣剑尘)

鸳　　鸯

【曲头】
饱暖生淫欲,常常把人欺。
宁国府大老爷贾赦,人格甚低,既贪狠,又执迷,逼死鸳鸯,令人酸鼻!

【数唱】
宁国府老少三辈,没一个有点出息。
每日里花天酒地,昧良心向人们算计。
珍大爷最为暗昧,《红楼梦》描写含蓄。
葬儿媳如丧考妣,曹雪芹妙笔真奇。
琏二爷是花花公子,专一的向女人用力。
尤二姐牺牲性命,尤三姐也魂归剑底。
贾蓉是凤姐的腹心,没伦理更该唾弃。
老贾赦昏聩糊涂,反倒说固有的权力。
吃喝玩乐是他们的德能,无论谁也别来说理。
他们是主子大爷,其余的都该被欺。
因此上造孽山积,不警惕变本加厉。
他们姬妾满屋,见美色依然是豪夺巧取。
就好像恶虎饥狼,遇羔羊涎流三尺。
必到口方称心愿,哪管那人情天理!
他早已看上鸳鸯,想藏姣恣意调戏。
怕只怕贾母不依,一提说必遭申斥。
没法子思想妙计,请夫人为媒替他打主意。

【南锣】
向夫人长吁气,主人翁,反受屈,晚辈个个真得意,小宝玉,才二七,有美女,和艳姬,成群结队来服侍。

【罗江怨】

邢夫人心中暗笑,他为何短叹长吁。

不用问已知就理,又想讨美妾妖姬。

谁想他年过半百,哎他还有这精力。

也难怪他欲心特盛,每日里滋养奢靡。

他既然喜爱少女,我正好做个贤妻。

单等他称心如意,哎我再跟他不依:

"请问你为何叹气,有什么心事着急?

我一定替你为力,但愿你把实话来提。

你若是欢天喜地,哎呀那是家中的福气。"

立时刻眉开眼笑:"你真是我的贤妻。"

"是不是你爱上哪个?"

"就是那鸳鸯青衣。这丫头若到我手,哎,我胜似来吃蜜。"

听此言吓了一跳,不觉得凉气倒吸:"鸳鸯她虽是使女,老太太寸步不离。

如果是一提此事,哎,一定遭骂詈。"

"我是她亲生的长子,讨一妾焉能不依!你只管大胆前去,要替我美言吹嘘。

只要是鸳鸯认可,哎,那老人能怎的!"

【太平年】

贾赦出主意,苦苦直催逼:"快去快来莫迟疑,好意求你莫把我气。

我不管太太丫鬟她们依不依,老爷我一爱马上就去提。

顺我者昌逆我就悲啼。鸳鸯她无非是个丫鬟奴婢,我要说声要,她焉敢不依。"

"不是我不去,请你先别急。

鸳鸯不是下贱东西,气品高,心性稳,没人瞧不起。

老太太一心爱护,也是玉食锦衣。"

"闻言我更馋,馋涎流又滴,弄不到鸳鸯,鸳鸯不来我老爷要归西。

请太太辛苦一趟把拙夫我救济,变鸡下蛋把你的好处抵。"

涎脸嬉皮软磨又硬逼,请安又作揖,起誓发愿,许东又许西。

邢夫人这才叫人给凤姐送信去,叫她来想计,把鸳鸯好事提。

贾赦不成器,邢夫人心性低,两个混虫这才惹是非,旁人的死活,他们都不往心里去,损人利己真是要不得。

【金钱落】
凤姐见信不怠慢,来到了婆婆家里问端的。
见了婆母先行礼,问:"有何事这样急?"
邢夫人把底里深情学说毕,教凤姐快想良谋怎样说法才对题。
凤姐听完就倒吸一口气,鸳鸯是老太太的心尖,怎能把她提!
说:"请太太恕我直言太无理,这件事你别乱来找苦吃。
老太太全仗鸳鸯来服侍,每日里起居饮食谈天斗牌全由鸳鸯照顾不能离。
主仆二人生活习惯已然成一体,据我想老太太首先生气必不依。
老爷他年纪不小理应歇心来养气,不能想老在丫头堆儿里用心机。
耽误人家坏了自己,又不同青年的男女两相需。
老太太常说老爷不成器,整天价不理正事竟把年轻丫头往屋里拘。
好酒贪花提起来老人家就生气,为什么不躲静求安,反用草根去捅老虎鼻?
依我想太太您理应婉言把老爷劝,请求他歇了此心别把鸳鸯胡乱提。
现而今已然是儿孙绕膝在你老辈,理应当作个榜样叫人向他来看齐。"
王凤姐好心好意说正理,邢夫人早已沉下脸来着了急:
"我今叫你出主意,不料想你信口开河胡乱批。
你公公脾气难缠不讲理,无论谁劝都不依。
他已然看中鸳鸯想抬举,我若反对必然天天闹气无了期。
我今也是不得已,由他性儿是权宜。
何况他是家中长子有地位,向母亲讨一个丫头能不依?
再说就是鸳鸯她自己,万不能愿当下人不想步步爬高枝。
只要是鸳鸯点头自己愿意,老太太也无话可说焉能阻碍人家去发迹。"
凤姐听完心里估计,这夫妇真是天生一对好东西!
反正是自找枷扛她受罪,我何必直言惹气招她疑。
不如自认不是假意奉承招她喜,也免得事若决裂说我从中作祟用心机。
当时就满面堆欢说:"我的意念难成立,还是太太说的对,我的见识低。"
邢夫人一见凤姐输嘴心欢喜,忙问说:"何时去提最相宜?"
凤姐说:"我出来时老太太有说有笑正欢喜,鸳鸯她也正在休息把鞋口绱。
常言说急不如快咱婆媳同坐一车此时就前去,

管保是一说就成是开市大吉。"

邢夫人只知向她丈夫讨欢喜,更不管事体如何三七二十一。

换衣裳一同凤姐荣府去,凤姐见机行事莫迟疑:

"我有要事不能同你一块去,在我屋里等待您的好消息。"

夫人说:"这事本来不用你,我打算先和鸳鸯提一提。"

说话间一直就往后面去,她打算助纣为虐帮虎去吃食。

【南城调】

邢夫人走进上房里,向贾母问安已毕,说了几句闲话儿,起身便告辞。

走出了后堂门,便是鸳鸯的卧室,见鸳鸯在炕上,正把鞋口缉。

邢夫人迈步进屋,鸳鸯她连忙站起,落坐在炕沿上,把鸳鸯细品题。

只见她俏眉蜂腰,身材甚细,鸭蛋脸,高鼻梁,美丽又多姿。

高挽云鬟,乌油光腻,娥眉蛴首,白净面皮,雀斑几点,更觉俏丽。

天生的美人儿,无处不整齐。

穿一件藕色的绫袍,坎肩儿青碧。相衬水绿裙,益发赛花枝。

邢夫人看够多时,心说难怪老背晦,我若是男子也得被她迷。

鸳鸯心说,看我何意?好像是相面老先生要把八字批。

忙问:"夫人来有何事,今天比往日,早有许多时?"

夫人见说,面带笑意:"给你来贺喜,喜事有佳期。

老爷他空有许多姬人全不当意,因见你貌美心细要收你作二姨。

这是天大的喜事百年难遇,千万别错过,后悔来不及。"

鸳鸯不语,心说丧气,低头侍立,奔拉着上眼皮。

夫人又说:"喜事临头真是有福气,一年后抱个小娃子,你才比我小一级。

就此翻身,别作使女,一品的姨太太,谁敢把你欺!

有话快说别不言语,你若享了福,父兄有马骑。

一人成仙,全家都沾仙气,这是多好的事,为何只装痴。"

鸳鸯不语,默默站立,俨然玉石像,冷冷显奇姿。

以为她害臊难言不便启齿,不如和她的亲兄嫂详细提一提。

站起身来,说:"我今暂去,明儿你听信,有人报你知。"

走出了房门,去到凤姐房里,鸳鸯干憋气,不愿把鞋口缉。

一个人走到园里散散心气,只见那俏平儿也走近了太湖山石。

【云苏调】
平儿来至近前忙施礼,尊一声:"新姨太太我接驾迟。"
鸳鸯一听变了脸,骂声:"蹄子不是东西。
人家正在生闷气,你不劝慰反把我来欺。
等我见了你的主人去说理,就说你无礼太顽皮。"
平儿一见忙道来意,尊声:"姐姐听端的:
你的琏二奶,已然对我说仔细,心意如何向我提。
大老爷早已把你来看上,一心封你作二姨。
二奶奶虽然劝她们别碰壁,也不知你的心意依不依?"
当下二人坐在一块大石上,鸳鸯早已发了急。
叫声:"平姐听仔细,无妨把心事提一提。
都是丫头心不一样,我不能窝里窝囊被人欺。
他疯狂枉想没天理,把我们女孩太看低。
不用说三房二房我不去,即便是一品夫人我也不依。
人各有心志不一,我不能昧我良心去受屈。
他的人格我实在瞧不起,只不过把金钱势力论高低。"
正是二人说心事,山石后面有人骂声:
"猴儿蹄,脸大的丫头太无耻,什么太太姨娘胡乱批。"
二人吃惊忙站起,慌慌张张去看仔细。
要问来了哪一个,下回书里再详提。

(宁裕之)

司　　棋

【曲头】
司棋姑娘性情刚,讲爱情也用那热意直肠。
怎奈她身屈卑贱意志难偿,殉情一死特也凄凉。
【数唱】
大观园多少佳人,论品位甚不一样。
主人是太君夫人,俱都是高高在上。
王夫人懦弱无能,论性情愚昧无当。
王凤姐霸权贪污,没品行遭人毁谤。
其余的姑娘小姐,守闺训没有胆量。
最可恨是管事家婆,一个个都把天良来丧。
每日里纳贿使权,说词讼把平人欺枉。
还有那使女丫鬟,论地位更不一样。
有些是赛似小姐,有些粗使劳忙。
有些个花娇柳媚,有些个燕咤莺狂。
虽好像身居天上,一失脚就掉在泥塘。
只皆因没有保障,作奴隶把孽债来偿。
她们有用钱买来,也有那赠送陪房。
也有那家生奴养,世袭的把奴才来当。
撞大运享福受罪,凭喜怒得脸遭殃。
最可怕男女婚嫁,没一个敢抗命自做主张。
有私情如被发现,小命儿立时间去见阎王。
许州官来把火放,不许人点油灯暴虐强梁。
司棋她原本是迎春的使女,自幼小与表兄亲热非常。

到后来彼此间恋情高涨,通情书赠表记私会襄王。
万不想司棋她情怀颓丧,丢失了起祸根绣春香囊。
因此上大观园掀起波浪,才惹出花愁柳惨大祸场。

【金钱落子】
司棋年岁渐渐长,爱苗也是日月苗壮不寻常。
男爱女身体强壮娇模样,女爱男仪表人才美儿郎。
何况是爱情专一合理想,并非是无理取闹事荒唐。
男女欢情是天生地养,任何人也不能无理拆散棒打鸳鸯。
他二人一个侍候迎春作使女,一个在园门以外把小厮当。
春月秋花情意旺,鸟语花香惹恨长。
又搭上侯门似海规矩广,男女交往必严防。
内外隔绝不亚于天河样,一个似织女一个赛牛郎。
也唯有花晨月夕空劳望,也唯有暗通情愫私赠表记诉衷肠。
这一天月明星稀甚晴朗,谯楼以上起更梆。
他二人秘密约好大观园内把情话讲,山石后面花树以下捉迷藏。
细草如茵花做帐,垂柳为屏石当床。
鲽鲽鹣鹣情怀畅,卿卿我我梦魂香。
海誓山盟正把好戏唱,忽然见一个人影越走越近,二人全吓慌。
原来是贾母的鸳鸯奉命进园去,和李纨诸人把话讲。
归来时路经此处,想要小解甚着忙。
下了草地抬头望,但只见山石后面两个人影正躲藏。
星月下鸳鸯已然看出是司棋模样,
一定是见我路过故意捣鬼使我害怕惊断肠。
这鸳鸯骂声:"司棋太没样,已然是被我看见别躲藏。"
真意外司棋不跑反倒走近前来把话讲,跪在鸳鸯面前口尊:
"姐姐听端详,这件事务请姐姐别喧嚷,我一定知恩必报不敢忘。"
司棋以为他们的事已被鸳鸯撞上,倒不如挺身出来直认不讳自承当。
鸳鸯一听心暗想,两个女孩淘气何必这样手足无措甚惊慌?
忙问说:"另外一个在我眼前只一晃,她是何人道其详?"
"是我表兄跟我在此来游逛,我二人对天发誓想成双。

你过来见过姐姐把实话讲,姐姐定有好心肠。"

潘又安早已吓得心胆丧,焉敢出来见鸳鸯。

撒腿就跑如同打败仗,鸳鸯女早已连羞带气面焦黄。

她只得安慰司棋把心情壮:"我一定守口如瓶不声张。"

辞了司棋就把原路上,司棋她惊慌失措去时疏忽才丢了绣春囊。

【南锣北鼓】

傻大姐,喜非常,是何物,这样香?花红柳绿活计棒。

赤怪物,赤精光,对打架,没衣裳,这件玩物我赶上。

【罗江怨】

傻大姐不知何物,捡起来细看端详。

偏赶上邢夫人从此路过,问大姐:"因何故喜乐非常?"

大姐说:"真真奇怪妖精直打仗。"

邢夫人要过来一看,不由得手颤心慌。

急忙忙收在袖内:"这东西能把人伤。是何人交给与你,你可别上当。"

"是我在山石后面,捡起来闻着喷香。

还不知有何用处,向太太去问名堂。是不是妖精打仗,我心里不明亮。"

"这不是小孩子的玩物,切不可到处声张。"

傻大姐连忙答应,邢夫人袖了香囊。

到家中密密封好,忙叫人走一趟:

"这是紧要的物件,快与我送到那婶娘的绣房。

要请她配合办理,仔细地查访周详,

大观园出了此物,难把心来放。"

【靠山调】

王夫人见了香囊,不由得气往上撞,这样东西丢在园内实在荒唐。

据我想这东西必定在凤姐身上,由贾琏买进来取乐闺房。

万不该带进园内到处闯荡,不谨慎失落在树下石旁。

凤丫头实在是疯狂没样,我必须找她去训斥一场。

当时就只带一贴身小鬟把凤姐去访,颜色甚厉恼怒非常。

一进屋先将平儿诸人喝喊出去才坐在炕上,凤姐一见甚是着忙。

心里说为什么事这样怒气盛壮,王夫人早把那香囊扔在了凤姐身旁。

单　弦

凤姐一见不由得面色紫胀："这是哪里来的秘戏香囊？"
"你还问我不自己思想，为什么遗落园中太也荒唐！"
凤姐连忙跪下说："你怎么知道是我的东西，搁在我的身上？"
"在媳妇里面就属你年轻，琏儿又是那样下流放荡。
一定是由他买来你就佩戴在身旁，竟忘了这东西关系着荣府威望，
假若是扬出去你我是死是活怎样下场？"
凤姐说："在主人里面我虽年轻仆人里面也有年轻夫妇人才漂亮，
也许私藏此物举动轻狂？
丫头大了也不免春情荡漾，私藏私递更属难防。
大老爷的小姨娘们如嫣红、翠云也有时到园中来逛，
珍大嫂也不比我太大她有时带着佩凤也来观光。
再说这个香囊刺绣不甚精工是市上所仿，我不稀罕要这行货欣赏收藏。
即或我有也万不敢佩戴身上，在姑娘面前假如偶然露出怎能再把二嫂来当！
不但我没有就是平儿我也不让，请太太想仔细思量。"
王夫人见凤姐说在理上，反叫凤姐想法子搜索香囊。
当时间传齐了管家婆要兴兵打仗，定妥了妙计是明修栈道暗度陈仓。
以抓赌为名撒下罗网，大观园这才阴风鬼气笼罩华堂。

【怯快书】
那凤姐自作聪明计献上，王夫人连声夸奖妙非常。
密传一令点兵将，心腹妈妈叫进房，
周吴郑王四个管家妈妈做主将，来旺来喜的媳妇也相帮。
凤姐作了元帅军威壮，平儿也是参谋秘书一身当。
黄昏以后无声响，一队女将偃旗息鼓大观园内去搜赃。
悍妇恶婆好似饥鹰恶鬼一个样，满园中莺莺燕燕眼看落网要遭殃。
进园中关了大小门儿断来往，先到怡红后潇湘。
虽然把雪雁、晴雯搜索一个不成样，也是为打击黛玉、宝玉兄妹行。
用心狠毒真混账，一个个该杀该剐没有一个好婆娘。
别的姑娘都不放，唯有宝钗另眼看待甚吃香。
也因为薛家有钱金银广，不比那穷苦无依的病潇湘。
都是亲戚有两样，凤姐她就是推倒宝黛的狠婆娘。

这时节三姑娘探春已知凤姐带人把贼赃访,
就知道小题大作自行杀砍找灭亡。
命丫鬟把大门二门全开放,秉烛而待甚堂皇。
就知道三姑娘早有预备,难惹难缠不寻常,
进屋中忙赔笑脸说:"妹妹没睡要原谅,我们打搅理不当。
只皆因丢了一件紧要东西须查访,也无非看看丫鬟的物件和衣箱。"
探春说:"丫鬟做贼我是窝主来执掌,她们偷东西都得交我来收藏。
不用把丫鬟使女苦欺枉,请先搜我这作贼头的三姑娘。"
命丫鬟:"把我的箱笼衣柜全开放,叫她们细细搜检找贼赃。"
凤姐说:"我是奉了太太之命来搜访,妹妹切莫挂心房。"
原打算带领众人别的去处走一趟,不料想善保家的想出风头把名扬。
上前去揭起探春衣衿把话讲:"姑娘身上我也翻看没私藏。"
言还未了只听啪的一声响,善保家的脸上早挨了又清又脆的一个大耳光。
只打得恶婆脸上直发胀,只打得发烧燎热痛非常。
谁叫她挑拨是非净撒谎,谁叫她幸灾乐祸歹心肠。
欺压姑娘良心丧,狗仗人势闹饥荒。
实指望探春姑娘不能把她来怎样,这一回遇见吃生米的把她降。
三姑娘打了恶婆高声骂:"你是甚等之人敢在姑娘面前撒野不端庄!
你来搜赃我不恼,决不该拿我取笑逗颠狂。
赶明天回明老太太把理讲,有何罪过我承当!"
命丫鬟:"把这恶婆快逐放!"吓坏了凤姐平儿众婆娘。
作好作歹直替善保家的把情讲,小心翼翼劝姑娘。
进园以来她们是处处打胜仗,不料想在三姑娘手内遭了惨败面无光。
众恶妇又到迎春那里去算账,这一回务须抓住把柄访香囊。
谁知道二姑娘迎春无胆量,不能够庇护丫鬟躲灾殃。
也搭着司棋正走背字运不旺,竟敢把违禁物品箱内装。
众恶妇叫开大门往里闯,直吓得迎春姑娘面焦黄。
凤姐说:"好好睡觉被里躺,我们要查查丫头的物件和衣箱。"
一声令下齐围上,翻箱倒柜甚强梁,
她们的威风本来恶魔一个样,就好似明火贼人逞凶强。

不多时在司棋箱内搜出男鞋男袜许多样,另有情书纸一张。
原来是司棋表兄亲手所写把私情讲,
信内说赠你一个好香囊,千万不可漏春光。
凤姐一见微微含笑宣罪状,吓坏了善保家的恶婆娘。
她乃是司棋的老娘关痛痒,也只可自打自己臊得慌。
凤姐命人把司棋看管别卖放,司棋她不惊不惧也不慌。
早拼一死为情亡,又安也是好儿郎。
双双自轻多悲壮,二人毕竟不寻常。
书到此间暂不唱,双殉情,青年恨,下回道其详。

尤 三 姐

【曲头】
美满姻缘自由难,常使人饮恨黄泉。尤三姐思嫁柳二,心志甚坚,最可叹婚姻中变大局翻,因此上鸳鸯剑下断送红颜。

【数唱】
尤三姐天生英烈,又搭着貌似天仙。
只可惜红颜薄命,恶势力把她来缠。
尤老娘糊涂好睡,尤二姐性软如棉。
虽说是贾府的亲眷,实际上倒成了粉头花面。
珍大爷与贾蓉父子聚麀,贾琏他也把二姐狂恋。
到后来由贾蓉从中撮合,尤二姐名义上被贾琏独占。
买新房私成外家,俨然是乐户行院。
尤三姐周旋其间,论形势实在危险。
但是她意志坚贞,把珍琏与贾蓉视如土贱。
她乃是荆棘中一株小草,污泥内一朵红莲。
珍大爷本打算娶她作妾,琏二爷也愿意诚心推荐。
尤老娘和二姐更无话说,图吃穿贪安逸把自己作践。
尤三姐她心中早有所恋,守贞坚绝不受骗。
反使出非常手段,教浪子无法干犯。
似这般英才奇女,真令人敬畏爱怜。
只可恨柳二无福,美满姻缘化作了一片飞烟。
也因为恶势力把人倾陷,葬送了似玉般的一对青年。
劝世人结婚姻要自己去办,万不可起疑心误信人言。

【太平年】

贾蓉替二叔,跑后又跑前,珍大爷也担任了撮合山。
三言两语双方都情愿,将二姐偷偷摸摸嫁与贾琏。
兄弟叔侄心不一般,各有目的在追欢。
经营香巢无非图方便,想把三姐也勾搭上船。
不料三姐甚是难缠,性情古怪又刁钻。
百计千方她都不沾染,使心费力也是枉然。
好个尤三姐,手段妙难言,颠倒登徒在酒席前。
冶态娇姿白白只许看,想要摸一把难上加难。
喝酒就喝酒,豁拳就豁拳,脱去大衣酥胸露外边。
拿起酒杯竟把人来灌,吓坏了贾珍与贾琏。
可怜贵公子,错把眼来翻,今才知她心似铁石坚。
从此后再不敢把她来小看,问:"三姐的终身到底在哪边?"
三姐先不说,教他们试详参。"是不是宝玉在你心尖?"
三姐闻言冷面一瞪眼:"难道说除了贾府就没有好儿男!"
"到底是哪个?何妨请明言,我们一定替你周旋。"
"除了此人我任谁不愿,就是那文武兼全的柳湘莲。"
果然好眼力,赞成是贾琏,二姐也说:"真正美少年。
无奈此人好久总没见,他打了薛蟠逃在外边。"
"此人不在,我等十年,百年不来等他一百年。
他若是离此世遭凶变,我一定青灯古佛剃发断情缘。"

【靠山调】
尤三姐把自己心事说了一遍,琏二爷牢牢谨记在心间。
这一日贾赦贾琏到平安州前去公干,真是意外在路途之上遇见湘莲。
原来是呆霸王薛蟠带了家人柜伙出外营商遭了盗难,
幸遇柳湘莲不念旧恶杀退了强盗救了薛蟠。
因此上他二人蠲弃嫌怨,冲北磕头结了金兰。
薛蟠说:"柳二弟真一条好汉,救了我的性命又把财产全部夺还,
此一番到京城我一定替二爷把房产置办,请母亲再替他物色一个好姻缘。"
他两家在招商店谈说一遍,琏二爷也不禁替他们喜欢。
连忙说:"柳二弟愚有一言别嫌冒犯。"

湘莲说:"有话请讲何必过谦。"

"有一门好亲事管保你称心如愿,真是个佳人才子美满姻缘。"

"弟虽不才发过誓愿,若不是绝色女子决不能滥结姻缘。

但不知此女品貌如何是俗美还是奇艳?"

"她是阆苑仙花品质不凡。

而且与兄有亲时常见面,她和贤弟真可谓天生一对玉树红莲。

不但貌如花而且甚有肝胆,你们成婚以后必知道不是虚言。"

琏二爷掏心窝子把小姨夸了一遍,忘了说这是尤三姐自愿誓嫁湘莲。

柳二郎当下答言:"小弟情愿,

容小弟先去探望姑母,往返不过一月那时节再卜红鸾。"

贾琏说:"不成不成,你乃萍踪浪迹之人,

如若不来我必受埋怨,必须留下定礼方算庄严。"

二郎说:"小弟家道寒微而且又在客中怎能那样方便?"

薛蟠说:"这有何难,我的行李内既有珠宝又有银钱。

柳二弟定婚不用你管,即便是随身微物取信当先。"

"也罢,弟随身所佩宝剑乃传家之宝其名鸳鸯剑,

雌雄两股如今拿它权作定礼务祈二哥妥为保管。"

琏二爷喜之不尽接过宝剑安放在行囊里边。

说:"兄弟等你到京我们是大摆喜宴。"三个人推杯换盏不觉日落西山。

到次日三人分手说声再见,各自上马认镫搬鞍。

琏二爷公事已毕不敢怠慢,到家中和二姐细说根源。

将宝剑取出来交与三姐说:"你的定礼鸳鸯宝剑,柳湘莲已答应这段姻缘。

一月后他到京把喜事来办,你要好好收藏莫当等闲。"

尤三姐见宝剑笑容满面,抽出一看晶莹锋利不亚如秋水寒潭。

见宝剑如见人真是踌躇意满,精神喜悦梦也香甜。

不料想柳二郎起了疑心演成婚变,尤三姐愤恨才血染龙泉。

【南锣北鼓】

柳湘莲,转回还,为婚事,打算盘,这件事,不好办,找宝玉,问根源:

东府人真透着悬,三姐岂能无沾染?

【罗江怨】

柳二郎去访宝玉,见了面各道寒暄:
"有一事向你打探,琏二爷替愚兄把媒人来担。
定妥了尤三姐她可是东府亲眷?"
宝二爷微微含笑:"她乃是珍大哥小姨行三,
尤二姐已嫁了家兄琏二,买房在一处过活安闲。
你常说必得美女,她真真美而艳。"
柳湘莲连连跺脚:"误被人把我来冤。那东府除了门前石狮,
没一个干净完全,我已然十分后悔必须另打算。"
宝二爷闻听不乐:"不用说我也在脏人里边。你已然放了红定,
而且是国色天仙,我劝你事已定妥千万别中变。"
悔失言连连道歉,柳二郎心愈不安,他只得辞了宝玉,
想三姐一定是浪荡不堪,我是退婚为妙去索鸳鸯剑。

【流水板】
柳二郎越疑越悔越自念,恨贾琏万不该将残花败柳把我冤。
宁国府老少男女都胡干,寄居他家想要自保难上难!
常言道近朱则赤近墨则黑不可免,靛缸里焉有白布雪亮洁白又新鲜!
我湘莲是顶天立地男儿汉,焉能够不清不白糊里糊涂把绿衣绿帽戴又穿。
不多时来到新房把身站,啪啪啪连声不断叩打门环。
仆役开门把来人看,认得是无人不知无人不喜多才多艺的柳二湘莲。
急忙忙往里通禀不怠慢,
琏二爷喜出望外自己出迎将柳二让入客厅款待周旋。
这时候喜坏了闭月羞花有胆有识的尤三姐,
忙把衣裳换,整妆待请会湘莲。
不料想丫鬟来报:
"那姓柳之人把卦变,他此刻正与二爷争论把杠搬:
说什么一定要回鸳鸯剑,已定婚姻要来推翻。"
三姐闻言把色变,心里说,这一定心生疑忌误听人言。
当时间来到厅堂立在屏后到持那对鸳鸯剑,见柳二执意罢婚不肯从权。
就知他疑心太深不可挽,万不能解他疑心在口舌间。
转身形出立屏风外面,手指柳二便开言:

"柳湘莲你枉作英雄充好汉,疑心断案把好人冤。
岂不闻莲出污泥而不染,薰莸同器各媸妍。
也是我身处嫌疑真正惨,瓜田李下摆脱难,排除引诱我坦然。
实指望你英雄人物有俊眼,赏识鸾凤在荆棘间。
不料想你做事平庸无高见,被那俗情俗理把你缠。
有始无终无肝胆,疑心暗鬼冲塞心间。
不料想你粗枝大叶不加考察不来细访,
你不见我,我不见你,全凭忆测来武断,怎知我日居下贱品不端?
可怜你误己误人毁灭真理把罪恶犯,心窍愚蒙开朗难。
我不能委曲求全乞人爱眷,更不能低眉下心把人详参。
你不说来取你的鸳鸯剑?借你的宝剑我要刎头沥血教你来观。"
说话间娥眉倒竖杏眼圆翻银牙一咬玉腕一弯抽出一股鸳鸯剑,
寒光一闪刎在喉间,霎时桃花迸现红潮溅,桂折兰摧玉山翻。
惊坏了尤氏母女众多仆妇齐哭喊,贾琏他扯住湘莲要送当官。
二姐说:"不如将他来宽免,也省得以讹传讹把丑话传。"
柳二郎事到而今灵机现,顿足捶胸哭倒尸前:
"我柳二短见无识福命浅,怎能够消受英奇节烈的美婵娟。
从今后,谢尘缘,投入空门忏悔冥顽。"

怒打宝玉

【曲头】
宝玉本是多情种,藐视法度悖理而行。
那贾政怒发冲冠,家法无情,这才是冰炭不投水火难容。

【数唱】
贾宝玉生长在国公府第,自幼儿纵情任性。
恨的是时文八股,恼的是官场逢迎,烦的是利禄功名。
只因为王夫人错打了金钏,俏丫鬟含冤投井。
为此事贾宝玉忧思萦怀,终日里悲愤难平。

【叠断桥】
宝玉叹连声,似骨梗卡塞喉咙,
人心似铁事态如冰,好端端清白女儿无端丧命。
母亲太无情,凭空加罪名,
诬赖金钏举止轻薄卖弄风情,可怜她满腹冤屈至死难分证。
说什么贵胄皇封,说什么世代簪缨,
高墙内隐藏着多少不平!富贵丛掩不住贪残专横!
茫茫信步行,不觉过前厅,
忽听得对面人断喝一声,猛抬头原来是父亲贾政。

【云苏调】
贾政他一见宝玉这般光景,不由得三分怒气胆边生。
"且你垂头丧气失了魂魄,满面晦气儿女私情,
早知你终日在胭脂堆里胡厮混,全不想读书上进苦用功,
看起来你是生成朽木难成器,窜沙的泥鳅成不了龙!
似这般还有哪些儿不受用?却为何唉声叹气不住声?"

这宝玉一心牵挂金钏的事,对父亲的质问竟未听清,
痴痴呆呆眼发愣,贾政他三分怒气又加了一成。
正待严辞训宝玉,家人禀报身打躬,
原来是亲王府官员来造访,贾政他忙整衣冠往外迎,
吩咐宝玉:"你且守候在屏风后,少时我有话要把你叮咛。"
【金钱莲花落】
这时节把来人迎到前厅上,那官员面沉似水冷如冰,
说:"在下奉命而来非别故,只因为王府走失一优伶,
名唤琪官本姓蒋,现已查明他与令郎交往甚厚影随形,
求大人督促公子速将此人交付小官带回府,我家亲王也承情。"
贾政闻听大吃一惊忙命从人唤宝玉:
"奴才!你可与姓蒋的琪官有过从?"
宝玉说:"儿与此人不相识,莫把讹传当真情。"
那官员连声冷笑说:"公子不必再掩饰,现有你腰间汗巾就是证凭。"
宝玉他见事到如今难遮盖,索性直言诉真情:
"那蒋玉菡虽是贫家子,他不愿装男扮女作优伶,
他不愿贵人面前承欢笑,他不愿豪门王府受欺凌,
数日前买舟南下通州路,情愿意含辛茹苦自谋生,
望大人只管据实上复王命,求王爷网开一面权当买鸟又放生。"
那官员无可奈何告别去,在一旁贾政气得目瞪口呆怒火升到七八成。
命令宝玉:"不准动!"他到前厅门外去送行。
又听得一阵杂沓脚步响,小贾环带领童儿大呼小叫一窝蜂。
贾政带怒喝令:"奴才且站住,因何故这般轻犯闹哄哄?"
那贾环有意把是非来拨弄,故意的走近贾政放低声:
"听人说宝玉哥哥强奸未遂逼死人命,金钏姑娘含羞跳井已然丧了生。"
话未完只气得贾政面无人色如金纸,噌噌噌!怒火猛蹿到十成。
【南锣北鼓】
这贾政,怒冲冲,万丈火,滚油烹,
周身颤抖青筋迸,喊叫从人都差了音声:
"大门锁,二门封,活活打死小畜生!"

【怯快书】
贾宝玉见爹爹气急败坏肝火动,料想着凶多吉少暗心惊。
那贾政一叠连声:"给我打打打!"只见他血贯瞳仁双眼红。
有几位年长的家人一见贾政这光景,纷纷跪倒来求情。
贾政他手拍桌案啪啪响,双足跺地震耳鸣,
胡须扽挚如风摆,满面泪痕变了形容:
"小奴才不读诗书求上进,竟与戏子结宾朋;
如今又干出不才的事,祸害家门势难容,
素日里都是你们一味奉承来娇纵,才使他无法无天乱胡行,
今天打死忤逆子,也免得终朝有日弑父弑君辱没祖宗。"
掌刑小厮见老爷盛怒难违命,又恐怕打坏宝玉担罪名。
无奈何手持家法留心计,举板高来落板轻。
那贾政大吼一声挽双袖,啪嚓嚓亲自把大板手中擎。
一板起来一板落,一阵骤雨一阵风,
头板青来二板紫,三板四板血肉崩。
在先前还听见宝玉哭又喊,到后来只见他周身瘫软,气息衰微眼半睁。
眼看宝玉要丧命,后堂赶来大救星。
老贾母抱住孙儿悲声恸,忙吩咐治伤调理请医生。
众人围住贾宝玉,七嘴八舌乱哄哄。
贾宝玉昏昏沉沉睁睁眼,眼光里一丝儿寒光带柔情。
断续续吐出几个字:"为那些人……纵然一死目也瞑。"
这一回贾政怒打亲生子,到下回黛玉洒泪探表兄。
贾宝玉历经劫难感知己,赠罗帕,尺幅鲛绡才泄露了真情。

(王允平)

抄检大观园

【曲头】
大观园滴溜溜千股黑风刮,只刮得星无光彩月儿无霞,
只刮得楼台亭榭无人语,只刮得榆柳桑槐头低亸,
只刮得促织儿不鸣蝉不唱,巧嘴的八哥儿不唤茶,
钟不鸣,磬不打,没有人吹箫弄管弹琵琶。
猛听得哗啦啦一阵园门响,呀,原来是王熙凤带着那丫鬟婆子们,
突然袭击把大观园搜查。

【数唱】
您若问夜深人静,这是为了什么?
傻大姐不是捡着个春囊袋吗?它就是惹祸的根芽,
邢夫人派遣那王善保家,把此袋送交给王夫人她,
王夫人只气得浑身颤抖,怒气勃发:
"大观园出现这肮脏之物,有玷我们诗礼人家,
倘若是传扬出去,岂不把贾府的门风糟蹋,
奴仆们定有些苟且之事,今夜晚命凤姐带着仆人,到园中把奸物搜查。"

(白)王熙凤奉了婆母之命,立即召来十几名心腹的婆子丫鬟。都是谁呀?有平儿、丰儿、来喜家、来旺家、吴兴家、周瑞家,还有送春囊袋的邢夫人的陪房妈妈王善保家。王夫人再三嘱咐:"告诉你们,如果要是搜出来可疑物,一定要照府规严加惩办,决不留情!"听此话,丫鬟婆子们人人捏着一把汗,担心的是不知哪位姐妹今天晚上又要遭责受难,唯有那邢夫人的陪房王善保家洋洋得意,越想越美:

【柳子腔】
"这个命令下得好,

借这个机会把大观园里那些骄横的丫头片子的锐气杀一杀,
她们平日见着我的面,除了敲山震虎就是指鸡骂鸭念闲杂儿,
虽然说我们邢夫人是个大房可没有二房王夫人的权势大,
谁不知道王夫人和凤姐婆媳俩是荣国府里的一把大拿,
这就叫主多大来奴多大,邢夫人少权没势我们丫鬟婆子就得受压,
今个晚上派我跟着抄捡,叫你们认识认识邢夫人房中有一位,
拿得起来,放得下,事儿能主,说得上话,一品的大陪房我王善保家!"
(白)如果要是查出漏来,一,可以给我老婆子出出气;二,可以在夫人面前请功受赏!想到这抬头一看:"嘿,到了怡红院啦。好!不都说晴雯身上有刺吗?这回呀,我先碰碰这个带刺的,搜她!"

【云苏调】
老婆子冲着凤姐把二奶奶叫:"二奶奶这可是宝二爷的怡红院咱查不查?"
王熙凤把头一点进了院。
老婆子带着众人往丫鬟仆妇的屋里扎,
一霎时把个个丫鬟的东西都翻遍,只剩下晴雯姑娘的几只箱匣。
这袭人刚要替晴雯把箱匣打,
嗬!门一响闯进来带病的晴雯怒目斜视王善保家!
气吭吭高举起箱匣把里面的东西都倒在地上;
"搜吧!有什么私货你随便拿!"
"呦,姑娘,俺这是奉了太太的命,你不让搜俺就不搜,捧捧打打的干什么?"
"什么?你奉了太太的命?告诉你我还是奉了老太太的命,
我奉命到这儿侍候宝二爷他,太太那边丫鬟婆子我见过不少,
我可没见过你这套号的人模狗样儿的大管家!"
丫鬟婆子们不敢出声心暗笑,
"得!这回叫你瞧瞧带刺的晴雯怎样拿刺把你扎!"
离开了怡红院匆忙忙进了潇湘馆,依然是两手空空没翻出什么,
走过了曲折的画廊来到探春的门外,见院门大开灯笼高挑人声嘈杂。

【南城调】
王熙凤见此情景,心中暗想:"不知道这位姑奶奶又把什么主意拿?"
但则见探春姑娘,早就迎出门外,面带笑叫:"嫂嫂我恭候您搜查,

我的丫鬟婆子们要是贼呀,我可就是窝主,
她们偷来的东西,无疑问都交给了她的主家。"
说着话走进了屋中:"丫鬟们打开我的箱子柜儿,
二嫂子还不下命令叫她们来搜查!"
还没等凤姐答话,老婆子伸手把箱笼打,脖子伸得老长往箱子里边扎,
前前后后,上上下下,左右大开弓一死的紧划拉,
翻腾了半天,依然是空手两把,探春女见此情景带笑把话发:
"有赃没有啊?"婆子说:"没有,没有!"
"既然我这没有,可不得再搜丫鬟们的箱匣。"
老婆子连连点头,说:"姑奶奶真替我们底下人说话,
打着灯笼也找不着这样的好主家!"
你看她得意忘形,像鬼迷心窍,凑到近前把探春的衣襟拉:
"这样的姑娘,谁不称赞?"
刚说到这儿,就听"叭嚓"一声被探春打了个满脸花。
立刻间鼻青脸肿,顺着嘴角滴答血,
疼得她一吸气,"本儿",嘿!咽了俩门牙。
常言道,打牙往肚子里咽,她可应了这句俗话儿,
老婆子暗暗憋气成了垫桌腿儿的癞蛤蟆,
见探春杏眼圆睁,柳眉倒竖:"你是什么东西敢把姑娘的衣角儿拉,
今儿个我看在大娘的面上,不然的话叫你背朝天脸朝地由院里往外爬!"
王熙凤劝解了半天,匆匆离去,
老婆子手捂着腮帮子她是:徐庶进曹营——一语不发。

(白)王熙凤带着众人刚走了几步,便来到了惜春姑娘门前。老婆子心中暗想:"是非皆因多开口,烦恼只为强出头。看起来我得稳着点儿,别逮不着狐狸弄身骚!"哪知道进屋一搜,吴兴家竟在丫头入画的箱子里翻出好几件男人的东西!

【南锣北鼓】
有玉带版子,锦鞋丝袜,银锞子,四十三,
老婆子一见方才的想法又变了卦,"看起来还是有贼拿,
我算没白掉俩门牙,在夫人面前还是该着咱说话!"

【梆子佛】
想到这:忘了满脸花,也不心疼她的俩门牙,
眉梢儿一挑精神头儿大。赶上前,腰一叉,
叫了声:"小入画,这些野汉子的东西哪来的快说话!"
【太平年】
吓得那入画两眼泪嘀嗒:"这些东西都是贾珍大爷赏赐给我哥哥他,
没处搁,没处放,在我这暂存下,我若有半字虚言情愿受责罚!"
凤姐闻听,忙把话答:"明儿个一早儿就对对这个碴儿,
当真是贾珍大爷给的,这事就算罢!"老婆子一听:"得,馅饼抹油——又算白搭!"
【金钱莲花落】
无奈何无精打采往前走,心里头七上八下乱如麻。
抬头看迎春姑娘在这住,她忽想起:"我外孙女司棋侍候她,
老佛爷,千万别在她这出了事儿,我要敷衍了事马马虎虎来盘查!"
进了院见迎春姑娘已然入睡,凤姐说:"不必惊动姑娘她!"
王熙凤知道司棋是王善保家的外孙女,不由暗把主意拿,
"今儿个晚上老婆子就像凶神附了体,咬牙撒狠来抄查,
常言道是亲三分向,对司棋看看她怎样搜来怎样查!"
一霎时别的丫鬟婆子都翻遍,只剩下司棋的箱子她敷衍了事的抓了几抓,
嘴里还喊着:"没什么!"老婆子将要盖箱盖儿,
这可惊动了周瑞家:"怎么,搜别人你比那四大金刚劲儿还大,
恨不得找个刨子把箱子底儿刮,噢,到了搜你的外孙女,
你不卡不咬夸拉尾巴,我可不听你这套!"
想到这假意带笑把话发:"老姐姐,今儿个晚上把您累得够呛,
我替你仔仔细细地查一查!"
【怯快书】
说着话忙往箱子里抓一把,嘿,怎么这么巧,碰上了几宗物件忙往外拉,
是一双男人的靴子黑边儿金牙子粉白底儿,还有那丝绵的袜子绣着花儿,
她趁热打铁一伸手,嘿!一个小包手中拿,
打开小包留神看:响!是黄澄澄金烁烁的同心如意玲珑剔透闪光华!
还有一张淡青的字帖在如意上放,可不知上面写的啥?

老婆子一见有点见傻,"我……我怕什么就有什么!"

"二奶奶字帖上边写的啥?"王熙凤接到手中慢条斯理儿念给大家:

"你给我的香珠二串今已查收,今特寄去香袋一个,略表寸心,千万收好。表弟:潘又安。"

念罢了字帖儿婆子丫鬟们哈哈笑,冷眼瞅着王善保家。

老婆子觉得周身上下不得劲儿,头昏脑胀腿发麻,

大汗珠子巴嗒巴嗒地往下掉,一个劲儿地用衣襟儿把她的眼角儿擦。

结巴了半天说不出话,恨不能找个地缝儿往里扎。

扑咚一声跪在地,叭叭叭,一个劲儿的抽嘴巴。

本想着借着抄检把人整,哪知道安心不善整了自家!

这一回抄检大观园,只闹得丫鬟仆妇人人自危心害怕。

到下回,晴雯被遣含冤死,逼得那几个丫鬟尼姑庵里落发出了家。

(张剑平)

时 调

选自胡文彬编《红楼梦说唱集》(春风文艺出版社1985年版)。

红楼梦(一)

【铃儿调】
大观园最美奇文《红楼梦》,御制省亲宫,
潇湘馆主,黛玉悲秋忧恨不同,独坐冷清清。
思想起,宝玉的恩情如山重,有情却无情。
恨聪明,聪明反害聪明命,八字犯孤星。
吟什么诗词歌赋,看什么柳绿桃红,自叹泪盈盈。
思想宝玉既无情,因何时时来瞧病? 真假难分明。
欲好又不能,最不该伶俐人生一个红颜命,幽幽归仙境。

红楼梦(二)

【铃儿调】
曾看一部《红楼梦》,何人所评?
越思越想尽都是痴情,俱在花园中。
好一座大观园,楼台亭阁真雅静,万紫千红。
你看那贾宝玉,独占群芳恩爱重,个个弄情。
黛玉、宝钗、袭人、香菱,与众不同。
最可恨,抓尖卖乖王熙凤,吃醋落骂名。
这才是十二金钗归贾府,生死在金陵。

潇 湘 馆

【一字】
贾宝玉进潇湘泪如雨洒。秋风起吹散了满地落花。

【二流】
静悄悄无人冰帘倒挂,粉壁墙画云竹几枝横斜。
这一旁破牡丹芭蕉风吹雨打,牡丹开玉芙蓉谁去采它?
迈步儿来至在潇湘馆下,见两旁俱都是玉竹交加。
银架上白鹦鹉披毫玩耍,日将晚斜阳下月照窗纱。
叹人生富与贵尽都是假,七尺棺掩定了玉面桃花。
舍不得姑表情偷来哭奠,灵魂儿切不可将兄吓杀。
搂衣衿跪至在灵台之下,尊一声:"贤妹妹细听根芽,
想当初姑母死接妹来此,疼儿娘待表妹如同一家。
少小时兄和妹一同玩耍,兄爱妹妹敬兄义重情华。
一爱你宦门女千金身价,二爱你貌端庄美玉无瑕;
三爱你出言词光明正大,四爱你守深闺言不乱发;
五爱你通今古彬彬大雅,六爱你性温柔大度可佳;
七爱你气矜贵风流俊雅,八爱你淡梳妆不爱奢华;
九爱你玉丰姿难描难画,十爱你女中魁事理豁达。
是这生结婚姻三生石下,又谁知今作了水月镜花。"

【尾子】
贾宝玉只哭得咽喉气哑,林妹妹你休要将兄吓杀!

午眠乍醒

【马头调】

林黛玉午眠乍醒,恍惚惚,神不定,倦恹恹,眼蒙眬,
指儿弹绣枕,腰儿依床屏,胸前抛书本,身上搭斗篷。
房中寂静未散,廊下人言却是低声。
案上坐钟叮儿当儿响,窗外的鹦儿鹉儿语儿鸣。
一阵儿腰儿酸,腿儿疼,
欲待要坐起也是难扎挣,轻轻地咳嗽了一声。
难扎挣,咳嗽了一声,有人掀起绣帘栊。
丫鬟们听见是姑娘醒,慌忙走进卧房中。
软怯怯手扶着丫鬟坐起来身觉无力,四肢酸软倦支撑。
紫鹃、雪雁不消停,撩起了软罗幔,折起了绣红绫,
拿起了漱口的盂儿、净面的水儿、梳妆的盒儿和更容镜,
扶持起这姑娘更睡容。
熏上了百合香,换上了牡丹瓶,
捧过了雪水兰芽的香茶一盏,秉上了银灯。
香茶一盏,秉上银灯,连忙走出绣楼中。
只有姑娘在房中坐,寂然鸦雀不闻声。
明亮亮的月儿东升,照花影透入了窗棂,射云屏。
这佳人隔着茜纱要赏月景,但只见,碧沉沉寒如洗镜,
一轮满月当空照,银河灿烂万点星。
烟笼洒地摇竹影,清凉彻骨透西风。
叮叮当当的摇檐铃,荡悠悠,交晚钟。
宾鸿哀叫声儿更惨,玉笛飞音曲儿更清。

秋声依秋色,愁人对愁景,惹得她神不宁、魂不平,
万虑千思心不定,追思已往的情。
心不定,思往情,秋波杏眼泪珠零。
自言自语频嗟叹,二目呆呆望碧空。
望长空,埋怨老苍穹,是何人遗留时序与节令,
既然有春夏,何必又秋冬!
怪不得宋玉登高、欧阳叹景,
奴的这病势儿好比物老悲伤残秋令,何人问一声?
有何人,问一声,身似杨花水上萍。
谁是我同胞姐和妹,哪是我一母弟和兄。
想当初悔不该惜心怜性,露意含情,
以真情,换假情,全凭实情度虚情。
痴情感动了憨情意,憨情反倒向痴情。
好容易痴憨两情透,想不到金玉又联盟。
只顾你双宝多情厚,撇得我二木太寡情。
你贪恋着她情把奴情冷,我满腔火热化寒冰。
到而今忧得奴一身病,哭得我两眼空,
恨千般,愁万种,你叫我羞答答的敢向谁明?无人来见疼。
无人见疼,佳人正伤情,丫鬟前来问了一声:
"药儿煎出有一剂,粥儿也熬好略进一盅。"
这佳人眼望着丫鬟把眉头蹙损,眼圈儿红。
说什么:"粥儿熬熟,药也煎浓,这几天奴的身体较重,想好也不能。
你们是真心把我疼,我这病儿治不成。
你们的甘苦我也知道,我作鬼在黄泉也知情。
实指望主仆常相守,又谁知半路有飘蓬。
到而今:你朝西,我朝东,阴阳相隔路不通。
你们休厌烦,莫懒听,有几句话要叮咛。
我死后盂兰会上把纸钱送,清明时节把黄土蒙。
你们手扶着坟头叫我几声,这便是主仆们数载的恩情重,我死后目也瞑。"
二使女,也伤情,说:"姑娘说得这般凶。

耐性调养终须好,你这样的人儿岂无后程?"
她主仆愁眉泪眼对孤灯,忽听得闹闹哄哄,
齐说是:"银蜡烛红,准备着双宝匹聘。"
"哎哟!"了一声,口吐鲜红,只落得万虑皆空,
可怜她魂渺渺归幻境,仍回太虚宫。

悲　　秋

【马头调】

林黛玉怨恨秋残，穷寂寞闷坐潇湘馆，也呆呆无心刺凤鸾。

怕向窗前站，懒去整容颜。

终日里似醉如痴精神倦，无故锁眉尖，叹奴空生貌如仙。

女工针黹何须讲，琴棋书画样样全。

都只为朝暮愁烦终身无依靠，时刻甚牵连。

心腹向谁诉，秋夜泪暗弹。愁万种，恨千般，身子懦弱病恹恹。

正逢美景何不赏玩，忙唤二丫鬟。

逢美景，须赏玩，紫鹃扶定款金莲。

雪雁相随听使唤，主仆散步进花园。

进园来一派凄凉令人惨：菊花朵朵吐蕊绽，竹叶儿哗哗引人烦。

翠鸟儿纷纷竹林哨，黄莺儿呖呖绕树尖。

不由人对景伤情添愁怨，又到奈何天。

添愁怨，奈何天，怎比春光桃李鲜。

端阳赏莲把雄黄饮，避暑摇扇题诗联。

这而今柘榴败消丹桂残，白云淡淡秋光惨惨，败叶儿纷纷，残花儿片片，

可厌的寒虫唧唧声不断，作对在阶前。

声不断，在阶前，禽兽无知讨人嫌。

凄凉人逢凄凉鸟，不由珠泪洒胸前。

意迟迟来至了荷花池边，惊得那仙鹤对对松柏树颠。

麋鹿双双来达湖山。一枝枝残柳枯干，一点点红叶空悬，

金鱼在水面，去而复还，鸳鸯卧沙滩。

见鸳鸯，卧沙滩，灵禽有对有孤单。

轻轻转过秋千院,款步来到海棠轩。
悲切切口内吟诗叹景残,说:"苍穹呀!光阴似箭催人老,
花开能有几日鲜?!月过十五光明少,唉,令人心醉!"
叹人生,好心醉,世事如棋一样般,虚名浮利都是假,儿女夫妻冤怨缘。
劝世人,若逢美景须赏玩,休像我痴心空自叹,辜负良宵再想难。
红尘无福享,死后有谁怜,眼望残花片,与侬来结缘,
魂灵儿将你伴,永远不分残。说话间金风扑面,透骨生寒。
急忙忙寻归旧路把使女唤:"快快扶奴离花园。"

双玉听琴

【马头调】
演《红楼》单道听琴,这一日宝玉闷坐怡红院,
长夜无聊对暮曛,听了些蝉声欧阳韵,悲壮宋玉心。
愁对着那袭人与麝月,春雁共秋纹。
丫鬟们参透了他的心意,说:"二爷啊,何不园亭去散闲心?
休忧闷,莫沉吟。"公子无语面含春,离卧榻,步出门,
无语低头把心来问:何处去?看谁人?
离朱户,步出门,抬头举目细留神,芭蕉犹颤巍巍,翠菊蕊才开数朵新。
又只见半透疏篱栏杆远,蓑草斜遮画栋新。
行行与步步,来到了那沁芳桥上更怡人。
真正是鸥鹭萼中荷叶落,蝴蝶影里蓼花深。
遥望见翠叶迷离蘅芜院,白云环抱杏花村。
松下鹤健翅,麋鹿避游人。
信步抬头看,已到了蓼风轩外,小小的朱门,何不看看惜春?
朱门外,自思寻,何不看看妹惜春?想罢忙把门儿入,安然雅悄静无人。
香馥馥冷坠着金英无有人语,
只闻得那桂花阴猛然一声小响亮,半晌听,是棋音。
慢打竹帘起,俏步细存身,
见二人一个是惜春妹妹,一个是出家带发的妙灵人:
身穿着百寿天蓝色红衣,内看真。
云鬓青丝润,腮边艳桃春。
真可喜,最精神,看到了其间心发闷,无语竟出神。
心发闷,自出神,忘情知趣暗沉吟,二人妙慧棋着儿露,一笑双惊两玉人。

这惜春含笑连忙站起了身,说:"请坐!"把茶斟。

宝玉说:"妙公轻易不游赏,缘何今日下凡尘?"

见妙玉杏脸添羞媚,翠黛儿慢发沉。暗悔失言语,忙将笑语温。

急说:"道心静则灵,灵则慧,出家人应远我这在家人。"

又见她整衣衿重复坐下,细细的莺声把话来云。

这宝玉见她如此也无言问,方晓未含嗔。

心始定,未含嗔,又见妙玉立起身,

说:"出庙已久当回转。"知她脾气也不强存。

众丫鬟打起湘帘把金钩挂,三人笑语送出门。

妙玉说:"园亭久未走,道路记不真。"

宝玉说:"我当前指引。"妙玉说:"我后随跟。"

但见那行挨杨柳柔条儿颤步进,

芙蓉艳,半透露朱门,碧影竹院千竿翠,潇湘清音过耳轮。

原来是黛玉闲把琴音理,二人屏步细重闻:

有时节急似芭蕉雨,缓时间天边石谷云。

妙玉难移逍遥步,影儿分,二人指点景,又闻那一派妙清音。

宝玉说:"谁家凄惨怨?"妙玉说:"何处卧高人?"

二人闲言语,来到了山石脚下片青阴。侧耳细留神,

粉墙公子迟留自在身。二人说:"你我石上坐,赏玩妙佳音。"

这宝玉轻向身边抽手帕,慢从石上拂灰尘。

只因那一曲琴中新雅调,坐下了三生石上且知音。

声凄惨,最堪闻,双玉留神听音韵,悠扬渐渐闻。

悠扬韵,寂无人,高临枝鸟萝花魂。

慢将隐隐心中事,弹作凄凄弦上云。

只听得半晌停了弦,歇玉手,叹连声,只闻自语付低音:

"风萧萧兮秋气深,美人千里兮独沉吟,望故乡兮何处?

倚栏杆兮涕沾衿。"双玉听,痛伤心,二人齐站起,四目泪纷纷。

他二人行数步,两路分:

这一个怡红归去天色已晚,那一个回临栊翠月色儿沉。

也不管那憔悴人儿无处投奔,何处诉知音!

补 雀 裘

【银纽丝】
怡红院的晴雯命儿薄,芙蓉衔恨恨偏多,痴情儿一点错把青春过。
辜负奴姣姿罢哟,喝喝咳咳!令人泪如梭。
辜负奴姣姿罢哟,喝喝咳咳!令人泪如梭。
弱体难禁这朔风凉,恹恹染病卧牙床,偏遇公子把雀裘坏,
怜惜宝玉儿罢哟,喝喝咳咳!推被把活计忙。
怜惜宝玉儿罢哟,喝喝咳咳!推被把活计忙。
一更里来秉上灯,十指尖尖把绣针擎,
动动针来奴的神不定,斜倚着绣枕儿罢哟,喝喝咳咳!桃腮面通红。
二更里翠裘补上了半边,紧蹙着娥眉默默无言,风送铁马声不断。
似这等病体恹恹罢哟,喝喝咳咳!补到何时完?
似这等病体恹恹罢哟,喝喝咳咳!补到何时完?
三更里翠裘未补成,阵阵的喘吁嗽连声,玉体儿斜靠红绫难扎挣。
欲待不补罢哟,喝喝咳咳!辜负了夙日的情。
欲待不补罢哟,喝喝咳咳!辜负了夙日的情。
四更里翠裘才补完,针针相连,线线相连,佳人忽把朱颜变。
娇喘微微罢哟,喝喝咳咳!实在令人怜。
娇喘微微罢哟,喝喝咳咳!实在令人怜。
五更里将翠裘递给宝玉瞧,叫声:"公子,仔细听着,心血费尽补完了孔雀裘。
你要知情罢哟,喝喝咳咳!不负奴心苗。
你要知情罢哟,喝喝咳咳!不负奴心苗。"

哭 玉

小窗无事遣幽情,秋到重阳爽增。
几点金菊开砌下,一声哀怨过楼东。
闲将书卷联遗史,文西园草绪天高地厚情。
唱什么人留下《红楼梦》,怀情与幽情。
大观园柳媚花明,珠围翠绕,锦绣丛中,暗隐着十二金钗女娥红,
碧玉林英,万卉各争荣。
蘅芜院书声独伴孤灯影,栊翠庵午夜闻钟月映清。
芦雪亭,藕香榭慢敲棋子人声静,砌下草虫鸣。
只因那神瑛侍者把情缘种,金玉婚盟。林黛玉痴心丧命,已了前生。
小神瑛要到灵前唯一恸,以了素日情。
进园来见竹阴翠笼,景物萧条,空负秋风。
庭前空种相思豆,盆中犹放海棠红。
惨凄凄衰草堆阶,落叶纵横,一阵好伤情。
依然还是当年景,玉人儿难以相逢。
有几个丫鬟侍女齐披孝,紫鹃、雪雁守新灵。
素烛光偏冷,孝帏自舞风,不由人百感哀肠心悲恸,止不住放悲声。
这公子情思不及悲声涌,叫了声:"贤妹闪了愚兄!
只因那天伦有命错配姻盟,辜负芳卿。
从此后悟透痴情,了却生平,以完凤愿,
在太虚幻境与你同相共,再与你诉离情。"

高邮锣鼓书

选自胡文彬编《红楼梦说唱集》(春风文艺出版社1985年版)。

黛 玉 自 叹

林黛玉在潇湘珠泪滚滚,思想起往事好不伤心。
奴的父林海官居盐运,奴的母贾氏诰命夫人。
遭不幸二慈亲相继丧命,丢下了女孩儿孤苦伶仃。
多感得外祖母施下恻隐,命表兄名贾琏接奴晋京。
住在这潇湘馆倒也安静,每日里众姊妹作诗论文。
大表姐名元春皇宫掌印,二表姐叫迎春匹配孙文。
三表姐叫探春才能英俊,四表姐叫惜春书画皆精。
贾琏妻王熙凤掌管家政,珠大嫂真个是玉洁冰清。
栊翠庵妙玉僧历年相认,更有那出类的李绮、李纹。
众姊妹一个个可钦可敬,唯有我林黛玉水上浮萍。
贾宝玉他与我十分情分,想奴家绝不肯越礼胡行。
怕的是外祖母将奴聘定,那时节好叫奴进退无门。
今朝起大观园游观春景,桃花红李花白嫩绿成荫。
一霎时狂风起落红成阵,触动我愁人泪滴湿衣衿。
叹人生数十年光阴一瞬,富与贵无非是过眼烟云。
何况我林黛玉天生薄命,何不如早割断孽种情根。
叫紫鹃你与我安排衾枕,耳听得大观园鼓打三更。

兰州鼓子

选自胡文彬编《红楼梦说唱集》(春风文艺出版社1985年版)。

宝 钗 扑 蝶

【越调】

风轻日暖,花香扑绣帘,

叫声:"莺儿小丫鬟,收拾妆台云鬓。"

【北宫调】

春光明媚艳阳天,桃花开遍大观园。

贾宝玉来到绛云轩,遥望花影动,

闪上女婵娟,原来是薛家表姐进花园。

【叠断桥】

桃红宿雨含,柳露带朝烟,

燕语莺啼滴翠亭前,蝴蝶儿双双飞舞在花间。

隔花偷眼观,杏眼柳眉弯,

樱桃小口那么一点,芙蓉面相映桃花分外鲜。

【金钱调】

她一笑,酒窝儿双圆,穿一件浅绿衣衫,

手拿着绫帕彩扇,挽湘裙轻轻款款进花园。

【宫尾】

蝴蝶双双,迎风翩跹,薛宝钗轻拂袖儿心喜欢。

忙拿彩扇扑,腰儿身前弯,哗啦啦,扇儿蝶儿上下翻。

【越尾】

姣喘吁吁,绯红满面,来了莺儿小丫鬟,

低声悄语便言:"姑娘啊!

那宝二爷偷眼细看,藏在花那边。"

四川清音

选自胡文彬编《红楼梦说唱集》(春风文艺出版社1985年版)。

宝 玉 探 病

【清江调】
数九隆冬冷似过冰,滴水檐前挂玉钉。
什么人留下半本就叫《红楼梦》,列位不稳中有降请细听。
林黛玉本是上方绛珠草,贾宝玉是汲水童儿名叫神瑛。
都只为绛珠草受了神瑛甘露水,因此上托生在人间是表妹共表兄。
林姑娘自幼丧了她的父和母,跟随她的娘舅长大成了丁。
贾氏夫人爱如珍宝,不亚如掌上明珠一般同。
林姑娘自幼爱得病,动不动就眼圈发红。
林姑娘住在潇湘馆,贾宝玉住在院怡红。
这一日林姑娘要睡觉,小丫鬟放下了绣花帘栊。
有的是依枕靠枕鸳鸯枕,身上盖着半旧不新的皮斗篷。
按下了林姑娘且不表,再把那贾宝玉明上一明。
贾公子正在书房坐,忽然一事想上了心中:
我今天何不去探探病,想罢出了院红怡。
穿宅过院来得好快,前行来到大观园中。
耳边厢忽听有人说话,原来紫鹃、雪雁丫鬟二名。
贾公子开言又把丫鬟叫,叫声:"雪雁你是听,你们姑娘在不在?"
丫鬟说:"我们姑娘现在卧室中。
连日身乏才睡觉,二爷你老若是过去莫高声。
倘若惊醒我们姑娘的觉,二爷你走后丫鬟们吃罪不轻。"
宝玉点头说:"我知道,何必丫鬟你仔细叮咛。"
一拉风窗才要进,自觉一阵阵清香鼻孔里冲。
只见那紫檀八仙迎门摆设,太师交椅椅帔蒙。

靠墙儿倒有花梨紫条案,掸瓶帽镜列摆西东。

这一边七巧图、八音盒、《列女传》,那一边九连环、《女四书》、《女儿经》,

当中间倒有洋瓷果盘一个,木瓜、香橼、佛手里边盛。

墙上边倒有屏八扇,有一个条山挂在当中,

八扇屏四张山水四张人物,上边落款尽是名公。

条山上本是《昭君出塞》,有一面琵琶抱在怀中。

上写着伤心恼恨这个毛延寿,决不该你把美人图献在北番营。

有的是子表、对表、寒暑表,墙上打挂钟、桌上座钟。

琴棋书画般般有,还有那迎宾待客细瓷茶盅。

又只见床上躺着得病佳人林黛玉,身上盖着半新不旧洋绉斗篷。

鬓角儿一边蓬松一边紧,柳叶眉一只竖来一只拧。

脸蛋儿一边青来一边紫,嘴唇儿一半发白来一半发红。

杏子眼一只睁来一只闭,鼻孔儿一边出气一边哼哼。

描花腕一只扶脑一只搭放,两条腿一只拳来一只登。

八幅裙一半铺来一半盖,又只见半卷半落绣花帘栊。

宝玉坐在床沿上,听了听方才交正午钟响十二声。

钟响惊醒林黛玉,揉了揉眉毛又把眼睛睁。

瞧见了床沿上坐着贾宝玉,叫一声:"丫鬟要你们是听,

快快的与你二爷铺上了坐褥,酽酽的沏点茶擦净了茶盅。

二哥你贵体远游来到贱地,想必是潇湘馆外刮了阵春风。

香风刮动二哥你,因此上来到病房中。

这几天未上我的潇湘馆,想必是另有几个绝色的女子在心中?"

贾宝玉闻听开言道:"尊了声贤妹要你是听,

这几日未到潇湘馆,皆因为我的事忙办也办不清。

劝表妹药也得吃病也得养,闲事闲非莫挂在心中。

昨夜晚送来人参吃了多少?捎来的燕窝吃了几封?

求的仙方吃了可见好?拿来的丸药可见功?

午后发烧可曾止住?夜晚咳嗽可见轻?"

林黛玉掉下了伤心泪,连把那有情的仁兄叫了几声:

"送来的人参吃了不少,捎来的燕窝吃了几封,

送来的丸药全都用过,求来的仙方也没见灵。
午后发烧阵阵重,夜晚咳嗽到天明。
清晨坐在炕沿上,一口一口吐鲜红。
昨夜晚三更时候偶得一梦,奴梦见荒郊旷野黄沙土蒙。
想必是妹妹我要辞潇湘馆,小命儿不久要归阴城。
倘若是奴家身死后,你与我买上一口木棺灵。
将小奴抬到荒郊外,深深的与我挖上一个坑。
你若想起了你的表妹,手把着坟头哭我几声。
还有一句要紧的话,千万别和宝钗把亲成。"
林姑娘说的本是分别的话,勾惹的痴呆公子大放悲声。
尊表妹:药也得吃来病也得养,闲是闲非莫挂心中。
你看外边腊梅花开放,你我观花一同行。
上前来去拉林姑娘的手,倒把个得病佳人羞得脸通红:
"松手罢来松手吧,你真是我的魔难星。
一年小来二年大,动不动的人前要撒酒疯。
知道的说你我是至亲姑表兄妹,不知道的好说不好听。"
林姑娘说的本是生分话,倒惹得痴呆公子冷如冰。
我有心和表妹抬几句,怎奈她现在病床中。
罢罢罢一甩袖子出了潇湘馆,抛下了得病的佳人大放悲声。
要得他兄妹二人重相见,除非是鼓打三更红楼梦中。

悲　秋

【寄生头】
梧桐叶落送秋风,丹桂飘香海棠红,
是谁家夜静更深他把瑶琴弄?却原来是雨打芭蕉令人心酸痛。

【叠断桥】
阵阵起凉风,铁马响叮咚,
风吹梧桐恰好似人行动,喔呀呀!凄凉人独坐绣帏中。
相思病沉重,痰中带点红,
忧忧戚戚饮恨在心中,薄情郎你把奴的残生送!

【银钮丝】
忽听天边飞来一只孤鸿,声声传入奴的绣帏中,
叫得奴家心酸痛。两下一般同,失群雁相思你比奴还重。

【寄生尾】
自从别后,凤楼久空,
奴为郎夜夜做相思梦,醒来时凄凉更比相思重。

黛玉葬花

【月头】
韶华易尽,万事皆空,黛玉香冢泣残红。
可怜她一年好景容易过,三春事业付东风。
【平板】
愁万种,斜倚绣帘栊,杜鹃啼破血泪红。
黄莺儿枉作阳台梦,黄泉有约信难通。
【金钮丝】
红消香断,绿叶又成荫,风飘万点正愁人。
红颜多薄命,怜香一片心。妆锦囊,一抔净土掩香魂。
【叠断桥】
日落近黄昏,百鸟齐归林。
荷锄归去独自掩柴门,对青灯顾影自伤心。
【背工尾】
情愁万种,诉与谁人?葬伊红花客,人远天涯近。
可怜奴到死春蚕、蜡烛成灰,玉冷潇湘有谁问?!

四川竹琴

选自胡文彬编《红楼梦说唱集》(春风文艺出版社1985年版)。

黛玉焚稿

【报板】
点点杨花入砚池,提笔难写断肠诗,
妙药难医相思病,黄金难买临终诗。

【二簧·二流】
林黛玉坐潇湘神魂不定,挑翠帏挽云髻暗自沉吟。
奴的父林如海官居盐运,奴的母贾氏女诰命夫人。
遭不幸二爹娘早年丧命,上无兄下无弟单生钗裙。
多蒙那外祖母心中怜悯,命表兄名贾琏接奴来京。
有舅父和舅母怜念根本,待奴家就如那自己亲生。
到荣府住潇湘颇觉清静,闲无事姊妹们谈论古今。
元春姐福命好皇宫掌印;迎春姐福命好匹配孙文;
探春姐多才能品性端正;惜春姐虽年幼画法精明。
薛宝钗、薛宝琴富贵根本,湘云姐她本是天仙降临。
凤姐姐多贤淑治家严谨,珠大嫂她为人玉洁冰清。
邢岫烟和妙玉早年相认,更有那出众的李绮李纹。
细思量不过是姐妹情分,哪比得贾宝玉能知奴心。
曾记得,相会时三生有幸,食同桌寝同床总不离分。
奴闷倦他便要问寒问冷,奴伤惨他时刻言语温存。
他为奴并不顾别人谈论,为解忧想出了许多新文:
他为奴开春社海棠畅饮,他为奴吃螃蟹对菊联吟,
他为奴买鹦鹉消愁解闷,他为奴斗蟋蟀跳跃散心,
他为奴太湖池捕鱼消困,他为奴斗百草与奴宽心,
他为奴身有恙汤药劝进,他为奴饮食间刻刻留心,

他为奴拥红炉添炭拨弄,他为奴清明节同放风筝。
自那日失通灵人事不省,只说是遇着了鬼怪妖精。
又求签又问卦全无效应,王熙凤用巧言去哄太君。
她说道:"宝二爷身染重病,要病好除非是冲喜安宁。"
说甚么林姑娘多愁多病,说甚么宝姑娘品貌超群。
薛姨妈备妆奁奴且不论,她原与王夫人一母亲生。
恨只恨王熙凤奸诈太甚,她设的牢笼计鬼哭神惊。
两府中百余人无不听命,他们怕宝兄弟又怕太君。
宝兄弟病疯魔常常迷信,人事情难做主交付他们。
老太君年事高做事无准,王熙凤在堂中事怕难成。
事不成舍一死落个干净,九泉下侍父母疼儿娘亲。
精伶女死幽冥不忘灵性,会一会尤二姐秦氏可卿。
死不成也不能闺中待聘,计唯有栊翠庵戴发修行。
学妙玉和惜春焚香敬圣,看经典理琴丝了此一生。
黛玉女正然在珠泪难忍,耳听得大观园鼓打三更。
一阵阵心儿里恍惚不定,莫不是无常到性命将倾?
叫:"紫鹃向前来我有话论,快与我将诗稿用火来焚!
却怎么这一阵咳嗽发晕?舍不得小紫鹃珠泪淋淋。
伤心话难出唇咽喉多哽,怕的是主仆们两下离分。
我死后宝二爷着人问信,你须要闭纱窗莫要高声。"
哭一声老太君难见人影,恨一声贾宝玉薄幸之人。
一霎时昏迷去牙关闭紧,眼见得主仆们两下离分。

长沙弹词

选自长沙市文化馆,长沙市曲艺工作者协会编《长沙弹词传统节目选》(1980年)。

悼　潇　湘

描画不传神，
弹琴无知音。
满怀心腹事，
独坐闷沉沉。
卑人贾宝玉，父亲贾政，官居监察御史，母亲王氏诰命夫人，娶妻薛氏宝钗，乃姨表联姻，这也不需言表。只因林表妹染病在身，我也曾命袭人前去探听，未见回音。独坐书房，好不焦闷人也。
贾宝玉坐书房胸中焦闷，
思想起林表妹好不伤心。
琏二嫂她错把婚姻来订，
只害得林表妹重病缠身。
倘若是遭不幸香消玉殒，
贾宝玉倒做了负义之人。
急切切打坐在怡红院等，
候袭人回院来细问分明。
走啊！
适才间众姊妹轻声谈论，
都说是林姑娘一命归阴。
奴这里见二爷直言告禀：
"见过二爷！""袭人哪！林姑娘病体好了些么？""她，她……""她怎样了？"
她灵魂儿离人世已去幽冥。
"你待怎讲？""她仙游了。""啊呀！表妹呀！黛玉啊！我的表妹妹！"
听此言不由人魂飞魄化，

好一似两刃刀将我心挖。
恨只恨琏二嫂刁钻奸诈,
害得我林表妹命染黄沙。
"罢了,现今林表妹为我而死,我活着有什么意思,不如撞死阶前,和林妹妹一块去吧!""二爷,二爷呀!"
上前来阻住了二爷大驾,
公子家做事儿切莫有差。
人死后如同那灯灭烛化,
又好比枯木儿不再抽芽。
劝二爷免悲伤保重身价,
念只在兄妹情去祭奠于她。
"唉!"
袭人姐说的话无有虚假,
皆因为贾宝玉主见太差。
你与我前引路大观园下,
潇湘馆悼芳魂送别仙槎。
这正是:
曲径绕回廊,
疏篱透晚香,
云霞横碧落,
秋色断人肠!
"二爷,走吧!"
进花园静悄悄无人接驾,
举目望丹桂残遍地黄花,
日坛旁破芭蕉风吹雨打,
月池边凤尾竹几枝歪斜,
粉墙上紫金窗珠帘半挂,
两廊下翡翠瓶披戴黑纱,
到檐前又听得鹦鹉说话,
他说是客人来赶快泡茶,

这几天不曾见二爷大驾,
林姑娘身染病你都不来看她。
鹦哥儿埋怨我无言以答,
怎不教贾宝玉悔恨交加!
"来此已是,紫鹃姐,请你开门哪!""来了。""哎呀!我道是谁,原来是二爷来了。""正是卑人来了。""唉!我说你这无义的冤家呀!
见二爷不由人怒气激发,
我姑娘活生生被你害煞。
恭贺你燕尔新婚鹊桥已架,
又是那亲上加亲岳母姨妈。
实可叹我家姑娘心痴命寡,
遇上了无情流水不恋落花。"
"唉!紫鹃姐啊!
紫鹃姐直爽言如鞭抽打,
一句句撼动我心内伤疤。
望姐姐念前情饶恕了吧,
让我将悲和怨哭诉于她!"
"既然如此,一同转过灵前,将祭礼摆开!"
贾宝玉到灵前双膝跪下,
清香上沾满了泪雨血花。
"黛玉啊!表妹呀!我那表妹妹!
手扶棺说几句衷肠之话,
贤表妹九泉下细听根芽,
叹人生如春梦光阴一乍,
七尺棺盖定了你绝代才华。
自幼儿我与你同伴长大,
祖母娘对你我恩义相加。
实指望结鸾俦同枕共榻,
又谁知无情剑斩断了丝麻。
再不能陪表妹竹林骑马,

再不能陪表妹兰圃观花,
再不能修琴台对月谈话,
再不能泛池水同把船划。
我爱你品端庄风姿淑雅,
我爱你千金体白玉无瑕,
我爱你抱经纶吃林身价,
我爱你吟诗句舌吐莲花,
我爱你通古今百问百答,
我爱你精书法笔走龙蛇,
我爱你整乌云青丝细发,
我爱你坐潇湘四德不差。
秦楼凤你为何一人独跨?
怎不等贾宝玉同赴仙车。
这一阵哭得我咽喉哽哑,
也罢!
倒不如弃红尘削发出家。"
"唉,二爷,二爷啊!
你读书人休说这疯癫之话,
薛宝钗知道了又要引起波嗟!
我姑娘听说你迎亲结发,
气得她病缠身憔悴容华,
终日里茶不思饭难吞下,
这几天无半点水米沾牙。
一怒时将诗稿点火焚化,
毁掉了你赠的白玉罗帕,
临终时还不曾把你丢下,
叫几声贾宝玉她魂走天涯!"
"姑娘啊!
宝二爷他对你真心无假,
他为你要弃红尘削发出家,

他为你懒把那通灵玉挂,
望姑娘九泉下休要怨他。
二爷,时已不早了,你回去了吧!"
"唉!"
人世间生死别难分难舍,
要相逢除非是梦里会她。

粤　曲

选自陈冠卿、彭坚、陈锦荣等《红楼粤曲 10 首》(《南国红豆》1996 年第 4 期)。

祭 潇 湘

【南音】含泪携壶呼麝月,傍花随柳出深闺,行行不觉又到潇湘馆,只见翠竹苍松月色迷。残花满径无人扫,泥落空梁燕自飞,湘帘不卷炉烟冷,夕阳墙角惨听鸟啼。

【正系】红楼人去春声锁,金屋魂空月再归,凄凉忍不住相思泪,待我低头祭酒哭诉衷词。

【梅花腔】

初杯酒,百花香,生自销魂苦断肠。一朝春尽红颜老,呢阵月明谁为吊潇湘,正像星汉有槎津莫问,天台无路恨偏长。

恰似春蚕到死丝方尽,犹似银烛成灰泪未干,怎奈鸳鸯梦破朝云散,可惜蟋蟀声悲暮雨寒。

知妹你却怨尚能填北海,只叹我洗愁除是缺西江,讲乜问菊当年夸第一,竟是伤心容易近垂阳。

【扬州腔】

情倍切,泪飘红,春入红楼梦已空,

悲欢离合虽则皆前定,他年能否再相逢。花魂杳杳未晓归何处,月魂茫茫又不通。虽得死去化作并头原不惜,断头今愿共你化芙蓉。看春色飘零赢得一恨,免使落花无主怨乜个狂风。花呀转落好随流水去罢咯,你睇无人香冢为你更泣残红。看点估葬依他日竟会成诗忏,人亡花落两成空。烟消香断谁怜悯,檐前鹦鹉尚唤出金笼。看花呀你若有情须要念旧,香魂常伴妹在泉中。免她年少风凉成寂寞,吟哦空对月色朦胧。

看相思无地空嗟,离恨天涯阻碍隔不通。虽则地久天长终有别,云我悬上此恨总无穷。看霏霏诗泪湿透罗衾底,又到丫鬟催促转行踪。

(丫鬟唱)主呀远树归鸦时日晚,人不如归去莫待从容。看人生一死亦难重活,纵然哭极也成空。闻道人间天上终有重相见,或者到头他日又重逢。

看公子多情心意重,九泉是慰她心中。

(宝玉唱)宝玉闻言愁万种,满怀潮绪恨无穷。

看今日禅心已作泥沾絮,鹡鸰无望再舞东风。此生未得共她谐鸾凤,肝胆痛,(短句)欢怀何日共,(第二短句)只着含愁带恨强转怡红。

宝 玉 哭 灵

【梆子中板】

春蚕到死丝还有,银烛成灰泪未收。

好姻缘,难成就。结相思,使我恨悠悠。

一场空梦空回首,(【过板】)只为缘悭福浅枉筹谋。(【板尾】)

【慢板】

意中人,却被王凤姐,换柳移花,今日化为乌有。

朝思想,夜难眠,珠沉玉碎,累得日夕担愁。(【上字板】)

从今后,休提起,一对风流佳偶。

十余载,枉筹谋,怎知道人亡花落,一笔全勾。(【上字板】)

叹人生,如春梦,早看透。

一心心,入禅门,早把道修。

【中板】

我今日,不顾缓带轻裘,不顾良田万亩,任你是富贵公侯。

美娇妻,如度客舟,贤孝子,又是眼前愁,一心云游宇宙,无意尘俗羁留。今日里,色空两字也看透。他日里,蟾宫月殿,任我去游。(【过板】)

闷对着怡红思凤友,园林纵步解烦忧,举步儿,我便往前走。(【过板】)

花地回环曲径忧,又只见古木苍松参天秀,梧桐叶落鸿雁悲秋。静林池人似黄花瘦,楼台上一片白云浮。往日里,我的兄妹们,问柳寻花都是同携玉手。今日里,冷清清,好比失群孤雁,叫我独自遨游。从今后,难忘园林同酌酒。再难望,风清月白与你共把诗酬。转一弯来只在那潇湘门口。

【滚花】

一见亡灵泪双流,妹妹你芳魂往何处走?使我回肠欲断病难疗,姻缘不就因馋口。累得我鸳鸯拆散怎罢休,越思越想难忍受。从此仙凡远隔。

【中板】

欲见无由。哭罢了亡灵三叩首,泪滴空阶作酒酬。负娇姿,情义厚,从前事付落水东流。但愿你灵魂西方走,但愿你骑鹤上瀛洲,含情拜别转回首。

【煞板】

苍天,使我恨悠悠。

玉钏进羹

宝玉 （【追信头】【流水南音】）唉！如天恨，梗于心，永难忘记那位断肠人。花落亦有开时，月有阴晴明暗，伊人一去永难亲。真系死有死者哀，生有生人恨。一个闷居怡红院，一个做了井底游魂。我不以受责而悲，（【滚花】）却为幽魂抱恨。

玉钏 （【西皮连序】）狠狠狠，心真太狠，夫人恶毒深。杀其姐，留其妹，恶狠对下人，言之悲愤。她还责我，端羹汤宝二爷饮，确令奴伤心，不想见那宝二爷，提起就憎。

宝 玉钏姐。【减字芙蓉】多天唔见面，何时大驾光临？尊母可安康？恕我无暇加慰问。

钏 有心略。（接【减字芙蓉】）我娘亲都颇壮健，谢公子你关心。你若问我因何来？请看羹汤，夫人命我送来给你饮呀。

宝 多谢，多谢，坐吧，坐吧！

钏 哼！

宝 玉钏姐，（【秃头采茶歌】）你何事故不开心，鼓腮谷气绝不理会人。

钏 （唱）我是下人，有点不开心，不受主人责骂咯，就值得拜神。

宝 （唱）往日情，姐莫记于心，二爷无罪罪在夫人。

钏 （唱）我点敢怪二爷，咁胆大包身，是我家姐不合亲近主人。

宝 （唱）玉钏姐呀休来挖苦我咯，你家姐之事，我好痛心。

钏 （唱）你好多情，好真心，鬼相信，我充耳不闻。

宝 唉！用不用向天公发誓呀？表二爷一片心！

钏 你愿誓？

宝 （唱）我誓愿！

钏 （唱）不用了，你发誓唔发誓，都系累物累人。我家姐临终曾盼咐，叫我少亲近主人。

宝　吓！(【反线中板】)创碎了二爷心,加深了二爷恨,姐姐语重万千钧。死者纵不知,亦应有生人晓得二爷苦困。偏是玉钏姐,对我诸多责备,不肯容人,(【七字清】)请问金钏谁手刃？玉钏快说是何人！是否金钏人命殒？我也投井并伴幽魂。(【滚花】)你快快答我一言,谁个应肩此责任。

钏　(【秃头二黄】)谁要你投河跳井,谁要你追伴亡魂。讲到话责任要谁当？你却难辞责任。

宝　(接)我对丫鬟个个,都是一样情真。谁晓夫人,这样心肠毒狠。

钏　(转【快二黄】)任你诸般巧辩,亦难解我愁颦。你对金钏,若有心,何以不到井伴祭幽魂,略表那多年情分。(【土字腔】)

宝　(【快合尺花】)唉！我身边有多人监视,怎样去哭祭亡魂？终有一天,对井底幽魂诉恨。

钏　(【沉花】)哎呀呀！那就我错怪好人。

宝　你知道错怪我了吗？

钏　系咯,我知道错怪你了咯,快些饮羹汤吧！

宝　唔得,我要你饮啖先。

钏　唔饮。

宝　饮唔饮呀？

钏　唔饮。

(小曲《莲叶羹》)

宝　(唱)莲叶羹,莲叶羹,尚热腾腾,热腾腾,是好姐姐你玉手捧黎架,应饮啖咪失手神。

钏　唔饮了,二爷！

宝　咁唔听二爷话了吗？

钏　(唱)莲叶羹,莲叶羹,我无食神,无食神。

宝　无食神、点解呀？

钏　(唱)虽由我亲手捧来的,到底我都是下人。

宝　(唱)有什么上下分,姐姐快些将羹汤饮。

钏　(唱)羹汤原是二爷用,我又点敢捻来饮。

宝　(唱)有乜所谓边个用,厨师每每先来饮。

钏　（唱）喂！己所不欲勿施于人㗎，你话唔好饮就不该要我饮呀。

宝　（唱）或者我未尝得真味道，姐姐能把汤味分。饮饮饮，你饮饮饮，姐姐快把羹汤饮，姐姐快把羹汤饮，姐姐快把羹汤饮，姐姐快把羹汤饮，姐姐快把羹汤饮。

情僧偷到潇湘馆

【中板】今晚宝玉逃禅偷复返,荐别南中归葬哪位薄命红颜。

可叹天下盛筵无有不散,你睇零星落索唯见那月儿弯。只剩那楼台空惨淡,独留身影,恍惚那雾鬓风鬟。

(转【打扫街尾段】)环佩声珊珊,玉影去复返。相思我不惯,哎呀姻缘莫当闲。遥望着,这这这边不明不白,步催转弯,弯弯幻幻长夜漫漫。

(转【二黄慢板土字序】,唱【二黄】)

恨缘悭,(唱序)潇湘姻缘被凤姐推翻;(曲)终成幻,(唱序)我难开口你亦难,至今我鸳鸯分散,(曲)瞬息风流,(唱序)妹你别尘寰,(曲)那就云散。到今宵,偷偷来祭你,沉香灵柩,不料门锁重关。

(转【反线中板】)呢个贾宝玉,与你颦卿相交,可誓天日情非泛泛。我敢活与天地相终始,又不是等闲。绛芸轩,虽有宝钗姐姐,我都共她如同冰炭。到今朝,你宝哥哥,受了鬼计神奸。

【梆子滚花】妹妹呀,你在离恨天宫要多食啖胡麻饭。待等西天成佛,不至妹你瘦骨珊珊。

黛 玉 葬 花

忍见落花满地愁,令我凄然恨未休,涕泣泪盈眸,只影独自荷锄埋红向花荫走。秋风扑面,送入我衿袖,轻抚翠柳,秋风似送,似送丝丝哀愁。念我忧郁困红楼,念我孤舟逐浪浮。异乡里,怀故旧,哪堪病魂梦里泣。

看落红恨计春秋,唉飞花点点舞深秋,颦儿着意收,荷锄凿垄丘,他朝春死我归幽,香消梦断薄命休。

葬身葬身向谁求?我岂愿残红残红葬污沟。我愿我愿有双翼跟飞花远去,远去远去天涯,望有香丘我停留,玉洁冰清弃浊流,淑女耻见尘事陋,今朝葬花谁明黛玉,红楼又添悲秋。

黛玉焚稿

【加官头】叫叫,叫紫鹃却未应。

【贵妃醉酒】梦回心反应,那堪添病情,警觉梦幻重认,嗟我病患相思症,相思不惯愁怀梦里情,憔悴为劳形,魂不定。

【长句二黄】梦里尚闻鼓乐声,眼底愁看花烛影,底事缘成金玉,辜负宝黛痴情,未了姻缘,留待他生证,恨凤姐混珠似鱼目,怨宝玉鸾凤和鸣。

【街头月】这梦境,鸳侣已难成,魂离魄碎肠断心暗惊。恶梦醒,惨切泪盈盈,花已残时月已缺,恐怕依俦终不明。

【长句二黄】那边鹊桥高架渡双星,这边人到弥留难续命,禁不住猩红口吐,但愿魂返阴冥,苦我福薄缘悭,好事让与宝钗同命。

【下西岐】怕停听红谈笑声,我便椎心泣叹声,看双星,多年梦乍醒,更添愁与病,冷月暗窥愁情伤心性,月也同情。月有圆时凤侣与宝钗聘,感慨纸薄人情。人病危,宝哥哥纵不怜我命苦,不泣对依续爱卿,一生假惺惺,既往恩情尽泡影。

【乙反二黄】说什么多情宝玉,赢得薄幸名成。自古道红颜每多薄命。(【拉腔】)

【采花词】一个作客孤清,一个牛郎遇上织女星。前缘尽罄,雪雁快听侬命。把情诗爱稿焚清化清,一意烧尽那孽债清,难将那泪债清,空余病骨半条命。唉!潇湘馆已化愁城。

宝玉哭晴雯

【梵音朗诵】唯太平不易之元,蓉桂竞芳之月,怡红院浊玉,谨以群花之蕊,冰鲛之縠,沁芳之泉,枫露之茗,四者虽微,聊以达成申信,乃至祭于白帝宫中,抚司秋艳,芙蓉女儿之神。

【新曲梵皇怨】姐你居在世,不过十六载光阴,籍贯已不可考,姓氏也不得问,只有浊玉有缘结音。姐你聪明如冰雪,艳丽技巧压同群,我甚有姐心,姐亦有我心,唉呀呀,谁知兰心越结越不获凉于夫人。(转【尺五反线二黄腔】)绵绵长恨,花原自怯,何堪风雨来侵。(转【正线二黄腔】)眼见你榻上呻吟,你樱唇红褪。(序)你倚在予怀,吐尽心中苦困,说道早知今日何不当初相亲近,把你指甲一双,泣向二爷献赠。姐姐情真,愧我无能庇荫,只可偷偷怨母亲,只能偷偷来慰问,可悲可叹,难以追回蜀道之魂。(转【流水南音】)只剩残香留帐枕,空余泪渍在衣襟。(【乙反】)死死生生都抱憾,欲观遗体反无能。我眼望衣裳心有恨,从今不是姐拈针。细腰人渺难亲近,只有怨大观园是葬人坟。黄土垅中女儿命薄,红绡帐里公子情深。愧我不能同殓殡,只为心头有个葬花人。(拉腔)

【新曲吊芙蓉】我哭晴雯,唤晴雯,你死后是否做花神?你若做花神,你若做花神,快来相见个痴心人。呢个痴心人,痴心人,今宵来祭芙蓉神。怡红公子,哭晴雯,晴雯姐姐。

忆 晴 雯

【汉宫秋月】怨到昨晚晴雯梦里还,说道魂魄化作玉芙蓉,我心偏有恨,恨无能再相逢。念花叹忆芳容,唉!自叹情种,卿已逝,谁与相嬉弄,摧花折柳抱怨东风,尚她也是愁满衣,情泪湿透两三重,叹娇花,一朝飘散遍地红。(【食字】转【南音】)红窗冷,翠楼空,我几番凭吊,呢一朵玉芙蓉。枉煞公子情深都无用,又何曾一梦入巫峰。名花本是神仙种,摘落人间苦万重。(直转【郁金香】)人去凤已空,空对玉芙蓉,哎!人去凤已空对玉芙蓉,香暗送,我自沉醉花中。(【序】)鹃乌夜啼都是血,一若我心我心惆怅泪流红。(【食字】转【二黄】)红颜断送,在黄土垄中。惜春阴,(尺)护海棠,(上)正是愿不从心,叹息东皇作弄。说什么迷藏屏后影,说什么临妆镜里身,此情如昨,转眼成空。(【反线中板】)我过尽伤心日,过尽断肠时,我又何必生为情种。孔雀裘,试问谁来替补,只为描鸾妙手难再逢。撕金扇,为爱你醉态如仙,更重风流出众。到如今,撕扇人何在?只落得水流花谢乌啼红。(【滚花】)今日你玉碎香销,唉!你可知呢个宝二爷为你心痛,唯望芳魂常入梦,慰我相思夜夜同。

柳湘莲与贾宝玉

湘莲　（【散板】）笑登华岳渡三江,一肩风露作寻常。来时无踪去无影,烟水云山慰愁肠。（【十字二黄】）痛惜知己悼红颜,她惨归泉壤。青锋三尺泪眼看,东风不解桃花意,满地残红难收拾,空余鸳鸯剑,难觅鸳鸯。我浪迹萍踪,独来独往。（【拉士字腔】）

宝玉　（引子）神离魄渺魂欲丧,寻觅我归宿进佛堂。（白）林妹妹!

湘莲　（白）宝贤弟! 多年不见,因何满面病容憔悴如此?

宝玉　（白）我? 一言难尽咯。（【乙反滚花】）未言喉哽咽,有恨似水长。（【长句二黄】）人若柳经霜,魂似游丝荡,路逢知己更断肠。只道一别红楼断痴想,谁料前尘旧事未能忘。恰似孤雁飘零,四顾茫然知何往。

湘莲　（【南音】）你那怡红深院,本是温柔乡。金雕银砌,玉为床。你春暖赋诗,倚翠阁。夏赏荷露,满园香。秋傍红妆,闲看月,冬踏梅径,锦裘寒。（【木鱼】）祖母爱怜更如珠在掌,更有高堂慈母望你继灯香。（白）宝贤弟! 你在怡红院享不尽荣华富贵,又怎忍离家而去?

宝玉　（白）唉,湘莲兄弟。（【乙反木鱼】）三姐饮恨泉台你长抱恨,颦妹哀辞阳世我断回肠。（【乙反南音】）我懒读诗书人皆责,知心唯独有红妆。估道并蒂莲开,长倚傍。怎料移花接木,骗我入洞房。怕听金玉良缘,（【乙反花】）怕见鸳鸯帐。（【饿马摇铃】）泣千声怎诉恨,往日脂香笑靥,怎奈个个似虎狼。木石良缘暗结,不为世所谅,无端强拆雁行。这边箫笛花烛亮,那边悲泣怨语有恨压潇湘。妹一命辞阳,我一气愤别却怡红,怆伤。

湘莲　（白）宝贤弟! （【反线中板】）贤弟你在怡红偎红倚翠,可知红楼梦好,梦不长。你在那里盛筵长开,百味珍馐,可知田家,苦逢大旱。你那大观园,层楼叠翠,朱栏画栋,为一人宠幸,万人忙。你道荣府威严,衣紫腰金,驷马高车,显赫朝廷人仰仗。诗礼传家,忠臣孝子,可知沽名钓誉,奸淫邪道,尽在这百尺高墙。(【秋江别中段】)你只知,醉月飞觞。高贵似梦黄粱,银钱一朝散,蛛网满华堂。繁华一朝去,画阁照夕阳,鸟散林中分飞去。空悲望,叹这红楼梦化烟惹恨长。(衬白)宝贤弟,想你荣、宁二府乃是藏污纳垢之地,只有门外一对石狮子干净。终有日楼空人散家业凋零。

宝玉　(白)湘莲兄,多谢你点破顽愚,如梦初醒,我出走无后顾,一走断余情。

湘莲　(白)宝贤弟,(【恋弹中板】)劝君莫恋温柔乡。

宝玉　莫恋浊世名利场。

湘莲　莫再为余惆怅,长空万里鸟自飞。

宝玉　(接)寄身云水任高翔。

合　　(接)心逐白鸥凌霄汉。

晴雯补裘

【落更】【花间蝶】听鼓楼,寒更点点惹人愁。晚鸦低飞柳树头,强起抱衾靠床头。手揽镜儿自照,容光减了。人渐瘦,强步,弱似风摆柳,步浮浮。频咳嗽!

【南音】孤帏冷,一灯秋,钗横鬓乱,懒梳头。十指生寒,霜满袖;强扶病体,弄针钩。

【乙反】只为宝二爷,今天祝舅寿;一时不慎,烧穿这雀金裘。

【正线】金裘乃是太君赐授;二爷遭谴责,对我吐隐忧。世上难求,知心友;描龙绣凤,我尚可为公子一谋。

【补裘曲】待晴雯,拿针线,替二爷,来补裘。拿竹弓,夹在损坏处;分经纬,慢筹谋。银剪开,心事浮;剪不断,理还乱,泪盈眸。东君有意怜红袖,只怕桃花命薄付水流。

【二更】二更天,月如钩,窗前人比黄花瘦。声喘喘,频咳嗽,驱寒唯有借金裘。拥金裘,思悠悠。

【三更】三更天,满庭秋,月光如水冷飕飕。如闻见潇湘妃子将琴奏。红笺寄恨词,鲛绡泪湿透。她为金玉姻缘啼满袖,我晴雯,乌鸦敢上凤枝头。(【反线二黄】)唉!怜玉貌,感华年,伤春时候。雨中花,情谁托,泪满红楼。问天公,底事娘生我姿色有几分,也招来罪咎。什么削肩膀,水蛇腰,狐狸精,几风骚,敢引诱二爷打折你腿,恶骂不休。(【补裘曲】)病晴雯,不禁停针线,念前途,倍添愁。

【四更】【快二黄】唉!玉漏催人,未可停针罢手。密密缝,密密针,莫问腰酸头重,身似浪里漂舟。常言道,心正无邪,哪怕谗人毒口。得一知己,死无憾,休问他生未卜此生休。

【打扫街】睡鸟醒叫画楼,月弯弯掩面下墙头。纤纤十指冷,心头泛热流,兴悠悠。银灯下,细缝、细补、细画、细描,舞神针细挑钩,得心应手。天姬七姐,凡尘下看晴雯补裘,全无错漏。看孔雀,上云头,振金翅,意悠悠。金线及时收,一丝不苟,轻轻温烫这金裘。

【五更】【滚花】晨钟响,鸡报晓,还他彩羽翩跹孔雀裘。

相 声

选自天津市曲艺团编《红楼梦曲艺集》(春风文艺出版社1985年版)。

红楼百科

甲 我这个人专门爱研究古典文学。
乙 那我知道,您说过《批三国》嘛!
甲 我现在不研究《三国》了。
乙 你现在研究什么呢?
甲 我正在研究"两国"。
乙 哪有这部书哇?
甲 有"两国"者,便是《红楼梦》也!
乙 还"也"哪!"两国"怎么会是《红楼梦》呢?
甲 "两国"嘛!
乙 哪"两国"呀?
甲 荣国府、宁国府,这不两"国"吗?
乙 他这回答还真有意思。两"国"还真是《红楼梦》。我继续和您研究一下,《红楼梦》的作者是谁?这部书为什么叫《红楼梦》?可以告诉我吗?
甲 哎呀,问这个问题,这不是太肤浅了嘛!
乙 我知识有限,由浅,往深处学嘛!
甲 《红楼梦》的作者,谁不知道姓曹啊?
乙 曹什么?
甲 曹梦得!
乙 曹操哇?怎么又回到《三国》上了。
甲 我说曹操了吗?
乙 你说的曹孟德就是曹操。
甲 没那事,我说的是曹梦得。
乙 《红楼梦》的作者姓曹,叫曹雪芹。

甲　曹雪芹,对啊!

乙　你说曹孟德呀!

甲　是啊,这个……曹雪芹人所共知,都知道他是《红楼梦》的作者。这个曹梦得,……啊,你不是问我,这部书为什么叫《红楼梦》吗?

乙　对啊!

甲　所以,我才说曹梦得。因为这是曹雪芹做了一个梦,在梦中所得,故而我说曹梦得。

乙　哎呀,你瞧这劲费的!

甲　《红楼梦》里带"梦"字的回目特别多!

乙　啊,都有什么带"梦"字的回目?

甲　哎呀,太多了。

乙　你说说,我学学。

甲　头一回,"甄士隐梦幻识通灵"。有梦没有?

乙　有梦。

甲　最末一回,"贾雨村归结红楼梦"。

乙　有梦。

甲　"警幻仙曲演红楼梦"。

乙　有梦。

甲　"绣鸳鸯梦兆绛芸轩"。

乙　有梦。

甲　"病潇湘痴魂惊恶梦"。

乙　有梦。

甲　"刘姥姥醉卧怡红院"。

乙　有……

甲　"史湘云醉眠芍药茵"。

乙　哎,不,你先打住。这后两回可没梦了!

甲　你听着没梦呀,这是暗梦!

乙　他都有解释。那刘姥姥醉卧怡红院的暗梦,梦见什么了?

甲　梦见到西瓜地里吃西瓜。

乙　怎么梦见吃西瓜呢?

甲　您想啊,她喝醉酒了,在怡红院里足足一睡,睡得口干舌燥,她能不想西瓜吃吗?

乙　这倒有可能。那史湘云醉眠芍药茵梦见什么呢?

甲　梦见游泳。

乙　史湘云还会游泳?你根据什么说她会游泳呢?

甲　你想这道理啊,她睡芍药花地里的青石板上,那地方又湿又潮,露水一打浑身冰凉,她能不梦见游泳吗?

乙　这不胡编吗?

甲　这怎么胡编呢?这里边有科学的根据呀!

乙　您这还有科学根据哪?

甲　身上的感觉反映到头脑之中,就会产生相应的幻觉。

乙　这位还真有两下子。

甲　没有两下子能敢称红学家吗?

乙　这位还不禁夸。又自称红学家啦!

甲　《红楼梦》中据考证一共有三十二个梦。

乙　这么多梦。

甲　作者通过形形色色的梦境,反映了贾府内外各种人物的不同命运。

乙　噢。

甲　可是,《红楼梦》并不是梦。

乙　那为什么要写"梦"呢?

甲　因为这部书写于封建社会,同时它又控诉了封建社会,不能写得太明了。如果写得太明了,不但本书不能流传,就连作者也要遭受到杀身灭门之祸。

乙　还真是这样。

甲　所以这部书写的是真真假假,虚虚实实。这里边有"甄家",也有"贾家",你怎么看都行。

乙　作者是太高明了。

甲　您看,《红楼梦》那是封建社会末期的艺术缩影,是我们祖国语言文字的宝库,是形象、生动、绚丽多彩的历史画卷;是一部了解中国历史、地理、政治、经济、文学、艺术、卫生、体育、园林、建筑、民间风俗的百科全书。

乙　《红楼梦》是百科全书?

甲　这里边什么都有。

乙　包罗万象？

甲　您不信，您就问问。

乙　还真得提问提问。《红楼梦》里，历史是怎么反映的？

甲　作者首先描写了"四大家族"的兴衰史。

乙　这里还有"四大家族"？

甲　有。

乙　哪"四大家族"？

甲　就是"贾、史、王、薛"。

乙　这四家都是什么关系呢？

甲　他们关系很密切。

乙　您介绍一下。

甲　贾家老一辈的是娶的史家的姑娘作媳妇。

乙　对，这贾母是史老太君。

甲　中一辈的是娶的王家的姑娘作媳妇。

乙　嗯，王夫人。

甲　王家还有一个姑娘又许配薛家做媳妇。

乙　薛姨妈。

甲　贾家少一辈的，一个娶了王家的姑娘。

乙　王熙凤。

甲　一个娶了薛家的姑娘。

乙　薛宝钗。这是圈儿套圈儿的关系。

甲　就是啊。书里还通过冷子兴之口评述了上下五千年的各种历史人物。这算不算历史？

乙　应该算。这个地理反映在哪里呢？

甲　由古都金陵……

乙　今天的南京？

甲　对。由金陵的贾氏之家——荣宁二府，一直写了大半个中国。

乙　《红楼梦》里，大半个中国在哪写着呢？有吗？

甲　当然有啦！大半个中国，您没听薛宝钗的妹妹……

乙　薛宝琴哪？

甲　对。薛宝琴不是说过吗？"十停儿天下，已走了五六停儿了。"

乙　这句话的意思……

甲　十停儿天下，走了五六停儿。五六停儿不就是百分之五六十吗？百分之五六十不就是大半个中国吗？

乙　那么解释。

甲　她还写了十首咏怀名胜古迹的谜语诗。

乙　她这个谜语诗可够难猜的。

甲　薛宝琴就是旅游爱好者。

乙　这薛宝琴还是旅游爱好者啊！

甲　你想啊，她走了五六停儿，也就是大半个中国，那时候交通不便啊。这要有飞机，她非旅游全世界不可。

乙　周游世界呀！

甲　虽然她没周游世界，可是也结交过几位国际友人。

乙　《红楼梦》里还有外国人？

甲　有哇，薛宝琴说她有一回去买洋货，就看见过一个真真国的金发女郎。

乙　真真国呀，世界上没这个国家，那是作者曹雪芹杜撰出来的。不算！

甲　不算，日本国是真的吧？

乙　是，书中有日本人吗？

甲　有，有一位日本大官。

乙　谁呀？

甲　史老太君。她是个大大的太君！

乙　太君就是日本人哪！照这么说《杨家将》中的佘太君，也成日本人了。

甲　然也！

乙　别"然也"了，不算。

甲　这个也不算？对了！书中还有一位法国名人。

乙　谁呀？

甲　她叫温都里纳。

乙　温都里纳？

甲　温都里纳，就是唱戏的女艺人芳官，贾宝玉给她起个法国名叫温都里纳，翻译过来,就是金星玻璃。

乙　外号哇! 那你才说是法国名人?

甲　是呀,法国名人,就是法国名的中国女人。

乙　这么个法国名人哪!

甲　你想啊,作者要不精通世界地理,知道欧洲有个法兰西,能起出法国人名来吗?

乙　可也是。这就是地理。那政治有吗?

甲　《红楼梦》中描写了封建社会的政治黑暗。像贾雨村依靠一张护官符,胡断葫芦案。呆霸王薛蟠为争夺一个姑娘香莲,打死了书生冯渊,逍遥法外。贾雨村身为知府,不替死者申冤,反倒放走杀人凶犯。这是不是黑暗政治?

乙　是。

甲　薛蟠打死了人,认为是小事一段。他不就仗着后台硬吗? 他打死人是小事一段,这要是你打死了人呢!

乙　那也小事一段。

甲　开庭宣判!

乙　我就不能扬长而去啊!

甲　你只能马上枪毙。

乙　我活不了。政治是这样。经济,哪反映啊?

甲　封建社会经济有这样的特点,是少数人剥削大多数人。

乙　大多数人受剥削。

甲　有这么一句话:"贾府一顿饭,农民一年粮。"

乙　这是多大的悬殊!

甲　荣宁二府的总管家婆是谁,知道吗?

乙　王熙凤。

甲　对,王熙凤是一个总管家婆。她就搞了大量的剥削。

乙　她是剥削者之一。

甲　她私放高利贷,贪污,受贿。她得来不义之财大肆挥霍,成天大吃大喝。

乙　王熙凤还好喝?

甲　好喝,从小时候就好喝,爱喝"喜凤"。要不怎么叫王熙凤呢!

乙　噢,这王熙凤是爱喝"喜凤"啊? 园林、建筑在《红楼梦》里都有哪些呢?

甲　荣国府大观园里就有怡红院、潇湘馆、蘅芜院、稻香村、蜂腰桥、滴翠亭。

乙　对。

甲　那真是楼台林立,万木峥嵘,曲径通幽,流水叮咚,天下美景,尽收园中。

乙　太美了!

甲　是呀,连外国人都看着眼红。有人想把魔爪伸向中国,所以才引起一场国际战争。

乙　《红楼梦》中还有国际战争?

甲　有哇,《红楼梦》上描写最大的一次战争,就是安国公带领全军战士英勇战斗,痛杀越寇。

乙　啊!《红楼梦》上还有中越边境保卫战哪?真新鲜。

甲　确有其事,一点没错。《红楼梦》第一百一十回上写道:"近来越寇猖獗,海疆小民不安,派了安国公征剿寇贼。"

乙　这回书哇!那是征剿浙江一带的盗寇,古代浙江是越国,所以才叫越寇。

甲　是呀,反正是杀过"越寇"。

乙　哎,那民间风俗呢?

甲　那写得很多。

乙　您给介绍一下。

甲　他写了春节祭祖先,灯节庆元宵;清明游春累,端阳插艾蒿;中秋赏明月,重阳登山高;冬来咏雪花,除夕放鞭炮。一年几大节,无处没写到。

乙　都有。

甲　贾府大门前,围观大字报……

乙　您等等,怎么这《红楼梦》里还有围观大字报?

甲　有大字报。

乙　哪写着呢?

甲　这是在《红楼梦》第九十三回。

乙　还有这回目?

甲　有啊。那不是写贾芹在水月庵跟尼姑鬼混,群众就在贾家门上贴了一张大字报吗?上面还有四句溜口词呢!

乙　词怎么写的呢?

甲　词写的是:"西贝草斤年纪轻,……"

乙　这句话怎么讲?

甲　东西的"西",加一个宝贝的"贝",这字念什么?

乙　这是姓贾的"贾"。

甲　草字头加一个一斤两斤的"斤"呢?

乙　念"芹"哪!

甲　这是说贾芹。"西贝草斤年纪轻,水月庵里管尼僧。一个男人多少女,窝娼聚赌是陶情。"这是不是大字报的内容?

乙　您别说了。您说的这情节我也看过。这四句在《红楼梦》里不叫大字报,应该叫揭帖。

甲　对呀,揭帖就是古代的大字报。后来,"文化大革命"中叫造反派学来了,他们造反上街,瞎说胡揭,到处乱贴。贴了揭,揭了贴,揭贴。

乙　这么个"揭贴"呀!

甲　他们罗织罪名,无限上纲,大搞人身攻击,引起广大群众的强烈不满,所以现在取消了。

乙　对,再不兴搞这一套了。

甲　书中民间风俗还有很多,婚丧嫁娶,求神问卜,全是。

乙　哎,你先别说民俗了,那文学艺术也有吗?

甲　嗬,这就太多了!《红楼梦》里就有文学家、艺术家,著名诗人,像什么诗词、歌赋、戏曲、曲艺、音乐、舞蹈、单口相声,应有尽有。

乙　行行行,你先别说这么多,我得一样一样地问你。《红楼梦》里诗人都有谁呀?

甲　诗人可太多了。大观园里结过海棠诗社,这里有著名的诗人贾宝玉。

乙　写过什么?

甲　作过《芙蓉诔》。

乙　对。

甲　林黛玉写过《葬花诗》。

乙　嗯。

甲　薛宝钗作过《螃蟹咏》。

乙　唉。

甲　史湘云作过《柳絮词》。

乙　对。

甲　还别说这个,就是大草包薛蟠还作过一首俗不可耐的酒令呢!

乙　酒令怎么说的呢?

甲　他说的是:"女儿愁,绣房蹿出个大马猴。"

乙　就这词儿。

甲　"女儿悲,嫁了个丈夫是乌龟。"

乙　您说,这叫什么词儿?

甲　你别看他作诗不怎么样,薛蟠说相声可比你水平高。

乙　薛蟠还会说相声?

甲　会说相声。

乙　哪写着呢?

甲　这在三十四回。薛蟠跟宝钗,哥俩儿吵起来了。这时候,宝钗不乐意了,薛蟠哄她,说了一个单口相声,把薛宝钗给哄乐了。薛宝钗还说了一句话。

乙　她说什么?

甲　"你还做这些像生。"这不是相声吗?

乙　什么呀,这是说薛蟠装模作样,滑稽可笑。您说这"像生"两字,和我们的"相声"两字截然不同。那是像不像的像,生活的生。

甲　对啊,这就是作者曹雪芹老先生告诉我们,作为一个相声演员要学什么像什么,要跟生活一样—"像生"。

乙　那甭问,这是曹雪芹告诉你的,他没告诉过我啊!

甲　他让我传达给你,我给忘了。

乙　戏剧也有吗?

甲　贾府里就有一个戏班子,还买来十二个女"戏子",生旦净丑,行行全有,什么戏都能演。

乙　对。音乐呢?

甲　有。林黛玉会弹琴。林黛玉弹琴水平太高了,是一个音乐家。有一次,她弹琴被宝玉和妙玉在外边听见了。

乙　双玉听琴嘛!

甲　对,大鼓里头有这段儿。

乙　哎,林黛玉弹的是什么琴哪?

601

甲 "垫子琴"。

乙 啊!《红楼梦》那时候有电子琴吗?

甲 有。林黛玉身体不好,太瘦,弹琴坐时间长受不了,她坐在鸭绒垫子上弹琴,所以叫"垫子琴"。

乙 这么个"垫子琴"哪!那医药卫生呢?

甲 有,书里有个著名的大夫。

乙 哪位?

甲 张太医。有这么个回目:"张太医论病细穷源。"

乙 对。

甲 这人有能耐,医道高。你要有病就找张太医,千万不能找胡庸医。

乙 我要找了胡庸医呢?

甲 "胡庸医乱用虎狼药"啊!

乙 人受得了吗?

甲 《红楼梦》里不但有医药卫生,而且环境卫生也好。

乙 卫生搞得不错?

甲 你看大观园里搞得多干净。你知道为什么这么好吗?

乙 不清楚。

甲 就因为大观园里有一个模范清洁工。

乙 我看书就没看出来。这大观园里还有个模范清洁工?哪位?

甲 林黛玉。

乙 林黛玉是模范清洁工啊?

甲 没错!她看见掉下来的残花败叶全搁在小篮里,找个背静地方埋了。这不就为搞卫生吗?

乙 什么乱七八糟的!这段情节叫"黛玉葬花"。那反映了林黛玉当时的心情。

甲 她什么心情我不管,我就看具体表现。她把脏东西、烂东西全埋了,那不就是防止空气污染吗?

乙 到他这都这么解释了。体育有吗?

甲 有哇。妙玉会下棋,贾珍会射箭,柳湘莲会拳脚,包勇会棍棒,这不都是体育项目吗?

乙 对。

甲　最有名的还是"怡红女排"。

乙　怡红女排？

甲　就是以怡红院命名的女子排球队。

乙　没听说过。

甲　荣宁二府丫鬟多，身体素质好，所以决定成立女子排球队。

乙　有教练吗？

甲　没教练行吗？

乙　谁？

甲　焦大。焦大，焦大，就是说他教会的大家。

乙　噢，焦大呀！

甲　他球技挺高，就是脾气不大好。谁不好好练，他张口就骂，焦大骂泼吗！

乙　"焦大骂泼"用到这儿啦。

乙　女排队员都有谁呀？

甲　宁国府的六个是：瑞珠、宝珠、彩屏、彩明、银蝶儿、小红。

乙　荣国府呢？

甲　荣国府的六个是：春燕、秋纹、麝月、素云、雪雁、晴雯。

乙　常赛球吗？

甲　常赛，每次赛球，四大家族、八大国公、士农工商、三教九流，大家都来参观，要不怎么叫"大观园"呢。

乙　赶情"大观园"是这么来的。

甲　最精彩的就是贾母七十大寿那天举行的"国际冠军决赛"。

乙　国际决赛？跟哪国赛呀？

甲　宁荣二"国"。

乙　我把这碴儿还忘了！应该叫宁荣二府。

甲　对，就是宁荣二府。

乙　这比赛就得有裁判哪。

甲　有啊。

乙　裁判是谁啊？

甲　平儿。

乙　怎么选她当裁判？

甲　因为平儿这个人办事公平,也不向着这边,也不向着那边,一碗水端得平。要不怎么叫平儿呢?

乙　平儿的名字就那么来的?

甲　十二个丫鬟分为甲乙两队。这时,裁判平儿一吹口哨:"开球!"甲组开球,乙组就来个"晴空霹雳"。

乙　"晴空霹雳"谁打的?

甲　晴雯。

乙　晴雯会"晴空霹雳"? 她成小鹿纯子啦!

甲　甲组也不含糊,来个"海底捞月",把这球救起来了。

乙　这球谁救的呢?

甲　麝月。

乙　麝月会"海底捞月"。

甲　这时候重炮手小红来个"流星火球",啪!

乙　得分!

甲　得什么分? 小红摔伤了! 半天没起来。

乙　哎呀! 这可怎么办?

甲　裁判平儿忙喊:"暂停! 换人!"

乙　换谁呀?

甲　宁国府后替队员没来,梨香院的薛宝钗急了,她见丫鬟香菱两眼都看呆了,说:"你傻看什么? 快上场去换小红!"香菱把裙子一解就上场了。

乙　有这事吗?

甲　怎么没有? "呆香菱情解石榴裙"嘛! 这就是说看呆了的香菱,动了感情,她解开石榴裙就上场了。

乙　是呀!

甲　香菱上场,真有点拼搏精神,双手接球,来个"流星赶月",啪!"落地开花"!

乙　好球!

甲　好什么? 她劲太大,把球打破了。

乙　哟! 这球怎么不结实啊?

甲　那时候,球的质量不好。再买来不及了。

乙　怎么办呢?

甲 这时,宝玉说:"晴雯姑娘,你受点儿累吧!找个针线,找块皮子,把球给缝上。"这样,晴雯拿过针线、皮子,三下五除二就把球缝好了。继续比赛……
乙 暂停!我问你,你说的这个情节《红楼梦》里都有吗?
甲 有哇。
乙 哪写着呢?
甲 第五十二回"晴雯补球(裘)"哇!
乙 噢,就补这个球哇?

(耿英作、苏文茂、穆守荫、马志存整理)